शरतचन्द्र

शरतचन्द्र का जन्म 15 सितम्बर, 1876 को हुगली, पश्चिम बंगाल के देवानंदपुर में हुआ। उनकी प्रमुख कृतियाँ हैं—'पंडित मोशाय', 'बैकुंठेर बिल', 'मेज दीदी', 'दर्पचूर्ण', 'श्रीकान्त', 'अरक्षणीया', 'निष्कृति', 'मामलार फल', 'गृहदाह', 'शेष प्रश्न', 'देवदास', 'बाम्हन की लड़की', 'विप्रदास', 'देना पावना', 'पथेर दाबी' और 'चरित्रहीन'।

'चरित्रहीन' पर 1974 में फिल्म बनी। 'देवदास' पर तीन बार फिल्म का निर्माण हो चुका है। इसके अतिरिक्त 'परिणीता' पर दो बार और 'बड़ी दीदी' तथा 'मँझली बहन' आदि पर भी फिल्में बन चुकी हैं। 'श्रीकान्त' पर टी.वी. सीरियल का निर्माण हुआ।

निधन : 16 जनवरी, 1938

अनुवाद : विमल मिश्र

विमल मिश्र का जन्म 9 जनवरी, 1932 को हुआ। उन्होंने राँची विश्वविद्यालय से एम.ए. (हिन्दी) किया। 1950 से 1956 तक देवघर के एक मिडिल स्कूल में शिक्षक रहे। 1956 से 1965 तक देवघर कॉलेज, देवघर में असिस्टेंट लाइब्रेरियन और 1965 से 1997 तक कोलकाता के एक विख्यात हायर सेकंडरी स्कूल में शिक्षक रहे। कई पत्र-पत्रिकाओं में उनकी कहानियाँ व कविताएँ प्रकाशित हुईं। उन्होंने कोलकाता प्रवास काल में बांग्ला की तीस श्रेष्ठ कृतियों का अनुवाद किया। उन्हें बांग्ला से हिन्दी में अनुवाद के लिए 1981 में निखिल भारत बंग साहित्य सम्मेलन के 'देश' तथा 1986 में राजभाषा विभाग, बिहार सरकार के पुरस्कार से सम्मानित किया।

निधन : 2015

चरित्रहीन

शरतचन्द्र

अनुवाद
विमल मिश्र

राधाकृष्ण पेपरबैक्स

बांग्ला से हिन्दी में पहली बार शुद्ध एवं सम्पूर्ण अनुवाद

पहला पुस्तकालय संस्करण
राधाकृष्ण प्रकाशन प्राइवेट लिमिटेड द्वारा
2011 में प्रकाशित

राधाकृष्ण पेपरबैक्स में
पहला संस्करण : 2011
पाँचवाँ संस्करण : 2026

राधाकृष्ण पेपरबैक्स : उत्कृष्ट साहित्य के जनसुलभ संस्करण

राधाकृष्ण प्रकाशन प्राइवेट लिमिटेड
जी-17, जगतपुरी, दिल्ली-110 051
द्वारा प्रकाशित
शाखाएँ : अशोक राजपथ, साइंस कॉलेज के सामने, पटना-800 006
पहली मंजिल, दरबारी बिल्डिंग, महात्मा गांधी मार्ग, प्रयागराज-211 001
1, अनमोल सोराबजी संतुक लेन, धोबी तलाव, मरीन लाइंस, मुम्बई-400 002
वेबसाइट : www.radhakrishnaprakashan.com
ई-मेल : info@radhakrishnaprakashan.com

बी.के. ऑफसेट
नवीन शाहदरा, दिल्ली-110 032
द्वारा मुद्रित

मूल्य : ₹499

CHARITRAHEEN
Novel by Sharatchandra
Translated by Vimal Mishra

ISBN : 978-81-8361-423-8

भूमिका

यह है बंगला के सर्वश्रेष्ठ उपन्यासकार शरतचन्द्र चट्टोपाध्याय लिखित उपन्यास–'चरित्रहीन'–का नया अनुवाद। सवाल यह उठता है कि जब हिन्दी में 'चरित्रहीन' का अनुवाद पहले से ही उपलब्ध था, तो फिर यह नया क्यों? इस सवाल का जवाब सिर्फ एक आदमी के पास है और वे हैं राधाकृष्ण प्रकाशन के निदेशक श्री अशोक महेश्वरी। मैं सिर्फ इतना ही बता सकता हूं कि उन्हें पता नहीं कैसे यह लगा कि शरत बाबू के उपन्यासों-कृतियों के हिन्दी में किए गए अनुवादों में गड़बड़ है। इसको लेकर उनके मन में अकुलाहट पैदा हुई और उनके दिमाग में एक विचार कौंधा, वह यह कि क्यों न शरत बाबू की मूल रचनाओं का पंक्ति-दर-पंक्ति उनके हिन्दी में किए गए अनुवादों से मिलान करा लिया जाए। यह विचार जितना अनूठा था उतना ही अभिनव। हिन्दी के किसी अन्य प्रकाशक को इस अद्‌भुत विचार ने झकझोरा नहीं था, न किसी अन्य प्रकाशक के मन में यह जिज्ञासा पैदा हुई थी। अपनी जिज्ञासा के वशीभूत होकर लीक से हटकर नया कुछ करने की इच्छा से उन्होंने अपनी इस योजना के बारे में मुझे लिखा और मुझसे यह जानना चाहा कि क्या मैं इस योजना को कार्यान्वित करने में उनका हाथ बंटा सकता हूं? उन्होंने स्पष्ट पूछा कि क्या मैं यह काम करना चाहूंगा? मैं जानता था कि यह काम बड़ा श्रमसाध्य था, समय साध्य भी। मैं उनकी विलक्षण प्रतिभा, दूरदर्शिता और सूझ-बूझ से इतना प्रभावित हो गया कि अपनी सीमाओं और कठिनाइयों को जानते हुए भी मैं सहर्ष तैयार हो गया। वैसे भी अनुवाद-कार्य बड़ा कठिन कार्य है। मेरा मानना है कि अनुवाद करना बहती धारा के विपरीत नाव खेने जैसा दुरूह कार्य है। अनुवाद करते समय मूल रचना के भाव को ग्रहण

करते हुए उसकी भाषा के प्रभाव और प्रवाह से बचना पड़ता है, नहीं तो एल.बी.डब्ल्यू. होने का डर हमेशा बना रहता है। और यहां तो एक साथ दो-दो भाषाओं के प्रभाव और प्रवाह से बचकर चलना पड़ेगा।

मेरे विचार से अशोकजी ने साहित्य का एक महायज्ञ शुरू किया है। इससे न सिर्फ शरत-साहित्य का उद्धार होगा, बल्कि हिन्दी भाषा और हिन्दी साहित्य भी समृद्ध होगा। इस कार्य की सफलता का सारा श्रेय उनको मिलेगा। वे साधक हैं, मैं साधन हूं।

उनके निर्देशानुसार जब मैंने काम शुरू किया तब जो कुछ देखा-परखा, उसे देख-परख कर मैं भौंचक्का रह गया। उपलब्ध अनुवाद बिलकुल गलत था। इसे अनुवाद न कहकर लिप्यंतर कहा जाना ठीक रहेगा। मैं यहां तक कहने से नहीं हिचकिचाऊंगा कि अनुवादक को न तो बंगला आती थी, न हिंदी। प्रमाणस्वरूप यह नया अनुवाद उपलब्ध है। कोई भी जिज्ञासु और सुधी पाठक चाहें तो दोनों अनुवादों को अगल-बगल रखकर किसी भी पृष्ठ को मिलाकर देख लें। वैसे मैं नीचे कई उदाहरण देकर अपनी बात की पुष्टि कर दूंगा।

मूल रचना का अनुवाद के साथ पंक्ति-दर-पंक्ति मिलान करते हुए जो तथ्य सामने आया वह चौंकानेवाला था। वह तथ्य अशोकजी की आशंका को सही साबित कर रहा था। बहुत सारा अंश बिना अनुवाद किए छोड़ दिया गया था। ऐसा भी हुआ था कि कथोपकथन के सिलसिले में पात्रों के भावों और अनुभावों को छोड़ दिया गया था। भावों और अनुभावों के वर्णन के बिना पात्रों का सही चरित्र-चित्रण नहीं हो सकता। ऐसा करके अनुवादक ने प्रकाशक के उस विश्वास और भरोसे को तोड़ा है जिसके आधार पर अनुवादक को अनुवाद करने की जिम्मेदारी दी गई थी। अनुवादक यदि धोखा दे तो कोई भी प्रकाशक इसे जान नहीं सकता। प्रकाशक के लिए यह जान पाना सम्भव नहीं है। अनुवाद को प्रकाशक, पाठक और रचनाकार के प्रति ईमानदार रहना चाहिए। मुझे तो आश्चर्य होता है यह सोचकर कि पहले के उपलब्ध अनुवाद को पढ़कर पाठकों ने जो कुछ समझा, वह कैसे

समझा? क्योंकि उक्त अनुवाद में सम्प्रेषणीयता है ही नहीं। आश्चर्य इस बात का भी है कि कैसे इतने दशकों तक यह उपन्यास छपता-बिकता और पढ़ा जाता रहा है? कैसे समीक्षकों ने इस अनुवाद की सराहना की और कैसे इसे प्रामाणिक माना? समीक्षक यह कहकर नहीं बच सकते कि उनके सामने मूल रचना नहीं थी। क्योंकि मैं नीचे हिन्दी के दो वाक्य, जो हिन्दी अनुवाद से उद्धृत हैं, लिख रहा हूं। उन्हें पढ़कर समीक्षक या कोई भी पाठक बताएं कि क्या ये दोनों वाक्य हिंदी भाषा की प्रकृति को प्रतिपादित करते हैं? वे वाक्य क्रमशः इस प्रकार है–

1. बाजार में उपलब्ध अनुवाद की पृष्ठ संख्या 40 के चौथे पैरे में यह वाक्य है–'उसका विवाह करना चल नहीं सकता।'

2. पृष्ठ संख्या 83 का अंतिम वाक्य है–'मकानों ने अंधेरा ठूंस-ठूंसकर भर दिया।'

ये दो वाक्य तो मैंने बानगी के तौर पर लिखा है, नहीं तो ऐसे बहुतेरे वाक्य भरे पड़े हैं।

जैसाकि मैंने ऊपर लिखा है कि अनुवादक को अनुवाद करते वक्त उस भाषा के, जिसका अनुवाद किया जा रहा हो, प्रभाव और प्रवाह से बचना पड़ता है। स्थानाभाव के कारण मैं ज्यादा उदाहरण नहीं दे सकता। सिर्फ तीन शब्दों को उद्धृत कर रहा हूं। जो अधिक जानना चाहते हैं, वे पहले के अनुवाद और इस अनुवाद का मिलान करके देख लें।

वे तीन शब्द हैं–

(1) नालिश, (2) आलोचना और (3) हतबुद्धि।

पहले के अनुवाद के अनुवादक महोदय इन शब्दों का अर्थ नहीं समझ सके। पूरे उपन्यास में इन तीनों के लिए उपयुक्त हिंदी शब्द नहीं दे सके। वैसे पाठकों की सुविधा के लिए मैं बता देना चाहता हूं कि बंगला के नालिश शब्द का हिन्दी में अर्थ होता है–शिकायत, आलोचना का अर्थ होता है–चर्चा, बातचीत और हतबुद्धि का अर्थ होता है–हक्काबक्का।

अंत में मैं यही कहना चाहूंगा कि न तो मैंने अपने प्रकाशक को ठगा है और न पाठकों को उस आनंद से वंचित किया है जो उन्हें मूल रचना को पढ़ने से मिलता। मैं यह नहीं कहूंगा कि यह

मेरा विनम्र प्रयास है, बल्कि पाठक इसका निर्णय करें। पाठक तो निर्णय करते ही हैं—फिर यह कहने की जरूरत क्या है? कुछ लोग इसे विनयशीलता कहते हैं, मैं इसे ढकोसला और पाखंड मानता हूं। विनयशीलता दिखाने के बहुत-से मौके हैं जीवन में। यहां आत्मविश्वास दिखाने की जरूरत है।

हाथ कंगन को आरसी क्या!

—विमल मिश्र

चरित्रहीन

पश्चिम के एक बड़े शहर में इस समय ठंड पड़ने ही वाली थी। परमहंस रामकृष्ण के एक शिष्य किसी अच्छे काम की सहायता के लिए भिक्षा माँगते हुए इस शहर में आ धमके थे। वे जिस सभा में भाषण देंगे, उपेन्द्र को उसका सभापति बनाना होगा और उन शिष्य की मर्यादा के अनुकूल एक कार्यक्रम बनाना होगा। इसी प्रस्ताव को लेकर एक दिन प्रातःकाल कॉलेज के छात्रों के एक दल ने उपेन्द्र को पकड़ा।

उपेन्द्र ने पूछा—'पर कौन-सा अच्छा काम है, जरा मैं भी तो सुनूं।'

छात्रों ने कहा—'यह तो अभी मालूम नहीं हुआ है। स्वामी जी ने केवल अभी इतना ही कहा है कि सभा में ही उस विषय को वे विस्तार से समझा कर कहेंगे, इसलिए सभा बुलाई जा रही है।'

उपेन्द्र ने और कोई प्रश्न नहीं किया। वे सहमत हो गए। ऐसा करना उनके स्वभाव का एक अंग ही बन गया था। विश्वविद्यालय की परीक्षाएं उन्होंने ऐसे सम्मान के साथ पास की थीं कि विद्यार्थी-समाज उनको बड़ी श्रद्धा की दृष्टि से देखता था। इसे वे भी जानते थे। इसीलिए किसी भी कामकाज में मुसीबत आ पड़ने पर उपेन्द्र मोहवश उनके अनुरोध को नहीं टाल सकते थे। विश्वविद्यालय की सरस्वती के कृपापात्र होने के बाद कचहरी की लक्ष्मी की सेवा में लग जाने पर भी बच्चों के जिमनास्टिक के अखाड़े से लेकर फुटबाल, क्रिकेट के मैदान और डिबेटिंग क्लब तक के ऊंचे स्थान पर पहले की तरह उन्हें बैठना पड़ता था। पर आज लोग जिस सभा के सभापतित्व का प्रस्ताव लेकर आए थे उसमें जाकर सभापति के आसन पर चुपचाप बैठ जाना तो नहीं था, कुछ-न-कुछ बोलना अवश्य था। एक आदमी की ओर ताककर बोले—'अरे भाई, सभा में कुछ तो बोलना चाहिए न जी। किसी सभा के उद्देश्य के सम्बन्ध में बिल्कुल अंधकार में रहकर उसका सभापतित्व करना क्या अच्छा होगा? मैं तो यह ठीक नहीं समझता। तुम्हारा क्या विचार है?'

उनका प्रश्न बहुत ही उचित था, लेकिन उनमें से किसी को कुछ पता न था। बाहरी आंगन में, फूलों से लदे हुए एक पुराने अड़हुल के वृक्ष के नीचे विद्यार्थियों

का वह दल उपेन्द्र को मध्य में बैठाकर जब संसार के सब अच्छे कामों और कार्यक्रमों की सूची बनाने में रत था, उसी समय दिवाकर के कमरे से एक आदमी चुपचाप सबकी आंखें बचाकर बाहर निकला।

दिवाकर उपेन्द्र का ममेरा भाई है। बचपन में माता-पिता का देहांत हो जाने के कारण वह ननिहाल में पला-बढ़ा था। बाहर एक छोटी कोठरी थी, उसमें वह दिन में पढ़ता और रात में सोता था। उसकी उम्र उन्नीस वर्ष थी। एफ.ए. पास कर बी.ए. में पढ़ रहा था।

उपेन्द्र की दृष्टि इस कन्नी काटकर भागनेवाले पर पड़ते ही वे जोर से पुकार उठे–'सतीश, तू चुपके-चुपके भाग रहा है, इधर आ–इधर।'

पकड़े जाने पर लजाता हुआ सतीश निकट आकर खड़ा हो गया। उपेन्द्र ने पूछा–'इतने दिन तू दिखाई नहीं पड़ा।'

संकोच दूर कर सतीश ने मुस्कुराते हुए कहा–'मैं इतने दिन यहां नहीं था, उपीन भैया। मैं चाचा के पास इलाहाबाद चला गया था।' वह कुछ कहना ही चाहता था कि इतने में एक फ्रेंचकट दाढ़ी और अल्बर्टफैशन के बालों वाला चश्माधारी युवक एक आंख मारकर और दांतों को बाहर निकालकर बोल उठा–'क्यों? क्या आपके मन को कुछ गहरी चोट लगी है?'

इस साल भी उसे एन्ट्रेन्स में बैठने नहीं दिया गया था, यह बात सभी जानते थे। इसीलिए वह बात भद्दी और बेढंगी लगी। सबने लज्जा से सर नीचा कर लिया। उसका यह व्यंग बाण किसी को भी अच्छा न लगा। कहीं से जरा भी सहारा न पाकर चुटकी लेने वाले को चुप हो जाना पड़ा। पर सतीश ने उसके बदले मुस्कुराते हुए कहा–'भूपति बाबू, जिसके मन होता है, उसे ही चोट लगती है। पर पास करने की आशा कहिए या इच्छा, मैंने तो तभी छोड़ दी, जब अपना होश संभाला, केवल पिताजी नहीं छोड़ सकते थे। इसीलिए यदि मानसिक क्लेश के कारण किसी को घर-बार छोड़ने की आवश्यकता थी, तो उन्हीं को थी, पर वे तो आनंद से बैठे वकालत करते हैं। मगर चाहे जो कहो, उपीन भैया, अबकी बार उनकी भी आंखें खुली हैं।'

सब के सब हंस पड़े। वैसे इसमें हंसी की कोई बात न थी, लेकिन भूपति बाबू की भद्दी हंसी सतीश का मन नहीं दुखा सकी, इससे सबको बड़ी प्रसन्नता हुई।

उपेन्द्र ने पूछा–'तो इस बार तूने पढ़ना-लिखना बिलकुल छोड़ ही दिया?'

सतीश ने कहा–'मैंने उसे पकड़ा ही कब था जो उसे आज छोड़ दूंगा? सच कहता हूं उपीन भैया, मैंने किसी दिन पढ़ाई-लिखाई को नहीं पकड़ा था बल्कि उसी ने मुझे पकड़ा था, और अब तो उस बवाल से मेरा पिंड एकदम ही

छूट गया। अब ऐसे स्थान पर जाकर रहूंगा, जहां स्कूल-पाठशाला का नाम-निशान तक न हो।'

उपेन्द्र ने कहा—'लेकिन कुछ तो करना चाहिए, आदमी बिलकुल बेकार नहीं रह सकता और न बेकार रहना ही चाहिए।'

सतीश ने कहा—'नहीं, बेकार नहीं रहूंगा। इलाहाबाद से एक नया विचार लेकर आया हूं। एक बार अच्छी तरह से प्रयत्न करके देखूंगा कि कहां तक सफलता मिलती है।'

वह कौन-सा विचार लेकर आया है, यह सुनने के लिए सब उसके मुंह की ओर देखने लगे। यह देख, वह लज्जा से सिर नीचा कर बोला—'मेरे गांव में मलेरिया के ही समान हैजा भी भीषण रूप में फैला करता है। कभी-कभी तो पांच-सात गांवों तक में एक भी डॉक्टर नहीं मिलता। मैं वहां जाकर होमियोपैथिक डॉक्टरी शुरू कर दूंगा। मरने के पहले मेरी मां मुझे कई हजार रुपए दे गई थीं। वे रुपए मेरे पास ही हैं। उन्हीं से अपने घर पर ही एक डिस्पेंसरी खोल दूंगा। उपीन भैया, यह हंसी की बात नहीं है। तुम देखते रहना, मैं अवश्य डिस्पेंसरी खोलूंगा। पिताजी को भी मैंने मना लिया है। उनसे मैंने कहा है कि महीने-दो महीने बाद कलकत्ता जाकर होमियोपैथिक स्कूल में भर्ती हो जाऊंगा।'

उपेन्द्र ने पूछा—'महीने-दो महीने बाद क्यों?'

सतीश ने कहा—'कुछ काम है। दक्खिन टोले के नवनाट्य समाज में से कुछ आदमियों ने निकलकर एक अलग दल स्थापित किया है। हमारे विपिन बाबू उसके मुखिया हैं। तार पर तार भेजकर उन्होंने ही मुझे बुलाया है। मैंने उन्हें वचन दे दिया है कि उनकी कंसर्ट पार्टी का पूरा प्रबंध कर-कराके ही मैं दूसरे किसी काम में हाथ डालूंगा।'

यह सुनकर सभी जोर से हंस पड़े। सतीश भी हंसने लगा। जब हंसी का फव्वारा कुछ धीमा पड़ा, तब सतीश ने कहा—'वंशी बजाने वाले की कमी थी, उसी के लिए दिवाकर के पास आया था, यदि वह थियेटर में बांसुरी बजाकर मेरे दिल का बोझ हल्का कर दे तो फिर मुझे अधिक भाग-दौड़ न करनी पड़े।'

उपेन्द्र ने पूछा—'वह क्या कहता है?'

सतीश ने कहा—'कहेगा क्या? परीक्षा का रोना रोता है। मेरी समझ में यह बात नहीं आती कि लोगों को दो साल की पढ़ाई एक ही रात की लापरवाही में कैसे नष्ट हो सकती है? मैं तो कहूंगा कि वास्तव में जिनकी पढ़ाई एक रात में न पढ़ने से नष्ट हो जाती है, उनको पढ़ना-लिखना ही छोड़ देना चाहिए। इस प्रकार पास होने में जो मान समझते हों, समझें, मैं तो कुछ नहीं समझता। भैया,

तुम अप्रसन्न मत होना। मैं तुम्हें जितना जानता हूं, उसकी चौथाई भी ये लोग नहीं जानते। जिमनास्टिक के अखाड़े से लेकर फुटबाल और क्रिकेट के मैदान तक बहुत दिन तुम्हारा शिष्य रहा हूं, तुम्हारे साथ-साथ घूमकर बहुत दिन, बहुत प्रकार तुम्हारा समय नष्ट होते देखा है, बहुत-सी परीक्षाएं देते भी तुम्हें देखा और भली भांति पास कर छात्रवृत्ति पाते भी देखा, लेकिन किसी दिन तुम्हें परीक्षा की दुहाई देते नहीं देखा।'

उपेन्द्र ने बातों के सिलसिले को यहीं समाप्त करने की इच्छा से कहा—'लेकिन सतीश, मैं तो वंशी बजाना नहीं जानता।'

सतीश ने कहा—'मैं भी कई बार सोचता हूं कि तुमने इस कला को क्यों नहीं सीखा, इसका मुझे बड़ा आश्चर्य हो रहा है। खैर, यह तो बताओ कि तुम्हारी इस दोपहर की सभा का उद्देश्य क्या है?'

जाड़े की धूप पीठ तो सह सकती थी, पर सबने सिर पर चादर लपेट रखी थी। सभा खूब जमी थी। दिन कितना चढ़ चुका है, इस ओर किसी का भी ध्यान नहीं था। सतीश की बात सुन, समय की ओर देख, सब के सब चौंककर उठकर खड़े हो गए। चलने के पहले भूपति ने पूछा—'हां तो उपेन्द्र बाबू, क्या कहते हैं?'

उपेन्द्र ने कहा—'मुझे कोई आपत्ति नहीं है। लेकिन स्वामी जी का उद्देश्य यदि पहले से ज्ञात हो जाता, तो बड़ा अच्छा होता। बिलकुल मूर्ख के समान कहीं जाते संकोच-सा मालूम होता है।'

भूपति ने कहा—'लेकिन उन्होंने तो कुछ भी नहीं बताया, बल्कि कहा कि जटिल और दुर्बोध विषय को जब तक भली भांति समझा कर कहने का अवसर न मिले, तब तक उस विषय में कुछ न कहना ही अच्छा है। इसका परिणाम अच्छा न होकर अधिकांश अवसरों पर ठीक नहीं होता।'

चलते-चलते बातें ही हो रही थीं। सब लोग बाहर आकर सड़क के एक किनारे खड़े हो गए।

सतीश ने पूछा—'आखिर बात क्या है उपीन भैया?'

उपेन्द्र को रोककर भूपति ने कहा—'सतीश बाबू, आपको भी चंदा देने वालों की लिस्ट में नाम लिखना पड़ेगा। आपके प्रश्न का उत्तर इस समय हम लोग ठीक-ठीक नहीं दे सकेंगे। परसों संध्या समय कॉलेज-हॉल में आइएगा, वहीं स्वामी जी स्वयं बातें बतलाएंगे।'

सतीश ने कहा—'तो भूपति बाबू, मैं समझने से बाज आया। परसों हम लोगों का पूरा रिहर्सल होने वाला है। मेरे रहे बिना काम नहीं चलेगा।'

भूपति ने आश्चर्य प्रकट करते हुए कहा–'अंय, आप क्या कहते हैं! नाटक-थियेटर की एक साधारण-सी हानि के भय से आप ऐसे महान् कार्य में सहयोग नहीं देंगे? भाई, कोई सुनेगा तो क्या कहेगा?'

सतीश बोला–'लोग तो बिना सुने ही बहुत कुछ कहा करते हैं। औरों की बात जाने दीजिए, अपने को ही देखिए। बिना कुछ जाने-बूझे इस कार्यक्रम को आप लोग व्यर्थ में ही कितना महत्त्व दे रहे हैं? यदि मैं उतना महत्त्व न दे सकूं, तो क्या मैं इसके लिए दोषी करार दिया जा सकता हूं? मैं तो जो कुछ जानता हूं, जिस काम की भलाई-बुराई को समझता हूं, उसकी उपेक्षा करके, उसको नष्ट करके, एक अनिश्चित–काल्पनिक महत्त्व के पीछे दौड़ना पसंद नहीं करता।'

उपस्थित छात्र-मंडली में उम्र और शिक्षा के विचार से भूपति बाबू ही सबसे बड़े थे। अतः वे ही बातें कर रहे थे। सतीश की बात पर हंसकर वे बोले–'सतीश बाबू, स्वामी जी जैसे महान् व्यक्ति अच्छी ही बात कहेंगे। उनका उद्देश्य अच्छा ही होगा, इस पर विश्वास करना तो कुछ कठिन काम नहीं है।'

सतीश ने कहा–'माना कि किसी के लिए कठिन न हो। देखिए न, मैट्रिक पास करना कोई कठिन नहीं है; फिर भी पास करना अलग रहा, तीन-चार वर्षों से मैं उसके पास तक भी फटक न सका। अच्छा, यह तो बताइए, क्या आपने इन स्वामी जी को पहले कभी देखा है, अथवा इनके सम्बन्ध में कभी कुछ सुना है?'

सबने स्वीकार किया कि कोई कुछ नहीं जानता। सतीश ने कहा–'लीजिए, गेरुए वस्त्र के सिवा उनके पास और कोई भी सर्टिफिकेट नहीं है, फिर भी आप लोग उसके पीछे पागल हो रहे हैं। मैं अपना काम बिगाड़कर उनका भाषण सुनना नहीं चाहता, इसलिए सभी मुझ पर क्रोध कर रहे हैं।'

भूपति ने कहा–'सतीश बाबू, क्यों नाहक पागल हो रहे हो? इन गेरुए कपड़े वालों ने संसार को बहुत कुछ दिया है। खैर, आप इसमें शरीक नहीं होना चाहते, इससे मैं अप्रसन्न नहीं हूं, केवल मुझे दुःख है, संसार की सारी चीजें सफाई और गवाही को साथ लेकर नहीं आतीं, इसीलिए यदि उन्हें व्यर्थ समझकर छोड़ दिया जाए, तो हमें बहुत-सी चीजों से वंचित रह जाना पड़ेगा। अच्छा, आप ही कहिए, जब संगीत में सा, रे, गा, मा साधते थे तब आपको उसमें कितना रस मिलता था–उसकी कितनी भलाई-बुराई समझते थे?'

सतीश–'यही तो मैं कहता हूं कि यदि संगीत का कोई उन्नत आदर्श मेरे सामने न होता, यदि मधुर रसास्वादन की आशा मुझे न होती तो इतना कष्ट उठाकर सा, रे, गा, मा कभी न साधता। वकालत में अगर आपको रुपए की इतनी

तेज गंध न मिली होती तो एक बार फेल होकर ही आप उसके प्रयत्न से बाज आते। बार-बार यों जी तोड़ परिश्रम कर कानून की पुस्तक कभी न रटते और संभव था कि उपेन्द्र भैया भी इतने दिनों तक किसी स्कूल की मास्टरी पाकर संतुष्ट हो गए होते।'

उपेन्द्र हंसने लगे, पर भूपति का मुंह लाल हो गया। ईंट का उत्तर मशीनगन से दिया गया था। यह बात उपस्थित सभी लोग समझ गए।

क्रोध दबाकर भूपति ने कहा–'आपके साथ तर्क करना व्यर्थ है। आप शायद यह भी नहीं जानते कि किसी वस्तु की भलाई-बुराई कितनी प्रकार से सिद्ध हो सकती है।'

बातों-ही-बातों में सब लोग धीरे-धीरे सड़क किनारे बैठ गए थे। सतीश खड़ा हो गया और हाथ जोड़कर बोला–'भूपति बाबू, क्षमा कीजिए। छह प्रकार के 'प्रमाणों' और छत्तीस प्रकार के 'प्रत्यक्षों' की चर्चा इस तेज धूप में नहीं सही जाएगी। इससे अच्छा तो यह हो कि आप शाम के बाद बाबूजी की बैठक में पधारें। वहां आधी रात तक वाद-विवाद कर सकते हैं। वहां नित्य ही प्रोफेसर नवीन बाबू, प्रधान गोविन्द बाबू और पुरोहित जी तक इसी प्रकार के विषयों पर आधी रात तक तर्क-वितर्क किया करते हैं। उनकी बगल वाले कमरे में मैं रहता हूं। तर्क-वितर्क के दाव-पेंच और दार्शनिक चालों की बातें सुनते-सुनते मेरे कान पक से गए हैं। कानों के साथ-साथ मेरे ऊपर भी कुछ-कुछ रंग चढ़ने लगा है। पर असमय पककर और धरती पर टपककर मैं सियार और कुत्तों के पेट में नहीं जाना चाहता, इसलिए इस विषय को छोड़कर यदि और कुछ कहना हो तो कहिए, नहीं तो आज्ञा दीजिए, चलूं।'

सतीश के हाथ जोड़कर विदा मांगने का ढंग देखकर सब लोग खिलखिलाकर हंस पड़े। भूपति बाबू जले हुए तो थे ही, सबकी इस हंसी ने मानो ऊपर से नमक डाल दिया। क्रोध के मारे तर्क की डोर हाथ से जाती रही और जो मुंह में आया, कह गए–'तो देखता हूं, आप ईश्वर को भी नहीं मानते।' बात बिलकुल व्यर्थ थी, एकदम बच्चों की-सी हुई, जो भूपति बाबू को भी खटके बिना न रही।

सतीश ने भूपति के तमतमाते हुए चेहरे पर एक तीक्ष्ण दृष्टि डाली और फिर उपेन्द्र के मुख की ओर देखकर खिलखिलाकर हंस पड़ा। बोला–'उपीन भैया, इस बार भूपति बाबू कुशलतापूर्वक लक्ष्य पर पहुंच गए हैं। मेरे जैसे दस-बारह कुत्ते भी अब इनके पास नहीं फटक सकते।' भूपति की ओर देखकर बोला–'शाबाश, भूपति बाबू, शाबाश! 'चोर-सिपाही,' के खेल में दौड़ा न जाए तो 'धूही' छू लेना ही अच्छा है।'

इन तीखे व्यंग्य-बाणों की चोट से जलकर भूपति उठ खड़े हुए। उपेन्द्र ने उनका हाथ पकड़ लिया, कहा—'भूपति, तुम जरा ठहरो, मैं अभी इसे ठीक करता हूं। क्यों रे सतीश! घूही छूना, लक्ष्य पर पहुंचना, इन सब बातों का क्या अर्थ है? वास्तव में तेरी आदत जैसी संदिग्ध है, उससे यह संदेह होना बिलकुल स्वाभाविक है कि तू ईश्वर तक को नहीं मानता।'

सतीश ने गहरा आश्चर्य प्रकट करते हुए कहा—'हाय रे मेरा भाग्य! मैं ईश्वर को नहीं मानता? अवश्य मानता हूं। आधी रात को जब थियेटर के अखाड़े से अवकाश पाकर घर लौटता हूं तब मुझे श्मशान के पास से होकर आना पड़ता है। कहीं कोई आदमी नहीं रहता। उस सुनसान श्मशान को पार करते समय मारे भय के मेरी छाती का खून जम-सा जाता है। तुम भले आदमियों को इसका क्या पता? हंसते क्या हो उपीन भैया! मैं भूत-प्रेत को मानता हूं और ईश्वर को नहीं मानता? भला यह संभव है?'

उसकी बातों से क्रुद्ध भूपति हंस पड़े। बोले—'सतीश बाबू, क्या भूत से डरने का अर्थ ईश्वर को स्वीकार करना है? क्या आपकी दृष्टि में भूत और देवता दोनों एक ही हैं?'

सतीश ने कहा—'बिलकुल एक। पास-पास रख दीजिए, तो पहचान न पड़े—केवल मेरे लिए नहीं, आपके लिए भी, उपीन भैया के लिए भी और जो शास्त्रकार हैं उनके लिए भी यही बात है। हां, जो दोनों में से किसी एक को भी न माने, तो उसका कहना ही क्या है। लेकिन जहां एक को मान लिया बस फिर पिंड छुड़ाना कठिन हो जाता है। मानने के बाद जान नहीं बचती। दुःख में, संकट में, विपद में, आपद में कई ओर से सोचकर देखा, भाषण भी बहुत सुना है, पर जो अंधकार पहले था, वही अब भी है। छोटा-सा एक निराकार ब्रह्म मानो या हाथ-पैरों वाले तैंतीस करोड़ देवता मानो, चाहे कुछ भी करो, एक को मानते ही दूसरे भी आ उपस्थित होते हैं। ऐसा जान पड़ता है, मानो सब एक जंजीर में बंधे हुए हों। एक पर जोर डालो या एक को खींचो तो सबकी सब कड़ियां खिंच आएंगी। स्वर्ग-नरक आ जाएगा, अमर आत्मा भी आ जाएगी, फिर तुम श्मशान के देवताओं को कैसे रोकोगे? कालीघाट के कंगालों में से एक को चुपके से कुछ देकर क्या तुम अपना पिंड औरों से छुड़ा सकते हो? पल-भर में अनगिनत भिखारी आकर घेर लेंगे। ऐसी हालत में आप ही बताइए, भूत से डरूं और ईश्वर को न मानूं, क्या यह कभी संभव है, भूपति बाबू?'

यों कहते हुए उसने ऐसा मुंह बनाया कि उसे देखकर सब-के-सब ठठाकर हंस पड़े। कुछ दूर पर खड़े दो छोटे-छोटे बच्चे भी जोर से हंस पड़े। रविवार की उदास-फीकी दोपहरी इन सबकी हंसी से गूंज उठी।

उपेन्द्र की पत्नी सुरबाला द्वारा भेजा हुआ नौकर जो दूर खड़े होकर इतनी देर से आप ही बड़बड़ा रहा था, मुंह फेरकर मुस्कुराने लगा।

कलह के जो बादल घिर आए थे, इस हंसी की आंधी में वे ऐसे उड़े कि उनका पता ही न चला।

सब-के-सब बातों में इतने रत हो रहे थे कि किसी को पता तक नहीं चला कि दोपहर कब बीत गई। उधर घर में नौकर-दाइयों ने मारे भूख-प्यास के बहुत देर तक कुड़बुड़ाते रहने के बाद अब चिल्ल-पों मचाना शुरू कर दिया। रसोइया महाराज तो अब ऐसी नौकरी को छोड़ आज ही कहीं चले जाने की घोषणा कर रहे हैं।

2

तीन महीने बाद कलकत्ता के एक मकान में एक दिन सवेरे के समय नींद टूटने पर सतीश ने बिस्तरे पर इधर-उधर करवट बदलते हुए अचानक यह निश्चय कर डाला कि वह आज स्कूल नहीं जाएगा। वह होमियोपैथिक स्कूल में पढ़ता था। आज अवकाश मनाने के इस संकल्प ने उसके मन में अमृत की वर्षा की और क्षण-भर में उसके शिथिल शरीर को बलशाली बना दिया। वह प्रसन्नता से उठ बैठा और चिलम भर लाने के लिए शोर करने लगा।

सावित्री घर में आई। वह थोड़ी दूर पर फर्श पर आकर बैठ गई और हंसकर बोली—'नींद टूट गई बाबू?'

सावित्री इस घर की दाई है और घर के सारे प्रबंध की मालकिन भी। उसमें चोरी की आदत न थी, इसलिए खर्च के रुपए-पैसे उसी के हाथ में रहते थे। इकहरा बदन, गोरा रंग और ढला हुआ अंग-अंग। उम्र लगभग बाईस-तेईस वर्ष की होगी। लेकिन देखने में इससे भी कम उम्र की मालूम होती थी। सावित्री स्वच्छ वस्त्र पहनती, होंठ दोनों ओर पान और जर्दा के रस से दिन-रात लाल बनाए रहती थी। वह हंसकर बातचीत करना तो जानती ही थी, उस हंसी का मूल्य भी ठीक उसी प्रकार समझती थी। गृह-सुख से वंचित डेरे के सभी लोगों के प्रति उसके मन में एक आंतरिक स्नेह-ममता थी। हालांकि कोई उसकी प्रशंसा करता तो वह कहती, 'आप लोगों की टहल-टकोरी नहीं करूंगी, तो आप लोग मुझे क्यों रखेंगे

बाबू? इसके अलावा घर जाकर पत्नियों से निंदा करके कहेंगे, डेरे पर ऐसी दाई है जो भरपेट दोनों समय खाने को भी नहीं देती। उस लांछना की अपेक्षा थोड़ा-सा परिश्रम अच्छा है।' यह कहकर वह हंसती हुई अपने काम पर चली जाती थी। डेरे में एक सतीश ही ऐसा था, जो उसका नाम लेकर उसे पुकारता था। कभी-कभी उसके साथ ऐसा-वैसा हंसी-मजाक करता था और मन में आता तो कभी पुरस्कार भी दे देता था। उसका भी सतीश पर स्नेह कुछ अधिक मात्रा में था। सारा दिन सभी कामकाजों में व्यस्त रहने पर भी इसीलिए सदा एक आंख और एक कान इस सुगठित सुंदर युवक की ओर लगाए रहती थी। डेरे पर सभी लोग इस बात को जानते थे। और कोई-कोई कौतुक के साथ इसका संकेत करने से भी बाज नहीं आते थे। सावित्री कोई जवाब नहीं देती, मुंह दबाकर मुस्कुराती हुई काम पर चली जाती थी।

सतीश ने कहा—'हां, नींद टूट गई।' इतना कहकर तकिए के नीचे से उसने एक रुपया निकालकर उसकी ओर फेंक दिया।

सावित्री ने रुपया उठाकर कहा, 'सुबह-सुबह क्या लाना होगा?

सतीश ने कहा, 'संदेश! लेकिन मेरे लिए नहीं। अभी तुम रख लो, रात को अपने बाबू के लिए खरीद कर ले जाना।'

सावित्री ने गुस्सा करके रुपए को बिस्तर पर फेंककर कहा—'यह लीजिए अपना रुपया। मेरा बाबू संदेश नहीं खाता।'

रुपए को फिर फेंककर अनुरोध के स्वर में सतीश ने कहा—'मेरे सिर की सौगन्ध सावित्री, इस रुपए को तुम किसी प्रकार भी वापस न करना। मैंने सचमुच ही तुम्हारे बाबू को संदेश खाने के लिए दिया है।'

सावित्री ने मुंह लटकाकर कहा—'जब-तब आप स्त्रियों के समान सिर की सौगन्ध खिलाते रहते हैं, यह बड़ा अन्याय है। मेरा कोई बाबू-वाबू नहीं है। मेरे बाबू आप हैं, आप लोग हैं।'

सतीश ने हंसकर कहा—'अच्छा, दे दो रुपया। लेकिन कहो, हम लोगों के सिवा यदि कोई और बाबू हो तो मैं उसके सिर की कसम खाती हूँ।

सावित्री हंसकर बोली—'मेरा बाबू क्या आपकी सौत है जो मुझे उसके सिर की कसम खाने को कह रहे हैं?'

सतीश ने कहा—'मैं उनके सिर की कसम नहीं खा रहा हूं, न वे मेरे सिर की कसम खा रहे हैं, बल्कि मैं तो उनको संदेश खिला रहा हूं।'

सावित्री ने मुंह फेरकर अपनी हंसी रोकी और अचानक गम्भीर होकर कहा—'नौकर-नौकरानियों के साथ इस प्रकार बात करने से उनको बढ़ावा मिल

जाता है, फिर वे मुंह लग जाते हैं, जरा समझ-बूझकर बातें करनी होती हैं बाबू, नहीं तो लोग निंदा करते हैं।' यह कहकर उसने रुपया उठा लिया और फिर कमरे से बाहर चली गई। थोड़ी ही देर बाद फिर लौटकर बोली—'इस समय खाना क्या बनेगा?'

भोजन सम्बन्धी सभी बातों में सतीश एक गुणवान आदमी है। इसका परिचय सावित्री पहले ही पा चुकी थी। अतः प्रतिदिन प्रातःकाल वह एक बार आ जाती थी और सतीश की आज्ञा लेकर चली जाती थी और स्वयं ही खड़ी रहकर महाराज से सभी कामों को खूब अच्छी तरह पूरा करा लेती थी। इसी समय नौकर चिलम दे गया था, सतीश फिर एक बार करवट लेकर बोला—'जो मन हो वही बनवाओ।'

सावित्री बोली—'देखती हूं, क्रोध भी मौजूद है।'

दीवार की ओर मुंह फेरकर चिलम पीते हुए सतीश बोला—'पुरुष ठहरा, क्रोध क्या नहीं रहेगा? आज मैं खाना भी नहीं खाऊँगा।'

सावित्री बोली—'शायद और कहीं ठिकाना लग गया है। किंतु कुछ भी हो सतीश बाबू, स्कूल आपको जाना ही पड़ेगा, कहे देती हूं।'

इतने थोड़े समय के बीच ही नियमित रूप से स्कूल जाने का धंधा फिर सतीश को भार-सा बनकर दबाता जा रहा था और तरह-तरह के बहाने, तरह-तरह के कारण निकालकर उसने अनुपस्थित होना शुरू कर दिया था। आज उस बहानेबाजी की पुनरावृत्ति का सूत्रपात होते ही वह समझ गई।

सतीश हड़बड़ाकर उठ बैठा और बनावटी क्रोध के स्वर में बोला—'तुम शुभ कार्य के आरंभ में ही टोको मत।'

सावित्री ने कहा—'यह तो आप कहेंगे ही। लेकिन एन्ट्रेन्स पास करने में चौबीस साल बीत गए, यह डॉक्टरी पास करने में चौंसठ साल बीत जाएंगे।'

सतीश ने क्रोध भाव से कहा—'झूठ मत बोलो सावित्री। मैंने एन्ट्रेन्स पास नहीं किया है।'

सावित्री हंसने लगी। बोली—'तो इन्ट्रेन्स भी पास नहीं किया है आपने?'

सतीश ने गर्दन हिलाकर कहा—'नहीं! ईर्ष्यालु मास्टरों ने मुझे पास करने के लिए परीक्षा में बैठने नहीं दिया।'

सावित्री ने हंसकर कहा—'तो क्या इसकी भी वही दशा होगी?'

'किसकी?'

'इस डॉक्टरी की?'

सतीश ने कहा—'अच्छा सावित्री, तुम बता सकती हो कि गधों के समान लोग परीक्षा पास करके क्या करते हैं?'

सावित्री हंसी के वेग को दबाकर बोली—'गधों के समान हैं, लेकिन आप गधे नहीं हैं। जो लोग वास्तव में गधे हैं, वे पास ही नहीं कर सकते।'

सतीश ने दरवाजे से झांककर एक बार देख लिया। फिर स्थिर होकर बैठ गया और गंभीर होकर बोला—'यदि कोई सुन लेगा तो सचमुच ही निंदा करेगा। मेरे मुंह पर ही मुझे गधा कह रही हो।' इसकी कोई कैफियत नहीं दी जा सकती।

हाय रे! नसीब की मारी आज सावित्री डेरे की दाई है। इसी कारण वह इस आघात को सहकर बोली—'ठीक ही तो है!' यह कहकर वह चली गई।

सतीश फिर आलसी के समान बिस्तरे पर लेट गया। उसके मन में कर्मविहीन समूचे दिन का जो चित्र उज्ज्वल होकर उठ रहा था, सावित्री की बातों की चोट से उसका अधिकांश ही मलिन हो गया और मन की जिस व्यथा को लेकर सावित्री स्वयं चली गई, वह भी उसकी छुट्टी के आनंद को बढ़ाकर नहीं गई। और यद्यपि वह मन-ही-मन समझ गया, आज फिर नागा करने से लाभ नहीं होगा, हालांकि कुछ न करने का लोभ भी वह नहीं छोड़ सका, तो आलस्य भरे चेहरे से बिस्तरे पर ही पड़ा रहा। लेकिन ठीक समय पर स्नान के लिए तकाजा आ गया। सतीश उठा नहीं, बोला—'जल्दी क्या है? आज तो मैं बाहर जाऊंगा नहीं।'

सावित्री ने कमरे में घुसकर कहा—'यह नहीं हो सकता। आपको स्कूल जाना ही पड़ेगा—जाइए, स्नान करके खाना खाइए।

सतीश ने कहा—'तुमको क्या मेरा संरक्षक नियुक्त किया गया है जो दबाव डाल रही हो? आज मैं पादमेकं न गच्छामि।'

सावित्री तनिक हंसकर बोली—'नहीं जाना है तो स्नान तो कर लीजिए। आपके आलस्य से नौकर-नौकरानियों को दुःख होता है, इसे क्या आप नहीं देख सकते?'

सतीश ने कहा—'ये कैसे नौकर-नौकरानियां हैं जो नौ बजते ही तकलीफ पाने लगते हैं? इस डेरे को मुझे बदलना ही पड़ेगा।'

सावित्री ने हंसकर कहा—'तब तो मुझे भी बदलना पड़ेगा।' लेकिन तुरंत ही वह बात को दबाकर बोल उठी—'तब तक आपको इसी डेरे का नियम मानकर चलना पड़ेगा—स्कूल भी जाना पड़ेगा। चलिए, उठिए, दिन चढ़ता जा रहा है।' इतना कहकर सतीश की धोती और गमछा स्नानघर में रख आने के लिए तेज कदमों से बाहर हो गई।

सतीश रोज नियमित रूप से संध्या-वंदन किया करता था। आज वह स्नान करके आया और पूजा के आसन पर बैठकर देर करने लगा। सावित्री दो-तीन बार आकर देख गई और दरवाजे के बाहर से पुकारती हुई बोली—'अब देर क्यों कर रहे हैं? परोसा हुआ भात तो ठंडा हो रहा है। स्कूल जाना नहीं पड़ेगा। स्कूल नहीं जाना पड़ेगा आपको। कृपा करके दो कौर खा लीजिए और जान बख्शिए हमारी।'

सतीश और पांच मिनट चुपचाप बैठा रहा, फिर खड़ा होकर बोला—'संध्या-वन्दन के समय गड़बड़ी मचाने से जानती हो, क्या होता है?'

सावित्री ने कहा—'गंगाजली और पंचपात्र सामने रखकर ढोंग रचाने से क्या होता है, जानते हैं?'

सतीश ने त्यौरियां चढ़ाकर कहा—'मैं ढोंग रच रहा था? कदापि नहीं।'

सावित्री कुछ कहने जा रही थी, फिर रुक गई, उसके बाद बोली—'इसे तो आप ही जानते हैं। लेकिन आपको भी तो पहले किसी दिन इतनी देर नहीं होती थी। जाइए, भात परोस दिया गया है।' यह कहकर वह चल दी।

आज जाड़े की सुंदर दोपहर में डेरा निर्जन और निस्तब्ध था। इस डेरे में रहनेवाले सभी किरानी हैं। वे लोग दफ्तर चले गए हैं। रसोइया घूमने गया है, बिहारी बाजार से सौदा लाने गया है। सावित्री की भी कोई आहट-आवाज नहीं सुनाई पड़ती। सतीश ने अपने कमरे में पहले दिवा-निद्रा का व्यर्थ आह्वान किया। फिर उठकर बैठ गया और इधर-उधर की बातें सोचने लगा। सिरहाने की तरफ वाली खिड़की बंद थी। उसको खोलकर सामने की खुली छत की ओर देखते ही उसी क्षण उसने उसको बंद कर लिया। छत के एक छोर पर बैठकर सावित्री अपने बाल सुखा रही थी और झुककर कोई किताब देख रही थी। खिड़की बंद करने की आवाज से उसने चौंककर माथे पर आंचल डालकर खड़ी होकर देखा, खिड़की बंद हो गई थी। थोड़ी देर बाद उसने कमरे में प्रवेश करके कहा—'बाबू, आप मुझे बुला रहे थे?'

सतीश ने कहा—'नहीं। मैंने तो नहीं बुलाया है।'

'आपके लिए पान और पानी ले आऊं?'

सतीश ने सिर हिलाकर कहा—'ले आओ।'

सावित्री ने पान और पानी लाकर बिस्तर पर रख दिया और कमरे के तमाम दरवाजे-खिड़कियों को एक-एक करके खोल दिया, और फिर फर्श पर खुले दरवाजे के सामने बैठ गई, फिर मुस्कुराती हुई बोली। आज झूठमूठ में आप स्कूल नहीं गए। 'जाऊं, आपके लिए चिलम भर लाऊं!'

सतीश ने पूछा—'बिहारी कहां है?'

'बाजार गया है।' कहकर सावित्री चली गई और थोड़ी देर में चिलम भरकर ले आई। 'आज व्यर्थ में आपने नागा कर दिया।'

सतीश ने कहा—'ठीक है। यही सच्चाई है। मेरा स्वभाव कुछ स्वतंत्र है, इसलिए बीच-बीच में ऐसा न करने से मुझे बीमारी हो जाती है। इसके अलावा मैं बाकायदा डॉक्टर बनना भी नहीं चाहता। इधर-उधर की कुछ बातें सीखकर अपने गांव के मकान पर एक मुफ्त दवाखाना खोल दूंगा। चिकित्सा के अभाव से गांव के गरीब-दुखी हैजे की बीमारी से उजड़ते जाते हैं, उन लोगों की चिकित्सा करना ही मेरा उद्देश्य है।'

सावित्री ने कहा—'मुफ्त की चिकित्सा में क्या अच्छी तरह सीखने की जरूरत नहीं है? अच्छे डॉक्टर केवल बड़े आदमियों के लिए होते हैं और गरीबों के लिए नीम हकीम? लेकिन ऐसा होगा भी कैसे? आपके चले जाने से विपिन बाबू की तो भारी मुश्किल होगी।'

विपिन बाबू की चर्चा होने से सतीश लज्जित होकर बोला—'मुश्किल क्या होगी भला? मुझ जैसे मित्र उनको बहुत मिल जाएंगे। इसके अलावा अब मैं वहां जाता भी नहीं।'

सावित्री ने आश्चर्य के साथ पूछा—'जाते नहीं हैं! तो फिर उनको गाना-बजाना कौन सिखाता है?'

सतीश ने कहा—'गाना-बजाना क्या मैं सिखाता हूं उन्हें?'

सावित्री बोली—'क्या मालूम बाबू, लोग तो ऐसा ही कहते हैं!'

'कोई नहीं कहता, वह केवल तुम्हारे मन की गढ़ी बात है।'

'आपको विपिन बाबू का मुसाहिब कहते हैं, यह भी क्या मेरी मन की गढ़ी बात है?'

यह बात सुनकर सतीश आपे से बाहर हो उठा। इसका कारण था विपिन के साथ घनिष्ठ सम्बन्ध। बाहर के लोगों की चर्चा का विषय होने पर उस चर्चा का फल साधारणतः क्या निकलता है, इसकी जानकारी उसको थी। कलकत्तावासी विपिन की घरेलू अवस्था और उसके आमोद-प्रमोद की अत्यधिक सजावट-बनावट के बीच परदेशी सतीश का स्थान नीचे ही उतर आएगा, सतीश के मन का यह उत्कंठित संदेह सावित्री के तीक्ष्ण प्रवाह से बिलकुल ही उग्रमूर्ति धारण करके बाहर निकल आया। वह दोनों आंखों को सतेज बनाकर गरज उठा—'क्या मैं मुसाहिब हूं? कौन कहता है, बताओ तो!'

'किसका नाम बताऊं! जाऊं, राखाल बाबू का बिस्तर धूप में डाल आऊं।'

'रहने दो बिस्तर को, नाम बताओ!'

'कुमुदिनी।' सावित्री ने हंसकर कहा।

सतीश ने आश्चर्य में पड़कर कहा–'तुम कैसे जान गईं?'

सावित्री बोली–'उन्होंने मुझे काम करने के लिए बुला भेजा था।'

'तुमको? साहस तो कम नहीं है। उसको तुमने क्या कहा?'

'अभी तक मैंने कुछ कहा नहीं है–सोच रही हूं, वेतन अधिक है, काम कम है, इसलिए लोभ हो रहा है।'

सतीश की आंखों से आग की चिनगारियां निकलने लगीं। उसने कहा–'यह है विपिन की करतूत? तुम्हारा नाम वह अक्सर ही लेता रहता है।'

सावित्री ने हंसी को रोककर कहा–'लेते रहते हैं? तब तो मालूम पड़ता है, मेरे ऊपर उनका मन आ गया है।'

सतीश क्रूर दृष्टि डालकर बोला–'सौ रुपए फाइन देने के बाद से लोगों को मैं दबाता नहीं–फिर देख रहा हूं, कुछ देना पड़ेगा। अच्छा, तुम जाओ!'

सावित्री चल दी। राखाल के बिस्तर को धूप में डालकर झटपट वापस आकर खिड़की के सुराख से झांककर उसने देखा–सतीश कुरता पहन चुका है और बक्स में से एक बंडल नोट जेब में रख रहा है। सावित्री दोनों चौखटों पर हाथ रखकर रास्ता रोककर खड़ी हो गई, बोली–'कहां जाइएगा?'

'काम है, रास्ता छोड़ो।

'क्या काम है, सुनूं भी तो?'

सतीश ने अप्रसन्न होकर कहा–'हटो!'

सावित्र हटी नहीं। हंसकर बोली–'भगवान ने आपको किसी गुण से वंचित नहीं रखा है। इसके पहले भी आप जुर्माना दे चुके हैं।'

सतीश ने आंखें तरेर लीं, कुछ बोला नहीं।

सावित्री बोली–'यह तो आपका भारी अन्याय है। मैं कहां काम करूं न करूं, यह तो मेरी इच्छा पर है–आप क्यों झगड़ा करना चाहते हैं?'

सतीश बोला–'मैं झगड़ा करूं न करूं, यह मेरी इच्छा की बात है, तुम क्यों राह रोक रही हो?'

सावित्री ने हाथ जोड़कर कहा–'अच्छा, थोड़ा सब्र कीजिए, मैं वापस आ जाऊं, तब जाइएगा।

सतीश ज्योंही लौटकर खटिया पर बैठा, त्योंही सावित्री ने बाहर आकर दरवाजे की जंजीर चढ़ा दी। खिड़की से धीरे-धीरे कहती गई–'जब तक आप शांत न होइएगा, दरवाजा न खोलूंगी। मैं नीचे चली।'

यह कहकर वह सचमुच नीचे उतर गई। बाहर न जा सकने के कारण सतीश कुछ देर चुपचाप बैठा रहा, फिर अपने कुरते को जमीन पर फेंककर चित होकर लेट गया।

विपिन के साथ उसका परिचय इलाहाबाद में हुआ था। कलकत्ता जाकर काफी घनिष्ठ हो गया था, तो भी इस डेरे पर उसका जब-तब आना-जाना बढ़ता चला जा रहा था। यह वह खुद भी गौर कर रहा था। आज सावित्री की बातों सेयह कारण बिलकुल ही सुस्पष्ट हो उठा। सतीश का मित्र और बड़ा आदमी होने से इस डेरे में उसका बहुत सम्मान था। सतीश की अनुपस्थिति में भी उसकी खातिरदारी में कोई कमी न हो, इसका भार खुद सतीश ने सावित्री को सौंप दिया था। विपिन बाबू इसकी पूरी कीमत वसूल करते जा रहे थे, यह समाचार डेरे पर लौट आने पर सतीश जब-तब पा रहा था। अपने मन की इस सरल उदारता की तुलना में विपिन की उस भद्दी भूख ने गंभीर कृतघ्नता की भांति आज उसको बांध दिया और सभी निमंत्रण-आमंत्रण, गाढ़ी दोस्ती एक ही पल में उसके लिए विष के समान बन गई। बाहरी तौर पर वह चुपचाप रहा, लेकिन मर्मांतक क्रोध पिंजड़े में बंद पशु के समान उसके हृदय में इस कोने से उस कोने तक घूमने लगा।

एक घंटे के बाद वापस आने पर सवित्री ने खिड़की के बाहर से धीरे-धीरे पूछा—'क्रोध शांत हो गया बाबू?'

सतीश ने जवाब नहीं दिया।

दरवाजा खोलकर सावित्री कमरे में आकर खड़ी हो गई और बोली—'अच्छा, यह कैसा अत्याचार है, बताइए न?'

सतीश ने किसी ओर बिना देखे ही पूछा—'किस बात का अत्याचार?'

सावित्री ने कहा—'सभी अपनी भलाई खोजते हैं। यदि कहीं कोई अच्छा काम मुझे मिले तो उससे आप गुस्सा क्यों करते हैं?

सतीश ने उदास भाव से कहा—'गुस्सा क्यों करूंगा? तुम्हारी इच्छा होगी तो चली जाना।'

सावित्री बोली—'हालांकि मेरे नए मालिक को पीटने की तैयारी आप कर रहे हैं?'

सतीश उठ बैठा और बोला—'अगर तुम्हारी चीज को कोई बहला-फुसलाकर ले जाए, तो तुम क्या करतीं सावित्री?'

'लेकिन मैं क्या आपकी चीज हूं?' कहकर सावित्री खिलखिलाकर हंस पड़ी।

सतीश ने लजाकर कहा—'धत्! यह बात नहीं है, लेकिन...।'

सावित्री ने कहा—'लेकिन की अब कोई जरूरत नहीं, मैं नहीं जाऊंगी।'

सावित्री का कुरता जमीन पर पड़ा था, सावित्री ने उसको उठा लिया और जेब से नोट का बंडल निकाल लिया। बक्स में चाबी लगी हुई थी, नोटों को अंदर रखकर ताला बंद करके चाबी अपने रिंग में घुसाते-घुसाते बोली—'चाबी मेरे ही पास रहेगी। रुपए की जरूरत पड़ने पर मांग लीजिएगा।'

सतीश ने कहा—'यदि तुम चोरी करो तो?'

सावित्री उसकी बात पर हंस पड़ी, आंचल से बंधे हुए चाबियों के गुच्छे को पीठ पर फेंककर बोली—'मैं चोरी करूंगी तो आप पर कोई असर नहीं पड़ेगा।'

सतीश सावित्री के चेहरे की ओर थोड़ी देर तक टकटकी लगाकर देखता रहा। उस पल-भर की दृष्टि से उसे क्या दिखाई पड़ा, यह वही जाने। चौंक कर वह बोल उठा—'सावित्री, तुम्हारा घर कहां है?'

'बंगाल में।'

'इससे अधिक और कुछ बताने को नहीं है?

'नहीं।'

'घर कहां है, भले ही यह न बताओ, पर तुम्हारी जाति क्या है, यह तो बताओ?'

सावित्री ने तनिक हंसकर कहा—'मेरी जात जान लेने से क्या होगा? मेरे हाथ का पकाया भात तो आप खाएंगे नहीं।'

थोड़ी देर तक सोचकर सतीश बोला—'यह संभव नहीं है। लेकिन जोर देकर मैं बिलकुल यह नहीं कह सकता कि मैं तुम्हारे हाथ का पकाया खाना नहीं खाऊंगा।'

अपनी दोनों फटी-फटी चमकीली आंखों को सतीश के चेहरे पर टिका करके पल-भर के बाद ही वह हंस पड़ी। बच्चों के समान सिर हिलाकर अपनी आवाज में अनिर्वचनीय दुलार भर कर बोली—'मेरे हाथ का पकाया खाना आप नहीं खाएंगे यह आप कह नहीं सकते। आखिर क्यों, बताइए न?'

सतीश के सिर पर मानो भूत सवार हो गया। उसकी छाती के रक्त में उबाल आ गया। वह तुरत भर्राये स्वर में बोल उठा—'मैं क्यों नहीं कह सकता, यह मैं नहीं जानता सावित्री। लेकिन तुम खाना पकाकर दोगी तो मैं नहीं खाऊंगा, यह कहना मेरे लिए कठिन है।'

'कठिन है? अच्छा, यह एक दिन देखा जाएगा। ओह! जाने दीजिए, राखाल बाबू का गावतकिया धूप में डालना भूल गई हूं।' यह कहकर पलक झपकते ही वह कमरे से बाहर निकल गई।

'एक बात सुनती जाओ सावित्री।' कहकर सतीश एकाएक सामने की ओर झुक पड़ा और हाथ बढ़ाकर उसके आंचल का छोर पकड़ लिया।

सावित्री अपनी दोनों आंखों से बिजली की वर्षा करके बोली—'छिः! आ रही हूं...' और झटके से आंचल छुड़ाकर तेज कदमों से ओझल हो गई।

अचानक मानो एक कांड हो गया। उसका यह अचानक त्रास-युक्त पलायन, दबे हुए कंठ की 'आ रही हूं' की आवाज और इन आंखों की बिजली ने वज्राग्नि के समान सतीश की समस्त दुर्बुद्धि को एक ही पल में जलाकर राख बना डाला। कुत्सित लज्जा के धिक्कार से उसका सारा शरीर शूल से बिंधे हुए सांप की भांति सिमटने लगा। उसके मन में यह ध्यान आया कि इस जन्म में वह फिर सावित्री को अपना मुंह न दिखा सकेगा। किसी कारण वह फिर न आ जाए, इस आशंका से वह उसी क्षण एक रैपर खींचकर तूफान की गति से बाहर निकल गया। तीन-चार सीढ़ियां उतरना बाकी था कि तभी सतीश को ऊपर से आती सावित्री की आवाज सुनाई पड़ी। वह रसोईघर से भागी आई और मुंह बढ़ाकर पुकार कर कह रही थी—'एकबारगी खाना खाकर घूमने जाइए बाबू। वापस आने में देर होगी, तो सबकुछ बर्बाद हो जाएगा।'

लेकिन सतीश को मानो सुनाई ही नहीं पड़ा, इस तरह से लम्बी सांस लेकर वह बाहर निकल गया।

दूसरे दिन सवेरे सावित्री जब रसोई के बारे में पूछने के लिए आई तो सतीश ने धीरे-धीरे कहा—'बुरा मत मानना सावित्री।'

सावित्री ने विस्मय-भरे स्वर में प्रश्न किया—'किस बात का बुरा नहीं मानूंगी?'

सतीश गर्दन झुकाकर चुप रहा।

मन्द-मन्द मुस्कुराकर सावित्री ने कहा—'खैर, जाने दीजिए। मेरे पास समय नहीं है—क्या रसोई बनेगी, बताइए।'

'मैं नहीं जानता—तुम्हारी जो इच्छा हो, बनाओ।'

'अच्छा!' कहकर सावित्री चली गई, उसने फिर नहीं पूछा।

दो घंटे के बाद वापस आकर बोली—'कैसा कांड मचा रखा है, बताइए तो! आज भी 'पादमेकं न गच्छामि' है क्या?'

सतीश फिर भी चुप रहा।

सावित्री ने कहा—'नौ बज चुके हैं।'

समय बीत जाने की सूचना से सतीश रत्ती भर भी चिन्ता दिखाए बिना बोला—'बजने दो, मुझे अब अच्छा नहीं लग रहा है।'

ऐसा अन्याय, आलस्य में व्यर्थ समय नष्ट करना सावित्री बिलकुल ही देख नहीं सकती थी। इसी कारण वह कुछ दिनों से भीतर-ही-भीतर क्रुद्ध और असहिष्णु होती जा रही थी। जरा रूखे स्वर में उसने पूछा—'क्या अच्छा नहीं लग रहा है? पढ़ने जाना?'

सतीश स्वयं भी मन-ही-मन विरक्त होता जा रहा था। उसके चेहरे की ओर देखकर सावित्री यह समझ गई और एक क्षण चुप रहकर अपनी आवाज को कोमल बनाकर बोली—'लिखना-पढ़ना अच्छा नहीं लग रहा है। अब शायद किसी औरत का आंचल पकड़कर खींचातानी करना अच्छा लग रहा है। स्कूल जाइए! बेकार में डेरे पर बैठे-बैठे उपद्रव मत कीजिए।'

उसके अपमान में यद्यपि हार्दिक स्नेह और कल्याण के अतिरिक्त और कुछ भी नहीं था किंतु बातों के तरीके ने सतीश के समूचे शरीर में मानो कांटेदार लता को लपेट दिया। देखते-देखते उसकी आंखें और चेहरा क्रोध से लाल हो उठा। वह बोला—'देखता हूं, जो मुंह में आता है, कह डालती हो। सहारा पा लेने पर केवल कुत्ते ही सिर पर नहीं चढ़ जाते, मनुष्य को भी यह बात याद दिलानी पड़ती है।'

'यह तो है गाली-गलौज!' सावित्री पल-भर चुप रही, फिर आवाज को और धीमी करके बोली—'मनुष्य को भी यह बात याद दिलानी पड़ती है, सतीश बाबू। नहीं तो आपको ही याद दिलाने की क्यों जरूरत पड़ती कि यह है भले आदमियों का डेरा है, वृन्दावन नहीं?'

इतना कहकर वह तेज कदमों से बाहर निकल गई।

दुःसह विस्मय से सतीश स्तम्भित हो गया। सावित्री उसको इस प्रकार बींध सकती है, इस बात को तो वह अपने मन में स्थान भी नहीं दे सकता था। कुछ देर तक एक ही दशा में बैठा रहकर वह हठात् उठ खड़ा हुआ और किसी प्रकार स्नान-भोजन करके पढ़ने के बहाने वह बाहर निकल गया।

उस दिन उसका अपमान से आहत क्षुब्ध मन उसकी प्रवृत्तियों को फटकारने लगा और वह जितना ही अपने अचिंतनीय अद्भुत व्यवहार का मतलब खोज न पाया, उतना ही मन में एक ही बात बार-बार चक्कर लगाकर रेखा खींचने लगी, कि क्यों उसने आंचल पकड़ा था, कौन-सी बात उसे कहनी थी और सावित्री

उस तरह भागकर न चली जाती तो वह क्या कहता? क्या करता? अन्तःकरण निरन्तर इन्हीं तमाम कटु प्रश्नों से सावित्री की तुलना में उसे ही अधिक निष्ठुर भाव से अविराम बींधने लगा। इस प्रकार सारा दिन वह अपने ही हथियार से स्वयं ही घायल होकर संध्या समय गंगाजी के किनारे आ उपस्थित हुआ और किसी तरह से नाव के मल्लाह की विनीत मनाही को टालकर निर्जीव की भांति एक चट्टान पर बैठ गया।

कल जब सावित्री के प्रति अचानक मन की दुर्बलता प्रकट हो जाने से वह लाज के मारे डेरे से लम्बी सांस लेकर भागा था तब उस लाज में न जाने कैसी थोड़ी-सी मिठास घुल-मिल गई थी। न जाने किसने आड़ में रहकर उसमें भाग लिया था। लेकिन आज सावित्री के व्यंग्य वचन की आग से उस रस की अंतिम बूंद तक सूख गई और लज्जा बिलकुल ही शुष्क-कठिन होकर उसके हृदय में तिरछी होकर बैठ गई। उस दिन उसके आत्म-सम्मान ने केवल उसका सिर झुका दिया था, पर आज तो उसकी गर्दन टूट कर गिर गई। और सबसे बढ़कर यह दुःख चोट पहुंचाने लगा कि इस स्त्री से उसने जितने दिन जितने मजाक किए हैं, उन सभी का आज एक गंदा अर्थ निकाला जाएगा। कल सवेरे तक सचमुच उसके मजाकों में चुहल के अलावा कोई दूसरा अर्थ नहीं था। निर्जन दोपहर के इतने ही असंयम के बाद उस बात को तो मुंह में लाने का भी अब उपाय नहीं रहा। आसक्ति बहुत दिनों से छिपी हुई दशा में प्रतीक्षा किए हुए नहीं थी, इस बात पर तो सावित्री किसी भी तरह से विश्वास न करेगी। वह कहेगी, इनके मन में यही बात थी! लेकिन उसके मन में तो कुछ भी नहीं था। इस सत्य को समझाकर कहने का समय, सुअवसर उसको कब मिलेगा? वह अच्छा लड़का नहीं है, इसकी लज्जा भी उसको खूब अधिक नहीं थी, लेकिन पाखंड का कलंक वह कैसे सहेगा? उसने मन-ही-मन कहा—यदि वह चोर है तो चोर के समान सेंध लगाते समय ही रँगे हाथों क्यों न पकड़ लिया गया? सावित्री मानो मन-ही-मन हंसकर कहेगी—यह साधु जटा-कमंडल पीठ पर बांधकर त्रिशूल से सेंध लगाते पकड़ा गया। इस कलंक की कल्पना उसको जलाने लगी। इस प्रकार से बैठे-बैठे रात कितनी बीत गई, इसको वह जान भी न सका। कब भाटा खत्म हो गया और कब ज्वार का पानी उसके पैरों के पास पहुँच गया, कब कलकत्ता के अंधेरे गली-गलियारे गैस की रोशनी में चमचमा उठे, कब सिर के ऊपर आकाश काला हो गया और कब तारे निकल आए, कुछ भी उसे पता नहीं था। जाड़े की पनीली हवा से उसे ठंड लगने लगी और उस पार चटकल की घड़ी में जब बारह बज गए, तब सतीश उठ पड़ा और अपने डेरे की तरफ रवाना हो गया। उस समय

कुछ क्षण के लिए शायद वह अपने काल्पनिक आशंका को भूल गया था, लेकिन चलते-चलते डेरे की दूरी जितनी घटने लगी, उसका मन फिर उसी अनुपात से छोटा होने लगा। अंत में गली के मोड़ के पास आ जाने पर उसके कदम उठ ही नहीं रहे थे, ऐसी दशा हो गई। धीरे-धीरे किसी प्रकार वह डेरे के दरवाजे के सामने आकर चुपचाप खड़ा रहा। डेरा निस्तब्ध है। ऐसा नहीं लगा कि कहीं कोई जगा हुआ है। और यद्यपि वह जानता था कि इतनी रात गए सावित्री अवश्य ही अपने घर लौट गई होगी तो भी दरवाजा खटखटाने-पुकारने का साहस उसको नहीं हुआ। भय होने लगा कि कहीं वही आकर दरवाजा न खोल दे। ठीक उसी समय किवाड़ अपने आप खुल गया। एक क्षण सतीश चुप रहा। फिर बोला—'कौन है, बिहारी?'

'हां, बाबू।'

'सब खा चुके?'

'जी हां।'

'दाई चली गई है?'

'जी हां, मुझे बैठे रहने को कहकर वह बस अभी-अभी गई।'

यह सुनकर सतीश की जान में जान आई। प्रसन्न होकर उसको दरवाजा बंद करने को कहकर ऊपर चला गया।

बिहारी आकर बोला—'बाबू, आपका खाना...'

'खाना रहने दो बिहारी, मैं खाकर आया हूं।'

बिहारी ने कहा—'आपके लिए पान और पानी मेज पर रखा हुआ है।'

'अच्छा, तू जाकर सो जा।'

बिहारी चला गया। सतीश बिस्तर पर लेट गया और तुरत सो गया।

झगड़ा कर चुकने के बाद सावित्री का भी मन अच्छा नहीं था। सतीश ने अप्रिय बात कहीं थी, तो भी पलटकर उसे नहीं कहना चाहिए था। यह बात सारी दोपहर उसको क्लेश देती रही। इसलिए शाम के बाद किसी समय एकांत में क्षमा-याचना कर लेने की आशा में प्रतीक्षा करते-करते जब शाम बीत गई, तब उसकी आशा आशंका में बदलने लगी। वह जानती थी, इस कलकत्ता में विपिन के यहां जाने के सिवा सतीश के लिए और कोई स्थान नहीं है। इसीलिए सबसे पहले यह भय उत्पन्न हो गया कि वह उसी दल में सम्मिलित हो गया होगा। क्रमशः रात बढ़ने लगी। सतीश नहीं आया। वह और कहीं जा सकता है, ऐसा विचार भी उसके मन में नहीं आया। संदेह दृढ़ होकर जब विश्वास में बदल गया, तब प्रतीक्षा करना भी उसके लिए असंभव हो उठा। वास्तव में उसको घृणा होने

लगी कि क्षमा मांगने के लिए वह ऐसे आदमी की बाट देख रही है। इस कारण बिहारी को बैठने को कहकर सावित्री बहुत रात गए घर लौट गई। अपने घर जाकर वह बिस्तर पर पड़ी रही, लेकिन आंखों में नींद नहीं आई। उसकी समूची देह किसी अजीब बेचैनी से सुबह के लिए छटपटाने लगी। कमरे की छोटी सी टेबल-घड़ी में कब कितना बजा, इसकी आवाज उसने जागे-जागे सुनी। सवेरे के लिए और इन्तजार न कर पाने की वजह से वह मुंह अंधेरे ही उठ पड़ी, कपड़े बदले और आंख-मुंह में पानी डालकर बाहर निकल पड़ी। उस समय रास्ते से होकर मारवाड़ी स्त्रियां गाते-गाते गंगा स्नाने करने के लिए चली जा रही थीं। गंगा की ओर मुंह करके जैसे ही सावित्री ने कहा—'गंगा मैया, जाकर सब अच्छा ही देखूं।' वैसे ही उसके दोनों होंठ कांपने लगे। आंसू से दोनों आंखें भर गईं, और इस कल्पित आशंका से अपने संपूर्ण मन को परिपूर्ण बनाकर वह राह में तेज कदमों चलते-चलते हजारों बार मन-ही-मन बोलने लगी—'सकुशल रहे, जो मन करे, करे लेकिन अच्छा रहे।'

डेरे पर पहुंचने पर पुकारने के बाद बिहारी ने दरवाजा खोलने के साथ ही कहा—'सतीश बाबू बहुत रात गए आए थे, और मालूम नहीं कहां से खाना खाकर आए थे।' यह सूचना पहले ही दे देने की आवश्यकता है यह बात उस बूढ़े से छिपी नहीं थी।

सावित्री ऊपर जा रही थी कि ठिठककर खड़ी हो गई। माथे पर बल देकर उसने प्रश्न किया—'रात को उन्होंने खाना नहीं खाया क्या?'

'नहीं, उनका खाना तो ढका रखा हुआ है।'

सावित्री सिर्फ एक 'हूं' कहकर ऊपर चली गई। उसका दुश्चिंता से ग्रस्त मन निर्भय होने के साथ ही फिर ईर्ष्या से जल उठा।

अगले दिन, दिन चढ़ जाने पर जब सतीश की नींद टूटी तो उसे याद आई सावित्री। ठीक उसी समय सावित्री मुंह लटकाए आ खड़ी हुई। उसके मुंह की ओर सिर्फ एक बार देखकर सतीश ने सिर झुका लिया। कुछ देर बाद सावित्री ने कहा—'क्या खाना बनेगा, यह जानने के लिए आई हूं।'

सतीश ने बिना किसी ओर देखे कहा—'जो खाना रोज बनता है, वही ने।'

'अच्छा!' कहकर सावित्री जाने को तैयार होते ही फिर खड़ी हो गई, बोली—'लिखने-पढ़ने की तरह ही बाबू को क्या खाना-पीना भी अब अच्छा नहीं लगता?'

सतीश ने धीरे-धीरे कहा—'मैं खाकर आया था।'

उसने भय से झूठी बात कह दी। लेकिन कहां उसने खाना खाया, इस बात को भी सावित्री ने घृणा के कारण नहीं पूछा। थोड़ी देर चुप रहकर बोली—'आज दो दिन से आप भागते हुए घूम रहे हैं। किस भय से, जरा सुनूं तो? मेरे कारण यह असुविधा होती हो तो आप मुझे जवाब दे सकते हैं।'

सतीश ने मुंह उठाकर कहा—'तुम्हारा क्या कसूर है? इसके अलावा मैं तो जवाब देनेवाला मालिक भी नहीं हूं, यह डेरा तो केवल मेरा अकेले का नहीं है।'

सावित्री ने कहा—'अकेले का होता तो शायद जवाब दे देते! अच्छा, तो ऐसा करती हूं कि मैं खुद ही चली जाती हूं।'

सतीश ने उत्तर नहीं दिया। यह देखकर सावित्री मन-ही-मन और भी जल उठी। बोली—'मेरे जाने से आप खुश होंगे। आपके पैरों पड़ती हूं सतीश बाबू, हां या नहीं, एक जवाब तो दीजिए।'

फिर भी सतीश चुप रहा। सावित्री इस डेरे के लिए कितने काम की है, यह बात वह जानता था और इस प्रकार उसके चले जाने से कोई भी बात छिपी न रहेगी। तब सब बातें एक मुंह से दूसरे मुंह तक पहुंचते-पहुंचते कैसा घृणित रूप धारण कर लेंगी, इसका निश्चित अनुमान करके वह डर गया। पल-भर चुप रहकर उसने मीठे स्वर में कहा—'मुझे माफ करो सावित्री! जब तक मैं यहां हूं, कम-से-कम तब तक तुम कहीं मत जाना।'

कोई और समय होता तो वह तुरंत माफ कर देती, लेकिन सतीश के सम्बन्ध में वह शायद एक संदेह मन-ही-मन पोषण कर रही थी, इसलिए इस मृदु आवाज को छल समझकर वह निर्दय हो उठी और उसी की आवाज का अनुकरण करके वह उसी क्षण बोल उठी—'आप इतना दिखावा करके माफी मांगकर साधु बनने जा रहे हैं किसलिए? मुझ जैसी नीच स्त्री का आंचल पकड़कर खींचना आपके लिए क्या कोई नई बात है कि लाज से बिलकुल ही मरते जा रहे हैं? इससे तो अच्छा यह है कि आप अपने घर चले जाइए। कलकत्ता में रहकर झूठमूठ में बर्बाद मत होइए। लिखना-पढ़ना आपके बस की बात नहीं है।'

जो सतीश उग्र स्वभाव के कारण किसी की भी परवाह नहीं करता था, बातों को सह लेना जिसका स्वभाव नहीं था, वह इस समय इतने बड़े अपमान की बात से चुप रहा।

उसका अपराधी मन भारी बोझ से दबे हुए बोझ ढोने वाले पशु के समान इस प्रकार निरुपाय दशा में राह में सिकुड़कर पड़ा हुआ था कि सावित्री के

बार-बार के निष्ठुर आघात से भी वह हरगिज अपना सिर उठाकर खड़ा न हो सका। सावित्री की सुध लौटी। उसकी स्पर्धा क्रोध को भी पार कर गई, यह बात उसके अपने कानों में भी गूंजने लगी। बहुत देर तक वह चुपचाप खड़ी रही, फिर धीरे-धीरे बाहर निकल गई।

3

आज भी सावित्री सारे काम-काज निपटाकर सारा दिन उत्सुक बनी रही। सतीश यदि कल के समान आज भी क्रोध करता अथवा एक भी बात का उत्तर देता तो अच्छा होता। लेकिन उसने कुछ भी नहीं कहा। गंभीर, उदास मुंह से रोज की भांति खाना खाकर पढ़ने चला गया और ठीक समय पर वापस आ, चुप होकर कमरे में बैठा रहा। आड़ से सावित्री सब कुछ देखती रही, लेकिन कोई बहाना बनाकर भी उसके कमरे में जाने का आज उसे साहस नहीं हुआ। रोज शाम के पहले वह अपने हाथों से उसका कमरा झाड़-बुहार आया करती थी, आज उसने बिहारी को भेज दिया। शाम को रोशनी भी बिहारी ही जला आया।

रोज इसी समय राखाल बाबू के कमरे में पासे का अड्डा जमता है; सो वह आज भी जमा और रह-रहकर बात-बात पर हंसी के फव्वारे छूटने लगे। सामने की खुली छत पर कोई न था। सावित्री ने इधर-उधर देखा। अपने सारे संकोच को उसने बरबस घसीटकर निकाल फेंका और चुपचाप दबे पांवों सतीश के कमरे में आकर खड़ी हो गई। सतीश बिस्तर पर चित पड़ा हुआ मानो छत की कड़ियां गिन रहा था। अब वह उठ बैठा।

क्षण-भर चुप रहकर सावित्री ने पूछा—'संध्या-वन्दन का सामान ठीक कर दूं?'

सतीश ने कहा—'कर दो।'

सावित्री को फिर चुप हो जाना पड़ा। लेकिन दो-चार क्षण बाद वह बोली—'भला सोचिए तो सही, लोग क्या कहेंगे?'

सतीश ने कोई उत्तर नहीं दिया। सावित्री ने कहा—'आपने मुझे तो रहने को कहा लेकिन आप खुद यह क्या कर रहे हैं! बताइए तो?'

सतीश ने गंभीर भाव से कहा—'मैं क्या कर रहा हूं? कुछ तो नहीं—हां, केवल चुप हूं।'

सावित्री ने कहा–'यह चुप्पी ही तो बुरी है। जब और कोई चुप नहीं है, तब आपके चुप रहने पर ही तर्क होगा। क्या आप यही चाहते हैं?' क्षण-भर स्थिर रहकर बोली–'एक कहावत है न, दुखती रग को छेड़ना, आप ठीक वही काम कर रहे हैं। आपने कोई दोष नहीं किया है, हालांकि दोषी बनकर बैठे हुए हैं! इसी को लेकर पांच आदमी कानाफूसी करेंगे, हंसी-मजाक उड़ाएंगे। भले ही आपको यह बर्दाश्त हो, पर मुझे बर्दाश्त नहीं होगा। मैं देखती हूं, मुझे यहां से अब जाना ही पड़ेगा।'

सतीश ने मन-ही-मन बेचैन-सा होकर कहा–'क्या सचमुच ही मैंने कोई भी दोष नहीं किया है?'

सावित्री ने कहा–'नहीं, आपने कोई दोष नहीं किया है। तनिक सोचिए भी तो, आपकी मन साफ हो जाएगा। मेरे साथ आपने जो कुछ किया है, वह तो...' इतना कहकर सावित्री एकाएक रुक गई। जैसे दौड़ता हुआ घोड़ा अचानक किसी गहरी खाई के किनारे पहुंचकर अपने दोनों पांव उठाकर प्राणों की बाजी-सी बदकर अड़ जाता है, ठीक उसी प्रकार सावित्री की चलती हुई जीभ भी एकाएक रुक गई। उसकी अचानक निस्तब्धता से विस्मित सतीश ने जैसे ही सिर उठाया कि दोनों की आंखें चार हुईं, मारे लज्जा के सावित्री आप ही मर-सी गई। वह कहने चली थी कि उस जैसी स्त्री के प्रति ऐसा अपराध करना कोई लज्जा का विषय नहीं–किंतु मारे लज्जा के उसका रोम-रोम कांप उठा।

सतीश कुछ कहना चाहता था। सावित्री ने रोककर कहा–'चुप रहिए। जाने दीजिए। झूठ-मूठ तिल को ताड़ बनाने की कोशिश मत कीजिए। अरे ओ बिहारी! बाबू की पूजा का स्थान जरा जल्दी से धो दो। मैं बहुत देर से आसन लिए खड़ी हूं।'

बिहारी किसी काम से इसी ओर आ रहा था। तुरंत ही पानी लाने वापस चला गया। सावित्री ने कुछ रूठकर कहा–'आपके रंग-ढंग और बात-व्यवहारों से दो दिनों से मैं कितनी ऊब उठी हूं, पर इसे क्या आप एक बार नजरें उठाकर देख भी नहीं पाते हैं? अजीब बात है।'

उसकी इतनी शीघ्रता से कही हुई इन बातों को भली भांति समझने की फुरसत सतीश को नहीं मिली। फिर उसकी भीतरी ग्लानि मानो साफ आने को आई। उसके बाद ही क्षमा-प्राप्त अपराधी की भांति उसने व्यग्र स्वर में कहा–'पर क्या मैंने तुम्हारा अपमान नहीं किया है, सावित्री?'

सावित्री ने अधीर होकर कहा–'आप समझते नहीं तो मैं कैसे समझाऊं? सौ बार, हजार बार कहती हूं कि आपके उस व्यवहार से मेरा तनिक भी अपमान नहीं

हुआ। कृपा कर आप ठिकाने आइए—मन को स्थिर कीजिए। बस, हाथ जोड़कर मैं आपसे यही विनती करती हूं।'

उत्तर में सतीश कुछ कहना चाहता था, किंतु सावित्री भवें टेढ़ी करके इशारे से मना कर झट बोल उठी—'लीजिए, बिहारी आ गया!'

बिहारी लोटे में पानी ले आया था। सावित्री ने उससे लोटा लेकर कमरे का एक कोना अच्छी तरह धो-पोंछकर सतीश से कहा—'अच्छा, अब आप जाइए, हाथ-पैर धोइए और कपड़े बदलकर संध्या-वन्दन करने के लिए बैठिए। अर्घा और आचमनी उस आले पर रखी हुई है।' उसने हाथ से दिखा दिया और बातों से सतीश के हृदय के असह्य भार को एकदम हल्का कर सावित्री बिहारी को साथ लेकर धीरे-धीरे बाहर चली गई।

सतीश ने मन लगाकर संध्या-वन्दन समाप्त कर उठा तो देखा कि इसी बीच कोई चुपचाप आसन बिछाकर खाना रख गया है। यद्यपि कमरे में और कोई नहीं था, तो भी उसने समझ लिया कि वह अकेला नहीं है। आसन पर बैठकर उसने धीरे-धीरे कहा—'अभी इतना अधिक खा लूंगा तो फिर रात को न खा सकूंगा।'

बाहर से उत्तर आया—'खाने की जरूरत भी न होगी। विपिन बाबू के यहां से निमंत्रण आया हुआ है।'

सतीश हंस पड़ा, बोला—'जाओ, तंग न करो। मैं कहीं न जा सकूंगा।'

'सावित्री ने आड़ से कहा—'भला ऐसा भी होता है? बेचारे ने कहला भेजा है।' कहां जाना है, यह आप जानते हैं। आप नहीं जाएंगे, तो उनके सब किए-कराए पर पानी फिर जाएगा। शायद गाने-बजाने की...।

'कुछ भी हो,' कहकर सतीश ने यह प्रसंग बन्द कर दिया और चुपचाप खाने लगा।

खा-पीकर मुंह-हाथ धो, सिरहाने बत्ती रख, चारपाई पर लेट अच्छे लड़के के समान एक डॉक्टरी-पुस्तक को खोलकर चित होकर लेट गया, किंतु पढ़ने में किसी तरह मन नहीं लगा सका। उसका चिंतारहित चित्त बेलगाम घोड़े के समान बिना जरूरत के जहां-तहां दौड़ने लगा।

उस समय रसोइये ने रसोईघर में रसोई चढ़ा दी थी और बिहारी से गांजा मलवा रहे थे। राखाल बाबू के कमरे में पासे का शोर क्रमशः तेज होता जा रहा था। सतीश ने पुकारा—'सावित्री?'

सावित्री उस समय भी चौखट के बाहर बैठी हुई थी, बोली—'कहिए।'

सतीश ने कहा—'विपिन बाबू का निमंत्रण स्वीकार कर उनके यहां जाना पाप है। बिना समझे मैंने पाप किया है, पर अब समझ-बूझकर पाप नहीं करूंगा।'

सावित्री ने बाहर से प्रश्न किया—'इसे आप पाप क्यों कहते हैं?'

सतीश ने कहा, 'मुझे मालूम है कि उसके गाने-बजाने का प्रबंध कहां हो रहा है, उस स्थान पर जाना ही पाप है।'

सावित्री—'तो ऐसी जगह मत जाइए।'

सतीश ने उत्तेजित होकर कहा—'जरूर नहीं जाऊंगा, लेकिन वह सहज ही मुझे छोड़ देगा, ऐसा नहीं जान पड़ता। इसीलिए तुम्हें पहले से बता देता हूं। यदि कोई आए भी तो टाल देना। कह देना—मैं घर में नहीं हूं, रात को आऊंगा भी नहीं। समझ गईं न?'

सावित्री ने कहा—'समझ गई।'

सतीश ने एक कर्त्तव्य का पालन कर निश्चिन्त भाव से सांस ले, क्षण-भर चुप रहने के बाद कहा—'न जाने कहां से पनीली हवा आ रही है, सावित्री। जरा खिड़कियां बंद कर दो।'

सावित्री कमरे में आकर खिड़कियों को बंद करने लगी। सतीश एकटक उसकी ओर देखता रहा। देखते-देखते अचानक कृतज्ञता से उसका हृदय भर गया। प्यार से बोला—'अच्छा, सावित्री! तुम अपने को नीच स्त्री क्यों कहती हो?'

सावित्री मुड़कर खड़ी हो गई और बोली—'तो सच्ची बात नहीं कहूंगी?'

सतीश ने कहा—'यह तो हरगिज सच नहीं है। तुम गंगाजी में गर्दन भर पानी में खड़ी होकर कहोगी तब भी मैं विश्वास नहीं करूंगा।'

सावित्री ने मन्द-मन्द मुस्कुराकर कहा—'क्यों नहीं करेंगे विश्वास?'

सतीश—'यह मैं नहीं जानता। शायद इसलिए कि यह सच नहीं है। न तो नीचों के समान तुम्हारा व्यवहार है, न वैसी बातचीत और न ही वैसी शक्ल-सूरत है...हां, तुमने इतना पढ़ना-लिखना कहां सीखा?'

सावित्री पास ही फर्श पर बैठ गई और हंसकर बोली—'इतना कितना? जरा सुनूं भी तो।'

सतीश उसकी व्याख्या करने के लिए प्रस्तुत हुआ। खुली पुस्तक उसने एक ओर रख दी और मुंह बाए रुक गया। पास ही बहुत तेजी से आते हुए किसी के जूतों की आहट सुनाई पड़ी और दूसरे ही पल उसके कमरे के बहुत ही निकट किसी शराबी की लड़खड़ाती आवाज आई—'सतीश बाबू!'

सतीश समझ गया कि विपिन की जमात वाले आ पहुंचे हैं उसे लिवा ले जाने के लिए। आगे-पीछे की कोई बात न सोच उसने झट मुंह से फूंक मारकर रोशनी गुल कर दी और सारा शरीर एक कंबल से ढककर सो गया। थोड़ी दूर पर बैठी हुई सावित्री व्याकुल होकर बोली—'अरे! यह क्या किया आपने?'

क्षण-भर बाद ही अंधेरे दरवाजे के सामने दो व्यक्ति आकर खड़े हो गए। एक ने कहा–'यही तो सतीश बाबू का कमरा है।'

दूसरे ने कहा–'नौकर ने तो कहा था कि बाबू कमरे में ही हैं।'

पहले व्यक्ति ने झुंझलाकर कहा–'कमरे में तो अंधेरा है। भला कोई भला आदमी शाम को अंधेरे में बैठा रहता है? तुम भी बस।'

दूसरे ने उत्तर में फुसफुसाकर कहा–'ठीक है,' और पॉकेट से दियासलाई ढूंढ़ निकाली और कांपते हुए हाथ से उसे जलाने लगा।

इधर बिस्तर पर सतीश के शरीर का खून पानी हो गया। वह बिलायती कम्बल से अपने आपको सिर से लेकर पैर तक ढंक लेने की वजह से पसीने-पसीने होने लगा।

उधर सावित्री मारे लज्जा और घृणा के सुन्न हो गई।

दियासलाई जल उठी–'यहां कौन बैठा है?'

पहला आदमी ने घर में घुसकर ज्योंही दियासलाई जलाई, त्योंही सावित्री उठ खड़ी हुई।

दूसरे आदमी ने जरा हटकर प्रश्न किया–'सतीश बाबू कहां हैं?'

सावित्री चुपचाप बिस्तर की ओर संकेत करके बाहर चली गई। उसके जाते ही दोनों शराबियों ने ठठाकर हंसना शुरू कर दिया। उस हंसी की आवाज और मतलब सावित्री के कानों में जा पहुंचा। सतीश कम्बल के भीतर बार-बार अपने लिए मृत्यु बुलाने लगा।

उन लोगों ने कम्बल खींचकर अलग फेंक दिया और सतीश को जबदरस्ती पकड़कर ले चले।

जब तक उनका जोरों का ठहाका घर से बाहर निकलकर हवा में विलीन नहीं हो गया, तब तक सावित्री एक अंधेरे कोने में दीवार से सिर टिकाकर इस प्रकार खड़ी रही, जैसे उसके सिर पर वज्रपात हुआ हो।

किंतु डेरे में किसी को कुछ मालूम न हो सका। रसोईघर में महाराज अभी गांजे का दम लगाना समाप्त कर बिहारी को यह समझा रहे थे कि वेदों ने किस प्रकार इसे मुक्ति देने वाला बतलाया है और दूसरे कमरे में राखाल बाबू का दल इस बात की परख करने लगा कि हड्डी का पासा आदमी की चिल्लाहट सुन सकता है या नहीं।

रास्ते में आकर तीनों एक गाड़ी में बैठ गए। उनकी हंसी असह्य हो जाने पर सतीश ने बहुत ही रूखे स्वर में कहा–'या तो आप लोग चुप रहिए, या मुझे माफ कीजिए, मैं उत्तर जाता हूं।'

उसकी बात सुन, एक तो 'अच्छी बात है' कहकर बड़ी विकट आवाज में हंस पड़ा और दूसरा अपने साथी को चुप रहने के लिए डांटते हुए उससे भी जोर से हंस उठा। सतीश यह समझकर कि इन शराबियों को समझाना बेकार है, विफल गुस्से से खिड़की से मुंह निकालकर रास्ते की ओर देखने लगा।

रात को अंधेरे बरामदे में सावित्री चुपचाप बैठी हुई थी। मालूम होता है, शाम को जो लज्जाजनक घटना हो गई थी, उसका मन अब भी उसकी चर्चा कर रहा था। उसी समय बिहारी आकर खड़ा हुआ और बोला—'बेटी, सब लोग खा-पी चुके। महाराज तुम्हें जलपान करने को बुला रहे हैं।'

सावित्री ने सिर उठाकर खिन्न मन से कहा—'बिहारी, आज मैं नहीं खाऊंगी।'

बिहारी सावित्री को प्रेम की दृष्टि से देखता था। वह उसे मानता भी था। चिंतित होकर पूछा—'खाओगी क्यों नहीं बेटी? तबीयत तो अच्छी है न?'

'हां, तबीयत तो ठीक है, लेकिन खाने को जी नहीं चाहता। जाओ, तुम लोग खा-पी लो।'

बिहारी ने कहा—'तो चलो, तुम्हें घर पहुंचा आऊं।'

सावित्री ने कहा—'अच्छा, चलो। लेकिन हां, बिहारी, एक बात है सतीश बाबू अभी तक लौटे नहीं हैं; उनके आने तक तुम जागे रह सकोगे?'

बिहारी ने थोड़ी देर तक सोचा और कहा—'मैं! लेकिन मेरी कमर में तो आज फिर दर्द हो रहा है।'

'तब क्या होगा बिहारी?'

बिहारी ने जरा सोचकर कहा—'अगर आज तुम महाराज को बुलाकर कह दो तो...'

सावित्री जल्दी से बोली—'नहीं, ऐसा नहीं हो सकता। मैं उन्हें इस ठंड में तकलीफ नहीं दूंगी। वे ठहरे ब्राह्मण। मैं ऐसा नहीं कर सकती, बिहारी।'

अनिच्छुक बिहारी कुछ देर तक चुप रहा। फिर बोला—'अच्छा, न सही, मैं ही रहूंगा। तो चलो, तुम्हें घर पहुंचा आऊं।'

सावित्री उठ खड़ी हुई, दो-एक कदम चलकर ठहर गई, बोली—'बिहारी, रहने दो। तुम जाओ, खा लो। उसके बाद ही जाऊंगी।'

बिहारी चला गया तो सावित्री वापस आकर वहीं बैठ गई और चुपचाप अंधेरे आकाश की ओर देखने लगी। आज सतीश के सम्बन्ध में उसे बड़ी आशंका थी। उसे शराबियों के हाथ में पड़ते उसने अपनी आंखों देखा था। इससे उसका मन घर जाने को तैयार न हो सका। जिस सतीश के व्यवहारों के कारण सावित्री ने मन-ही-मन अपमान और लांछन सहने के बाद आज सवेरे तक यही निश्चय कर

रखा था कि अब मैं यहां का काम छोड़ दूंगी, उसी सतीश की अवश्यम्भावी दुर्गति के भय से भयभीत हो वह बेचैन-सी हो उठी। सतीश के सारे अपराधों को भूले बिना और उस पर आने वाली भावी विपत्ति का कोई उपाय किए बिना वह घर जाने को किसी प्रकार तैयार न हो सकी।

बिहारी खा-पीकर आया तो उसने कहा–'बिहारी, तुम जाओ, सो रहो, मैं यहीं रहती हूं।'

बिहारी ने आश्चर्य से पूछा–'तुम घर नहीं जाओगी?'

'बाबू को लौट आने दो। क्या तब तुम मुझे घर पहुंचाने न जा सकोगे?'

'क्यों नहीं पहुंचा सकूंगा, जरूर पहुंचा सकूंगा।'

'तो फिर यही ठीक है। मैं हूं, तुम जाकर सो जाओ।'

बिहारी प्रसन्न होकर चला गया तो सावित्री एक चादर ओढ़कर बैठी रही। वे दोनों शराबी जो कुछ देख गए हैं, उसे अवश्य लोगों के सामने गाते फिरेंगे, इसमें उसे लेशमात्र भी संशय नहीं था; और कोई भी इस घटना का दूसरा अर्थ नहीं लगाएगा–इस बात में उसे संदेश नहीं रह गया। विपिन को वह जानती थी। वह इस बात को अवश्य सुनेगा और जब उसका यहां आना-जाना होता है, तब यहां के लोग भी यह बात जाने बिना नहीं रहेंगे। इसके बाद फिर सतीश कौन-सा मुंह लेकर एक घड़ी भी यहां रह सकेगा? इस झूठे कलंक की लज्जा वह कैसे सहेगा? संयोगवश जो हुआ, वह तो हो ही गया, अपने विषय में वह यहीं तक सोचकर ठहर गई। लेकिन बार-बार सोचकर भी सतीश के सम्बन्ध में उसकी बुद्धि ने कुछ काम नहीं किया।

धीरे-धीरे रात बढ़ने लगी, हालांकि सतीश का पता नहीं। पास ही किसी पड़ोसी के घर की घड़ी में टन-टन करके दो बज गए। सुनसान गहरी रात में घड़ी की आवाज स्पष्ट सुनाई पड़ी। छत से ठंडी-ठंडी हवा का झोंका आकर उसकी आंखों को नींद से दबाने लगी, तो भी वह दरवाजे पर कान लगाए जागती बैठी रही। जब रात बहुत थोड़ी शेष रह गई, तब एक गाड़ी की आवाज सुनकर वह चौंककर उठ बैठी। उसे मालूम हुआ कि गाड़ी उन्हीं लोगों के डेरे के दरवाजे पर आकर लगी है। सावित्री चुपचाप नीचे उतरी और सावधान होकर दरवाजे के पास आ खड़ी हुई। यदि कोई दूसरा हो, इस भय से उसने सहसा दरवाजा खोलने का साहस नहीं किया। देर होने लगी, किसी ने दरवाजा नहीं खटखटाया। जो गाड़ी आई थी, वह भी वापस चली गई। सहसा सावित्री का हृदय भय से भर गया और तुरंत सब दुविधा छोड़कर उसने फुर्ती से किवाड़ खोल दिए। सतीश चौखट के सहारे बैठ गया था–लुढ़का हुआ-सा पड़ा था। उसका चेहरा पीला पड़ रहा था,

आंखें मुंदी हुई थीं। उसके कपड़े के कीचड़ और ललाट के एक ओर रक्त की रेखा पास के गैस की रोशनी में स्पष्ट देखते ही सावित्री रो पड़ी। साथ-ही-साथ उसने उसके सामने आ, घुटने टेके और दोनों हाथों से सतीश का मुंह उठाकर बोली—'बाबू, ऊपर चलिए।'

सतीश ने सिर हिलाकर कहा—'नहीं, मैं ठीक हूं।'

सावित्री ने आंखें पोंछकर कहा—'कहीं चोट लगी है?'

'नहीं, चोट नहीं लगी है। मैं ठीक हूं।'

'यह तो रास्ता है, कमरे में चलिए।'

सतीश ने फिर सिर हिलाकर कहा—'नहीं, नहीं जाऊंगा, मैं ठीक हूं।'

सावित्री ने डांटकर कहा—'मैं कहती हूं, उठिए।'

डांट खाकर सतीश की लाल विह्वल आंखें खुलीं। वह कुछ देर देखता रहा फिर उसकी ओर दोनों हाथ बढ़ाकर बोला—'चलो!' उसी के कंधे का सहारा लेकर सतीश उठ खड़ा हुआ। उसी के सहारे बड़े कष्ट से, बड़ी देर तक लड़खड़ाते- लड़खड़ाते अंधेरी सीढ़ियां चढ़ ऊपर कमरे में आकर लेट गया। लड़खड़ाती हुई आवाज से कहने लगा—'सावित्री! तुम्हारा ऋण मैं किसी जन्म में न चुका सकूंगा।'

सावित्री ने कहा—'अच्छा, अब आप सो जाइए।'

सतीश तुरंत उठ बैठा, बोला—'क्या सोऊं? हरगिज नहीं।'

सावित्री ने फिर डांटते हुए कहा, 'फिर वही बात!'

सतीश लेट गया। क्षण-भर चुप रहकर बोला—'लेकिन तुम्हारा ऋण...।'

सावित्री 'अच्छा' कहकर उठ गई और लालटेन लाकर उसने घाव को जांच-परखकर धो दिया और पूछा—'वहां कैसे गिर पड़े?

सतीश ने सिर हिलाकर कहा—'नहीं, गिरा नहीं हूं।'

सावित्री रुंधे हुए स्वर में बोली—'फिर यदि किसी दिन आपने शराब पी तो मैं आपके पैरों में सिर पटककर जान दे दूंगी।'

सतीश ने तुरत कहा—'अब कभी नहीं पिऊंगा।'

'मुझे छूकर कसम खाइए।' कहते हुए सावित्री ने अपना दाहिना हाथ बढ़ा दिया।

सतीश ने अपने दोनों हाथों में उसका भीगा हुआ ठंडा हाथ लेकर कहा—'लो, कसम खाता हूं, अब कभी न पिऊंगा।'

सावित्री ने हाथ खींच लिया, कहा—'याद रहेगा?'

'न याद रहे, तो तुम याद करा देना।'

'अच्छा, मैं जाती हूं, आप सोइए,' कहकर सावित्री चुपचाप सावधानी से किवाड़ बंद करके बाहर जा खड़ी हो गई। ठीक सामने ही शुक्रतारा टिमटिमाता हुआ जल रहा था। उधर देखकर सावित्री अपने हाथ जोड़कर रोती हुई बोली—'भगवान! तुम गवाह रहना।'

उस समय पौ फट रही थी और उस धुंधलके को चीरती हुई बैलगाड़ी की आवाज और मुहल्ले की मैदे की फैक्टरी की सीटी सुनाई पड़ने लगी। सावित्री तेज कदमों से नीचे उतर गई और रसोईघर के एक कोने में रैपर से पांव से लेकर सिर तक ढंककर लेट गई और दूसरे ही पल नींद से बोझिल उसकी दोनों आंखें मुंद गईं।

4

दिन के दस बजने पर किसी प्रकार स्नान-पूजा समाप्त करके दिवाकर ने रसोईघर के समाने खड़ा होकर सम्मान के साथ पुकारा—'महाराज, जल्दी भात परोसो, दिन बहुत चढ़ गया है।

पास ही भंडार-घर है। उसकी आवाज सुनकर उसकी बड़ी ममेरी बहन महेश्वरी बाहर आकर बोलीं—'ऐ दिबू, मैं तेरी ही प्रतीक्षा कर रही हूं, भाई। एक बार ऊपर जाकर भगवान की पूजा तो कर आओ। पूजा की सारी सामग्री तैयार है, मेरे प्यारे भाई, जाओ।'

महेश्वरी इस घर की बड़ी लड़की हैं और गृहिणी हैं। वे चार वर्ष पहले विधवा हो गई थीं। उसके बाद वे मायके चली आई हैं।

दिवाकर स्तम्भित हो गया। कुछ देर चुप रहकर बोला—'मैं पूजा न कर सकूंगा, दीदी। मेरे कॉलेज का पहला घंटा आज भी जाता रहेगा।'

महेश्वरी हंसकर बोलीं—'तेरा पहला घंटा जाता रहेगा, इसलिए क्या भगवान की पूजा नहीं होगी रे!'

दिवाकर ने प्रश्न किया—'पुजारी जी कहां हैं? उन्हें क्या हुआ?'

महेश्वरी बोलीं—'वे पिताजी के साथ पासा खेल रहे हैं। कब खेल खत्म होगा और कब वे उठेंगे—इसका कोई ठीक नहीं।'

दिवाकर ने कहा—'मंझले भैया से कह दो, आज उनकी कचहरी बन्द है।'

महेश्वरी ने कहा—'कल से धीरेन की तबीयत ठीक नहीं है। वह नहाएगा नहीं, फिर वह पूजा कैसे करेगा?'

'तब तुम छोटे भैया से कहो। वे बारह बजे के बाद कचहरी के लिए निकलते हैं, अभी उनके निकलने में बहुत देरी है।'

महेश्वरी ने विरक्त होकर कहा—'तू कैसा तर्क करता है, दिवाकर! इसका कोई सिर-पैर नहीं। कल रात को उपीन थियेटर देखने गया था, अभी तक वह सोकर नहीं उठा है, रात-भर जागते रहने से क्या उसकी तबीयत ठीक है? इसके अलावा, वह क्या किसी दिन पूजा करता है जो आज करेगा?'

उधर रसोइया भात परोसकर पुकार रहा था।

दिवाकर ने कहा—'किसी-न-किसी काम में एक-न-एक बाधा आ पड़ने से प्रायः रोज ही मेरा पहला घंटा जाता रहता है, मैं परीक्षा दूंगा कैसे?'

महेश्वरी गुस्सा होती जा रही थीं, वह बोलीं—'परीक्षा न देने से भी काम चल सकता है, पर भगवान की पूजा न होने से काम नहीं चल सकता। तुम्हारे साथ तर्क करने का समय मेरे पास नहीं है, और भी काम हैं।'

रसोइया चिल्लाकर बोला—'दिवा बाबू, भात परोसकर मैं खड़ा हूं, जल्दी आइए न!'

महेश्वरी ने झिड़ककर कहा—'तुमको भी समझ नहीं है महाराज! मैं उसको पूजा के लिए भेज रही हूं, और तुम उसे बुला रहे हो! भात ले जाओ, पूजा करके आएगा, तो उसे भात देना।' कहकर वह फिर भंडार-घर में चली गईं।

दिवाकर कुछ देर स्तब्ध रहा, फिर वह धीरे-धीरे ऊपर चला गया। वहां पूजा की सामग्री तैयार थी। घर में शालिग्राम-शिला की प्रतिष्ठा हुई है। उनकी नित्य-पूजा के लिए एक पुजारी रखा गया है। वे इसी घर में रहते हैं। अपने मालिक शिवप्रसाद के समान उनकी भी पासे में दिलचस्पी है। कुछ दिन हुए, शिवप्रसाद सरकारी नौकरी से पेंशन लेकर अपने पश्चिमी प्रदेश के मकान पर आकर रहने लगे हैं। सवेरे चाय पी लेने के बाद ही पुजारी जी की बुलाहट होती है—'भूतो, पुजारी जी को एक बार बुलाओ। एक बाजी हो गए।' बाद में एक बाजी, दो बाजी करते-करते दिन चढ़ जाता है। पुजारी जी को पूजा करने की फुर्सत नहीं मिलती। महेश्वरी नौकर को भेजा करती थीं। लेकिन उठने-उठने को होकर भी वे उठ नहीं पाते। पूजा का समय बहुत पहले बीत जाता, किसी को होश नहीं रहता। इन दिनों पिता की तबीयत ठीक नहीं है, हालांकि खेल की सनक में अच्छी तरह रहते हैं। इस विचार से आज महेश्वरी पुजारी जी

को नहीं बुलातीं। इससे, उससे, जिस किसी से या फिर दिवाकर से पूजा करा लेती है।

सवेरे चाय पीने का अभ्यास और फुर्सत दिवाकर को नहीं थी। रोज सुबह उसको नौकरों के साथ बाजार जाना पड़ता। आज बाजार से लौटकर किसी तरह नित्यकर्म पूरा करके वह भात खाने के लिए आया था।

दिवाकर पूजा के लिए चला गया। लेकिन आसन पर बैठकर सोचने लगा–दूसरे के घर में रहने का सुख यही है। यद्यपि अच्छी तरह होश संभालने के बाद से ही वह दूसरे के घर में रहता आया है और उसे अनेक दुःखों को सह लेने का अभ्यास भी पड़ गया है, लेकिन मनुष्य की जो चीज किसी दुःख से भी नहीं मरती–वही भविष्य की आशा–आघात खाकर, गर्दन झकझोर कर उसके हृदय से बाहर निकल सिर उठाकर खड़ी हो गई। क्रोध से उसकी सारी देह जल रही थी, सिंहासन से भगवान को उतारकर ताम्रकुंड के ऊपर फेंक दिया, और मंत्र पढ़े बिना उस पर जल डालकर भीगे हुए भगवान को उठाकर रख दिया। फूल चढ़ाने, तुलसी दल सजाकर रखने, घंटी बजाने आदि हाथ के काम अभ्यास के अनुसार होने लगे अवश्य किंतु विद्वेष की जलन से उसकी जीभ ने एक भी मंत्र का पाठ नहीं किया।

इस प्रकार पूजा का तमाशा समाप्त करके जब वह उठ खड़ा हुआ, तब उसे यह ध्यान आया कि पूजा तो बिलकुल नहीं हुई, फिर से पूजा करने बैठे या नहीं, यह दुविधा एक बार उसके मन में जाग उठी, किंतु उसके साथ ही उसको यह बात याद आ गई कि कॉलेज का पहला घंटा बीत गया है। फिर वह तेज कदमों से सीढ़ियां उतरकर नीचे आया कि तभी महेश्वरी ने भंडार-घर से उसे देखा तो बुलाकर कहा–'तू बिना खाए जा रहा है रे?'

'नहीं, खाने का समय नहीं है।'

महेश्वरी ने कहा–'तो कॉलेज से कुछ समय पहले ही लौट आना। हे भगवान! दिवा बाबू के लिए सब कुछ ठीक-ठाक रहे।'

दिवाकर उत्तर दिए बिना चला गया। वह अपनी बाहरी कोठरी में आकर कपड़े पहनने लगा तो उसकी आंखों में पानी भर आया।

सामने के बैठकखाने से तब भी पासा खेलने का गर्जन सुनाई पड़ रहा था। अभी एक कमरे के पास आवाज सुनाई पड़ी तो दिवाकर ने पीछे घूमकर देखा–दाई खड़ी है। जल्दी से कमीज की बांह से उसने अपनी आंखें पोंछी और पूछा–'क्या बात है?'

दाई बोली–'छोटी बहू ने आपको एक बार बुलाया है।'

'चलो, मैं आ रहा हूं।'

दाई चली गई तो दिवाकर ने छोटी-सी टेबल-घड़ी की ओर निहारकर पल-भर आगा-पीछा करके बाएं हाथ की किताबों को टेबल पर रख दिया, कमीज की बांह से और एक बार अच्छी तरह से अपनी आंखों को पोंछ लिया और अन्दर लौट गया।

दिवाकर को बुलाने के लिए दाई को भेजकर सुरबाला अपने कमरे के सामने ही दिवाकर की प्रतीक्षा कर रही थी। दिवाकर ने आकर कहा–'क्या बात है?'

सुरबाला प्रकट रूप से नहीं, ओट में होकर बातें करती थी। घूंघट को जरा और खींचकर बोली–'जरा कमरे में आओ।'

कमरे में जाकर उसने देखा, फर्श पर आसन बिछा हुआ था। एक कटोरा दूध, तश्तरी में दो-चार संदेश रखे थे। उन सबको दिखाकर सुरबाला ने कहा– 'पहले खा लो। उसके बाद कॉलेज जाना।'

दिवाकर बिना कुछ कहे ही खाने के लिए बैठ गया।

पास ही बिस्तर पर उसके छोटे भाई उपेन्द्रनाथ उस समय भी निद्रित मनुष्य की भांति लेटे हुए थे। दिवाकर के खाना खाकर चले जाने के बाद सिर उठाकर पत्नी को बुलाकर कहा–'दिवाकर ने यहां खाना खाया, क्या बात है?'

जिस जगह बैठकर दिवाकर ने खाया था, उस जगह की सुरबाला सफाई कर रही थी, उसने चौंककर पूछा, 'क्या तुम जगे हुए हो?'

'दो घंटे से जगा हुआ हूं, ग्यारह बजे तक आदमी सो सकता है?'

सुरबाला हंसकर बोली, 'तुम सब कर सकते हो, वरना कोई आदमी क्या ग्यारह बजे तक पड़ा रह सकता है?'

उपेन्द्र ने कहा–'सभी ग्यारह बजे तक पड़े नहीं रह सकते, लेकिन मैं ग्यारह बजे तक पड़ा रह सकता हूं। इसका कारण यह है कि लेटे रहने जैसी अच्छी चीज संसार में मुझे दिखाई नहीं पड़ती। खैर-खैर, दिवाकर को...।'

सुरबाला ने कहा–'दिवाकर गुस्सा करके बिना खाए ही कॉलेज जा रहा था। इसीलिए मैंने उसे बुला भेजा था।'

'कारण?'

सुरबाला बोली–'गुस्सा होने की बात ही है। उस बेचारे को सवेरे पढ़ने की गुंजाइश नहीं। बाजार जाना पड़ता है। वापस आकर भगवान की पूजा करनी पड़ती है। किसी दिन ग्यारह-बारह बज जाते हैं। तुम्हीं बताओ, आखिर वह कब खाएगा और कब पढ़ने जाएगा?'

'बात ठीक समझ में नहीं आई। पुजारी जी को बुखार आया है?'

सुरबाला ने कहा, 'बुखार क्यों आएगा! पिताजी के साथ पासा खेल रहे हैं। और उनका भी क्या दोष है? पिताजी बुलाएंगे तो वे मना तो नहीं कर सकते।'

उपेन्द्र ने कहा, 'ऐसा तो वे नहीं कर सकते, लेकिन पहले वे नौकर के साथ सवेरे बाजार जाया करते थे न?'

सुरबाला बोली—'कुछ दिनों तक शौक से बाजार गए थे, नहीं तो दिवाकर को ही बराबर जाना पड़ता है।'

'हूं' कहकर उपेन्द्र ने करवट बदलने का उपक्रम किया तो सुरबाला डरती हुई बोल उठी—'अरे, फिर करवट बदलने लगे?'

उपेन्द्र चुपचाप पांचेक मिनट पड़ा रहा, फिर उठ पड़ा और चुपचाप बाहर चला गया।

उस दिन भगवान की पूजा नहीं हुई, यही सोचते-सोचते दिवाकर मलिन मुख से धीरे-धीरे जा रहा था। घर में अभी-अभी जो सब घटनाएं हो गईं, उस चर्चा को छोड़कर' उसे बड़ी चिंता यह थी कि भगवान की पूजा आज नहीं हुई। बहुत दिनों से असुविधाओं के रहते हुए भी इस काम की उसने अवहेलना नहीं की, पूजा न करने की बात भी मन में किसी दिन उठी नहीं थी। यद्यपि युक्ति-तर्कों से वह बराबर अपने मन को शांति देने लगा कि भगवान केवल एक ही स्थान में बंधे हुए नहीं हैं; इसलिए एक स्थान में भोग न लगा तो भी अन्यत्र लगा होगा। लेकिन वही बिना खाए हुए गृहदेवता अपनी नित्य पूजा और भोग से वंचित होकर गुस्से से भरे मुंह से सिंहासन पर बैठे रह गए, उनकी प्रतिहिंसा की आशंका उसके मन ने किसी भी प्रकार हटाना नहीं चाहा था।

कॉलेज जाकर उसने सुना कि प्रोफेसर की तबीयत खराब हो जाने के कारण पहले घंटे में क्लास नहीं लगा—यह सुनकर दिवाकर को प्रसन्नता हुई। परीक्षा निकट आ रही है, इस कारण छात्रों ने हाजिरी के हिसाब के लिए कॉलेज के क्लर्क को तंग कर डाला है। आज दूसरे छात्र जब इसी उद्देश्य से ऑफिस के कमरे की ओर जाने की तैयारी कर रहे थे, तब दिवाकर भी तैयार हो गया। लेकिन ऑफिस के सामने आकर भगवान की पूजा न करने की बात याद करके वह ठिठककर खड़ा हो गया।

एक ने उससे पूछा—'खड़े हो गए?'

दिवाकर ने संक्षेप में उत्तर दिया—'रहने दो आज।'

'रहने क्यों दो, चलो, आज देख लें।'

'नहीं, रहने दो'—कहकर वह लौट गया। हाजिरी के सम्बन्ध में उसे मन-ही-मन काफी संदेह था, उस संदेह को दूर करने का साहस आज उसे हरगिज नहीं हुआ।

वह खाना खाकर नहीं आया तो भी उसको घर लौटने की कोई जल्दी नहीं थी। छुट्टी के बाद कॉलेज के फाटक के पास आकर उसने देखा, बी.ए. क्लास के छात्रों का दल दूर खड़ा रहकर कोलाहल कर रहा है। दिवाकर दूसरी ओर मुंह फेरकर हट गया और जो रास्ता सीधा गंगा की ओर गया है, उसी ओर चल दिया। टूटा हुआ पक्का घाट मुर्दे के कंकाल की भांति पड़ा हुआ था। किसी दिन इसका शरीर था, सौंदर्य था, प्राण था—जगह-जगह पड़ी हुई टूटी-फूटी ईंटों के ढेर यही बात कह रहे थे। कब किसने बंधवाया था, कौन लोग आकर बैठते थे, कौन लोग स्नान करते थे, कहीं भी कोई साक्षी नहीं है। जाड़े के दिनों की पतली गंगा, उसी के एक किनारे की भूमि पर जौ की बालियां सिर उठाए धूप की गरमी और गंगा की वायु सेवन कर रही हैं। उसी के किनारे बालू के तंग रास्ते से दिवाकर घाट पर आ खड़ा हुआ। एक ओर ईंटों के छोटे से ढेर पर जूते उतारकर रख दिए। कुरता उतारकर उसे किताबों के बंडल के नीचे दबा दिया फिर पानी में बैठ, हाथ-मुंह धो, सिर पर गंगाजल के छींटे दे, भूखे गृहदेवता का स्मरण किया। आदि से अंत तक सब मंत्रों को सावधानी से पढ़कर भगवान को अंजलि दे, प्रणाम कर जब वह उठ खड़ा हुआ तब उसके हृदय का भार बहुत कुछ हल्का हो गया। कुरता-जूते पहन और पुस्तकें उठा जब वह चला तब भी दिन कुछ शेष था। उस समय भी गैर बंगाली स्त्रियां घाट के एक किनारे बैठी सिर में सज्जी मल रही थीं।

5

सुरबाला के पिता ठेकेदारी के काम से बहुत धन कमाकर अपने बक्सर वाले मकान में रहते थे। उनके दो लड़कियां थीं। सुरबाला बड़ी थी, शची छोटी। अभी उसका विवाह नहीं हुआ था। वह मायके में ही रहती थी। मायके में सुरबाला को लोग प्यार से 'पशुराज' कहते थे। उसका यह नाम उसके दादा ने रखा था। मुहल्ले-टोले के काने-लंगड़े, कुत्ते-बिल्ली, विलायती चूहे, कबूतर, गौरैया आदि

सैकड़ों जीवों ने उसके सहारे पलकर उसके घर की शोभा बढ़ाई थी। उनमें से किसी का किसी दिन उसने ममता के कारण त्याग नहीं किया था। आज भी वे शची की देखभाल में आनंद से जीवन बिता रहे हैं। सुरबाला के नाम का रहस्य महेश्वरी जानती थीं। उन्हीं के द्वारा यहां भी उसके नाम का प्रचार हो गया था। जो बड़े थे, वे संक्षेप में 'पशु' कहते तथा नौकर-चाकरों में कोई 'पशु-बहू' कहता तो कोई छोटी बहू कहता था।

घर का काम-काज निपटाकर बहुत रात गए सुरबाला जब अपने कमरे में आई तब उपेन्द्र ने कहा—'पशु, तुम्हारे पिताजी ने शची के लिए कोई वर ठीक करने के लिए फिर तकाजा करते हुए चिट्ठी लिखी है। शची तुमसे कितनी छोटी है, यह तुम जानती हो?'

सुरबाला ने कहा—'यह तो मैं नहीं जानती। पर इतना जानती हूं कि मेरी पीठ पर मेरा एक भाई हुआ था। वह सौरी में ही चल बसा था। उसके बाद शची हुई। इस हिसाब से देखा जाए तो शची मुझसे लगभग छह-सात साल छोटी होगी।'

'इस हिसाब से तो वह बारह-तेरह की होगी?'

'इतनी की तो वह होगी ही! दुबली-पतली है इसीलिए इतने दिन उसका विवाह नहीं किया गया। मुझ जैसी डील-डौलवाली होती तो बड़ी मुसीबत होती।'

उपेन्द्र ने हंसकर कहा—'मुसीबत किस बात की? तुम्हारे पिताजी को रुपए की तो कमी है नहीं। रुपया रहने पर सभी चीजें सुलभ हो जाती हैं। जैसे मैं जा फंसा था, वैसे ही और फंसने वालों की संसार में कोई कमी नहीं है।'

सुरबाला बोल उठी—'क्या तुम पिताजी के रुपए देखकर फंस गए थे?'

'भलाई तो तुम्हारे सामने न कहने में ही है, लेकिन झूठ कैसे कहा जाए!'

'पर यह तो सरासर झूठ है।'

'कैसे?'

'कैसे क्या? तुम जब-तब यह बात कहा करते हो; लेकिन तुम पिताजी के रुपए देखकर नहीं गए थे। पिताजी के पास रुपए होते या न होते, तुम्हें जाना ही पड़ता। मैं जहां, जिस घर में जन्म लेती! वहां तुम्हें जरूर जाना पड़ता—समझते हो?'

उपेन्द्र ने गंभीरता का ढोंग रचकर कहा—'हां, समझ पाता हूं। लेकिन मान लो, यदि तुमने कायस्थ के घर जन्म लिया होता तो?'

सुरबाला खिलखिलाकर हंस पड़ी, बोली—'वाह! क्या खूब! कहीं ब्राह्मण के घर की लड़की कायस्थ के घर जन्म लेती है! इसी बुद्धि के बल पर वकालत करते हो?'

उपेन्द्र ने और अधिक गंभीर होकर कहा—'बात तो ठीक ही कहती हो। इसीलिए मालूम होता है, मेरी वकालत खूब नहीं चलती।'

सुरबाला अपनी बात से आप ही दुखी होकर सांत्वना के स्वर में चटपट बोली—'चलेगी क्यों नहीं, खूब चलेगी। इतना ही है, कि कुछ समय लगेगा। हां, एक बात और है। तुम्हें अधिक वकालत चलाने की जरूरत ही क्या है?' हंसकर फिर बोली—'बारह से लेकर चार बजे तक तुम मेरे सामने हाजिर रहा करो, मैं तुम्हें पांच सौ रुपए दे सकती हूं। पिताजी मुझे हर महीने ढाई सौ रुपए तो देते ही हैं, ढाई सौ उनसे और मांग लिया करूंगी।'

उपेन्द्र ने कहा—'मान लो, तुमने अपने पिता से ढाई सौ रुपए मांग लिए, लेकिन मुझे करना क्या पड़ेगा?'

सुरबाला ने कहा—'बारह बजे से लेकर चार बजे तक तुम्हें मेरे सामने खड़ा रहना पड़ेगा और अगर खड़े नहीं रह पाओगे तो बैठ जाना।'

'अगर बैठा न रह सकूं तो लेट जाऊंगा। क्यों ठीक है न?'

सुरबाला मुंह दबाकर मुस्कुराकर बोली—'नहीं, लेटने की इजाजत नहीं होगी। बैठे-बैठे थक जाओगे तो फिर खड़ा होना पड़ेगा। हाकिम के सामने बेअदबी करोगे तो फाइन भी होगा।'

'और फाइन न दे सकूं, तो?'

'हिरासत में रहना पड़ेगा। चार बजे के बाद भी बाहर नहीं निकल सकोगे, समझे?'

उपेन्द्र ने सिर हिलाकर कहा—'समझ गया। हाकिम कुछ कड़ा है, नौकरी बनी रहे तो यही बहुत है।'

सुरबाला अपनी दोनों कोमल बांहें पति के गले में डालकर बोली—'हाकिम कड़ा नहीं है जी। नौकरी तुम्हारी बनी रहेगी। सिर्फ एक दिन जांच करके देखो न।' क्षण-भर बाद सुरबाला ने अपने आपको मुक्त कर लिया और प्रश्न किया—'पिताजी को जवाब दोगे तो?'

उपेन्द्र ने कहा—'ढूंढ़ने-ढांढ़ने की जरूरत नही है। वर अपने आप हाजिर हो जाएगा। यही जवाब दूंगा।'

'छिः! यह क्या कह रहे हो? उनसे मजाक करना क्या उचित होगा?'

'तो क्या तुम इतनी देर तक मुझसे मजाक कर रही थीं?'

सुरबाला ने शरमाते हुए कहा—'देखो, मैंने मजाक नहीं किया है। लेकिन पिताजी को यह बात लिखने की जरूरत नहीं। सचमुच मैं विश्वास करती हूं कि शची का वर ठीक हुआ-हवाया है और उसके अलावा दूसरा रास्ता भी नहीं है, लेकिन तुम्हारे मुंह से पिताजी यह बात सुनेंगे तो गुस्सा करेंगे।'

उपेन्द्र ने हंसकर कहा—'सचमुच शची का वर तय किया हुआ है। उसे मैं भी जानता हूं, तुम भी जानती हो।'

सुरबाला ने उत्सुक होकर पूछा—'वह कौन है, बताओ न?'

उपेन्द्र ने कहा—'अभी नहीं। सब बातें पक्की करके तुम्हें बतलाऊंगा।'

सुरबाला कुछ देर चुप रहकर बोली—'अच्छा, लेकिन एक बात तुम्हें बता देती हूं, शची में एक ऐब है, उसे छिपाकर बात पक्की नहीं करनी चाहिए। उसका नतीजा अच्छा नहीं होगा।'

उपेन्द्र ने उद्विग्न होकर प्रश्न किया—'शची में क्या ऐब है?'

सुरबाला बोली—'बताती हूं। पिताजी की इच्छा है कि उतना-सा ऐब छिपा रखना चाहिए।' नहीं तो वे खुद ही बताते। शची देखने-सुनने, लिखने-पढ़ने में अच्छी है, सचमुच पिताजी के पास रुपए भी हैं, लेकिन शची को क्या तुमने अच्छी तरह देखा नहीं है?'

उपेन्द्र ने कहा—'देखा तो है पर अच्छी तरह देखने का साहस...'

'तुम्हारे पैरों पड़ती हूं। पहले मेरी बात सुन लो, फिर जो जी में आए, कहना। तुम्हें तो मालूम ही है कि शची बचपन से ही दुबली-पतली है। दो-तीन बार बड़ी-बड़ी बीमारियों से मरते-मरते बची है। एक बार वह अच्छी तो हुई, लेकिन उसका बायां पैर सूजकर पक गया। डॉक्टर ने ऑपरेशन करके उसकी जान बचाई, लेकिन उसका वह पैर सीधा न हुआ। तभी से वह जरा लंगड़ाकर चलती है। डॉक्टर ने कहा था कि बड़ी होने पर यह दोष मिट भी सकता है, लेकिन इस आश्वासन पर विश्वास करके कौन उससे ब्याह करने को राजी होगा? सचमुच जो अच्छा लड़का है, उसे अच्छी लड़की मिल जाएगी। जान-बूझकर वह शची-सी लड़की से ब्याह नहीं करेगा और जो केवल रुपयों के लोभ में पड़कर ब्याह करने को राजी होगा, वह बेईमान होगा।'

उपेन्द्र ने उसकी बातों को ध्यान से सुनने के बाद कहा—'मैंने शची को बहुत बार देखा है, लेकिन किसी दिन उसे लंगड़ाकर चलते तो नहीं देखा!'

सुरबाला ने मन्द-मन्द मुस्कुराकर कहा—'मर्दों को कौन-सी चीज दिखाई पड़ती है। लेकिन औरतों की नजरों को धोखा नहीं दिया जा सकता—वे पलक झपकते दोष पकड़ लेती हैं।'

उपेन्द्र ने कहा—'लेकिन उसकी शादी तो किसी औरत से नहीं होगी, जो औरतों की आंखों से डरना होगा।'

'यह क्या कहते हो? धोखे से ब्याह कराने की इच्छा हो, तो कानी लड़की का भी ब्याह कराया जा सकता है, लेकिन बाद में?'

उपेन्द्र सोच रहे थे। बात नहीं कर रहे थे।

सुरबाला ने फिर कहा—'पिछली बार दुर्गा पूजा के समय हमारे बक्सर के घर में ठीक ऐसी ही बात हुई थी। बुआ और मां दोनों ने कहा था कि ब्याह के पहले इन सब बातों की चर्चा करने की जरूरत नहीं। ब्याह हो जाए, तो दामाद को बताना ही पड़ेगा।'

उपेन्द्र ने कहा—'अच्छी बात है।'

'यह अच्छी बात नहीं है। मैं यही बात कहती हूं। मैं कहती हूं कि सास-ननद को दरकिनार करके सिर्फ दामाद की बात सोचकर चलने से काम नहीं चल सकता। शची का जो पति होगा, वह उसे प्यार करेगा ही। लेकिन एक मामूली-से खोट को लेकर शुरू में ही अगर वह उन लोगों की नजर में चढ़ जाए तो फिर वह किसी दिन सुख से घर-बार नहीं कर सकेगी।'

उपेन्द्र ने कुछ देर चुप रहकर पूछा—'तो क्या तुम शची का ऐसे घर में ब्याह करना चाहती हो जहां सास-ननद न हों?'

सुरबाला व्यग्र होकर बोली—'नहीं, छिः! यह तो बहुत ही अशुभ बात है। मैं ऐसा क्यों चाहूंगी?'

उपेन्द्र ने ऊबकर कहा—'तो फिर तुम चाहती क्या हो? सास-ननद रहें, जान-सुनकर लंगड़ी-लूली लड़की को घर लावें, प्यार करें, ऐसा हो जाए तो काम बहुत अच्छा हो। लेकिन तुम ही बताओ, ऐसा मूर्ख कौन होगा, जो जान-बूझकर अपने लड़के का किसी कानी-लंगड़ी लड़की से ब्याह कराएगा?'

सुरबाला चुप रही; कुछ देर बाद धीरे से बोली—'लेकिन तुम तो कहते थे कि तुमने वर ठीक कर रखा है?'

उपेन्द्र ने कहा—'हां।'

सुरबाला ने पूछा—'उसे यह बात नहीं बताओगे?'

उपेन्द्र ने कहा—'बताने में भी कोई हर्ज नहीं है।'

सुरबाला ने उत्कंठित होकर पूछा—'लेकिन अंत में कोई बखेड़ा खड़ा हो गया तो?'

उपेन्द्र ने कहा—'बखेड़ा नहीं होगा, क्योंकि दिवाकर तुम्हारी बहन के दोषों के कारण उसकी उपेक्षा नहीं कर सकेगा। तुम और दीदी भी शची का तिरस्कार नहीं करोगी।'

यह बात सुनकर सुरबाला स्तब्ध हो गई। कुछ देर तक चुप रहकर बोली—'दिवाकर के साथ ब्याह?'

उपेन्द्र ने कहा—'हां।'

'लेकिन पिताजी तो राजी नहीं होंगे!'

'क्यों?'

'न उसके मां-बाप हैं, न घर-बार, संक्षेप में कहें तो कुछ भी तो नहीं है।'

उपेन्द्र ने संक्षेप में कहा—'सब है, क्योंकि मैं हूं।'

सुरबाला ने कहा—'तब भी पिताजी सहमत नहीं होंगे।'

उपेन्द्र ने जरा कड़ककर कहा—'और तुम भी सहमत नहीं होगी; शायद असली बात यही है।'

सुरबाला चुप रही।

उपेन्द्र भी कुछ देर निस्तब्ध रहे, फिर अचानक करवट बदलकर अत्यन्त रूखे स्वर में बोले—'अच्छा, बहुत रात हो गई, अब सो जाओ।'

उस रात सुरबाला बहुत रात गए तक जागती रही। अचानक एक समय जब उसे यह पक्का महसूस हुआ कि पति निश्चिंत होकर सो रहे हैं, तब उसकी दोनों आंखों में आंसू उमड़ आए। उसे इस बात में संदेह नहीं था कि पति उसे बेहद प्यार करते हैं। लेकिन रोते-रोते वह यही सोचने लगी कि इन सात-आठ वर्षों तक प्रेमपूर्वक एक साथ रहकर भी उसे इस आदमी का अंत क्यों नहीं मिला? पहले-पहले अनेक बार उसने यह सोचा था कि इस लापरवाह आदमी के मिजाज का कुछ भी ठीक नहीं है। यह जानने या समझने की गुंजाइश नहीं थी कि कब किस वजह से उसे गुस्सा आ जाता है, लेकिन अंत में एक समय पूछकर उसने इतना-सा समझा था कि इसे पूरी तरह समझने की क्षमता उसे किसी दिन हो या न हो, पर ढुलमुल स्वभाववाले आदमी की तरह इसका कोई काम या बात बेवजह नहीं होती है। खासतौर पर इसीलिए दुर्बोध पति को लेकर उसके भय और चिंता का अंत नहीं था। ताना खाकर जब-तब वह यही दुख जाहिर करती थी कि भगवान ने अगर इतनी अच्छी तकदीर दी तो उस तकदीर को मानकर चलने लायक समझदारी उसे क्यों नहीं दी? आज भी वह मन-ही-मन इस बात की चर्चा करके जितना इसका कारण ढूंढ़ने फिरने लगी, उतना ही वह अपना कोई दोष न पाकर हताश होने लगी। किसी भी तरह वह यह नहीं सोच पाई कि बहन के बारे में बहन की यह स्वाभाविक आशंका किस वजह से दोषपूर्ण है।

बाहर जाड़े की लम्बी अंधेरी रात स्तब्ध बनी रही और रात कितनी बीती, यह बताने के लिए दूर पर सरकारी कचहरी का घंटा एक-एक करके बजने लगा।

6

दूसरे दिन दोपहर के बाद महेश्वरी खाना खाने बैठीं तो उपेन्द्र कमरे में घुसे और पास ही बैठ गए। महेश्वरी ने उन्हें देखकर कहा—'मंझली बहू, उपीन के लिए एक आसन बिछा दो।'

उपेन्द्र ने कहा—'आसन की जरूरत नहीं दीदी, तुमसे केवल एक बात पूछने आया हूं।'

सुनने के लिए महेश्वरी उसके मुंह की ओर देखती रहीं।

उपेन्द्र ने कहा—'परसों ससुर जी की शची के लिए वर ढूंढ़ने के विषय में एक जरूरी चिट्ठी आई है। तुम उन लोगों की बातों को जितना जानती हो उतना और कोई नहीं जानता। इसीलिए तुमसे पूछ रहा हूं कि क्या शची के शरीर में कोई दोष है?'

महेश्वरी के पति ने सेहत बिगड़ जाने पर अंतिम चार-पांच वर्ष बक्सर में प्रैक्टिस की थी। वहां रहते समय उन्होंने सुरबाला के पिता का ही एक मकान किराए पर लिया था। वह उनके घर के बहुत ही पास था; इसीलिए दोनों परिवारों में खूब मेल-जोल बढ़ गया था। सुरबाला की शादी का रिश्ता महेश्वरी ने तय किया था। महेश्वरी कुछ समय तक उपेन्द्र की ओर देखने के बाद बोलीं—'पशु क्या कहती है?'

'वह कहती है—शची जरा लंगड़ी है।'

महेश्वरी ने जरा हंसकर कहा—'लंगड़ी नहीं है। बचपन में उसके पैर में चीरा लगा था, इससे बाएं पैर पर जरा जोर लगाकर चलती है। मैं समझती हूं, इतने दिन हो गए, अब वह बिलकुल अच्छी हो गई होगी।'

'और तो कोई ऐब नहीं है?'

'नहीं।'

'सुनने में आता है कि ससुरजी के पास अकूत धन-दौलत है—तुम क्या समझती हो दीदी?'

'मेरा भी यही विचार है।'

तब उपेन्द्र और कुछ पास खिसककर आ गए और आवाज कुछ धीमा करके बोले—'तो मैं तुमसे एक बात कहता हूं दीदी! शची और सुरबाला दोनों बहनें ही जब भविष्य में तमाम धन-दौलत की मालिक होंगी तब इतनी बड़ी संपत्ति हाथ से निकल जाने देना तो बुद्धिमानी नहीं है।'

महेश्वरी ने मुस्कुराकर कहा—'ऐसा करना तो बुद्धिमानी नहीं है। लेकिन इतनी अकूत धन-दौलत दूसरे के हाथ न जाकर अपने ही पास रहे, इसका उपाय क्या है? जरा सुनूं तो सही!' कहकर वे हंस पड़ीं।

उपेन्द्र भी हंसकर बोले—'हंसने की बात नहीं है। पशु के चिढ़ने के लिए यह बात मैंने नहीं कही है। मैंने दिवा की बात सोची है।'

सुनते ही महेश्वरी का चेहरा उतर गया। वे दिवाकर को फूटी आंखों नहीं देख सकती थीं।

तीक्ष्णदृष्टि वाले उपेन्द्र उसे ताड़ गए, फिर बोले—'तुम्हारा क्या कहना है, दीदी?

महेश्वरी मुंह झुकाए किसी चिंता में रहने का स्वांग दिखाकर भात सान रही थीं, मुंह उठाकर चेहरे पर मुस्कान भरकर बोलीं—'यह तो अच्छी बात है।'

उपेन्द्र ने कहा—'केवल अच्छी बात कह देने से तो काम नहीं चलेगा दीदी, यह काम तुम्हारा है, पशु की शादी तुम्हीं ने कराई थी, अब वह कहती है, उसके समान भाग्यशाली सभी हों। मेरा विश्वास है, तुम जिस काम में हाथ डालोगी, उसमें लाभ ही लाभ होगा।'

महेश्वरी ने चिन्तित मुंह से कहा—'लेकिन शची में जरा-सा खोट तो है?'

उपेन्द्र ने कहा—'उसमें खोट है, इसीलिए तुमसे इस काम में हाथ डालने के लिए कह रहा हूं। तुम्हारे पुण्य से सब दोष मिट जाएंगे।'

उपेन्द्र की बातों से महेश्वरी का हृदय पसीजता जा रहा था, उन्होंने कहा—'लेकिन उपीन, दिवाकर का स्वभाव मेरी समझ में नहीं आता। घर में रहते हुए भी वह घर का नहीं है, पराया है। इसीलिए भय लगता है, पीछे कहीं इतने-से नुक्स को लेकर अंत में एक भारी अशांति न खड़ी हो जाए। फिर एक बात और है, क्या दिवाकर मान जाएगा?'

'मानेगा क्यों नहीं दीदी! इस संसार में उसका अपना तो कोई भी नहीं है। तमाम कुछ अपने हाथ से नहीं करेगा, तो उसे सिर ऊंचा करके खड़ा होने की जगह नहीं मिलेगी। यह सुविधा छोड़ देना केवल मूर्खता नहीं, पाप है।'

महेश्वरी हंसने लगीं—'यह क्या तेरा वकालत का पेशा है उपीन कि सिर्फ मुवक्किल के रुपयों पर ही दोनों आंखें टिकाए रखनी होंगी और सब ओर से नजर फेर लेनी होंगी। पसन्द-नापसन्द नामक एक कहावत है न!'

उपेन्द्र बोले—'है तो रहने दो, दीदी। जो लोग इसी को लेकर उलट-फेर करना चाहते हैं वे भले ही करें, लेकिन हम लोग उस दल में नहीं शामिल होना चाहते। और शची जैसी लड़की जिसे पसंद न हो, उसे तो ब्याह ही नहीं करना चाहिए।'

उपेन्द्र की उत्सुकता देखकर महेश्वरी को मजा आया। बोलीं—'शायद वह आज कॉलेज नहीं गया है! एक बार उससे पूछ करके देखो न, उसकी क्या राय है? शायद वह अपने कमरे में ही है।'

'कमरे में है? अरे वहां भूतो है? एक बार दिवाकर बाबू को बुला दे तो। उनसे कहना कि दीदी उन्हें बुला रही हैं।'

थोड़ी देर बाद दिवाकर कमरे में घुसा तो उपेन्द्र बोल उठे—'तेरी शादी का रिश्ता मैंने तय कर दिया है दिवा। परीक्षा के बाद ही तिथि निश्चित की जाएगी। दीदी, भट्टाचार्य जी से पत्रा देखने को कह देना, और पिताजी से पूछकर एक बार उनकी राय भी जान लेना। शची के साथ ब्याह होगा, यह सुनकर वे बहुत खुश होंगे। तू मुंह बाए क्या देख रहा है? तेरी छोटी भाभी की छोटी बहिन शची—उसे तूने देखा है न? उसे नहीं देखा है तूने? देखा नहीं है तो शची को देखने की जरूरत भी नहीं है। अभी थोड़ी ही देर पहले मैं दीदी से कहने जा रहा था कि वैसी लड़की को जो पसंद नहीं करता, उसको शादी ही नहीं करनी चाहिए। बचपन में बाएं पैर के घाव की चीर-फाड़ हुई थी, इसीलिए वह उस पैर को जरा खींचकर चलती है। अभी-अभी मैं यही बात दीदी से कहने जा रहा था कि जरा-सा नुक्स, थोड़ी-सी कमी, यदि रिश्तेदार होकर दिवाकर माफ नहीं कर सकता तो, दूसरा कोई कैसे करेगा? इसके अतिरिक्त छोटी-मोटी कोर-कसर लेकर शोर मचाना तो उच्च शिक्षा का फ़ल नहीं है, वह तो नीचता है। इस संसार में ऐसी कोई चीज नहीं मिलती है जिसमें जरा-जुरा नुक्स न हो। कोई चीज मिलती ही नहीं, ऐसी चीज की आशा करके बैठे रहना और पागलपन एक ही बात है, दिवा इसको समझता है। और तुमसे कहना ही क्या है दीदी, सुरबाला जब यह सुनेगी कि शची की शादी दिवाकर के साथ होगी, तो उसके आनन्द की सीमा

नहीं रहेगी। ओह! शायद तेरा समय बर्बाद हो रहा है? तो इस समय तू जा, मैं भी ससुर जी को पत्र लिखता हूं कि...।'

इतना कहकर उपेन्द्र उठ पड़े और महेश्वरी को तिरछी नजरों से इशारा करके चले गए।

महेश्वरी भात मुंह नीचा करके सानने लगीं और दिवाकर स्तब्ध होकर खड़ा रहा। बड़ा तूफान जैसे तिनके, धूल-बालू सब उड़ाकर ले जाता है, उपेन्द्र वैसे ही विघ्न-बाधा, आपत्ति-अस्वीकृति को अपनी इच्छा के अनुसार उड़ाकर लेते गए। स्तब्ध होकर दिवाकर और महेश्वरी दोनों यही सोचने लगे। बहुत देर तक जब कोई भी बात नहीं उठी, तब दिवाकर बोला—'यह सब क्या है दीदी?'

महेश्वरी ने कहा, 'सब तो तूने सुना।'

दिवाकर ने प्रश्न किया—'इतनी जल्दी क्यों?'

महेश्वरी ने कहा—'शची के ब्याह की उम्र बीत रही है और अगले वर्ष बिलकुल ही लगन नहीं है।'

इसके बाद दिवाकर के दिमाग में कोई बात नहीं आई, किंतु उसको याद आया कि उपेन्द्र इस समय चिट्ठी लिख रहे होंगे और थोड़ी देर बाद ही इस जरूरी चिट्ठी को लेकर नौकर डाकखाने दौड़ जाएगा। वह किसी दिन भी विवाह न करेगा, यही उसके जीवन का संकल्प रहा है। यह संकल्प इस प्रकार एकाएक एक झटके में उड़ता चला जा रहा है। यह याद आते ही वह अस्थिर होकर उपेन्द्र के कमरे की ओर चला गया। कमरे में घूसते ही सुरबाला अपने अप्रसन्न मुंह पर घूंघट खींचकर अलमारी की बगल में हट गई। उपेन्द्र मेज के पास कागज-कलम लेकर बैठे हुए थे। मुंह उठाकर उन्होंने पूछा—'क्या बात है?'

दिवाकर जो कुछ कहने आया था, उस पर अच्छी तरह सोचने-विचारने का समय भी उसे नहीं मिला था, और उधर उसे आंचल का एक छोर अलमारी की बगल में दिखाई पड़ने लगा, वह चुपचाप खड़ा रहा।

उपेन्द्र ने कहा—'अब क्या बात है रे?'

दिवाकर ने बिना बात किए अलमारी की ओर दृष्टि डाली।

उपेन्द्र ने उस संकेत को अनदेखा किया, बोले—'मेरे पास समय नहीं है दिवा...'

दिवाकर ने पास आकर कोमल स्वर में कहा—'इतनी जल्दी किसलिए?'

उपेन्द्र बोले—'नहीं, जल्दी तो नहीं है। चाहे जैसे भी हो, अभी दो महीने का समय है, तेरी परीक्षा हो जाए तो...।'

'तो फिर आज ही चिट्ठी लिखने की जरूरत क्या है? कुछ दिन बाद लिखने से भी तो काम चल सकता है।'

'चल सकता है लेकिन कुछ दिन बाद लिखने से क्या सुविधा होगी? जरा सुनूं तो?'

दिवाकर ने धीरे-धीरे कहा—'सोचकर देखना चाहिए।'

उपेन्द्र ने कहा—'सोचना तो चाहिए ही! तुम ब्याह के बारे में सोचो। तुम्हारी परीक्षा के बारे में मैं सोचूंगा।'

'लेकिन ऐसी जिम्मेदारी लेने के पहले...।'

'विद्वान् व्यक्ति की भांति कुछ कहना जरूरी है। अच्छा, तुम उस कुर्सी पर बैठ जाओ। सोच-विचार करके क्या देखना चाहते हो, मैं भी तो सुनूं?'

दिवाकर चुप रहा।

उपेन्द्र ने कहा—'देखो दिवाकर, चाहे कोई भी चीज हो, अंत सोचकर देखना आदमी की मजाल नहीं है। यह कोई कितने बड़े विद्वान् पंडित क्यों न हों, अंतिम फल भगवान के हाथ से ही लेना पड़ता है। लेकिन, पहले से जो कुछ सोच-विचार करके देख लिया जा सकता है उसके लिए तो आधे घंटे से अधिक समय नहीं लगता, तो फिर तुम कुछ दिनों का समय क्यों चाहते हो?'

दिवाकर मुंह उठाकर बोला—'सभी क्या इतनी जल्दी सोच-विचार कर सकते हैं?'

'कर सकते हैं, लेकिन यह याद रखने की जरूरत है, यह याद रखना चाहिए कि बेतुकी चिंताओं का अंत भी नहीं है और उसका फैसला भी नहीं होता। दो-चार दिन क्यों, दो-चार वर्षों में भी तय नहीं होता। फिर भी, इस सम्बन्ध में मोटे तौर से लोग सोच-विचार करके जो कुछ देखते हैं कि ब्याह के बाद वे पत्नी का खर्च उठा सकेंगे या नहीं। लेकिन शची से ब्याह कर लेने पर यह चिंता तो तुमको किसी भी दिन नहीं करनी पड़ेगी। दूसरी बात है पसन्द-नापसन्द को लेकर। अवश्य इसका फैसला एक आदमी की तरफ से दूसरा नहीं कर सकता है। क्या तू यही बात सोच रहा है?'

शची के रूप की चर्चा से दिवाकर बहुत ही लज्जित हो उठा। वह जल्दी ही बोल उठा—'नहीं, बिलकुल नहीं।'

'तब तो अच्छा ही हुआ। क्योंकि यह बात भीतर से कितनी ही निस्सार क्यों न हो, बाहरी आडम्बर तो है ही। पहले ही सुंदरता की जो बात आ जाती है, वह मनुष्य के भीतर और बाहर, ऐसा जादू कर देती है कि उसकी अच्छाई-बुराई का अत्यंत सावधानी से निर्णय करना ही मुख्य चीज हो जाती है। वास्तव में वह तो

कुछ भी नहीं। जिस चीज को न पाकर लोग सारा जीवन हाय-तौबा करते हैं, वह आड़ में ही रह जाती है। पसंद करने की जो सारी सामग्री है, उस चीज को प्राप्त न करने से संसार में असफल हो जाता है, उसके ऊपर तो अपना वश नहीं चल सकता, इसलिए बिना जांचे-परखे ही, बिना सोचे-समझे ही भगवान की दुहाई देकर लोग अपना लेते हैं, और जो कुछ भी नहीं है, दो-चार दिनों में ही जो चीज बर्बाद हो सकती है, आंखें उठाकर देखने से ही जिसके दोष-गुण पकड़े जा सकते हैं, उसकी जांच-परख करने का कोई अंत नहीं रहता। दिवाकर, साढ़े पंद्रह आने की ओर से यदि आंखें बंद कर सकते हो, तो शेष दो पैसे के लिए गुरुजनों को मूर्ख बनाकर विद्रोह मत करो, वरन मैं आशीर्वाद देता हूं कि तुम्हारा भविष्य उज्ज्वलतर से उज्ज्वलतम हो। किसी दिन इस बात को मत भूलना कि सुंदरता ही मनुष्य के लिए सब कुछ नहीं है, या केवल सुंदरता की चर्चा करना ही विवाद का उद्देश्य नहीं है।'

दिवाकर सिर झुकाकर चुप रहा। उपेन्द्र भी बड़ी देर तक चुप रहकर अंत में बोले—'तो अब तू यहां से जा सकता है।'

दिवाकर ने सिर झुकाकर धीरे-धीरे कहा—'पर ब्याह करने में मेरी दिलचस्पी नहीं है छोटे भैया। मुझे माफ करो। खासकर बड़े आदमी की बेटी से...'

इस प्रकार के उत्तर ने पल-भर के लिए उपेन्द्र को अभिभूत कर दिया। वे मृतभाषी दिवाकर की बातों का महत्त्व समझते थे। लेकिन किसी विषय में असफल होना भी उनका स्वभाव नहीं है। सामने के कागज-कलम को एक ओर हटाकर बोले—'ब्याह में दिलचस्पी नहीं है, ऐसा हो सकता है। पर बताओ कि बड़े आदमी की बेटी होना, किसी लड़की के लिए क्या दोष की बात है—सुनूं तो सही?

दिवाकर ने कहा—'नहीं, इसमें कोई दोष नहीं है, लेकिन मैं गरीब हूं।'

उपेन्द्र ने कहा—'इसका अर्थ तो यह है कि गरीब के घर की लड़की तुम्हारा जैसा सम्मान या भक्ति करेगी, धनवान की लड़की वैसा सम्मान या श्रद्धा-भक्ति नहीं करेगी। लेकिन मैं पूछता हूं, स्त्री से सम्मान या भक्ति पाने की कितनी धारणा तुमको है? यदि हठ पकड़ लोगे कि ब्याह करोगे ही नहीं, तो वह दूसरी बात है, लेकिन एकदम असंगत, अकारण दोष का भार दूसरे के कंधे पर रखकर अपनी गरीबी को जिम्मेदार मत ठहराओ। पुराण-इतिहास में तो पढ़ चुके हो। उनमें सीता, सावित्री आदि साध्वी स्त्रियों का उल्लेख है, वे राजा-महाराजा के घर की लड़कियां होते हुए भी किसी गरीब घर की लड़की की अपेक्षा गुणों में कम नहीं थीं।

बड़े लोगों के घरों की लड़कियों के विरुद्ध एक कहावत प्रचलित है, इसीलिए उसको बिना सोचे-समझे ही मान लेना पड़ेगा, इसका कोई कारण मुझे दिखाई नहीं देता।'

दिवाकर के अलावा एक और श्रोता अत्यंत ध्यान लगाकर, ओट में रहकर सुन रहा था। उसके आंचल के छोर पर दृष्टि पड़ने के साथ ही उपेन्द्र बोल उठे—'बड़े आदमी के घर की एक और लड़की इस घर में ही है, इसका आधा रूप-गुण लेकर यदि शची आ जाएगी, तो दुनिया का कोई भी पति उसे अपना सौभाग्य समझेगा।' कुछ देर चुप रहकर वे फिर बोले—'तुम कह रहे थे कि ब्याह में तुम्हारी दिलचस्पी नहीं है। मैंने देखा है, बचपन में पाठशाला जाने में भी तुम्हारी दिलचस्पी नहीं थी। धर्म-कर्म में भी किसी-किसी को दिलचस्पी नहीं होती। जन्मभूमि के प्रति भी किसी को दिलचस्पी नहीं होती। लेकिन इसीलिए क्या दिलचस्पी की बात को मान लेना पड़ेगा?'

अचानक उसी समय अलमारी के पीछे से चूड़ियों की खनक से चौंककर दिवाकर उठ खड़ा हुआ और पल-भर में उसने क्या कुछ तय किया, यह वही जाने। वह सुरबाला के पास आया और बोला—'भाभी, शची के साथ मेरे ब्याह करने से अगर तुम सुखी होगी, तो मैं छोटे भैया को चिट्ठी लिखने के लिए कह दूंगा।'

सुरबाला तन्मय होकर पति की बातें सुन रही थी। एक अनिर्वचनीय शांति और तृप्ति की लहर उसकी सब इच्छाओं, सब कामनाओं और स्वतंत्रताओं को बहाकर पति की इच्छाओं के चरणों के नीचे आत्म-समर्पण करती जा रही थी। उसने कुछ भी निश्चय नहीं किया था, लेकिन आंचल से आंखें पोंछकर पति की तरफ संकेत करके एकाग्र मन से कहा—'वे झूठ कभी नहीं बोलते। मैं कहती हूं दिवाकर, इससे तुम लोगों का भला होगा और मैं भी बहुत खुश होऊंगी।'

दिवाकर ने उपेन्द्र के मुंह की ओर ध्यान से देखा। खुली खिड़की से अपर्याप्त प्रकाश उसके मुंह पर आकर पड़ा है। उस मुंह पर न चिन्ता है, न दुश्चिन्ता का तनिक निशान है। वह मुंह अत्यन्त पवित्र और मंगलमय प्रतीत हुआ।

दिवाकर ने कहा—'तुम जो अच्छा समझो, वही करो। मेरा समय बर्बाद हो रहा है, मैं जाता हूं,' इतना कहकर वह धीरे-धीरे बाहर चला गया।

वह चला गया तो सामने की आराम-कुर्सी पर आकर सुरबाला बैठ गई।

अपनी दोनों नम आंखों को पति के मुंह की ओर उठाकर बोली—'तुम मुझे माफ करो। मैंने गलत समझ लिया था, तुम जो कुछ करना चाहते हो, उससे शची का अच्छा ही होगा। इस बात के लिए तुम मुझे माफ करो।

उपेन्द्र ने चिट्ठी का अन्तिम भाग लिखना शुरू किया था। उन्होंने मुंह उठाया और हंसकर कहा—'अच्छा!'

7

उसके बाद दिवाकर केवल अपने विवाह की बात सोचने लगा। शची कैसी है, क्या करती है, क्या सोचती है, क्या पढ़ती है, उसके साथ विवाह होने से वह कैसा व्यवहार करेगी, यही सब। रात के समय पढ़ने-लिखने में बहुत-सी बाधाएं पड़ने लगीं। आज उसका मन मतवाला हो उठा।

हालांकि मतवाला जिस तरह अपनी कल्पना की अधिकता में साफ-साफ कुछ भी सोच नहीं पाता है, उसी तरह उसका मन भी साफ-साफ समझ न पाकर आकाश-कुसुम तोड़ने लगा। कुछ भी काम नहीं किया।

परीक्षा के भय ने चाबुक की तरह जितनी बार उसको वापस लाकर पढ़ने में लगाया, उतनी बार वह भागकर और दूसरी ओर सपने संजोने लगा। बहुत देर तक इस विद्रोही मन के पीछे-पीछे दौड़-धूप करके कुछ भी न पाकर दिवाकर पछताने लगा कि उसका समय बेकार में बर्बाद होता जा रहा है। लेकिन क्या ही अनोखा परिवर्तन था! किस चीज के नशे ने उसको एकाएक ऐसा मतवाला बना दिया है उसका कारण ढूंढ़े जाने पर जो बात उसे याद आई, अत्यंत लज्जा के साथ दिवाकर ने उसका प्रतिवाद करके दृढ़ भाव से यही बात कही कि इसमें उसकी इच्छा नहीं है, अत्यंत घृणा है। यदि किसी पूजनीय के मन और मान की रक्षा करनी पड़ेगी तो वह ऐसा बिलकुल उदासीन की भांति करेगा।

इतना कहकर उसने दूने आग्रह के साथ जोर-जोर पढ़ना शुरू कर दिया। लेकिन आज मन को संयम में रखना कठिन है। जिस खेल के बीच से चला आ रहा है, जिस आकाश-कुसुम की आधी गुंथी माला को फेंककर जबर्दस्ती पाठ याद कर रहा है, उसको पूरा करने का सुअवसर वह प्रतिक्षण ढूंढ़ने लगा। इसके अलावा यह जो कल्पना की बसन्ती हवा अभी-अभी उसकी देह को छूकर गई है! उसकी

छुअन क्या मधुर है? उसके चारों ओर जो सौन्दर्य उत्पन्न होता चला जा रहा था, वह क्या सुन्दर है? सूर्य की ओर मुंह उठाकर आंखें मूंद लेने पर भी जिस तरह प्रकाश का संचार विचित्र वर्णों में अनुभूत होता है पढ़ाई की तैयारी करने के भरपूर प्रयास के बीच से होकर भी अस्पष्ट माधुर्य की छुअन उसी तरह उसकी तमाम देह में धीरे-धीरे फैलने लगीं। कंठ-स्वर उसका मन्द से मन्दतर, दृष्टि उसकी क्षीण से क्षीणतर होने लगीं और इन तमाम धर-पकड़, वाद-विवादों के बीच अचानक एक समय वह खुद ही इस नए खेल में डूब गया। उसकी नजरों के सामने असंख्य बत्तियां, कानों के पास अनगिनत बाजे और मन के बीच एक विवाह का बहुत बड़ा उत्सव उतरने को आया, और इसी के केन्द्र-स्थल में वह कल्पना में अपने आपको दूल्हे के वेश में देखकर रोमांचित हो उठा। उसके बाद अब तक जितना कुछ उसने सुना था, जो कुछ उसने देखा था, वह तमाम कुछ चलचित्र की नाईं उसके मन के बीच से होकर विचित्र वर्णों में बेहद तेजी से भागकर चला गया। कहीं भी वह स्थिर न रह सका, कुछ ठीक प्रकार से हृदयंगम न कर सका, केवल विस्मित पुलक से सपनों में खोए हुए की भांति स्तब्ध होकर बैठ गया।

उसने पुस्तक में नर-नारियों के हाव-भाव के बारे में जो कुछ पढ़ा था, उसके अधिकांश भाव उसके लिए अस्पष्ट थे, ठीक समझ में न आते थे, वे सब बातें एक-एक कर याद आने लगीं और उनकी सुस्पष्टता और मधुरता ने उसे मोहित कर डाला। इसी प्रकार कल्पना-सूत्र के सहारे वह कब अपने स्वतंत्र विचार की सीमा पार गया, कब सब नर-नारियों के सुख-दुःख के इतिहास में मग्न होकर पढ़े काव्यों और साहित्य की चर्चा करता हुआ सो गया, इसका उसे कुछ पता न था।

8

विपिन के यहां से दावत खाकर आने के दूसरे दिन प्यास से सूखा कंठ लेकर सतीश की जब नींद टूटी और वह बिस्तर पर उठ बैठा, तब दस बजे थे। उसके कमरे का दरवाजा उस समय भी बंद था। आज सवेरे से ही निरभ्र आकाश में बहुत तेज धूप निकली थी। धूप की गरमी से सभी खिड़की-दरवाजे गरम हो गए थे और वह बंद कमरा किस प्रकार तप रहा था, इसका पता स्वयं सतीश को नहीं चला तो भी उसका सारा शरीर इसका प्रमाण दे रहा था। सारा बिस्तर पसीने से

तर हो गया है और सारी अंतःइंद्रियां पानी की कमी की वजह से पागलों की तरह हाहाकार मचा रही हैं। देह और मन की ऐसी विचित्र अवस्था लिये हुए सतीश सचेत हो उठ बैठा और व्यस्त होकर सिरहाने की तरफ वाली खिड़की खोल डाली तो तेज कड़ाके की धूप की लपटें उसके मुंह और शरीर पर पड़ीं और पल-भर में मानो उसे जला गईं।

सारी रात नशे में डूबा रहकर जब शराबी की नींद दिन के दस बजे टूटती है तब उसे कितनी ग्लानि होती है, यह वही जानता है। इस ग्लानि को हजम कर सतीश बिहारी बिहारी कहकर पुकारने लगा।

बिहारी भागकर आ हाजिर हुआ।

सतीश बोला—'जा, जल्दी से एक गिलास पानी ले आ तो!'

बिहारी ने प्रश्न किया—'चिलम नहीं पीजिएगा?'

'नहीं, पानी ला।'

'नहाइएगा नहीं?'

'अभी नहीं, तू पहले पानी ला।'

बिहारी फिर भी नहीं गया, बोला—'संध्या-वन्दन नहीं कीजिएगा?'

संध्या-वन्दन की चर्चा से सतीश आग बबूला होकर उसे डांट उठा—'पाजी कहीं का, तुझे इन बातों से क्या सरोकार? जा, पानी ला।'

डांट खाकर बिहारी पानी लाने नीचे उतर गया।

रसोईघर के बरामदे में बैठकर सावित्री सुपारी काट रही थी, मुस्कुराकर पूछा—'सतीश बाबू चिलम मांगते हैं?'

बिहारी ने मुंह लटकाकर कहा—'नहीं, पानी मांगते हैं।'

'न नहाए वे, न उन्होंने संध्या-वन्दन किया, फिर पानी क्यों चाहिए?'

बिहारी ने झुंझलाकर कहा—'मुझे क्या मालूम? हुक्म हुआ 'पानी लाओ' सो मैं ले जा रहा हूं।'

सावित्री सरौता रखकर उठ खड़ी हुई, बोली—'लाओ, मैं ही ले जाती हूं। तुम थोड़ी-सी बर्फ खरीदकर लाओ तो।'

बिहारी पैसे लेकर बर्फ खरीदने चला गया।

सावित्री ने ऊपर जाकर कहा—'जाइए, नहा आइए, मैं तब तक संध्या-वन्दन करने की जगह की सफाई कर देती हूं।'

सतीश ने मन-ही-मन झुंझलाकर कहा—'बिहारी कहां गया?'

सावित्री ने हंसी दबाकर कहा—'वह बर्फ खरीदने गया है। बाबू, अपराध करके दंड भुगतना चाहिए। इससे प्रायश्चित हो जाता है। आप संध्या-वन्दन किए

बिना क्या किसी दिन पानी पीते हैं, जो आज पानी के लिए इतना हल्ला मचा रहे हैं? जाइए, देर मत कीजिए।'

सावित्री की बातों का प्रतिवाद करना व्यर्थ है। यह समझकर सतीश उठ खड़ा हुआ और तौलिया कंधे पर डालकर नहाने के लिए नीचे चला गया।

खाना खाने के बाद सतीश फिर एक बार सोने की तैयारी में था कि तभी सावित्री आकर दरवाजे पर खड़ी हो गई। सतीश दीवार की ओर मुंह फेरकर ऐसे लेट गया, जैसे उसने सावित्री को देखा ही न हो।

सावित्री ने मन-ही-मन हंसकर कहा—'मैं यह जानने आई कि रात की बात बाबू को याद है या नहीं?'

सतीश ने जवाब नहीं दिया।

सावित्री ने कहा—'लेकिन नींद टूटने पर कृपा करके एक बार मुझे बुलवा लीजिएगा, ताकि मैं एक बार आपको उन बातों की याद दिला सकूं।' यह कह वह किवाड़ बंद करके चली गई।

सतीश को बीती रात की सारी घटनाएं याद हों, यह संभव नहीं है। याद रखना संभव भी नहीं था।

विपिन बाबू के जलसे से वह कब, कैसे और किसके साथ आया था, आकर उसने क्या किया था, ये सारी बातें उसके मन से बेतरतीब और धुंधली हो गई थीं। ऐसी बात नहीं थी कि अस्पष्टता को स्पष्ट करने की उसकी बिलकुल ही इच्छा न थी, बल्कि एक अनिश्चित, एक उद्देश्यहीन लज्जा की आशंका उसको किसी प्रकार इस ओर आगे पैर बढ़ाने नहीं देती थी। पर शाम की करतूत उसे याद थी। वही अब तक उसकी धुंधली स्मृति के मेघाच्छन्न आकाश में शुक्र तारे की भांति चमक रही थी। परंतु सावित्री ने जब उंगली के संकेत से दिखा दिया कि उसकी अपेक्षा अधिक दुःखप्रद ग्रह बादलों की आड़ में छिपे हुए हैं, तब तो उसकी आंखों पर से नींद उसी प्रकार लुप्त हो गई, जिस प्रकार मरुभूमि से जलधारा। कल शाम को और कोई उपाय न सूझने पर उसने झट से दीया बुझा दिया था, इसका फल क्या होगा, इस संबंध में मन-ही-मन वह अत्यंत चिंतित था। फिर भी उस घटना में नीयत की कोई खराबी नहीं थी। यह एक बुरी सायत थी, यह समझकर वह अपने मन को संतोष दे रहा था और दोष न करने में सत्य का जो बल छिपा रहता है, वही बल उसके चिंताकुल चित्त को आश्रय दे रहा था। लेकिन सावित्री इस समय जो बात कह गई, जिस अंधकार में मार्ग-निदर्शन कर गई, उसमें प्रवेश करने का साहस कहां? उसे शराबी होने की अभिज्ञता अवश्य थी, लेकिन अचेत होकर गिर पड़ने की अभिज्ञता कहां से लाता? वह कैसे अनुमान

करे कि उसने क्या किया था, और क्या नहीं किया था? कितने ही शराबियों को ऊधम मचाते उसने अपनी आंखों से देखा है। अब अपनी किस बात को किस साहस से असंगत बताकर टाल देगा? इससे उसके आगे संभव-असंभव की समस्या जितनी कठोर होने लगी, उतना ही उसका दुखी मन संभव-असंभव के बीच में एक लकीर खींच देने के लिए दबाव डालने लगा। पुनः उसके दिमाग में आग भभक उठी, वह उठ बैठा और जीवन में शराब न छूने की फिर एक बार प्रतिज्ञा करके उसने प्रायश्चित्त किया।

खिड़की खोलकर सतीश ने पुकारा—'बिहारी!'

बिहारी राखाल बाबू का बिस्तर धूप में डाल रहा था, पुकार सुनकर वह नजदीक आ खड़ा हो गया।

सतीश ने कहा—'जा, तू अपना काम कर, सावित्री को एक गिलास पानी लाने को कह दे।'

बिहारी ने कहा—'मैं ही पानी ले आता हूं, वह इस समय पूजा कर रही है।'

सतीश ने चकित होकर पूछा—'पूजा कर रही है वह?'

'जी हां, वह तो रोज पूजा करती है। एकादशी के दिन तो वह एक बूंद पानी तक नहीं पीती है। हम लोग कितना कहते हैं, लेकिन वह कभी न तो मछली खाती है और न कभी रात को भात खाती है। आखिर वह भले घर की लड़की ठहरी!'

सतीश ने और भी आश्चर्य में पड़कर पूछा—'वह भले घर की लड़की है?'

'हां, बाबू, भले घर की लड़की है।' कहकर बिहारी पानी लाने जा रहा था कि सतीश ने बुलाकर पूछा—'सावित्री रात को अगर भात नहीं खाती है, तो क्या खाती है?'

'भला क्या खाएगी बाबू! अगर किसी दिन कुछ रहता है तो वही जरा-सा खाकर पानी-वानी पी लेती है।'

'डेरे का और कोई यह जानता है?'

बिहारी ने कहा—'महाराज जानते हैं, मैं जानता हूं और कोई नहीं जानता। उसने कहने को मना कर दिया है।'

सतीश ने कहा—'अच्छा, जा, तू पानी ले आ।'

बिहारी एक-दो कदम आगे बढ़ा ही था कि सतीश ने फिर पुकारा—'सुनो बिहारी!'

'जी।'

'तूने कैसे जाना कि वह भले घर लड़की है?'

'मैं अच्छी तरह जानता हूं, बाबू कि वह भले घर की लड़की है। सिर्फ नसीब के फेर से...।'

'अच्छा-अच्छा, तू जा, पानी ले आ।'

बिहारी के चले जाने पर सतीश बिस्तर पर औंधे मुंह पड़ा रहा। सावित्री को साधारण दाइयों की श्रेणी में समझने में उसके हृदय पर चोट-सी लगती थी। उसे ऐसा जान पड़ता था, मानो सावित्री को निम्न श्रेणी की स्त्री मानने के लिए उसका मन गुप्त लांछन और हीनता के बोझ से अपना सिर आप ही झुका लेता है। परंतु क्यों, यह आज तक सतीश जान न सका था। आज बिहारी के मुंह से इस जरा से परिचय से केवल उसे ही आनंद और आश्चर्य न हुआ, बल्कि उसका संपूर्ण हृदय मानो किसी अपरिचित व्यक्ति के पसीने से भीगे बाहुपाश से सहसा मुक्त होकर पवित्र हो गया। उसने बिहारी की बात को पूरा सही मानने में जरा भी संकोच नहीं किया।

पानी लाने में देर होने लगी। किस कारण देर हो रही होगी, यह सोचकर सतीश कुछ देर तक चुपचाप बैठा रहा। फिर भी बिहारी का पता नहीं। प्यास के मारे उसे तकलीफ होने लगी। वह फिर एक बार बिहारी को बुलाएगा, यह सोचकर वह उठ बैठा कि तभी उसने देखा कि हाथ में पानी का गिलास लिये सावित्री आ रही है। इस आचार परायणा अभागिन को आज उसने नई दृष्टि से देखा और उस पल-भर की दृष्टि से ही उसके हृदय का कोना-कोना करुणा और श्रद्धा से भर गया। किसी और समय जो बात कहने में उसे झिझक होती थी, वह बात कहने में अभी उसे झिझक नहीं हुई। उसने सावित्री के हाथ से पानी का गिलास लिया और सारा पानी पीकर खाली गिलास नीचे रख दिया, बोला—'बहुत-सी बातें करनी हैं तुमसे।'

सावित्री चुपचाप देखती रही।

सतीश ने कहा—'पहली दफा, मुझे माफ करना होगा।'

सावित्री ने शांत स्वर में पूछा—'और दूसरी दफा?'

सतीश ने कहा—'तुम्हें यह बताना होगा कि कल मैं कब और कैसे आया था।'

सावित्री ने उत्तर दिया—'पिछली रात गाड़ी से आए।'

'उसके बाद?'

'आपने तो रास्ते पर ही सोने का इन्तजाम किया था।'

'यह मैंने अच्छा नहीं किया था। पर मुझे उठाकर कौन लाया?'

'मैं।'

'और कौन था? इतने भारी-भरकम शरीर को ऊपर लाया गया कैसे?

सावित्री ने हंसकर कहा—'आप डरिए मत, डेरे का कोई कुछ नहीं जानता।'

सतीश ने दम लेकर कहा—'जान बची। लेकिन तुम्हारे साथ मैंने किसी तरह का बुरा बर्ताव तो नहीं किया है न?'

'नहीं।'

सतीश ने बहुत प्रसन्न होकर कहा—'हां, तो बताओ, तुम कौन-सी बात मुझे याद दिलाना चाहती थीं?'

'आपकी 'शपथ'। आपने कसम खाई है कि अब किसी दिन आप शराब नहीं पिएंगे।'

'अचानक मैंने कसम क्यों खाई है? ऐसी बेवकूफी तो मुझसे नहीं होनी चाहिए।'

'शायद मेरे कहने से आपने कसम खाई थी!'

सतीश ने आवाज को धीमी करके कहा—'हां, सावित्री! मुझे याद आ गया। तुम्हें छूकर मैंने कसम खाई है न?'

सावित्री निस्तब्ध रही।

सतीश ने कहा—'ऐसा ही होगा। लेकिन कल शाम की बात तुम्हें याद है न?'

इस बार सावित्री हंस पड़ी; सिर हिलाकर बोली—'हां, याद है।'

'संभव है; लोगों को यह बात मालूम हो जाए। इसका क्या उपाय करना चाहिए?'

सावित्री ने सहसा गंभीर होकर कहा—'यही कि आप या तो किसी दूसरे डेरे में जाकर रहें या अपने घर चले जाइए।'

'और तुम?'

सावित्री के चेहरे पर किसी प्रकार की चिन्ता की रेखा दिखाई नहीं पड़ी। वह सहज, शांत भाव से बोली—'इसके बारे में तो मैंने नहीं सोचा है। इस डेरे के बाबू लोग मुझे रखेंगे तो अच्छा ही है, नहीं रखेंगे तो और कहीं काम ढूंढ़कर चली जाऊंगी। जहां मेहनत-मजदूरी करूंगी, वहीं दो रोटियां खाने को मिल जाएंगी। और कुछ कहना है।'

सतीश का मन मानो पर्वत की चोटी से एकदम नीचे गिरकर चूर-चूर हो गया। उसके यहां रहने, न रहने से सावित्री का कुछ भी बनता-बिगड़ता नहीं है। इस सम्बन्ध में वह बिल्कुल उदासीन है। उसने सिर हिलाकर बतलाया कि उसे और कुछ कहना नहीं है। कारण, सावित्री के इस निःशंक दो टूक उत्तर के बाद और कोई प्रश्न उसके मुंह में नहीं आया, हालांकि उसे कहने को कितनी

बातें थीं। सावित्री ने खाली गिलास उठा लिया और चली गई। सतीश चुपचाप बैठा रहा।

हाय रे मनुष्य का मन! यह किस कारण किससे टूटता है और किस कारण किससे जुड़ता है, इसका कोई सिद्धान्त ढूंढ़े नहीं मिलता है। यह कितनी चोट से जमीन पर गिरकर छटपटाने लगता है और फिर कितनी प्रबल चोट को मुस्कुराते हुए सहन करता है, इसका कोई हिसाब नहीं मिलता है। हालांकि इस मन को लेकर मनुष्य के अहंकार की सीमा नहीं है। जिसे चोट नहीं पहुंचाई जा सकती, जिसे पहचाना तक नहीं जा सकता, कैसे उसे 'मेरा' कहकर खुश किया जा सकता है? भला कैसे उसे लेकर निश्चिन्त होकर घर बसाया जा सकता है?

सावित्री को गए देर हो गई, तो भी सतीश ज्यों-का-ज्यों बैठा रहा। उसका हृदय ठीक दुःख या कष्ट से नहीं, बल्कि एक प्रकार की ज्वाला से रह-रहकर जलने लगा। जिसे प्यार करता हूं, वह यदि प्यार न करे, घृणा भी करे तो वह भी सहन होता है, परंतु जिसके सम्बन्ध में यह विश्वास हो कि मुझे उसका प्रेम प्राप्त हो चुका है, वहां गलतफहमी दूर हो जाना ही सबसे अधिक कष्टकर है। पहली परिस्थिति व्यथा देती है, और दूसरी व्यथा भी देती है और अपमान भी करती है। इस व्यथा का न प्रतिकार किया जा सकता है, न इस अपमान की शिकायत की जा सकती है। इसीलिए कुछ न कह पाने की स्थिति में लांछना इतनी ज्यादा टीसती है—वेदना का कारण ढूंढ़े नहीं मिलता है, इसीलिए व्यथा ऐसी असहनीय हो जाती है। जिसके प्यार करने की बात नहीं है, वह प्यार नहीं करता है, इसमें किसी को भी कहने को क्या हो सकता है? परंतु जहां कहने का पूरा अवसर है, वहां किसी प्रतिकार के न होने और अपमान की शिकायत का मौका न पाने के कारण ही लांछना इतनी अधिक चोट करती है।

जो हो, सावित्री के इस निश्चिंत और सहज कर्त्तव्य-निर्धारण ने केवल उसी के हृदय के मानचित्र को ही उद्घाटित नहीं किया, उसने सतीश के हृदय के चित्र को भी बाहर के प्रकाश में लाकर खड़ा कर दिया। इन दोनों मानचित्रों को अगल-बगल रखकर वह स्तंभित हो गया। उसने निश्चित रूप से जाना था कि वह सावित्री से प्यार नहीं करता है। सावित्री उससे प्यार करती है। लेकिन आज उसे मालूम हुआ, कि बात बिलकुल उल्टी है यानी वह सावित्री को प्यार करता है, सावित्री उससे प्यार नहीं करती। इस घृणित बात को स्वीकार करने में केवल लज्जा से उसका सिर नीचा नहीं हुआ, बल्कि अपने मन की इस नीच प्रवृत्ति से उसे अपने प्रति घृणा भी उत्पन्न हो आई। इसमें सन्देह नहीं कि उसके बीती रात

के कार्य लज्जाजनक थे। यह सच है कि उसके जीवन में ऐसी बहुतेरी रातों की बहुत-सी लज्जाएं इकट्ठी हैं, लेकिन इस नीचता की तुलना में वे सभी बिलकुल तुच्छ हो गईं।

इस डेरे में तो अब एक दिन भी रहा नहीं जा सकता है। इस बात को वह किसी तरह भी स्वीकार न कर सकेगा कि यहां रहने, न रहने के सम्बन्ध में वह बिलकुल पूरे तौर पर उदासीन नहीं है। उसने यह कठोर प्रतिज्ञा कर डाली कि वेदना के भारी बोझ से चाहे उसका हृदय टुकड़े-टुकड़े हो जाए, फिर भी वह यहाँ नहीं रहेगा। वह किसी प्रकार इस नीचता को अपने मन में बढ़ावा देकर अपने आपको और भी गहरी खाई में नहीं ढकेलेगा।

बाहर दिन ढलने लगा था, कमरे के अन्दर बैठे हुए सतीश को इसका होश न था। सहसा डेरे में रहने वालों के अपने-अपने काम से लौटने की आहट पाकर वह चौंक उठा। खिड़की से झांककर उसने एक बार बाहर देखा और उठ खड़ा हुआ। झट एक कुरता पहन और चादर कंधे पर डाल वह छिपकर चुपचाप बाहर चला गया। अभी हाथ-मुंह धोने का प्रस्ताव लेकर सावित्री आ पहुंचेगी और खाने के लिए हठ करने लगेगी। आज उसे जरा भी भूख न थी। लेकिन सावित्री किसी प्रकार न मानेगी, अनुरोध करेगी, न हुआ तो दबाव डालेगी। हो सकता है, अंत में गुस्सा करके चली जाए। इन तमाम मौखिक स्नेह के तर्क-वितर्कों से अपने जीवन में आज पहली बार वह अपने को वास्तविक घृणा के साथ दूर हटा ले गया।

रास्ते में घूमते-घूमते शाम से पहले दर्जीपाड़े की एक गली के मोड़ पर उसे पीछे से किसी परिचित की आवाज सुनाई दी—'छोटे बाबू हैं क्या?'

सतीश ने मुड़कर देखा और देखते ही खड़ा हो गया, बोला—'कौन, मोक्षदा?'

मोक्षदा बहुत दिन पहले सतीश के पश्चिम के घर में नौकरानी का काम करती थी। छुट्टी लेकर कलकत्ता आई थी। फिर जा न सकी थी। बोली—'हां, बाबू, मैं ही हूं। छोटे बाबू, आप मेरी एक चिट्ठी पढ़ दीजिएगा?'

सतीश ने मुस्कुराकर कहा—'इतने बड़े शहर में तुझे और कोई चिट्ठी पढ़ने वाला नहीं मिला? कहां है चिट्ठी, दो।'

मोक्षदा ने कहा—'चिट्ठी मेरे कमरे में है बाबू! किसी अनजान आदमी से पढ़ाने का साहस नहीं होता, न मालूम क्या लिखा हो! यों तो हमारे घर में ही एक लड़की है, वह लिखना-पढ़ना जानती है, लेकिन उसे भी आज दो दिनों से नहीं देख पाती हूं। इतनी रात गए घर लौटती है कि समय ही नहीं रह जाता।'

सतीश ने पूछा—'तुम्हारा घर कितनी दूर है?'

मोक्षदा ने कहा—'बस, यहां से थोड़ी ही दूर है। मुख्य सड़क के उस पार एक गली में है। बाबू, आप अपना पता बता दीजिए, कल मैं ही किसी को साथ लेकर आऊंगी और चिट्ठी पढ़वा लूंगी।'

'अच्छा,' कहकर सतीश ने अपना शोभा-बाजार का पता बता दिया और किधर से होकर कैसे जाना पड़ता है, यह समझाकर वह रास्ते पर चलने लगा।

कुछ दूर जाने के बाद मोक्षदा एक जगह अचानक खड़ी हो गई और बोली—'कहने का साहस तो नहीं होता, लेकिन बाबू, एक बार आप पधारते, तो...मेरा घर यहां से ज्यादा दूर नहीं है।'

सतीश ने पल-भर कुछ सोचने के बाद कहा—'अच्छा, चलो।'

उसकी आज डेरा लौटने की बिलकुल इच्छा न थी। वह यह संकल्प करके ही डेरे से निकला था, कि रात को देर तक इधर-उधर घूमता रहेगा, सावित्री घर चली जाएगी तब वह डेरा लौटेगा। अतः वह सहज ही राजी हो गया। दो गलियां पार कर एक कच्चे दो तल्ले मकान के सामने आकर वे दोनों खड़े हो गए।

'जरा ठहरिए,' कहकर मोक्षदा भीतर गई और जल्दी ही हाथ में एक ढिबरी लिये लौट आई और सतीश को रास्ता दिखाती हुई ऊपर ले गई। ऊपर कोने वाले कमरे में एक छोटी सी टेबल के ऊपर दीवट पर दीया जल रहा था। उस कमरे को दिखाकर वह सविनय बोली—'आप जरा बैठिए, मैं चिलम भर लाती हूं।'

भीतर जाकर इस छोटे से कमरे की सफाई देखकर सतीश के मन को आराम मिला। एक और तख्ते पर धोए-मांजे पीतल-कांसे के बर्तन चमक रहे थे और उसकी बगल में एक छोटी अरगनी पर कुछ कपड़े करीने से रखे हुए थे। दीवार में ब्रूकेट पर एक टाइमपीस घड़ी रखी हुई थी, जिसमें आठ बजे थे। सतीश ने चौखट के बाहर जूते उतार दिए और भीतर चौकी पर बिछे हुए दूध के समान सफेद बिस्तर पर जाकर बैठ गया और कमरे के सामानों को देखने लगा। सबसे पहले उसकी दृष्टि एक छोटी-सी अलमारी पर पड़ी, उसमें कुछ किताबें सजाकर रखी हुई थीं। सतीश ने एक किताब उठाई और पहला पन्ना उलटते ही देखा, अंग्रेजी अक्षरों में 'भुवनचन्द्र मुखोपाध्याय' लिखा हुआ है। वह किताब रखकर उसने तीन-चार किताबें एक-एक कर उठाई, सबमें एक ही नाम देख, किताबों को ठीक-ठिकाने रख फिर आकर बिस्तर पर बैठ गया।

मोक्षदा फरशीदार हुक्के में तंबाकू भर लाई। सतीश ने हाथ में हुक्का लेकर कहा—'तुम्हारा यह कमरा तो बहुत साफ-सुथरा है। जाने को जी नहीं चाहता!'

मोक्षदा ने जरा मुस्कुराकर कहा—'जाने की क्या जरूरत है? बैठिए। लेकिन बाबू, यह कमरा मेरा नहीं है, एक दूसरी लड़की का है।'

सतीश ने प्रश्न किया–'वह कहां है?'

मोक्षदा ने कहा–'वह बाबू लोगों के एक 'डेरे' में काम करती है। लौटने में प्रायः बेचारी को रात हो जाती है। इसीलिए घर की चाबी मेरे पास रहती है। वह मुझे मौसी कहती है।'

सतीश ने कहा, 'खैर, लेकिन ये भुवन बाबू कब आएंगे?'

मोक्षदा ने विस्मित होकर पूछा–'भुवन बाबू भला कौन हैं?'

'भुवनचन्द्र मुखोपाध्याय, तुम उन्हें नहीं पहचानतीं?'

अचानक मोक्षदा ने भौंहे चढ़ाकर कहा–'ओ हो, हमारे मुकर्जी बाबू! नहीं-नहीं, उन्हें अब यहां आने की जरूरत नहीं।'

'क्यों, क्या वे मर गए?'

मोक्षदा ने दोनों आंखों को चमकाकर कहा–'नहीं, वे मरे नहीं हैं। लेकिन वे मर जाते तो अच्छा था। वे हमारी जात के गुरु हैं, पूज्य हैं, देवता-जैसे हैं। मैं उनकी अश्रद्धा नहीं करती, उनके पैरों की धूल सिर से लगाती हूं। लेकिन किसी दिन मुलाकात होगी तो उनके मुंह पर गिन-गिनकर तीन झाड़ू मारूंगी तब जाकर मेरा मोक्षदा नाम सार्थक होगा।'

सतीश हंस पड़ा, बोला–'गुस्से के मारे ब्राह्मण को अश्रद्धा करके मत मार बैठना। अच्छी तरह श्रद्धा करके गिन-गिनकर मारना। ऐसा करने से पाप नहीं होगा। लेकिन वे हैं कौन?'

मोक्षदा उद्धत ढंग से बोल उठी–उसका परिचय क्या दूं? बाबू! वह ब्राह्मण नहीं, चमार है। इस बेचारी लड़की को इस रास्ते बिठा गया तू। भला यही अपने आदमी का काम है? छिः! छिः! फांसी लगाकर मरने को रस्सी भी न जुटी तुम्हें?'

सतीश ने अत्यन्त उत्सुक होकर प्रश्न किया–'वे हैं कौन? उन्होंने क्या किया है?'

एकाएक दरवाजे के बाहर से जवाब आया–'उन्हें आप नहीं पहचानते। उनकी बात सुनकर आपको क्या लाभ होगा?'

सतीश चौंक उठा।

मोक्षदा ने मुंह फिराकर कहा–'साबी, तू कब आई?'

सावित्री ने कमरे में घुसकर कहा–'बस, अभी आ ही रही हूं मौसी। बाबू कहां मिले तुम्हें?'

मोक्षदा ने कहा–'ये हैं हमारे छोटे बाबू–सावित्री।' दो दिन पहले बहू की एक चिट्ठी मिली है, उसे पढ़वा नहीं सकी हूं। इसीलिए मैंने कहा कि बाबू, कृपा करके पधारें।

सावित्री ने कहा—'लेकिन तुम्हारे कमरे के बदले ये मेरे कमरे में क्यों पधारे?'

मोक्षदा ने खिन्न होकर कहा—'तू गुस्सा क्यों करती है साबी? मेरे कमरे में तो भले आदमी को बिठाया नहीं जा सकता। इसीलिए इन्हें मैंने तेरे कमरे में बिठाया है। ये बड़े ऊंचे दर्जे के रईस हैं। कहां तू इसे अपनी खुशनसीबी समझेगी सो तो नहीं, उल्टे तू गुस्सा करती है?'

सावित्री ने हंसकर कहा—'गुस्सा क्यों करूंगी मौसी, यह गुस्सा नहीं है। लेकिन यों ही खाली-खाली दया की भीख लेना क्या कोई अच्छी बात है? बाबू को कुछ खिलाओ-पिलाओ भी। हां, ब्राह्मण देवता, आपको भूख लगी है क्या?'

सतीश बहुत संकुचित होकर बैठा था, गर्दन हिलाकर कहा—'नहीं।'

सावित्री के अशालीन प्रश्न से विरक्त होकर मोक्षदा बोल उठे—'सावित्री! यह तेरे बात करने का कौन-सा ढंग है? भले आदमी के साथ क्या इसी तरह से बातें की जाती हैं?'

सावित्री ने बरबस हंसी रोककर कहा, 'मैंने कोई बुरी बात तो कही नहीं मौसी! अच्छा, उनकी भूख की बात अब मैं नहीं पूछूंगी। लेकिन तुम जाकर दुकान से कुछ खाने-पीने की चीज ले आओ। मैं तब तक जगह ठीक किए देती हूं।'

मोक्षदा बुदबुदाती हुई तेज कदमों से चली गई तो सावित्री ने कहा—'कल रात से ही अनशन चल रहा है, शाम को किस तरह भाग निकले, इसका भी मुझे पता नहीं चला। अब उठिए, संध्या-वन्दन करके कुछ खाइए। उस अरगनी पर धुला हुआ कपड़ा है, पहनकर मेरे साथ आइए, देर न कीजिए, उठिए।'

सतीश ने सिर हिलाकर कहा—'मुझे भूख नहीं है।'

सावित्री ने कहा—'भूख न हो, तो भी खाना पड़ेगा। पहला कारण यह है कि आपको भूख नहीं है, इस बात को मैं नहीं मानती, दूसरा कारण...'

सतीश ने बड़ी रुखाई के साथ कहा—'दूसरा कारण कुछ नहीं, रहने दो, झूठी बात है। लेकिन पहला कारण बहुत ठीक है। तुम सभी बातों में जिद और जबरदस्ती करती हो। तुम्हारी इस जिद के सामने किसी का कुछ बस नहीं चलता।'

सावित्री ने सिर उठाकर जरा मुस्कुराते हुए कहा—'फिर बेकार की कोशिश क्यों कर रहे हैं आप?'

सतीश ने और भी गंभीर होकर कहा—'यह बात नहीं है सावित्री! आज मेरी कोशिश हरगिज बेकार नहीं होगी। या तो तुम अपना दूसरा कारण बताओ, नहीं तो मैं तुम्हें सच कहता हूं, मैं यहां कुछ भी नहीं खाऊंगा।'

सतीश की जिद देखकर सावित्री चुपचाप हंसने लगी। कुछ देर बाद धीरे-धीरे बोली—'मैं यह सोच रही हूं कि आज आप क्यों आए? आज मेरा जन्मदिन है इसीलिए आज जब आप खुद मेरे कमरे में पधारे हैं, तब मैं आपको खामखा छोड़ दे नहीं सकती...।'

'छोड़ नहीं दे सकती,' कहकर ही सावित्री अचानक रुक गई। लेकिन हृदय की व्यथा उसके आवाज से बाहर आकर सहसा इस तरह खड़ी हो गई, कि थोड़ी देर के लिए सतीश की सारी समझदारी सुन्न हो गई। चतुर सावित्री ने पल-भर में यह अनुभव कर बात के सिलसिले को साधारण हंसी का रूप देकर, मुस्कुराकर कहा—'भगवान ने आज आपको मेरा अतिथि बनाकर भेजा है, इसलिए आपको खाना भी पड़ेगा और दक्षिणा भी लेनी पड़ेगी। देखती हूं, आज आपकी जात-पांत गई।'

अब तक सतीश की सहज शक्ति लौट आई, उसने पूछा—'क्या सचमुच आज तुम्हारा जन्मदिन है?'

सावित्री बोली—'सचमुच आज मेरा जन्मदिन है।'

सतीश ने कहा, 'फिर जब ऐसे अवसर पर आज मैं आ ही पहुंचा हूं, तो बाजार का मिठाई, पकवान खाकर पेट नहीं भरूंगा। इसके अलावा मैं वह सब कभी खाता भी नहीं।'

सावित्री यह बात जानती थी। मन-ही-मन लज्जित होकर बोली—'लेकिन आज तो रात हो गई है।'

सतीश ने कहा—'तो होने दो रात। अधिक हो गई तो क्या हुआ? आज डेरा लौटकर किसी की डांट तो नहीं खानी पड़ेगी। फिर अधिक रात होने से क्यों डरूं? तुम चाहे जो कहो, सावित्री, मैं वह सब हरगिज नहीं खाऊंगा।'

'तुमसे बातों में जीतने की गुंजाइश नहीं,' कहकर सावित्री हंसकर उठ गई।

सतीश बैठा हुआ था, लेट गया। इस छोटे कमरे और साफ-सुथरे बिस्तर को छोड़कर जाने को उसका जी नहीं चाहता था। पर आत्म-सम्मान और प्रतिष्ठा बनाए रखकर बैठे रहने का कोई अच्छा उपाय भी उसे न सूझता था। अब इस खाना बनाने की देरी की संभावना से उसको मानो किसी कर्त्तव्य के कठिन भार से मुक्ति मिल गई। वह गावतकिए सीने से लगाकर दीवार की ओर मुंह करके चुपचाप पड़ा रहा। जाते समय सावित्री बाहर से सांकल चढ़ा गई थी। यह सतीश जान गया था। इसके अलावा आज की बातचीत में 'तुम' के व्यवहार को भी उसने गौर किया था। एकांत कमरे में ये दोनों नई बातें जादूगर और उसकी जादुई छड़ी की भांति उसके मन में अपूर्व इन्द्रजाल की रचना करने लगीं। आज ही दोपहर को

प्यार का कूड़ा-करकट उसके मन से मानो भाटे के खिंचाव में पड़कर बह गया था; पर इस समय ज्वार के उल्टे प्रवाह में पड़कर फिर सब उसके हृदय में एक-एक करके जमने लगे। आज ही दोपहर को आत्माभिमान की चोट की तीव्र ज्वाला ने उसकी आंखों में उंगली डालकर उसके मन की नीच प्रवृत्ति को दिखा दिया था, उसकी आंखें खोल दी थीं; पर उस ज्वाला के शांत होने के साथ-साथ खुली हुई आंखें आप-ही-आप मुंद गईं। अपने हृदय की इसी डावांडोल परिस्थिति की लहरों में जब वह डूबता और उतराता था, तभी उसे एक हल्की झपकी-सी आ गई—आंखें जरा लग-सी गईं। सहसा दरवाजा खुलने की आवाज से जगकर, करवट लेकर उसने देखा कि सावित्री मोक्षदा को लेकर कमरे में आ रही है। मोक्षदा ने चिट्ठी सतीश के हाथ में देकर कहा—'देखिए तो बाबू, बहू ने क्या लिखा है?'

सतीश ने पूरी चिट्ठी पढ़ ली, फिर बोला—'वे लोग दो महीने बाद लौटेंगे।'

मोक्षदा ने पूछा—'और कुछ नहीं लिखा है?'

सतीश ने मोक्षदा को चिट्ठी वापस देते हुए कहा—'नहीं, और खास कुछ नहीं लिखा है।'

'बाबू, मेरे वेतन के बारे में...'

'नहीं, तुम्हारे वेतन के बारे में कुछ नहीं लिखा गया है।'

रुपए के बारे में कुछ नहीं लिखा गया है, सुनकर मोक्षदा मन-ही-मन बहुत झुंझलाई और चिट्ठी के लिए हाथ फैलाकर बोली—'हां, रुपए के बारे में क्यों लिखा जाएगा, लिखी जाएंगी बेसिर-पैर की बातें! दीजिए चिट्ठी।' फिर सावित्री से बोली—'साबी, तू कल इस चिट्ठी का जवाब लिख देना तो। हां री साबी, बाबू को खिलाएगी कब? क्या अब भी खाने का समय नहीं हुआ?'

सावित्री ने कहा—'ब्राह्मण देवता बिना संध्या-वन्दन किए क्या यों ही खाएंगे?'

मोक्षदा झुंझलाई हुई तो थी ही और भी झुंझलाकर बोली—'वाह री तेरी बुद्धि! ये क्या कोई पुरोहित हैं या पंडा-पुजारी जो पूजा-पाठ करेंगे?'

सतीश ने हंसकर कहा—'क्यों मोक्षदा, क्या तुम भूल गई, मैं तो सदा ही संध्या-वन्दन किया करता हूं?'

मोक्षदा को शायद अचानक याद आ गया। वह झेंपकर बोली—'हां-हां, ठीक है, मैं भूल गई थी।'

सावित्री की ओर देखकर बोली—'बेटी, जगह ठीक कर दे। तेरे कमरे में वैसे तो सब ठीक ही है। उठ, अब देर मत कर।' यों कहती हुई मोक्षदा वहां से चली गई।

घंटे भर बाद सतीश के खाने के समय कमरे में कोई न था। अंधेरे बरामदे में से मोक्षदा यह देखकर एकदम जल-भुन उठी। रसोईघर में जाकर देखा, सावित्री चुपचाप बैठी हुई है।

रुष्ट स्वर में बोली–'अरी साबी! क्या तेरी अक्ल मारी गई है? क्या किसी भिखमंगे को खिला रही है कि जो कुछ बना डाल दिया और खुद यहां निश्चिंत होकर बैठी हुई है!'

सावित्री कुछ सोच रही थी, चौंककर बोली–'जरूरत होगी तो मांग लेंगे।'

'ऐसी अक्ल न होती, तो आज तेरी यह हालत ही क्यों होती! क्यों तुझे यों परायी नौकरी करनी पड़ती? तू तो खुद दो-चार नौकर-चाकर रखती।'

सावित्री ने हंसकर कहा–'क्यों मौसी, इसमें दोष क्या है? मेहनत-मजदूरी करके खाने में शर्म कैसी?'

मोक्षदा जल उठी और बोली–'बेशक! कौन कहता है कि इसमें शर्म की बात नहीं है? मेरी उम्र में भले ही न हो, पर तेरी उम्र में तो है। खैर, अभी जा, बाबू को खाना दे आई है तो जा, बैठकर उन्हें खिला। आदमी की तकदीर बदलने में देर नहीं लगती।'

सावित्री चलने को तैयार हुई, जरा ठिठककर बोली–'क्या बक रही हो मौसी, वे सुनते होंगे।'

मोक्षदा ने तत्काल ही स्वर को धीमा कर कहा–'नहीं, उन्हें सुनाई नहीं पड़ेगा। तू जा बेटी! तुझे एक बात और बताए देती हूं, भगवान ने जो दो आंखें दी हैं, वे बंद किए रहने के लिए नहीं हैं–ठीक है, उन्हें खोले रहा कर। सोने की चेन और हीरे की अंगूठी न देखकर किसी आदमी को छोटा मत समझना।'

'अच्छा,' कहकर सावित्री हंसती हुई जाने लगी। मोक्षदा ने फिर पीछे से पुकारकर कहा–'साबी, जरा सुन, इधर आ!'

सावित्री घूमकर खड़ी हो बोली–'क्या है?'

'आ एक बार मेरे कमरे में। मैं ढाके की एक साड़ी निकाले देती हूं, तू उसे पहनकर जा।'

सावित्री ने हंसी रोककर कहा–'मौसी, तुम साड़ी निकालो, मैं अभी आती हूं।'

सतीश का खाना लगभग खत्म होने को आया था।

सावित्री ने कमरे में आकर पूछा–'आंखें मूंदकर खा रहे हो क्या?'

सतीश ने मुंह उठाकर कहा–'नहीं तो।'

'पर मैं तो देखती हूं, तुम्हारी आंखों पर नींद की खुमारी छा रही है।'

वास्तव में उसे बड़े जोरों की नींद आ रही थी। गत रात के उच्छृंखल अत्याचार आज असमय में ही उसकी दोनों पलकों को बोझिल बना दे रहा था। उसने लजाते हुए चेहरे पर मुस्कान लाकर इसे स्वीकार किया, कहा—'हां, बहुत नींद आ रही है।'

सावित्री ने पूछा—'और कुछ चाहिए क्या?'

सतीश झटपट बोल उठा—'नहीं, अब बस करो, कुछ नहीं चाहिए। मैं बहुत खा चुका हूं।'

बाहर कदमों की आहट हुई, उसे सुनकर सावित्री समझ गई कि मोक्षदा आकर खड़ी हो गई है। उसे सुनाने के विचार से बोली, 'बाबू, मुझे ढाके की एक बढ़िया साड़ी खरीद देनी होगी।'

उसने किसी दिन कुछ भी नहीं मांगा था। इसलिए बात का मतलब न समझ पाकर सतीश विस्मित हो गया। उसे मोक्षदा के आने का पता नहीं था, मुंह उठाकर उसने साश्चर्य पूछा—'सचमुच तुम्हें ढाके की साड़ी चाहिए?'

'हां, सचमुच मुझे ढाके की साड़ी चाहिए।'

'पर तुम पहनोगी कब?'

'आज पहनने का समय नहीं है, इसलिए किसी भी दिन पहनने का समय नहीं होगा, ऐसी तो कोई बात नहीं है। इसके अलावा एक बात और, वह यह कि मैं मेहनत-मजदूरी करके खाती हूं, इसीलिए मौसी दुख प्रकट कर रही थी, इसीलिए मैं सोचती हूं कि अब मैं मेहनत-मजदूरी करके नहीं खाऊंगी—अब से बैठे-बैठे खाऊंगी।'

सतीश ने हंसकर कहा—'यह तो अच्छी बात है!'

'सिर्फ' अच्छी बात है, कहने से ही काम नहीं चलेगा। साथ ही साथ एक नौकरानी भी चाहिए। नहीं तो इज्जत नहीं बचेगी। और नौकरानी भी आप को ही रख देनी पड़ेगी—आप ही को...' अपनी बात वह खत्म नहीं कर सकी। आंचल से मुंह दबाकर हंसी के वेग को रोकने लगी।

मोक्षदा कच्ची खिलाड़ी नहीं है। पल-भर में ही वह सारा मामला समझ गई। क़मरे के भीतर आकर बोली—'मालूम होता है, बाबू सावित्री को जानते हैं।' सावित्री की ओर घूमकर बोली—'तो इतनी देर तक मौसी के साथ मजाक हो रहा था? जो हो, यह तो अच्छी बात है, खुशी की बात है। पहले ही कह देने में क्या हर्ज थी?' इतना कहकर वह मुस्कुराती हुई चली गई।

खाना खाने के बाद सतीश फिर एक बार बिस्तर पर आकर बैठ गया। सावित्री डिब्बी भरकर पान लाई। फरशीदार हुक्के में उसने तंबाकू भरक़र सतीश

के हाथ में दिया और उसके पैरों के पास फर्श पर बैठ गई और अचानक जरा हंसकर सिर नीचा कर लिया।

सतीश के हृदय में आंधी बहने लगी। उसके रोंगटे खड़े हो गए। मानो उसे ठंड लगी हो। थोड़ी देर के लिए उसमें हुक्के में दम लगाने तक की शक्ति न रही। इसी तरह दो मिनट चुपचाप बिताकर सावित्री ने सहसा सिर उठाकर कहा—'रात हो गई, डेरे नहीं जाओगे?'

सतीश ने सूखी आवाज में कहा—'जाऊंगा नहीं तो रहूंगा कहां?'

'यहीं रहोगे। न जा सको, तो जाने की जरूरत नहीं। मौसी अभी तक जागी हुई है, मैं उसके साथ जाकर सो रहूंगी,' कहकर सावित्री सतीश का मुंह देखती रही।

क्षण-भर के लिए सतीश चुप रहा, लेकिन फिर तुरंत प्रबल प्रयत्न से अपने को रोककर वह उठ खड़ा हुआ, बोला—'नहीं, चलता हूं।'

'अच्छी बात है, पर जरा और बैठो,' कहकर सावित्री उठी, बाहर से सतीश के जूते ले आई और आंचल से उसके पैर पोंछकर जूतों के फीते बांधती हुई धीरे-धीरे बोली—'डेरे के लोग अगर जान जाएं तो?'

'कैसे जानेंगे?'

'मैं ही अगर कह दूं तो?'

'क्या कहोगी तुम? कहने को तो कुछ नहीं है।'

सावित्री ने फिर जरा मुस्कुराकर कहा—'कहने को कुछ भी नहीं है?'

सतीश चुप रहा।

सावित्री ने मृदु स्वर में कहा—'अगर कुछ कहने की न होती, तो क्या पता आज मैं तुम्हें छोड़ दे पाती कि नहीं।' इतना कहकर वह अचानक चुप हो गई, लेकिन दूसरे ही पल वह प्रबल वेग से सिर हिलाकर बोल उठी—'नहीं, तुम डेरे जाओ। लेकिन यह कह देती हूं कि अगर तुम यह शरारत नहीं छोड़ोगे, तो मैं एक दिन सब कुछ प्रकट कर दूंगी।'

यह क्या रहस्य है! इसके अन्दर की बात को ठीक-ठीक न समझ पाने की वजह से सतीश पल-भर स्तब्ध होकर खड़ा रहा, फिर बोला—'सब कुछ प्रकट कर दोगी तो क्या होगा? डेरे के लोग तो मेरे गार्जियन नहीं हैं।'

सावित्री ने कहा—'यह तो मैं जानती हूं लेकिन इस काम का भार मेरी मौसी सहज ही ले लेगी, पर उसकी जबान कैसे बन्द करोगे?'

मोक्षदा का नाम सुन सतीश मन-ही-मन जरा डरा, तो भी बोला—'रुपयों से।'

सावित्री ने कहा—'बस? इससे तो सिर्फ रुपयों की बर्बादी होगी, काम कुछ न होगा। इसके सिवा मौसी को तो रुपयों से वश में कर लोगे लेकिन मुझे? मुझे कैसे वश में लाओगे?'

सतीश के मुंह से अनायास निकल पड़ा—'प्यार से।'

सावित्री के होंठों पर मुस्कान खिल गई। बोली—'यह चौथी बार है।'

'यानी?'

'यानी इसके पहले और भी तीन लोगों ने मुझे यही चीज देनी चाही थी।'

'और तुमने उसे नहीं लिया?'

'नहीं, यह कूड़ा-करकट इकट्ठा कर रखने लायक जगह नहीं है मेरे पास।'

सतीश स्थिर होकर बैठा रहा। सावित्री की व्यंग्य-भरी हंसी और आवाज कुछ भी उसके ध्यान के परे नहीं था इसीलिए उसे दोपहर की सारी बातें याद आ गई और याद आते ही प्रेम की नदी में ज्वार खत्म हो गया और भाटा शुरू हो गया। सावित्री की बातों को उसने हंसी-मजाक समझने की भूल नहीं की। एकाएक बहुत ही रुखाई के साथ वह बोल उठा—'वे लोग बेवकूफ थे। उन्हें ऐसी चीज देने का प्रस्ताव करना चाहिए था, जिसे बक्स में रखने में किसी को कूड़ा-करकट न लगे। मैं कम बेवकूफ नहीं हूं, क्योंकि मैं भी भूल गया था कि यह चीज तुम लोगों के लिए कितनी उपयोगी चीज है। इस उम्र में इतनी बड़ी भूल मुझसे नहीं होनी चाहिए थी। अच्छा, मैं चला।'

सतीश की बात सावित्री को कांटे की तरह चुभी।

'तुम लोगों के लिए' कहकर सतीश ने उसे किन लोगों की श्रेणी में मिलाया, यह समझना सावित्री के लिए शेष न रहा। लेकिन मजाक झगड़े में बदलकर हाथापाई की स्थिति में पहुंच गया है, यह देखकर वह चुप हो गई। लेकिन सतीश चुप न रह सका, बोला—'शिकारी बंसी में फंसी मछली के साथ खेलकर जैसे मजा लूटता है इतने दिन मेरे साथ शायद तुम वैसा ही मजा लूट रही थीं न?'

सावित्री अब सहन न कर सकी। बिजली की गति से वह उठकर खड़ी हो गई और बोली—'बंसी में फंसाकर तुम्हें खींचकर ऊपर तो लाया जा सकता है पर तुम उतनी बड़ी मछली नहीं हो जिसके साथ खेलकर मजा लूटा जाए।'

सतीश ने निर्मम भाव से व्यंग्य करके कहा, 'मैं उतनी बड़ी मछली नहीं हूं?'

सावित्री ने कहा, 'नहीं, तुम उतनी बड़ी मछली नहीं हो।' उसके होंठ सिकुड़ गए। सतीश के मुंह की ओर केवल एक बार तीव्र दृष्टि डालकर कहने

लगी—'लम्पट कहीं का!' मुझ जैसी एक और को प्यार करके प्यार पर गर्व करने में तुम्हें शर्म नहीं आती? जाओ तुम। मेरे कमरे में खड़े होकर मेरा झूठमूठ का अपमान मत करो।'

इस अपमान से सतीश और भी निर्दय हो उठा। इस बार वह अक्षम्य गन्दा व्यंग्य करके बोला, 'मैं लम्पट हूं! लेकिन खैर, तुम्हारे मां-बाप ने तुम्हारा जो नाम रखा है वह बिलकुल सार्थक है।'

सावित्री हटकर चौखट पकड़कर क्षण-भर निश्चल खड़ी रही, बोली—'जाओ!' उसका चेहरा उस समय बिल्कुल पीला पड़ गया था।

सतीश ने अपमान और क्रोध की असहनीय ज्वाला में उस ओर आंखें उठाकर देखा तक नहीं, बोला—'लेकिन जाने के पहले और एक बार अपने आंचल से मेरे पैरों को न पोंछ दोगी? पोंछ दोगी या कोई ढोंग न रचोगी? और कुछ...' अचानक ही दोनों की आंखें चार हुईं।

सावित्री एकदम नजदीक आ गई और बोली—'तुम कसाइयों से भी अधिक निष्ठुर हो। जाओ, तुम यहां से चले जाओ! चले जाओ, तुम्हारे पैरों पड़ती हूं, तुम चले जाओ, तुम नहीं जाओगे तो मैं सिर पटककर जान दे दूंगी—तुम जाओ!'

उसकी आवाज की उत्तरोत्तर बढ़ती हुई अस्वाभाविक तीव्रता से सतीश भयभीत हो उठा और बिना कुछ बोले बाहर जाने लगा; लेकिन अंधेरे बरामदे के अन्त तक आकर उसे रुकना पड़ा। लेकिन किस तरफ सीढ़ी है, किस तरफ रास्ता है, अंधेरे में कुछ भी दिखाई नहीं पड़ता है। पॉकेट में हाथ डालकर देखा, दियासलाई नहीं है। इस निरुपाय स्थिति में वह पांच मिनट तक खड़ा रहा। फिर उसे सावित्री के कमरे की ओर लौटना पड़ा। बाहर से देखा, सावित्री चटाई पर औंधी पड़ी है। धीरे-धीरे पुकारा—'सावित्री!' सावित्री ने कोई जवाब नहीं दिया। सतीश ने दोबारा पुकारा, फिर भी जवाब नहीं मिला, तो वह कमरे के अन्दर आया और सावित्री के मुंह के अन्दर उंगली डाली तो उसने समझा, सावित्री मूर्च्छित है। क्षण-भर के लिए उसके मन में एक भय और संकोच तो पैदा हुआ, लेकिन दूसरे ही क्षण सावित्री के अचेत शरीर को उठाकर उसने बिस्तर पर लिटा दिया और एक चादर के छोर को घड़े के पानी में भिगो, उसके मुंह और आंखों पर छींटे देने और एक हाथ पंखा लेकर झलने लगा। दो-तीन मिनट के बाद ही सावित्री ने आंखें खोलीं, सिर पर सरका हुआ कपड़ा ठीक किया, करवट बदली और बोली—'अभी तक तुम गए नहीं हो?'

सतीश चुपचाप पंखा झलता रहा।

सावित्री बिस्तर से उठी, दीया हाथ में लेकर बाहर आकर खड़ी हो गई। बोली—'चलो, मैं दरवाजा खोल देती हूं।'

इसके बाद वह चुपचाप रास्ता दिखाती हुई नीचे उतर आई और दरवाजा खोलकर किनारे खड़ी हो गई।

मूर्च्छित सावित्री को बिस्तर पर लिटाते वक्त पल-भर के लिए उसके अचेत शरीर को अपने सीने से लगाना पड़ा था तब से सतीश न जाने कैसा अन्यमनस्क हो गया था। अब दरवाजे के बाहर आते ही उसकी सुध लौट आई और कोई बात कहने के लिए ज्योंही उसने अपना मुंह बढ़ाया त्योंही सावित्री बोल उठी—'रहने दो, कुछ मत बोलो। अपने शरीर को तो तुम पहले ही बर्बाद कर चुके हो, वह तो खैर किसी दिन जलकर राख हो जाएगा; परंतु एक अस्पृश्य कुलटा को प्यार करके भगवान के दिए हुए इस मन पर कालिख न पोतो। या तो तुम कल ही उस डेरे को छोड़कर चले जाओ या मैं अब वहां नहीं जाऊंगी।' इतना कहकर सावित्री ने उत्तर के लिए प्रतीक्षा तक न करके दरवाजा जोर से बन्द कर दिया।

9

सतीश हक्का-बक्का हो गया था। क्यों, जो सावित्री उसे अविराम आकर्षित करती है और क्यों भला नजदीक आने पर ऐसा निष्ठुर आघात करके उसे दूर हटा देती है? उस दिन रातभर सोच करके भी इसका एक अस्पष्ट कारण उसे ढूंढ़े नहीं मिला। बीती रात की एक-एक बात अब तक उसके हड्डियों के अन्दर झनझना रही थी। इसलिए वह भोर में ही बाहर निकल गया और एक डेरा ठीक करके आया, एक मोटिए को बुलाया और चीज-बस्त लादने लगा। यह देखकर डेरे के सभी लोग आश्चर्य में पड़ गए।

सबसे अधिक आश्चर्य में पड़ा बिहारी। उसने पास आकर धीरे-धीरे पूछा—'बाबू, तो क्या आप घर जा रहे हैं?'

सतीश ने उसके हाथ में पांच रुपए देकर कहा—'नहीं बिहारी, घर नहीं, स्कूल के पास ही एक डेरा मिल गया है। वहीं जा रहा हूं।'

बिहारी ने पल-भर चुप रहकर कहा—'लेकिन वह तो अभी तक नहीं आई है साब?'

सतीश ने मुंह उठाए बिना ही कहा—'वह नहीं आई है? अच्छा, तू मेरे बिस्तर को बांध दे, मैं तब तक एक बार राखाल बाबू के कमरे में होकर आता हूं।' यह कहकर डेरे का बकाया चुका देने के लिए वह राखाल बाबू के कमरे में चला गया।

उस कमरे में बहुत से लोग उपस्थित थे। शायद यही चर्चा चल रही थी, क्योंकि उसको देखते ही सभी चुप हो गए। राखाल ने जरा हंसने की कोशिश करके कहा—'सतीश बाबू, यों अचानक!'

सतीश ने हाथ के रुपयों को मेज के एक किनारे रखकर कहा—'अचानक एक दिन मैं आया भी था, अचानक एक दिन चला भी जा रहा हूं। इन्हीं रुपयों से शायद आपका हिसाब चुकता हो जाएगा, मगर चुकता न हो तो हिसाब हो जाने पर मुझे खबर दीजिएगा, बाकी रुपए भेज दूंगा।'

राखाल ने कहा—'खबर कहां दूंगा?'

'मेरे स्कूल के पते पर एक कार्ड डाल दीजिएगा, मुझे मिल जाएगा।' यह कहकर सतीश और किसी भी सवाल-जवाब का इन्तजार किए बिना बाहर निकल गया। कमरे के अंदर से एक दबी हुई हंसी की आवाज सतीश के कानों में आ पहुंची। बिहारी निकट ही खड़ा था। कमरे में घुसकर हाथ की छोटी-सी पोटली किवाड़ की आड़ में उतारकर रख देने के बाद राखाल से बोला—'बाबू, मेरा सत्रह दिनों का हिसाब करके दे दीजिए, मुझे इसी दम बाबू के साथ जाना पड़ेगा।'

राखाल ने विस्मित और क्रूद्ध होकर कहा—'तू जाएगा? यहां काम कौन करेगा? 'जाऊंगा' कह देने से ही तो तू जा नहीं सकता।'

बिहारी ने कहा—'मैं क्यों नहीं जा सकता बाबू? मुझे तो जाना ही पड़ेगा।'

राखाल ने आग बबूला होकर कहा—'सिर्फ कहने से ही तो नहीं होता है। बाकायदा नोटिस देना चाहिए, मालूम है?'

बिहारी ने कहा—'सो एक दिन समय पर आकर दे जाऊंगा। अभी वेतन दे दीजिए, मुझे चीज-बस्त सहेज लेना पड़ेगा।'

राखाल कोई भी जवाब दिए बिना तूफान की गति से बाहर निकल आया और सतीश के कमरे में घुसकर बोल उठा, 'सतीश बाबू, यह कैसी हरकत है?'

सतीश बिस्तर बांधता हुआ बोला—'कौन-सी हरकत?'

राखाल ने उद्धत भाव से कहा—'दाई नहीं आई है। देखता हूं, वह तो पहले ही चली गई है। ऊपर से बिहारी को भी आप ले जाना चाहते हैं। अपराध किया आपने, दंड भुगतेंगे क्या हम लोग?'

सतीश ने विस्मित होकर कहा—'आपकी बात मेरी समझ में नहीं आई?'

राखाल ने आवाज ऊंची करके कहा—'समझेंगे क्यों? न समझने में ही तो सुविधा है। खैर, आप खुद नहीं जाते तो आपको तो निकालना ही पड़ता। लेकिन एक सहज शिष्टता का बोध भी क्या मनुष्य को न होना चाहिए?'

सतीश की दोनों आंखें जल उठीं। पास आकर वह बोला—'आप यह सब क्या कह रहे हैं राखाल बाबू?'

ईर्ष्या की आग राखाल को जला रही थी, बोला—'ठीक कह रहा हूं, आप भी ठीक समझ रहे हैं। सतीश बाबू, कोई भी बात हम लोगों से छिपी नहीं है। अच्छा, जाइए आप—क्या काला सांप मकान में लाया गया था! ऐसे सुंदर डेरे को इसने तहस-नहस कर दिया।'

सतीश ने राखाल का एक हाथ थामकर कहा—'आप क्या कह रहे हैं राखाल बाबू?'

राखाल जबरन अपना हाथ छुड़ाकर गरज उठा—'जाइए, अनजान मत बनिए। जाइए आप, दूर हो जाइए यहां से!'

बिहारी ने कमरे में आकर कहा—'सतीश बाबू, छोड़िए उनको, कहां है उनका मोह, कहां है उनकी जलन, यह बात मैं एक दिन आपको बताऊंगा। मैं सब जानता हूं, आइए, हम लोग चीज-बस्त सहेज लें।'

राखाल अपने पैरों की आवाज से मकान को कंपाता हुआ बाहर चला गया। सतीश ने चौकी पर बैठकर कहा—'यह सब क्या है बिहारी?'

बिहारी ने कहा—'मैं आपके साथ जाऊंगा बाबू, यहां रह न सकूंगा।'

सतीश ने आश्चर्य में पड़कर कहा, 'तू मेरे साथ जाएगा? यहां काम कौन करेगा?'

बिहारी ने अविचलित दृढ़ता के साथ कहा—'जिसकी इच्छा हो, करे, मैं आपके साथ जाऊंगा ही। नौकर के बिना तो आपका काम चलेगा नहीं? बाबू।'

इतनी देर बाद सतीश को बात समझ में आई, तो वह कुछ देर चुप रहकर बोला—'यह तो तुम मुझे पहले ही बता दे सकते थे, बिहारी।'

बिहारी ने जवाब नहीं दिया। वह चुपचाप चीज-बस्त सहेजकर मोटिए के सिर पर रखने लगा। वह जाएगा ही, इसमें अब संदेह नहीं रहा।

सतीश नए डेरे पर आकर सोच रहा था, वह ऐसा कैसे हो गया? इतना ही नहीं कि ऐरा-गैरा उसे सिर्फ अपमानित ही करने का साहस करता है, बल्कि अपमानित करके क्यों खुलेआम उसके हाथों से बच निकलता है? उसकी असाधारण शारीरिक शक्ति रत्ती भर भी कम नहीं हुई है। हालांकि क्यों वह मुंह उठाकर, जोर

लगाकर बात नहीं कर सकता है? क्यों वह सिर झुकाकर सब कुछ सहन कर सकता है? अपने मन की यह शोचनीय दुर्बलता आज उसको बेहद टीसने लगी और उससे भी अधिक टीसने लगा यह दुख कि प्रतिकार करने का सामर्थ्य भी उसके हाथों से निकल गया है।

राखाल की क्रोध-भरी भाषा ने उस रात की घटना का ही उल्लेख किया है, इसमें जरा भी संदेह नहीं। यही सोचकर सतीश शर्म के मारे जमीन में गड़ जाने लगा। विपिन के आदमियों ने उसको किस प्रकार, किस ढंग से पकड़ा था, अंधेरे कमरे में किस प्रकार वह डर से मुर्दे के समान पड़ा हुआ था! वे बुद्धिमान लोग थे। किस प्रकार उसकी सारी चालाकी समझकर लिहाफ के अंदर से उसे खींचकर वे ले गए थे इत्यादि चित्ताग्राही दुर्लभ विवरण को सच्ची-झूठी बढ़ा-चढ़ाकर कही हुई बातों के साथ जब सुनाया गया था तब वहां उपस्थित सबने कैसे उत्कट आनन्द, आग्रह और ठहाके के साथ मजा लिया था—इसका शुरू से लेकर आखिर तक का चित्र कल्पना में इतना दुखद और बीभत्स होकर दिखाई पड़ा कि अकेले कमरे के अंदर भी सतीश का चेहरा वेदना से बदरंग हो उठा। फिर उन्हीं लोगों के सामने राखाल ने उसे अपमानित करके निकाल दिया, वह एक बात भी कह नहीं सका, सावित्री यह बात सुनेगी तो क्या सोचेगी?

लेकिन वह कुछ भी नहीं कहेगी। सारी लांछनाएं सहन करेगी, एक जवाब तक नहीं देगी। उसका आत्मसम्मान-बोध कितना बड़ा है, इसको भी उसने जैसे असन्दिग्ध भाव से समझा। वैसे ही उसके व्यथित मुंह का चित्र वह कल्पना में आज स्पष्ट देखने लगा। सतीश ने मन-ही-मन कहा कि मेरी बेवकूफी से जो अनहोनी हो गई है, असहाय सावित्री को उसके बीच छोड़कर चला आना उचित नहीं हुआ, लेकिन उचित क्या हो सकता था, यह भी वह हरगिज सोच नहीं पाया। लेकिन सावित्री ने खुद ही उसे चले जाने को नहीं कहा था? उसने क्या गर्व करके नहीं कहा था, इसमें वह कोई भी अपमान महसूस नहीं करती?

बिहारी ने आकर कहा—'बाबू, आपके नहाने का समय हो गया है।'

उसकी आवाज में आज मानो तनिक विशेष अर्थ था।

सतीश लज्जित होकर झटपट उठा और तौलिया कंधे पर रखकर नहाने चला गया।

हाय रे! जब उसका मन फटा जा रहा था तब भी किसी भी नियमित काम की उपेक्षा करने का रास्ता नहीं था। वह स्कूल गया, लेकिन क्लास में घुस नहीं सका। बाहर घूमते-घूमते एक समय डेरे लौट आया और कमरे में घुसते ही किसी बात की निराशा से मानो उसका हृदय भर उठा। यह समझ में आ गया कि इस

नए कमरे को सजाने-संवारने में बिहारी ने भरसक मेहनत की है, लेकिन अकुशल हाथों की पहली कोशिश कहीं भी छिपी हुई नहीं थी, यह भी उसे नजर आया। लेकिन बिहारी शरबत बनाकर लाया, चिलम भर दी और दुकान से पान का बीड़ा खरीदकर लाया और उसे नजदीक में रख दिया। वृद्ध की इन सब सेवाओं की कोशिश से सतीश ने मन-ही-मन हंसना चाहा, पर उसे रुलाई आ गई और उसने अपनी आंखें पोंछ डालीं।

रात को बिस्तर पर लेटकर सतीश सोचने लगा—जो कुछ होना था, हो चुका है, इन सब बातों को अब वह मन में भी न लाएगा। लिखने-पढ़ने के लिए वह कलकत्ता आया था। या तो इसी को लेकर रहेगा या घर लौट जाएगा। लेकिन उस दिन उस मूर्छित नारी के जिस गरम स्पर्श को लेकर वह डेरे वापस आया था, वह गरमी उसके सारे संयम की कोशिश को पिघला देने लगी।

बिहारी मन-ही-मन सब कुछ समझ रहा था; लेकिन सान्त्वना देने का साहस उसे नहीं था। इसीलिए वह उदास चेहरे से चुपचाप दरवाजे के बाहर बैठा रहा। प्रायः दस बज रहे थे। तब उसने धीरे-धीरे मुंह बढ़ाकर कहा—'बाबू, बत्ती बुझा दूं क्या?'

सतीश ने कहा—'बुझा दे, लेकिन तू कहां सोएगा बिहारी?'

'मैं यहीं हूं बाबू! मैंने अपनी चटाई दरवाजे पर बिछाई है।'

सतीश ने पूछा—'क्या इस डेरे में नौकरों के लिए सोने का कमरा नहीं है?'

बिहारी ने कहा, 'नीचे एक खाली कमरा है, लेकिन आपको कोई जरूरत पड़े तो, इसीलिए मैं यहीं रहूंगा।'

सतीश ने व्यस्त होकर कहा, 'यह क्या रे, तू सोने चला जा। तू बूढ़ा है, ओस में मत रहना।'

'ओस कहां है बाबू!' कहकर बिहारी बदन का कपड़ा सिर से लेकर पैर तक ओढ़कर लेट गया।

कुछ क्षण चुप रहकर सतीश ने पूछा—'रात कितनी हुई रे?'

'अधिक रात नहीं हुई है बाबू, शायद दस बजे हैं।'

सतीश फिर चुप रहा। कुछ देर बाद मृदु स्वर में उसने पूछा, 'सावित्री कहां रहती है, तू जानता है बिहारी?'

बिहारी उठकर बैठ गया, बोला—'खूब अच्छी तरह जानता हूं, बाबू! कितने दिन मैं उसे उसके घर तक छोड़ आया हूं।'

लेकिन सतीश और कुछ बोला न सका। बिहारी ने कहा—'एक बार जाकर देख आऊं क्या?'

इस बार सतीश व्यस्त होकर बोल उठा—'नहीं, नहीं, तू कहां जाएगा? उसका घर तो यहां से बहुत दूर है।'

बिहारी ने कहा—'कोई खास दूर नहीं है बाबू।'

सतीश कुछ सोचने लगा, बोला नहीं।

बिहारी ने धीरे-धीरे कहा—'बाबू, अगर एक घंटे की छुट्टी दें तो मैं देख आऊं। सवेरे काम पर आई नहीं थी, बीमार-वीमार हो गई हो!'

फिर भी सतीश ने बात नहीं की।

बिहारी मन-ही-मन बेचैन हो उठा। आज सारा दिन वह अपनी आदत के अनुसार बातें नहीं कर सका था, ऊपर से कहने के लिए विषय इतने अधिक जमा हो चुके हैं इसलिए वह और एक बार बोला, 'नई जगह में नींद नहीं आ रही है बाबू, फिर एक बार चिलम भर दूं क्या?'

सतीश अन्यमनस्क हो गया था, उसने जवाब नहीं दिया, तो भी बिहारी कुछ देर तक उत्सुक होकर इन्तजार करता रहा। अन्त में हताश होकर और एक बार कपड़ा ओढ़कर वहीं तुरत सो गया।

दूसरे दिन ठीक वक्त पर सतीश स्कूल चला गया।

दोपहर को बिहारी सब कामकाज पूरा करके, हाल ही रखे गए पांडे महाराज के ऊपर डेरे की देखभाल करने का भार देकर बाहर निकल गया और सत्रह दिन का वेतन वसूल करने के बहाने पुराने डेरे पर जा पहुंचा। फिर भी, उसको यह भय था कि राखाल बाबू कहीं ऑफिस न चले गए हों, इसीलिए कमरे में घुसते ही नए नौकर से समाचार जान लिया और निर्भय होकर रसोईघर के सामने आकर, उसने जोर से कहा—'दण्डवत् महाराज!'

महाराज जी गांजा पीकर दीवार से उठंगकर आंखें बंद किए ध्यान लगा रहे थे, चौंक उठे और बोले—'कल्याण हो!' उसके बाद माथा सीधा करके आंखें खोलकर बोले—'कौन है बिहारी, आ बैठ जा!'

बिहारी पास आकर पैरों की धूलि सिर से लगाकर बैठ गया। चक्रवर्ती ने गमछे का खूंट खोलकर थोड़ा-सा गांजा निकाल बिहारी के हाथ में देकर कहा—'उस डेरे में अब रसोई कौन बनाता है?'

बिहारी उठकर चला गया, हथेली में दो-चार बूंद पानी लेकर लौट आया और बोला—'एक हिन्दी भाषी ब्राह्मण है। एकदम जानवर है!'

चक्रवर्ती ने खुश होकर सिर हिलाकर कहा—'भगवान उन लोगों को पूंछ देना भूल गए हैं, यही आश्चर्य की बात है।' इसके बाद डेरे के नए गैर-बंगाली नौकर के प्रति बोले—'हमारे यहां कल ही एक भूत को पकड़ लाया गया है। उसकी समझ

कैसी है, उसको तो भला देखो बिहारी। आज सवेरे एक चिलम निकालकर उसे मैंने दी और कहा—'भरकर लाओ तो भाई! मैंने सोचा, चिलम भरने की कला एक बार देख लेने से वह सीख लेगा। कहने से तू विश्वास ही न करेगा बिहारी, उल्लू ने गांजे को मिट्टी में मिला दिया। पर तुम लोगों को वहां तकलीफ न होगी, मेरी सावित्री चालाक लड़की है, दो ही दिन में सिखा-पढ़ाकर पक्का बना देगी।'

उसने पंद्रह आना चिलम भरने की कला भी उसी गुरु से सीखी थी, उस बात को दबाकर वह झट से बोला—'लेकिन मैं यह भी कहता हूं बिहारी, रसोइया बनने से कुछ नहीं होता, बाबू लोगों को खुश करना, उनके आगे खाना परोसना बहुत मामूली कला नहीं है। लेकिन यहां मेरा काम करना अब हो नहीं सकता, यह तुझे पहले से ही कहे देता हूं। तू कह देना तो भला यह सब मेरा नाम लेकर सावित्री से। वह उसी क्षण कहेगी, जाओ बिहारी, चक्रवर्ती को बुला लाओ, भले ही वह दो रुपया वेतन अधिक लेगा। सतीश बाबू भी कभी 'नहीं' न कहेंगे। मैं उनका स्वभाव जानता हूं। लेकिन सबसे बड़ी बात यह है कि 'ब्राह्मणस्य ब्राह्मण गति'। मैं दो रुपया अधिक पाऊंगा तो वह बेकार नहीं जाएगा।' इतना कहकर चक्रवर्ती महाराज हंसने लगे।

बिहारी अवाक् होकर कुछ देर बाद बोला—'महाराज जी, सावित्री तो वहां नहीं है।'

चक्रवर्ती ने अविश्वास-भरी हंसी हंसकर कहा—'अच्छा, वह वहां नहीं है, तो नहीं है। तू मेरा नाम लेकर उससे कहना, उसके बाद जो कुछ होगा, मैं देख लूंगा।'

बिहारी बाएं हाथ की चिलम को दाएं हाथ में लेकर बोला—'मैं आपको छूकर, कसम खाकर कहता हूं महाराज, वह वहां नहीं गई है।'

इतनी बड़ी शपथ के बाद चक्रवर्ती अब संदेह न कर सके। बाकायदा आश्चर्य में पड़कर कहा—'तू क्या कहता है बिहारी! वह तो यहां भी नहीं आई है! लेकिन चौबीसों घंटे राखाल बाबू, बेचारे सतीश बाबू को जो...अच्छा तू जा, एक बार उसे देख आ, उसके बाद मैं हूं और राखाल बाबू हैं। मुझे जैसा-तैसा ब्राह्मण मत समझ लेना बिहारी!'

उनके ब्राह्मणत्व में बिहारी की अगाध श्रद्धा थी। उसने चक्रवर्ती के हाथ में चिलम देकर प्रश्न किया—'अच्छा, आखिर सतीश बाबू ही क्यों गए? वे कहते हैं, स्कूल दूर पड़ता है, लेकिन उनकी इस बात में दम नहीं है।'

चक्रवर्ती ने सावधानी से चिलम से आग निकालते-निकालते कहा—'नहीं, इसमें कोई राज छिपा हुआ नहीं है।' इसके बाद दोनों ने मिलकर चिलम का

दौर खत्म किया, बिहारी उठ पड़ा और उद्विग्न मुंह से सावित्री के घर की ओर चला गया। उसको पक्का विश्वास हो गया कि सावित्री बीमार हो गई है।

सावित्री के मकान का सदर दरवाजा खुला हुआ था। बिहारी चुपचाप घुस गया। प्रायः सभी कमरों के दरवाजे बंद थे। किराएदार दिवा-निद्रा में पड़े हुए थे। बिहारी धीरे-धीरे सावित्री के कमरे के सामने जाकर वज्राहत की भांति स्तब्ध होकर खड़ा हो गया। किवाड़ का पल्ला बंद था। बिहारी ने देखा, किवाड़ की आड़ में सावित्री फर्श पर चुपचाप बैठी हुई है और पास ही एक चौकी के ऊपर बिस्तर पर विपिन शराब पीकर नशे में धुत्त होकर सो रहा है। कदमों की आहट से सावित्री ने मुंह बढ़ाकर अचानक बिहारी को देखा, तो एक पल में वह मानो फक पड़ गई। लेकिन दूसरे ही क्षण अपने आपको संभालकर बाहर आकर जबरन हंसकर बोली—'आओ बिहारी, बैठो।' उसको अपने साथ लाकर रसोईघर के बरामदे में उसने चटाई बिछा दी और बड़े आदर से बिठाकर खुद पास ही फर्श पर बैठ गई और पूछा—'खबर सब अच्छी है बिहारी?'

बिहारी ने सिर हिलाकर बताया—अच्छा है। उसके बाद सावित्री के मुंह से फिर कोई बात नहीं निकली। दोनों ही चुपचाप बैठे रहे। कुछ देर बाद बिहारी एकाएक उठ जाने को प्रस्तुत होकर बोला—'मैं चला। मुझे बहुत काम करने हैं।'

सावित्री ने सूखे मुंह से पूछा—'अभी तुरत जाओगे? तनिक बैठो न!'

बिहारी उठ पड़ा और कहा—'नहीं, मैं चला।'

सावित्री साथ-साथ सदर दरवाजे तक आई और धीरे-धीरे बोली—'हां बिहारी, बाबू लोगों ने तो बहुत गुस्सा किया होगा?'

बिहारी ने चलते-चलते कहा—'मैं नहीं जानता, हम लोग अब वहां नहीं रहते हैं।'

सावित्री ने व्यग्र होकर प्रश्न किया—'तुम लोग वहां नहीं रहते हो! तो क्या वह डेरा टूट गया है?'

बिहारी ने कहा—'नहीं, वह डेरा टूटा नहीं है। सिर्फ सतीश बाबू और मैं उस डेरे को छोड़कर चले गए हैं।'

'तुम लोग क्यों चले गए बिहारी?'

'इसके बहुत से कारण हैं,' कहकर फिर बिहारी चलने को तैयार हुआ तो सावित्री ने दोनों हाथों से उसका हाथ पकड़कर अनुनय-भरे स्वर में कहा—'और एक बार तुम्हें ऊपर जाकर बैठना पड़ेगा बिहारी।'

बिहारी ने दृढ़ भाव से सिर हिलाकर कहा—'नहीं, मुझे समय नहीं मिलेगा।'

क्षण-भर सावित्री ने उसके चेहरे की ओर तीक्ष्ण दृष्टि से देखा और उसका हाथ छोड़ दिया। अभिमान से पूरे कलेजे को भरकर शांत भाव से वह बोली–'अच्छा, तो जाओ! और जो कुछ तुमने यहां देखा, उन्हें सब बता देना।'

सावित्री की इस बात से बिहारी को चोट पहुंची। उसने मुंह उठाकर कहा–'उन्होंने तो तुम्हारी बात जाननी नहीं चाही है!'

'उन्होंने मेरी बात जाननी नहीं चाही है?'

'नहीं।'

सावित्री ने स्थिर होकर प्रतिघात सहन कर लिया और रूखे स्वर में बोली–'किसी दिन जानना चाहेंगे तो शायद बता दोगे!'

बिहारी ने कहा–'नहीं, मैं औरत नहीं हूं, मेरे शरीर में दया-माया है।' कहकर और किसी सवाल के लिए इन्तजार किए बिना तेजी से छोटी गली को पार करके वह चला गया।

सावित्री वहीं चौखट पर स्तब्ध होकर बैठ गई। उसके अंदर-बाहर फिर एक बार आग धधक उठी।

आज वह सवेरे घर में नहीं थी। काली दर्शन के लिए कालीघाट गई थी। इसी मौके पर पता नहीं कहां से विपिन दो दोस्तों को लेकर शराब पीकर नशे में धुत होकर आया था और मोक्षदा के हाथ में दो नोट देकर, सावित्री के कमरे का ताला खोलकर बिस्तर पर बैठ गया था। उसने और शराब मंगवाई और घर भर के सब लोग शराब पीकर नशे में धुत हो गए थे। इन बातों को सावित्री नहीं जानती थी। दिन में बारह बजे उसने अपने मकान में घुसकर देखा, इस मकान की दो बूढ़ी किराएदारिन शराब के नशे में चूर होकर बक-झक कर रही हैं और उसकी मौसी मोक्षदा सामने के बरामदे में एक ओर झुककर भर्राई आवाज में अपने मन से 'विद्यासुंदर' का गाना गा रही है। सारे मकान में फरवीं, तला हुआ उरद, बतखों के अंडों के छिलके, मछलियों के कांटे, चबाए हुए केंकड़े, झींगा मछली के छिलके बिखरे पड़े हैं–पैर रखने की भी जगह नहीं है। मोक्षदा सावित्री को देख पाई तो वह अपने ढीले-ढाले कपड़े को कमर में लपेटते-लपेटते उठकर खड़ी हो गई और एकबारगी उसके गले से लिपटकर रोना शुरू कर दिया–'बेटी, ऐसे-ऐसे बाबू हों जिसके, उसे भला क्या तकलीफ हो सकती है? उसे भला नौकरी करने की जरूरत क्या है? लेकिन मैं तुम्हारी गरीब मौसी हूं सावित्री...।'

उसके मुंह से शराब की तेज गंध आ रही थी। गालों पर, माथे पर, कपड़ों पर, सारे अंगों पर हल्दी के पीले दाग पड़े थे। सांसों में कच्चे प्याज की तीव्र गंध

थी। असहनीय घृणा से सावित्री उसको जोर से धकेलकर बोल उठी—'मौसी, तुम शराब पीती हो? तुम भी शराबी हो?'

धक्का खाकर मोक्षदा ने रोना बंद किया और आंखें लाल करके चिल्ला उठी—'तूने मुझे शराबी कहा? बेशक मैं शराबी हूं! मुहल्ले के लोगों से जाकर पूछ ले—वे कहेंगे, मोक्षदा शराबी है। मेरे भी कभी अच्छे दिन थे, मैं भी कभी चौबीसों घंटे शराब में डूबी रहती थी। तू इसका मर्म क्या समझेगी! तू ठहरी कल की लड़की।'

उसके तर्जन-गर्जन से संकुचित होकर सावित्री ने उसे शांत करने के अभिप्राय से कहा—'लेकिन तुम तो शराब नहीं पीती हो—आज अचानक तुमने शराब क्यों पी?'

मोक्षदा और भी गुस्सा हो उठी और बोली—'अचानक का क्या मतलब? हम अचानक पीनेवाली औरत नहीं हैं। जा, अपने उस बाबू से पूछ ले, जो एक गिलास पीते ही लुढ़क गया है। अरी हम मर जाती हैं, तो भी अपनी मर्यादा नहीं खोतीं—आंचल में उसने दो नोट बांध दिए थे तब जाकर मैने गिलास थामा था।' कहकर उसने गर्व के साथ अपना आंचल ऊपर उठाया, फिर बोली—आ, पी जा—कहने से ही भागी जाकर गटकूंगी—ऐसी मोक्षदा मैं नहीं।'

सावित्री ने चौंककर पूछा—'क्या बाबू दे गए हैं?'

मोक्षदा ने कहा—'नहीं तो भला यह कारस्तानी किसने की? यह भी कहती हूं कि आओ, पी लो कह देने से क्यों पिऊंगी? आबरू-इज्जत नहीं है क्या?'

इसके पहले बरामदे के दूसरे किनारे जो औरतें आपस में कहा-सुनी कर रही थीं, शोर-शराबे से झगड़े का भरोसा पाकर वे पास ही आ खड़ी हुईं। विधु ने कहा—'अजी, इज्जत-आबरू तो हमारी भी है। ताना हम भी समझती हैं। सावित्री तो बेटी जैसी है, उसका बाबू हम लोगों का हाथ पकड़कर चिरौरी करने लगा, इसीलिए हम लोगों ने शराब पी, वरना...।'

उसकी बात पूरी भी नहीं हो पाई कि मोक्षदा गरज उठी—'भले ही हो सावित्री का बाबू, भले ही हो दामाद, बीस रुपए मैंने आंचल में बांधे थे, तब जाकर मैंने गिलास छुआ था।'

उसकी बात सुनकर सावित्री लज्जा और घृणा से मरी जा रही थी। बोल उठी—'रुको मौसी, रुको। चुप हो जाओ।'

मोक्षदा ने कहा—'चुप क्यों रहूंगी? जो कुछ कहूंगी, सामने ही कहूंगी। सब जानते हैं, साफ-साफ कहनेवाली अगर कोई है तो वह है मुकी।'

इस बार विधु ने भी ऊंची आवाज में कहा—'साफ कहना सिर्फ तू ही जानती है, ऐसी बात नहीं है, हम भी जानती हैं। दामाद से दो नोट लेकर शराब पी गई है, तीन नोट मिलते, तो न जाने...'

मोक्षदा उछल उठी, बोली—'छोटा मुंह और बड़ी बात!' और बोल न सकी।

सावित्री ने हाथ से उसका मुंह बंद कर दिया और जबरदस्ती उसे घसीटकर उसके कमरे में छोड़कर जंजीर चढ़ा दी। वहां से मोक्षदा गन्दी-गन्दी गालियां देने लगी।

वापस आकर सावित्री विधु के दोनों हाथ पकड़कर बोली—'मौसी, मुझे माफ करो। सारा दोष मेरा है।'

उसकी नम्र बातों से शांत होकर विधु ने कहा—'तेरा क्या दोष है साबी? मैं जानती हूं, मुकी हमेशा से ऐसी ही है। थोड़ी-सी पीते ही वह होशो-हवास खो बैठती है, सींग मारकर झगड़ा करती है। पैर पर पैर चढ़ाकर झगड़ा करने लगती है, ऐसा ही उसका स्वभाव है। जा तू, अपने कमरे में जा।' यह कहकर विधु सावित्री का हाथ पकड़कर चली गई।

सावित्री सुन्न होकर खड़ी रही। रोष और क्षोभ से वह आत्महत्या करना चाह रही थी। सतीश बड़ा निर्लज्ज हो सकता है। खुले तौर पर दिन-दहाड़े ऐसा उन्मत्त आचरण कर सकता है, यह तो वह सपने में भी सोच नहीं सकती थी। इसीलिए काल्पनिक नहीं, एक सच्ची वेदना उसके हृदय के अंदर विशाल लहर की भांति हलचल मचाने लगी। उसे लगने लगा मानो उसका प्रियतम अचानक उसकी आंखों के सामने मर गया, जिसको सिर्फ दो ही दिन पहले वह कटु बातों से अपमानित करके निकालने को बाध्य हुई थी। वह जब इतनी जल्दी, इतनी आसानी से अपने समस्त आत्म-सम्मान को त्याग करके ऐसा हीन, ऐसा नीच होकर वापस आ गया, तब भरोसा करने का, विश्वास करने का उसके पास और कुछ भी नहीं रहा। उसकी दोनों आंखें जलने लगीं, लेकिन एक बूंद आंसू तक नहीं निकला। उसका सर्वस्व, उसका देवता, उसकी कल्पना का स्वर्ग, उसके भ्रष्ट जीवन का ध्रुवतारा, उसका इहकाल-परकाल सब कुछ मानो एक पल में इधर-उधर बिखरे जूठनों के ढेर के बीच आ गिरा। सावित्री स्थिर होकर खड़ी रही, कमरे की ओर जाने के लिए किसी भी तरह उसके पैर नहीं उठे। उसे याद आया कि उस दिन रात को उसको छूकर सतीश ने कसम खाई थी। आज जब वह इसी बीच सब कुछ भूलकर नशे में चूर होकर उसी के बिस्तर पर आकर लेट गया है तब उसके मुंह की ओर वह नजरें उठाकर भला कैसे देखेगी?

उसी समय नीचे मकान-मालकिन की आवाज सुनाई पड़ी। वे भी आज घर पर नहीं थीं। आते ही एक किरायेदारिनी से मोक्षदा और विधु के बीच हुए झगड़े के बारे में और साथ ही जो कुछ भी हुआ था, सब कुछ सुनकर गुस्से से भरकर वह ऊपर आ रही थीं कि अचानक सामने ही ढेर लगे जूठनों को देखकर स्थिर

होकर खड़ी हो गई। हाल ही में वे प्रयाग से माथा मुंडवाकर आई हैं। उसके बाद से उनके आचार-विचार का अन्त नहीं था। सावित्री को उस हाल में देखकर वे बोलीं—'साबी, तुझे तो मैं अच्छी लड़की समझती थी, बताओ तो भई, यह तूने कैसी अनहोनी कर डाली?'

सावित्री ने संक्षेप में कहा—'मैं घर पर नहीं थी।'

मकान-मालकिन ने कहा—'पर अभी तो तू है न? अब इन सबकी सफाई कौन करेगा? मैं? नहीं भई, मैं नहीं करूंगी। अपने मकान में यह सब अनाचार नहीं करने दूंगी। अपने-अपने कमरे में बैठकर जो इच्छा हो, करो, मैं कुछ नहीं कहूंगी, लेकिन बाहर बैठकर तुम लोग यह सब कारस्तानी करोगी, ऐसा मैं करने नहीं दूंगी। मैं इस पर पैर रखकर चलूं, छू-छाकर लोक-परलोक बिगाड़ूं ऐसा मैं नहीं कर सकती। यह मैं न कर सकूंगी।' यह कहकर वे दीवार से सटकर, लांघते-लांघते किसी तरह अपने दूसरे किनारे वाले कमरे में चली गईं।

सावित्री और खड़ी नहीं रही, जूठनों की साफ-सफाई करके, सारी जगह को धो-पोंछकर फिर से नहाकर आई और एक सूखे कपड़े के लिए कमरे में चली गई। अंदर जाकर बिस्तर की ओर देखते ही वह भय से, आश्चर्य से चिल्ला उठी—'हे मां, ये तो विपिन बाबू हैं!'

नशे में चूर विपिन गहरी नींद में डूबा हुआ था—वह जागा नहीं। बाहर के और किसी को यह आवाज सुनाई नहीं पड़ी। सावित्री दो कदम पीछे हट आई, उसके सर्वांग में झुरझुरी होने लगी और माथे में अचानक मूर्छा का लक्षण अनुभव करके दरवाजे की आड़ में किवाड़ से माथा टिकाकर निर्जीव की भांति बैठ गई।

कुछ देर बाद उसकी वह दशा दूर तो हो गई लेकिन, तब भी सिर उठाकर सीधी होकर वह बैठ नहीं सकी। इसके पहले जिस क्षोभ से, जिस दुःख से उसका हृदय टुकड़े-टुकड़े होता जा रहा था, जिसके निर्लज्ज आचरण की लज्जा से उसकी मरने की इच्छा हो रही थी, वह लज्जा सच नहीं है, यह सतीश नहीं है, एक दूसरा आदमी है। यह आंखों से देखकर भी उसका क्षोभ, दुःख मानो रत्ती भर भी टस से मस नहीं हुआ; बल्कि कलेजा और भारी, हृदय मानो और अंधकारमय हो उठा। बिस्तर की ओर वह और देख भी न सकी। उसकी दोनों आंखों से टपटप आंसू टपकने लगे।

हाय रे नारी का प्यार! इतने दुःख में भी कब वह गुप्त रूप से चुपचाप सतीश के सब अपराध को क्षमा कर, उसकी सेवा करने की, उसे स्वस्थ बना देने की प्यास से दुखी हो उठी थी और कब उसको देखने, उससे बात करने की सर्वग्रासी भूख से उन्मत्त हो उठी थी—इस खबर का पता शायद उसके अन्तर्यामी को भी

नहीं चला था। अब उस ओर की तमाम आशाओं के एकाएक झूठ में विलीन हो जाते ही उसकी अस्तित्व ही मानो एक दिशाहीन शून्यता के बीच डूब गया। ठीक इसी समय उसके दरवाजे के बाहर बिहारी आकर खड़ा हो गया था।

10

सतीश के मन में एक अग्निशिखा दिन-रात जलने लगी, यह बात वह अपने आप से अस्वीकार न कर सका। उस आग में जलता हुआ उसका इतना बलिष्ठ शरीर भी निस्तेज होता जा रहा है, इसका स्पष्ट अनुभव करके वह व्याकुल हो उठा। बिहारी को बुलाकर कहा—'चीज-बस्त और एक बार बांधना पड़ेगा, आज शाम की ट्रेन से घर जाऊंगा।'

बिहारी ने प्रश्न किया—'गांव के घर या पश्चिम के घर जाएंगे बाबू?'

'पश्चिम के घर जाऊंगा,' कहकर सतीश जरूरी चीज-बस्त खरीदने के लिए रुपया उसके हाथ में देकर स्कूल चला गया।

बिहारी फूला नहीं समा रहा था। उसका घर मेदिनीपुर जिले में है, पश्चिम का मुंह उसने आज तक नहीं देखा था। आज उधर ही जाना होगा। उसने तुरत शोर-गुल मचाते हुए बांधना-बूंधना शुरू कर दिया।

पांडे ने आकर खाने के लिए बुलाया। बिहारी ने मुस्कुराते हुए कहा—'महाराज, तुम जाकर खा लो। मेरा भात ढंककर एक किनारे रख दो। अगर समय मिला तो देखा जाएगा। अभी तो मरने की फुर्सत नहीं है।'

पांडे पहली बात को ही समझकर चला गया। आखिरी बातों को वह समझ भी नहीं सका और न उन्हें समझने की उसने जरूरत ही महसूस की।

हाथ का काम खत्म करके बिहारी बाहर चला गया। बाजार जाना होगा। इसके अलावा पहले वाले डेरे में चक्रवर्ती को यह खबर देनी चाहिए। सावित्री की चिंता को उसने उस दिन घृणा के साथ नकार दिया था। आज भी उसकी चिन्ता को उसने अपने मन में जगह नहीं दी।

आज सवेरे से ही सतीश का सिर दुख रहा था। बारह बजे के बाद वह बाकायदा बुखार से ग्रस्त होकर डेरे लौटा। बिहारी घर पर नहीं था। वह अन्दाजन तीन बजे ढेर सारी चीजों को सिर पर उठाए वापस आया और एकबारगी बैठ

गया। इस समय लगभग चारों ओर लोगों को इन्फ्लुएंजा हो रहा था, यही बात याद करके सतीश डर गया। दूसरे दिन बुखार और दर्द दोनों बढ़ गए। शाम के बाद सतीश ने चिन्तित मुंह से बिहारी से कहा—'अगर बुखार जल्दी न उतरे, तो तू तो अकेला मुझे संभाल नहीं सकेगा।'

बिहारी ने डबडबाई आंखों से साहस देते हुए कहा—'आप डरते क्यों हैं बाबू?'

सतीश क्षणभर चुप रहकर बोला—'सोच रहा हूं बिहारी कि एक बार सावित्री को खबर क्यों न दे दी जाए? शायद डॉक्टर को भी बुलाना पड़े!'

चाहे जो भी कारण हो, सावित्री को बुलाने की बिहारी की तनिक भी इच्छा नहीं थी, लेकिन मन का भाव दबाकर मृदु स्वर में कहा—'अच्छा, जाता हूं।'

तब से सतीश सावित्री की बाट जोहने लगा। उसका बुखार और दर्द मानो अपने आप ही कम हो गया। दो घंटे बाद बिहारी अकेला वापस आया तो सतीश डरते-डरते निहारता रहा।

बिहारी ने कहा—'वह तो घर पर नहीं है बाबू?'

'वह घर पर नहीं है? तो एक बार उस डेरे में जाकर क्यों नहीं देखा?'

बिहारी ने कहा—'वह उस डेरे पर अब नहीं जाती है। तीन-चार दिनों से घर भी नहीं आई है। कहां गई है, कोई नहीं जानता।'

'उसकी मौसी भी नहीं जानती?'

'नहीं, वह उससे भी कुछ कहकर नहीं गई है।'

सतीश चुप रहा। बिहारी किसी तरह आंखों के आंसू रोककर बाहर आ खड़ा हो गया। सावित्री का जो इतिहास वह उसकी मौसी से सुन आया था, और जिस बात पर वह खुद निस्सन्देह विश्वास करता था, वह खबर आज इस बीमार आदमी को हरगिज नहीं सुना सका।

दूसरे दिन डॉक्टर आया, दवा देकर चला गया। सतीश ने दवा की शीशी हाथ में लेकर खिड़की के बाहर फेंक दी। यह देख, बिहारी फिर एक बार आंसू रोककर सावित्री की खोज में बाहर निकल गया। मोक्षदा खाना बना रही थी, बिहारी ने पूछा—'आज भी वह नहीं आई है क्या?'

मोक्षदा हाथ की खुरचनी ऊपर उठाकर आंख-मुंह को लाल करके बोली—'नहीं भई, नहीं। कितनी बार तुमसे कहूं कि वह अब यहां नहीं आएगी। जब बुरे दिन थे तब मौसी थी। अब तो उसके अच्छे दिन आ गए हैं!'

डेरे पर वापस आकर बिहारी ने मृदु स्वर में बताया कि आज भी सावित्री वापस नहीं आई थी।

दो दिन बाद बिना दवा खाए ही सतीश का बुखार उतर गया। वह भात खाकर स्वस्थ होकर उठ बैठा। बिहारी को बुलाकर कहा—'अब यहां नहीं रहना है। आज ही रवाना होना होगा।'

उसी दिन सतीश कलकत्ता छोड़कर चला गया।

11

उपेन्द्र ने सतीश के दुबले, सूखे मुंह की ओर निहारकर कहा—'तुम्हारा चेहरा ही डॉक्टरी पढ़ाई की गवाही दे रहा है।'

सतीश ने हंसकर कहा—'नहीं भैया, मेरे किए नहीं हुआ।'

उपेन्द्र ने आश्चर्य के साथ पूछा, 'क्या नहीं हुआ तुम्हारे किए?'

सतीश ने लज्जित भाव से कहा—'मैं डॉक्टरी नहीं पढ़ सका, उपीन भैया।

उपेन्द्र ने स्निग्ध दृष्टि से क्षण-भर सतीश के डील-डौल को देखकर कहा—'यह तो अच्छा ही हुआ। गांव में जाकर बेकार में तू कितने लोगों को जान से मार डालता, उस पाप से भगवान ने तुझे बचाया है।'

महीने भर बाद एक दिन उपेन्द्र ने सतीश को बुलाकर कहा—'मेरे साथ एक बार तुझे कलकत्ता जाना होगा सतीश।'

सतीश ने हाथ जोड़कर कहा—'मुझे ऐसा हुक्म मत करो उपीन भैया! कलकत्ता अच्छा शहर है, कमाल की जगह है, सब कुछ अच्छा है, लेकिन मुझे वहां जाने के लिए मत कहो।'

सतीश तो अपनी बात को मजाक के बहाने ही कहना चाह रहा था परंतु वह बहाना उसकी छिपी हुई व्यथा को दबाकर नहीं रख सका। उसकी कपट हंसी वेदना की विकृति में ऐसी रूपान्तरित होकर दिखाई दी कि उपेन्द्र आश्चर्य में पड़कर उसकी ओर देखने लगे। उन्हें विश्वास हो गया कि सतीश वहां कुछ कर आया है, उसे उनसे छिपा रहा है। पल-भर बाद बोले—'अच्छा, जाने दो। तेरी तबीयत भी अच्छी नहीं है। मैं अकेला ही जाऊंगा।'

उपेन्द्र के मन का भाव ताड़कर सतीश ने संकुचित होकर प्रश्न किया—'कब जाओगे उपीन भैया?'

'आज।'

'आज ही? अच्छा तो चलो, मैं भी चलूंगा,' कहकर अचानक राजी होकर सतीश अपने घर लौट आया। कुछ पल के अन्दर ही वह कलकत्ता जाने के लिए अधीर हो उठा, बोला–'फिर एक बार बोरिया-बिस्तर बांध लो, बिहारी, कलकत्ता चलना होगा।'

बिहारी ने चिंतित मुंह से पूछा–'कब जाना है बाबू?'

सतीश ने हंसकर कहा–'कब क्या रे! आज ही रात की ट्रेन से जाना है।'

'अच्छा,' कहकर बिहारी मुंह लटकाकर चला गया।

सतीश ने उसका अप्रसन्न मुंह देखकर मन-ही-मन कहा–'बिहारी को तो यहां कुछ कामकाज नहीं करना पड़ता है और वहां उसे कामकाज करना पड़ेगा। इसी डर से वह वहां जाना नहीं चाहता। लेकिन अंतर्यामी जानते हैं, सतीश ने उस बूढ़े के मन की बात बिलकुल ही नहीं समझी थी।

इसके पहले एक दिन सतीश ने बातों-बातों में बिहारी से कहा था–'अच्छा, बिहारी, अब तक सावित्री जरूर लौट आई होगी, लेकिन तब वह कहां गई थी, यह तू बता सकता है?

बिहारी ने संक्षेप में कहा था–'नहीं बाबूजी!'

कहना चाहता तो वह बहुत-सी बातें कह सकता था, लेकिन एक दिन सावित्री के मुंह पर वह अपने पुरुषत्व का अहंकार करके आया था, किसी भी कारण वह अपने गर्व को मिटा न सका।

जिस दिन कलकत्ता से लौटकर सतीश ने अपने कमरे में आते ही हाथ जोड़कर रुआंसा होकर कहा था–'भगवान्, तुम जो करते हो, अच्छे के लिए करते हो।' उस दिन उसने परमात्मा के कौन-से विशेष कार्य को याद कर धन्यवाद के शब्द कहे थे, वह बात पूछने पर शायद सतीश बता नहीं सकता था। हालांकि कितने बड़े संकट के मुंह से वह निरापद वापस आ सका है, कितने दुर्भेद्य जाल के फांस को कितनी आसानी से काटकर बाहर आकर खड़ा हो सका है, इसे वह निश्चित रूप से जानता था और उस सौभाग्य को उसने कृतज्ञता के साथ स्वीकार करना भी चाहा था, लेकिन उसके अन्तरशायी अबोध मन ने उस ओर नजर तक नहीं डाली थी। औंधा होकर वह एक ही ढंग से रो-रोकर दिन-रात बिता रहा था, फिर भी कोशिश करके वह पहले की तरह ही अपने बचपन के यार-दोस्तों, थिएटर, गाने-बजाने के अड्डे आदि पर लोगों से मिल-जुल रहा था, लेकिन किसी भी तरह पहले की भांति अब मिल नहीं पाता था; बल्कि पत्नी से झगड़कर बाहर कर्तव्य-पालन करनेवाले की ही मानिन्द वह छिद्रान्वेषी तथा असहिष्णु होकर बिना किसी भेदभाव के सबको डंक मारता फिर रहा था। ऐसी परिस्थिति में आज कलकत्ता जाने का बुलावा सुनकर उसकी विद्रोही मनोवृत्ति धूल झाड़कर उठ बैठी

और आगे के भले-बुरे की परवाह न करके सफर करने के लिए कदम बढ़ाकर खड़ी हो गई।

उसी रात को कलकत्ता के लिए उपेन्द्र और सतीश एक्सप्रेस गाड़ी के एक सेकेंड क्लास के डिब्बे में जा बैठे।

सीटी देकर गाड़ी के प्लेटफार्म छोड़ देने पर उपेन्द्र ने खिड़की से मुंह हटा लिया और बिस्तर पर एक ओर करवट लेकर लेट गए, किंतु सतीश खिड़की के बाहर देखता रहा।

एक्सप्रेस गाड़ी सब स्टेशनों पर नहीं ठहरती है। नदी, नाले, गांव, रास्तों को काटती, छकछक करती चली जा रही है और उसकी चाल की तेजी पर मुहर लगाने के लिए ही शायद पास के पेड़-पौधे पलक झपकते अदृश्य हुए जा रहे हैं। दूर पर वृक्षों और बांसवाड़ी ने मिलकर अंधकार की एक काली टेढ़ी-मेढ़ी रेखा-सी खींच रखी है और उसके नीचे नदी की शुभ्र जल-रेखा खिड़की के नीले कांच के भीतर से दिखाई पड़ रही है। बाहर वृक्ष-लताओं, खेतों, मैदानों, जंगल-झाड़ियों और बड़े-बड़े सूखे गड्ढों में—सर्वत्र धुंधली निःशब्द ज्योत्स्ना बिखरी हुई पड़ी है। सतीश की आंखों में पानी भर आया। इस रास्ते से वह कितनी ही बार आया-गया है, इस निस्तब्ध शांत प्रकृति को कितनी बार उसने इसी प्रकार मलिन ज्योत्स्ना में प्लावित होते देखा है, किंतु किसी दिन वह इस तरह उसकी आंखों में समाई नहीं थी। उसे जान पड़ने लगा, मानो सभी विच्छिन्न हैं, निर्लिप्त हैं और मृत हैं। कोई किसी के लिए व्याकुल नहीं है, कोई किसी की बाट नहीं जोह रहा है। सभी स्थिर हैं, सभी चिन्ताविहीन है, सभी अपने आप भरे-पूरे हैं। इस निर्विकार, उदासीन धरती की ओर निहारते रहने में उसे क्लेश अनुभव होने लगा। वह आंखें पोंछकर हट आया और बेंच पर चित होकर लेट गया।

लेकिन कुछ ही देर बाद ट्रंक खोल, एक बांसुरी निकाल उपेन्द्र से धीरे-धीरे बोला, 'गाड़ी की आवाज से अगर तुम्हारी नींद में खलल नहीं पड़ती है तो बांसुरी की आवाज से भी खलल नहीं पड़ेगा। मुझे तो नींद नहीं आती है,' कहकर वह फिर एक बार खिड़की के पास आकर बैठा गया और बाहर की ओर निहारकर बांसुरी बजाने लगा।

उपेन्द्र चुपचाप सोते रहे। भगवान ने सतीश को गाने को कंठ और बजाने को हाथ दिए थे। इस विषय में उन्होंने कंजूसी नहीं की थी। बचपन से ही उसने यह कला सीखी थी। जैसे-तैसे नहीं, बल्कि बड़ी निपुणता से उसने बांसुरी बजाना सीखा था। सतीश बांसुरी बजाने लगा। उस शुद्ध, सुंदर, अनिर्वचनीय संगीत को समझने वाला कोई आदमी नहीं था, सिर्फ बाहर आकाश का आधा चांद उसके पीछे-पीछे भागता हुआ चलने लगा और धरती पर सोई हुई चांदनी की नींद टूट

गई। क्रमशः गाड़ी की रफ्तार धीमी होने को आई और यह समझ में आया कि स्टेशन नजदीक आया है तब उसने बांसुरी रख दी।

उपेन्द्र जम्हाई लेकर उठ बैठे, बोले–'अगर कुछ सीखना होगा, तो बांसुरी बजाना ही सीखूंगा। उस दिन तेरा सितार सुनकर झूठ-मूठ मैं एक सितार खरीद डाला, रुपया पानी में गया।'

सतीश ने हंसकर कहा–'जान बख्शो उपीन भैया। खबरदार, बांसुरी मत खरीदना। घर में बैठकर बांसुरी बजाना सीखने की कोशिश करोगे, तो फिर मुहल्ले में लोग टिक नहीं सकेंगे।'

उपेन्द्र जरा भी सकुचाए बिना बोले–'नहीं, सीखूंगा तो तेरे ही घर में बैठकर सीखूंगा।' उनका इतना कहना था कि दोनों जोर से हंस पड़े।

दूसरे दिन दोपहर लगभग गाड़ी हावड़ा पहुंची तो उपेन्द्र ने पूछा–'तू कहां जाएगा?'

सतीश ने आश्चर्य में पड़कर पूछा–'यह भी भला पूछने की बात है! मैं तुम्हारे साथ जाऊंगा।'

'तो तेरे जाने के लिए कोई जगह नहीं है?'

'जगह है, जहां तुम, वहां मैं।'

इस सम्बन्ध में और कोई बात नहीं हुई।

स्टेशन पर उतरते ही यूरोपियन पोशाक में एक बंगाली साहब ने उपेन्द्र से हाथ मिलाया। ये उपेन्द्र के बचपन के दोस्त ज्योतिष राय हैं, बैरिस्टर हैं। तार पाकर लेने आए हैं। बाहर उनकी गाड़ी खड़ी थी। जो थोड़ा-बहुत चीज-बस्त था, उसे कुली ने गाड़ी पर चढ़ा दिया। तीनों भीतर बैठे। बिहारी कोच-बक्स पर चढ़कर बैठा। कोचवान ने गाड़ी हांकी और बहुत देर बाद, बहुत से रास्तों और गलियों को पार कर बड़े-बड़े खम्भोंवाले एक बहुत बड़े मकान के सामने आकर गाड़ी रुकी। तीनों उतर पड़े।

12

शाम होने में अब देर नहीं है। उपेन्द्र और सतीश पथुरियाघाट की एक बड़ी तंग गली के मोड़ पर आकर खड़े हो गए।

उपेन्द्र ने कहा–'लगता है, जरूर यही गली है।'

सतीश ने संदेह प्रकट किया—'यह गली कतई नहीं है। इस गली में उनका मकान हो ही नहीं सकता।'

टूटी-फूटी दीवार पर टीन का एक टुकड़ा ठोंका हुआ है, उस पर एक दिन इस गली का नाम लिखा हुआ था, पर अब पढ़ा नहीं जा सकता। सतीश बोला—'अच्छी तरह जाने बिना इस गली में नहीं घुसना चाहिए। यह गली पाताल जाने की सुरंग भी हो सकती है।'

उपेन्द्र ने मुस्कुराकर कहा—'तो तू पहरेदार बनकर यहीं खड़े रह। मैं अन्दर जाकर देख आता हूं।'

सतीश ने पहले बाधा देने का प्रयत्न किया, फिर उपेन्द्र के पीछे-पीछे चलते-चलते बोला—'उपीन भैया, हम-जैसे मुस्टंडे भी शाम के बाद ऐसी जगहों पर आने की हिम्मत नहीं करते हैं, पर आपमें तो बहुत हिम्मत है।'

उपेन्द्र ने हंसकर कहा—'मुस्टंडों को क्या शरीफों से ज्यादा हिम्मत होती है? सतीश, बुरा काम करने की कोशिश को हिम्मत नहीं कहते।'

सतीश उपेन्द्र की बातों का प्रतिवाद किए बिना अत्यन्त सावधानी से रास्ता देखता हुआ चलने लगा। पांवों के नीचे बदबूदार, कीचड़-से भरी खुली हुई मोरी थी, कमजोर नजरोंवाला सतीश के उसमें गिर जाने की पूरी आशंका थी। एक जगह वह छोटी-सी गली बेहद संकरी थी और वहां अंधेरा गहराने को आया। सतीश ने पीछे से उपेन्द्र के कुरते का छोर खींचा—'उपीन भैया, यह क्या कर रहे हो? इतनी रात गए जान देने का इरादा है क्या?'

उपेन्द्र ने हंसकर कहा—'याद आया है। अब एक मकान के बाद ही 13 नम्बर का मकान है। लगभग आठेक बरस पहले सिर्फ एक दिन मैं यहां आया था, इसीलिए मैं पहले पहचान नहीं सका था। अब पहचाना है, यही रास्ता है।'

सतीश ने विश्वास नहीं किया। बोला—'यही रास्ता है, लेकिन तुम्हारे और मेरे लिए नहीं। जिनके लिए यह रास्ता बनाया गया है, उनमें से किसी के पैर से पैर छू गया, तो इतनी रात गए मुझे नहाना पड़ेगा। इस समय लौट चलें।'

उपेन्द्र जवाब दिए बिना सतीश का हाथ पकड़कर उसे खींचते हुए ले चले तथा और भी थोड़ा आगे आकर एक मकान के सामने खड़े हो गए और बोले—'तू तो सिगरेट पीता है, तेरी जेब में दियासलाई होगी, एक बार उसे जलाकर देखो कि इस मकान का नम्बर क्या है।'

सतीश ने दियासलाई जलाकर अच्छी तरह से मकान का नम्बर जांचा और कहा—'अच्छी तरह पढ़ा नहीं जाता है, लेकिन चौखट पर खड़िया से 13 नम्बर लिखा हुआ है। शायद तुम्हारी ही बात ठीक है।'

उपेन्द्र उत्तर दिए बिना पुकारने लगे—'हारान भैया! ओ हारान भैया!!'

ऊपर-नीचे, पास-दूर, हर जगह अंधेरा था, कहीं से कोई आवाज नहीं आ रही थी। सतीश भयभीत हो उठा। उपेन्द्र फिर पुकारने लगे।

बहुत देर बाद ऊपर की खिड़की जरा-सा खुली और साथ ही किसी स्त्री की आवाज आई—'कौन है?'

उपेन्द्र ने कहा—'दरवाजा खोलने को कह दीजिए। हारान भैया कहां हैं?'

'आती हूं, जरा ठहरिए।'

पल-भर बाद दरवाजा खुलने की आवाज के साथ ही पतली-सी रोशनी की रेखा रास्ते पर आकर पड़ी। उपेन्द्र दरवाजा धकेलकर चौखट पर खड़े होकर स्तंभित हो गए। जिस नारी ने दरवाजा खोला था, वह मिट्टी के तेल की ढिबरी हाथ में लिए एक किनारे खड़ी है। सिर पर के आंचल के बीच से यत्नपूर्वक बनाए हुए जूड़े का एक भाग दिखाई दे रहा है। देखने में आया कि उसका एक भी बाल इधर-उधर नहीं हुआ है। निर्दोष सुंदर मुंह पर, हाथ की रोशनी में दोनों भौंहों के बीच एक बिंदी चमक उठी और थोड़ी-सी झुकी हुई दोनों आंखों से जो बिजली का प्रवाह बह गया, उसकी अपूर्व ज्योति ने चारों ओर के घोर अंधेरे में पल-भर के लिए दोनों को भ्रमित कर डाला। सतीश को साफ-साफ दिखाई पड़ा कि होंठों पर खिंची हंसी की रेखा संकोच के कारण बार-बार वापस चली जा रही है। उसने उपेन्द्र को धकेल दिया। उपेन्द्र चकित होकर हड़बड़ाकर बोल उठे—'हारान भैया कहां हैं?'

उस नारी ने कहा—'वे ऊपर हैं। वे न तो उठ सकते, न चल सकते हैं। मां भी आज सात-आठ दिनों से खाट से लग गई हैं। घर में सिर्फ मैं अच्छी हूं। आप उपेन्द्र बाबू हैं न? हम लोगों ने आशा की थी कि आप कल आएंगे। इसीलिए हम तैयार नहीं थे। रसोईघर में रहने पर इधर की आवाज सुनाई नहीं पड़ती है। बहुत पुकारना पड़ता है। ऊपर चलिए, यहां बहुत ठंड है,' इतना कहकर वह रास्ता दिखाती हुई ऊपर जानेवाली सीढ़ियां चढ़ने लगी। दो-तीन सीढ़ियां चढ़कर उसने मुंह फेरा और हाथ की ढिबरी नीची कर बोली—'सावधानी से चढ़िएगा, सीढ़ी की बहुत-सी ईंटें निकल गई हैं।

इसकी आशंका अकारण नहीं है, सीढ़ी को देखते ही दोनों को इसका पता चला और दोनों सतर्क होकर सीढ़ियां चढ़ने लगे। हवेली है। पहले ऊपरी मंजिल पर चार-पांच कमरे थे। उनमें से दो तो बिलकुल गिर चुके हैं और एक अगली बरसात में गिरने ही वाला है। बाकी तीन में से सामनेवाले कमरे में तीनों ही घुसे। कमरे में घुसने के साथ ही यह समझ में आ गया कि पहले से खबर दिए बगैर

आना बिलकुल गैरवाजिब हुआ है। चूहों का दल तब ऐसे फटे-पुराने तोशक-तकियों से, जिनका इस्तेमाल नहीं किया जा रहा था, रुई को बाहर निकाल, समूचे कमरे में फैलाकर मनमाने ढंग से भाग-दौड़ कर रहा था, असमय रोशनी और लोगों की आवाजाही की वजह से चूहे चीं-चीं कर उठे। समूचे कमरे में टूटी-फूटी मेज-कुर्सियां, टूटे-फूटे लकड़ी के ट्रंक, टूटे कनस्तर, खाली शीशियाँ, बोतलें और भी कितना कुछ, प्राचीन समय की गृह-सज्जा का अवशेष इधर-उधर बिखरा पड़ा हुआ है।

उन सब चीजों के एक किनारे एक चौकी बिछी हुई है। फटी गद्दियों, तोशकों-तकियों आदि को एक के ऊपर एक रखकर जबरन एक किनारे धकेल दिया गया है और उसी के एक हिस्से में एक चटाई बिछाई हुई है। यह मेहमान के लिए है।

उस नारी ने फर्श पर मिट्टी के तेल की ढिबरी रख दी और कहा—'जरा इन्तजार कीजिए, मैं खबर देती हूं।' इतना कहकर वह ज्योंही कमरे से बाहर हुई त्योंही सतीश जूते पहने हुए ही मेहमानों के बैठने की जगह पर उछलकर खड़ा हो गया।

उपेन्द्र डरते हुए बोल उठे—'ऐं! ऐं! यह क्या कर रहे हो?'

सतीश ने फुसफुसाकर कहा—'पहले जान, फिर जहान। देखते नहीं हो, रोशनी देखकर कमरे के सारे सांप-वांप पैरों के पास भागे आ रहे हैं।'

सतीश ने जिस तरह से डर दिखाया उससे विचार-विमर्श और तर्क-वितर्क करने का कोई अवसर नहीं रहा। उपेन्द्र भी मेहमानों के बैठने की जगह पर उछलकर खड़े हो गए।

उस चौकी पर इतनी कम जगह थी कि उस पर एक साथ दो आदमी खड़े नहीं रह सकते थे। इसलिए उस पर खड़े रहने के लिए जब वे दोनों एक-दूसरे को धकेल रहे थे, उसी समय वह नारी वापस आई और किवाड़ के सामने खड़ी होकर खिलखिलाकर हंस उठी। ये लोग डर गए हैं, यह उसकी समझ में आ गया था। बोली—'यह मेरे ससुर की ड्योढ़ी है, आप लोग इसकी बेइज्जती कर रहे हैं।'

उपेन्द्र शर्मिन्दा होकर जल्दी से उतर पड़े। और सतीश पर अत्यन्त विरक्त होकर बुदबुदाने लगे—'तुमने ऐसा डरा दिया...ऐसा कर उठे कि...'

पर सतीश नहीं उतरा, लेकिन नम्रतापूर्वक बुदबुदाते हुए बोला—'मैंने क्या शौक से डराया था, उपीन भैया? मैं जानता हूं, मेरा ज्ञान चाणक्य के श्लोकों तक ही सीमित है, उससे ज्यादा नहीं। लेकिन मैंने इतना सा सीखा है कि आत्मरक्षा सबसे बड़ा धर्म है।'

फिर सतीश ने प्रकट में उस नारी को निहारते हुए कहा—'आपके ससुर की ड्योढ़ी की बेइज्जती करने की हमारी मजाल नहीं, बल्कि काफी इज्जत के साथ आपकी प्रजा यानी शरण में पले चूहों का रास्ता छोड़ हम दोनों इतनी-सी जगह पर खड़े हैं।'

तीनों ही हंस उठे। इस मजाक ने उस गरीब गृहिणी को दुखित नहीं किया था, बल्कि इसके भीतर जो सरलता और संवेदना छिपी हुई थी, उसे यह तरुणी बड़ी आसानी से स्वीकार कर सकी थी। इसकी छाप उपेन्द्र को उसके हंसी से चमकते चेहरे पर साफ-साफ दिखाई पड़ी थी, इसे देखकर उपेन्द्र ने मन-ही-मन बड़ा आराम महसूस किया। उसके मुंह की ओर निहारकर मन्द-मन्द मुस्कुराते हुए बोले—'आपकी प्रजा यानी आपकी शरण में पले ये चूहे आपके सामने उस पर जुल्म करने की कोई हिम्मत नहीं करेंगे। अब तो वह शायद उतर आ सकता है।'

'जरूर,' कहकर बहू ने मिट्टी के तेल की ढिबरी अपने हाथ में उठा ली और सतीश की ओर देख संसार को मोहित करनेवाली हंसी हंसकर कहा—'अब निर्भय हो राजदर्शन को चलिए।'

उस बहू के साथ उपेन्द्र और सतीश के परिचित न होने के कारण उन सबके बीच जो दूरियां थीं, वे इतने से हंसी-मजाक से ही मानो बिलकुल कम हो गईं और तीनों ही प्रसन्न मुंह से कमरे से बाहर निकल गए।

उपेन्द्र और सतीश हंसते हुए एक दूसरे कमरे में घुसते ही सिहरकर स्तब्ध होकर खड़े हो गए। क्रोधित गुरुजी की आकस्मिक चपत खाकर हंसी में डूबे शिशु छात्र के मुंह का भाव जिस तरह बदलता है उसी तरह इन दोनों के मुंह की हंसी पल-भर में उदासी में बदल गई।

थोड़ी देर बाद जब उदासी दूर हो गई, तो उपेन्द्र ने पासवाले बिस्तर के नजदीक जाकर पुकारा—'हारान भैया!'

हारान मुर्दे की तरह पड़े हुए थे, धीमी आवाज में बोले—'आओ भाई, आओ। अब मैं उठ-बैठ नहीं सकता हूं, तुम्हें भी तकलीफ दी।' इतना कहकर वे हांफने लगे।

उपेन्द्र धम से बिस्तर के एक किनारे बैठ गए। उनकी दोनों आंखों में आंसू भर आए और बुदबुदाते हुए सारी हड्डी-पसलियों को कंपाती हुई एक बलगम-भरी उसांस उनके कंठ तक फैल गई। उन्होंने बात करने का साहस नहीं किया। दांत भींचकर कठोर बन बैठे रहे।

उधर सतीश एक बहुत बड़े लकड़ी के संदूक पर मुंह सुखाए बैठा रहा।

मैले-कुचैले और फटे-पुराने बिस्तर के सिरहाने की ओर मिट्टी का दीया टिमटिमा रहा है। कमरे में दूसरी बत्ती नहीं है। हारान की जीती-जागती लाश पड़ी हुई है और उसके रक्तरहित, विवर्ण शीतल मुंह पर टिमटिमाते दीया की रोशनी पड़ रही है। सूर्य की गर्मी और आकाश की हवा से हमेशा वंचित इस मकान की ईंट-ईंट में जो जीर्णता और अंधकार पलता तथा मजबूत होता आ रहा है, इस कड़ाके के जाड़े की रात में बहुत कम रोशनी से कोढ़ की तरह वह तमाम दीवारों पर उभर आया है। दिन-रात बंद रहनेवाले इस मकान की दूषित, बंधी हुई, घिरी हुई हवा आत्मघाती के मुंह से निकले हुए विषैले फेन की भांति ऊपर उठ-उठकर इस मकान में रहनेवालों की सांस-नली को मानो हर पल बन्द करती आ रही है। दरवाजे पर यमदूत का पहरा पड़ा हुआ है। हर तरफ निहारकर सतीश बार-बार सिहर उठा। उसे लगने लगा कि वह चिल्लाता हुआ भागकर एकदम रास्ते पर आ जाए, तो वह जी उठे। यहां आदमी जीवित कैसे रहता है?

पास ही बहू खड़ी थी। उसकी ओर एक बार देखते ही मानो वह और भी डर गया। उसका वह अतुलनीय रूप कहां गया? उसकी वह हंसी कहां गई? उसकी दृष्टि के सामने मानो किसी एक प्रेतलोक का पिशाच उठ आया। वह सोचने लगा, जिसके पति की यह दशा है, वह हंसती है, हंसी-मजाक में भाग लेती है, जूड़ा बांधती है, बिन्दिया लगाती है! एक पल के लिए उसके मन में तमाम नारी-जाति के प्रति घृणा पैदा हो गई।

ऐसे समय हारान ने पुकारा—'किरण, मां यह जानती है कि उपीन आया है।'

बहू पास आकर झुकी और धीरे-धीरे बोली—'मां सो रही हैं। डॉक्टर साहब कह गए हैं कि उन्हें नींद से न जगाया जाए।'

हारान मुंह बनाकर चिल्ला उठा—'भाड़ में जाएं डॉक्टर! तुम जाओ! मां से कहो।'

पास बैठे उपेन्द्र को सब कुछ सुनाई पड़ रहा था। वे व्यग्र होकर बोल उठे—'आज रात को उन्हें बताने की जरूरत नहीं है। कल सवेरे उन्हें बता दीजिएगा।'

उपेन्द्र को यह समझने में देरी न लगी कि बहुत दिनों से लगातार बीमार रहने के कारण हारान बहुत चिड़चिड़ा हो गया है। इसीलिए उस निरापराध, सेवापरायणा बहू को अकारण तिरस्कार से व्यथा का अनुभव कर कुछ सान्त्वना दिलाने की इच्छा से उन्होंने एक बार उसके मुंह की ओर देखा, पर कुछ दिखाई न दिया। किरणमयी के झुके हुए मुंह पर दीये की रोशनी नहीं पड़ता था। कुछ देर तक यों ही रह, वह तेज कदमों से कमरे के बाहर निकल गई। उपेन्द्र उदास होकर बैठे रहे और हारान हांफने लगे।

वह स्तब्ध कमरा सतीश के लिए और भी भयंकर हो उठा। थोड़ी देर बाद ही हारान ने उपेन्द्र को छूकर पास आने का संकेत करते हुए अत्यंत धीमी आवाज में पूछा—'सात-आठ बरस बाद भेंट हुई है। इस बीच क्या तुम एक बार भी यहां नहीं आए थे?'

इस बीच बहुत बार उपेन्द्र को इधर आना पड़ा था, लेकिन वे इसे स्वीकार न कर सके। बोले—'तुम्हें कौन-सी बीमारी हुई है, हारान भैया?'

हारान ने कहा—'बुखार, खांसी—यही सब। अब उसकी चर्चा करने की जरूरत नहीं है, अंतिम घड़ियां गिन रहा हूं।'

उधर संदूक पर बैठे सतीश ने मन-ही-मन सिर हिलाया।

हारान ने फिर कहा—'मुझे भी तुम्हारी याद नहीं आई थी। समय पर तुम्हारी याद आती तो काम होता।'

कुछ देर चुप रहकर फिर बोले, 'काम भला क्या होता? खैर, उन बातों को जाने दो। हां, भाई! एक काम करो। मेरा दो हजार रुपयों का जीवन-बीमा है और है यह टूटा-फूटा मकान! तुम वकील हो, एक वसीयत बना दो, ताकि सारी चीजों पर तुम्हारा पूरा अधिकार हो। उसके बाद रहे तुम और मेरी बूढ़ी मां।

उपेन्द्र ने कहा—'और तुम्हारी पत्नी?'

'मेरी पत्नी किरण? हां, वह तो है ही। उसके मां-बाप में से कोई जिन्दा नहीं है। उसकी भी देख-भाल करना।'

उपेन्द्र अपलक आंखों से मरणासन्न हारान के मुंह की ओर निहारते-निहारते सोचने लगे।

सतीश जेब से घड़ी निकालकर उठा खड़ा हुआ और बोला—'उपीन भैया, रात के दस बज चुके हैं। वहां वे लोग शायद चिन्ता करते होंगे।'

हारान ने उसकी ओर देखकर कहा—'यह कौन है उपीन?'

'यह मेरा दोस्त है, हम एक ही साथ कलकत्ता आए हैं। तो अभी मैं चलता हूं, हारान भैया। कल सवेरे मैं फिर आऊंगा।'

'नहीं, कल नहीं, एकबारगी वसीयत बनाकर परसों आना। जो कुछ मेरा है और जो कुछ मुझे कहना है, वह मैं उसी दिन तुम्हें बता दूंगा। हां, याद आया, तुम यहां कहां ठहरे हो?'

'शहर के एक किनारे अपने एक दोस्त के वहां ठहरा हूं।'

उपेन्द्र जब जाने को तैयार हुए तो हारान ने पुकारकर कहा—'किरण!'

उपेन्द्र ने झट से रोककर कहा—'रहने दो। सतीश की जेब में दियासलाई है। हम लोग आराम से चले जाएंगे। वे शायद काम में लगी होंगी।'

इसके जवाब में हारान ने जो कुछ कहा, कुछ समझ में नहीं आया।

सतीश ने ज्योंही किवाड़ खोला त्योंही उसे महसूस हुआ कि न जाने कौन तेज कदमों से परे हट गया। वह डरता हुआ पीछे हटकर खड़ा हो गया।

उपेन्द्र ने पूछा—'क्या हुआ सतीश?'

'कुछ नहीं, तुम आओ।' इतना कहकर वह उपेन्द्र का हाथ पकड़कर बाहर आ खड़ा हुआ।

क्या घोर अंधेरा! एक तो कृष्ण पक्ष के आकाश में बादल छाए हुए हैं, उस पर चारों ओर की ऊंची-ऊंची इमारतों ने उस अंधेरे को मानो धकेलते हुए लाकर नीचे के छोटे-से आंगन के ऊपर और इस टूटे-फूटे खुले बरामदे के अन्दर बिलकुल घनीभूत कर दिया है। दोनों अन्दाजा लगाते हुए सीढ़ी के पास आए तो देखा, नीचे मिट्टी के तेल की ढिबरी रखकर किरणमयी स्थिर होकर बैठी हुई है।

उन दोनों के सीढ़ी के पास आते ही वह उठकर खड़ी हो गई और बोली—'मैं रोशनी दिखाती हूं, आप लोग सावधानी से नीचे उतर आइए। मैं आप लोगों के लिए ही बैठी हुई हूं।'

इस अंधेरी ठंडी रात में, इस कड़ाके की सर्दी में, गीली भींगी जमीन पर अकेली बहू को अपनी प्रतीक्षा में बैठी देख और उसके आनेवाले वैधव्य की बात को पल-भर में याद कर उपेन्द्र की आंखों में आंसू भर आए।

मुख्य दरवाजे के किवाड़ तब भी बन्द नहीं किए गए थे। नीचे उतरते ही सतीश एकदम से गली में आकर खड़ा हो गया, लेकिन उपेन्द्र पीछे से बाधा पाकर मुड़कर खड़े हो गए।

किरणमयी अपनी दोनों सकरुण, तीव्र आंखें उनके मुंह पर टिकाए एक विशेष मुद्रा बनाकर खड़ी है। पल-भर के लिए उपेन्द्र किंकर्तव्यविमूढ़ की भांति निश्चल बने रहे।

किरण ने पूछा—'उपेन्द्रबाबू, आप हम लोगों के कौन हैं?'

इस अजीब प्रश्न का क्या उत्तर हो, उपेन्द्र यह सोच नहीं सके। उसने फिर से उन्हें समझाकर कहा—'क्या आप मेरे पति के कोई रिश्तेदार हैं? मेरे इस घर में आए इतने दिन हुए, लेकिन मैंने आपका नाम न उनसे ही सुना था, न मां से ही। सिर्फ जिस दिन आपको चिट्ठी लिखी गई थी, उसी दिन मैंने आपका नाम सुना था। इसीलिए पूछ रही हूं।'

बाहर से सतीश ने पुकारा—'उपीन भैया, आओ न!'

उपेन्द्र ने कहा—'नहीं, मैं उसका रिश्तेदार नहीं हूं। लेकिन मैं उसका खास दोस्त हूं। मेरे पिताजी जब नोआखाली में थे तब हारान भैया के पिताजी भी वहां

सरकारी स्कूल में मास्टरी करते थे। वे मुझे घर पर पढ़ाया करते थे। हारान भैया और मैं बहुत दिनों तक एक साथ पढ़े थे।'

किरणमयी ने जरा हंसकर कहा—'ओ, इतनी सी बात है! तो इसके लिए वसीयत की जाएगी! अच्छा, उपीन बाबू, आप तो सबकुछ अपने नाम वसीयत करवा लेंगे?'

देर होते देखकर सतीश ने मुंह बढ़ाया था। उसी ने चट से जवाब दे डाला—'ऐसा ही तो तय हुआ है।'

हारान के कमरे से बाहर निकलते समय कौन तेज कदमों से बाहर हट गया था, यह उसने पहले ही समझा लिया था।

बहू ने सतीश की ओर घूमकर देखा और कहा—'अच्छा तो आप भी हैं! बहुत अच्छा! बहुत ठीक! इतने दिन इतनी तकलीफ उठाकर भी चाहे जैसे भी हो, दोनों जून रोटियां मिल जाया करती थीं। अब भीख मांगनी होगी। ऐसा ही हो, आप ही लोग आपस में सबकुछ बंटवारा कर लीजिएगा।'

उपेन्द्र स्तम्भित हो गए।

सतीश ने जवाब दिया—'जिसकी चीज है, वह अगर अपनी चीज किसी को दे देता है तो किसी और को बोलने का कोई हक नहीं है।'

किरणमयी की दोनों आंखें आग की तरह जल उठीं, बोली—'पर मुझे हक है! मरते वक्त आदमी की मति मारी जाती है। मेरे पति की भी मति मारी गई है, लेकिन आप लोग अपने नाम वसीयत करवा लेनेवाले कौन होते हैं?'

सतीश बिना किसी संकोच के तुरंत बोल उठा—'यह तो नहीं मालूम लेकिन हारान बाबू में आज भी बुद्धि है, मेरा अन्तर्यामी इस बात की हामी भरता है।'

किरणमयी ने बड़े ताने-भरे स्वर में जवाब दिया—'क्या कहना है! लोग कहा करते हैं...खैर, लोगों की बात जाने दीजिए।' उपेन्द्र की ओर देखकर बोली—'लेकिन मैं यह पूछती हूं कि मैं कैसे जानूं कि अंत में आप मुझसे भीख न मंगवाएंगे? कैसे विश्वास करूं कि आप धोखा नहीं देंगे?'

इतनी बड़ी चोट अचानक उपेन्द्र को मानो असहनीय प्रतीत हुई। वे कुछ कहना चाहते थे लेकिन बिना कहे चुपचाप अपने आपको संभालने लगे।

सतीश ने मृदु स्वर में कहा—'भाभी जी, यह जानना आपके लिए जरूरी नहीं है।'

किरणमयी भी तुरंत उत्तर न दे सकी। इस ताने-भरे संबोधन की ढिठाई से वह अवाक् हो गई थी। कुछ देर तक वह निहारती रही, फिर बोली—'जरूरी क्यों नहीं है।'

सतीश ने कहा—'नहीं। भाभी जी, जरूरी नहीं। अगर आप अपना हक खुद बर्बाद नहीं करतीं, तो हारान बाबू को इतनी सावधानी बरतने की जरूरत नहीं थी। इतनी रात गए बेकार का टंटा न बढ़ाइए, जरा सोचकर देखिए।'

तेज कार्बोलिक गंध से सांप जिस प्रकार फैलाया हुआ फन बात की बात में समेट, चोट करने के बजाय अपनी जान बचाने की चिंता करने लगता है, यह निरुपमा, यह लीला कौशलमयी, तेजस्विनी युवती पलक झपकते उसी प्रकार सिमट-सी गई। बोली—'जरा सुनूं भी तो कि मेरे विषय में उन्होंने क्या कहा है?'

उपेन्द्र अब चुप न रह सके। इस गर्विता नारी का संदिग्ध तिरस्कार उन्हें गरम बरछी की तरह बींधता रहा, तो भी उनका उदार अन्तःकरण सतीश की इस जासूसी के विरुद्ध विद्रोह कर उठा। वह अनुचित उत्तेजना के द्वारा किसी गुप्त रहस्य को खींचकर बाहर निकालने की कोशिश कर रहा था, इसे उन्होंने समझा था। सतीश को रोककर किरणमयी से बोले—'क्यों आप सतीश के पागलपन पर कान देकर अपने आपको उद्विग्न कर रही हैं? पति की सम्पत्ति से पत्नी को वंचित करने का अधिकार किसी को भी नहीं है—आप निश्चिन्त रहें। लेकिन शायद आप लोगों को विशेष सुविधा होगी, यही सोचकर हारान भैया ने एक वसीयत करने की बात उठाई है। लेकिन आपकी सहमति के बिना वसीयत हरगिज नहीं बन पाएगी। रात बहुत हो चुकी है। आप किवाड़ बन्द कर दीजिए। चल सतीश, अब देरी मत कर।' उन्होंने सतीश को धकेल दिया और गली में खड़े होकर मन्द-मन्द मुस्कुराते हुए बोले—'कल-परसों फिर भेंट होगी। नमस्कार!'

13

उस निर्जन गली से बाहर निकलकर दोनों एक किराए की गाड़ी पर सवार हो गए और खुली खिड़कियों से रास्ते की कम होती भीड़ की ओर चुपचाप निहारते रहे। बात करने लायक मनःस्थिति उन दोनों में से किसी की भी नहीं थी। उपेन्द्र व्यथित मन से सोचने लगे—कल ही घर लौट जाऊंगा। भला हो या बुरा, इस विषय में मुझे हाथ डालने की जरूरत नहीं है। केवल लौटने के पहले यह देख आऊंगा कि हारान भैया का इलाज हो रहा है या नहीं। उसके बाद? उसके बाद और कुछ नहीं। आठ साल तक जो आदमी मन के बाहर पड़ा था, वह बाहर ही

पड़ा रहेगा—'यह कहकर देह पर बैठे कीड़े-मकोड़े की भांति इस विरक्तिकर चिन्ता को तेजी से दूर फेंककर उपेन्द्र गाड़ी के अंदर ही एक बार हिल-डुलकर बैठ गए। सतीश को पुकार कर कहा—'एक चुरुट दे तो रे, बड़ी सर्दी है।'

सतीश ने पॉकेट से चुरुट और दियासलाई निकालकर उनके हाथ में दी और उसी प्रकार बाहर देखता रहा, कुछ बोला नहीं।

उपेन्द्र ने चुरुट सुलगाकर बार-बार धुआं छोड़ते हुए सतीश को सुनाकर कहा—'यो ही अन्दर का अंधेरा धुएं की तरह निकल जाए।'

सतीश ने हामी नहीं भरी।

घड़घड़ाती हुई किराए की गाड़ी परिचित-अपरिचित राहों, मकानों, दुकानों, बाजारों को पार करती हुई चलने लगी। उपेन्द्र पूरा चुरुट पी चुके, चुरुट का धुआं न जाने कहां आकाश में विलीन हो गया! वे फिर भी रास्ते के दोनों किनारे उसी तरह चुपचाप निहारते रहे। उपेन्द्र ने मन-ही-मन सोचा—सतीश जरूर उन तमाम बातों पर सोच-विचार कर कुछ तय कर रहा है, नहीं तो वह इतनी देर तक चुप रहनेवाला जीव नहीं है। परंतु वह क्या सोच रहा है, इसका अनुमान करना चाहा तो उपेन्द्र को शुरू से आखिर तक की सारी बातें याद आ गईं।

वे भीतर-ही-भीतर कांप उठे और मन-ही-मन बोले—क्या घटना घटी है! और जो कुछ घटित हुआ है वह चाहे जितना भी शोचनीय क्यों न हो, उसका एक संगत कारण वे इसी बीच निर्धारित कर सके हैं। सतीश क्या देखकर उस बेचारी अपरिचित नारी के साथ लड़ने को तैयार हो गया था, यह वे किसी भी तरह समझ नहीं सके। घर की बहू अपनी आनेवाली मुसीबत से सिर्फ आत्मरक्षा के लिए भी दो कटु बातें कह सकती है, ऐसी सीधी बात को भी सतीश समझ नहीं सका था। यह वे विश्वास नहीं कर पा रहे थे। भले ही सतीश ने पढ़ाई-लिखाई न की हो, पर वह नासमझ नहीं है, उपेन्द्र यह जानते थे, इसीलिए उन्होंने इतनी पीड़ा अनुभव की।

मरणासन्न हारान की वसीयत के प्रस्ताव में एक विशेषता थी, इसीलिए उपेन्द्र ने कम समय के अन्दर ही बहुत-सारी बातें सोची थीं। लंगोटिया यार की अधमरी देह की बगल में बैठकर उन्होंने सोचा था कि वे इन दोनों अनाथ महिलाओं का जीवन-भर भरण-पोषण और देख-भाल करेंगे। एक स्वास्थ्यप्रद तीर्थ-स्थान में एक छोटा-सा मकान खरीद देंगे। वह मकान शान्त, हालांकि मजबूती से घिरा होगा। उस मकान में पेड़-पौधे होंगे और उस मकान के चारों ओर ईमानदार और शरीफ लोगों के घर होंगे। पालतू गाय-बछड़ों की सेवा करके,

अतिथि-ब्राह्मणों की पूजा करके, व्रत-उपवास करके इन दोनों नारियों के दिन जिस तरह बीत जाएंगे, इसका एक मधुर काल्पनिक चित्र उपेन्द्र के दिमाग में उभर उठा था। इस चित्र के एक किनारे पेड़-पौधों की आड़ में, सारी जरूरी चीजों के पीछे वे अपनी थोड़ी-सी जगह शायद अपने अनजाने में ही बनाने की कोशिश कर रहे थे। ऐसे समय किरणमयी के गन्दे आरोप, सन्देह-भरी क्रुद्ध गरम सांस ने बवंडर की नाई उस चित्र का चिह्न तक उड़ा दिया। उपेन्द्र अब चुप नहीं रह सके। उन्होंने सतीश को पुकारकर कहा—'सतीश, तू क्या सोच रहा है, रे?'

सतीश ने बाहर से दृष्टि हटा ली और उपेन्द्र की ओर निहारते हुए कहा—'मैं क्या सोच रहा हूं, जानते हो, उपीन भैया? बचपन में मैंने एक बंगला उपन्यास पढ़ा था—मैं उसी के बारे में सोच रहा हूं।'

उपेन्द्र ने प्रश्न किया—'कौन-सा उपन्यास?'

सतीश ने कहा—'उस उपन्यास का नाम तो याद नहीं है। उसके लेखक का नाम भी ठीक से याद नहीं आता है। लेकिन उसका लेखक बहुत बड़ा आदमी है। मगर उसकी कहानी मुझे साफ-साफ याद है—बड़ी सुन्दर कहानी है।'

उपेन्द्र उत्सुक होकर उसकी ओर देखने लगे।

सतीश ने शिकायत-भरे स्वर में कहा—'हमेशा अंग्रेजी पढ़ने में ही तुमने अपना दिन बिताया, उपीन भैया। किसी दिन बंगला की ओर देखा तक नहीं, लेकिन हमारे देश में ऐसी-ऐसी किताबें हैं जिन्हें एक बार पढ़ने से ज्ञान पैदा होता है।' इतना कहकर वह एक लम्बी सांस छोड़कर चुप हो गया।

उपेन्द्र ने झुंझलाकर कहा—'पहले तू उस उपन्यास की कहानी तो सुना, उसके बाद देखा जाएगा कि कितना ज्ञान पैदा होता है।

सतीश हंसा, बोला—'कहानी सुनकर तुम गुस्सा तो नहीं करोगे?'

'नहीं, मैं गुस्सा नहीं करूंगा, पर तू सुना तो!'

सतीश ने कहा—'बड़ी सुंदर कहानी है। एक बड़े जमींदार नाव पर सवार होकर कहीं जा रहे थे। एक दिन शाम के समय अचानक आसमान में बादल घिर आए। जोरों से आंधी-पानी भी शुरू हो गया। वे भय के मारे किनारे उतर गए। सामने ही एक बहुत बड़ा टूटा-फूटा मकान था। पानी से बचने के लिए वे उसी में घुस गए। उस मकान के हर कमरे में अंधेरा था—कहीं कोई आदमी नहीं था। सारे मकान में घूमते-घूमते अन्त में उन्होंने ऊपर के एक कमरे में देखा कि वहां टिमटिमाता हुआ एक दीया जल रहा है और फटे बिस्तर पर एक मुमूर्षु आदमी पड़ा हुआ है और उसकी कमलनयनी रूपवती पत्नी जमीन पर दहाड़ें मारकर रो रही है। उस रात उसने एक डरावनी सपना देखा था। अच्छा, उपीन भैया, तुम

यह विश्वास करते हो कि सपने में जो कुछ दिखाई पड़ता है, वह सच होता है? अच्छा, उपेन्द्र भैया, तुम सपने को मानते हो?'

उपेन्द्र ने संक्षेप में कहा—'नहीं। उसके बाद?'

सतीश ने कहा—'उसके बाद उसी रात वह आदमी चल बसा। जमींदार ने उस कमलनयनी विधवा को घर लाकर जबरदस्ती उससे विवाह कर लिया। चारों ओर से थू-थू होने लगी और इसी दुःख से उनकी पहली पत्नी ने विष खाकर आत्महत्या कर ली।'

बार-बार कमलनयनी के उल्लेख से उपेन्द्र ने समझा कि सतीश 'विषवृक्ष' का जीर्णोद्धार कर रहा है और सतीश की इस अजीब स्मरण-शक्ति के परिचय से दूसरे समय शायद वे खूब हंसते, लेकिन अभी उन्हें हंसी नहीं आई। इस ऊटपटांग कथानक के अन्दर से एक गन्दा इशारा तीर की तरह आकर उनकी छाती में बिंधा। यह तो सतीश की याददाश्त नहीं है। यह तो उसकी आशंका है। यह आशंका क्या और किसको आधार बनाकर उसने 'विषवृक्ष' की कहानी को तोड़-मरोड़कर उसे अपने सांचे में ढाल लिया है? यह बात सोचकर उपेन्द्र गंभीर लज्जा से संकुचित हो गए।

सतीश को अंधेरे में यह दिखाई नहीं पड़ा कि पल-भर के लिए उपेन्द्र का मुंह पीला पड़ गया है। सतीश ने जले पर नमक छिड़ककर फिर कहा—'अपने पैरों पर कुल्हाड़ी मत मारो उपीन भैया।'

उपेन्द्र कोई उत्तर न दे सके। बहुत देर तक चुप रहकर धीरे-धीरे बोले—'बंगला उपन्यास की बात रहने दो। लेकिन सुनूं तो सही कि तुम मुझे कैसे उपदेश देना चाहते हो।'

सतीश हंस पड़ा—'लो भला, उपीन भैया, तुम गुस्सा कर रहे हो। मैं तुम्हें उपदेश नहीं दे सकता—लेकिन पांव पकड़कर तुमसे अनुरोध कर सकता हूं कि तुम्हें वहां जाने की जरूरत नहीं। वे लोग अच्छे आदमी नहीं हैं।'

'वे लोग माने कौन लोग, जरा सुनूं तो सही?'

सतीश ने कहा—'गुस्सा मत करो उपीन भैया। बहुवचन का प्रयोग मैंने सिर्फ शराफत दिखाने के लिए किया है। मैंने हारान बाबू की बात नहीं की है। वे तो अच्छे-बुरे के परे हो चुके हैं। उनकी मां को भी मैंने अपनी आंखों से नहीं देखा है, मेरा संकेत तीसरे व्यक्ति की ओर है।'

'तीसरे व्यक्ति का क्या अपराध है? देखो सतीश, तुम्हारे पिता अगर अपना सब कुछ किसी दूसरे आदमी के नाम वसीयत कर देने की ठान लें, तो तुम खूब खुश होगे न?'

'नहीं, उपीन भैया, आशीर्वाद दो मुझे कि पिताजी को ऐसा करने की जरूरत न पड़े। मैं जानता हूं कि वे मुझे अच्छा नहीं समझते, मुझसे खुश भी नहीं रहते—मैं तो उनका बुरा बेटा हूं, किंतु बुरा होकर भी मैं उनके मरते समय सज-धजकर नहीं घूमूंगा। आज मेरी शेखी को माफ करना, उपीन भैया, लेकिन तुम्हारी तनिक भी नजर होती, तो भी तुम्हें दिखाई पड़ती कि हारान बाबू का ऐसा प्रस्ताव सिर्फ उनकी सनक नहीं है, बल्कि उनकी बहुत दिनों के सोच-विचार करने का नतीजा है।' सतीश ने फिर कहा—'तुम यह मत सोचो, उपीन भैया कि तुम्हें सारा भार सौंपते समय वे अपनी पत्नी की बात भूल गए थे, अथवा शर्म के मारे कह नहीं पा रहे थे, बल्कि मेरा विश्वास है कि अगर तुम उसकी चर्चा नहीं करते, तो वे अपनी मर्जी से कोई बात ही नहीं करते।'

उपेन्द्र मन-ही-मन बहुत खीजते रहे, तो भी अब तक चुपचाप उसकी बात सुन रहे थे, लेकिन पर-स्त्री के सम्बन्ध में ऐसी संदिग्ध इंगित उनके लिए असहनीय हो उठा। वे कठोर स्वर में बोल उठे—'सतीश, तुम इतना नीच हो गए हो, यह मैंने सोचा तक नहीं था। शायद तुम जान-पहचान के स्तर से भी नीचे गिर गए हो।'

सतीश हंसा। बोला—'मैं नीच हो गया हूं? इसलिए कि बुरे को बुरा कहा है?'

'कौन अच्छा है और कौन बुरा है, यह कहने का तुम्हें क्या अधिकार है?'

'किसे कहते हैं अधिकार? यह अंग्रेजी शब्द है। बंगला में इसका कोई मतलब नहीं होता। हमारे समाज में अधिकार-अनधिकार का इतना सूक्ष्म विचार नहीं किया जा सकता है। बहुतेरे लोग तो जेल के कैदी को चोर कहने में भी आपत्ति करते हैं, लेकिन आम पांच आदमी भी उस बात को मानकर नहीं चल सकते।'

'वह दूसरी बात है। चोरी सिद्ध करके ही किसी को चोर कहा जाता है, चोर जेल जाता है, किंतु इसके सम्बन्ध में तुम्हें क्या प्रमाण मिला है?'

'यह दीगर बात है। किसी को चोर तभी कहा जाता है जब यह साबित हो जाता है कि उसने चोरी की है। चोर जेल जाता है। लेकिन इनके सम्बन्ध में तुम्हें क्या सबूत मिला है?'

'जुर्म साबित न होते हुए भी बहुत-से लोग जेल जाते हैं, यह है जज के हाथ में, फिर मैं-तुम जिसे राई समझते हैं, जज के लिए हो सकता है, वह पहाड़-पर्वत हो! आज तुम्हारे सम्बन्ध में भी यह बात लागू होती है। यह मत सोचना उपीन भैया कि मैं गलती कर रहा हूं। इतनी बड़ी दुनिया आंखों के सामने है। फिर भी बहुत-से लोग ईश्वर के अस्तित्व का प्रमाण ढूंढ़ नहीं पाते हैं। मैं जानता हूं, तुम गुस्सा करोगे, क्योंकि तुम हमेशा अच्छों के साथ घुले-मिले हो। अच्छा देखा है

तुमने, अच्छे बने हुए हो। लेकिन मेरी तरह अच्छे-बुरे को देखकर अगर तुम परिपक्व होते, तो मुझे इतनी बात कहने की जरूरत नहीं पड़ती। बहुत सारी चीजें तुम्हारी अपनी ही आंखों को दिखाई पड़ जातीं।'

उपेन्द्र कुछ देर चुप रहकर बोले—'सारी चीजें मेरी आंखों को दिखाई पड़े, इसकी मुझे जरूरत नहीं और परिपक्व होने के वास्ते मैं तेरे जैसा नीच हो भी नहीं सकूंगा। तू यह प्रसंग बन्द कर। गाड़ी फाटक के अन्दर घुस रही है। लेकिन एक बात तू याद रखना सतीश! वह यह कि अपरिपक्व का दाम क्या है, यह तू सिर्फ तब समझेगा जब तू और भी परिपक्व होगा।'

'दूसरे दिन उठने में उपेन्द्र को देर हो गई। सूर्य निकले बहुत देर हो चुकी है, यह बात खिड़की से आने वाले प्रकाश की ओर देखते ही उनकी समझ में आ गई। उपेन्द्र अचकचाकर उठ बैठे। कमरे में सतीश न था। वह पता नहीं, कहां गया है, बाहर बिहारी खड़ा था, उसने आकर खबर दी! 'सतीश बाबू सामने के बगीचे में कुश्ती लड़ रहे हैं, नीचे चाय दी जा चुकी है, वहां साहब वगैरह इन्तजार कर रहे हैं।

उपेन्द्र झटपट तैयार होकर ज्योंही नीचे उतरे त्योंही ज्योतिष उनका हाथ पकड़कर उन्हें चाय की टेबल तक ले गए। वहां उनकी बहन सरोजिनी इन्तजार कर रही थीं।

उन्होंने अखबार को फेंक दिया और मुस्कुराती हुई बोलीं—'कल रात दस बजे तक हम लोग आप लोगों की बाट जोहते हुए बैठे थे। अन्त में मंझले भैया ने कहा, जरूर कोई निर्दय दोस्त रास्ते से गिरफ्तार कर उन लोगों को ले गए होंगे और आप लोग, हो सकता है, रात को हरगिज न लौट सकें। हां, तो लौटने में कल कितनी रात हुई थी उपीन बाबू?'

उपेन्द्र ने हंसकर कहा—'ग्यारह बज गए थे। खास काम से हम लोग अटक गए थे। आप सबको हमने तकलीफ दी है।'

ज्योतिष ने कहा—'हमने यह नहीं सोचा था कि तुम लोग रास्ते में घूम-फिर रहे थे। पर सतीश बाबू कहां गए?'

बिहारी ने हाजिर होकर नम्रतापूर्वक कहा—'सतीश बाबू बगीचे के दूसरी ओर कुश्ती लड़ रहे हैं और उन्हें खबर दी जा चुकी है।'

बिहारी चला गया, ज्योतिष ने उपेन्द्र की ओर देखकर कहा—'कुश्ती क्या होती है? क्या वहां और भी कोई है?'

उपेन्द्र ने कहा—'मैं तो नहीं जानता। वह कुश्ती नहीं लड़ रहा होगा। उसे बचपन से व्यायाम करने की आदत है। इसीलिए वैसा ही कुछ कर रहा होगा।'

सरोजिनी कल दोपहर को म्यूजियम देखने गई थीं। शाम के बाद घर लौटकर वे सुन पाईं कि उपेन्द्र बाबू और उनका दोस्त आए हैं। लेकिन तब ये लोग पथुरियाघाट के लिए रवाना हो चुके थे। उन्होंने उपेन्द्र से पूछा—'सतीश बाबू कौन हैं, उपीन बाबू? मैंने तो उन्हें देखा नहीं है।'

'कल जिस समय हम लोग आए थे, उस समय आप घर पर नहीं थीं। सतीश मेरा बचपन का दोस्त है, यद्यपि उम्र में वह मुझसे बहुत छोटा है—लीजिए, आ गया।'

सतीश कमरे में घुसा। क्या सुन्दर, बलिष्ठ, चौड़ी छातीवाली देह है! कपाल पर तब भी पसीने की बूंदें चुहचुहा रही थीं। गोरे सलोने मुखड़े पर रक्तिम आभा पड़ने की वजह से वह और भी सुन्दर दीख रहा था।

सरोजिनी ने पल-भर उसे निहारा, फिर अपनी आंखें नीची कर लीं।

ज्योतिष ने कहा—'बिहारी कह रहा था कि आप कुश्ती लड़ रहे थे। कुश्ती लड़िए या चाहे कुछ भी कीजिए, आपकी देह देखकर मुझे ईर्ष्या होती है। शायद मेरे जैसे चार-पांच आदमी भी आपके पास नहीं फटक सकते।'

सतीश ने जरा-सा मुस्कुराकर कहा—'बिना परीक्षा लिए इतना बड़ा सर्टिफिकेट मत दीजिए! इसके अलावा केवल शारीरिक शक्ति का मूल्य ही क्या है! मुझमें और कोई शक्ति तो है नहीं।'

बात के अन्तिम हिस्से में दुख का आभास गूंजा। सरोजिनी ने प्याली में चाय डालते-डालते मन-ही-मन अन्दाज लगाया, सतीश बाबू की आर्थिक अवस्था शायद अच्छी नहीं है। ज्योतिष तो पहले ही उपेन्द्र से सब कहानी सुन चुके थे, वे चुपचाप रहे। इसी बीच चाय के प्याले भर उठे। सतीश उस ओर देखे बिना दीवार पर टंगे हुए एक चित्र की तरफ निहारता रहा।

ज्योतिष ने कहा—'आइए, सतीश बाबू, चाय तैयार है।'

सतीश निकट आया और मुस्कुराकर बोला—'आप लोग शुरू कीजिए, मैं बिना नहाए कुछ नहीं खाता।'

'कमाल है! मुझे तो यह बात मालूम ही न थी, तो जाइए, और देरी मत कीजिए। बेयरा...'

'नहीं, नहीं, आप व्यग्र मत होइए। मैं अपने समय पर नहा लूंगा; इसके अलावा सवेरे-सवेरे खाने की मेरी आदत नहीं है। हां, मेरा दोपहर का खाना आम पांच आदमियों से कुछ अधिक होता है। चाय आदि बेकार की चीजें खा-पीकर

भूख को बर्बाद करना मुझे अच्छा नहीं लगता। आप लोग चाय पीते रहें, तब तक मैं यह हारमोनियम लेकर दो भजन गाता हूं। आप लोगों के दोनों काम चलते रहें।

गाना गाने का प्रस्ताव सुनकर सरोजिनी अत्यन्त प्रसन्न हो उठीं। मुंह उठाकर सहसा बोल उठीं—'हां, यह तो बहुत अच्छी बात है।' लेकिन दूसरे ही पल शर्मिन्दा होकर मुंह नीचा कर लिया। उनकी बात उनके अपने कानों में भी कैसी-कैसी लगी!

ज्योतिष ने हंसकर कहा—'मेरी बहन को गाना सुनने का अवसर मिल जाए तो और कुछ न चाहिए—नहीं, नहीं, सतीश बाबू, आप...'

उपेन्द्र अब तक चुप बैठे मन-ही-मन कुढ़ रहे थे, बोल उठे—'नहीं, नहीं, वह बिना नहाए सवेरे-सवेरे कुछ नहीं खाता। हम उसकी मान-मनौती करते रहें और इधर चाय ठंडी हो जाएं, यह मुझे पसंद नहीं। ले सतीश, तुझे कौन-सा भजन-वजन गाना है, गा ले। मुझे और भी काम हैं।' इतना कहकर उन्होंने चाय का प्याला मुंह से लगाया।

ज्योतिष ने मन-ही-मन बहुत आराम महसूस किया और मन्द-मन्द मुस्कुराने लगे।

सतीश दूर में एक कुर्सी पर बैठ गया। लेकिन अब उसे गाना गाने का उत्साह न रहा। सरोजिनी अनमनी होकर चाय मिलाने लगीं।

उपेन्द्र ने चाय पीते-पीते कहा—'कहीं भी इसके मारे मुझे शांति नहीं मिलती। ऐसी निराली तबीयत का आदमी है कि कुछ-न-कुछ बखेड़ा खड़ा कर ही देता है। गनीमत यही है कि इसने सवेरे-सवेरे भजन गाने के बदले बांसुरी बजाने का प्रस्ताव नहीं किया।'

किसी को इस बात में रत्ती भर भी सच्चाई का अनुभव न हुआ। सभी हंसी समझकर हंसने लगे। इस बीच चाय का दौर चलने लगा।

उधर सतीश चुपचाप अब बैठा नहीं रह सका, वह उठा और घूम-घूमकर दीवारों पर लगी हुई तस्वीरें देखने लगा।

शाम के बाद एक समय सरोजिनी ने धीरे-धीरे उपेन्द्र से कहा—'सवेरे आपने गाना नहीं सुनने दिया, यह आपने बड़ा अन्याय किया।'

उपेन्द्र ने कहा—'अच्छा, इस समय उसकी भरपाई हो सकती है, सतीश को आने दीजिए।'

ज्योतिष ने कहा—'हां-हां, यह सच है, उपेन्द्र, ऐसी सर्दी पड़ रही है कि बाहर निकलने को जी नहीं चाहता, जरा-सा गाना-बजाना हो तो बुरा नहीं होता। लेकिन सतीश बाबू हैं कहां, कहीं डॉक्टरी करने तो नहीं गए हैं?'

उपेन्द्र ने कहा—'हो सकता है। शायद वह जान-पहचान वालों से मिलने गया होगा।'

सरोजिनी ने चकित होकर पूछा—'सतीश बाबू डॉक्टर हैं क्या?'

उपेन्द्र ने हंसकर कहा—'हां।'

ज्योतिष ने कहा—'नहीं उपेन्द्र, सिर्फ स्कूल में पढ़ने से ही काम न चलेगा। किसी अच्छे होमियोपैथिक डॉक्टर के साथ कुछ दिन रहे बिना व्यावहारिक ज्ञान नहीं होगा, नहीं तो नीम हकीम की तरह लोगों की जान लेते फिरेंगे। तुम कहो तो मैं एक डॉक्टर से परिचय करा दे सकता हूं, लेकिन दोनों की आपस में कहां तक पटरी बैठेगी, नहीं कहा जा सकता है। तुम जैसा सर्टिफिकेट दे रहे हो...'

उपेन्द्र ने कहा—'वे अच्छे आदमी होंगे, तो जरूर पटरी बैठेगी, नहीं तो सिर फुटौवल की नौबत आ सकती है।'

सरोजिनी चकित होकर देखने लगीं।

ज्योतिष ने कहा—'तब तो और भी अच्छा होगा।'

उपेन्द्र ने कहा—'तो ठीक है! उसे पहचानकर, उसके सारे गुण-दोषों को समझकर जो उसके मन को वश में कर लेगा, उसे बड़ी ही अच्छी चीज मिलेगी। लेकिन उसके मन को वश में करना ही तो कठिन है। यह नहीं कि वह जटिल या नासमझ है, बल्कि बड़ा सीधा—बड़ा साफ है। मुझे लगता है कि उसका मन इतना सरल और साफ है, इसीलिए आदमी उसे गलत समझता है। मन न मिलने पर भी हम जहां सभ्यता की दुहाई देते हैं और शिष्टभाव से, भलमनसाहत के लिहाज से मनमुटाव पैदा करके मन में एक मैल रख के चुपचाप चले आते हैं, वहीं वह हाथापाई कर पूर्णतः निपटारा करके ही आता है, मन को भारी करके नहीं आता। मैं उसे बचपन से जानता हूं। मैंने कभी नहीं देखा है कि उसकी कथनी और करनी में कोई फर्क हुआ है। इसीलिए मैं उसे इतना प्यार करता हूं।'

ज्योतिष हंसने लगे। बोले—'इसीलिए तुम कह रहे थे कि उसे लेकर आम लोगों के बीच चलना-फिरना कठिन है?'

तब उपेन्द्र का मन ज्योतिष की ओर नहीं था। इसीलिए उनकी बातें कानों में गईं, तो भी हृदय में न पहुंचीं। कल रात अपने बचपन के दोस्त के प्रति उन्होंने जो व्यवहार किया था और कटु शब्दों का जिस तरह प्रयोग किया था, वह उन्हें भीतर ही भीतर दुख पहुंचा रहा था। इसीलिए बातों-ही-बातों में उनका मन विगत दिनों के एकान्त प्रदेश में घुस गया था। किशोरावस्था के छोटे-बड़े झगड़े-टंटे, विभिन्न मुहल्लों के हमउम्र तथा बड़े लड़कों के साथ हाथापाई, मारपीट, वाद-विवाद और बहुत सारी आफत-मुसीबतों में हर जगह सतीश अपने लम्बे-चौड़े

डीलडौल और भरपूर ताकत लेकर उनकी बगल में आ खड़ा हुआ था। इन तमाम यादों और भूली-बिसरी कहानियों के बीच आकर अचानक उनका हृदय अनुतप्त हो उठा। और ज्योतिष की बात पर उपेन्द्र ने जब यह कहा कि 'हां, इसीलिए—ठीक इसीलिए मैं उसे हमेशा प्यार करता हूं,' तो ज्योतिष और सरोजिनी विस्मित मुंह से उसे निहारते रहे। दोनों में से कोई भी इन असंगत बातों का अर्थ समझने में सफल नहीं हुए।

लेकिन दूसरा प्रश्न करने का भी समय नहीं रहा। चुपचाप पर्दा हटाकर सतीश घुसा। सबसे पहले सतीश सरोजिनी को दिखाई पड़ा। सरोजिनी आनन्द विभोर होकर सतीश का स्वागत करती हुई बोल उठीं—अच्छा हुआ, सतीश बाबू आ गए हैं।'

सतीश ने चुपचाप सबको देखा और मुस्कुराता हुआ बोला—'शायद मेरी बात हो रही थी। उपीन भैया मुझे अब किसी के सामने मुंह दिखाने योग्य न रहने देंगे।' कहकर पास पड़ी एक गद्दीदार आरामकुर्सी पर बैठने जा रहा था कि उपेन्द्र ने हाथ से हारमोनियम दिखा दिया और मजाक करता हुआ कहा—'एकबारगी वहां जाकर बैठो, सरोजिनी अभी-अभी मुझे दोष दे रही थीं कि सिर्फ मेरे चलते तुमने गाना नहीं गाया।'

सतीश बताई हुई जगह पर जाकर बैठा और मजाक करता हुआ बोला—'पर अभी तो मैं गा नहीं सकूंगा। यह तो मेरा बांसुरी बजाने का समय है, उपीन भैया!'

उस रात जरा अधिक देर से महफिल टूटने के बाद बिस्तर पर लेट, सरोजिनी लंबी सांस छोड़कर मन-ही-मन बोलीं—वे अगर हमारे कोई रिश्तेदार होते तो उन्हीं से मैं गाना सीखती। उन्हें संगीत सिखाने के वास्ते एक गैर-बंगाली उस्ताद रखा गया था। उसकी जगह सतीश को रखने के लिए तरह-तरह के उपाय सोचते-सोचते एक समय वह सो गईं।

14

उपेन्द्र और सतीश चले गए तो किवाड़ बंद करके वहीं किरणमयी खड़ी रही। अंधेरे में उसकी आंखें हिंसक पशु के समान जलने लगीं। उसे लगने लगा, भागती हुई जाकर किसी का कलेजा दांतों से चीर सके, तो वह जी उठे। हाथ के दीये को ऊपर उठाकर पागलों की-सी मुद्रा बनाकर बोली—'आग लगा देने का उपाय

होता, तो मैं आग लगा देती। आग लगाकर जहां जी चाहता, मैं चल देती। गुहार करके, चीख-चिल्ला करके बुड्ढी तिल-तिल करके जल मरती। मुझसे वैर करने का वह अवसर ही नहीं पाती।'

इस जाड़े की रात में भी उसके गोरे गालों और माथे पर पसीने की बूंदें निकल आई थीं। उन्हें हाथ से पोंछते-पोंछते अचानक अपने आपको धिक्कारती हुई बोल उठी–'क्यों मैंने खबर देने दी? क्यों मैंने अपने पैरों पर कुल्हाड़ी मारी?' लेकिन मैं यह विश्वास के साथ कह सकती हूं कि सारी कारस्तानी उस अभागन बुढ़िया की है। अपने बेटे के साथ सांठगांठ करके उसी ने ऐसा करवाया है।'

सतीश की बातें बिच्छू के डंक की भांति लगीं। इन दोनों आदमियों ने कितना कुछ सुना है, इसमें उसे रत्ती भर भी सन्देह नहीं था। लेकिन कितना और क्या-क्या सुना है, यह निश्चित रूप से समझ न पाने के कारण वह और भी छटपटाने लगी। उसे उसके पति और सास दोनों ने मिलकर यह समझाया था कि उपीन जैसा आदमी नहीं होता है। वह आ गया, तो फिर कोई दुख नहीं रहेगा। क्यों उसने उनकी बातों पर विश्वास किया था? क्यों उसने अपने हाथ से चिट्ठी लिख दी थी?

अंधेरे, सीलन-भरे आंगन के एक किनारे खड़ी होकर यह गुस्से से पागल हुई नारी उन लोगों को झूठे, मक्कार, शैतान आदि कितना क्या कुछ कहकर भी तृप्ति नहीं पा सकी। क्रोध और ईर्ष्या ने उसके हृदय में जो क्षोभ पैदा किया है, उसका कणमात्र प्रकट करने लायक शब्द भी उसकी समझ में नहीं आया। तब उसने तन-मन से प्रार्थना की कि इस अधमरे आदमी की आज की रात आखिरी रात हो।

दो दिनों के बाद सवेरे किरणमयी रसोईघर में बैठ तरकारी काट रही थी, तभी दाई ने आकर खबर दी–'डॉक्टर साहब आए हैं।'

किरणमयी ने हंसुली से मुंह उठाए बिना कहा–'मां आज अच्छी हैं। तू जाकर उनसे कह दे।'

दाई कुछ आश्चर्य में पड़ गई। कुछ देर तक देखती रही, फिर बोली–'वे उसी कमरे में बैठे हुए हैं।'

उसकी बात के विशेष अर्थ की ओर तनिक भी ध्यान न देकर किरणमयी ने सहज भाव से कहा–'उसकी दवा तो कोई खाता नहीं, फिर भी वह क्यों आता है, मैं नहीं जानती। तू जा, अपना काम कर, वह खुद ही चला जाएगा।'

इस डॉक्टर की दवा काम नहीं आती, दाई के लिए यह कोई नई बात नहीं थी। इसलिए यह बताने की कोई आवश्यकता नहीं थी, लेकिन वह यहां क्यों

आता है, यह प्रश्न पूर्णतः नया था। वह आश्चर्य में पड़कर सोचने लगी—कल शाम को वह घर चली गई थी। इस बीच अचानक कौन-सी ऐसी घटना हो गई कि डॉक्टर का इस घर में आना अनावश्यक हो गया? फिर भी साहस करके वह फिर एक बार बोली—'अच्छा, मैं सब्जी काट देती हूं, तुम एक बार हो आओ न!'

किरणमयी सहसा अत्यंत रूखे भाव से बोल उठी—'तू जा। अपना कोई काम-काज हो तो जाकर उसे कर।'

इस अचानक उग्रता से दाई एकदम सहम गई। इस घर में वह खूब पुरानी नहीं है। इसके पहले भी ऐसे अकारण रूखेपन का परिचय वह पा चुकी है, लेकिन ठीक इस प्रकार का तीखापन उसने देखा हो, यह वह याद नहीं कर सकी। कोई और समय होता तो वह भी शायद क्रोध करती, लेकिन आज उसने गुस्सा नहीं किया। अति विस्मय से वह अभिभूत हो गई थी। इसीलिए थोड़ी देर तक चुप रहकर वह धीरे-धीरे उस कमरे के दरवाजे के पास आई, जहां डॉक्टर बैठा हुआ था, और डॉक्टर से कहा—'वे काम में मशगूल हैं! अभी आप जाइए।'

डॉक्टर पैरों के पास अपना बैग रखकर उसी चौकी पर उद्विग्न मुंह से बैठा हुआ था, बोला—'यह क्या कहती है तू, वे काम में मशगूल हैं। काम तो मुझे भी है।'

दाई ने कहा—'तो जाओ न बाबू!'

डॉक्टर अचंभे में पड़ गया। बोला—'तू फिर एक बार उनसे जाकर कह कि मुझे एक खास जरूरी काम है।'

दाई बोली—'आखिर आप समझते क्यों नहीं डॉक्टर सा'ब? मैंने उनसे बहुत कहा है। अब मैं उनसे नहीं कह सकती। वह सब मैं कुछ नहीं जानती, आज आप जाइए।'

इस उपेक्षा और लांछन ने पहले तो डॉक्टर को गहरी चोट पहुंचाई, लेकिन दूसरे ही पल एक लज्जाजनक दुर्घटना की संभावना ज्योंही उसके मन में जागी त्योंही वह अन्दरूनी बात सुनने के लिए व्याकुल हो उठा। उसे इन्तजार करते हुए रहने में आपत्ति नहीं थी और वह इन्तजार करता भी रहा। लेकिन अब चले जाने का मन बनाकर उसने अपना बैग उठा लिया और मुंह उठाते ही देखा, दरवाजे के सामने किरणमयी है। डॉक्टर ने मन में आए अभिमान को दबाकर कहा—'जरा हटो, बहुत देर हो गई, और भी बहुत सारे रोगी मेरी राह देख रहे होंगे, मां अच्छी हैं आज तो?'

'हां, मां अच्छी हैं।' कहकर किरणमयी रास्ता छोड़कर एक किनारे हटकर खड़ी हो गई।

लेकिन डॉक्टर के पांव नहीं उठे। हालांकि खुद जाने का प्रस्ताव करके खड़ा रहना भी कठिन हो गया।

किरणमयी मंद-मंद मुस्कुराने लगी। बोली—'जाओ न।'

डॉक्टर ने मुंह उठाकर त्योरियां चढ़ाईं, कहा—'तुम क्या सोचती हो कि मैं जा नहीं सकता?'

'मैं क्या पागल हूं जो यह सोचूंगी कि तुम जा नहीं सकते? हां, तो डॉक्टर, तुम्हारे कितने रोगी तुम्हारी राह देख रहे होंगे, जरा सुनूं तो सही!' कहकर वह मुंह फेरकर हंसने लगी।

नाराज डॉक्टर का पहले तो जी चाहा कि थप्पड़ मारकर उसका मुंह बंद कर दे, लेकिन ऐसा करना तो संभव नहीं था। सिर्फ बोला—'जाओ तुम।'

'मैं कहां जाऊंगी? यह घर तो मेरा है, जाना होगा तो तुम्हीं को जाना होगा।'

'मैं जा रहा हूं,' कहकर ज्योंही वह जाने को तैयार हुआ त्योंही किरणमयी ने अपने दोनों हाथों से चौखट के दोनों बाजुओं को पकड़कर रास्ता रोका और कहा—'जा रहे हो, लेकिन यह जान लो कि यह तुम आखिरी बार जा रहे हो।'

उसकी आवाज और उसके मुंह के आश्चर्यजनक परिवर्तन से डॉक्टर शंकित हुआ, लेकिन मुंह से बोला—'अच्छी बात है। यह मैं आखिरी बार जा रहा हूं।'

किरणमयी बोली—'सचमुच ही यह तुम आखिरी बार जा रहे हो। खैर, जब आ गए हो तब सब कुछ साफ-साफ जान लो। अच्छा, तुम वहां बैठो।' डॉक्टर से बैग लेकर उसने फर्श पर रख दिया और हाथ से कुर्सी दिखाती हुई बोली—'खाना बनाना है, ज्यादा समय नहीं है। संक्षेप में बताती हूं।'

उसी समय दाई ने आकर खबर दी—दो आदमी आ रहे हैं। साथ ही साथ नीचे जूतों की आहट सुनाई पड़ी। उसे सुनकर किरणमयी शिकारी के डर से डरी हुई हिरणी की भांति दाई को तेजी से धकेलकर कमरे से दौड़ती हुई निकल गई। डॉक्टर और दाई अचरज में पड़कर एक-दूसरे का मुंह निहारते रहे।

थोड़ी ही देर के बाद जूतों की आहट दरवाजे के पास आकर रुक गई। डॉक्टर ने देखा, दो अपरिचित आदमी हैं। उन दोनों आदमियों ने देखा, डॉक्टर है। उनके कोट के पॉकेट में स्टेथेस्कोप दिखाई पड़ा। इससे यह मालूम हो गया कि वह व्यक्ति डॉक्टर है। उपेन्द्र और सतीश ने देखा, डॉक्टर का चेहरा अत्यंत सूखा हुआ है। दुर्घटना की आशंका करके उपेन्द्र ने पूछा, 'हारान भैया की हालत कैसी है, डॉक्टर सा'ब?'

डॉक्टर चुप रहा। उसका चेहरा और भी काला पड़ गया।

उपेन्द्र ने और अधिक शंकित होकर प्रश्न किया—'अभी उनकी हालत कैसी है?'

तो भी डॉक्टर ने बात नहीं की, विह्वल की भांति वह देखता रहा।

दाई ने कहा—'तुम जाओ न डॉक्टर सा'ब, अभी तक खड़े क्यों हो?'

डॉक्टर व्यस्त होकर अपना बैग उठाकर बोला—'मैं जाता हूं, मुझे बहुत काम हैं।' यह कहकर उपेन्द्र और सतीश के बीच से ही वह तेज कदमों से नीचे उतर गया और उसके पद-चिह्नों का अनुसरण करती हुई दाई पता नहीं कहां विलीन हो गई, इसका पता भी नहीं चला।

उस सुनसान टूटे-फूटे मकान के टूटे-फूटे बरामदे में दिन के नौ बजे उपेन्द्र और सतीश चुपचाप आश्चर्य से एक-दूसरे के मुंह की ओर देखने लगे।

कुछ देर बाद सतीश बोला—'उपीन भैया, हारान बाबू की मां क्या पागल हैं?'

उपेन्द्र बोले—'वह हारान भैया की मां नहीं है, और कोई है, शायद दाई है। लेकिन मैं सोचता हूं, डॉक्टर इस तरह क्यों चला गया?'

सतीश बोला—'जैसे चोर पकड़े जाने के डर से भाग जाता है, डॉक्टर ठीक उसी तरह भाग गया।'

उपेन्द्र अनमने भाव से बोले—'हां, लगभग उसी तरह वह भाग गया। यहां तो कोई भी दिखाई नहीं पड़ता! वह कमरा हारान भैया का है न?'

सतीश बोला—'हां, चलो, चलें।'

'लेकिन अचानक उसमें घुसने की हिम्मत नहीं होती है। मुझे डर लग रहा है, हो सकता है, कुछ हो गया हो।'

सतीश बोला—'ऐसी बात होती तो हो-हल्ला मचानेवाले जुट जाते। नहीं, ऐसी बात नहीं है।'

उसी समय नजर आया, उस किनारे के बरामदे से घूमकर बहू आ रही है। लगा, मानो वह अभी-अभी रो रही थी—आंखें पोंछकर, उठकर आ रही है। कल दीये की रोशनी में जो मुंह सुन्दर दीख रहा था, आज दिन के वक्त सूरज की रोशनी में यह साफ-साफ समझ में आ गया कि ऐसी सुन्दरता और किसी दिन नजर नहीं आई थी—न किसी नारी में, न किसी नारी के चित्र में ही।

बहू ने कहा—'आज हम लोग तैयार नहीं थे। मैंने सोचा था कि आप आने की बात कह गए तो भी हो सकता है, आप न आ सकें।' सतीश की ओर निहारकर वह सहसा मन्द-मन्द मुस्कुराकर बोली—'तो आप भी हैं!'

आज सतीश ने सिर झुका लिया।

उपेन्द्र ने पूछा—'हारान भैया कैसे हैं?'

बहू ने संक्षेप में उत्तर दिया—'जैसे थे वैसे ही हैं। चलिए, उस कमरे में चलें।'

हारान के कमरे में उनकी मां अघोरमयी बिस्तर की बगल में बैठी हुई थीं। उपेन्द्र ने ज्योंही उन्हें प्रणाम किया त्योंही वे जोर-जोर से रो उठीं।

हारान थके स्वर से मना करते हुए बोला—'चुप रहो, मां!'

उपेन्द्र लज्जा से, दुःख से एक ओर बैठ गए।

सतीश इधर-उधर निहारकर, मुंह को भरसक लटकाकर उस लकड़ी के संदूक पर जा बैठा।

बहू पल-भर खड़ी रहकर सतीश की ओर कड़कती बिजली की तरह कटाक्ष करके बाहर निकल गई, मानो साफ-साफ धमकी दे गई हो, तुम लोग यह अच्छा काम नहीं कर रहे हो।

15

सतीश ने तय किया कि वह डॉक्टरी पढ़ना नहीं छोड़ेगा। इसीलिए दूसरे दिन शाम के वक्त किसी से भी बिना कुछ कहे बिहारी को साथ लेकर वह अपने पुराने डेरे पर जा पहुंचा। वह मकान तब भी खाली पड़ा हुआ था। मकान-मालिक से मिलकर उसने छह महीने का अग्रिम किराया उसे दे दिया और पास वाले हिन्दू-आश्रम में गया, वहां एक रसोइए का पता लगाया और उसे बहाल कर खुश होकर बाहर निकल पड़ा। बिहारी से उसने कहा—'हम लोग कल ही चले आवेंगे, तेरी क्या राय है बिहारी?'

बिहारी ने अपनी सहमति जताई।

रास्ते में चलते-चलते सतीश बोला—'वह काम अच्छा नहीं हुआ था, बिहारी। चाहे जो भी हो, उसने मेरा पता लगा लिया है, इसके अलावा एक तरह से समझा जाए तो मेरे चलते ही उसका उस डेरे का काम छूट गया। उसे एक बार खबर कर देनी चाहिए।'

बिहारी समझ गया कि किसकी बात हो रही है, पर वह चुप रहा।

सतीश कहने लगा—'चाहे कोई भी क्यों न हो, भले ही वह रास्ते का भिखारी हो, तो भी दुख में पड़ने पर उसकी देखभाल करनी चाहिए—नहीं तो, यह जीवन ही बेकार है। लेकिन मैं उन लोगों के मकान में नहीं घुसूंगा, उस गली के अन्दर

भी नहीं घुसूंगा, मोड़ पर खड़ा रहूंगा; तू एक बार जाकर पता लगाकर आना कि वह तकलीफ में पड़ी है या नहीं। तकलीफ में तो वह जरूर पड़ी होगी, यह मैं अच्छी तरह देख पा रहा हूं। इसीलिए किसी तरह मैं उसकी कुछ मदद करना चाहता हूं।

बिहारी चुपचाप पीछे चलने लगा।

सतीश बोला—'लेकिन मुझसे वह सारी बातें कहेगी नहीं, हालांकि तुझसे वह कुछ भी नहीं छिपाएगी। तूने समझा न, बिहारी?'

बिहारी ने फिर भी कोई बात नहीं कही।

सावित्री की गली के मोड़ पर पहुंचकर सतीश खड़ा हो गया। बोला—'ज्यादा देर मत करना।'

बिहारी गली के अन्दर घुस गया। सतीश नजदीक ही चहलकदमी करता हुआ टहलने लगा—दूर जाने का उसे साहस नहीं हुआ। पीछे मूर्ख बिहारी उसे न देख पाकर और कहीं चला न जाए!

दस मिनट बाद ही बिहारी वापस आकर बोला—'वह वहां नहीं है।'

सतीश ने उत्सुक होकर प्रश्न किया—'वह कब वापस आएगी?'

बिहारी बोला—'वह अब वहां नहीं आएगी। दो महीने बीत जाने को आए, इस बीच वह वहां एक दिन भी नहीं आई थी।'

सतीश गैस के खंभे के सहारे खड़ा होकर जोर से बोला—'यह झूठ है। तेरे साथ छल किया गया है!'

बिहारी ने दृढ़ भाव से सिर हिलाकर कहा—'नहीं, मुझे किसी ने नहीं ठगा है। सचमुच ही वह अब वहां नहीं आती है। सचमुच ही वह घर चली गई है।'

'उसके कमरे की चीजें वहां हैं या नहीं?'

'उसकी चीजें कमरे में ही पड़ी हुई हैं। भला ऐसी कौन-सी चीज है, बाबू, जिसके लिए उसे मोह होगा!

सतीश ने गुस्सा होकर कहा—'भला वह कौन-सी अमीर औरत है कि उसे चीजों के प्रति मोह नहीं होगा? तू तो निपट बुद्धू है, किसी ने तुझसे कह दिया कि वह अब वहां नहीं आती है और तू उसे सच मानकर चला आया। ऐसा कैसे हो सकता है बिहारी, कि वह लापता हो जाए और किसी ने उसकी खोज-खबर तक नहीं ली? मैं पुलिस में उसकी रिपोर्ट करूंगा।'

बिहारी चुपचाप मुंह नीचा किए खड़ा रहा।

सतीश ने कहा—'मोक्षदा क्या कहती है? क्या उसे मालूम नहीं है? मैं यह विश्वास नहीं करता। वह जरूर जानती है, मैं अभी उसके पास जाता हूं।'

बिहारी घबराकर बोल उठा—'आप मत जाइए बाबू?'

'क्यों न जाऊं? क्यों वे लोग मुझसे छिपा रही हैं? मैं किसी को निगल जाने के लिए आया हूं कि वे मुझसे लुका-छिपी कर रही हैं! मैं तुझसे कह देता हूं कि चाहे जैसे भी हो, मैं यह पता लगाकर रहूंगा कि वह कहां है।'

बिहारी डरकर बोला—'इसमें उसकी मौसी का दोष नहीं है, बाबू, सावित्री अपनी मर्जी से घर छोड़कर चली गई है। झगड़ा करके गई है। किसी को कुछ बता कर नहीं गई है।'

सतीश बिहारी को धमका उठा—'फिर भी तू कहता है कि वह कुछ बता कर नहीं गई है?. वह बता कर गई है, जरूर बता कर गई है।'

बिहारी ने सिर हिलाकर कहा—'नहीं, वह बता कर नहीं गई है। मगर वह इसी शहर में है।

'इस शहर में कहां है वह? उसका पता बता। गधे की तरह मुंह बाए मत रह बिहारी। कहता क्यों नहीं कि क्या हुआ है?'

बिहारी कुछ देर स्थिर रहा, कुछ सोच लिया और बोला—'आपको दुख पहुंचेगा, इसीलिए मैंने अब तक आपको नहीं बताया, वरना सारी बातें सभी जानते हैं, मैं भी जानता हूं।'

सतीश अधीर हो उठा, बोला—'क्या जानता है तू? तू जो जानता है, वही बता न?'

बिहारी चुप खड़ा रहा।

सतीश लगभग चिल्लाकर बोल उठा—'मैं तेरे पैरों पड़ता हूं, हरामजादे, जल्दी बता।'

बिहारी ने तुरत दंडवत् प्रणाम करके उसके जूतों की धूल अपने सिर से लगाई और रुआंसा होकर बोला—'बाबू, आपने मुझे नरक में ढकेल दिया। जरा आड़ में चलिए, बताता हूं....' कहकर अंधेरी गली में जाकर एक किनारे खड़ा हो गया।

सतीश ने सामने खड़े होकर पूछा—'क्या है?'

बिहारी ने सूखे गले को गीला करके कहा—'सावित्री की मौसी समझती है कि वह आपके पास है। लेकिन मैं जानता हूं कि यह बात नहीं है।'

सतीश अधीर होकर बोला—'तू बड़ा पंडित है, यह मैं भी जानता हूं, आगे बता।'

'धीरज रखिए, बताता हूं बाबू!' कहकर बिहारी ने एक बार और अच्छी तरह घूंट निगला और बोला—'मुझे खूब आशा हो रही है कि...'

'क्या आशा हो रही है तुझे?'

बिहारी ने हताश होकर कह डाला—'वह वहीं गई है, उन्हीं विपिन बाबू के पास...'

'किसके पास? विपिन के...'

'हां, बाबू, वे...रुकिए-रुकिए! वहां न बैठिए, नहाना पड़ेगा। दुनिया भर के लोग वहां....'

सतीश ने सुनी-अनसुनी कर दी। उस ओर की दीवार से पीठ लगा तन कर बैठ गया और सूखी भर्रायी आवाज में पूछा—'लेकिन उसकी मौसी ने यह क्यों सोचा कि वह मेरे पास है?'

बिहारी ने कहा—'सावित्री ने जिस दिन विपिन बाबू को अपमानित करके अपने कमरे से निकाल दिया था, उस दिन उसने साफ-साफ कहा था कि वह सतीश को छोड़ और किसी के पास नहीं जाएगी।'

सतीश उठ खड़ा हुआ। जबरन उसने अपने आपको थोड़ा-सा प्रकृतिस्थ करके प्रश्न किया—'लेकिन तूने यह कैसे जाना कि वह विपिन बाबू के पास ही गई है?'

बिहारी चुप रहा।

सतीश ने पूछा—'बता!'

बिहारी फिर एक बार हिचकिचाया। उसने याद किया कि वह घमंड करके सावित्री से यह कहकर आया था कि उसने जो कुछ देखा है, उसे वह किसी से भी नहीं कहेगा, क्योंकि वह औरत नहीं, मर्द है। अन्त में फिर एक बार घूंट निगलकर वह बोल उठा—'मैंने अपनी आंखों से देखा था।'

सतीश चुपचाप सुनने लगा।

बिहारी बोला—'हम लोगों ने जिस दिन डेरा बदला था, उसके दूसरे दिन दोपहर को मैं सावित्री के घर गया था तब विपिन बाबू सावित्री के बिस्तर पर सो रहे थे।'

सतीश बड़े जोर से डांट उठा—'यह झूठ है।'

बिहारी चौंक उठा बोला—'नहीं, बाबू, मैं सच कह रहा हूं।'

सतीश ने उसके चेहरे पर तीव्र दृष्टि डाल, कुछ देर चुप रहकर पूछा—'उस समय खुद सावित्री कहां थी?'

'सावित्री उसी कमरे में थी। बाहर निकल, चटाई बिछाकर उसने मुझे बिठाया। पूछने लगी—'बाबू लोगों ने गुस्सा किया था या नहीं? हम लोगों ने डेरा क्यों बदला? ये ही सब बातें।'

'उसके बाद?'

'मैं गुस्सा होकर चला आया। उसी दिन वह विपिन बाबू के साथ चली गई।'

'तो इतने दिनों तक तूने मुझे यह बात क्यों नहीं बताई थी?'

बिहारी चुप रहा।

सतीश ने पूछा—'तूने अपनी आंखों से देखा था या सुना था?'

'नहीं बाबू, मैंने अपनी आंखों से देखा था।' मैंने एकदम गौर से देखा था।

'मेरा पैर छूकर कसम खा कि तूने खुद अपनी आंखों से देखा था? पर यह याद रहे कि तू ब्राह्मण का पैर छू रहा है।'

बिहारी ने तुरंत झुककर सतीश के पैर छूकर कहा—'यह बात दिन-रात मुझे याद रहती है, बाबू! मैंने खुद अपनी आंखों से देखा था।'

सतीश फिर एक पल चुप रहा, फिर बोला—'अच्छा, अब तू डेरे जा। उपीन भैया से कहना कि आज रात को मैं भवानीपुर जाऊंगा, लौटूंगा नहीं।'

बिहारी को विश्वास न हुआ, वह रो पड़ा।

सतीश चकित होकर बोला—'यह क्या, तू रोता क्यों है?'

बिहारी ने आंखें पोंछते-पोंछते कहा—'बाबू, मैं आपके बेटे जैसा हूं, मुझसे कुछ भी न छुपाइए। मैं आपके साथ चलूंगा।'

सतीश ने पूछा—'क्यों?'

बिहारी ने कहा—'सचमुच मैं बूढ़ा हो गया हूं, लेकिन जात का अहीर हूं। हाथ में एक लाठी हो, तो अभी भी पांच-छह लोगों का मुकाबला कर सकता हूं। हम दंगा करना भी जानते हैं और जरूरत पड़ने पर मरना भी जानते हैं।'

सतीश ने शांत भाव से कहा—'तो क्या मैं दंगा करने जा रहा हूं?' गंवार कहीं का! कहकर वह चल पड़ा।

बिहारी बोला—'तो मैं लौट जाऊं?'

'जा,' कहकर सतीश चला गया।

बिहारी आंखें पोंछता हुआ कुछ देर तक खड़ा रहा, फिर वह दूसरी ओर चला गया।

बिहारी के दूसरी ओर जाते ही सतीश मैदान की तरफ तेज कदमों से चल पड़ा। उसने यह तय नहीं किया था कि उसे कहां जाना है। लेकिन कहीं उसे जल्दी जाना ही होगा। इसका प्रधान कारण यह है कि वह निःसन्देह यह अनुभव कर रहा था कि एक पल में ही उसके मुंह के भाव में एक ऐसा भद्दा परिवर्तन हुआ है कि उसे लेकर किसी के भी सामने खड़ा नहीं हुआ जा सकता है।

मैदान के एकांत हिस्से में पेड़ के नीचे बेंच बिछी हुई थी। सतीश उस पर जाकर बैठ गया और निर्जन देखकर उसने राहत महसूस की। अंधेरे में पेड़ के

नीचे बैठते ही उसके मुंह से बरबस ये शब्द निकल पड़े—क्या किया जा सकता है? यह प्रश्न कुछ देर तक उसके कानों के अंदर अर्थहीन प्रलाप की भांति चक्कर लगाता रहा। अंत में उसे उत्तर मिला—कुछ भी नहीं किया जा सकता है।

प्रश्न किया—सावित्री ने ऐसा काम क्यों किया?

उत्तर मिला—उसने तो ऐसा कुछ भी नहीं किया था जिसके लिए नए सिरे से उसे दोष दिया जा सकता है।

प्रश्न किया—आखिर उसने इतने बड़े अविश्वास का काम किसलिए किया?

उत्तर मिला—पहले तो यह बताओ कि उसने तुम्हें कौन-सा विश्वास दिलाया था?

सतीश कुछ भी नहीं कह सका। वास्तव में उसने तो उसे कोई झूठी आशा ही नहीं दी थी। एक दिन के लिए भी उसने उसे धोखा नहीं दिया था; बल्कि बार-बार उसे सतर्क किया था, उसकी शुभकामना की थी। बहन से भी अधिक स्नेहपूर्वक उसकी हिफाजत की थी। उसने उस रात की बात याद की। उस दिन उसने निष्ठुर होकर उसे कमरे से बाहर निकालकर उसकी रक्षा की थी। कौन ऐसा कर सकता था? कौन अपनी छाती पर बाण झेलकर उसे अक्षत रखता? सतीश की पलकें भींग उठीं, लेकिन उसका यह संदेह हरगिज दूर नहीं हुआ कि इस प्रश्नोत्तर माला में न जाने कहां एक भूल रही जा रही है।

उसने फिर प्रश्न किया—लेकिन मैंने तो उस प्यार किया है?

उत्तर मिला—तुमने उसे प्यार क्यों किया? क्यों जान-बूझकर कीचड़ में उतरे?

प्रश्न किया—यह तो नहीं मालूम। कमल तोड़ने जाने पर भी तो पैरों में कीचड़ लगता है।

उत्तर मिला—यह तो पुरानी उपमा है—अब काम में नहीं आती। आदमी घर लौटते समय कीचड़ धो लेता है और कमल लेकर घर आता है। भला तुम्हारा कमल ही क्या है, और यह कीचड़ भला कहां धोकर तुम घर आते?

प्रश्न किया—मान लो, मैं घर न लौटता तो?

उत्तर मिला—छिः! ऐसी बात जबान पर भी मत लाना।

उसके बाद कुछ देर तक वह स्तब्ध हो तारों-भरे आकाश की ओर देखता रहा, फिर सहसा बोल उठा—'मैंने तो उसकी आशा छोड़ दी थी। उसे पाना भी नहीं चाहता था, उसने मुझे इस तरह से अपमानित क्यों किया? उसने मुझसे एक बार क्यों नहीं पूछा? किस दुख से उसने ऐसा काम किया? रुपए के लोभ से उसने ऐसा किया है, यह बात तो मैं हरगिज सोच नहीं सकता। विपिन जैसे लम्पट

शराबी को उसने मन-ही-मन प्यार किया था, यह मैं कैसे विश्वास करूँगा? तो फिर उसने ऐसा क्यों किया?'

गंगा की शीतल बयार से उसे ठंड लगने लगी। उसने रैपर को सिर से लेकर पैर तक ओढ़ लिया और आंखें मूंद करके लेट गया। लेटते ही उसकी नजरों के सामने सावित्री का मुंह कौंध उठा। पतिता की कोई कालिमा भी तो उस मुंह पर नहीं है। गर्व से दिप्त, बुद्धि से स्थिर, स्नेह से स्निग्ध, परिपक्व यौवन के भार से गम्भीर, हालांकि रस से लीला में चंचल—वही मुंह, वही हंसी, वही दृष्टि, वही संयत परिहास, सबसे बढ़कर उसकी वही अकृत्रिम सेवा। ऐसा उसे इतनी-सी उम्र में न जाने कहां, कब मिला था! राख से ढंकी आग को कुरेदने से जिस तरह से आग निकल पड़ती है, उसी तरह बीती बातों को याद करने से उसके सामने यादों की मानो एक लपट भड़क उठी है। उसकी आंच से कैसे, किस रास्ते भागकर आज वह छुटकारा पाएगा? छुटकारा पाकर ही भला क्या होगा? उसकी दोनों आंखों से आंसू ढरकने लगे। इन आंसुओं को उसने रोकना न चाहा—इन आंसुओं को पोंछने की उसकी इच्छा न हुई। आंसू इतने मधुर हैं, आंसुओं में इतना रस है, आज उसने अपने परम दुख के बीच यही पहली बार समझा और इसे समझकर वह सुखी हो उठा, जिसके कारण वह जीवन में इतने बड़े सुख का स्वाद पा सका। उसने दोनों हाथ जोड़कर नमस्कार किया।

और चाहे जो कुछ भी हो, सतीश यह निःसंदेह विश्वास करता था कि भगवान हैं, उन्हें धोखा नहीं दिया जा सकता है। छोटा हो या बड़ा, सबको एक दिन उन्हें जवाब देना पड़ता है। वह आंखें पोंछकर उठ बैठा और मन-ही-मन बोल बैठा—भगवान! किसके हाथों तुम कब किसे क्या भेज देते हो, यह कोई नहीं बता सकता। आज तुम्हारे आदेश से सावित्री दाता है और मैं भिखारी। इसीलिए वह अच्छी हो या बुरी, इसका फैसला चाहे जो भी करे, पर मैं न करूं। मेरे कलेजे से सारा दुख, सारा विद्वेष मिटा दो—उसके प्रति मैं कृतघ्न बनकर न रहूं।

सतीश फिर एक बार बेंच पर सो गया। किले की घड़ी में दो बज गए। उसके थकी हुई आंखें धीरे-धीरे मुंद गईं। झपकियां लेते हुए उसने कहा—'नहीं, इस प्रकार भी नहीं। मैं कभी तुम्हारा फैसला करने न बैठूंगा। आज से केवल प्रार्थना करूंगा कि अच्छी रहो, सुख से रहो।' इसके बाद वह सो गया।

उधर ज्योतिष साहब के घर शाम के बाद बैठकखाने में सरोजिनी, ज्योतिष, उपेन्द्र और एक आदमी, जो नाटे हैं, जिनकी दाढ़ी-मूंछ घुटी हुई है और जो गुलिभाटी

की नाईं हट्टे-कट्टे हैं, बैठे हुए थे। इनका नाम शशांकमोहन है। ये भी विलायत-पलट हैं, इसलिए साहब हैं। थोड़ी ही दिनों में ये सरोजिनी के प्रति आकृष्ट हुए हैं और सरोजिनी के प्रति अपने लगाव को जी-जान से प्रकट करने का प्रयास कर रहे हैं। उनका यह प्रयास कहां तक सफलता की ओर आगे बढ़ रहा था, यह सिर्फ विधाता ही जान रहे थे। आज सतीश की चर्चा छिड़ी थी। उपेन्द्र ने उसकी असाधारण शारीरिक शक्ति और अद्भुत साहस का वर्णन खत्म करके उसकी अपूर्व आवाज तथा उससे बढ़कर उसकी अपूर्व शिक्षा की बात छेड़ी थी। सोफे पर बैठकर सरोजिनी अपनी दोनों हथेलियों पर ठोड़ी रखकर, झुककर, दत्तचित्त होकर उपेन्द्र की बातें सुन रही थीं। ऐसे समय बिहारी भग्नदूत की भांति कमरे में घुसा और सतीश के भवानीपुर जाने की खबर दी।

उपेन्द्र ने कुछ विस्मित होकर प्रश्न किया—'वहां उसका कौन है?'

बिहारी संक्षेप में 'मुझे नहीं मालूम' कहकर चला गया। सभी सतीश की ही प्रतीक्षा कर रहे थे, इसलिए सभी निराश हुए।

सरोजिनी तनकर बैठीं और अचानक सांस छोड़कर बोल उठीं—'तो अब क्या होगा?'

ज्योतिष उनकी ओर देख सस्नेह तनिक मुस्कुराए। लेकिन केवल शशांकमोहन निराश न हुए, बल्कि खुश होकर उन्होंने प्रस्ताव दिया—अब सरोजिनी ही बेड़ा पार लगाएं। संगीत से कितना आनन्द प्राप्त करने की क्षमता उनमें है, वे जानते थे।

सरोजिनी के दृढ़ आपत्ति प्रकट करते ही वे बोल उठे—'मैं तो कहता हूं कि पुरुषों का गीत गाना ही गलत है। स्वभावतः उनका गला मोटा और भारी होता है। इसीलिए वे चाहे जितना भी संगीत सीखें और चाहे जितनी भी अच्छी तरह गाने की कोशिश क्यों न करें, उनका गाना सुनने लायक हरगिज नहीं हो सकता है।'

यद्यपि और किसी ने इस बात का प्रतिपाद नहीं किया, लेकिन सरोजिनी ने इसका प्रतिवाद किया। वह बोलीं—'आपके लिए पुरुषों का गाया गाना जरूर ही सुनने लायक नहीं है। हारमोनियम और पियानो के शुरुआती मोटे और भारी परदे बनाना भी, हो सकता है, भूल हो। लेकिन तब भी वैसे परदे बनाए जाते हैं और लोग हारमोनियम और पियानो खरीदते भी हैं।'

शशांकमोहन के पास इस बात का उत्तर न था। फिर भी वे अपने गोरे मुंह को जरा लाल कर न मालूम क्या कहने जा रहे थे कि सरोजिनी एकाएक उठ खड़ी हुईं, बोलीं—'मां से कह आऊं—वह खाना लिए बैठी रहेंगी।'

उपेन्द्र ने चौंककर कहा—'ओ हो, मालूम होता है, उसका खाना-पीना मां जी के ही चौके में होता है। शैतान कहीं का!'

उपेन्द्र के कथन में आंतरिक स्नेह के अलावा और कुछ भी नहीं था। और सतीश उनका नितांत स्नेह-भाजन नहीं होता तो वे ऐसा शब्द अपनी जबान पर ला भी नहीं सकते थे, सरोजिनी यह पूरे तौर पर समझ सकीं, इसलिए मुस्कुराती हुई बोलीं—'यह आपकी जबरदस्ती है। उनकी रुचि अगर आपकी कुरुचि के साथ न मिले, तो दोष आपका है, उनका नहीं। अच्छा, मैं मां को कह आती हूं, कहकर सरोजिनी तेज कदमों से बाहर निकल गईं।'

उनके जाते ही शशांकमोहन ने उपेन्द्र की ओर घूमकर कहा—'आपके दोस्त क्या पोंगापंथी हैं?'

उपेन्द्र ने मुस्कुराकर कहा—'ऐसा-वैसा नहीं, कट्टर सनातनी है। पूजा-पाठ भी करता है।'

सतीश बीच-बीच में छिपकर शराब पीता था, यह वे नहीं जानते थे। शायद सपने में भी यह सोच नहीं सकते थे।

शशांकमोहन ने प्रश्न किया, 'वे करते क्या हैं?'

'कुछ भी नहीं करता है और किसी को यह भरोसा भी नहीं है कि वह किसी दिन कुछ करेगा।'

इस जानकारी से शशांकमोहन के मन के ऊपर से मानो एक पत्थर नीचे उतर गया। वे खुश होकर बोले—'इसी पर?'

ज्योतिष अब तक चुपचाप सुन रहे थे। उपेन्द्र से बोले—'तुम्हारी बात ठीक नहीं है उपेन। शारीरिक उत्कर्ष क्या कुछ भी नहीं है? इसके अलावा मैं तो उनकी गायकी पर एकदम मुग्ध हो गया हूं। जो कुछ उन्होंने किया है, उसके योग्य सम्मान या आदर यदि हमारे देश में उन्हें न मिले तो निश्चय ही यह दुःख का विषय है, इसमें संदेह नहीं।

'बिना मुकदमों के कागजात की छानबीन किए, बिना एटर्नी के साथ दो-दो हाथ किए, बिना हाकिम की फटकार खाए जिसने अपनी जिन्दगी की पूरी कीमत वसूल की है, वह अगर तनिक ललित-कलाओं की ओर न देखे, तो यह संसार महज मारवाड़ी के कपड़ों की दुकान हो जाए। मुझे तो तुम्हारे इस दोस्त को देखकर सचमुच ही ईर्ष्या होती है। अच्छा, बताओ तो, इनके पिता की आमदनी कितनी है?'

ऐसे समय सरोजिनी ने चुपचाप कमरे में घुसकर अपने बड़े भाई की कुर्सी के सहारे खड़ी होकर पूछा—'किसकी आमदनी के बारे में पूछ रहे हो, भैया?'

ज्योतिष ने कहा—'सतीश बाबू के पिता की आमदनी के बारे में पूछ रहा हूं।'

उपेन्द्र ने कहा—'ठीक-ठीक तो मालूम नहीं, शायद लगभग दो लाख।'

ज्योतिष दोनों आंखें फाड़कर बोल उठे—'दो लाख? तब तो ये लोग राजा जान पड़ते हैं!'

'नहीं, ये लोग राजा नहीं हैं—हां, वे लोग पुराने बड़े जमींदार हैं। ऊपर से खासकर सतीश के पिता ने आमदनी बढ़ाई है।'

ज्योतिष कुर्सी पर लेट गए, एक लंबी सांस लेकर बोले—'एकदम से सौभाग्यदेवी का वरद्-पुत्र तुम्हारा दोस्त है! स्वास्थ्य, शक्ति, रूप, ऐश्वर्य—आदमी जो कुछ चाहता है, सब एक साथ मिल गया है इन्हें।'

उपेन्द्र हंसने लगे। अंत में बोले—'एक भयंकर दोष भी है उसमें। वह यह कि वह दूसरे की विपत्ति को जान-बूझकर अपने सिर ले लेता है। इसीलिए डर लगता है कि वह कहीं असमय बेमौत न मारा जाए। अगर ऐसा नहीं हुआ, तो तुम जो कहते हो, वह सब-का-सब ठीक है।

ज्योतिष तन कर बैठे और बोले—'वह बेमौत क्यों मरेगा?'

उपेन्द्र ने कहा—'हां, ऐसा होना असंभव नहीं है और पहले ऐसा हुआ भी है। क्रोध उसके शरीर में जितना अधिक है, प्राणों का मोह ठीक उतना ही कम है। इस कलियुग में रहकर भी जिसकी धारणा अन्याय, अत्याचार के सम्बन्ध में सतयुग की-सी होती है, और क्रुद्ध होने पर जिसे हित-अहित का ज्ञान नहीं रहता, उसके जीवित रहने न रहने पर मैं पूरा भरोसा नहीं रखता। सह सकना भी एक प्रकार की शक्ति है। बिना बुलाए सहायता करने का लोभ संभाल सकना भी परिस्थिति के अनुसार जरूरी है, इन बातों को तो वह समझता ही नहीं है। वह मानो यूरोप का पुराने जमाने का नाईट हो, इस जमाने में बंगाल में आकर पैदा हुआ है।'

ज्योतिष ने क्षण-भर चुप रह हंसकर कहा—'तुम चाहे कुछ भी कहो, उनके बारे में सुनता हूं, तो उनके प्रति श्रद्धा होती है।'

उपेन्द्र ने कहा—'नहीं भी हो सकती है श्रद्धा। संसार में रहने के लिए बहुत सारी छोटी-मोटी बुरी चीजों को नजरअंदाज करना पड़ता है, पर उसने आज तक यह नहीं सीखा है। किसी दिन वह यह सीखेगा या नहीं, पता नहीं। लेकिन अगर उसने यह नहीं सीखा, तो अंतिम फल अच्छा नहीं होगा, न उसका ही, न उसके रिश्तेदारों और दोस्तों का ही।'

ज्योतिष ने कहा—'तुम तो उसके जिगरी दोस्त हो न। तुम उन्हें यह क्यों नहीं सिखाते हो?'

उपेन्द्र के चेहरे पर मुस्कान दौड़ गई। बोले—'मैं उसका दोस्त तो हूं, लेकिन यह सिखाने की जिम्मेदारी मुझ जैसे दोस्त पर नहीं है। जो सब दोस्तों से बड़े दोस्त हैं, जो तमाम रिश्तेदारों से बड़े रिश्तेदार हैं, या तो वे उसे यह सिखाएंगे या उसे हमेशा बिना सिखे ही रहना पड़ेगा।'

सरोजिनी अब तक चुपचाप स्थिर होकर सुन रही थीं, अब मुंह फेरकर उन्होंने जरा हंसी को छिपाया।

उपेन्द्र ने कहा—'सतीश की बात आज यहीं तक रहे। मुझे अब उठना पड़ेगा, दो चिट्ठियां लिखनी हैं।'

ज्योतिष को भी जरूरी कागज-पत्र देखने थे, उन्हें भी बैठने की गुंजाइश नहीं थी इसीलिए वे भी उठने ही वाले थे। लेकिन सबसे पहले उठ पड़ीं सरोजिनी। एक बार तो ऐसा लगा कि उन्होंने उपेन्द्र से मानो कुछ कहना चाहा, मगर अंत में कुछ भी नहीं कहा। किसी को भी एक छोटा-सा नमस्कार तक नहीं किया—अन्यमनस्क-सी धीरे-धीरे बाहर निकल गईं। आज की महफिल जिस तरह जमने की बात थी उस तरह जम तो नहीं सकी, लेकिन टूटी और भी बुरी तरह।

उपेन्द्र कुछ भी नहीं जानते थे, न उन्होंने कुछ भी जाना।

16

तीक्ष्णबुद्धि किरणमयी ने इन कई दिनों तक उपेन्द्र को घनिष्ठ रूप से अपने निकट पाकर उसे पहचाना। इससे न सिर्फ उसकी यह आशंका कि उपेन्द्र के हाथों उसका हित सुरक्षित नहीं रहेगा, दूर हुई, बल्कि इस अपरिचित के प्रति एक गंभीर श्रद्धा के भार से उसका समूचा हृदय बरसनेवाली घटा की नाईं द्रवित हो उठा। ऐसा आदमी उसने कभी देखा नहीं था। ऐसे आदमी के सम्पर्क में आने की उसने कल्पना भी नहीं की थी। इसीलिए इस थोड़े समय के परिचय से ही उसने अपने भविष्य का सारा सुख-दुख इसी के हाथों निश्चिन्त होकर सौंप दिया और निर्भय होकर निर्भर कर पाना क्या होता है, इसे उसने यही पहली बार समझा। उसे लगा, उसके सदा से बन्धन में जकड़े प्राणों को मानो मुक्त पथ का प्रकाश दिखाई पड़ा।

उपेन्द्र सवेरे से लेकर रात तक वहां रहकर मरणासन्न दोस्त की सेवा कर रहे थे। जरूरत के हिसाब से इस सेवा का कोई मूल्य नहीं था, क्योंकि हारान के जीने की आशा कतई नहीं थी—लेकिन इस सेवा ने किरणमयी की नजरों में उसके पति की मरियल देह को भी आज मूल्यवान बना दिया था। इस अधमरी देह पर अचानक वह बहुत अधिक मोहित हो उठी। उसके आन्तरिक व्यवहार में हुए इस आकस्मिक अचिन्तनीय परिवर्तन को मौत के मुंह में पड़े हारान ने भी देखा। बचपन में किरण अपने रिश्तेदारों के घर पली-बढ़ी थी और बचपन में ही बिलकुल परायी और नई जगह ससुराल आई थी। सास अघोरमयी ने किसी दिन उसे लाड़-प्यार नहीं किया था, बल्कि जहां तक संभव हुआ, वे उसे सताती ही आ रही थीं। पति ने भी उसे एक दिन के लिए भी प्यार नहीं किया था। वे दिन में स्कूल में पढ़ाते थे और रात को खुद अध्ययन करते थे और पत्नी को भी पढ़ाया करते थे। ज्ञान प्राप्त करने के नशे ने उन्हें ऐसा लील लिया था कि उन दोनों के बीच गुरु-शिष्य के कठोर सम्बन्ध के सिवा पति-पत्नी का सम्बन्ध स्थापित हो, इसकी रत्ती भर भी फुरसत नहीं थी। इसी तरह यह परम सुन्दरी, प्रखर बुद्धिशाली रमणी अपने शैशव को पार कर यौवनावस्था में आ पहुंची थी। इस तरह वह संसार के सौंदर्य और माधुर्य से विलग रहकर नीरस और कठोर हो उठी थी और ऐसे ही स्नेह और प्रेम से वंचित होकर वह नारी के श्रेष्ठ धर्म को भी तिलांजलि देने बैठी थी।

अघोरमयी सब कुछ जानती थीं। वे यह भी समझती थीं कि उनकी सुन्दर पतोहू फिलहाल सत्ती-धर्म की भी पूरी मर्यादा का पालन नहीं करती है। लेकिन शायद यही सोचकर कि उनका पुत्र मृतप्राय है, दुःसह दुख का दिन करीब आ चुका है, वे पतोहू के अटपटे आचार-व्यवहार को नजरअन्दाज करती थीं। जो डॉक्टर हारान की चिकित्सा कर रहा था, वह किस आशा में सेंतमेंत, दावा-दारू दे रहा था, क्यों वह उनकी घर-गिरस्ती का आधा खर्चा वहन कर रहा था, यह उनसे छिपा हुआ नहीं था। परंतु मृतप्राय सन्तान की चिकित्सा के आगे किसी भी अन्याय को बड़ा बनाकर देखने का साहस उनमें नहीं था। न वे उतनी पढ़ी-लिखी ही थीं। सबसे बड़ी बात यह थी कि वे अपनी पतोहू को प्यार नहीं करती थीं। उपेन्द्र भी इस जाल में धीरे-धीरे फंसता चला जा रहा था। उनका खुले हाथों रुपया खर्च करने और अथक सेवा करने का गुप्त उद्‌देश्य बचपन की दोस्ती को पार कर और एक जगह जड़ें फैलाना था। इस विषय में उन्हें न कोई सन्देह ही था, न कोई आपत्ति ही थी।

कल से उपीन नहीं आया है। यह बात अघोरमयी अपने कमरे के चौखट के बाहर एक फटा-पुराना, मैला-कुचैला लिहाफ ओढ़े बैठकर सोच रही थीं।

जाड़े का सूरज तब भी नहीं डूबा था, लेकिन इस घर के भीतरी हिस्से में इसी बीच अंधेरे की छाया पड़ चुकी थी। अच्छे दिनों में भी इस घर के लोग यह खबर नहीं रखते थे कि कब सूरज उगता है और कब डूबता है। अभी दुख के दिनों में सूरज से सारा सम्बन्ध लगभग टूट गया था।

अघोरमयी ने पुकारा—'बहू, दीया-बत्ती जलाकर एक बार यहां तो आना, कुछ कहना है।'

किरणमयी उन्हीं के कमरे में काम कर रही थी—बोली, 'मां, अभी शाम नहीं हुई, तुम्हारा बिस्तर बिछाकर आती हूं।'

अघोरमयी ने कहा—'उसे मैं सोते समय बिछा लूंगी। नहीं, नहीं, तुम आओ बेटी, दीये जला दो और यहां आकर बैठो, जरा दम ले लो। दिन-रात घर का काम करते-करते तुम्हारी देह आधी रह गई, उस पर जरा नजर रखना जरूरी है बेटी।' कहकर एक लम्बी सांस छोड़कर चुप हो गई।

थोड़ी देर बाद बहू ने पास आकर बैठना चाहा, तो उसे बैठने से मना करती हुई बोल उठीं—'पहले दीये...।'

बहू ने कुछ ऊबकर कहा—'मां, तुम क्यों इतना घबरा रही हो? शाम होने में अब भी बहुत देर है।'

अघोरमयी ने कहा—'देर है तो है। नीचे अंधेरा है, जरा दिन रहते ही दीया जलाकर सीढ़ी पर रख देना चाहिए। अभी, हो सकता है, उपीन आ जाए। कल से वह नहीं आया है...। यह क्या बहू, देखती हूं, अभी तक तुमने न मुंह-हाथ धोया है, न बाल संवारे हैं—क्या कर रही थीं अब तक?'

सास की आवाज में अचानक आई इस विरक्ति को भांपकर बहू विस्मित हुई। वह कुछ देर तक अपनी सास के मुंह की ओर निहारती रही, फिर जरा मुस्कुराकर बोली—'मैं तो रोज ऐसे समय न मुंह-हाथ धोती हूं, न कपड़े बदलती हूं। अभी तक तो मेरा रसोईघर का ही काम खत्म नहीं हुआ है। पहले काम खत्म हो जाए...।'

उसके बाद सास झुंझलाकर बोल उठीं—'बाद का काम बाद में होगा, बहू, अभी मैं जो कहती हूं, सुनो।'

बहू जाने को तैयार होकर बोली—'चलती हूं, दीये जला देती हूं, फिर तुम्हारे पास आकर बैठूंगी।'

अघोरमयी खीझ उठीं—'मेरे पास इस समय झूठ-मूठ में बैठने की क्या जरूरत है? पहले काम जरूरी है या बैठना? दिन पर दिन तुम न जाने कैसी होती जा रही हो, बहू।'

उनकी स्नेहभरी शिकायत ने ज्योंही अचानक तिरस्कार का आकार धारण किया, त्योंही वे बातें अत्यन्त कड़वी और रूखी होकर किरणमयी के कानों में जाकर बिंधीं। उसने भी गुस्सा होकर जवाब दिया—'मैं तुम्हीं लोगों की बनाई हुई हूं मां। सब समय उल्टी-सीधी बातें करने से उन्हें सुनना तो भाड़ में जाए, वे बातें समझ में भी नहीं आ सकती हैं। तुम क्या कहना चाहती हो, साफ-साफ कहो न?' कहकर उत्तर के लिए पल-भर भी इन्तजार किए बिना वह तेजी से चली गई।

बहू का तेज कदमों से चले जाने का क्या मतलब है, यह घर में सभी समझते थे, अघोरमयी ने भी समझा।

किरणमयी नीचे-ऊपर दीये जलाकर अपनी सास के कमरे में जब दीया रख आई तब अघोरमयी रो रही थीं। उनकी रुलाई जब-तब जिस-तिस कारण से फूट पड़ती थी।

किरणमयी ठिठककर खड़ी हो गई, बोली—'मां, तुम्हारी राम-नाम की माला ला दूं?'

अघोरमयी लिहाफ की कोर से अपनी आंखें पोंछकर रुआंसी होकर बोलीं—'ला दो।'

वह कमरे में जाकर दीवार पर टंगी हुई माला की झोली को उतार लाई और उसे सास के हाथ में देना चाहा, तो उन्होंने झोली न लेकर बहू का हाथ पकड़ लिया और 'जरा बैठो बेटी' कहकर उसे खींचकर अपने पास बिठा उसके मुंह, कपाल और सिर पर हाथ फेर दिया, फिर उसकी ठोड़ी को छूकर चूमा और बहुत देर तक बिना कुछ भी बोले रोने लगीं।

किरणमयी सख्त होकर बैठी हुई इन तमाम स्नेहों का अभिनय सहन करती रही।

कुछ देर बाद अघोरमयी ने फिर एक बार लिहाफ की कोर से आंखें पोंछकर कहा—'शोक और दुःख से मैं पागल हो गई हूं, मेरी एक मामूली-सी बात पर तुमने गुस्सा क्यों किया, बताओ तो बेटी?'

किरणमयी अविचलित भाव से बोली—'शोक और दुख तो अेकेल तुम्हीं को नहीं है मां। आखिर हम भी तो आदमी हैं। जब तुम यह भूलकर कोई बात करती हो तो मुझे काफी गुस्सा आता है। वरना हजार बातों से भी मुझे गुस्सा नहीं आता है।'

अघोरमयी ने आंखें पोंछते-पोंछते कहा—'यह क्या नहीं जानती हूं बेटी, जानती हूं। लेकिन एक-एक करके मेरे सभी चले गए। अब तुम्हीं मेरी सब कुछ हो, तुम्हीं मेरे बेटे-बेटी हो। हारान का शोक केवल तुम्हारा मुंह देखकर ही सह

सकूंगी, तुम्हें ही देखकर कलेजा पत्थर का कर सकूंगी।' इतना कह, वे फिर एक बार लिहाफ से आंखों को ढंककर रोने लगीं।

लेकिन किरणमयी इन चिकनी-चुपड़ी बातें से बहली नहीं। वह मन-ही-मन जल-भुन उठी, तब भी शांत भाव से ही बोली—'उस बुरी घड़ी में तुम कैसे कलेजा थामोगी, यह तो तुमने अभी से ठीक कर रखा है, लेकिन मैं कैसे कलेजा थामूंगी, यह तो मैंने अभी तक सोचा भी नहीं है मां। फिर भी मैं कहती हूं, ये सब बातें अभी क्यों करती हो भला? जब सचमुच ही कलेजा थामने का दिन आएगा तब समय की कमी नहीं रहेगी। वैसी घड़ी इतना कम समय लेकर नहीं आती है, मां कि पहले से बिना ठीक किए रहने से ठीक करने का समय नहीं मिलेगा।'

बहू की बातें खूब मीठी नहीं लगीं तो भी उनमें कितना व्यंग्य था, अघोरमयी यह समझ नहीं सकीं बल्कि बोलीं—'अब समय आने में देर ही क्या है बेटी! उपीन उस दिन जिस डॉक्टर साहब को लाया था, उसने भी तो कोई आस नहीं दिलाई। मैं तो केवल यही सोच रही हूं कि उपीन यदि इस समय न आ पहुंचता, तो हम लोगों की कैसी दुर्दशा होती!'

बहू को चुपचाप सुनते देख, वे जरा उत्साहित होकर कहने लगीं—'मैं उसे बचपन से ही जानती हूं। नोआखाली में तो हारान और उपीन दोनों दो भाइयों की तरह ही मेरे पास आते-जाते थे, तभी से वह मुझे मौसी कहता है। जैसे इसके बाप बड़े उदार आदमी हैं, वैसे ही उनका यह लड़का भी बड़ा उदार है। उस दिन मुझे रोती देखकर बोला—'मौसी, मुझे हारान भैया का छोटा भाई ही समझिएगा, इससे अधिक मुझे और कुछ नहीं कहना है।' —मैंने कहा—'बेटा, तू मुझे किसी तीर्थस्थान में रख देना ताकि जब तक जिन्दा रहूं, गंगा में डूबकियां लगाते-लगाते मां गंगा की गोद में समाकर अपनों के पास जा सकूं', आगे वे बोल नहीं सकीं, अबकी बार व्याकुल होकर रो उठीं। बहू चुप थी, चुप ही रही। उन्होंने कुछ देर रोकर कलेजे का भार हल्का किया और अंत में भर्रायी आवाज में बोलीं—'रह-रहकर यही बात मन में आती है कि अगर वह नहीं आ पहुंचता तो... नीचे किसी ने पुकारा है, न बहू?'

बहू ने कहा—'दाई नीचे बरतन धो रही है, कोई आएगा तो वह दरवाजा खोल देगी।'

सास ने अस्थिर होकर कहा—'नहीं, नहीं, बहू! तुम्हीं जाओ। दाई काम में लगी रहती है, तो वह कुछ भी सुन नहीं पाती है।'

किरणमयी ने बिना किसी तरह की चिन्ता प्रकट किए धीरे-धीरे कहा—'मां, मुझे भी काम है, खाना बनाना है...'

अघोरमयी आग-बबूला हो उठीं—'खाना तो कहीं भागा नहीं जा रहा है। तुम क्यों कुछ भी नहीं समझती हो, जिसके बिना...'

किरणमयी उठकर खड़ी हो गई और बोली—'मुझे समझने की जरूरत भी नहीं है। हमारे सभी अपने लोग चले गए, तो भी। अगर हमारा दिन जाता है, तो उपीन बाबू नहीं रहेंगे, तो भी हमारा दिन थमेगा नहीं।'

अघोरमयी क्रोध से कोई बात न कह सकीं और जब तक बहू आंखों से दिखाई पड़ी तब तक वे उसे देखती रहीं। ऐसा लगा, मानो उनकी क्रोध से जलती दोनों आंखों ने आग बरसाकर उसे धकेलते हुए बाहर निकाल दिया।

उसके बाद वह बड़े क्रोध से दाई को बार-बार पुकारने लगीं पर उसका भी कोई जवाब नहीं आया। वह ठंड के डर से शाम के पहले ही खनखन-झनझन की आवाज करती हुई मांजना-धोना खत्म कर ले रही थी। अघोरमयी का गुस्सा-भरा बुलावा उसे सुनाई नहीं पड़ा। तब वे अपने कमरे के दीये को हाथ में लेकर बरामदे के किनारे चिल्लाकर बोलीं—'अरी, तूने कानों में डॉट लगा रखी है क्या? तुझे सुनाई नहीं पड़ता, उपीन बाबू घंटे भर से बाहर खड़े होकर पुकार रहे हैं?'

यह चिल्लाहट दाई ने सुनी और उपेन्द्र का नाम सुन झटपट गिरती-पड़ती दौड़कर गई और किवाड़ खोल दिए। लेकिन वहां कोई न था। तब उसने बाहर सिर निकालकर अंधेरे में जितनी दूर दिख पड़ा, आंखें फाड़कर देखा, जब कोई न दिखाई पड़ा, तब लौटकर बोली—'नहीं, मां जी, कोई भी तो नहीं है।'

अघोरमयी दीया हाथ में लिये चिन्तित होकर प्रतीक्षा कर रही थीं, अविश्वास करके बोलीं—'वहां कोई नहीं है, यह कैसे हो सकता है? मैंने अपने कानों से उसकी आवाज सुनी! तूने एक बार गली में जाकर क्यों नहीं देखा?'

दाई ने कहा—'देखा तो है पर वहां कोई नहीं है।'

उसकी बात विश्वास करने लायक नहीं है। उपीन कल नहीं आया था, आज भी नहीं आएगा? इसीलिए विरक्त होकर बोलीं—तू फिर एक बार अच्छी तरह देख आ तो कि वहां कोई है या नहीं?'

बाहर अंधेरी गली में जाने में दाई को आपत्ति थी। उसने भी झुंझलाकर जवाब दिया—'तुम भी कैसी बातें करती हो मां? वे क्या आंखमिचौली खेल रहे हैं कि अंधेरी गली में जाकर टटोलकर देखना होगा?' कहकर वह अपना काम करने लगी।

अघोरमयी अपने कमरे में वापस आकर निर्जीव-सी बिस्तर पर लेट गईं। अपने बीमार बेटे का हाल पूछने का भी उनमें उत्साह नहीं रहा। उन्हें बार-बार सिर्फ यह लगने लगा कि वह कल नहीं आया था, आज भी नहीं आया। नाना

प्रकार के संभव-असंभव कारणों को ढूंढ़ते-फिरते रहने के चक्कर में उन्हें एक बार भी यह याद नहीं आया कि वह कलकत्ता का रहनेवाला नहीं है, दूसरी जगह उसका घर-मकान है, सगे-सम्बन्धी हैं। संभव है कि वह अपने घर लौट गया हो! सोचते-सोचते अचानक उन्हें लगा कि किसी ने उसे गुस्सा तो नहीं कर दिया था। इस बात को दुहराते ही उनका अंतःकरण आशंका से भर उठा। बहू के थोड़ी देर पहले के आचरण के साथ इस बात को मन-ही-मन मिलाकर देखते ही उनका सन्देह पक्का हो गया—तो यह बात है! बहू ने अगर ऐसा कुछ...वे और लेटी नहीं रह सकीं, उठकर बरामदे की तरफ गईं।

किरणमयी जलते चूल्हे की ओर निहारती हुई चुपचाप बैठी हुई थी। जलते ईंधन की चमकीली लाल रोशनी उसके मुंह पर पड़ी हुई है। सिर पर घूंघट नहीं था। आज उसने बाल भी नहीं बांधे थे। बिखरे बालों के गुच्छे को किसी तरह लपेट रखा था।

अघोरमयी दरवाजे के सामने चुपचाप खड़ी रहीं। आज जो चीज उन्हें नजर आई, उस पर हृदयंगम करने का सामर्थ्य उनमें नहीं था। जिस शांत मुखड़े पर चूल्हे की लाल रोशनी विभिन्न लहरों की तरह थिरक रही थी, वह मुखड़ा उनकी तमाम अभिज्ञताओं के परे था। इस मुखड़े में खोट है या नहीं, यह चर्चा नहीं की जा सकती है। फिर इसे निखालिस घोषित भी नहीं किया जा सकता है। यह अजीब है। इसे उन्होंने पहले नहीं देखा था। वे अपलक आंखों से इसे निहारती रहीं, फिर अचानक उनके मुंह से एक लम्बी सांस निकल पड़ी।

लम्बी सांस छोड़ने की आवाज से बहू ने चौंककर देखा, सास खड़ी हैं। धीरे से सिर का घूंघट संभालकर बोली—'तुम यहां क्यों आई हो, मां?'

स्वर सुनकर उन्हें जैसे होश आ गया; ऐसी शांत, ऐसी करुण आवाज उन्होंने कभी भी नहीं सुनी थी। वे धम-से बैठ गईं—'तुम अकेले खाना बना रही हो बेटी, इसीलिए मैं एक बार बैठने आई।'

बहू ने उनकी ओर एक पीढ़ा बढ़ा दिया और चूल्हे की ओर निहारती हुई चुप रही।

उनके मन में फिर झुंझलाहट ने सिर उठाया। गंध जैसे हवा के सहारे फूलों के बाहर आती है, हवा के झकोरे से उड़ जाती है, ठीक उसी प्रकार किरणमयी का उस समय का मनोभाव सास के अचानक आने से क्षण-भर में बाहर आकर कपट स्नेह की आंधी से उड़ गया। यह सच नहीं है। यह गंदा छल भर है। लेकिन तू-तू, मैं-मैं करना अब उसे अच्छा नहीं लग रहा था। लगातार झगड़ा करके वह सचमुच ही थक गई थी।

कुछ देर तक स्थिर रहकर अघोरमयी बोलीं, 'दाई को यहां भेज दूं?'

किरणमयी ने अपने अंदर उठे हुए तमाम विद्रोह को दबाकर शांत भाव से कहा—'क्या जरूरत है मां? मैं रोज ही अकेले रहती हूं। अकेले रहना मेरी आदत बन गई है; बल्कि वे कमरे में अकेले हैं—कोई उनके पास जाकर बैठे, तो अच्छा हो।'

बीमार बेटे की चर्चा से आघात पाकर अघोरमयी व्यस्त होकर बोलीं—'हां, ठीक कहती हो तुम। मैं उसके पास जाकर बैठती हूं। तुम भी जरा जल्दी काम निबटाकर चली आओ, बेटी।'

इसी बीच उपेन्द्र घर लौट गए थे। सतीश भी केवल एक ही दिन उपेन्द्र के साथ हारान को देखने आया था फिर नहीं आया था। वह अपनी व्यथा को लेकर ही परेशान था। उपेन्द्र ने उसके अन्यमनस्क भाव और इस घर में आने की उसकी अनिच्छा को जान कर उसे फिर वहां जाने के लिए नहीं कहा था, चिकित्सा तथा अन्यान्य प्रबन्धों को वे अकेले ही तय कर रहे थे। सिर्फ कलकत्ता छोड़कर घर वापस जाने के दिन उन्होंने सतीश को बुलाकर कहा था कि वह बीच-बीच में हारान भैया के घर जाकर उनका हाल-चाल पूछ लिया करे और हारान भैया के हाल-चाल की जानकारी उन्हें चिट्ठी से देता रहे।

आज सतीश स्कूल से लौटा तो उसे उपेन्द्र की चिट्ठी मिली। उन्होंने लिखा है—आशा करता हूं, तुम्हारी पढ़ाई-लिखाई अच्छी तरह चल रही होगी। कई दिनों से हारान भैया की कोई खबर न पाकर मैं चिन्तित हो उठा हूं। यद्यपि मैं यह जानता हूं कि खबर देने की जरूरत नहीं हुई है, इसीलिए तुम खबर नहीं देते हो तथापि यह लिखकर बताना कि उनकी चिकित्सा किस तरह चल रही है।

सतीश की पीठ पर मानो कोड़ा पड़ा। उसने एक दिन भी वहां जाकर हारान की सुध न ली थी। इस बीच न मालूम वहां क्या कुछ हो चुका हो! हालांकि उसी पर निर्भर होकर उपीन भैया घर गए हैं। वह तेज कदमों से नीचे उतर गया। बिहारी नाश्ता ला रहा था। धक्के से उसके हाथ की तश्तरी और गिलास गिर पड़े। सतीश ने घूमकर देखा तक नहीं। सड़क पर आकर एक खाली गाड़ी में चढ़ बैठा और तेजी से गाड़ी हांकने को कहा और रास्ते की ओर सतर्क होकर देखता रहा। उसे डर था कि रास्ता न पहचान पाने की वजह से कहीं वह गली पार न हो जाए। बीस मिनट बाद जब वह गाड़ी से उतरकर उस छोटी-सी गली में घुसा, तब भी दिन बाकी था। पैरों के नीचे खुली नाली, चलने का रास्ता और सिर पर आकाश तथा प्रकाश, तब भी ये सब मिलकर अंधेरे में एकाकार नहीं हुए थे।

तेज कदमों से पैदल चलकर 13 नंबर मकान के सामने आते ही किवाड़ खुल गए। न जाने कौन उसी के लिए इन्तजार करता हुआ बाट जोह रहा था! सतीश का कलेजा कांप उठा। सहसा वह घर में घुस नहीं सका।

किवाड़ की बगल में किरणमयी है। उसने अपना मुस्कुराता हुआ मुंह जरा-सा बाहर निकाला और बड़े आदर के साथ बोली—'आओ सतीश, रुक क्यों गए?'

यह तो देवर का नाता मानकर किया गया सम्बोधन है। लाज के मारे सतीश का चेहरा लाल हो उठा। लेकिन तभी उसने अपने आपको संभाल लिया और विनय सहित बोला—'देखता हूं, आपने अभी तक मुझे माफ नहीं किया है।'

किरणमयी ने कहा—'नहीं, तुमने माफी मांगी नहीं है। मांगने से पहले ही माफी देना इज्जतदार आदमी को बेइज्जत करना है। बेइज्जत करने लायक कमदामी चीज तो तुम हो नहीं, सतीश।'

उसकी इस मीठी मसखरी में एक ऐसी गंभीर करुणा का पुट था कि सतीश मुंह नीचा किए मृदु स्वर में बोला—'मेरा कोई दाम नहीं है, भाभी! मेरी कोई बेइज्जती नहीं होगी—मुझे आप माफ कीजिए।'

किरणमयी जरा मुस्कुराकर बोली—'ऐसी बहुत-सी चीजें हैं, सतीश, माफ करते ही जिनका अंत हो जाता है। आज मैं तुम्हें माफ कर दूं और फिर अगर तुम्हें 'सतीश बाबू' कहकर पुकारना पड़े, तो मैं यह कह रखती हूं सतीश, कि तुम्हें माफी नहीं मिलेगी। तुम्हें बांध रखने की यह छोटी-सी जंजीर तुमने खुद मेरे हाथों में सौंप दी है। मीठी-मीठी बातों से फुसलाकर तुम इसे मुझसे वापस ले लोगे, इतनी बेवकूफ तुम्हारी भाभी नहीं है।' यह कहकर उसने तनिक खास ढंग से अपनी गर्दन हिलाई।

लेकिन सतीश चौंक उठा। यह जंजीर से बांधने की उपमा उसे अच्छी नहीं लगी, बल्कि अचानक उसे लगा, उसे असावधान पाकर इस औरत ने मानो सचमुच ही किसी चीज की मजबूत जंजीर को उसके पैरों में लपेट दिया है और पल-भर में ही सतीश ने अपने बचाव के लिए अपनी सहज बुद्धि से अपने आपको भली भांति सुसज्जित कर लिया। इस घर में घुसते समय उसकी जो दृष्टि उसके कर्तव्य न करने के कारण धिक्कार, लाज और संकोच से झुक गई थी, वह ठोकर खाकर संदिग्ध और तीव्र हो उठी।

किरणमयी बोली—'लेकिन तुम्हारा मुंह सूख गया है, सतीश। हो सकता है, तुम्हारा अभी तक नाश्ता न करने की वजह से ऐसा हुआ हो! आओ, चलो ऊपर, कुछ खा लो।'

सतीश बिना कुछ भी बोले दावत खाने के लिए तैयार हो गया और इस हंसी-मजाक का कितना-सा हिस्सा सिर्फ मजाक है और कितना-सा मजाक नहीं है, अत्यंत संदेह के साथ यहीं सोचता हुआ वह इस रहस्यमयी के साथ चल पड़ा।

ऊपर आकर बहू ने मुड़कर देखा और बोली–'आज दाई को साथ लेकर मां कालीजी के दर्शन करने गई हैं। रसोईघर में बैठकर तुम मेरी पूड़ियां बेल देना, मैं उन्हें छान लूंगी, बेल सकोगे न?' इतना कहकर वह हंस पड़ी, बोली–'हुंः! तुम बेल सकोगे, यह तुम्हारी सूरत ही बता रही है, आओ।'

सतीश ने अन्तर के द्वन्द्व को रोक रखा और शरीफ आदमी की तरह प्रश्न किया–'मैं पूड़ियां बेल सकता हूं, यह क्या मेरे चेहरे पर लिखा हुआ है भाभी?'

किरणमयी ने कहा–'किसके चेहरे पर क्या लिखा हुआ है, इसे पढ़ने के लिए अक्ल चाहिए सतीश। उस रात मेरे चेहरे पर क्या कुछ लिखा हुआ था–हालांकि तुमने पढ़ा था?'

सतीश ने फिर सिर झुका लिया। रसोईघर में जाकर पहले पहल इसी तरह की छींटाकशी चलती रही, और उसके बाद दोनों के मिलकर खाना बनाने के बीच जब इस झड़प की गरमी बहुत कुछ ठंडी हो गई तब किरणमयी ने पूछा–'तुम्हारी बहुत-सी बातें मैंने तुम्हारे उपीन भैया के मुंह से सुनी हैं। अच्छा, सतीश, वे अभी यहां नहीं हैं क्या? वे अपने घर लौट गए हैं न?'

सतीश ने हां कहा, तो किरणमयी बोली–'मैं यह जानती हूं कि वे यहां नहीं हैं, लेकिन मां हैं कि वे यह विश्वास ही करना नहीं चाहती हैं। वे कहती हैं कि उन्हें बताए बिना उपीन बाबू हरगिज घर नहीं जाएंगे। उन्हें क्या अचानक जाना पड़ा है?'

सतीश को इसका ठीक-ठीक पता नहीं था। वास्तव में वह तो कुछ भी न जानता था। इसी बीच इन लोगों के कारण दोनों दोस्तों में जो अप्रिय बातें हो चुकी हैं, उन्हें भी बताया नहीं जा सकता है। सतीश चुप रहा। उनके बिना बताए चले जाने के कारण का वह हरगिज अनुमान नहीं कर सका।

लेकिन किरणमयी ने उस बात को दबी नहीं रहने दिया, बोली–'तुम्हारे बड़े भाई ने यह अच्छा काम नहीं किया है, सतीश। बताकर जाते तो कोई उन्हें पकड़कर नहीं रखता और मां भी इस तरह सोच-सोचकर नहीं मरतीं। मैं किसी भी तरह उन्हें यह नहीं समझा सकती हूं कि उपीन बाबू यहां नहीं रहते हैं, दूसरी जगह उनका घर-मकान है, काम-काज है। यह सब छोड़कर कब तक आदमी

पराये के दुर्भाग्य को लेकर रुका रह सकता है? लेकिन बूढ़ों के आगे कोई भी युक्ति युक्ति नहीं है। उन्हें अपनी जरूरत से मतलब है। संसार में और कुछ उन्हें दिखाई नहीं पड़ता है।'

सतीश ने उस बात का ठीक जवाब दिए बिना कहा—'उपीन भैया इतने दिन अपने घर से बाहर थे, यही आश्चर्य की बात है। ऐसा उनका स्वभाव है कि वे अपने घर से बाहर कहीं भी ज्यादा दिनों तक नहीं रहते हैं। खासकर शादी के बाद से तो वे एक रात भी बाहर नहीं रहते हैं। हम लोग सिर पटककर रह जाते हैं। पहले सभी बातों में वे हम लोगों के अगुवा थे। हर काम में हमारे आगे-आगे रहते थे। अब उन्होंने एक-एक कर सब छोड़, घर के कोने में शरण ले ली है। कचहरी गए बिना नहीं चलता, इसीलिए शायद वे एक बार कचहरी जाते हैं। सुनिए, एक घटना सुनाता हूं, एक बार...'

बहू ने बाधा देकर कहा—'बैठो, सतीश, तुम्हारे खाने के लिए मैं जगह बना देती हूं। तुम खाना खाते रहो। क्यों, यही अच्छा होगा न?' कहकर आसन बिछा, थाली में तरतीब से खाने की चीजें परोसकर पास में बैठ गई और बड़े आग्रह से बोली—'हां, फिर उसके बाद?'

सतीश ने एक कौर मुंह में डालकर कहा—'हां, तो एक बारात की बात सुनिए। हमारे उपीन भैया शादी-ब्याह के मामले में बड़े कुशल बिचौलिये की भूमिका निभानेवाले हैं। उन्होंने कितनों की शादियां कराई हैं, इसका कुछ हिसाब नहीं। हमारे साथियों में से एक के ब्याह का सारा प्रबन्ध उपीन भैया ने अपने हाथों किया था, हालांकि ऐन ब्याह की रात को वे ढूंढ़े न मिले। एकदम लापता! यह कहकर कि छोटी बहू की तबीयत अच्छी नहीं है, वे हरगिज कमरे से बाहर नहीं हुए। हम सबने मिलकर कितना अनुरोध किया भाभी, किंतु सब व्यर्थ। पत्थर का देवता होता तो वह पसीज जाता लेकिन उपीन भैया हरगिज न पसीजे। जब खुद छोटी बहू ने यह कहकर कि मैं अच्छी हूं, तुम जाओ—अनुरोध किया तो वे बोले कि तुम्हारे भले-बुरे का विचार करने का भार मेरे ऊपर है, तुम्हारे ऊपर नहीं, तुम चुप रहो।'

किरणमयी स्तब्ध होकर बैठी रही। उसका संपूर्ण विगत जीवन मानो उसके हृदय की अंधेरी गुफा में उतरकर न जाने किस रत्न की खोज में उसकी दीवारों को खुरचता फिरने लगा, लेकिन सतीश ने कुछ भी न समझा। कौन-सी बात कहां चोट करती है, उसे इसका क्या पता? उसने सिलसिला जारी रखा। उपेन्द्र की अनुपस्थिति से किसने कैसी निंदा की, किसने क्या कहकर हंसी उड़ाई, कितना मजा किरकिरा हो गया था, यही सब बातें वह बताने लगा।

लेकिन श्रोता कहां है? इस तुच्छ कहानी में किरणमयी तब बहुत दूर चली गई थी।

अचानक एक समय सतीश ने अपना पूड़ियां खाना और गप करना बंद करके पूछा—'आप तो सुन नहीं रही हैं। क्या सोच रही हैं?'

किरणमयी चौंककर हंसती हुई बोली—'हां-हां, सुनती हूं सतीश, लेकिन मेरा कहना यह है कि बीमार की हिफाजत करना तो अच्छी बात है।'

सतीश ने उत्तेजित होकर कहा—'हां, बीमार की सेवा करना अच्छी बात है, लेकिन ज्यादती करना क्या अच्छी बात है? उस पर जब छोटी बहू को खसरा हुआ था, तब उपीन भैया आठ-दस दिनों तक उनके सिरहाने से न उठे। घर में इतने आदमी हैं, फिर उपीन को नहाना-खाना बंद करने की क्या जरूरत थी?'

किरणमयी कुछ देर तक उसके मुंह की ओर चुपचाप देखती रही, फिर पूछ बैठी—'अच्छा, सतीश, तुम्हारे उपीन भैया क्या छोटी बहू को बहुत प्यार करते हैं?'

सतीश तुरत बोला—'हाँ, उपीन भैया छोटी बहू को बेहद प्यार करते हैं।'

किरणमयी फिर कुछ देर तक चुपचाप उसकी ओर निहारती रही और बोली—'छोटी बहू देखने में कैसी हैं, सतीश? बहुत सुंदर हैं?'

'हां, बहुत सुंदर हैं।'

किरणमयी ने मुस्कुराकर कहा—'वे मुझ जैसी सुन्दर हैं?'

सतीश मुंह नीचा किए रहा, थोड़ी देर तक कुछ सोचने के बाद मुंह उठाकर पूछा—'क्या आप सचमुच यह जानना चाहती हैं?'

'हां, मैं सचमुच यह जानना चाहती हूं, सतीश।'

सतीश बोला—'देखिए, मेरी राय का अधिक मूल्य नहीं है। लेकिन अगर है, तो मैं यही कहूंगा कि आप-जैसी सुन्दर नारी शायद इस दुनिया में कोई दूसरी नहीं है।

किरणमयी कोई जवाब देना चाह रही थी कि ठीक उसी समय नीचे कोलाहल हुआ। उसे सुनकर वह उठ गई। मां काली जी के दर्शन करके लौट आई हैं।

सतीश नाश्ता खत्म करके ज्योंही बाहर आया, वह अघोरमयी के सामने पड़ गया। सतीश के मुंह की ओर देखकर पूछा—'यह उपीन का भाई है न, बहू? पर वह कहां है?

किरणमयी बोली—'वे घर लौट गए हैं।'

यह सुनकर अघोरमयी का रोली और चन्दन लगा मुंह स्याह पड़ गया और वे संक्षेप में 'अच्छा' कहकर अपने बेटे के कमरे के अन्दर चली गईं।

सतीश ने कहा—'अच्छा, तो अब मैं चलूं, भाभी?'

किरणमयी ने अनमनी-सी होकर कहा—'ठीक है, जाओ!'

सतीश दो-एक कदम जाकर ही वापस लौट आया, बोला—'हां, उपीन भैया की चिट्‌ठी आई है। उन्होंने यह जानना चाहा है कि हारान भैया का इलाज किस तरह चल रहा है।'

किरणमयी बोली—'इलाज बन्द है। जिस डॉक्टर का इलाज चल रहा था, उसकी दवा-दारू बन्द कर दी गई है। लेकिन किस डॉक्टर की दवा-दारू चलेगी, यह भी वे बताकर नहीं गए हैं।'

सतीश विस्मित होकर बोल उठा—'यह क्या कह रही हैं आप? इलाज बिलकुल बन्द करके आप बैठी हुई हैं—यह कैसा इन्तजाम है?'

'बिना कोई इन्तजाम किए ही वे चले गए हैं। मुझे याद है, एक बार उन्होंने कहा था कि सतीश है, वही इन्तजाम करेगा, पर तुम हो कि आए ही नहीं।'

सतीश कुछ देर ठगा-सा खड़ा रहा और बोला—'कल सवेरे आऊंगा।' यह कहकर वह तेज कदमों से बाहर निकल गया।

सतीश चला गया तो किरणमयी ने अपने पति के कमरे के किवाड़ को जरा-सा खोलकर देख लिया। वे एक मोटे-से तकिए से पीठ टिकाए अपनी मां के साथ धीरे-धीरे बात कर रहे हैं। उन्हें आज शाम भी बुखार नहीं आया था, यह खबर लेकर वह चुपचाप लौट आई और बाहर के अंधेरे में चुपचाप बैठकर अपूर्व ममता के साथ इतनी-सी खबर को दुलारने लगी। आज सतीश के मुंह से सुनी उपेन्द्र के अधःपतन की कहानी ने उसके समूचे कलेजे को माधुर्य से भर दिया था, इसीलिए आज जो कुछ यहां आ गया, वही मधुर होकर किरणमयी को अनिर्वचनीय रस से स्निग्ध कर देने लगा।

17

उस रात सतीश के चले जाने के बाद बहुत देर तक किरणमयी अंधेरे बरामदे में चुपचाप बैठी रही, अंत में उठकर रसोईघर में घुसी और रसोई चढ़ाकर फिर से स्तब्ध होकर बैठी रही।

उसके कलेजे के बीच आज सतीश अपने अनजाने में महफिल लगाकर सुरबाला आदि अपरिचित नर-नारियों का दल लाकर एक अद्भुत नाटक का अस्पष्ट अभिनय शुरू करके परे हट गया, निर्जन कमरे के अन्दर अकेले बैठकर उसे स्पष्ट रूप से देखने का किरणमयी का लोभ एक ओर जैसे प्रबल हो उठने लगा, दूसरी ओर किसी चीज की अनिश्चित शंका से वही लोभ उसके हाथ-पांव और आंखों को वैसे ही बोझिल कर देने लगा। यह मानो अंधेरी रात की भयंकर भूतों की कहानी की तरह उसे लगातार एक हाथ से खींचने और दूसरे हाथ से धकेलने लगा। इस तरह से विचित्र स्वप्न-जाल के बीच वह जब अत्यन्त अभिभूत थी, उसी समय जूतों की आहट से उसने चौंककर देखा। नजरें उठाईं तो देखा, दरवाजे के बाहर डॉक्टर अनंग मोहन आकर खड़े हो गए हैं।

किरणमयी ने लम्बा घूंघट काढ़ लिया और उठकर खड़ी हो गई। यह देखकर डॉक्टर ने त्योंरियां चढ़ा लीं।

इसके पूर्व यह डॉक्टर ठीक इसी जगह पर अनेक बार आकर खड़ा हुआ था और उसके कर-कमलों की बनी रसोई खाने की इच्छा जताकर बार-बार हंसी-मजाक किया था, यह कल्पना करके कि आज फिर डॉक्टर वैसा ही हंसी-मजाक करेगा, किरणमयी का मन कड़वा हो उठा। वह कठोर बनकर उसी की प्रतीक्षा करती हुई खड़ी रही। लेकिन डॉक्टर ने मजाक नहीं किया, क्रुद्ध गंभीर मुंह से कुछ देर तक चुप रहकर कहा–'दस-बारह दिन मुझे बाहर रहना पड़ा, इसलिए हारान बाबू के लिए मैं बहुत चिंतित था, लेकिन आकर देखता हूं कि चिंता का कोई कारण नहीं था।'

किरणमयी ने गर्दन हिलाकर कहा–'नहीं, वे अच्छे हैं।'

'यह जानकर तसल्ली हुई कि वे अच्छे हैं। तो अब तो मेरी कोई जरूरत नहीं है? तुम्हारी क्या राय है?'

किरणमयी ने इसके उत्तर में गर्दन हिलाकर कहा–'नहीं।'

डॉक्टर ने कहा–'तुम लोगों को मेरी जरूरत नहीं है, तो भी मेरी जरूरत अभी तक खत्म नहीं हुई है। इतना-सा कहने के लिए ही मुझे इतनी दूर तक आना पड़ा।'

किरणमयी ने बिना मुंह उठाए धीरे-धीरे कहा–'अच्छी बात है। मां अभी तक जगी हुई हैं, उनसे कहना जरूरी है, मुझसे कहना बेकार है।'

डॉक्टर ने अपने मुंह को अत्यंत गंभीर बनाकर कहा–'मैं उनके पास से ही आ रहा हूं। उनका भी कहना है कि जरूरत नहीं है, जरूरत खत्म हो गई है, यह

मैंने भी समझा है, लेकिन डॉक्टर की विदाई नामक एक रस्म है, उसको भूल जाने से काम नहीं चलता।'

किरणमयी चुप रही।

डॉक्टर व्यंग्य करके कहने लगे—'आज से पांच-छह महीने के बाद यह भार तुम लोगी अथवा तुम्हारी सास लेंगी, यह तुम लोगों की आपस की बात है। लेकिन 'जाओ' कह देने से ही तो डॉक्टर नहीं चला जाता किरण।'

डॉक्टर के मुंह से निकला उसका अपना नाम आज अचानक मानो उसे तीर की तरह बिंधा। वह ऐसी सिहर उठी कि उस मद्धिम रोशनी में भी यह दिखाई पड़ा।

किरणमयी ने मृदु स्वर में पूछा—'क्या चाहते हैं आप, रुपया?'

डॉक्टर ने हंसने का स्वांग रचकर कहा—'तुम मुझे 'आप' क्यों कहती हो, किरण? यहां और कोई मौजूद नहीं है। तुम मुझे 'तुम' कहोगी, तो भी कोई दोष नहीं होगा। लेकिन मैं यह सुनूं तो सही कि इतने दिनों तक मैं क्या चाहता था। क्या मैंने रुपया चाहा था?'

फिर से किरणमयी के रोंगटे खड़े हो गए।

डॉक्टर बोले—'मैं रुपया नहीं चाहता, यह कहना कठिन है। अब जबकि तुमको उसका अभाव नहीं है, तब रुपया देकर ही मुझे विदा कर दो। मैं दोनों ही ओर से ठगा जाना नहीं चाहता। लेकिन तुम्हें इतने दिनों बाद मेरे मन की बात का पता चला है, इसके लिए मैं तुम्हें धन्यवाद देता हूं।' अब मैं अधिक तंग न करूंगा, फिर भी पूछता हूं, मैं कल एक बार आ सकता हूं?'

यह आदमी भीतर-ही-भीतर किस तरह जल रहा था और यह सब उसी की उमड़ती राख है। इसे निश्चित रूप से समझकर भी किरणमयी ने शांत दृढ़ स्वर में मुंह ऊपर उठाकर कहा—'नहीं, आप जरा ठहरिए, मैं इसी समय ला देती हूं।' कहकर वह बगलवाले दरवाजे को खोलकर तेज कदमों से चली गई।

इस बार डॉक्टर शंकित हो उठा क्योंकि किरण को वह पहचानता था। पता नहीं, कहां क्या लाने के लिए गई है! अचानक इतनी रात को पता नहीं कौन-सी बेजा हरकत करके कहां का हंगामा, कहां खींच लाए। इस दुश्चिंता ने उसे उसी पल धर दबोचा। वह चोट खाकर गई है, लौटकर निर्मम प्रतिघात करेगी ही। उसके निःसंदिग्ध प्रतिशोध की कठोरता की कल्पना कर अनंगमोहन आशंका से स्तंभित हो गया।

वापस आने में किरणमयी को देर नहीं हुई। उसने चुपचाप मुंह झुकाए आंचल में बंधे हुए कुछ आभूषण डॉक्टर के पैरों के निकट बिखेरकर धीरे-धीरे

कहा–'यह लीजिए। आपका पावना कितना है, इतने दिनों बाद उसका हिसाब करना बेकार है। न इतना समय ही मुझे है, न धैर्य ही। जो कुछ मेरे पास था, सब कुछ लाकर मैंने आपको दे दिया है। इसे लेकर आप हमें मुक्ति दीजिए–अब आप जाइए।

अनंग का चेहरा पीला पड़ गया। वह चुप रहा। किरणमयी ने कहा–'आप किसलिए देर कर रहे हैं? विश्वास कीजिए, मेरे पास अब कुछ भी नहीं है। जो कुछ मेरा था, सभी लाकर मैंने आपको दे दिए हैं–रात हो रही है, अब आप जाइए।'

अनंग डरता हुआ बोला–'मैंने तो तुम्हारे शरीर के गहने नहीं मांगे हैं। मैंने रुपया मांगा था। सो भी...'

किरण अत्यंत असहिष्णु भाव से बोली–'गहने तो रुपए ही हैं, यह समझने की उम्र आपकी हुई है। बेकार का बहाना बनाकर आप झूठमूठ में क्यों देरी कर रहे हैं?'

इस बार अनंग जोर से सिर हिलाकर बोल उठा–'नहीं, मैं हरगिज यह सब नहीं ले सकूंगा।'

किरणमयी निकट ही बैठ गई थी, बिजली की गति से उठकर खड़ी हो गई, बोली–'क्या? क्यों न ले सकेंगे? आप कृपा कर रहे हैं किस पर? आपको जो कुछ मैंने दिया, उसे मैं हरगिज वापस नहीं ले सकूंगी। यह मैंने पक्का कहा।' एक क्षण चुप रहकर उसने कहा–'आप न भी लेंगे तो कल मैं यह सब गरीब-दुखियों में बांट दूंगी लेकिन घर में रखकर हरगिज पति का अकल्याण नहीं करूंगी।' यह कहकर पैरों से उन सबको जरा ठेलकर उसने कहा–'लीजिए, उठाइए इन सबको?'

अंतिम बात इतनी कड़ी लगीं कि हक्काबक्का अनंगमोहन झुककर उन सबको उठाने लगा।

किरणमयी क्षण-भर उस ओर ताकती रही, फिर अपनी उग्रता को दबाकर अत्यंत घृणा के साथ उसने कहा–'ले जाइए, ये सब चिह्न इस घर में जब तक रहेंगे, तब तक न मेरे मुंह को अन्न-जल रुचेगा, न आंखों में नींद आएगी।'

डॉक्टर सब कुछ चुनकर उठ खड़ा हुआ। किरणमयी ने अधीर भाव से कहा–'रात तो बहुत हो गई!'

डॉक्टर ने कहा–'जा रहा हूं। लेकिन तुमने भी भूल की। ये गहने मैंने तो नहीं दिए हैं, सभी तुम्हारे अपने हैं। तो भी, क्यों मेरे न लेने में तुम इन्हें गरीब दुखियों में बांट देतीं, यह मैं समझ न सका। मुझे तुम माफ करो किरण।'

किरणमयी डांटकर बोली—'फिर मेरा नाम लेते हैं—हां, ये सब तो जरूर मेरी ही चीजें हैं, लेकिन उन सबके मोह से ही तो मैंने आपकी सहायता ली थी। रात बहुत हो गई डॉक्टर साहब!'

डॉक्टर ने एक कार्ड, जिस पर उनका नाम और पता छपा हुआ था, निकालकर कहा—'यह रहा मेरे घर का पता।'

'दीजिए!' कहकर किरणमयी ने हाथ बढ़ाकर ले लिया, और पीछे की ओर जाकर जलते हुए चूल्हे में उसे फेंककर कहा—'इससे अधिक मुझे इसकी जरूरत नहीं पड़ेगी। आप अभी-अभी मुझसे माफी मांग रहे थे न? आपको पूरी तरह माफ कर सकूंगी इसीलिए मैंने आपका सब ऋण, सब सम्बन्ध समाप्त कर डाला। किसी दिन किसी कारण आप मुझे याद न आएं, जाते समय केवल यही बात आप कहते जाइए।' और किसी प्रकार के प्रश्नोत्तर की प्रतीक्षा किए बिना ही जोर से किवाड़ बंद करके वह अपनी खाना बनाने की जगह पर वापस जाकर बैठ गई।

बाहर डॉक्टर के पैरों की आहट जब उसके कानों से दूर चली गई तब उसने एक लंबी सांस छोड़कर देखा, चूल्हा बुझ गया है। फूंककर उसे जलाया और एक लंबी सांस छोड़कर वह फिर चुपचाप बैठ गई।

प्यास के मारे उसका गला सूख गया था, फिर भी वह उठ न सकी। उसे लगने लगा, मानो बाहर के अन्धकार में तब भी कोई भय उसके लिए हाथ बढ़ाकर प्रतीक्षा कर रहा है। उसका कलेजा अशान्त हो उठा तो दोनों हाथों से जोर से उसने अपनी छाती को दबाए रखा। वह यह निश्चित रूप से जानती थी कि एक न एक दिन उसे डॉक्टर से पिंड छुड़ाना ही पड़ेगा। क्योंकि जैसे लता पेड़ के तने से लिपटकर अपनी जड़ें फैलाती है, उसी तरह डॉक्टर के प्रति उसका मोह उसे वशीभूत किए जा रहा है। इस बात को उसने जितना याद किया है, उसका मन उतना ही कड़वा और विषैला हो उठा है। फिर भी इस बीभत्स बन्धन से अपने आपको मुक्त कर लेने लायक जोर उसे अपने अन्दर हरगिज ढूंढ़े नहीं मिला था। इसी तरह दिन गुजरते गए हैं। हर पल उसने यह सहन किया है लेकिन वह कुछ भी नहीं कर सकी थी। वही इतना बड़ा कठिन काम इतनी आसानी से हो गया, किरणमयी चुपचाप बैठकर अन्दर ही अन्दर यही अनुभव करने लगी। जरूरत आ पड़ने पर उसने जिस पाप को अपने घर बुलाकर पाल-पोसकर बड़ा किया था, वह आज 'जाओ' कहते ही चला गया, ऐसा असम्भव काम कैसे हो गया?

अचानक दरवाजा खुलने की आवाज से किरण ने मुंह उठाया तो देखा, दाई कह रही है चूल्हा बुझ गया है बहू। रात भी बहुत हो चुकी है।'

किरणमयी झटपट उठ पड़ी, उसके पास जाकर चुपके-चुपके उसने पूछा—'डॉक्टर है या चला गया री?'

हाथ के दीये की लौ को बढ़ाते-बढ़ाते दाई बोली—'डॉक्टर के गए तो लगभग दो घंटे हुए। लेकिन तुमसे कह देती हूं बहू...!' अचानक उसकी जबान रुक गई। उसने दीये को ऊपर उठाया और बहू के समूचे बदन को बार-बार ध्यान से देखा, बहू के बदन पर कहीं भी कोई भी जेवर नहीं था। वह दीये को फर्श पर रखकर बैठ गई और बोली—'यह कैसी हरकत है, बहू?'

18

दिवाकर के बड़े दुःख की रात बीत गई और सवेरा हो गया। कल सवेरे उसे गुप्त रूप से बी.ए. की परीक्षा में फेल होने की खबर मिली थी और शाम को अपने ही विवाह के बारे में अपने ही कमरे के सामने खड़े होकर उपीन भैया को प्रसन्नचित्त हो, परम उत्साह के साथ भट्टाचार्य जी के साथ बातचीत करते सुनकर निश्चय ही उसने निश्छल हृदय से अपनी मृत्यु की कामना की थी। सद्यः पुत्र खो देनेवाली जननी जिस तरह व्यथा से सो जाती है और व्यथा से ही फिर जाग भी उठती है, उस अभागिन की तरह वह भी आज व्यथा लेकर नींद टूटने पर उठ गया। आंखें खोलकर उसने देखा, कमरे के पूरब की ओर की खिड़की के शीशे पर प्रकाश की झलक पड़ रही है। आज इस प्रकाश के साथ उसने खुद रंचमात्र भी सम्बन्ध अनुभव नहीं किया। दिन की इन प्रथम किरणों को सम्मान के साथ उठकर प्रणाम किया जाता है, यह बात उसे याद भी नहीं आई। सराय के पूर्ण अपरिचित अतिथि के चेहरे की भांति इन किरणों की ओर वह बड़ी उदासी से देखता हुआ बिस्तर पर ही पड़ा रहा। साफ शीशे के बाहर असीम नीलाकाश दिखाई पड़ रहा था। एकाएक उसे लगा कि इस विराट सृष्टि में कहीं भी किसी भी कोने में उसके लिए जरा-सी भी जगह है या नहीं! उसके बाद जितनी दूर तक देखा जा सकता है उतनी दूर तक उसने ध्यान से देखा, कहीं भी जगह नहीं है। सृष्टिकर्ता ने इतना सृजन तो किया है लेकिन ऊपर, नीचे, आस-पास, जल-थल में सुई की नोक बराबर स्थान भी उसके लिए नहीं रखा है। उसकी मां नहीं है, उसके बाप नहीं हैं, घर नहीं है, सम्भवतः जन्मभूमि भी नहीं

है। वास्तव में अपना कहलाने वाला कहीं भी कोई नहीं है। यही जो अत्यंत छोटा-सा कमरा है, हजारों बंधनों से जिसके साथ वह जुड़ा हुआ है, होश संभालने के बाद से जिसने उसको मातृ-स्नेह से आश्रय देकर रखा है, वह भी उसका अपना नहीं है—यह उसका ननिहाल है। यह घर उसकी सगी मां का नहीं है। उसकी सौतेली मां का है।

इस प्रकार दुःख की चिंताएं जब क्रमशः जटिल और विस्तृत होती जा रही थीं, तब अचानक उपेन्द्र की आवाज से वह चिंता एक पल में सीधे रास्ते पर लौट आई। वह झटपट उठ बैठा, खिड़की खोलकर मुंह बढ़ाकर उसने देखा, उपेन्द्र नौकर को कोई आदेश देकर बाहर चले गए। वे तो बिना किसी ओर देखे ही सीधे चले गए, लेकिन दिवाकर ने अपनी उन्हीं दोनों आंखों में व्यथा अनुभव करके मुंह घुमा लिया। उसे लगा, मानो छोटे भैया के उन्नत ललाट पर कुछ सूर्य किरणें धक्का खाकर, उसकी आंखों पर पछाड़ खाकर गिर पड़ीं। वह फिर एक बार बिस्तर के सहारे निर्जीव की भांति आंखें बंद करके लेट गया, और चिन्ताओं ने उसी क्षण उसको धर दबोचा।

आज भी अभ्यास के अनुसार उसकी नींद भोर में ही टूट गई थी लेकिन बीती रात में उसको नींद नहीं आई थी। दुःस्वप्न-रूपी भूत-प्रेतों का दल सारी रात इस शरीर को लेकर छीना-झपटी करके अभी-अभी उसे छोड़ गया है। भूत-प्रेतों की छोड़ी हुई लम्बी सांसों की भाप अभी तक कमरे के कानों में इकट्ठा है। वह आंखें बन्द किए ही यह अनुभव करने लगा। फिर उसे याद आया कि वह फेल हो गया है—बहुत दुख झेलकर की गई उसकी पढ़ाई-लिखाई बेकार हो गई है। आज यह खबर सभी सुनेंगे। उसके बाद? उसके बाद जैसे धुआं एक छोटे से छेद से घुसकर पल-भर में समूचे घर में फैलकर उसे धुंधला कर देता है, वैसे ही बस एक विफलता के छोटे-से दरवाजे से आई निराशा के गहरे अंधेरे में उसका मन डूब गया।

अभी दिन के लगभग आठ बजे हैं। वह दोनों हाथों की मुट्ठी बाँधकर उठ बैठा और बोला—'नहीं, मैं हरगिज यह ब्याह नहीं करूंगा। भले ही छोटे भैया गुस्सा करें या भाभी दुखी हों। मैं हरगिज यह ब्याह नहीं करूंगा। जो मेरी पत्नी बनेगी, वह या तो मेरे ही घर आएगी या कभी नहीं आएगी। अगर मेरे बूते होगा, तो मैं शादी करके अपनी पत्नी को सम्मान के साथ अपने घर लाऊंगा और उसके साथ घर बसाऊंगा। और अगर मेरे बूते नहीं होगा तो शादी करके मैं अपनी पत्नी को असम्मान के बीच नहीं लाऊंगा। इस संकल्प से मुझे कोई नहीं डिगा सकता।'

दिवाकर धीमे कदमों से घर में घुसा और सुरबाला के कमरे के सामने खड़े हो पुकारा—'भाभी!'

अंदर से कोमल स्वर में बुलावा आया—'अंदर आओ!'

दिवाकर अंदर गया तो देखा, सुरबाला सिर नीचा किए अलमारी से सामान निकालकर संदूक में रख रही है, पूछा—'छोटे भैया देहात जाएंगे क्या?'

सुरबाला ने सिर नीचा किए ही कहा—'नहीं, कलकत्ता जाएंगे।'

इसके बाद दिवाकर को कोई प्रश्न न सूझा। जो शक्ति उसको उसके निर्जन कमरे से इतनी दूर तक खींच लाई थी, वह मौके पर गायब हो गई। वह चुपचाप सोचने लगा, किस तरह बात शुरू की जाए!

उसी समय बरामदे में जूतों की आहट सुनाई पड़ी, और दूसरे ही पल उपेन्द्र परदा हटाकर कमरे में घुसे। दिवाकर अत्यंत संकुचित हो भागने की तैयारी करने लगा। उसी समय उपेन्द्र 'ठहरो' कहकर इत्मीनान से खाट पर बैठ गए और कमीज उतारते-उतारते पूछा—'तू फेल कैसे हुआ? रोज रात को एक बजे तक जाग-जाग कर तब तूने क्या किया था?'

इस बात का भला क्या जवाब हो सकता है! दिवाकर सिर नीचा किए खड़ा रहा।

उपेन्द्र कहने लगे—'देखता हूं, यहां रहकर तू कुछ न कर सकेगा। जा तू, कलकत्ता जाकर पढ़।'

थोड़ी देर के बाद जरा मुस्कुराकर बोले—'भाभी के पास क्या दरबार करने आया था? तू ब्याह नहीं करेगा, यही कहने आया था न?'

यह सुनकर दिवाकर की जान में जान आई। उसका सारा दुःख मानो एक बारगी दूर हो गया। वह सहसा हंस पड़ा और मुंह उठाकर देखा।

उपेन्द्र मुस्कुराए, यद्यपि उस मुस्कुराहट का अर्थ किसी ने नहीं समझा। उसके बाद वे बोले—'अच्छा, अब तू मन लगाकर पढ़ा कर—आगामी अगहन तक तेरी छुट्टी है। अभी भी अगहन बहुत दूर है।' फिर अपनी पत्नी की ओर देखकर बोले—'सतीश ने तार दिया है, हारान भैया की हालत बहुत खराब है, मैं रात की ट्रेन के लिए इन्तजार नहीं कर सकूंगा। अभी ग्यारह बजे की गाड़ी से जाऊंगा। जरा थर्मामीटर देना तो, देखूं बुखार बढ़ा या नहीं। अरे, इतने बड़े ट्रंक की क्या जरूरत है! एक छोटी-सी पेटी दे दो न!'

सुरबाला कपड़े तह करके ट्रंक में रख रही थी। वह काम करते-करते कोमल स्वर में बोली—'छोटी पेटी में हम दोनों के कपड़े नहीं आएंगे। मैं भी तुम्हारे साथ चलूंगी।'

उपेन्द्र चौंक पड़े। बोले—'तुम मेरे साथ चलोगी, तुम पागल हो गई हो क्या?'

सुरबाला ने बिना मुंह उठाए ही कहा—'नहीं, मैं पागल नहीं हुई हूं।' फिर दिवाकर की ओर मुड़कर बोली—'सतीश, जरा जल्दी से नहाकर खा-पी लो। तुम भी मेरे साथ चलोगे।'

दिवाकर ने आश्चर्य के साथ उपेन्द्र के मुंह की ओर देखा तो वे हंसते हुए बोले—'क्या तू भी पागल हो गया? हारान भैया बहुत बीमार हैं। शायद उनके दिन पूरे होने को आए। मैं उनका क्रिया-कर्म करने जा रहा हूं। ऐसी घड़ी में तुम लोग वहां जाकर क्या करोगे? जा, तू जाकर अपना काम कर।'

सुरबाला ने इस बार मुंह उठाया। दिवाकर की ओर देखकर शांत हालांकि दृढ़ स्वर में कहा—'यह मैं कहती हूं, दिवाकर, तुम तैयार हो लो। तुम्हारे छोटे भैया को तीन दिनों से बुखार है। आज भी उनका बुखार नहीं उतरा है। इसीलिए मैं भी उनके साथ जाऊंगी और तुम्हें भी जाना होगा। जाओ, तैयार हो लो, देरी मत करो।'

उपेन्द्र मन-ही-मन भारी अचरज में पड़ गए। उन्होंने इससे पहले किसी दिन सुरबाला की ऐसी आवाज नहीं सुनी थी। वह एक मर्द को ऐसे छोटे बच्चे की तरह खुलकर हुक्म दे सकती है, अपने कानों से सुने बिना वे यह विश्वास नहीं कर सकते थे। फिर भी उन्होंने फटकार-भरे स्वर में कहा—'मैं जा रहा हूं मुसीबत की घड़ी में। मेरे साथ जाकर तुम उस मुसीबत को क्यों बढ़ा देना चाहती हो? नहीं, तुम नहीं जाओगी।'

उनकी अंतिम बात कुछ कड़ी लगी।

सुरबाला उठकर खड़ी हो गई और अपने पति के मुंह की ओर देख पहले की तरह दृढ़ स्वर में बोली—'तुम हर बात में सबके सामने मुझे डांटते क्यों हो? तुम्हें बुखार है। इस हालत में तुम बाहर जाओगे, तो मैं तुम्हारे साथ जाऊंगी ही। नौ बजते हैं, खड़े मत रहो। दिवाकर, जाओ, तैयार हो लो।'

दिवाकर के सामने उपेन्द्र ने जो रूखी बात सुरबाला से कही, उसके लिए वे बहुत लज्जित हुए, बोले—'मैं तुम्हें क्यों डाटूंगा? मैंने तुम्हें डांटा नहीं है। लेकिन पिताजी यह सुनेंगे तो क्या सोचेंगे, बताओ तो? जा दिवाकर, तू जाकर खा-पी ले।'

सुरबाला ने कहा—'पिताजी ने मुझे आपके साथ जाने के लिए कहा है।'

'इस बीच तुम पिताजी के पास भी गई थीं?'

'हां, मैं पिताजी के पास गई थी। अच्छा, जाती हूं। मैं तुम्हारे लिए दूध ले आती हूं,' कहकर सुरबाला कमरे से बाहर चली गई।

उपेन्द्र ने अपने गुलूबन्द को निशाना साधकर अरगनी पर फेंक दिया और चित होकर लेट गए। सुरबाला साथ जाएगी ही। वह अपने अस्वस्थ पति को

अपनी नजरों से दूर नहीं करेगी, इसमें अब किसी को भी सन्देह नहीं रहा। दिवाकर तैयार होने के लिए धीरे-धीरे बाहर निकल गया।

उपेन्द्र सोचने लगे कि सुरबाला ने हठ करके एक नई समस्या पैदा कर दी। कलकत्ता पहुंचकर उसके ठहरने का क्या उपाय किया जाएगा? कहां जाकर ठहरेंगे हम? हारान भैया के यहां ठहरना तो असंभव है, क्योंकि सिर्फ यही नहीं कि वहां जगह की कमी है, बल्कि यह भी कि वहां किरणमयी का पति मर रहा है। फिर भी उसी की नजरों के सामने सुरबाला अपने पति की तकलीफ के प्रति रत्ती भर भी लापरवाही नहीं बरतेगी। किसी भी शोभनीय-अशोभनीय बात को नहीं मानेगी। अपने पति के स्वास्थ्य के प्रति हर पल सतर्क निगरानी रखेगी। यह बात सोचकर ही उन्हें शर्म महसूस हुई। दोस्त ज्योतिष के घर ठहरने पर लगभग ऐसी ही मुश्किलें होंगी। सुरबाला कट्टर हिंदू है। इसी उम्र में वह बाकायदा जप-तप करती है। उस घर में उसे जरा-सा भी गैरहिन्दू आचार-विचार नजर आएगा तो हो सकता है, वह वहां का पानी तक न पिए। इतने बड़े मकान में एकमात्र माँ का आचार-विचार खास कोई काम नहीं आएगा। इसके अलावा सरोजिनी लगभग उसकी हमउम्र है। उसके घर में उसी से छुआछूत का भेद-भाव करके रहना न सुखद ही होगा, न उचित ही। बाकी रहा सतीश। उपेन्द्र ने सुना था कि वह अपने नए डेरे में अकेला रहता है। वहां जगह भी काफी है। खासकर वह भी जप-तप करनेवाला है। सतीश और दिवाकर, इन दोनों आचारवान देवरों के साथ सुरबाला खुश ही रहेगी।

उपेन्द्र ने तुरन्त सतीश को तार कर दिया कि वे कलकत्ता आ रहे हैं।

खबर पाकर सतीश स्टेशन के लिए चल पड़ा।

वास्तव में ही भगवान ने सतीश को तन-मन से बड़ा मजबूत बनाया था। इसीलिए उस दिन से मरणासन्न हारान के अभागे परिवार के सारे भार को जैसे उसने अपने कन्धों पर ले लिया था, सावित्री और विपिन की कहानी को भी उसने वैसे ही बर्दाश्त कर लिया था।

इस कहानी को जानता था सिर्फ बिहारी और उसके परम पूज्य चक्रवर्ती। बिहारी सोचता था कि चक्रवर्ती सावित्री से बहुत घृणा करता है। इसीलिए कल दोपहर को चक्रवर्ती का प्रसाद पाकर छोटी-सी चिलम को औंधी रखकर उसने लम्बी सांस छोड़कर कहा था—'छिः-छिः महाराज, उस लड़की ने यह क्या किया? उसने मेरे बाबू को नहीं पहचाना। इसे ही कहते हैं—मुहरें लुटाकर कोयले पर छाप। आखिरकार विपिन बाबू के साथ चली गई।'

चक्रवर्ती ने जरा हिल-डुलकर उत्तर दिया—'बिहारी, निमाई संन्यास में लिखा है—'मुनीनाञ्च मतिभ्रमः।' नहीं तो सावित्री जैसी औरत इतनी बेवकूफी क्यों

करती? लेकिन मैं तुझसे यह कह रखता हूं कि एक न एक दिन उसे पछताना पड़ेगा ही। मेरे साथ उठ-बैठकर, मेरी बातें सुन-सुनकर बड़े आदमियों के साथ बात करना सीखा था उसने। जवानी थी, सतीश बाबू की आंखों पर चढ़ चुकी थी। टिक जाती तो भविष्य अच्छा होता। लेकिन उसने मेरी सलाह तक नहीं ली। बिना गोदान किए भला वैतरणी पार की जा सकती है! मुसीबत नें पड़ते हैं, तो दुनिया भर के लोग इसी चक्रवर्ती के पास आकर उसके दोनों पांव पकड़ते हैं। वे क्या यों ही आते हैं? अभी उस दिन सदी की मां...'

बिहारी को यह जानने का कौतूहल नहीं था कि सदी की मां किस मुसीबत में पड़कर महाराज के पास आई थी और सदी की मां का आखिर क्या हुआ। इसलिए महाराज की बात के खत्म होने के पहले ही वह बोल उठा—'लेकिन चाहे कुछ भी कहो, महाराज, बाबू हो तो मेरे मालिक-जैसा। कलकत्ता में मैंने ढेर सारे बड़े लोगों को देखा है, लेकिन ऐसा जवांमर्द, ऐसा कलेजेवाला तो और किसी को मैंने नहीं देखा। हाथी के दांत और मर्द की बात जो मुंह से निकला, निकला, फिर वापस नहीं आनेवाला। यह उस दिन की बात है, जब मैंने उससे कहा—बस, बाबू बहुत हो चुका, अब और नहीं। फिर क्या था, उस दिन से लेकर आज तक एक दिन भी घृणा के मारे उसका नाम तक वे अपनी जबान पर नहीं लाए हालांकि वे उसे कितना प्यार करते थे! क्यों, तुम्हारी क्या राय है महाराज?'

चक्रवर्ती ने सिर हिलाकर उत्तर दिया—'यह बात तो मैंने पहले कह दी है। इसी से तो इतना खून-खराबा होती है। जेल-फांसी की नौबत आती है। एक बार आंख लड़ जाने पर तो फिर कहना ही क्या है, समझे बिहारी?'

बिहारी सिहर उठा। उसका मुंह पीला पड़ गया। भयभीत होकर कहा—'नहीं-नहीं, महाराज, मेरे बाबू वैसे स्वभाव के नहीं हैं। लेकिन वह यहां कहां रहती है? तुम उसका पता जानते हो क्या? इस बीच बाट-घाट में कहीं...'

चक्रवर्ती ठहाका मारकर हंस उठा और बोला—'तू तो बहुत बड़ा बेवकूफ है। वह क्या विपिन बाबू के पास नौकरी करने गई है बिहारी कि बाट-घाट में उससे भेंट होगी? उसने खुद ही अब कितने सारे नौकर-नौकरानियों को रखा होगा। जा, जाकर देख आ।'

बिहारी निश्चिंत हुआ। मुस्कुराते हुए सिर हिलाकर कहा—'मैं भी ऐसा ही समझता था। इसीलिए तो सोचा कि एक बार महाराज के पास जाऊं, देखूं, वे क्या कहते हैं। यही कहो महाराज, आशीर्वाद दो कि वह राजरानी होकर रहे, गाड़ी-पालकी पर चढ़कर घूमे, और अब इस जीवन में इन दोनों की आंखें चार न हों।' यह कहकर उसने आनन्दविभोर होकर चक्रवर्ती के पैरों की धूल अपने माथे से लगाई और बाहर निकल गया।

बिहारी इस बार जब से कलकत्ता आया है, तब से उसे इस बात की चिन्ता रहती है कि कहीं संयोगवश सतीश और सावित्री की आपस में मुलाकात न हो जाए और इसी कारण सतीश के बाहर जाने से लेकर उसके वापस लौटने तक वह इस भय से व्याकुल रहता है। सतीश बेहद तुनकमिजाज है, यह खबर वह सतीश के घर के पुराने नौकर-नौकरानियों के मुंह से सुनकर आया था। सावित्री ने जो निन्दनीय काम किया है, उससे खून-खराबे तक की नौबत आ सकती है, यह भी उससे छिपा न था। पर बिहारी के दिमाग में यह बात नहीं घुसती थी कि सावित्री किसी दिन नौकर-नौकरानियों के साथ गाड़ी पर सवार होकर घूम-फिर सकती है। आज चक्रवर्ती की बातों से वह निर्भय होकर जी उठा। सावित्री पर उसे बड़ा क्रोध आया था, पर वह क्रोध अब शांत हो गया। वह निश्चिंत होकर रास्ते पर चलते-चलते यह आशा करने लगा कि हो सकता है, एक बहुत बड़े कोच पर राजरानी के वेश में इस बार वह सावित्री को देख सके! बिहारी सावित्री को सचमुच ही प्यार करता था। वह कौन है अथवा किस उपाय से रानी बन सकती है—ये सारे अनावश्यक प्रश्न उसके मन में ठौर नहीं पा सकते थे। हमेशा से ही सावित्री उसके परम स्नेह और श्रद्धा की पात्र है। वह दुखी है, वह उन जैसे लोगों के साथ एक जगह खड़ी होकर नौकरी करती है। यह सोचते ही लज्जा और संकोच के मारे उसका सिर झुक जाता था। फिर भी उस दिन से, जब उसने विपिन बाबू को उसके बिस्तर पर लेटा हुआ देखा था, अंतर में बड़ा दुख, बड़ी यातना पाकर ही बिहारी उससे नाराज हुआ था। लेकिन आज ज्योंही उसने यह सुना कि सावित्री उसके मालिक की राह का कांटा नहीं है, उसके मालिक के सुख में बाधक नहीं है, त्योंही वह हृदय से सावित्री को यह आशीर्वाद देने लगा कि सावित्री सुखी रहे, उसका जीवन निष्कंटक हो और वह राजरानी बने।

19

हारान के जीवन-मरण की लड़ाई एक करुण घटना बनती जा रही थी। मृत्यु भूखे सांप की तरह जितना उसे लगातार खींचकर निगल जाना चाह रही थी, मेढक की तरह वह दोनों पांवों से उसके जबड़े को रोककर एक अद्‌भुत कौशल से मृत्यु को हर दिन उतना ही टालता चला जा रहा था। ऐसा लग रहा था कि उसका अशेष

दुखमय प्राण हरगिज नहीं जाएगा। दुःखपूर्ण प्राण किसी प्रकार भी समाप्त न होगा, ऐसा ही लग रहा था।

इस विपत्ति में सतीश सहायता करने आया था; किंतु किरणमयी की पति-सेवा देखकर वह आश्चर्य से हक्का-बक्का रह गया। ऐसा उसने खुद भी बहुत देखा है और वह यह भी जानता है कि स्त्रियों के लिए उनके पति से बढ़कर और कोई नहीं होता है, लेकिन जिस कारण से भी हो, कोई आदमी सब कुछ जान-बूझकर इतना बड़ा निष्फल श्रम ऐसे प्राणों को निछावर करके कर सकता है, इसकी तो वह कल्पना भी नहीं कर सकता था।

यह कैसी आश्चर्यजनक सेवा है! रोज सारी रात एक ही ढंग से बिस्तर की बगल में जागती हुई बैठी रहती है। सारा दिन कितना अथक परिश्रम करती है। हालांकि मुंह पर अवसाद-विषाद का चिह्न तक नहीं है। मुंह देखकर यह समझने की मजाल नहीं कि कितनी बड़ी मुसीबत उसके सिर पर है।

सतीश ने अपनी इस भाभी को वास्तव में ही अपनी बड़ी बहन की भांति प्यार किया था। उसकी यह चिंतारहित पति-सेवा देखकर उसे अत्यन्त व्यथा के साथ सिर्फ यही लग रहा था कि चाहे जो भी कारण हो, भाभी को आशा बंधी है कि उनके पति बच जाएंगे। इसलिए आखिरकार उसके मन में कितनी वेदना टीसेगी, इसकी कल्पना करके वह व्याकुल होता जा रहा था और किस उपाय से यह अप्रिय सत्य उसकी नजरों के सामने लाया जा सकता है, हर पल यही उसकी चिन्ता का विषय हो उठा था।

एक दिन ऐसा भी था, जब सतीश को अपने सम्बन्ध में भारी विश्वास था कि वह बुद्धिमान है। मानव-चरित्र को समझने में वह विशेष रूप से दक्ष है। लेकिन सावित्री से चोट खाने के बाद से उसका वह घमंड चूर-चूर हो गया था। संसार में जब यह भी संभव हो सका कि सावित्री उसे छोड़कर विपिन के पास चली गई, तभी उसे यह पता चल गया था कि वह मानव-चरित्र के बारे में कुछ भी नहीं जानता है। मनुष्य के मन के अन्दर क्या है, क्या नहीं है, इसके बारे में जिसकी जैसी मर्जी वैसी वह चर्चा करता फिरे, पर वह अब मानव-चरित्र के बारे में कोई चर्चा नहीं करेगा। वह यह बात जब याद करता है, तो उसकी शर्म और पछतावे का अंत नहीं होता है कि अपनी इसी बुद्धि पर गर्व करके उसने इस भाभी के सम्बन्ध में ढेर सारी बातें सोची थीं और उपीन भैया को सिखाना चाहा था।

आज सवेरे सतीश ने उस घर में उपस्थित होकर देखा, किरणमयी वैसे ही प्रसन्न, शान्त और चमकीले मुंह से अकेले घर का काम-काज कर रही थी। दो-तीन दिनों से उसकी सास फिर बीमार हो गई हैं। बीती रात को उनका बुखार

कुछ बढ़ गया था। इस वजह से वे अभी तक बिस्तर से नहीं उठी थीं। किरणमयी का मुंह देखकर किसी भी बात का अन्दाजा लगाने की गुंजाइश नहीं थी। इसलिए सतीश को रोज हर बात उससे पूछकर ही जाननी पड़ती थी। आज सतीश ने प्रश्न किया, तो उसने काम छोड़कर मुंह उठाया और कुछ देर तक उसकी ओर निहारती रही, फिर बोली—'सतीश, अब देरी करने की जरूरत नहीं। अपने भैया को चिट्ठी लिखकर एक बार आने के लिए कहो।'

सतीश ने डरकर प्रश्न किया—'क्यों भाभी?'

किरणमयी के मुंह के ऊपर से होकर शरत के बादलों का एक छोटा-सा टुकड़ा तिरता हुआ चला गया। इस मुंह के साथ जिसका विशेष परिचय नहीं है, उसे यह छाया नजर नहीं आएगी। एक लम्बी सांस लेकर वह बोली—इस बार शायद उनके कष्टों का अंत होने को आया है। तुम उन्हें एक तार कर दो।'

सतीश क्षण-भर चुपचाप देखता रहा फिर बोला—'मैं जानता था भाभी, लेकिन यह सोचकर कि कहीं तुम डर न जाओ, मैंने तुमसे कहने का साहस नहीं किया था।'

किरणमयी ने सहज भाव से कहा—'यह तो डरने की बात ही है सतीश! उनकी सांसों की गति का पता मुझे परसों ही चल गया था। कल रात से उनकी सांसों की गति और भी थोड़ी-सी बढ़ी है। यह कम नहीं होगी। इसीलिए उन्हें एक बार बुलाने के लिए कह रही हूं।'

सतीश यह बात नहीं जानता था, चौंककर बोला—'कहां, मुझे तो इसका पता नही चला था! तुमने भी मुझे इसके बारे में कुछ नहीं बताया था!'

किरणमयी ने कहा—'नहीं। सांसों की यह गति इतनी धीरे-धीरे बढ़ती है कि दूसरों को इसका पता भी नहीं चल सकता। लेकिन आज कोई खास डर नहीं है। लेकिन मुसीबत अकेले नहीं आती, सतीश। कल से मां की हालत और बिगड़ गई है। अभी-अभी मैंने देखा, उन्हें बहुत बुखार है, बीच-बीच में वे रोती भी हैं।' यह कहकर वह जरा हंसी। लेकिन उस हंसी को देखने से रुलाई आती है।

सतीश की आंखों में आंसू आ गए। उसने रुआंसा होकर धीरे-धीरे कहा—'उपीन भैया को आ जाने दीजिए।'

किरणमयी ने कहा—'और एक खबर सुनोगे सतीश?'

सतीश चुप होकर देखता रहा।

किरणमयी बोली—'परसों तीसरे पहर मुझे वकील की एक चिट्ठी मिली थी, उससे मालूम हुआ कि दो साल पहले उन्होंने अपने एक दोस्त का जामिन बनकर किसी से तीनेक हजार रुपए उसे कर्ज दिलाए थे। उनके उस दोस्त ने दिवालिया

हो जाने की वजह से जहर खाकर आत्महत्या कर ली। अब वे तीन हजार रुपए सूद समेत चारेक हजार रुपए हो गए और वे रुपए उनके मत्थे चढ़ गए। वकील ने चिट्ठी देकर यह जानकारी मांगी है कि इस टूटे-फूटे मकान की ईंट-लकड़ियों को बेचकर वे रुपए वसूल किए जा सकते हैं या नहीं।' इतना कहकर वह ठीक पहले की ही तरह हंस उठी।

सतीश मुंह नीचा करके फर्श की ओर निहारता रहा। उसने नजरें उठाकर देखने की न हिम्मत की, न प्रश्नों का जवाब देने का ही भरोसा दिया।

सतीश उपेन्द्र को तार करके जब वापस लौट आया, तब दिन के दस बजे थे। धीरे-धीरे वह रसोईघर जा पहुंचा। किरणमयी सास के लिए साबूदाना बना रही थी। मुंह उठाकर बोली—'बैठो सतीश।'

उसकी आवाज जरा भारी थी। सतीश ने ध्यान से देखा, आंखों में आंसू तो नहीं थे, लेकिन उसकी दोनों पलकें भीगी थीं। वह पास ही फर्श पर बैठ गया। आज किरणमयी ने आसन देने की बात भी नहीं उठाई। उसे शायद यह भी नहीं दिखाई पड़ा कि सतीश कहां और कैसे बैठा है। किसी साधारण विषय में भी उसकी जरा-सी त्रुटि सतीश ने देखी नहीं थी। इतने दिनों की इतनी आवाजाही, इतने मेल-जोल के बीच एक दिन के लिए भी भाभी के सहज, सरल व्यवहार और सौजन्य का थोड़ा-सा भी अभाव तथा घनिष्ठता का रत्ती भर भी दुरुपयोग उसे ढूंढ़े नहीं मिला था। इसीलिए आज थोड़ी-सी उपेक्षा ने मानो उसकी आंखों में उंगली डालकर उसे यह दिखा दिया कि कैसा भारी बोझ भाभी के पूरे मन पर छाया हुआ है।

बहुत देर तक दोनों चुप रहे। एकाएक एक समय किरणमयी मानो अपने आप पर तीव्र व्यंग्य करके हंस उठी। शायद इतनी देर तक वह इसी चिंता में मग्न थी। बोली—'अच्छा, बताओ तो सतीश, यमराज के साथ यह सब लेन-देन का झंझट मिट जाने के बाद मुझे नौकरी करनी चाहिए या भीख मांगनी चाहिए?'

यह बात सतीश समझ गया। बोला—'उपीन भैया से पूछो, वे ही इसका जवाब देंगे।'

किरणमयी ने कहा—'बिना पूछे ही मैं यह समझ सकती हूं कि हो सकता है कि मुझ पर कृपा करके वे मुझे दो रोटियां दें, लेकिन दूसरे पर निर्भर रहना ही तो भीख मांगना है, सतीश।'

सतीश ने प्रतिवाद करना चाहा, लेकिन जब प्रतिवाद करने लायक शब्द उसे ढूंढ़े नहीं मिला, तो वह चुपचाप निहारता रहा।

किरणमयी ने उसका मनोभाव समझकर जरा मुस्कुराकर कहा–'मैं यह जानती हूं कि मुंह खोलकर कही बात कड़वी होती है सतीश, लेकिन मैं जो कुछ कह रही हूं, वह सच है।' वह कुछ देर तक रुकी, फिर बोली–'तुम बुरा मत मानना, तुम्हारे बड़े भाई को मैं पहचान नहीं सकी थी। अब मैंने उन्हें पहचाना है। मैंने समझा है कि अनाथों को देना वे जानते हैं। लेकिन यहां सिर्फ अनाथों को कुछ देना ही तो नहीं है, सतीश, सारा जीवन दूसरों के मन को खुश रख पाना कम कठिन काम नहीं है। इस बात से मेरी रग-रग वाकिफ है।'

फिर भी सतीश को उत्तर ढूंढ़े नहीं मिला। लेकिन किरणमयी पर मानो सनक सवार हो गई थी। प्रत्युत्तर की प्रतीक्षा किए बिना ही बोली–'इस दुनिया के साथ मेरा कारोबार कोई ज्यादा पुराना नहीं है–लेन-देन का हिसाब करना अभी भी मुझे नहीं आता है। इस लम्बे जीवन के हिसाब-किताब में कोर-कसर, भूल-चूक हो सकती है। तब वे ही भला क्या कह देंगे और मैं ही भला किस मुंह से हाथ फैलाऊंगी? तब मुझे फिर शुरू से अपनी राह पर खुद चलना पड़ेगा।'

इतनी देर तक सतीश श्रद्धा और दुःख के साथ उसकी भावी आशंका की बातों को सुन रहा था लेकिन अंतिम बात से मानो वह ठोकर खाकर चौंक उठा। उसने कहा–'यह कैसी बात है भाभी? कोर-कसर तो सभी से होती है। अब रही भूल-चूक की बात, सो भूल-चूक क्यों होगी?'

किरणमयी सतीश के विस्मय को देखकर हंसी। एक पल में व्यग्र उतप्त आवाज को कोमल बनाकर उसने कहा–'कौन जाने सतीश, मैं भी तो मनुष्य ही हूं!'

किरणमयी की हंसी को देखकर सतीश ने अपना भ्रम समझा। पल-भर की उत्तेजना में उसके मन ने किरणमयी की बातों का गलत मतलब निकालना चाहा था, इसी शर्म के मारे उसने सिर झुकाकर धीरे-धीरे कहा–'मुझे माफ करो, भाभी, मैं जैसा बेवकूफ हूं, वैसा ही नापाक।'

किरणमयी ने जवाब नहीं दिया, बस फिर तनिक मुस्कुराई।

अचानक सतीश का अनुतप्त अपराधी मन उद्दीप्त हो उठा। वह जोर लगाकर बोल उठा–'लेकिन सिर्फ उपीन भैया का फैसला ही आखिरी फैसला क्यों होगा? क्या वे ही सब कुछ हैं, मैं कोई नहीं? मैं तुम्हें उन पर निर्भर होकर रहने नहीं दूंगा?'

किरणमयी ने मुस्कुराकर कहा–'दोनों तो एक ही बात है, सतीश। तुम और तुम्हारे बड़े भाई एक-दूसरे के पराये नहीं हो। तुम पर निर्भर होकर रहूंगी तो मुझे तुम्हारा भी मन खुश करके तुमसे भीख लेनी पड़ेगी।'

सतीश बोला–'नहीं, तुम्हें मुझसे भीख नहीं लेनी पड़ेगी। इसका कारण यह है कि मैं तुम्हारा छोटा भाई हूं, लेकिन उपीन भैया तुम्हारे पति के दोस्त हैं। जरूरत पड़ेगी तो अपनी बहन का भार मैं ही ले सकूंगा।'

'लेकिन अगर तुम्हारा मन खुश करके मैं नहीं चल सकूं तो?'

'तो मैं भी तुम्हारा मन खुश करके नहीं चलूंगा।'

किरणमयी ने प्रश्न किया–'अगर मैं जीवन में कोई दोष, अपराध करूं तो?'

सतीश ने जवाब दिया–'तब तो भाई-बहन में झगड़ा होगा।'

किरणमयी ने फिर प्रश्न किया–'और अगर जीवन में मुझसे कोई भूल हो जाए, तो क्या मेरा यह छोटा भाई उसे माफ कर सकेगा?'

सतीश मुंह उठाकर पल-भर देखता रहा, फिर सहसा अत्यंत व्यथित स्वर में बोला–'इस भूल-चूक का मतलब मैं समझ नहीं सकता भाभी! छोटे भाई को उसका मतलब समझाकर कहना जरूरी समझो तो कहो, और जरूरी न समझो तो मत कहो, लेकिन तुम्हारा मतलब जो भी हो, जो अपराध मन में लाया भी नहीं जा सकता है, वैसा भी अपराध अगर हो जाए, तो तब भी मैं यह नहीं भूल सकूंगा दीदी कि मैं तुम्हारा छोटा भाई हूं।' उसको सावित्री की बात याद आ गई। उसने कहा–'भाभी, आज अपने इस छोटे भाई के अहंकार को माफ करो, लेकिन जिस अपराध को मैं अपने जीवन में माफ कर सका हूं, उस अपराध को माफ करने में खुद भगवान का कलेजा भी टीसता।' यह कहकर उसने देखा, किरणमयी की दोनों आंखों से आंसू लुढ़ककर गिर रहे हैं। सतीश हिल-डुलकर बैठा और फिर से भर्रायी आवाजों में बोला–'आज तुम मुझे अच्छी तरह देखो, दीदी, जिस सतीश ने अपनी बेवकूफी की हिमाकत से तुम्हें भाभी कहकर ताना मारा था, वह तुम्हारा यह छोटा भाई नहीं था,' कहते-कहते उसका समूचा चेहरा चमकीला हो उठा।

उसने प्रबल गति से सिर हिलाकर कहा–'नहीं, नहीं, वह मैं नहीं था। वह कभी तुम लोगों को पहचान नहीं सका था, उसने कभी तुम लोगों की पूजा करना नहीं सीखा था। उसने जगन्नाथ को काठ का पुतला कहकर मजाक उड़ाया था। अपने महापाप का बोझ लेकर वह डूब गया है। भाभी, वह अब नहीं रहा।' यह कहकर वह गर्दन झुकाकर अपने हृदय के अंदर डूबकर देखने लगा।

किरणमयी अपलक दृष्टि से उसकी ओर देखती रही। उसके बाद धीरे-धीरे अति मृदु स्वर में उसने प्रश्न किया–'कैसे तुमने हम लोगों को पहचाना, भाई?'

सतीश ने गर्दन झुकाए ही कहा–'वह बात अपने से बड़ों के सामने कहने की नहीं, भाभी।'

'अपने से बड़ों के सामने कहने की नहीं है? यह कैसी बात है?' अचानक संदेह से, भय से किरणमयी का मुंह उदास हो गया। उसने पुकारा–'सतीश।'

'क्या है भाभी?'

'मुंह उठाओ, देखूं तो?'

सतीश ने पल-भर स्तब्ध भाव से रहकर मुंह ऊंचा किया।

किरणमयी कुछ देर तक एकटक देखती रही, फिर बोली–'सतीश, तुम एक बड़ा दर्द लेकर आते-जाते हो, इसका पता मुझे कुछ दिन पहले चला था। लेकिन तब मुझे तुमसे पूछने का अधिकार नहीं था। इसीलिए मैंने जानना नहीं चाहा था। लेकिन आज तुम मेरे छोटे भाई हो–क्या हुआ है, बताओ तो?'

सतीश सिर झुकाकर बोला–'वह शर्म की बात है भाभी।'

किरणमयी ने कहा–'भले शर्म की बात है, तो है, तो भी तुम्हें अपनी इस बहन को उसका हिस्सा देना पड़ेगा। इस दर्द का बोझ मैं तुम्हें अकेले ढोते फिरने नहीं दूंगी।'

उसके बाद किरणमयी ने थोड़ा-थोड़ा करके शुरू से लेकर आखिर तक की उसकी दुख-भरी कहानी की बहुत-सी बातें सुनीं। अन्त में बोली–'लेकिन तुमने ऐसा काम क्यों किया?'

सतीश चुप रहा।

किरणमयी ने प्रश्न किया–'कौन है वह?'

सतीश मुंह नीचा करके धीमे स्वर में बोला–'अभागिन है वह...।'

'लेकिन अभी कहां है वह?'

'मुझे नहीं पता?'

'तुमने उसकी खोज नहीं की?'

सतीश ने मृदु स्वर में कहा–'नहीं। मैंने सुना है, वह जहां है, अच्छी है।'

किरणमयी ने व्यथित होकर कहा–'वह अच्छी है? छिः! छि! क्यों तुमने ऐसा धोखा खाया?'

इस बार सतीश ने फिर एक बार मुंह ऊंचा किया। साफ शब्दों में जवाब दिया–'मैंने धोखा नहीं खाया है भाभी, क्योंकि मैं उसे प्यार कर सका था। लेकिन धोखा खा गई है वह–वह प्यार नहीं कर सकी थी।'

'उसके बाद?'

सतीश ने कहा–'पहले तो वह अपने मन को समझ नहीं पाई थी। लेकिन जब उसने अपने मन को समझा तब वह चली गई।'

'बिना बताए, छिपकर चली गई?'

सतीश सिर हिलाकर बोला—'नहीं, ऐसी बात भी नहीं है। जाने के पहले वह मुझे सावधान कर गई कि मैं एक अस्पृश्य कुलटा को प्यार करके भगवान के दिए हुए इस मन पर कालिख न पोतूं।'

किरणमयी गम्भीर विस्मय से तनकर बैठी और बोली—'क्या कह गई वह?'

सतीश ने फिर से बात को दोहराया। किरणमयी कुछ देर तक उन बातों को धीमे स्वर में दोहराया। उसके बाद अचानक बोल उठी—'लेकिन फिर जब तुम्हारी उससे मुलाकात हो, सतीश, तो उसे मुझे एक बार दिखाना।'

सतीश विपिन की बात याद करके बोला—'लेकिन अब तो मेरी उससे मुलाकात नहीं होगी, भाभी।'

किरणमयी के होंठों पर उदास हंसी दिखाई पड़ी। उसने कहा—'तुम्हारी मुलाकात उससे फिर कब होगी?'

'कब होगी उससे मेरी मुलाकात! उससे अब मेरी मुलाकात न हो, इसी में मंगल है।'

किरणमयी ने गर्दन हिलाकर कहा—'यह तो मैं नहीं जानती कि उससे तुम्हारी मुलाकात कब होगी, लेकिन अगर कभी तुम दुख में पड़ोगे, मुसीबत में पड़ोगे, तभी उससे तुम्हारी मुलाकात होगी। पर उस मुलाकात से मंगल के सिवा अमंगल नहीं होगा। सतीश, वह जहां कहीं भी रहे, वह तुम्हारी जितनी मंगलकामना करती होगी उतनी मंगलकामना तुम खुद अपने लिए नहीं करते होगे। यह तुम किसी दिन मत भूलना।'

उसी दिन शाम के पहले किरणमयी अपने मरणासन्न पति के गरम बिस्तर के किनारे से उठकर आई और कई पलों के लिए बाहर खड़ी हो गई। दरवाजे की बगल में दीवार से पीठ टिकाए सतीश चुपचाप बैठा हुआ था, शायद थकान के मारे झपकियाँ ले रहा था। किरणमयी विस्मित होकर बोली—'सतीश, ऐसे क्यों बैठे हो? तुम अपने डेरे क्यों नहीं गए थे?'

सतीश की झपकी टूटी, तो वह हड़बड़ाता हुआ उठकर खड़ा हो गया और बोला—'नहीं भाभी, मैं अपने डेरे नहीं गया था।'

'तो इतनी देर तक कहां थे तुम?'

'रास्ते-रास्ते घूम-फिर रहा था मैं—आज डेरे नहीं जाऊंगा।'

किरणमयी ने आपत्ति प्रकट करते हुए कहा—'छिः-छिः, यह क्या कह रहे हो तुम? न खाओगे, न सोओगे—नहीं, नहीं, मेरे प्यारे भाई, अपने डेरे पर जाओ। आज उन्हें कुछ नहीं होगा। डरने की कोई बात नहीं है।'

सतीश ने गर्दन हिलाकर कहा—'डर की बात हो या न हो, आज मैं तुमको अकेले छोड़कर न जा सकूंगा। इसके अलावा मैं दुकान में खाना खाकर आया हूं।

किरणमयी ने कहा—'ऐसा नहीं हो सकता। मैं जानती हूं, दुकान के नाश्ते से तुम्हारा पेट नहीं भरेगा। तब तो मुझे फिर खाना बनाना पड़ेगा। खैर, खाना तो मैं बना लूंगी, लेकिन इन कई दिनों से तुम न तो समय पर नहा सके हो, न खा सके हो। कल-परसों तो तुम अच्छी तरह सो भी नहीं सके थे, बहुत अधिक शारीरिक परिश्रम तुम्हें करना पड़ा है, सतीश। अब और नहीं। आज रात तुम यहां रहोगे, तो तुम बीमार हो जाओगे। और ऐसा मैं हरगिज नहीं होने दूंगी।'

सतीश ने गुस्सा करके कहा—'मैंने दो दिन जरा कम खाया, जरा कम सोया, इस वजह से मैं बीमार हो जाऊंगा और तुम हो कि एक महीने से सोई ही नहीं हो, सो? जो कुछ खाकर तुम दिन-रात बिताती हो, उसे तो तुम किसी को देखने ही नहीं देती हो, लेकिन भगवान तो उसे देखते हैं। उसके बाद जी-तोड़ मेहनत करती हो—इस पर भी तुम खड़ी हो और मैंने जरा कम खाया, जरा कम सोया, इसी वजह से मैं मर जाऊंगा?'

किरणमयी ने कहा—'इसका मतलब यह है कि तुम भी क्या एक महीने तक बिना खाए, बिना सोए खड़े रह सकते हो?'

सतीश ने कहा—'यह बात मैं नहीं कहता, लेकिन...'

किरणमयी ने हंसकर कहा—'इसमें भला 'लेकिन' कहां से आ गया? सतीश, मैं औरत हूं। औरत क्या कभी बीमार होती है या औरत कभी मरती है? कहां सुना है तुमने कि गैर-हिफाजत और अत्याचार से औरत मर गई है?'

सतीश ने कहा—'नहीं, मैंने यह कहीं नहीं सुना है, बल्कि मैंने यह सुना है कि औरत अमर होती है।'

किरणमयी ने हंसकर कहा—'सचमुच ही, औरत अमर होती है। प्राण हो, तब जाएगा, न हो तो नहीं जाएगा। भगवान ने औरतों के शरीर में ऐस क्या दिया है जो जाएगा। मुझे तो ऐसा लगता है कि दस-बीस बरसों तक इस जात को फांसी पर लटका कर रख दिया जाए, तो भी यह जात नहीं मरेगी।'

सतीश ने क्रुद्ध होकर कहा—'तुम्हारी यह मसखरी मैं सुनना नहीं चाहता भाभी, ऐसी मसखरी सुनने से भी पाप लगता है।'

किरणमयी ने इस बार गम्भीर होकर कहा—'अच्छा, सतीश, अचानक तुम औरतों के इतने बड़े हिमायती क्यों बन गए हो, बताओ तो?'

सतीश बोला—'भाभी, मैं यह अच्छी तरह समझ सकता हूं कि तुम जब-तब औरत का नाम लेकर सिर्फ अपने प्रति ही कठोर व्यंग्य करती हो। ऐसा तुम क्यों

करती हो, मैं यह नहीं जानता। तुम्हारे सम्बन्ध में तुम्हारे अपने ही मुंह से की गई ठट्ठा-मसखरी को मैं सहन नहीं कर सकता। वैसी ठट्ठा-मसखरी मुझे भारी चोट पहुंचाती है। अच्छा, तो मैं चला।'

'सुनो सतीश!'

सतीश मुड़कर खड़ा हो गया। बोला—'क्या है?'

'सचमुच तुम गुस्सा हुए क्या?'

'गुस्सा आता है, भाभी। संसार में मैं दो आदमियों की देवता की भांति श्रद्धा करता हूं—'एक हैं उपीन भैया और दूसरे तुम हो। एक को याद करता हूं, तो मैं तुम दोनों को एक साथ देखता हूं। ऐसी घटिया ठट्ठा-मसखरी मुझे सहन नहीं होती। अच्छा, तो मैं चला। हो सकता है, खा-पीकर मैं फिर आऊं,' कहकर सतीश तेज कदमों से नीचे उतर गया।

किरणमयी आंखें मूंद करके चौखट पर सिर रखकर निष्पन्द की तरह खड़ी रही। उसके दोनों कानों के अन्दर सिर्फ यही प्रतिध्वनि गूंजने लगी—मैं एक के बारे में सोचता हूं तो दोनों को देखता हूं।

20

शब्दों से हो या इशारे से, सतीश ने कभी किसी से सावित्री का उल्लेख नहीं किया था। इसीलिए जब उसने किरणमयी को यह बात बताई है तभी से उसके समूचे शरीर में अमृत की धारा बह रही है। सतीश किरणमयी को देवी समझता था। उसकी तमाम बातों पर अत्यन्त श्रद्धा से विश्वास करता था। उसने कहा है कि दुख के दिनों में सावित्री से फिर मेरी मुलाकात होगी। तभी से उसके हृदय में गुप्त रूप से बसा शोकार्त विरह उस परम वांछित दुख की आशा में उन्मुख हो उठा था। कौन-सा दुख किस तरह से कितने दिनों में उसे दर्शन देकर उस पर कृपा करेगा, इसी चिन्ता को लेकर वह रास्ते पर धीरे-धीरे चलते-चलते रात को आठ बजे अपने डेरे पर आ पहुंचा। कमरे में घुसकर उसने जिधर जिस चीज को देखा उसी ने आज जरा विशेष रूप से उसका ध्यान आकर्षित किया। कमीज उतारकर जब उसने उसे अरगनी पर रखना चाहा, तो देखा, कपड़े तरतीब से थाक लगाकर रखे हुए हैं। हिरन के सींगों पर टंगे हुए पूजा के धुले कपड़े तहाए हुए हैं। और

जब उसने बैठना चाहा, तो देखा, कुर्सी पर रखे हुए मैले कपड़ों का ढेर आज नहीं है। दो हफ्तों से धोबी नहीं आया था, इसलिए मैले कपड़ों का ढेर बैठने की कुर्सी पर ही रोज धीरे-धीरे ऊंचा होता चला जा रहा था। बैठते समय सतीश उन कपड़ों को फर्श पर फेंक देता था। और जब वह उठकर चला जाता, तब बिहारी उन कपड़ों को फिर से उसी कुर्सी पर रख देता था। सात दिनों से मालिक और नौकर यही काम कर रहे थे, पर आज अचानक उन कपड़ों की गठरी बांधकर उसे अरगनी की आड़ में रख दिया गया है। बिस्तर की चादर और तकिए का गिलाफ बहुत अधिक मैले थे, वे आज झक्क सफेद हैं। मच्छरदानी हमेशा बेढंगे तरीके से ऊपर उठाई हुई रहती थी, आज वह भी चारपाई के चारों कोनों में लगी लकड़ियों से तान कर टांगी गई है। लैम्प की बत्ती के एक कोने से बराबर काला धुआं निकलता था, पर आज बत्ती से धुआं नहीं निकल रहा है और लैम्प बखूबी जल रहा है। हर ओर एक शोभा की छटा देखकर सतीश ने अत्यन्त तृप्ति महसूस की, लेकिन बूढ़े बिहारी के इस आकस्मिक रुचि-परिवर्तन का कोई कारण उसे ढूंढ़े नहीं मिला। उसने पुकारा—'बिहारी!'

बिहारी ओट में खड़ा था, सामने आकर बोला—'कहिए बाबू।'

सतीश ने कहा—'यह तो बहुत अच्छी बात है।'

बिहारी ने कोई उत्तर नहीं दिया।

सतीश ने कहा—'अगर तू यह सब कर सकता है, तो फिर घर-द्वार को इतना गंदा क्यों रखता है? मैं बहुत खुश हुआ।'

बिहारी ने नम्रता से सिर जरा-सा झुकाकर कहा—'आपके नाम एक तार आया है, बाबू!'

'कहां है?' कहकर इधर-उधर दृष्टि दौड़ाते ही मेज पर एक पीला लिफाफा नजर आया। उसने लिफाफे को खोलकर देखा—उपीन भैया का तार है। वे साढ़े नौ बजे की ट्रेन से हावड़ा पहुंचेंगे। उस वक्त घड़ी में लगभग साढ़े आठ बजे थे। वह व्यस्त होकर बोली—'जल्दी से जाकर एक गाड़ी ले आ बिहारी, उपीन भैया आ रहे हैं।'

पांच मिनट के अंदर बिहारी ने गाड़ी लाकर खबर दी और किवाड़ की आड़ में खड़ा होकर पूछा—'उन्हें साथ लेकर लौटेंगे न?'

सतीश ने कुछ सोचकर कहा—'नहीं, आज रात को अब मैं डेरे पर नहीं लौटूंगा।'

उपीन भैया सीधे हारान बाबू के ही घर जाएंगे, इसमें सतीश को कोई संशय नहीं था। क्योंकि तार में यह नहीं लिखा हुआ था कि वे अपनी पत्नी के साथ आ रहे हैं।

सतीश इसी अवसर पर दो-चार गरम-गरम पूड़ियां गटक ले रहा था। बिहारी ने ओट से ही कहा—'बाबू, एक निवेदन है।'

बिहारी को प्रार्थना करनी होती, तो वह पंडिताऊ शब्दों का प्रयोग करता था।

सतीश ने मुंह उठा करके पूछा—'क्या निवेदन है?'

'जी' कहकर बिहारी चुप हो गया।

सतीश ने प्रश्न किया—'जी क्या? सुनूं तो सही।'

बिहारी ने हिचकिचाते हुए कहा—'तीसेक रुपए होते तो...'

सतीश ने विस्मित होकर कहा—'परसों ही तो तूने मुझसे तीस रुपए लिए, उन्हें तूने घर भेजे थे?'

बिहारी ने मृदु स्वर में कहा—'बाबू, उन्हें मैं घर भेजना तो चाहता था, लेकिन चक्रवर्ती के घर में...'

चक्रवर्ती का नाम सुनते ही सतीश जल-भुन उठा, बोला—'वे रुपए तूने चक्रवर्ती को दे दिए हैं। अब ये रुपए तू किसे दान करेगा, जरा सुनूं तो।'

'नहीं बाबू, ये रुपए मैं किसी को दान नहीं दूंगा, एक आदमी बड़े दुःख में पड़कर...'

'कर्ज मांग रहा है?'

'नहीं बाबू, कर्ज भला उसे कौन देगा?'

सतीश अधीर भाव से उठकर खड़ा हो गया और बोला, 'तेरे पास रुपया हो तो तू दे, बिहारी। मैं इतना बड़ा आदमी नहीं हूं कि रोज रुपया बर्बाद कर सकूं। मैं रुपया नहीं दे सकूंगा।'

इस बार बिहारी ने जिद करते हुए कहा—'नहीं बाबू, दिए बिना काम नहीं चलेगा। आप ये रुपए मेरे वेतन से काट लीजिएगा।'

वेतन के नाम से सतीश चौंक उठा—'वेतन के रुपए! अब तक तूने कितने रुपए लिए हैं, बता तो बिहारी?'

बिहारी ने कहा—'जितने रुपए मैंने लिए हैं, उनसे मैंने गांव में अपने बेटों के लिए तीन बीघा जमीन और खेती करने के लिए एक जोड़ा बैल खरीद दिए हैं। इसके अलावा मैंने एक नया घर भी बनवा दिया है—यह सब क्या मैंने अपने वेतन के रुपयों से किया है? मेरे वेतन के रुपए तो आप ही के पास जमा है—आज मुझे उन्हीं रुपयों से तीस रुपए दे दीजिए।'

सतीश हंस पड़ा, बोला—'बेटों के लिए जमीन और बैल खरीदकर मेरा बड़ा उपकार किया है! जा, मेरे पास रुपया नहीं है।' कहकर उसने गुलूबन्द कन्धे पर डाल लिया और स्टेशन के लिए घर से बाहर निकल गया।

बिहारी ने अपने कमरे में आकर कहा—'बेटी, पूजा-पाठ करके अभी थोड़ा-सा कुछ खा-पी लो। कल सवेरे चाहे जैसे भी हो, रुपयों का जुगाड़ करके मैं तुम्हें दूंगा।'

सावित्री कमरे के फर्श पर आंचल बिछाकर लेटी हुई थी, वह उठ बैठी और पूछा—'बाबू ने रुपए नहीं दिए?'

बिहारी ने कहा—'तुम उन्हें जानती तो हो, बेटी, दूसरे के दुख के नाम से जब मैंने रुपए मांगे हैं तब रुपए मुझे मिलेंगे ही। मेरे मालिक दाता कर्ण हैं। अभी वे बिना दिए स्टेशन चले गए, लेकिन कल सवेरे जब वे वापस आएंगे तब वे मुझे बुलाकर रुपए दे देंगे। तुम कोई चिन्ता मत करो बेटी। अभी उठो और जरा पानी-वानी पी लो, सारा दिन बिना खाए-पिये हो।'

सावित्री के दुबले-पतले पीले चेहरे पर जरा-सी मुस्कान कौंधी। बोली—'यह तो अच्छा ही हुआ है। आज रात अब वे नहीं लौटेंगे तो कल दोपहर की गाड़ी से मैं काशी जा सकूंगी। तुम्हारी क्या राय है, बिहारी?'

बिहारी ने कहा—'ठीक है बेटी!' फिर लंबी सांस लेकर बोला—'एक मेरे मालिक हैं, और एक तुम्हारे। घर से बुढ़िया ने दुख भरी एक चिट्ठी भेजी थी। बाबू से पढ़वाया, वे पढ़कर बोले—'बिहारी, क्या तेरे घर-द्वार कुछ भी नहीं है?' मैंने कहा—'गरीब दुखियों का होता ही क्या है बाबू?' वे और कुछ न बोले! चार दिन बाद छह सौ रुपए दे, मुझे घर भेज दिया। मैंने जमीन-जगह खरीदी; गाय-बछड़े खरीदे; घर-द्वार बनवाया। सब बाल-बच्चों को सौंप, एक महीने के भीतर मैं मालिक की सेवा में लौट आया। बुढ़िया ने रोकर कहा—'मुझे भी साथ लेते चलो, एक बार उनका दर्शन कर आऊं।—मैंने कहा—'नहीं, कर्ज मत बढ़ा। तू जाएगी, तो वे तेरे हाथ में दो-एक सौ रुपए दे देंगे। —और एक तुम्हारे मालिक हैं। तुम्हारी बीमारी में, तुम्हारी दवा-दारू में उन्होंने पांच-सात रुपए खर्च किए, इसलिए उन्होंने तुमसे बेखटके कहा कि पहले कर्ज चुका और फिर जाना। इस नौकरी में तुमने कितना दुख उठाया था, बेटी। और हम लोग हैं कि बिना कुछ भी जाने-बुझे विपिन बाबू के साथ तुम्हारा नाता जोड़कर कितनी निन्दा की है तुम्हारी हम लोगों ने! तुम मुझे माफ करो, बेटी, वरना मेरी जबान गिर जाएगी।'

विपिन के साथ अपना नाता होने की बात सुनकर सावित्री घृणा से रोमांचित होकर धीमे स्वर में छिः-छिः कर उठी। लेकिन तुरत अपने मनोभाव को दबाकर मुस्कुराती हुई बोली—'हां, मैं नहाऊंगी बिहारी, पर तुम मुझे एक कपड़ा दे सकोगे?'

'कपड़ा?' बिहारी उदास होकर बोला—'एक क्यों, तुम्हारे आशीर्वाद से मैं तुम्हें पांच कपड़े दूंगा, बेटी। कपड़ा देने में कोई दुख नहीं है बेटी, लेकिन शूद्र का पहना कपड़ा कैसे तुम्हें पहनने को दूं बेटी? चलो मैं तुम्हें बाबू का एक धुला हुआ कपड़ा देता हूं।'

बिहारी देवता और ब्राह्मण की बड़ी श्रद्धा करता है। सावित्री यह समझकर कि बिहारी की बात का प्रतिवाद करना बेकार होगा, सतीश का कपड़ा लेने को राजी हो गई और उसके पीछे-पीछे कमरे से बाहर निकल गई।

नहा करके सतीश का धुला हुआ देसी वस्त्र पहनकर सावित्री मन-ही-मन तनिक मुस्कुराई। उसके कमरे में उसी के पूजा के बरतनों से सावित्री ने पूजा की और दिन भर भूखी रहने के बाद बिहारी द्वारा लाई गई मिठाइयां—काचागुल्ला और संदेश* खाकर कुछ स्वस्थ हुई।

उसे पान और जर्दा खाने की बुरी लत थी। हालांकि वह दुकान का लगा-लगाया पान का बीड़ा नहीं खाती थी, बिहारी यह जानता था। इसीलिए बिहारी इसी बीच कुछ पान, सुपारी आदि बाजार से खरीद लाया था। बिहारी ने जब उन चीजों को एक तश्तरी में रखकर उसके आगे रखा, तो सावित्री ने मुस्कुराकर कहा—'बिहारी, देखती हूं, तुम मुझे जरा भी नहीं भूले हो।

बिहारी ने जवाब दिया—'आखिर मैं भी तो मनुष्य ही हूं बेटी। पशु-पक्षी भी तुम्हें एक बार देख लेंगे, तो वे भी तुम्हें नहीं भूल सकेंगे, बेटी।' कहकर मेज के ऊपर से लैम्प लाकर उसने दरवाजे के पास रख दिया और तश्तरी को आगे सरका उसे पान लगाने को कहा और गैर बंगाली रसोइये से बनी सुर्ती लाने के लिए रसोईघर की ओर चला।

सावित्री लैम्प को आगे रखकर पान लगाने के लिए फर्श पर बैठी हुई थी। सिर पर का कपड़ा नहीं था, भींगे बाल समूची पीठ पर फैलकर फर्श पर बिखर गए थे। दो-एक बिखरी लटें आंचल के काले पाड़ के साथ मिलकर कंधों से होते हुए गोद पर लटक रही थीं। दुबली-पतली बीमार नारी के मुंह पर जो अपना गुप्त माधुर्य होता है वही इस दुबली-पतली सद्यःस्नात नारी के मुखड़े पर विराज रही थी। वह कुछ अन्यमनस्क और चिंता में डूबी हुई थी। सहसा दूर से आती जूतों की आहट नजदीक होने को आई, तथापि वह जूतों की आहट उसके कानों में नहीं पहुंची। और जब वह जूतों की आहट उसके कानों में पहुंची तब तक उपेन्द्र और सतीश एकबारगी दरवाजे पर आ खड़े हो गए थे। जब सावित्री का ध्यान टूटा तो उसने मुंह उठाकर देखा, और देखते ही वह विवर्ण और आत्मविस्मृत हो गई। उस पल के असतर्क अवसर पर बंग महिला के मन में जन्मों से पनपे

कुसंस्कार ने उसे अपरिसीम लज्जा से अभिभूत कर डाला और दूसरे ही पल उसने दोनों हाथों से अपने लाल मुंह पर लम्बा घूंघट काढ़ लिया।

सतीश बुद्धिहीन की मानिन्द बोल उठा—'सावित्री, तुम!'

सुरबाला अब तक बत्ती के सहारे बिहारी और दिवाकर के साथ ऊपर आ रही थी। उपेन्द्र ने मुड़कर कहा—'बस, और आगे मत बढ़ो सुरबाला, वहीं रुको।'

सुरबाला ने अचरज में पड़कर कहा—'क्यों?'

उपेन्द्र ने सुरबाला के प्रश्न का जवाब दिए बिना कहा—'दिवाकर, तू अपनी भाभी को वापस गाड़ी में ले जा। सतीश, मैं भी चला,' कहकर धीमे कदमों से चले गए।

21

उपेन्द्र की पदचाप क्षीण होते-होते सीढ़ियों में विलीन हो गई। वे थके थे, भूखे थे, साथ में पत्नी थी, ऐसी अंधेरी रात थी। हालांकि थोड़ा-सा सन्देह, रत्ती भर दुविधा उनके मन में पैदा नहीं हुई। सतीश के कमरे के अन्दर बैठी जिस तरुणी ने असीम लज्जा और भय से ऐसे घूंघट काढ़ लिया, उसके सम्बन्ध में एक प्रश्न तक पूछने की उन्होंने जरूरत महसूस नहीं की। घृणा से जो मुड़े तो फिर दोबारा मुड़कर इधर नहीं देखा।

लेकिन यह क्या हो गया! पल-भर बाद ही स्थिति को समझकर सावित्री सिहर उठी। हजारों मर्दों के सामने भी अब उसे शरमाने का अधिकार नहीं था, पल-भर के लिए यह भूल कर आज वह कैसी विकट भूल कर बैठी! उसे लगने लगा कि उसके इस छोटे-से घूंघट ने दूर-दूर तक फैलकर भद्दी शर्म से उसे सिर से लेकर पैर तक मजबूती से बांध दिया है। पल-भर पहले यह किसने सोचा था कि अपने आपको थोड़ी-सी शर्म से बचाने की कोशिश में उसके सिर पर शर्म का पहाड़ टूट पड़ेगा।

किसी आवरण के अंदर दम अटक जाने की संभावना को देखकर आदमी जैसे उस आवरण से अपना मुंह बाहर निकालने की जी-जान से कोशिश करता है, ठीक वैसे ही सावित्री ने अपने मुंह पर से जोरों से घूंघट हटाया और सीधी होकर बैठी, प्रश्न किया—'वे कौन थे?'

सतीश सुध-बुध खोए हुए की तरह दरवाजे के पास खड़ा था। उसी स्थिति में उत्तर दिया—'उपेन्द्र भैया और भाभी।'

'ऐं, ये ही उपेन्द्र बाबू थे! वे ही बहू थीं! वे लोग थे?' सावित्री तीर की तरह उठ खड़ी हुई और चिल्लाकर कहा—'तो हट जाओ, मुझे जाने दो। मैं उन लोगों को वापस बुला लाऊंगी। मैं तो कोई नहीं हूं। डेरे की एक मामूली-सी दाई भर हूँ। हट जाओ, मुझे जाने दो।'

सावित्री यह भली भांति जानती थी कि उपीन कौन है? सतीश की बातचीत से बहुत बार उसे ढेर-सा परिचय मिला था।

इतनी देर बाद मानो सतीश की नींद टूट गई। इस चिल्लाहट और हड़बड़ाहट ने उसकी तमाम विह्वलताओं को पल-भर में दूर करके उसे बिलकुल सजग बना दिया। इस बार वह तनकर खड़ा हो गया और अपने दोनों हाथों को फैलाकर दरवाजे को रोककर कहा—'नहीं, न तुम जाओगी और न मैं तुम्हें जाने दूंगा।'

सावित्री ने व्याकुल होकर हाथ जोड़ करके कहा—'तुम मुझे मना क्यों करते हो। मुझे जाने दो। सर्वनाश मत करो, सतीश बाबू, रास्ता छोड़ो। मेरा सही परिचय उन लोगों को जानने दो।'

सतीश ने रास्ता नहीं छोड़ा। परन्तु उसके भिंचे हुए होंठों पर सांप की जीभ की तरह दो भागों में बंटकर विषैली हंसी की अतिसूक्ष्म झलक दिखाई पड़ी क्या? शायद दिखाई पड़ी। उसने कहा—'उफ, तुम्हारा सर्वनाश होगा! नहीं, तुम्हारा सर्वनाश नहीं होगा, इस बारे में तुम निश्चिंत रहो। लेकिन तुम्हारा सही परिचय क्या है, पहले मैं तो सुनूं?'

सावित्री सहसा जवाब न दे सकी। सिर्फ देखती रही। ऐसी निरुत्तर चितवन सतीश ने पहले भी देखी है, लेकिन यह चितवन तो वैसी चितवन नहीं है। इस चितवन में इतने बड़े आघात ने भी आज आग कहां लगाई? ये कैसी अजीब स्निग्ध करुण दोनों आंखें हैं? यह क्या वही सावित्री है?

कुछ देर बाद उसने धीरे-धीरे कहा—'मेरा परिचय? बता तो दिया, डेरे की दाई। सतीश बाबू, कृपा करके मुझे जाने दीजिए। मैं उन लोगों को वापस बुला लाऊंगी। इस अंधेरे अनजान शहर में वे लोग क्या रास्ते-रास्ते भटकेंगे? यह क्या अच्छा होगा?'

सतीश ने बिना रत्तीभर विचलित हुए जवाब दिया—'उनके लिए क्या अच्छा है और क्या बुरा, यह समझने की जिम्मेदारी उन्हीं लोगों पर रहने दो। लेकिन रास्ते-रास्ते भटकना भी बहुत अच्छा होता है—वे भटकते हैं, भटकें, तब भी मैं भाभी को अब इस घर में नहीं रखने दूंगा।'

'तुम भाभी को इस घर में क्यों नहीं कदम रखने दोगे? इसलिए कि मैंने इस घर में कदम रखा है? धरती माता भी क्या मेरे स्पर्श से अपवित्र हो जाती है?

सतीश ने पल-भर चुप रहकर दूसरा प्रश्न किया–'तुम इस घर में घुसी क्यों?'

सावित्री मुंह उठाकर देख नहीं सकी। फर्श की ओर निहारती हुई रुआंसी होकर बोली–'आप मेरे पुराने मालिक हैं। इसीलिए बुरे वक्त में कुछ भीख मांगने आई थी।'

सतीश ने ताना मारकर मुस्कुराते हुए कहा–'बुरे वक्त में मुझसे भीख मांगने आई थी! लेकिन तुम्हारे तो एक ही मालिक नहीं है। अब तक एक-एक करके सब मालिकों के घर का चक्कर लगा आई हो शायद?'

सतीश का क्रूरतम आघात उसके कलेजे को छलनी करने लगा। लेकिन उसने न फिर मुंह उठाया और न कुछ कहा।

सतीश ने फिर से कहा–'विपिन बाबू ने तुम्हें क्यों भगा दिया? क्या उसका शौक मिट गया शायद।'

सावित्री ने फिर कोई उत्तर नहीं दिया।

एकाएक सतीश को बिहारी की प्रार्थना याद आ गई। पूछा–'क्या भीख मांगती हो? तीस रुपए न?'

सावित्री ने झुके हुए सिर को हिलाकर हामी भरी, कुछ बोली नहीं।

'अच्छा' कहकर सतीश दराज के पास जाकर खड़ा हुआ और पलक झपकते कमरे के चारों तरफ नजरें डाल एक बार रुका।

इस कमरे की जिस नई सजावट ने उसे कुछ देर पहले इतना आनंद दिया था, वही इस समय मानो उसे मारने लगी। पास वाला बिस्तर भी तो इसी का बिछाया हुआ है। यह याद करके उसका अंग-अंग सिकुड़ गया कि स्टेशन जाने के पहले उसने इसी बिस्तर पर लेटकर कुछ देर के लिए आराम किया था। निगाहें घुमाकर उसने जल्दी से दराज खोलकर उससे कई नोट खींचकर बाहर निकाले, और उन्हें सावित्री के पैरों के पास फेंक दिया। कहा–'जाओ, इन्हें लेकर यहाँ से चली जाओ–अब कभी मत आना।'

सावित्री ने उनमें से गिनकर सिर्फ तीन नोट लिए और उठकर खड़ी हो गई। ऐसे समय सतीश चुपचाप निहार रहा था। ज्योंही सावित्री उठ खड़ी हुई त्योंही उसने उससे कुछ कहना चाहा, पर अचानक उसका गला भर आया।

हाय रे! उसे तो इसकी खबर नहीं थी। जेठ के आखिरी दिनों की तेज धूप की तरह उसका तपता क्रोध जब इस अभागिन को निरुपाय, निर्वाक् धरती की

भांति जला रहा था तब उसके छिपे आकाश में बूंद-बूंद करके पानी जमा होने से घटा छाती जा रही थी। वह ऐसे अनजाने में इतनी जल्दी इतने चुपके-चुपके चल कर उसे घेर ले सकती है, यह तो सतीश नहीं जानता था। उसका गला, उसका मुंह, उसकी आंखें मानो किसी चीज के अदृश्य आक्रमण से दबने लगे—सहसा उसने प्रबल प्रयत्न से अपने आपको उस स्थिति से मुक्त करके पुकारा—'सावित्री।'

'जी।'

'मैं कहानियों में यह सुना करता था कि फलाना फलाने से घृणा करता है, पर मुझे विश्वास नहीं होता था। मैं सोचा करता था कि यह गुस्से की बात है, पर कभी यह सोचते नहीं बना कि आदमी कैसे आदमी से घृणा कर सकता है। आज देखता हूं, कर सकता है—एक आदमी दूसरे आदमी से घृणा कर सकता है। सावित्री, मैं कसम खाकर कहता हूं, जान जाए तो जाए, पर अब मैं तुम्हें छुऊंगा नहीं।'

सावित्री चुप रही।

'अच्छा, सावित्री, संसार में तुम लोगों के लिए तो रुपए से बढ़कर और कुछ नहीं है—वरना इन तीनों नोटों को तुम अपने हाथों से हरगिज नहीं उठा सकती थीं। आज मेरे पास जो कुछ है, वह सब तुम्हें दे दूंगा, पर एक बात मुझे सच-सच बताती जाओ!'

'पूछिए।'

'पूछता हूं', कहकर सतीश कुछ देर चुप रहकर बोला—'पूछने में भी शर्म आती है, तो भी जानने को जी चाहता है सावित्री।' सतीश बोला—'क्या तुमने कभी किसी दिन किसी को भी प्यार नहीं किया है?'

क्षणभर चुप रहकर सावित्री मृदु हालांकि साफ-साफ शब्दों में बोली—'मेरी बात जानकर आपको क्या फायदा होगा?'

सतीश को इस बात का जवाब ढूढ़े नहीं मिला।

सतीश ने जरा सकुचाकर कहा—'अच्छा, दूसरे की बात जाने दो। अगर मैं अपने ही सम्बन्ध में जानना चाहूं तो?'

'अपने बारे में जानकर आप क्या करेंगे?'

'क्यों? अपने सम्बन्ध की बात तो प्रत्येक को जाननी चाहिए।'

'मनुष्य अपने सम्बन्ध की बात जानता है? कल क्या होगा, यह कितने आदमी जानते हैं?'

'यह सच है, हालांकि सभी जानना चाहते हैं।'

दरवाजे की ओर आगे बढ़कर बोली—'संसार की बहुत-सी बातें भी तो आप नहीं जानते, तब भी तो आपके दिन कट जाते हैं। यह बात जाने बिना भी आपका कोई नुकसान नहीं होगा।'

'हो सकता है, यह बात जाने बिना मेरा कोई नुकसान न हा,' कहकर सतीश ने लम्बी सांस को दबाने की कोशिश की। लेकिन सावित्री के कानों में वह आवाज पहुंच गई। ज्योंही वह मुंह घुमाकर खड़ी हुई, त्योंही सतीश की नजरें उसके बीमारी की वजह से पीले पड़े दुबले चेहरे पर पड़ीं। उसने चौंककर पूछा—'तुम बीमार हो क्या सावित्री?'

सावित्री ने पलक झपकते ही सिर नीचा किया और बोली—'नहीं तो!'

'पर तुम तो बहुत दुबली हो गई हो।'

वो यों ही,' कहकर सावित्री ने जाने के वास्ते कदम बढ़ाया।

'तो तुम जा रही हो?'

सावित्री बिना कोई जवाब दिए दरवाजे के बाहर आ गई।

कमरे के अन्दर से एक भर्रायी आवाज आई—सावित्री, सचमुच क्या तुमने एक दिन के लिए भी प्यार नहीं किया है?'

सावित्री चौखट के सहारे खड़ी हो गई, उसने मुंह नहीं घुमाया।

अंदर से आती भर्रायी आवाज अब की बार रुआंसी हो गई—'सावित्री, एक बार यह बताती जाओ कि मैं अब तक क्या सिर्फ नींद की खुमारी में यह दुख का बोझ ढोए फिरता रहा हूं? मेरी किस्मत में क्या सभी गलत हैं, सभी झूठ हैं? यह अपरिसीम दुख भी क्या मेरी किस्मत में शुरू से आखिर तक एक धोखा है?'

सावित्री कुछ सोचकर मुड़कर खड़ी हो गई और बोली—'बाबू, मैं बड़ी मुश्किल में पड़कर बिहारी से रुपया उधार मांगने आई थी, लेकिन मैं आपसे सच कहती हूं कि अगर मैं यह जानती कि यहां आकर मैं ऐसे झमेले में पड़ूंगी तो मैं यहां नहीं आती।'

सतीश ठगा-सा रह गया। यह आवाज शांत और मृदु तो है, लेकिन इसमें रत्ती भर भी कोमलता नहीं है। कुछ देर पहले उसने तो ऐसी आवाज में उससे भीख नहीं माँगी थी?

उसने फिर से कहा—'आपने कसम खाकर कहा कि आप मुझसे घृणा करते हैं, आप लोग खुश होते हैं, तो प्यार कर भी सकते है, गुस्सा होते हैं, तो घृणा कर भी सकते हैं—आपलोग ऐसा करते भी रहते हैं, लेकिन हम लोगों के हाथ-पांव बंधे हुए हैं। जब हम इस रास्ते पर कदम रख चुके हैं तब यह रास्ता चाहे अच्छा हो या बुरा, इस पर चले बिना तो कोई दूसरा चारा भी नहीं है।'

सतीश निर्वाक् और स्तब्ध है। सिर्फ विह्वल आंखों से उसकी तरफ निहारता रहा।

सावित्री यह दृश्य सहन नहीं कर सकी। दूसरी ओर मुंह घुमाकर वह एक बार रुकी। उसकी अपनी बात उसके अपने ही कलेजे पर मरण-बाण चला रही है, तथापि उसने मरणासन्न सैनिक की भांति अन्तिम बार के लिए सतीश के लज्जाजनक प्रेम पर कुठाराघात किया। बोली—'आपने मुझसे पूछा था कि मैंने आपको किसी दिन प्यार किया था या नहीं। नहीं, मैंने आपको किसी दिन प्यार नहीं किया था। वह मेरा छलावा था। यह जानकारी तो आपको मिल चुकी है कि मैं किसे प्यार करती हूं।'

यह सुनकर सतीश को अचानक लगा कि उसके घर की प्रतिमा को नदी में विसर्जित करने के बाद उसके बचे-खुचे पुआल का लोंदा बनाकर न जाने कौन उसकी आंखों पर फेंक गया है। उसने आंखें फिरा लीं और बोला—'जाओ, तुम मेरे सामने से चली जाओ।'

सावित्री ने चौखट पर सिर रखा और प्रणाम करके चुपचाप चली गई। सतीश ने यह न देखा। उसे सिर्फ जरा-सी आखिरी पद-चाप सुनाई पड़ी।

नीचे बिहारी के कमरे में बुझता-बुझता-सा एक दीया जल रहा था। सावित्री अधमुंदी आंखों से डगमगाते-डगमगाते उस कमरे में घुसी और अपने दोनों हाथों को बढ़ाकर उसने मानो किसी चीज को पकड़ना चाहा तथा दूसरे ही पल फर्श पर मुंह रखकर मूर्च्छित होकर गिर पड़ी।

बिहारी उपेन्द्र आदि को ज्योतिष साहब के घर की तरफ थोड़ी दूर तक छोड़कर पांच-छ मिनट पहले वापस आया था और अंधेरे में छिपकर सावित्री की आखिरी बातें सुन रहा था। आज दिन भर उसने उसके साथ कितनी गपशप की थी; निष्ठुर गृहस्थ के घर में काम करने के सिलसिले में भुगते दुख-कष्ट की बातें, बीमारी की हालत में सहे कष्ट की बातें सुनते-सुनते बिहारी का कलेजा मुंह को आ गया था। हालांकि अभी-अभी बाबू के सामने शुरू से लेकर आखिर तक सावित्री क्यों झूठ बोली, इसका कोई सिद्धांत ही उसे ढूंढ़े नहीं मिला। सावित्री नीचे उतर आई तो वह भी अंधेरे का फायदा उठाकर बाबू की नजरें बचाकर नीचे आया और जब वह वहां उसे दिखाई नहीं पड़ी तो वह भागकर रास्ते पर गया। इधर-उधर कहीं भी उसे न पाकर वह फिर अपने कमरे में घुसा और जल्दी से अपने कमरे की तलाशी लेने आया तो एक बार स्थिर होकर खड़ा हो गया। उसके बाद सावधानी से हट आया और दीये की लौ को बढ़ाकर उसके मुंह के पास आकर उसे पुकारा—'ऐसे फर्श पर क्यों पड़ी हुई हो, बेटी?'

सावित्री से कोई जवाब न पाकर वह संदेह भरे स्वर में बोला—'कमजोर शरीर है, ठंड लगेगी, तो बीमार हो जाओगी बेटी। उठकर बैठो, मैं एक चटाई बिछा देता हूं।'

सावित्री फिर भी कुछ न बोली, स्थिर रही।

बिहारी विस्मित हुआ। उसे अच्छी तरह दिखाई न पड़ रहा था, दीये को उसके मुंह के पास लाया और जरा झुककर उसे गौर से देखा। देखते ही वह चिल्ला उठा—'हे भगवान! यह तुमने क्या किया, बेटी?'

सावित्री की आंखें मुंदी हुई थी। सारा चेहरा नीला हो गया था। इतने जोर की चिल्लाहट से भी उसने कोई जवाब नहीं दिया—वैसे ही मुर्दे की तरह पड़ी रही।

ऊपर के कमरे में सतीश तब भी जस का तस मूर्ति की भांति बैठा हुआ था, बिहारी का रोना सुनकर वह चौंक उठा। महाराज (रसोइया) खाना बनाना छोड़कर भागा हुआ आया और उसे खबर दी।

सतीश बिहारी के कमरे में घुसकर सावित्री के सिर के पास घुटनों के बल बैठा और दीया लेकर उसके मुंह की ओर देखा, और देखते ही सतीश यह समझ गया कि वह मूर्च्छित हो गई है। बोला—'चिल्ला मत बिहारी, उसके आंख-मुंह पर पानी छिड़क। महाराज से कह कि वह एक पंखा ले आए और उसे हवा करे।'

साहस पाकर बिहारी जोर-जोर से पानी के छींटे मारने लगा और रसोइया जी-जान से पंखा झलने लगा।

थोड़ी ही देर बाद सावित्री ने सांस ली, आंखें खोलकर घूंघट लिया और उठ बैठी।

सतीश ने कहा—'बिहारी, महाराज से कहो कि वह थोड़ा-सा गरम दूध ले आए और उससे कहो कि उसके कपड़े भीगे हुए हैं। वह जल्दी से कपड़े बदल ले।'

महाराज दूध लाने गया और बिहारी ने धीरे से मृदु स्वर में सावित्री से शायद वहीं सब कहा, जो उसे उससे कहने को कहा गया था।

मिनट भर चुप रहकर सतीश फिर से बोला—'उससे यह पूछकर कि तबीयत ठीक हो जाने पर वह कहां जाएगी, उसके लिए एक गाड़ी बुला देना, बिहारी—ताकि ऐसी हालत में वह पैदल न जाए।' सतीश मिनट भर स्थिर रहकर फिर बोला—'और अगर तबीयत ठीक न लगे तो उसे मेरे ही कमरे में सोने के लिए कह देना। मैं कहीं और जा रहा हूं।'

सावित्री का अंग-अंग कांप उठा, लेकिन मद्धिम रोशनी में किसी ने यह नहीं देखा। वह जी-जान से अपने आपको रोककर निश्चल पड़ी रही।

सावित्री ने सिहरन महसूस की, उसे लगने लगा कि वह हरगिज अब अपने आपको रोक नहीं सकेगी।

सतीश ने एक छोटी-सी चाबी बिहारी के आगे फेंककर कहा–'और देख, दराज की चाबी तेरे ही पास रही, उसे जितने रुपयों की जरूरत हो, जाते वक्त वह लेती जाए, बीमारी की हालत में...'

सतीश की बातों में विष भी था और अमृत भी। उन्हें सुनकर सावित्री का गला रुंध गया। सतीश बोला–'मैं पथुरियाघाट जा रहा हूं बिहारी। कल लौटने में शायद थोड़ी-सी देरी होगी।' एक कदम पीछे जाकर बोला–'सावित्री, तुम कोई संकोच मत करना, जो जरूरी हो, ले लेना। अच्छा, तो मैं चला।'

सतीश चला गया।

सावित्री फिर एक बार फर्श पर लेट गई। दहाड़ मारकर रोती हुई बोली–'अजी क्यों तुमने इस पापिनी को इतना प्यार किया था? तुमने कसम खाकर कहा था कि तुम मुझसे घृणा करते हो, तो क्या यही तुम्हारा घृणा करना है? मैंने तुम्हें इतना दुख दिया, तुमसे इतना झूठ बोली, क्या सब कुछ तुम्हारे स्नेह की आग में जलकर राख हो गया? कौन मुझे यह बताएगा कि क्या करने से मुझे तुम्हारी घृणा मिलेगी।'

बिहारी इस रोने का रत्ती भर भी अर्थ न समझ सका। जरा पास आ, धीरज देने के स्वर में बोला–'अच्छा, बेटी, तुमने बाबू से इतना झूठ क्यों कहा? जहां तुम नहीं गई थीं, जो दोष तुमने नहीं किया था, किसलिए वह सब अपने सिर लेकर इतनी अपराधी बनी रहीं?'

सावित्री ने रोते-रोते कहा–'ईश्वर जानते हैं, बिहारी, मेरी सारी बातें झूठी थीं। कहने में मेरा कलेजा फट गया था, तो भी मुझे कहना पड़ा था। लेकिन मेरा झूठ बोलना भी तो कोई काम नहीं आया बिहारी, कोई काम नहीं आया।'

बिहारी बेवकूफ की नाईं उसके मुंह की तरफ निहारकर बोला–'झूठ भला किस काम आता है, बेटी?'

सावित्री उठ बैठी और अपनी आंखें पोंछी। फिर उसके मुंह की ओर निहारती हुई बोली–'तुम यह अच्छी तरह जानते हो, बिहारी कि झूठ कोई काम नहीं आता?'

बिहारी ने कुछ देर तक सोचकर कहा–'हां, झूठ काम आता है। अदालत में झूठ बोलने से ही फायदा होता है, वहां तो झूठ की ही जीत होती है।'

सावित्री ने जवाब नहीं दिया। वह बहुत देर तक स्थिर भाव से बैठी रही, फिर बोली–मैं क्यों इतना झूठ बोली, हो सकता है, वह एक दिन यह समझ सकें। खैर, छोड़ो इन बातों को। बिहारी, तुम मेरी बातें मानोगे?'

'जरूर मानूंगा बेटी, वे कौन-सी बातें हैं!'

'पहली बात तो यह कि मैं चली जाऊंगी, तो भी तुम बाबू को यह मत बताना कि शुरू से लेकर आखिर तक जितनी बातें मैंने कही थीं, वे सब-की-सब झूठी थी।

बिहारी चुप रहा। सावित्री बोली—'और दूसरी बात यह कि मैं तुम्हें अपना पता लिख भेजूंगी। अगर कभी तुम यह समझो कि मेरा आना जरूरी है, तो मुझे बताना। तुमसे यह कहने में मुझे शर्म नहीं, बिहारी कि मेरे अलावा कोई भी उन्हें डांट-फटकार नहीं सकेगा। मुसीबत के दिनों में मैं उनकी जितनी सेवा कर सकूंगी उतनी सेवा कोई दूसरा नहीं कर सकेगा।'

बिहारी रो पड़ा। आंखें पोंछकर, भर्रायी आवाज में बोला—'मैं सब जानता हूं, बेटी।'

सावित्री उठकर खड़ी हो गई और बोली—'अच्छा, तो अब मैं चलती हूं। मैं उन्हें तुम्हारे हाथों सौंप गई। देखो बिहारी, मेरी दोनों बातें मानना। भगवान की कृपा से तुम लोग सुखी रहो। अपना जला मुंह लेकर फिर मुझे तुम लोगों के सामने आना न पड़े।' इतना कहकर सावित्री आंखें पोंछती हुई आगे बढ़ी।

सड़क पर आ, एक किराए की गाड़ी पर सावित्री को चढ़ाकर बिहारी ने झुककर प्रणाम किया। आंखें पोंछकर गला साफ करके बोला—'बेटी! मेरी भी एक विनती है। आज जैसे तुमने मुझे बेटा समझा था, वैसे ही जरूरत पड़ने पर मुझे फिर याद करना।'

'जरूर करूंगी।'

गाड़ी चल पड़ी। उसने फिर एक बार रास्ते पर सिर टेककर प्रणाम किया और धोती के छोर से आंखें पोंछकर डेरे पर लौट गया।

22

'पथुरियाघाट जाता हूं', कहकर सतीश रात के ग्यारह बजे डेरे के बाहर आकर रास्ते पर थोड़ी दूर चलते ही उसने महसूस किया कि वह बहुत थका हुआ है। उसके पैर उठ नहीं रहे हैं। उसका अंग-अंग पत्थर की तरह भारी हो गया है। कितना बड़ा गहरा अवसाद उसके तन-मन पर आज छा गया है!

कुछ दिन पहले की ऐसी ही एक रात की बात उसे याद आई, जब बिहारी ने सावित्री के घर से वापस आकर कहा था—'वह वहां नहीं है। विपिन बाबू के पास चली गई है।' उस दिन उस खबर ने कुछ पलों के लिए उसे जड़ बना डाला था। दूसरे क्षण अभिमान तथा अपमान की जो भयंकर आग जल उठी थी, वह किले के निर्जन मैदान में स्तब्ध आकाश के नीचे आंसुओं से बुझ न जाती तो चाहे जितने दिन लगते, सावित्री को बिना जलाए शांत न होती। वैसी ही रात तो आज भी आई थी, तो फिर वैसी ही आग क्यों नहीं जली?

एक खाली गाड़ी जा रही थी, बुलाकर बोला—'तू पथुरियाघाट चलेगा?'

गाड़ीवान ने गाड़ी रोकी और रास्ते की रोशनी में सतीश की ओर देखकर सोचा—शराबी है। बोला—'पथुरियाघाट तो यहां से बहुत दूर है। तीन रुपए किराया लगेगा बाबू—रुपए हैं न?'

'हां, हैं!' कहकर सतीश गाड़ी पर सवार हो गया और गाड़ी के एक कोने में सिर टेककर उसने आंखें मूंद लीं। थकावट ने उसे ऐसे घेर लिया था कि इससे अधिक बातें कहने की शक्ति उसमें नहीं थी।

बहुत देर बाद कई रास्तों का चक्कर लगाने के बाद गाड़ीवान विरक्त होकर पूछा—'किस पते पर जाना है बाबू, ठीक-ठीक बता दीजिए—मैं झूठ-मूठ का चक्कर नहीं लगा सकता।'

सतीश ने उसे अपने डेरे का पता बताया। कुछ देर बाद गाड़ी उसके दरवाजे पर आ पहुंची। बहुत पुकारने के बाद बिहारी ने आकर किवाड़ खोल दिया, तो सतीश ने चुपके-चुपके पूछा—'बिहारी, सावित्री क्या मेरे कमरे में है?'

बिहारी विह्वल की भांति निहारता रहा और बोला—'वह तो आपके कमरे में नहीं है। वह तो उसी वक्त चली गई थी।'

'वह चली गई है?'

'हां, बाबू, वह यहां नहीं है।'

सतीश लंबी सांस छोड़कर बिहारी के बिस्तर के छोर पर बैठ गया। सावित्री यहां नहीं है—यह सुखद है या दुखद, सतीश मानो इसे ठीक-ठीक समझ नहीं सका।

बिहारी ने थोड़ी देर बाद मृदु स्वर में कहा—'मैंने गाड़ी ठीक कर दी थी। चलिए, आपके कमरे में लैंप जला दूं।'

'नहीं, रहने दो, मैं ही दीया जला लूंगा।' कहकर सतीश उठ गया।

दूसरे दिन जब उसकी कच्ची नींद टूटी, तब दिन बहुत चढ़ आया था।

अचानक एक प्रचंड आंधी की भांति सब कुछ तितर-बितर करती हुई इस एक रात में कितनी घटनाएं घटित हो गई हैं! इधर-उधर बिखरे उन्हीं ध्वस्त चिह्नों

के बीच बहुत देर तक उसका मन सुन्न बना रहा। बिहारी आया और चिलम देकर जब वह बाहर जा रहा था, तभी सतीश ने उसे पुकारकर कहा—'सुन बिहारी, कल वह यहां कब आई थी।'

सावित्री के चले जाने के बाद से उसके सब प्रकार के दुर्भाग्य को याद करके बिहारी का दुखी मन भीतर-ही-भीतर रो रहा था। उसने मुंह नीचा किए हुए मृदु स्वर में कहा—'वह कल दोपहर में आई थी।'

'उसे कैसे इस मकान का पता लगा?'

'यह तो मैं नहीं जानता बाबू।'

सतीश उसके मुंह की ओर कठोर दृष्टि डालकर बोला—'क्यों रे बिहारी, तू क्या सचमुच ही मुझे इतना बड़ा बैल समझता है कि यह भी मैं नहीं समझ सकता? सच-सच बता।'

बिहारी अचरज में पड़कर अपनी दोनों आंखों को फाड़कर अपने मालिक के मुंह की तरफ निहारता रहा।

सतीश बोला—'तू मेरा मुंह क्या देख रहा है? तू विपिन के वहां नहीं गया था? सावित्री से तेरी भेंट-मुलाकात, बातचीत नहीं हुई थी?'

'नहीं बाबू, न मैं विपिन बाबू के वहां गया था, न सावित्री से मेरी कोई बातचीत हुई थी। कहकर ज्योंही बिहारी ने बाहर निकलने की तैयारी की त्योंही सतीश और भी अधिक क्रुद्ध स्वर में बोला—'रुक जा, जाना मत। तूने उसे यहां आने का सुझाव नहीं दिया था?'

बिहारी ने चुपचाप सिर हिलाकर बताया—'नहीं।'

सतीश डांट उठा—'फिर तू सच बताने से मुकरता है?'

बिहारी सिर झुकाए ही था, चौंककर उसने मुंह उठाकर देखा। सतीश कहने लगा—'फिर तू सच बताने से मुकरता है? तो उस शैतान को कैसे इस डेरे का पता चला? जा, तू उसी के पास जाकर रह, मुझे तेरी जरूरत नहीं। मैं अपने घर के अन्दर दुश्मन को नहीं पाल सकूंगा। आज ही तू यहां से चला जा, मैंने तुझे नौकरी से जवाब दिया।'

बिहारी कुछ भी नहीं बोला। केवल उसकी दोनों आश्चर्य-भरी आंखों के कोर से आंसुओं की धारा बह चली।

बिहारी की आंखों से बहते आंसुओं को सतीश ने देखा। कुछ देर तक चुप रहकर उसने प्रश्न किया—'रात को कहां गई वह?'

बिहारी आंखें पोंछकर बोला—'मुझे नहीं पता। जाते वक्त कह गई कि वह अपना पता चिट्ठी में लिख भेजेगी।'

सतीश फिर कुछ देर तक स्थिर रहा और नरम होकर बोला–'बहुत दुबली दिखाई पड़ी, बीमार थी शायद!'

बिहारी सिर हिलाकर बोला–'हां।'

'इसीलिए शायद उसे वहां रहने नहीं दिया गया।

बिहारी ने वैसे ही सिर हिलाकर हामी भरी।

सतीश फिर कुछ देर तक चुप रहकर बोला–'लेकिन, इस बार तुम्हें मैं सावधान कर देता हूं बिहारी, मेरे डेरे में वह फिर न घुसने पावे या किसी तरह का बहाना बनाकर मेरे साथ भेंट करने की कोशिश न करे। मेरी चाबी कहां है? जाते समय तूने उसे कितने रुपए दिए?'

बिहारी ने चाबी निकालकर उसे दी और बोला–'मैंने उसे रुपया नहीं दिया था।'

'तूने उसे रुपया नहीं दिया? तूने रुपया क्यों नहीं दिया उसे? तुझे तो उसे रुपया देने के लिए मैं कह गया था।'

'उसने रुपया लेना नहीं चाहा था,' कहकर बिहारी बाहर निकल गया।

सतीश ने उसे फिर से पुकारकर लौटाया। सावित्री मौजूद नहीं है, बिहारी उसे प्यार करता है–इस बिहारी को वह आघात पहुंचा सकेगा, तो भी उसका थोड़ा-सा क्षोभ मिटेगा। जब वह सामने आया, तो सतीश ने पूछा–'उसके बाद तुम लोगों में क्या-क्या सलाह-मशविरा हुआ?'

बिहारी अब अपने आपको दबाकर नहीं रख सका। रुआंसा होकर बोल उठा–'बाबू, सावित्री मुझ जैसे आदमी के साथ क्या सलाह-मशविरा करती? आपके प्रति अगर मैंने कोई कसूर किया हो, तो मैं अपना सिर आपके आगे झुका देता हूं, आपकी जो मर्जी हो, मुझे सजा दीजिए। लेकिन इस बूढ़े को ऐसे मत सताइए।' इतना कहकर वह फूट-फूटकर रो पड़ा।

सतीश की अपनी आंखों की कोरें भी सहसा मानो नम हो उठीं–'अच्छा, तू जा,' कहकर उसे बाहर भेज दिया और फिर एक बार लेट गया तथा आंखें मूंदकर चिलम में दम लगाने लगा। बड़े दुख में जल-भुनकर उसके मुंह से सावित्री के प्रति चाहे जो भी शब्द क्यों न निकले हों, उसके उस बीमार, दुबले-पतले चेहरे की स्मृति उसे भीतर-ही-भीतर रुला रही थी। यद्यपि बिहारी की बातों से कुछ भी साफ नहीं हुआ, लेकिन उसके कहने के ढंग से यह समझ में आया कि सावित्री सचमुच ही और कहीं चली गई। पर वह कहां गई? अचानक उसे उस नाटक का एक संवाद याद आया–वह क्यों नहीं भूल सकता? जिस सावित्री ने दुष्ट ग्रहों की भांति उसे सिर्फ अविराम दुख दिया है, जो सिर्फ कई घंटे पहले ही अपने मुंह से यह स्वीकार कर गई है कि वह उसका कोई नहीं है–उन दोनों के बीच कोई बन्धन नहीं है,

जिसके प्रति आज उसकी घृणा का अंत नहीं है तब भी उसके वास्ते क्यों उसके पूरे मन में हाहाकार उठ रहा है? यह क्या अजीब बात है! कितना भीषण विद्वेष और कितना बड़ा आकर्षण—दोनों को एक ही साथ कैसे उसके कलेजे के अन्दर जगह मिली है? हाय रे! अगर उसे एक बार यह दिखाई पड़ता कि उसका हृदय अपने आंख-कानों को बन्द करके अभी भी एक विश्वास से अटल बना हुआ है कि वह सिर्फ मेरी ही है—मुझसे बढ़कर उसके लिए और कुछ भी नहीं है—यहां तक कि सावित्री के प्रति उसके अपने मुंह से कही हुई बात उसे रत्ती भर भी विचलित करने में सफल नहीं हुई है। तब हो सकता है, सतीश इस परम आश्चर्य का अर्थ समझ सकता।

23

दो घंटे बाद सतीश पथुरियाघाट की ओर जाने के लिए बाहर निकला और मन-ही-मन बोला—'उफ! कैसी शैतान है। खैर, मैं बच गया। मेरे सिर से भूत उतर गया।' रास्ते पर चलते-चलते वह सोचने लगा—लेकिन उपीन भैया को आज मैं अपना मुंह कैसे दिखाऊंगा? जैसे यह निश्चित है कि आग में हाथ डालने से हाथ जल जाता है वैसे ही यह भी निश्चित है कि उपीन भैया ऐसे अपराध को माफ नहीं करते। वह अपने बचपन के दोस्त उपीन भैया को भली भांति पहचानता है। जीवन-भर की दोस्ती की कीमत पर भी वे रत्ती भर छूट नहीं देंगे, यह बात उससे ज्यादा और किसे मालूम हो सकती है!

किरणमयी के घर का सदर दरवाजा खुला हुआ था—वहां आकर सतीश चुपचाप खड़ा हो गया और भीतर घुसने के पहले एक बार और सारी बातों को अच्छी तरह सोचकर देखने लगा।

सोचने लगा कि क्या सिर्फ उपीन भैया ही उसके परम मित्र, गुरु और आदर्श हैं? उनसे बढ़कर वास्तव में अपना और कौन है? उन्हीं उपीन भैया के पास जाकर सिर ऊंचा कर खड़े होने का अब उसके लिए कोई उपाय नहीं है। वह कल्पना में साफ-साफ देखने लगा कि आज भेंट होते ही उनकी कठोर दृष्टि जीवन-भर की मित्रता, स्नेह और प्रेम—सबको एकदम भस्म कर देगी। वह हरगिज मुझे माफ नहीं करेंगे।

भला इतना ही क्यों? इस घर के दरवाजे भी निश्चय ही उसके लिए आज से सदा-सदा के लिए बंद हो जाएंगे अब वह यहां कौन-सा मुंह लेकर आएगा?

लेकिन जिसके लिए उसे इतनी बड़ी हानि और इतना लांछन सहन करना पड़ा, वह उसकी कौन थी? जो मेरा इतना बड़ा सर्वनाश कर गई; जिसने खुद दुख नहीं भुगता, हालांकि मुझे दुख के सागर में डूबा गई, जिसे सच मानकर स्वीकार नहीं किया जा सकता; हालांकि जिसे झूठ कहकर उड़ा देना बूते के बाहर है, वह मेरी कौन थी? सांस लेकर सतीश ने मन-ही-मन कहा—सावित्री, तुमने मुझे दुख दिया है, इसके लिए अब मुझे दुख नहीं है, लेकिन सच और झूठ की कैसी कठिन विडम्बना में तुमने मुझे बांध रखा है।

दाई ने अचानक मुंह बढ़ाकर कहा—'बहू आपको बुला रही हैं।'

सतीश चौंक उठा, प्रश्न किया—'उपेन्द्र बाबू यहां आए हैं?'

'हां, वे कल बहुत रात गए आए हैं।'

'उनके छोटे भाई और उनकी पत्नी भी आए हैं?'

दाई ने सिर हिलाकर कहा—'कहां? वे लोग तो यहां नहीं आए हैं। वे अकेले आए हैं और जब से आए हैं, मालिक के पास बैठे हुए हैं।'

'तुम्हारे मालिक कैसे हैं?'

दाई ने लंबी सांस लेकर कहा—'अंतिम समय है!'

सतीश ने पल-भर चुप रहकर पूछा—'भाभी कहां हैं?'

'वे अभी-अभी नहाकर रसोईघर में गई हैं।'

सतीश और प्रश्न किए बिना दबे पांव, ताकि कदमों की आहट तक न हो, सीधे रसोईघर में चला गया। किरणमयी शायद उसकी ही प्रतीक्षा कर रही थी। सतीश के दरवाजे पर पांव रखते ही उसने उत्सुकता से पूछा—'बिना घर में घुसे तुम बाहर ही खड़े रहे। यह कैसी हालत है तुम्हारी, सतीश? तुम्हारा मुंह सूखा हुआ है, आंखें धंस गई हैं, क्या रात को सोये नहीं हो?'

ज्योंही किरणमयी का प्रश्न सतीश के कानों में पहुंचा त्योंही सतीश का मुंह क्रोध के मारे लाल हो गया, पर तुरंत उसका क्रोध शांत हो गया। बोला—'हां, सारी रात जागकर मैंने उसके साथ मौज-मस्ती की है। यह सुनकर तुम संतुष्ट हुई न? अब मैं यहां न घुसूं, यही न? लेकिन तुम उस गए-गुजरे आदमी उपीन बाबू से कहना कि अगर वह मुझसे पूछता, तो मैं उसे सही बात ही बताता। संसार में उसके अलावा और भी ऐसे लोग हैं जो सही बात कह सकते हैं। इसके अलावा, वह मेरा ऐसा कोई नहीं है कि डर से मुझे झूठ बोलना पड़ता। कहना उससे, समझी भाभी?' इतना कहकर सतीश लौट चला।

अचानक सतीश का ऐसा ढंग और ऐसी गुस्सा-भरी आवाज देख-सुनकर किरणमयी मानो सुध-बुध खो बैठी। सतीश को बड़े कमरे के दरवाजे को पार कर जाते देखकर किरणमयी व्यस्त होकर बाहर आई और पुकारा—'मत जाओ, सतीश, सुनो...'

सतीश मुड़कर खड़ा हो गया और चिल्लाकर बोला—'क्या होगा सुनकर? सच कहता हूं, भाभी, मैंने यह सपने में भी नहीं सोचा था कि वह इतना गया-गुजरा आदमी है। जहां वह रहेगा, वहां मैं नहीं रहूंगा। आज मेरी समझ में आ रहा है कि अचानक उस दिन पिताजी ने मुझे क्यों वैसी चिट्ठी लिखी थी। लेकिन उस नीच से कहना कि मैं उसकी परवाह ही नहीं करता।'

किरणमयी ने व्याकुल होकर कहा—'मैं किससे कहूंगी? तुम क्या कह रहे हो, सतीश?'

'मैं ठीक कह रहा हूं भाभी, ठीक कह रहा हूं। उससे कहोगी, तो वह समझ जाएगा। लेकिन आज मैं तुमसे भी यह कह जाता हूं कि मैंने कोई कसूर नहीं किया है, फिर भी तुमने अपने घर का दरवाजा मेरे लिए बंद तो कर दिया, लेकिन एक दिन तुम यह समझोगी कि सतीश चाहे जितना भी बुरा हो, उस पर विश्वास करके किसी ने किसी दिन धोखा नहीं खाया है। और एक बात उससे कहना, वह यह कि वह जितनी मर्जी, जी-जान से मेरा सर्वनाश करने की कोशिश करे, मगर मैं भी अब उसे अपना मुंह नहीं दिखाऊंगा और वह भी मुझे...' अचानक सतीश दरवाजे की तरफ देखकर रुक गया और दूसरे ही पल मुंह घुमाकर तूफान की गति से बाहर निकल गया।

उसी की दृष्टि का पीछा करती हुई किरणमयी की भी नजरें पत्थर की मूर्ति की भांति स्तब्ध उपेन्द्र के मुंह पर जा पड़ीं। उन्होंने शोरगुल सुना तो वे रोगी के बिस्तर की बगल से उठकर आए थे और कमरे के दरवाजे को जरा-सा खोलकर खड़े-खड़े उन दोनों की बातें सुन रहे थे।

किरणमयी को एक बार लगा कि उपेन्द्र यह जानना चाहेंगे कि आखिर मामला क्या है, लेकिन वे कुछ नहीं बोले—उन्होंने चुपचाप किवाड़ बंद कर दिया और अन्दर चले गए।

किरणमयी के विस्मय की सीमा नहीं थी। यह कैसी हरकत है! सतीश अपने उपीन भैया को उसी के मुंह पर ऐसा अपमानित करके गया। कैसे? किस वजह से? वह रसोईघर में लौट गई और हाथ के काम-काज को सपनों में खोए हुए की नाईं करती जाने लगी। लेकिन मन के अंदर एक गहरा क्षुब्ध विस्मय हजारों रूप धारणा करके निरन्तर चक्कर लगाने लगा। उसके घर के अंदर जो एक इतनी बड़ी

मुसीबत करीब आ गई है, पल-भर के लिए वह उसे भी भूल गई और सिर्फ यह सोचने लगी कि कल शाम के बाद सतीश अपने डेरे वापस गया था, उसके बाद इस एक रात के अंदर ऐसी कौन-सी घटना घट सकती है जिससे वह ऐसे पागलों का-सा बर्ताव करके चला गया?

हालांकि उपेन्द्र ने उसके बारे में एक बात भी जानना नहीं चाहा। उसे लगा, पल-भर के लिए उपेन्द्र के सूखे, कठोर मुंह पर मानो असहनीय विस्मय कौंध उठा था, लेकिन यह सच है या उसके अपने मन की कल्पना है, भला इसे कौन जाने!

उपेन्द्र वापस आकर मरणासन्न हारान के बिस्तर के उसी किनारे जाकर बैठे रहे, जिस किनारे वे पहले बैठे हुए थे। स्वभावतः ही वे शांत प्रकृति के हैं। सहसा वे किसी के हक में या किसी के खिलाफ अपनी राय नहीं बनाते थे। लेकिन कल रात जब वे सुरबाला आदि को ज्योतिष के घर पहुंचाकर बहुत रात गए अकेले हारान के कमरे में आकर घुसे थे तब उनकी वह सहज निर्मल विचार-क्षमता नहीं थी। तब हारान को सांस लेने में बहुत तकलीफ हो रही थी। अंदर होश है या नहीं, इसका अंदाजा लगाना मुश्किल था। चारों तरफ ताककर उन्हें मामला कैसा मुश्किल लगा था! हालांकि उनके चेहरे पर कहीं भी जरा-सी भी व्याकुलता नहीं थी। इसके पहले उन्होंने दो-एक मरणासन्न लोगों को अपनी आंखों से देखा था—उनकी स्थिति और इनकी स्थिति में कितना फर्क था! हारान के सिरहाने एक दीया बेहद मद्धिम होकर टिमटिमा रहा था, मां कमरे के एक कोने में चटाई बिछाकर सोई हुई थीं—सिर्फ किरणमयी जागे बैठी हुई तो थी, लेकिन जब उसके भी बर्ताव में उन्हें चिंता की कोई चिह्न ढूंढ़े नहीं मिला, तो उन्होंने जरूर यह महसूस किया था कि वह मानो बड़ी उदासीनता से अपने पति के मरने की प्रतीक्षा करती हुई बैठी है। मां में भी न जाने कैसी निश्चिंतता थी! वे तो अपनी बीमारी और बीमार शरीर को लेकर परेशान थीं।

कल रात उपेन्द्र को मानो बहुत साफ-साफ यह दिखाई पड़ा था कि सिर्फ मृत्यु की विभीषिका ही इन दोनों महिलाओं के बीच अब नहीं है—बल्कि इनकी जिन्दगी ने मानो एक बांध की तरह इस छोटे से परिवार के सुख-दुख के प्रवाह को रोक करके कूड़े-करकट से अत्यधिक दुखी कर दिया है। चाहे जैसे भी हो, जब ये इस रुकावट से छुटकारा पाएंगी तभी ये राहत की सांस लेकर जी उठेंगी।

उपेन्द्र आज तक किरणमयी को नहीं पहचान सके हैं—ऐसा अवसर ही उन्हें नहीं मिला है। लेकिन सतीश ने किरणमयी को पहचाना था। इसीलिए पहली बार

जिस दिन इन लोगों ने हारान के बुलाने पर इस घर में कदम रखा था, किरणमयी के उस रात के बर्ताव को सतीश न तो भूला ही था, ऊपर से उसने अपनी कठोरता के सारे अपराधों को स्वीकार करके उससे माफी प्राप्त कर उससे भाई का नाता जोड़ लिया था। लेकिन उपेन्द्र को ऐसी फुरसत नहीं मिली थी। इसीलिए कल रात कमरे में घुसते ही एक ही पल में उनका प्रसन्न चित्त मां के प्रति वितृष्णा तथा पत्नी के प्रति निर्विड़ घृणा से भर गया था, इसीलिए सवेरे जब किरणमयी उन्हें चाय देने गई, तो उन्होंने चाय को छुआ तक नहीं।

सवेरे सतीश की आवाजाही का पता अघोरमयी को नहीं चला था। तब वे नीचे अपने काम में मशगूल थीं। अभी दबे पांव कमरे में घुसकर अपने बेटे की ओर निहारकर रोने लगीं। न किसी ने उन्हें सांत्वना दी, न किसी ने उन्हें रोने से मना किया। अचानक उनकी नजर चाय के प्याले पर पड़ी, तो उन्होंने रोते हुए प्रश्न किया–'क्यों बेटा, तुमने चाय क्यों नहीं पी?'

उपेन्द्र ने संक्षेप में कहा–'नहीं, मैं चाय नहीं पिऊंगा।'

अघोरमयी अत्यंत व्यग्र हो उठी–'नहीं, नहीं, ऐसा कैसे हो सकता है, बेटा! कहीं तुम बीमार-वीमार हो गए, तो मैं जिंदा नहीं रहूंगी, उपीन।'

उपेन्द्र कुछ नहीं बोले, सिर्फ अघोरमयी के मुंह की तरफ एक कड़वी दृष्टि डालकर दूसरी ओर निहारते रहे। अघोरमयी की मजाल नहीं थी कि वे उपेन्द्र की इस दृष्टि का अर्थ समझतीं। वे बार-बार जिद करने लगीं, लेकिन उस दृष्टि का अर्थ समझा किरणमयी ने। इस कमरे में मौत के मुंह में पड़े बेटे की बगल में बैठे दूसरे के बेटे के लिए यह उत्कट व्याकुलता कितनी असंगत तथा अशोभनीय दिखी, यह उसकी तीव्र बुद्धि से छिपी नहीं रही। लेकिन वह चाहे जो हो, उपेन्द्र क्यों इस एक तुच्छ अनुरोध के प्रति ऐसी दृढ़ प्रतिज्ञा करके अडिग होकर बैठे रहे, इसके भी कारण का किरणमयी अंदाजा नहीं लगा सकी। उनका बर्ताव भी उसकी नजरों में कम अप्रिय नहीं लगा।

डॉक्टर के आने से यह अड़ियलपन रुक गया। अंग्रेज डॉक्टर दो-तीन मिनट हारान की जांच-पड़ताल करने के बाद अपनी तरफ से आखिरी जवाब दे गए। साथ ही यह भरोसा भी दे गए कि आज रात के आखिरी पहर के पहले इन्हें कुछ नहीं होनेवाला है।

उस समय दिन के दस बजे थे। किरणमयी ने उपेन्द्र के जरा निकट आकर कहा–'आपका एक बार वहां जाकर मिल आना भी जरूरी है।'

बिना किसी तरफ ताके उपेन्द्र ने कहा–'उतना जरूरी नहीं है। वे लोग सब कुछ जानते हैं।'

किरणमयी ने कहा—'तब भी आप एक बार वहां जाइए, अभी तो उन्हें कुछ होनेवाला नहीं है। तब तक आप वहां जाकर नहा-धोकर थोड़ा आराम कर लीजिए।'

उपेन्द्र कुछ नहीं बोले। किरणमयी ने मृदु हालांकि दृढ़ स्वर में कहा—'जरा सोचकर देखिए, बिना नहाए-धोए, बिना खाए-पिए अभी आमने-सामने बैठकर रहने में कोई फायदा नहीं। गाड़ी से आए हैं, कल सारी रात जागे बैठे रहे, ऊपर से आज सारा दिन-रात ऐसे बैठे रहेंगे तो आप बीमार हो जाएंगे। सतीश भी नहीं है—ऐसे समय आप अगर...इसके अलावा आप सचमुच ही बड़े थके हुए दीख रहे हैं। मैं बैठी हुई हूं—तब तक आप जरा घूम आइए। मेरा कहा मानिए—उठिए।'

सहसा उपेन्द्र ने मुंह उठाकर निहारा, फिर नजरें झुका लीं। इस तरह इतनी बातें किरणमयी ने और कभी उनके सामने नहीं कही थीं। इस आवाज में शुभकामना का आधिक्य नहीं है, हालांकि यह आवाज कितनी दृढ़ है, कितनी कोमल है! बहुत दिन पहले एक रात जो तीखी आवाज, जो कठोर शब्द इसी से वे सुन गए थे, उस आवाज और इस आवाज में कितना अजीब फर्क है।

उपेन्द्र ने बिना किसी तरफ ताके प्रश्न किया—'आज इस दुखद घड़ी का सामना आप लोग कैसे करेंगी?'

किरणमयी बोली—'आज जिस दुख में हम लोग पड़े हैं उसे तो कोई बांट नहीं लेगा। लेकिन अब आप देरी मत कीजिए। अब आप उठ जाइए!'

सही बात कहने की यह कैसी शांत और कठोर मुद्रा है! पल-भर के लिए उपेन्द्र ने सबकुछ भूलकर अपनी दोनों विह्वल और फटी-फटी आंखें किरणमयी के मुंह पर टिका दीं। पहले ही नजर आई उसकी मांग के अगले हिस्से में सिंदूर की चमकीली रेखा—नारी के सौभाग्य का सर्वश्रेष्ठ प्रमाण! यह जीवन का परम श्रेय अभी भी नहीं मिटा है। वह सुहाग का सारा गौरव ढोता हुआ अभी तक विद्यमान है। जोरदार सांस के साथ उपेन्द्र के अंग-अंग ने एक बार हिचकोला खाया।

किरणमयी को यह दिखलाई पड़ा, लेकिन उसका आभास तक भी उसके चेहरे पर प्रकट नहीं हुआ बोली—'आप उठिए, मैं उन्हें थोड़ा-सा दूध पिला देती हूं।'

उपेन्द्र हटकर बैठ गए और बोले, 'और उसे दवा नहीं पिलाएंगी?'

किरणमयी बीच में ही व्यथित स्वर में बोल उठी—'नहीं, नहीं, अब दवा खिलाने से कोई फायदा नहीं होगा। मैंने उन्हें बहुत-सी दवाएं जबर्दस्ती खिलाई हैं, पर अब और दवा मैं उन्हें खिलाना नहीं चाहती।'

उपेन्द्र ने प्रतिवाद नहीं किया। वे खुद भी यह अच्छी तरह जानते थे कि हारान को अब दवा खिलाने की जरूरत नहीं है।

अपने पति को दूध पिलाने के बाद जब उसने फिर से उपेन्द्र से जाने का अनुरोध किया, तो उपेन्द्र उठकर खड़े हो गए और यह कहकर कि वे बहुत जल्दी नहा-धो और खा-पीकर वापस आएंगे, दरवाजे की ओर बढ़ गए।

ज्योंही उपेन्द्र दरवाजे तक आगे बढ़े त्यों ही किरणमयी ने मृदु स्वर में प्रश्न किया–'आते समय सतीश के डेरे से होते आइएगा क्या?'

उपेन्द्र मुड़कर खड़े हो गए और बोले–'क्यों? आप मुझे उसके डेरे से होकर आने के लिए क्यों कह रही हैं?'

किरणमयी ने कहा–'मेरे पास तो कोई आदमी नहीं है, जिसे मैं उसके डेरे पर भेजती। इसीलिए मैं कह रही थी कि आप अगर एक बार...'

उपेन्द्र को सहसा यह लगा कि उन्हें सतीश को बुलाने के लिए कहकर मानो उन्हें ही खासतौर पर ताना मारा गया है। इसीलिए उन्होंने कड़वे स्वर में प्रश्न किया–'क्या आपको उसकी खासतौर पर जरूरत है?'

यह आवाज और उसका आशय किरणमयी से छिपा नहीं रहा। लेकिन उसने अपनी आवाज से उसमें और बढ़ोतरी नहीं की। सिर्फ बोली–'ऐसे बुरे समय में मुझे सभी की जरूरत है, उपीन बाबू। इसके अलावा मैं यह भी तो नहीं जानती कि अचानक वह आप पर ऐसा गुस्सा करके क्यों चला गया। इसीलिए सोचती हूं कि उसे एक बार बुलाना चाहिए। क्या उसे बुलाने क़ी कोशिश करना अच्छा नहीं है?'

उपेन्द्र ने मन-ही-मन विरक्त होकर कहा–'इसके लिए आप मत घबराइए। वह मेरा ही दोस्त है, यह हमारा आपसी मामला है, इसे हम लोग आपस में निपटा लेंगे। लेकिन, हां, अगर आपको उससे कोई खास काम हो, तो मैं उसके पास आदमी भेज दे सकता हूं, पर मुझे इतना समय नहीं मिलेगा कि मैं खुद उसके पास जा सकूं।'

किरणमयी मृदु स्वर में बोली–'तो ऐसा ही हो। आप उसे बुलाने के लिए आदमी भेज दीजिएगा। मैं तो सिर्फ यह चाहती हूं कि वह आए। आप दोनों दोस्तों में समझौता जब होगा, होगा, लेकिन मैं उसकी बहन ठहरी। आप लोगों के आपसी झगड़े के कारण आप दोनों में से कोई मेरी इतनी बड़ी मुसीबत की घड़ी में मुझसे दूर रहे, ऐसा मैं नहीं होने दूंगी।'

'नहीं, नहीं, ऐसा नहीं होगा। वैसे मैं उसे खबर भिजवा दूंगा,' कहकर उपेन्द्र बाहर निकल गए। वैसे उन्होंने मन-ही-मन यह अवश्य स्वीकार किया कि

भाई-बहन का नया रिश्ता कहां, किस तरह से पैदा हो जाएगा। यह तय करने की जिम्मेदारी उनके ऊपर नहीं है। लेकिन फिर भी जो रिश्तेदारी की धारा एक दिन सिर्फ उसी के अन्दर से होकर बही थी, वह आज उसे ही पार करके बह रही है, यह जानकारी उन्हें आघात पहुंचाए बिना नहीं रही। अपने दोस्त के साथ वे चाहे जो मर्जी हो, कर सकते हैं, लेकिन उन लोगों के निकटतम सम्बन्ध के बीच किसी दोस्त को किरणमयी हस्तक्षेप करने नहीं देगी, यह समझने में उन्हें भी शंका नहीं थी।

छोटी-सी गली को तेज कदमों से पार करके उपेन्द्र बड़े रास्ते पर आए और एक गाड़ी की। यमपुरी से बाहर निकल शहर के इस सूरज की तेज रोशनी से चमचमाते, जीते-जागते भीड़भाड़ वाले राजपथ पर वे खड़े हो गए, तब भी उन्होंने आराम महसूस नहीं किया। मन के अन्दर न जाने कैसी एक टीस उठने लगी।

उन्होंने यह तो देखा था कि जरूरी होने पर किरणमयी कैसे उग्र ढंग से कड़ी हो जा सकती है, लेकिन उसका शान्त विरोध भी उसकी तुलना में कम कड़ा नहीं होता। आज की इन कई बातों से उन्होंने यह साफ अनुभव किया। यह समझ में आया कि सतीश के साथ हुए उनके झगड़े का पता किरणमयी को चल चुका है। लेकिन झगड़े का कारण चाहे जो भी हो, इसके भले-बुरे का फैसला वे खुद ही करेंगे, वे और किसी को इसमें हाथ लगाने नहीं देंगे।

यही बात उनके मन के अन्दर घूम-फिरकर चक्कर लगाने लगी।

24

स्त्रियों के सम्बन्ध में उपेन्द्र को अपना मत बदलने का समय आ पहुंचा। आज उन्हें मन-ही-मन यह स्वीकार करना पड़ा कि स्त्रियों से सम्बन्धित उनके ज्ञान में एक बहुत बड़ी भूल थी। ऐसी नारी भी है, जिसके आगे पुरुषों का उन्नत सिर अपने आप झुक जाता है। जोर नहीं लगाना पड़ता है, सिर झुकाना पड़ता है। ऐसी ही स्त्री है किरणमयी। जिस रात पहली बार किरणमयी से उनकी जान-पहचान हुई थी उसी रात इसी के सम्बन्ध में उपेन्द्र ने सतीश के आगे अपने मुंह से कुछ दूसरी तरह की बात कही थी, तो भी हृदय में सकरुण अवज्ञा के साथ उन्होंने यह सोचा था कि ये ऐसी उग्र स्वभाववाली स्त्रियां हैं जो बहुत मामूली कारण से

ही होशोहवास खोकर पागलों की मानिंद जहर खाकर, फांसी लगाकर भयानक हरकत कर बैठती हैं। पर आज उन्हें दिखाई पड़ा—नहीं, ऐसी बात नहीं है। ये अत्यंत संकट के समय भी दिमाग सही-सलामत रखना जानती हैं और ये रत्ती भर भी उग्र हुए बिना भी अनायास अपनी इच्छा का प्रयोग कर सकती हैं। इस घर में सतीश की आवाजाही चाहे उचित हो या अनुचित, किरणमयी के बुलावे की खबर सतीश को देनी ही पड़ेगी।

रास्ते में जाते-जाते वे जितना यह सोचने लगे उतना ही उनका मन क्षोभ से भर उठा। क्योंकि वे सतीश को बहुत अधिक प्यार करते थे, इसीलिए उसके प्रति आज उपेन्द्र की वितृष्णा का मानो अंत नहीं था। उसने जो अपराध किया है, उसका फैसला किसी दूसरे दिन होगा। लेकिन आज सतीश खुलेआम उन्हीं के मुंह पर उन्हें उल्टा-सीधा कहकर अपमानित कर गया था। उसने कोई संकोच नहीं किया, सभी दुखों से अधिक यही दुख उपेन्द्र के मन में जा बिंधा था।

कुछ दिन पहले घर बैठे ही उपेन्द्र को एक गुमनाम चिट्ठी से सतीश के बारे में जानकारी मिली थी। वह चिट्ठी राखाल की लिखी हुई थी। जब उन दोनों में दोस्ती थी तब सतीश ने अपने ही मुंह से अपने इस परम मित्र की ढेर सारी असाधारण कहानियां राखाल को सुनाई थी। सतीश ने उपेन्द्र के असाधारण ज्ञान और उसके साफ-स्वच्छ निष्कलंक चरित्र की बड़ाई की थी, साथ ही उसने यह भी कहा था कि उसके लिए सबसे बड़े गर्व की बात यह है कि उसे उपीन भैया का अपरिसीम स्नेह मिला है। धूर्त राखाल ने यह भली भांति समझा था कि सतीश को भयंकर आघात पहुंचाना हो, तो उन्हें चोट पहुंचाई जाए।

लेकिन उस चिट्ठी का तब उपेन्द्र पर कोई असर नहीं पड़ा था। उपेन्द्र ने उस चिट्ठी को पढ़ने के बाद उसे फाड़कर फेंक दिया था और चिट्ठी लिखनेवाले के प्रति मुस्कुराकर कहा था--तुम चाहे जो भी हो और सतीश की चाहे जितनी गुप्त बातें क्यों न जानते हो, मैं उसे तुमसे भी अधिक जानता हूं और दो दिनों बाद ही जब सतीश के पिता ने उनसे उसके बारे में पूछा था, तो उन्होंने मुस्कुराते हुए कहा था—सतीश अच्छा ही है। लेकिन शायद किसी से झगड़ा-टंटा करके हाल में उसने अपना डेरा बदल लिया है। जिस आदमी से उसका झगड़ा-टंटा हुआ है, उसी ने एक गुमनाम चिट्ठी में उसके बारे में उलटा-सीधा लिख भेजा है।

सतीश के पिता ने घबराते हुए पूछा था—'कैसी उल्टी-सीधी बातें लिख भेजी हैं उसने, उपीन?'

उपेन्द्र ने जवाब दिया था—'उन झूठी बातों को सुनकर आप अपना समय बर्बाद करें, इसमें कोई फायदा नहीं। मैंने तो सतीश को अपने हाथों गढ़ा है—मैं जानता हूं, वह ऐसा कोई काम नहीं करेगा जिससे उसके रिश्तेदारों में से किसी का भी सिर झुक जाए। आप निश्चिंत रहें।'

सावित्री को अपनी आंखों से देखने के बाद उनके उस विश्वास के सिर पर वज्रपात हुआ। सतीश के निर्जन कमरे के अन्दर सजी-धजी अकेली रमणी! उसकी वह गहरी लज्जा! और उस लज्जा को डुबोती हुई व्यथित व्याकुल उन दो फटी-फटी आंखों में कैसा त्रास कौंध उठा था, इसको समझने में उपेन्द्र ने कोई गलती नहीं की थी। एक पल में ही उपेन्द्र के मन के अन्दर राखाल की उस भूली हुई-सी चिट्ठी में लिखी बातें शुरू से लेकर आखिर तक मानो आग के अक्षरों में चमक उठी थीं। पूछने और शक करने की फिर कोई जरूरत नहीं थी।

उस चिट्ठी को विश्वसनीय बनाने की कोशिश में राखाल ने कोई कोताही नहीं की थी। उसमें सावित्री का नाम तो था ही। उसके सौंदर्य का वर्णन करता हुआ वह यह लिखना नहीं भूला था कि उसकी भौंह पर एक छोटा-सा काला तिल है। वह चिह्न इतना स्पष्ट है कि पलक झपकते ही उपेन्द्र को वह दिखाई पड़ गया था।

यह तय करते-करते कि जाते वक्त वे सतीश को बुला देने का अप्रिय काम खत्म करते हुए जाएं या नहीं, किराए की गाड़ी ज्योतिष साहब के मकान के सामने जा पहुंची और फाटक में घुसते ही उनकी उत्सुक दृष्टि को न जाने किस चीज ने मकान के दक्षिण तरफवाली दूसरी मंजिल पर स्थित कमरे की ओर आकर्षित कर लिया।

उपेन्द्र ने मुंह बढ़ाकर देखा। उन्होंने निःसन्देह जिसकी प्रत्याशा की थी, ठीक वही हुआ है। बड़ी-सी खुली हुई खिड़की को पकड़कर एक स्तब्ध प्रतिमा इस रास्ते पर मानो अपना पूरा जी-जान लगाकर खड़ी है। इतनी दूर से अच्छी तरह देखना संभव नहीं था तथापि उनके मन की आंखों से उस खिड़की पर खड़ी नारी के होंठों के तनिक कंपन से लेकर उसकी आंखों में भर आए पानी की रेखा तक छिपी नहीं रही। उनका अब तक का चिंताजन्य दुख, अभिमान तथा अपमान के घात-प्रतिघात की वेदना मिट गई और यही एक बात मन में पैदा हुई कि सुरबाला का कल रात से लेकर आज सवेरे तक वक्त पता नहीं कैसे गुजरा होगा। जो अपने वश भर उन्हें घर से बाहर निकलने ही नहीं देती है उसी ने इस अपरिचित शहर में देर रात को अपने बीमार पति को अकेले घर के बाहर जाने देकर कैसे इतना समय बिताया होगा, यह सोच करके एक ओर जहां उन्हें हंसी आई, वहीं दूसरी ओर उनकी आंखों की कोरों में पानी भर आया।

सरोजिनी को शायद खबर मिली, तो वह उसी वक्त भीतर से भागती हुई आई और बाहर के बरामदे में जा पहुंची। उपेन्द्र को देखते ही उसके आंख-मुंह पर हंसी खिल उठी। उपेन्द्र के गाड़ी से उतरते न उतरते ही वह बोल उठी–'अब एक पल भी बाहर मत रुकिए, एकबारगी ऊपर चलिए।'

उपेन्द्र ने भरसक गंभीर मुंह से कारण जानना चाहा तो वे खुद भी हंस पड़े।

सरोजिनी ने मुस्कुराकर कहा–'कल रात आप उन्हें मेरे जिम्मे लगा गए थे, रात भर न वे खुद सोई हैं, न मुझे सोने दिया है। वे सारी रात गाड़ी की आवाज सुनती रहीं और खिड़की खोलकर देखती रहीं...यह क्या आप चिट्ठी लिखने बैठ गए! नहीं, नहीं, अभी चिट्ठी मत लिखिए। एक बार जाकर आप उनसे मिल लीजिए। उसके बाद आपकी जो मर्जी हो कीजिए, पर अभी नहीं।'

बाहर एक छोटी मेज पर दवात-कलम थी। कागज का पैड भी था। उपेन्द्र ने एक कागज निकालकर कहा–'बल्कि चिट्ठी लिखने के बाद आप जो कहेंगी, मैं करूंगा लेकिन उसके पहले नहीं। चिट्ठी लिखने में पांच मिनट से ज्यादा नहीं लगेगा। आपका जी चाहे तो आप जाकर उसे खबर दे सकती हैं।'

सरोजिनी ने पूर्ववत् मुस्कुराते हुए कहा–'मुझे खबर देने की जरूरत नहीं–उन्होंने ही मुझे खबर देने के लिए बाहर भेजा था। अच्छा, मैं पांच मिनट यहां खड़ी रहूंगी। आपको साथ लेकर मैं जाऊंगी।'

उपेन्द्र और कोई जवाब दिए बिना चिट्ठी लिखने लगे। लिखते-लिखते उनके मुंह पर जो व्यथा तथा विरक्ति के स्पष्ट चिह्न उभर आए थे, उन्हें पास ही खड़ी सरोजिनी गौर से देख रही थी, यह वे जान भी नहीं सके।

उपेन्द्र ने चिट्ठी खत्म करके, लिफाफे में डालकर बंद किया और लिफाफे पर पता लिखने के बाद उन्होंने मुंह उठाकर निहारा। कोचवान ने आकर सरोजिनी से कहा–'गाड़ी तैयार है।'

उपेन्द्र ने पूछा–'आप बाहर जाएंगी क्या?'

सरोजिनी ने कहा–'हां, मैंने अपना छोटा पियानो मरम्मत करने को दिया है, उसे एक बार देख आऊंगी।'

उपेन्द्र ने खुश होकर कहा–'लिफाफे पर पता लिखा हुआ है, जरा तकलीफ स्वीकार करके साईस से इस चिट्ठी को घर के अन्दर भिजवा दीजिएगा।' यह कहकर उपेन्द्र ने सरोजिनी के फैलाए हुए हाथ पर चिट्ठी को रख दिया।

सरोजिनी कुछ देर तक लिफाफे के सिरनामे को देखती रही। पर इन दो पंक्तियों का नाम और पता पढ़ने में इतना समय नहीं लगता है। सतीश बाबू इस बार हमारे घर में क्यों नहीं ठहरे?

उसके बाद उसने मुंह उठाकर कहा—'वह तो हम लोगों के साथ नहीं आया था—सतीश बराबर ही यहीं रहता है।'

यह सुनकर सरोजिनी चौंक उठी। इस समय उपेन्द्र के मन की ऐसी अवस्था न थी कि वे सरोजिनी के चेहरे पर होनेवाले इस परिवर्तन को देख पाते। अगर वे यह देख पाते तो अचरज में पड़ जाते।

सरोजिनी ने अपनी लज्जा छिपाने के लिए सहज ढंग से बोलने की कोशिश की—'इतने दिनों से पास में ही रहकर वे कभी इस ओर नहीं आए!'

उपेन्द्र अनमने हो और ही कुछ सोच रहे थे, बोले—'शायद आप लोगों की याद उसे नहीं आई होगी।'

यह बात कितनी सहज थी लेकिन सरोजिनी के कानों में कितनी कठोर होकर गूंजी!

'खैर, दिवाकर कहां है? वह तो दिखाई नहीं पड़ता?'

'वे भैया के साथ हाईकोर्ट घूमने गए हैं। चलिए, आपको साथ लेकर अंदर पहुंचा आऊं,' कहकर सरोजिनी ने उपेन्द्र को घर के अंदर ले गई।

कोई बीस मिनट बाद वापस आकर जब वह गाड़ी पर सवार हुई और उसके कहे मुताबिक गाड़ी सतीश के डेरे की तरफ चल पड़ी तब अंदर बैठी सरोजिनी का कलेजा कांपने लगा और ज्यों-ज्यों गाड़ी आगे बढ़ने लगी त्यों-त्यों उसकी धड़कन मानो बेकाबू होती जाने लगी।

उसे यह लगने लगा कि वह एक ऐसे महत्त्वपूर्ण काम की जिम्मेदारी लेकर चली है जिसके ऊपर मानो उसके ही अपने तमाम भविष्य का भला-बुरा निर्भर हो।

थोड़ी ही देर बाद गाड़ी सतीश के डेरे के सामने आकर रुकी और साईस चिट्ठी को हाथ में लेकर उतर गया। सरोजिनी ने गाड़ी के एक कोने से सटकर सुन्न होकर कान लगाकर सुना कि साईस दरवाजे पर दस्तक दे रहा है। कुछ देर बाद उसने अनुभव किया कि दरवाजा खुला और साईस अन्दर गया और उसके बाद हर पल यह आशंका तथा आकांक्षा करती हुई स्तब्ध और रोमांचित होकर बैठी रही कि किसी की सुपरिचित गंभीर आवाज उसके कानों में आएगी। वह यह निश्चित रूप से जानती थी कि जब सतीश को साईस से गाड़ी और गाड़ी के अंदर बैठी हुई महिला के बारे में जानकारी मिलेगी, तो वह खुद ही आ उपस्थित होगा। उसे एक बार भी यह नहीं लगा कि जो इतने दिनों तक इतना नजदीक रहकर भी ऐसा भूला रह सकता है, यह जानकारी, हो सकता है, उसे रत्ती भर भी विचलित न कर सके।

फिर साईस की आवाज दरवाजे के पास सुनाई पड़ी। दारवाजा बंद भी हो गया और थोड़ी देर बाद वह चिट्ठी हाथ में लिये हुए अकेला वापस आया, बोला—'बाबू घर में नहीं हैं।'

'घर में नहीं हैं,' सुनकर पल-भर लिए सरोजिनी की जान में जान आई। मुंह बढ़ाकर बोली—'पर चिट्ठी वापस लेकर क्यों आए? जाकर दे आ।'

साईस ने बताया—'बाबू कलकत्ता में नहीं हैं। दस बजे की गाड़ी से वे घर चले गए हैं।'

उसकी बात सुनकर उसे इस डेरे को अपनी आंखों से देख लेने की बलवती इच्छा क्यों हुई, इसका कारण वह खुद भी अच्छी तरह समझ नहीं सकी। लेकिन दूसरे ही पल वह गाड़ी से उतरकर आई और एक बार और डेरे का दरवाजा खोलकर अन्दर गई। चीज-बस्त की पहरेदारी के लिए रखे हुए गैरबंगाली रसोइया की मदद से फिर उसने सारे कमरों को देखा। नीचे उतरते समय रस्सी की अरगनी पर लटकती हुई एक अधमैली चौड़ी किनारीवाली साड़ी पर सरोजिनी की दृष्टि पड़ी। उत्सुक होकर जब उसने उस साड़ी के बारे में रसोइए से पूछा, तो उसने अपनी भाषा में कहा—'यह साड़ी मां जी की है।'

सावित्री ने तीसरे पहर नहाकर अपनी पहनी जानेवाली साड़ी को सूखने के लिए फैला दी थी। वही तब तक वैसी ही लटकी हुई थी।

सरोजिनी ने विस्मित होकर पूछताछ करके इस माई जी के बारे में जितनी-सी जानकारी हासिल की, उससे वह और भी आश्चर्य में पड़ गई। जो बात साधारणतः और सहज ढंग से नहीं होती है और जिसके अंदर पाप होता है, उसकी तह तक जाकर न समझ पाने पर भी सभी अपनी-अपनी बुद्धि के अनुसार एक तरह की धारणा बना लेते हैं। यह गैर-बंगाली भी यह अंदाजा लगा सका था कि उपेन्द्र का सपत्नीक यहां आने और तुरत उल्टे पांव यहां से चले जाने से लेकर आज सवेरे मालिक के अचानक चले जाने तक की घटना के साथ इस माई जी का सम्बन्ध था। खास करके सतीश का पागलों का-सा बर्ताव किसी आदमी की नजरों से छिपना संभव नहीं था। इसीलिए उसने सावित्री की बीमारी आदि के बारे में बताते हुए ढेर सारी बातें कहीं और उसने एक तरह से यह भी समझा दिया कि उसकी देखभाल करने के लिए ही उसके मालिक को ऐसे व्यस्त और व्याकुल होकर जाना पड़ा है।

सरोजिनी को यह एक नई जानकारी मिली कि उपेन्द्र वगैरह सबसे पहले इसी मकान में आए थे, सामान तक गाड़ी से उतार लिया गया था, लेकिन तुरत सारा सामान उठाकर उसी गाड़ी से चले गए थे। हालांकि उनमें से किसी ने भी सतीश

का नाम तक नहीं लिया था। उसके बाद उपेन्द्र ने आज यह लिखा है—इससे साफ-साफ समझ में आया कि उपेन्द्र को उनके दोस्त के अचानक चले जाने की बात मालूम नहीं है। अधीर उत्सुकता से इस नारी के बारे में लगातार तरह-तरह के प्रश्न करके इसकी उम्र और सौंदर्य का जो वर्णन उसे प्राप्त हुआ, वह सच्चाई को पार कर बहुत ऊपर तक जा पहुंचा।

अन्त में वापस आकर जब वह गाड़ी पर बैठी तक उसका पियानो ठीक कराने का शौक काफूर हो चुका था और अनजान भारी बोझ से उसका कलेजा बोझिल हो उठा था।

पर यह सब मालूम नहीं हुआ कि यह रहस्यमयी कौन है और कैसे यहां आई थी। उसके मन में यह दृढ़ धारणा हो गई कि कहीं कोई गड़बड़झाला है।

सतीश और किरणमयी के प्रति उपेन्द्र को चाहे जितनी विरक्ति और अभिमान हो, उसे प्रधानता देकर कर्तव्य की उपेक्षा करना उनका स्वभाव नहीं है। इसीलिए खाने-पीने के बाद उनकी पथुरियाघाट के मकान में जाने की इच्छा तो थी, लेकिन बेहद थकान ने आज उन्हें काहिल बना दिया। ऊपर से सुरबाला ऐसी बिदककर खड़ी हो गई कि उसकी उपेक्षा करके जाना भी उनके बूते के बाहर हो गया।

'कई घंटे बाद जब उनकी नींद टूटी तब दिन ढल चुका था। ज्योंही वे हड़बड़ाकर उठ बैठे त्योंही उनकी नजर बगल की तिपाई पर रखी चिट्ठी पर पड़ी। उन्होंने उसे उठा लिया और देखा, वह ज्यों की त्यों बंद है। चाहे जो भी कारण रहा हो, वह सतीश के हाथों नहीं पड़ी है। आवाज पाकर सुरबाला कमरे में घुसी और बोली—'सतीश बाबू यहां नहीं हैं, दस बजे की गाड़ी से वे घर चले गए हैं।'

यह खबर सुनकर उपेन्द्र का मुंह काला पड़ गया। अब उन्हें लगा, इस अपरिचित शहर में हारान की मृत्यु सम्बन्धी सारे काम अकेले उन्हें ही पूरे करने पड़ेंगे। उफ, कितने सारे काम और कितने भीषण और कितने कठोर! लोगों को बुलाना, चीजवस्त का जुगाड़ करना सद्यः विधवा को संभालना तथा मां की गोद से उसके इकलौते बेटे के शव को खींचना और उसे ढोकर ले जाना—इस हृदय विदारक शोक के दृश्य की कल्पना करके उनका अंग-अंग पत्थर की तरह भारी हो गया और चित्त पथुरियाघाट से कहीं दूर चला गया। अपने अनजाने में वे अंदर ही अंदर सतीश पर कितना निर्भर थे, यह इस बार अभिमान तथा अपमान के पर्दे को भेदकर झांक उठा।

ऐसे कामों को करना उपेन्द्र की प्रकृति के बिलकुल ही विरुद्ध था। जहां तक हो सकता था, वे ऐसे किसी काम में पड़ना पसन्द नहीं करते थे। लेकिन सतीश के लिए ऐसा काम करना कितना सहज है! गांव में जब भी कहीं कोई मरता, कार्यकुशल, बलवान सतीश सबसे पहले वहां जा पहुंचता और सारे अप्रिय कामों को बिना किसी दिखावे के पूरा कर देता। ऐसे बुरे समय में सभी उसे खोजते और उसके आने से शोक में डूबे और मुसीबत में पड़े गृहस्थों को ऐसे दुख में भी सांत्वना और साहस मिलता। अब जब वह कलकत्ता छोड़कर चला गया है, तो पल-भर के लिए उपेन्द्र को और कोई उपाय दिखाई नहीं पड़ा।

सुरबाला ने अपने पति के मुंह के भाव को देखकर हारान की हालत के बारे में पूछा, लेकिन उसने सतीश का प्रसंग नहीं उठाया। सरोजिनी ने सतीश के यहां से वापस आकर बात बाहर निकालने के लिए कहानी के बहाने जो कुछ कह सुनाया था, उसी से उसने कल रात की बातों का अंदाजा लगा लिया था। चूंकि वह यह जानती थी कि सतीश उसके पति का कितना बड़ा दोस्त है, इसीलिए वह इस व्यथा को टाल गई।

सुरबाला की दुनियादारी सम्बन्धी बुद्धि पर उपेन्द्र को थोड़ा-सा भी विश्वास नहीं था। इसीलिए वे कभी भी अपनी पत्नी से किसी समस्या का उल्लेख नहीं करते थे, लेकिन अभी-अभी वे अपने आपको इतनी मुसीबत में पड़ा हुआ देखकर तुरत सारी स्थिति प्रकट कर डाली और व्याकुल होकर बोले—'यह मैंने सपने में भी नहीं सोचा था, सुरो, कि वह मुझे ऐसी मुसीबत में डालकर गुस्सा करके चला जाएगा। इस अनजान जगह में मैं अकेला क्या उपाय करूं?' यह कहकर उपेन्द्र मानो असहाय शिशु की भांति अपनी पत्नी के मुंह की ओर निहारते रहे।

लेकिन आश्चर्य है! अपने पति के सिर पर आई हुई इतनी बड़ी मुसीबत की जानकारी पाकर भी उसके चेहरे पर जरा भी चिंता प्रकट नहीं हुई। वह खिसककर नजदीक आई और अपने पति का एक हाथ पकड़कर उन्हें फिर से बिस्तर पर बिठा दिया और उन्हें धीरज बंधाती हुई बोली—'पर तुम इतकी चिंता क्यों कर रहे हो? इस कलकत्ता में किसी के लिए किसी का कोई काम रुका नहीं रहता है। तुम्हारी चाय बन गई है। हाथ-मुंह धोकर चाय पी लो। दिवाकर को साथ लेकर मैं भी चलती हूं, चलो।'

उपेन्द्र ने ठगा-सा रहकर कहा—'तुम चलोगी?'

सुरबाला अविचलित भाव से बोली—'हां, मैं चलूंगी। ऐसे बुरे समय में स्त्री ही स्त्री के काम आती है।' यह कहकर वह अनुमति के लिए रुके बिना बगल

के कमरे में गई और चाय ले आई, और दिवाकर को साथ चलने के लिए कहवाकर खुद तैयार होने के लिए बाहर निकल गई।

लोगों के घर-घर में जब दीये जल चुके थे, ठीक उसी समय वे लोग पथुरियाघाट के मकान में घुसे। सदर दरवाजा खुला हुआ था, लेकिन नीचे कहीं कोई नहीं था। टूटा-फूटा अंधेरा मकान श्मशान-जैसा स्तब्ध था। सुरबाला और दिवाकर को सावधानी से अपने पीछे-पीछे आने के लिए कहकर उपेन्द्र चुपचाप ऊपर आए और हारान के बंद किवाड़ों के सामने आकर कुछ देर के लिए स्तब्ध होकर खड़े हो गए। अंदर से सिर्फ एक मर्मभेदी दीर्घश्वास आकर उनके कानों में गूंजा। कांपते हाथों से दरवाजे को धकेल ज्योंही उन्होंने देखा, त्योंही उन्हें अंधेरे कमरे में बिस्तर के पास नीचे सिर से लेकर पांव तक कपड़े से ढका हारान का शव नजर आया। उसके दोनों पांवों के बीच मुंह रखकर सद्यः विधवा औंधी पड़ी हुई थी—उसने एक बार सिर ऊंचा करके देखा और दूसरे ही पल बिजली की गति से उठकर खड़ी हो गई तथा रुआंसी होकर 'मां' कहकर उपेन्द्र के पैरों के पास मूर्च्छित होकर गिर पड़ी। उसी पल पलक झपकते ही सुरबाला पागलों की तरह सुध-बुध खोकर अपने पति को एक तरफ धकेलती हुई कमरे में घुसी और किरणमयी के मुंह को उठाकर अपनी गोद में रख लिया।

25

अस्थि, मांस-मेद, मज्जा-रक्त से निर्मित इस मानव-शरीर में सभी वस्तुओं की ही एक सीमा निर्धारित है। मां की ममता भी असीम नहीं है, उसकी भी सीमा है। भारी बोझ को दिन-रात अविराम खींचकर जब लहू का बहना बंद होने को आता है तब उस सीमा-रेखा के एक छोर पर खड़ी होकर मां भी अपनी संतान को ढोती हुई एक कदम भी आगे नहीं बढ़ सकती है। ऐसा ममता के अभाव में होता है या क्षमता के—इसका निर्णय करने का भार अंतर्यामी के हाथ में होता है, मां के हाथ में नहीं। इसीलिए उस दिन जब हारान का शव उसकी मां की गोद से उठाकर श्मशान ले जाया गया तब अघोरमयी के कलेजे को चीरकर निकला हुआ दीर्घश्वास मृत्यु का संदेश ढोकर उसी अन्तर्यामी के चरणों में ले गया। वह और भी कुछ साथ ले गया या नहीं, इसका अनुमान लगाने का सामर्थ्य मनुष्य में नहीं है।

जब अघोरमयी को बहुत तेज बुखार था तभी हारान की मृत्यु हुई। वे यह जान भी नहीं सकी थीं कि उसके बाद आठ-दस दिन किस तरह और कहां से होकर गुजरे।

श्राद्ध किसी तरह खत्म हो गया। उन्होंने उपेन्द्र से गिड़गिड़ाकर कहा–'पड़ोस के मल्लिक घराने की बड़ी बहू काशी, वृंदावन, प्रयाग घूमने जाएंगी, क्या मैं उसके साथ नहीं जा सकती?'

'आप क्यों नही जा सकतीं मौसी, आराम से जा सकती हैं। लेकिन...' कहकर उन्होंने एक बार किरणमयी की ओर देखा।

बात किरणमयी की समझ में आई। बोली–'तुम मेरे लिए चिंता मत करो, उपीन, मैं दाई के साथ अच्छी तरह रह सकूंगी।'

लेकिन उपेन्द्र तुरत इस पर हामी नहीं भर सके, चुप रहे।

किरणमयी उनके मुंह की ओर पल-भर देखती रही, फिर बोली–'यह भी तो हो सकता है कि दिवाकर तो कलकत्ता में रहकर ही बी.ए. पढ़ेगा, ऐसा तय हो चुका है। उसको मेरे ही पास रख क्यों नहीं देते? एक अनजान डेरे में रहने से तो कहीं अच्छा यह है कि वह मेरी नजरों के सामने रहे। यहां उसकी हिफाजत भी होगी और कलकत्ता में अकेले रहने में जो डर होता है वह डर भी नहीं रहेगा।' यह कहकर उसने उपेन्द्र के मुंह पर अपनी नजरें टिका दीं।

अघोरमयी एकबारगी अपनी सहमति देती हुई बोल उठीं–'अगर ऐसा हो जाए, तो इससे अच्छी और कोई बात हो नहीं सकती, उपीन। ऐसा ही करो, ऐसा ही करो। ऐसा करने से यहां उस लड़के की भी हिफाजत होगी और उसका साथ पाकर यह अभागिन भी जी उठेगी।

अघोरमयी किसी भी तरह से इस घर से बाहर निकलना चाहती हैं। यह देखकर कि इतनी जल्दी ऐसा सीधा उपाय निकल आया, उन्होंने निश्चिंत होकर राहत की सांस ली। लेकिन उपेन्द्र किरणमयी का साहस देखकर स्तम्भित हो गए। वे यह सोच ही नहीं सके कि कैसे एक ऐसा अचिंतनीय प्रस्ताव उसके मुंह से निकला। चाहे जो भी हो, दिवाकर अब बच्चा नहीं रहा, वह भी युवक है। हालांकि यह देखकर कि यह रूपवती युवती इस निर्जन घर में अकेले उसका बच्चों की तरह लालन-पालन करने और उसे पढ़ा-लिखाकर योग्य आदमी बना देने की हर तरह की जिम्मेदारी निःसंकोच स्वीकार करने को तत्पर है, उपेन्द्र के मुंह से अच्छी-बुरी कोई भी बात बाहर नहीं निकली। उपेन्द्र के लिए यह जानना बाकी नहीं था कि यह नारी कैसी असाधारण बुद्धिमती है। इसमें भी कोई संदेह नहीं कि घरेलू और सामाजिक संगत-असंगत नियम-कानून को विशेष रूप से

जान-बूझकर ही उसने यह प्रस्ताव रखा है—लेकिन यह कैसी बात है? कैसे उसने ऐसी बात कही?

पल-भर के अन्दर उन्होंने अपनी संशय से उत्तेजित सारी जांच-पड़ताल करने की शक्तियों को जाग्रत और एकत्र करके उन्हें इस परम सौंदर्यमयी के हृदय में भेजना चाहा, मगर कहीं भी उन्हें घुसने का रास्ता नहीं मिला; बल्कि न जाने कहां जोरदार धक्का खाकर वे तुरत लौट आईं।

लेकिन यह जो पल-भर के लिए दोनों एक-दूसरे के मुंह की ओर चुपचाप निहारते रहे, उससे इन दोनों के बीच मानो एक नई जान-पहचान हो गई। उन्हें लगा, ऐसी शुद्ध, शांत तथा बिलकुल अपने आप में खोई हुई वैराग्य की मूर्ति उन्होंने इसके पहले कभी नहीं देखी थी। उस रात को इसके केश के साज-सिंगार को देखकर अभी-अभी आए उनकी और सतीश की नजरें चौंधिया गई थीं। लगा था, इसकी कोई बराबरी नहीं। ऐसे साज-सिंगार किए बिना शायद किसी का भी साज-सिंगार नहीं होता है।

पर आज उसके इस रूखे-सूखे, ढीले-ढाले अनसंवरे बालों और विधवा के वेश को देखकर लगा, शायद और किसी दिन यह ऐसा नहीं दिखेगी। अचानक नई-नई प्राप्त चेतना की भांति एक बात उनकी नस-नस में दौड़ गई कि सौंदर्य का यह जो समावेश है, जो ठीक मानो आग की लपटों की तरह ही लहराता हुआ ऊपर उठता जा रहा है, उसे दोनों आंखों में भर लेना चाहिए, इसे छूना नहीं चाहिए—जो इसे छूएगा, वह मरेगा। इस तीव्र लपट-रूपी विधवा ने जो निःसंकोच निर्भीक होकर दिवाकर को अपनाना चाहा है, उसे उसने सचमुच के अधिकार के गर्व से ही किया है, दुस्साहस या स्पर्धा प्रकट करके नहीं।

उपेन्द्र तब तो कुछ बोल नहीं सके, लेकिन उनके मन की आंखों में इस विधवा के आगे दिवाकर बिलकुल छोटे बच्चे की तरह ही तुच्छ हो गया और क्यों इसने उस दिन सतीश को छोटे भाई की भांति अपने पास भेज देने का अनुरोध किया था, यह भी आज बिलकुल साफ हो गया। उनके संतुष्ट मन ने चुपचाप हाथ जोड़कर इस महिमामयी के आगे अपना अपराध बार-बार स्वीकार करते हुए माफी मांग ली। वे तीनों के तीनों ही चुप थे।

किरणमयी ने पहले बात की। अपनी दोनों आंखें पहले की ही तरह उपेन्द्र के मुंह पर टिकाए रखकर अनुनय-भरे स्वर में बोली—'क्या तुम दिवाकर को मेरे पास नहीं रख सकोगे, उपीन?'

उपेन्द्र मंत्रमुग्ध की भांति बोले—'मैं उसे आपके पास क्यों नहीं रख सकूंगा भाभी? आप अगर उसका भार ले लें, तो यह मेरा परम सौभाग्य होगा।' इतने दिनों के बाद उपेन्द्र ने आज पहली बार उसको रिश्तेदार की तरह संबोधित किया।

कहा–'दिवाकर मेरे साथ ही तो आया था। पता नहीं कहां अकेले चला गया है, नहीं तो अभी उसे बुलाकर कह देता।'

यह बात सुनकर किरणमयी चकित हो उठी। इस बार उसके मुंह से भी बात नहीं निकली। अचानक आनंद की बाढ़ ने मानो उसके दोनों किनारों को डुबो देने की तैयारी कर दी। इसीलिए वह कुछ देर के लिए अपना मुंह दूसरी ओर घुमाकर अपने आपको रोकने लगी। इतना अपनों का-सा संबोधन है, पर वह भी भला कितना-सा! किंतु इसी के लिए वह मानो कितने युगों से भूखी थी, ऐसा उसे लगा। सतीश ने उसे भाभी कहकर पुकारा है, दिवाकर उसे भाभी ही कहकर पुकारता है, लेकिन उन दोनों के भाभी कहकर पुकारने और उपेन्द्र के भाभी कहकर पुकारने में कितना बड़ा अंतर है! अचानक उसे ऐसी आशंका हुई कि इतने दिनों बाद उपेन्द्र ने भाभी कहकर उसे अपने निकट खींच लिया है, इसका प्रबल वेग वह शायद सहन नहीं कर सकेगी।

लेकिन इन लोगों की इस आकस्मिक चुप्पी से अघोरमयी मन-ही-मन शंकित हो उठीं। वे और रुक नहीं सकीं, बोलीं–'अब तो मेरे जाने में कोई अड़चन नहीं है, लेकिन जाने का दिन तो नजदीक आ गया है। क्यों न इसी वक्त मल्लिक की पत्नी से कह आऊं?'

उपेन्द्र किरणमयी की ओर एक बार देखकर बोले–'मैंने तो कह दिया है मौसी, कि इसमें मुझे कोई आपत्ति नहीं है। तुम्हारी बहू सहमत हो जाए, तो तुम जा सकती हो। जब वे इस बात से सहमत हैं, तो तुम्हारे तीर्थ-यात्रा पर जाने में कोई अड़चन है, ऐसा तो मैं नहीं देखता।'

'तो जाऊं बेटा, मैं इसी समय जाकर उससे कह आऊं। यह भी जान आऊं कि कब वे लोग जाएंगे।' इतना कहकर अघोरमयी ने और वक्त गंवाए बिना दाई को बुलाया और उसे साथ लेकर प्रसन्न मुंह से नीचे उतर गईं।

उनकी जल्दीबाजी से उपेन्द्र ने मन-ही-मन तृप्ति अनुभव करके कहा–'अच्छा ही हुआ। चाहे जैसे भी हो, अभी कुछ दिनों के लिए उनका बाहर जाना बहुत जरूरी है।'

किरणमयी कुछ भी नहीं बोली। इसी बीच वह न जाने कैसी अनमनी-सी होकर खड़ी हो गई थी। जवाब न पाकर उपेन्द्र ने फिर से कहा–'आपकी पूरी सहमति है न भाभी?'

उपेन्द्र के यह पूछने पर वह कुछ देर अबोध की भांति उसके मुंह की ओर देखती रही, सहसा मानो सचेत हो उठी। उसने कहा–'मेरी सहमति है उपीन, जरूर है। यह कैसा अंधकूप है, इसे सिर्फ हम लोग ही जानते हैं। चली जाएं, कुछ दिनों तक इस दुःख की सीमा-रेखा से छुटकारा पाकर जी उठें।'

उसकी बातें उसके मुंह से कुछ इस तरह से बाहर निकल आईं कि उपेन्द्र ने व्यथा अनुभव की। दुखी चित्त से कुछ देर चुप रहकर उपेन्द्र बोले—'इस दुःख की सीमा-रेखा से सिर्फ उन्हें ही नहीं भाभी, आपको भी बाहर निकल जाना चाहिए।'

किरणमयी ने कातर दृष्टि से देखकर कहा—'मेरा अब कौन है उपीन? मैं किसके पास जाऊंगी?'

उपेन्द्र ने प्रश्न किया—'आपके मायके में क्या कोई नहीं है?'

किरणमयी हंसी। बोली—'यही तो मैं नहीं जानती कि मेरा मायका कहां है। मैं ननिहाल में पली-बढ़ी थी। आठ-दस साल हुए, मैं ननिहालवालों की खबर भी नहीं जानती। जब मैं दस साल की थी तभी मेरी शादी हो गई थी। शादी के बाद जो इस घर में आई हूं, सो तब से लेकर आज तक यहीं हूं। अब बिना मरे शायद इस घर से बाहर नहीं जा सकूंगी।'

उपेन्द्र बहुत अधिक दुखी हुए। थोड़ी देर तक कुछ सोचा, फिर बोले—'तो आप भी क्यों न मौसी के साथ घूमने चली जाती हैं? घूमने का घूमना हो जाएगा और तीर्थयात्रा भी हो जाएगी।' यह कहकर वे किरणमयी का भाव देखकर अचरज में पड़ गए। क्योंकि यह प्रस्ताव सुनकर उसने थोड़ा-सा भी आनन्द प्रकट नहीं किया। वैसे ही निरुत्साह मुंह से चुपचाप निहारती रही।

उपेन्द्र को तुरत याद आया, वह घर छोड़कर नहीं जाना चाहती है। बोले—'आप इस घर के बारे में सोच रही हैं न? आप कोई चिंता मत कीजिए। मैं इसकी देख-भाल करने का बंदोबस्त कर दूंगा। आपकी कोई चीज बर्बाद नहीं होगी।'

इस बार किरणमयी मुस्कुराई। बोली—'जिस रात हमारी पहली मुलाकात हुई थी, उस रात मैंने जो पागलपन किया था, उसे याद करके शायद तुमने यह बात कही है उपीन?'

उपेन्द्र हड़बड़ाकर जल्दी से बोले—'नहीं, नहीं, ऐसी बात नहीं है। लेकिन अगर ऐसी बात हो भी, तो आप उसे पागलपन क्यों कह रही हैं? ऐसी स्थिति में वैसा सतर्क तो सभी को होना चाहिए।'

किरणमयी ने हंसते हुए कहा—'पर उतना सतर्क होना चाहिए, उपीन?'

उपेन्द्र ने कहा—'उतना सतर्क क्यों नहीं होना चाहिए? अपने घर-मकान, धन-सम्पति के प्रति किसे ममता नहीं होती? अपने भविष्य की दुश्चिंता किसे नहीं होती? नहीं, नहीं, आप ऐसी बात मत कहिए। उसमें असंगति या अस्वाभाविकता थोड़ी-सी भी नहीं थी।'

'इसमें कोई अस्वाभाविकता नहीं थी, तो यह अच्छी बात है। मगर मैं तो अभी इसके अलावा और कुछ भी नहीं सोच सकती कि उस रात मैंने जो कुछ

किया था, वह निरा पागलपन था,' और अचानक गंभीर होकर बोली—'मैंने तुम पर भी संदेह किया था—'छिः-छिः! कैसी कटु बात कही थी मैंने! वह बात याद आती है तो मैं लाज के मारे मर जाती हूं।' यह कहते-कहते उसका सहज सुंदर मुंह कृतज्ञतापूर्ण अनुताप से मानो पिघल गया।

उपेन्द्र ने प्रतिवाद नहीं किया, वे चुपचाप देखते रहे।

पल-भर चुप रहकर उसने फिर कहा—'लेकिन वह ममता अब कहां है उपीन? एक बार भी तो ऐसा नहीं लगता कि मेरा यह घर-मकान रहेगा या जाएगा। रहे तो रहे, न रहे तो जाए। सोचती हूं, रास्ते के पेड़ की छाया तो कोई छीन नहीं लेगा। मेरे लिए वही काफी है।'

उपेन्द्र ने इसका भी कोई उत्तर नहीं दिया। सद्यः विधवा के वैराग्य की इन कई बातों से उनका हृदय श्रद्धा तथा करुणा से लबालब भर उठा।

किरणमयी ने कहा—'मैं घर-मकान के लिए नहीं जाना चाहती, ऐसी बात नहीं, उपीन। लेकिन मां के साथ तीर्थ करने जाने से भी क्या मुझे शांति मिलेगी? सुनती हूं, उन सारी जगह पर तो बहुत भीड़ होती है।'

उपेन्द्र ने गर्दन हिलाकर कहा—'तीर्थ स्थानों में तो लोगों की भीड़ होती है भाभी, लेकिन आपका और कुछ भले ही न हो, तीर्थ करना तो हो जाएगा। वह भी तो एक काम है।'

फिर किरणमयी उपेन्द्र के मुंह की ओर देखकर मुस्कुराई, लेकिन बोली कुछ नहीं। उसके हंसने का मतलब समझे बिना उपेन्द्र न जाने क्या कहना चाह रहे थे लेकिन तभी उन्होंने अचरज में पड़कर देखा, दिवाकर बगलवाले कमरे से बाहर निकल रहा है।

'तू क्या इतनी देर तक उसी कमरे में था रे?'

किरणमयी ने कहा—'मैं तुम्हें यह बताना भूल गई थी कि दिवाकर कृपा करके मेरी किताबों को करीने से रख दे रहा था।'

दिवाकर ने निकट आकर कहा—'कितनी किताबें यहां-वहां पड़ी हुई हैं, भाभी, लेकिन उन्हें खोलकर देखने से यह मालूम हो जाता कि वे कितने तल्लीन होकर पढ़ते थे।'

किरणमयी ने कहा—'सचमुच ही वे बड़े तल्लीन होकर पढ़ा करते थे। जिसको पढ़ना कहते हैं, वे उसी तरह पढ़ते थे। तुम्हारे हाथ में वह कौन-सी किताब है दिवाकर?'

दिवाकर ने शरमाते हुए कहा—'यह कठोपनिषद् है। मैं संस्कृत नहीं जानता, तो भी मैं इसे एक बार पढ़ने की कोशिश करूंगा।'

किरणमयी ने कहा—'इतनी किताबों के रहते तुम्हें पसंद आई कठोपनिषद्?'

दिवाकर इस प्रश्न को ठीक से समझ नहीं सका। किरणमयी के मुंह की ओर निहारता हुआ बोला—'क्यों भाभी, संसार में इससे अधिक अच्छी किताब और कौन-सी है? लेकिन मेरे लिए, हो सकता है, यह अनधिकार चर्चा हो। मैं समझ नहीं सकूंगा, लेकिन भरसक कोशिश तो करनी ही चाहिए।'

किरणमयी ने मंद-मंद मुस्कुराकर कहा—'जो तुमने सोचा है दिवाकर, वैसी बात नहीं है। यह कोई ऐसी महत्त्वपूर्ण किताब नहीं है कि इसके लिए ऐसी कोशिश की जाए। लेकिन हां, कभी-कभी पढ़ने में बुरा नहीं लगता है। हाथ में काम-काज न हो, तो आत्मा-वात्मा सम्बन्धी तरह-तरह की अजीबोगरीब कहानियां पढ़ने से समय कट जाता है—बस, इतना ही।'

किरणमयी की मसखरी सुनकर दिवाकर का मुंह एकदम पीला पड़ गया। उसने कहा—'आप क्या कहती हैं, भाभी, मैंने तो सुना है कि उपनिषद् तो वेद है! इसका तो प्रत्येक अक्षर अभ्रांत सत्य है!'

उसके विस्मय का परिणाम देखकर किरणमयी फिर हंस पड़ी। उसने कहा—'कोई भी धर्मग्रंथ कभी अभ्रांत सत्य नहीं हो सकता। वेद भी धर्मग्रंथ है, इसलिए इसमें भी मिथ्या का अभाव नहीं है।'

दिवाकर ने दोनों कानों में अंगुली डालकर जोर से सिर हिलाकर कहा—'वेद मिथ्या है! लोग तो बात-बात में कहते हैं कि यह वेद-वाक्य है। और मत कहिएगा! यह सुनने से भी पाप होता है कि वेद मिथ्या है! यह क्या मनुष्य की रचना है कि असत्य होगा? यह तो वेद है।'

उसकी हरकत देखकर किरणमयी खिल खिलाकर हंस उठी।

दिवाकर ने कानों से अंगुली निकालकर अपनी उत्तेजना से लज्जित होकर कहा—'सचमुच ही पाप होता है भाभी। वेद कभी मिथ्या हो सकता है? यह क्या फालतू का धर्मग्रंथ है कि शिव-वचन कहकर लोग स्वरचित दो प्रक्षिप्त श्लोक, दस उपकथाएं उसमें जोड़ देंगे? वेद का अर्थ ही है साक्षात् सत्य।'

किरणमयी ने मुंह की हंसी दबाकर गंभीर होकर कहा—'क्या जानूं दिवाकर, उनसे मैंने जो कुछ सुना था, वही मैंने कह दिया। लेकिन तुमने भी अभी-अभी यह स्वीकार कर लिया, धर्मग्रंथ जिसका नाम है, उसमें भी शिव का वचन कहकर झूठी उक्तियां जोड़ दी गई हैं।'

दिवाकर ने मान लिया। कुछ दिन पहले ही पुराणों के सम्बन्ध में उसने मासिक पत्रिका में समालोचना पढ़ी थी। उसने कहा—'यह बड़ा अन्याय है, लेकिन धर्मग्रंथों में उपकथाएं, मिथ्या श्लोक विद्यमान हैं, यह बात मैं अस्वीकार नहीं कर

सकता। लेकिन वह तो अधिक दिन नहीं चलता भाभी! जो असत्य है, वह कुछ ही दिनों में समझ में आ जाता है।'

'कैसे समझ में आ जाता है दिवाकर?'

दिवाकर ने फिर कहा—'यह तो मैं ठीक-ठीक नहीं जानता भाभी, लेकिन बारीकी से चर्चा करने से ही पंडितों को यह पता चल जाता है कि कौन-सा सही है और कौन-सा गलत, और कौन-सा असली है और कौन-सा प्रक्षिप्त। लेकिन इसीलिए आप यह स्वीकार करना नहीं चाहतीं कि वेद सत्य है। यह अन्याय है। बड़ा अन्याय है।'

उपेन्द्र इतनी देर तक चुप थे। इसका ठीक-ठीक अनुमान लगाए बिना कि किरणमयी के इन सारे घोर हंसी-मजाक का क्या मतलब है, वे चुपचाप तर्क-वितर्क सुन रहे थे। किरणमयी ने उनकी ओर एक बार तिरछी नजरों से देखकर शायद अपनी हंसी तनिक छिपा ली। बाद में गंभीर होकर दिवाकर से बोली—'बात क्या है, जानते हो दिवाकर? मैंने एक बार एक धर्मशास्त्र में पढ़ा था कि एक ब्राह्मण का लड़का किसी कारण यमराज से मिलने गया था। यमराज तब अपने घर पर नहीं था। शायद अपनी ससुराल गया था। तीन दिन बाद जब वह घर लौटा तो उसे घर के लोगों से मालूम पड़ा कि एक ब्राह्मण का लड़का उपवास किए हुए है। उसने तीन दिनों से कुछ नहीं खाया है। एक तो ब्राह्मण, ऊपर से अतिथि! यमराज तो बड़ा दुखी हो गया। अंत में बहुत विनती करके वह बोला—तुम भाई तीन दिनों से बिना कुछ खाए-पिये हो, इसके बदले तुम मुझसे तीन वर मांगो, अच्छा...'

किरणमयी अपनी बात खत्म करती, इसके पहले ही दिवाकर ठठाकर हंस उठा। बोला—'यह आपने कौन-से उपन्यास की कहानी शुरू कर दी भाभी?'

किरणमयी ने निरीह भाव से कहा—'क्या करूं दिवाकर, जो कुछ मैंने पढ़ा था, वही कहती हूं। अच्छा, तुम्हें क्या विश्वास होता है कि ऐसी घटना हो सकती है?'

दिवाकर ने जोर देकर कहा—'ऐसी घटना हो ही नहीं सकती। यह असंभव है।'

'यह क्यों असंभव है? धर्मशास्त्र की ही तो बात है।'

'भले ही हो धर्मशास्त्र। यह प्रक्षिप्त है—उपन्यास है।'

'तुम्हें कैसे पता चला, दिवाकर कि यह उपन्यास है?'

'भाभी, सभी में थोड़ी-बहुत समझ-बूझ होती है। मैं अधिक कुछ तो नहीं जानता, लेकिन इसमें मुझे कोई संदेह नहीं कि यह झूठी घटना है। ऐसा हो ही नहीं सकता।'

किरणमयी ने कहा—'दिवाकर, सभी इसी तरह अपनी-अपनी समझ-बूझ और अनभिज्ञता से यह जान लेते हैं कि क्या सच है और क्या झूठ। इसके अलावा और कोई दूसरा मानदंड नहीं है। लेकिन यह चीज सबके लिए एक-सी नहीं है। तुम जिसे सच समझ सकते हो, मैं अगर उसे न समझ सकूं, तो मुझे दोष नहीं दिया जा सकता है।'

दिवाकर ने तुरत कहा—'नहीं, आपको दोष नहीं दिया जा सकता।'

किरणमयी बोली—'तब तुम्हीं देखो, दिवाकर, इसी में मतभेद होने पर जब किसी को दोष नहीं दिया जा सकता है तब जो चीज बुद्धि और अभिज्ञता दोनों से ही परे हैं, उसके सम्बन्ध में तो बहुत अधिक मतभेद हो ही सकता है। लेकिन इस विषय में हम लोगों में मतभेद नहीं है। हम दोनों ही यह सोचते हैं कि यह घटना हमारी बुद्धि से परे है, इसीलिए यह उपन्यास है। है न दिवाकर?'

यह समझे बिना कि किरणमयी उसे धकेलती हुई कहां ले जा रही है, दिवाकर ने संक्षेप में कहा—'हां।'

किरणमयी फिर से हंस उठी और बोली—'यह बहुत अच्छी बात है। लेकिन मेरे इस उपन्यास का अंतिम भाग तुम्हें अपने हाथ की उस किताब में मिलेगा।'

दिवाकर ने चौंककर कहा—'इस उपनिषद् में?'

किरणमयी ने पहले की तरह मजाक के अंदाज में कहा—'हां, उसी में मिलेगा, पर तुम्हें ज्यादा ढूंढ़ना नहीं पड़ेगा। लेकिन अगर तुम्हें मिल जाए, तब तुम्हें तुम्हारा हर अक्षर अभ्रांत सत्य तो नहीं लगेगा न?'

दिवाकर ने जवाब नहीं दिया। हक्का-बक्का होकर बैठा रहा।

किरणमयी ने उपेन्द्र के निर्वाक् मुंह की ओर देखकर कहा—'इस सम्बन्ध में तुम्हारी क्या राय है उपीन?'

उपेन्द्र सिर्फ जरा मुस्कुराए, कुछ भी नहीं बोले।

दिवाकर ने अपने आपको संभाल लिया और कहा—'लेकिन यह तो रूपक भी हो सकता है।'

किरणमयी ने कहा—'हां, यह रूपक हो सकता है। लेकिन रूपक तो सच्ची घटना नहीं होता। पर ऐसा नहीं हो सकता है कि इस किताब में शुरू से लेकर आखिर तक गलत बातें लिखी गई हैं। या फिर शुरू से लेकर आखिर तक इसमें सही बातें नहीं लिखी गई हैं। क्या यह बात बुद्धि के तारतम्य के हिसाब से नहीं चुननी पड़ेगी? इसीलिए तुम्हारी बुद्धि में इसमें लिखी बातें बारह आना सही लगें और मेरी बुद्धि में वे ही बातें, हो सकता है, पन्द्रह आना गलत लगें। इसमें भी तो मेरा अन्याय नहीं होगा, दिवाकर।'

दिवाकर हाथ की किताब की ओर चुपचाप देखता रहा। किरणमयी की बातें उसके हृदय में पीड़ा पहुंचाने लगीं। थोड़ी देर तक चुप रहकर उसने कहा—'भाभी, जिसको आप झूठी घटना कह रही हैं, उसका हो सकता है, कोई गूढ़ अर्थ हो।'

'तो इसीलिए झूठ का सहारा! मैं यह मान लेती हूं कि तुम जो अंदाजा लगा रहे हो, वह हो सकता है। तब भी वह अंदाजा के अलावा और कुछ नहीं है। रही बात गूढ़ अर्थ की, सो चाहे जो भी हो, पर यह रास्ता अच्छा रास्ता नहीं है। यह हर दम याद रखना चाहिए कि झूठ से बहलाकर सच का प्रचार नहीं होता है। सच को सच की तरह ही कहना चाहिए, तभी जाकर आदमी उसे अपनी बुद्धि के हिसाब से समझ सकता है। आज नहीं समझ सकता है तो कल समझेगा। वह नहीं समझ सकता है, तो दूसरा समझेगा। और अगर नहीं समझ सकता है, तब भी उसे झूठ की भूमिका सौंपकर चटखारेदार बनाने की कोशिश-जैसा अन्याय संसार में और कोई दूसरा नहीं है। दिवाकर, झूठ बोलना पाप है। लेकिन सच और झूठ को मिलाकर बोलने जैसा पाप संसार में कम ही है।'

दिवाकर उदास चेहरे से चुप रहा। किरणमयी उसका मुंह देखकर उसके मन के भाव को स्पष्ट समझ गई। कोमल स्वर में बोली—'इसमें दुखी होने की तो कोई बात नहीं है दिवाकर। जो सच है, उसे ही कई वक्त हर हालत में स्वीकार करने की कोशिश करना—भले ही इससे वेद या शास्त्र झूठा हो जाए। ये सच से बड़े नहीं हैं। सच की तुलना में उनका कोई मूल्य नहीं है। आंखें मूंदकर झूठ को सच मानकर विश्वास करने में थोड़ा-सा भी पौरुष नहीं है।'

थोड़ी देर तक वह चुप रही, फिर बोली—'इसलिए ऐसा भी मत सोचना कि मैंने समझा है कि यह झूठ है, इसीलिए वह झूठ हो गया। मोटे तौर पर मेरा यह कहना है कि चाहे सच हो या झूठ, उसे बुद्धिपूर्वक स्वीकार करना चाहिए। आंखें मूंदकर मान लेने में कोई सार्थकता नहीं है। इससे न तो उसका ही गौरव बढ़ता है, न तुम्हारा ही।'

दिवाकर बहुत देर तक चुप रहकर बोला—'अच्छा, भाभी, जो चीज बुद्धि के परे है, उसके सम्बन्ध में आप बूद्धिपूर्वक यह कैसे तय करेंगी कि वह सच है या झूठ?'

किरणमयी ने तुरत उत्तर दिया—'नहीं, मैं यह तय नहीं करूंगी। जो बुद्धि के परे है, उसे बुद्धि के परे मानकर ही त्याग दूंगी। मुंह से कहूंगी, वह अव्यक्त है, अबोध्य है, अज्ञेय है और काम और बात में उसे ही लगातार कहने और जानने की हरगिज कोशिश नहीं करूंगी। तुमने इन सारी किताबों को नहीं पढ़ा है, दिवाकर। इन्हें पढ़ोगे, तो तुम्हें दिखाई पड़ेगा, हर जगह यही कोशिश है, यही जिद

है। सिर्फ जबर्दस्ती ही जबर्दस्ती है। जिस मुंह से यह कहा जा रहा है कि उसे जाना नहीं जा सकता, उसी मुंह से फिर इतनी बातें कहीं जा रही हैं। जैसे सब आंखों देखी बातें हों! जिसे हरगिज समझा नहीं जा सकता, उसे ही समझने के लिए लगातार पन्ने पर पन्ना और किताब पर किताब लिखी जा रही है। आखिर क्यों? जिस आदमी ने जीवन में लाल रंग नहीं देखा है, उसे क्या बातों से यह समझाया जा सकता है कि लाल रंग कैसा होता है। और इसी को न समझने पर, न मानने पर गुस्सा किया जाता है। शाप-अभिशाप दिया जाता है और डराने-धमकाने की सारी हदों को पार कर दिया जाता है। यह सब डींग हांकना है। निर्गुण, निराकार, निर्लिप्त, निर्विकार–ये सब सिर्फ बात की बात हैं। इनका कोई मतलब नहीं है। और अगर कोई मतलब है, तो बस इतना ही कि जिन लोगों ने ये सारी बातें ढूंढ़ निकाली हैं, उन्हीं लोगों ने प्रकारान्तर से यह कहा है कि इस सम्बन्ध में कोई कुछ मत सोचना–सब निष्फल है, सब विफल प्रयास है।'

दिवाकर बहुत देर तक चुप रहा। उसके बाद धीरे-धीरे कहा–'भाभी, आप आत्मा को नहीं मानतीं?'

'नहीं।'

'क्यों?'

'इसलिए कि यह झूठी बात है। इसके अलावा ऐसा दंभ मुझे नहीं है कि सब कुछ नष्ट हो जाएगा, सिर्फ मेरा यह महामूल्यवान 'मैं' किसी दिन ध्वस्त नहीं होगा, ऐसी कामना भी मैं नहीं करती कि मेरा यह 'मैं' जिंदा रहे।'

'अच्छा, तो क्या आप ईश्वर को भी स्वीकार नहीं करतीं?'

किरणमयी ने हंसकर कहा–'इतना डरते-डरते क्यों कह रहे हो, दिवाकर? इसमें डरने की कोई बात नहीं है; नही, मैं ईश्वर को अस्वीकार भी नहीं मानती।'

दिवाकर को गहरे अंधेरे के बीच मानो जरा-सी रोशनी की रेखा दिखाई पड़ी। पूछा, 'उन्हें आप कैसे सोचती हैं?'

किरणमयी ने कहा–'जिस चीज को मैं अज्ञेय मान चुकी हूं उसे सोचा भी नहीं जा सकता है और मैं उसे सोचती भी नहीं हूं। वास्तव में अचिंतनीय को मैं कैसे सोचूंगी? इसीलिए मैंने किसी दिन असंभव को संभव करने की कोशिश नहीं की। एक चीज को खींचकर बड़ा किया जा सकता है। मैं यह भी जानती हूं कि उसे और भी खींचा जाए तो उसे और भी बड़ा किया जा सकता है। लेकिन मैंने ऐसी भूल नहीं की है कि उसे खींच-खींचकर अनन्त बना दिया जाए।'

'तो क्या उन्हें सोचा भी नहीं जा सकता है?'

'सोचा जा सकता है, दिवाकर, उन्हें छोटा बनाकर सोचा जा सकता है। मनुष्य के दोष-गुण को उन्हें छोटा बनाकर सोचा जा सकता है। जैसे अनपढ़ लोग आदमी के गुण-दोष को मिलाकर छोटा-सा देवी-देवता बनाकर भक्ति से सोचते हैं सिर्फ वैसे ही उन्हें सोचा जा सकता है। जो अज्ञान के घमंड में उन्हें ब्रह्म बनाकर सोचना चाहते हैं वे सिर्फ अपने आपको धोखा देते हैं। लेकिन आज और नहीं। ये सब बातें फिर किसी दूसरे दिन होंगी,' उसके बाद उपेन्द्र के मुंह की ओर निहारकर मुस्कुराती हुई बोली–'लेकिन तुम उपीन बड़े चालाक हो। जब हम लोगों ने झोंक में आकर तर्क-वितर्क के सिलसिले में अपने-अपने मन की सारी बातें कह डालीं तब तुमने अपना मुंह बंद किए अपने मन की सारी बातें बिलकुल छिपा रखीं। मैं जानती हूं, तुम सब जानते हो, लेकिन तुमने अपने मन की एक भी बात किसी को जानने नहीं दी।'

उपेन्द्र हंस पड़े। कहा–'नहीं भाभी, मैं इस सम्बन्ध में बिलकुल महामूर्ख हूं। मैं स्तम्भित होकर सिर्फ आप की ही बातें सुन रहा था।'

किरणमयी ने हंसकर कहा–'शायद तुम मेरी हंसी उड़ा रहे हो, उपीन।'

'नहीं भाभी, मैं सही कह रहा हूं। लेकिन मैं सोचता हूं कि इतनी कम उम्र में आपने आखिर इतना कब पढ़ा, और भला इतना कब सोचा?'

अपनी प्रशंसा सुनकर किरणमयी का अन्तःकरण आनंद और गर्व से भर उठा, लेकिन उसे दबा करके नम्रता के साथ कहा–'नहीं, नहीं, ऐसी बात मत कहो उपीन, मैं भी महामूर्ख हूं, मैं भी कुछ नहीं जानती। तब भी सिर्फ इतना-सा जाना है कि कुछ भी जानने की गुंजाइश नहीं है। इसीलिए इन सारे शास्त्रों की जबर्दस्ती और दंभपूर्ण उक्ति देखती हूं, तो मेरे बदन में आग लग जाती है, हरगिज अपने आपको और संभाल नहीं सकती। सिर्फ लगता है, न तुम ही जानते हो, न मैं ही जानती हूं। तब भई, तुमने शास्त्रों से इतनी जबर्दस्ती क्यों की? उनमें इतनी पाबंदियों का उल्लेख क्यों किया? क्यों उनमें इतना झूठ भर दिया? ऐसी गर्वोक्ति क्यों की? तुम जो भी काम करते हो, क्या भगवान को पंच बनाकर करते हो? खाते, लेटते, बैठते भगवान का नाम लेते हो और धर्म चर्चा करते हो। क्यों भई, ऐसा नियम बनाया कि क्यो ऐसे छीकूंगा, वैसे खांसूंगा? हालांकि किसी ने कहीं जरा-सा भी कारण तक दिखाने की जरूरत नहीं समझी है। सिर्फ जबर्दस्ती। तुम्हें गौ-हत्या और ब्रह्म-हत्या का पाप लगेगा। तुम उजड़ जाओगे। तुम्हारी चौदह पीढ़ियां नरक जाएंगी। क्यों जाएंगी चौदह पीढ़ियां नरक? किसने तुम्हें यह बताया है? श्रुति, स्मृति, तंत्र, पुराण सभी ने ऐसी जबर्दस्ती की है और आंखें दिखाई हैं। वास्तव में इतना अन्याय, इतनी जबर्दस्ती सहन नहीं होती है, उपीन।'

उपेन्द्र कुछ नहीं बोले। लेकिन दिवाकर ने अपनी आखिरी कोशिश करते हुए कहा–'लेकिन हो सकता है कि ऐसी जबर्दस्ती उन लोगों ने हमारे मंगल के लिए ही की हो!'

किरणमयी जल-भुन उठी और बोली–'इतनी भलाई करने की जरूरत नहीं है, दिवाकर। मानो वे लोगदेश भर की गायों के झुंड को लाठी के बल पर खदेड़ते हुए अच्छे रास्ते पर ले जाने के लिए ही आदमी बनकर अवतरित हुए हों! अपनी भलाई कौन नहीं चाहता है? समझाकर कहने से ही तो काम बन जाएगा। भई, इसी में तुम्हारी भलाई है, इसीलिए ये सारी पाबंदियां बना दी गईं। मुझे भी तो समझने देना चाहिए कि क्यों इस रास्ते पर चलने से मेरा मंगल होगा। ऐसा होता तो इतनी आंखें लाल करने, इतने झूठे उपन्यास लिखने की जरूरत नहीं होती,' कहते-कहते उसके अन्दर का क्रोध बहुत साफ हो उठा।

उपेन्द्र को अचानक उस रात की बात याद आ गई जिस रात वह पहली बार किरणमयी से मिला था। उस रात उसका जैसा रूप देखा था, वैसा ही रूप है यह। पिंजरे में बंद जंगली जानवर जैसा भयंकर गर्जन करता है वैसा ही गर्जन इसका था, लेकिन क्या चाहती है यह? किस चीज के प्रति इसका इतना आक्रोश है? शास्त्र और शास्त्रकार के किस नियम की जंजीर को तोड़कर यह विधवा मुक्ति चाहती है?

उसे शांत करने के अभिप्राय से उपेन्द्र नम्रता से मुस्कुराते हुए बोले–'हम दोनों तो आपकी बातों का जवाब नहीं दे सके भाभी, लेकिन एक आदमी है जिससे आप तर्क में हार जाएंगी, यह मैं आपको बता देता हूं।'

किरणमयी खुद ही अपनी उत्तेजना को समझकर अंत में मन-ही-मन शरमा गई थी। वह भी मुस्कुराती हुई बोली–'कौन है ऐसा आदमी, बताओ तो उपीन?'

उपेन्द्र गंभ‌ीर होकर बोले–'इसे आप ठट्ठा मत समझिए। मैं सच कहता हूं, उसे जीत पाना काफी मुश्किल है। ऐसी बात नहीं कि वह बहुत पढ़ा-लिखा है, लेकिन तर्क करने में माहिर है। वह भी इन सारी बातों पर विश्वास करता है। आप उसे तर्क में लाजवाब कर दें, तो मैं आपका लोहा मानूंगा।'

किरणमयी ने उत्साहित होकर कहा–'भले ही मैं उन्हें तर्क में लाजवाब न कर सकूं लेकिन उनसे कम-से-कम कुछ सीख कर तो आ ही सकती हूं न?' इतना कहने के बाद वह फिर मुस्कुराकर बोली–'पर वे कौन हैं उपीन? कहीं हमारी छोटी बहू तो नहीं?'

उपेन्द्र हंसने लगे। बोले–हां, ठीक समझा आपने। मैं छोटी बहू के ही बारे में कह रहा था। वास्तव में भाभी, उसमें फैसला करने की अजीब समझदारी है। उसकी इस समझदारी को देखकर मैं समय-समय पर सही में मुग्ध हो जाता हूं।

उसके किस सवाल का क्या जवाब दूं, यह मुझे ढूंढ़े नहीं मिलता। मैं तो हक्का-बक्का होकर बैठा रहता हूं।'

उपेन्द्र के मुंह से सुरबाला की ऐसी भूरि-भूरि प्रशंसा सुनकर किरणमयी के मुंह की चमक बुझ गई। हालांकि इसमें शामिल होने को उसका जी चाहा, लेकिन जलन के दर्द ने उसके अंग-अंग में दौड़कर मानो उसकी आवाज को रोक दिया। सहसा वह कुछ भी नहीं बोल सकी।

लेकिन उपेन्द्र ने इस पर ध्यान नहीं दिया। उसने पूछा–'उसके साथ शायद किसी दिन इस विषय पर आपकी चर्चा नहीं हुई है?'

किरणमयी ने गर्दन हिलाकर कहा–'नहीं। कुल दो दिन तो वह यहां आई थी। सो भी मेरा ऐसा समय नहीं था कि उससे मेरी कोई बातचीत होती। चलो न उपीन, आज एक बार तुम्हारी तर्क वीर को देख आऊं।'

उपेन्द्र हंसने लगे। बोले–'नहीं भाभी, वह बिलकुल ही तार्किक नहीं है। वास्तव में वह इस विषय को छोड़ और किसी विषय पर तर्क ही नहीं करती है। आप जो कहेंगी, वह उसे ही मान लेगी। तीनेक दिन बाद वह घर लौट जाएगी। आप कहें, तो मैं उसे यहीं ले आऊं।

किरणमयी ने त्रस्त होकर कहा–'नहीं उपीन, यहां लाकर मैं उसे तकलीफ देना नहीं चाहती। वह तकलीफ उठाकर दो दिन यहां आई थी, यही मेरा बहुत बड़ा सौभाग्य था। तुम मुझे ले चलो, मैं वहां जाऊंगी। अच्छा, मैं तुमसे एक बात पूछती हूं, उपीन। वह यह कि इतने बड़े तार्किक गुरु के रहते हुए भी तुम दोनों भाई मेरी बातों का जवाब क्यों नहीं दे सके?'

इन बातों को किरणमयी ने सीधे मजाक के तौर पर ही कहना चाहा, लेकिन दर्द के बोझ से आखिरी बात बोझिल होकर प्रकट हो गई।

दिवाकर चुप रहा।

उपेन्द्र ने कहा–'उसकी वे सारी युक्तियां सीखी नहीं जा सकती हैं। मैंने तो कितनी बार उन्हें सुना है, पर उनमें से एक भी हरगिज मेरे पल्ले नहीं पड़ी। भगवान को माननेवाले कहेंगे कि यह उनका दाहिने हाथ से दिया हुआ सबसे बड़ा दान है। मैं सच कहता हूं भाभी कि मुझे बहुत बार जलन हुई कि उसके गुणों का हजारवां हिस्सा भी मुझे मिलता, तो मैं धन्य हो जाता।'

किरणमयी ठीक-ठीक समझ न सकी कि उपेन्द्र क्या कह रहा है, तो भी उसका मुंह काला पड़ गया और इसको उसने स्वयं ही स्पष्ट अनुभव करके किसी प्रकार एक छोटी-सी सूखी हंसी से सामने के इन दो पुरुषों की नजरों से अपने आपको छिपा लेना चाहा। लेकिन उसके मुंह पर हरगिज हंसी नहीं आई।

सहसा वह तनकर खड़ी हो गई, बोली—'चलो उपीन, आज ही मैं उससे मिल आऊंगी। तुम्हें भी जिसके लिए डाह होती है, वह दुर्लभ चीज क्या है, उसके देखे बिना मुझे हरगिज चैन नहीं मिलेगा।'

उसके अनुरोध की अधिकता को देखकर उपेन्द्र अपनी हंसी को और दबाकर हरगिज नहीं रख सके। किरणमयी ईर्ष्या से इतनी अभिभूत नहीं हो गई होती तो वह उसकी इतनी देर तक बनावटी गंभीरता को पलक झपकते समझ जाती। लेकिन उस तरफ उसकी नजर ही नहीं थी। बोली—'नहीं उपीन, मैं तुम्हारे पैरों पड़ती हूं, तुम मुझे वहां ले चलो।'

उपेन्द्र ने घबराकर दोनों हाथों को माथे से छुलाकर कहा—'छिः! छि! ऐसी बात जबान पर मत लाइए भाभी। आप उम्र में मुझसे छोटी हैं, तो भी आप मेरी पूज्या हैं।'

26

लगभग तीसरे पहर किरणमयी ज्योतिष बाबू के घर आ पहुंची। वह मारकीन पहने हुए थी। बदन पर जेवर का नामोनिशान तक नहीं, लम्बे-लम्बे रूखे-सूखे बिखरे बाल, कपाल पर लटकती हुई दो-एक लटें, थकी-थकी सी उदास आंखें, मानो वैधव्य की अलौकिक शोभा उसके अंग-अंग में छाकर साकार हो उठी हो! उसके चेहरे की ओर देखने से ही नजरें अपने आप ही उसके पैरों पर आ पड़ती हैं।

सरोजिनी बाहर के बरामदे में एक कुर्सी पर बैठकर किताब पढ़ रही थी। ज्योंही उसने नजरें उठाईं, अचानक इस आश्चर्यजनक रूप को देखकर वह विह्वल हो गई। उसने किरणमयी को कभी अपनी आंखों से नहीं देखा था, बस, सुरबाला के मुंह से उसने इसका नाम और उसके सौंदर्य की ख्याति सुनी थी। लेकिन वह सौंदर्य ऐसा है, इसकी उसने कल्पना तक नहीं की थी।

उपेन्द्र ने उसका परिचय दिया—'सरोजिनी, ये हैं हमारी भाभी।'

सरोजिनी ने नजदीक आकर नमस्कार किया।

किरणमयी उसका हाथ पकड़ मुस्कुराती हुई बोली—'तुम्हारा नाम तो मैंने सबसे सुना था बहन, इसीलिए आज मैं तुम्हें अपनी आंखों से देखने आई।'

किरणमयी की बातों का जवाब सरोजिनी को ढूंढ़े नहीं मिला। यह उसने बचपन से ही सीखा है कि अपरिचितों से कैसे मिलना चाहिए, कैसे बात की जानी चाहिए, और वह इस बात की आदी भी है, लेकिन इस आश्चर्यजनक विधवा नारी के सामने वह बेजबान हो गई।

किरणमयी ने एक बार उपेन्द्र की ओर मुड़कर देखा, कहा—'लेकिन दिन बहुत चढ़ चुका है। ज्यादा देर तक रहने का समय नहीं है—चलो, उपीन, एक बार छोटी बहू के कमरे में जाकर बैठते हैं,' कहकर उसने सरोजिनी की हथेली को दबाकर इशारा किया।

लेकिन जिस सनक में आकर किरणमयी आज ऐसे बेवक्त सुरबाला से मिलने आई थी, उस उत्तेजना का कारण अब उसकी नजरों से छिपा हुआ नहीं था। रास्ते में आते-आते उसे बहुत बार लगा था कि जिस सुरबाले से सिर्फ दो दिनों की जान-पहचान है उस सुरबाला का विश्वास और ज्ञान चाहे जो भी हो, उसके कमरे पर अकारण धावा बोलने जैसी अजीब हास्यास्पद घटना और दूसरी हो ही नहीं सकती है, इसलिए उसे लौट जाना चाहिए, लेकिन वह लौट नहीं सकी थी। न जाने किस चीज ने उसे खींचते हुए यहां लाकर पहुंचा दिया! ऐसा करना अन्याय है। ऐसा करना असंगत है। यह बात भी उसने मन-ही-मन बार-बार दोहराई, लेकिन उपेन्द्र ने अपनी प्रिय पत्नी की जिस अमूल्य शोभा को ईश्वर का दिया सबसे बड़ा दान स्वीकार करने में भी शर्म महसूस नहीं की थी, वह कुछ भी नहीं है, उसे वह पलक झपकते चूर-चूर करके उसी की नजरों के सामने धूल की नाईं उड़ा दे सकती है, यही सिद्ध करने की अदम्य आकांखा उसके कलेजे के अन्दर बदले की भावना की तरह हलचल मचा रही थी। वह अपनी इस बदले की भावना को दबा नहीं सकी थी। हालांकि शुरू से ही उसे यह शक हो रहा था कि सतीश से उपेन्द्र का जो परिचय उसे मिला था, उससे उसका मन बार-बार कह रहा था कि उपेन्द्र चाहता तो उसकी बातों का जवाब दे सकता था, मगर वह तो कुछ बोला ही नहीं था। सिर्फ मंद-मंद मुस्कुराया था। क्यों? किसलिए? क्या यह सिर्फ सुरबाला के पास ले जाकर उसे बिलकुल तुच्छ और नगण्य बना देने के लिए? लेकिन सुरबाला उसकी बात का कोई जवाब न दे तो? अपने पति की भांति मुंह दबाकर मुस्कुराती हुई चुप रहे तो? तो कैसे वह अपनी जीत का परचम लहराएगी?

यों ही सोचते-सोचते जब वह सरोजिनी के पीछे-पीछे सुरबाला के कमरे में आ पहुंची, तब सुरबाला फर्श पर बैठकर काशीदासी महाभारत में भीष्म की शर-शैया की कथा पढ़कर रो-रोकर बेहाल हो गई थी। अचानक किरणमयी को

देखकर उसने हड़बड़ाकर किताब बंद करके आंखें पोंछ डालीं और उठ खड़ी होकर उसके दोनों हाथों को पकड़कर बड़ी आवभगत के साथ बोली–'आओ दीदी।'

फिर कालीन पर बिठाकर बोली–'मैंने सोचा था, दीदी कि मैं कल तुम्हारे यहां जाऊंगी।'

किरणमयी ने कहा–'इसीलिए तो मैं आज ही आई, बहन।'

उपेन्द्र ने एक कुर्सी अपने पास खींच ली और उस पर बैठकर बोले–'तुम रो रही थीं, वह महाभारत है क्या?'

सुरबाला बड़ी शर्म से अपनी दोनों आंखों को लगातार आंचल से पोंछने लगी।

उपेन्द्र ने कहा–'मुझे यह तो सोचते नहीं बनता कि क्यों तुम ऐसी झूठ से भरी वाहियात किताब को लेकर प्रायः ही अपना समय बर्बाद करती हो। ऊपर से रोना-धोना, आंसू बहाना...'

उपेन्द्र की बात पूरी भी नहीं हो पाई थी कि सुरबाला आंखें पोंछना भूलकर गुस्सा हो उठी और बोली–'तुम तो सैकड़ों बार यह कह चुके हो कि...'

उपेन्द्र ने कहा–'मैं तो यही कहता हूं कि उस किताब में शुरू से लेकर आखिर तक गलत बातें लिखी हुई हैं। और तो कुछ नहीं कहता मैं।'

ऐसी बातें कहकर उसे गुस्सा दिलाने में ज्यादा देर नहीं लगती थी। उसने गुस्से से भरी अपनी दोनों लाल आंखें अपने पति के मुंह पर टिका दीं और बोली–'महाभारत में झूठी बातें लिखी हुई हैं? ऐसी बातें तुम अपनी जबान पर मत लाना। यह ठट्ठा नहीं है। यह जानते हो कि ऐसा बोलने से पाप लगता है।'

उपेन्द्र ने कहा–'हां, मैं जानता हूं, ऐसा बोलने से कुछ नहीं होता है। अच्छा, इन लोगों से पूछो–'ये लोग भी इन किताबों पर विश्वास नहीं करतीं।'

इस बार सुरबाला किरणमयी के मुंह की ओर देखकर मुस्कुराई। बोली–'सुनो उनकी बातें, दीदी। वे कहते हैं कि तुम लोग भी यह विश्वास नहीं करतीं कि महाभारत में लिखी बातें सही हैं। वे ऐसी ही बेसिर-पैर की बातें किया करते हैं। बस, जो मुंह में आया, कह दिया।'

किरणमयी चुप रही। पति-पत्नी की ऐसी बतकही का वह कोई मतलब नहीं समझ सकी। उसे लगा, यह एक अभिनय है और किसी को ध्यान में रखकर किया जा रहा है। इसके पीछे कोई रहस्य छिपा हुआ है।

उपेन्द्र ने सरोजिनी से प्रश्न किया–'अच्छा, आप महाभारत की कहानियों को सच्ची मानती हैं?'

सरोजिनी सरल भाव से बोली—'कुछ कहानियां तो जरूर सच्ची हैं। लेकिन शुरू से लेकर आखिर तक की सारी की सारी कहानियां सच्ची हैं, ऐसा कोई नहीं मानता, मैं भी नहीं मानती।'

सुरबाला पहले तो ठक्-से रह गई। उसके बाद इसे ठट्ठा मानकर उड़ा देना चाहा लेकिन सरोजिनी के और भी दो-चार बातों और उपेन्द्र के तानों से और अधिक विस्मित और क्रुद्ध हो उठी, और देखते ही देखते तीनों का तर्क बहुत बढ़ गया। लेकिन तब तक किरणमयी ने एक बात तक नहीं की थी, क्योंकि वह यह नहीं सोच सकी कि यह कहा-सुनी मजाक छोड़ और कुछ हो सकती है। जिससे मिलकर वह तर्क-वितर्क करने आई है वह जब पूरे महाभारत को अकाट्य सच सिद्ध करने के लिए कमर कसे बैठी है तो ऐसी अचिंतनीय बात को कैसे सही मान लेगी? इधर तर्क और तू-तू, मैं-मैं अविराम चलने लगी और उधर किरणमयी सिर्फ तीक्ष्ण दृष्टि से सुरबाला की तरफ चुपचाप निहारती रही। देखते-देखते उसके संदेह की खुमारी भाप की मानिंद विलीन हो गई। उसने देखा, सुरबाला की आवाजें, चितवन और समूचे चेहरे यहां तक कि उसके अंग-अंग से संदेह-रहित दृढ़ विश्वास मानो प्रकट हो रहा हो। यह विशाल ग्रंथ उसके लिए प्रत्यक्ष सत्य है। यह तो मजाक नहीं है। यह तो जीता-जागता विश्वास है। इसके बाद कुछ देर के लिए कौन क्या कहने लगा, उधर उसकी सुध नहीं रही। न जाने कैसी खोई-खोई-सी सुरबाला में एक अपरिचित-सी आकृति उसे दिखाई पड़ी। वैसी आकृति उसने इसके पहले कभी नहीं देखी थी।

लेकिन यह नहीं कहा जा सकता है कि ऐसी स्थिति कितनी देर तक रहती। उपेन्द्र और सरोजिनी दोनों के एक साथ लगाए गए ठहाके की आवाज को सुनकर वह अपने आप में लौट आई। दिखाई पड़ा, उनके हंसने के ढंग से सुरबाला शरमा गई है। वह बेचारी अकेली है। इसीलिए अचानक वह किरणमयी को पंच मानकर क्षुब्ध स्वर में बोली—'अच्छा, दीदी, महाभारत में लिखी बात क्या कभी गलत हो सकती है?'

उपेन्द्र ने किरणमयी की तरफ निहारा और अपनी हंसी को दबाकर बोले—'भाभी, बहस इस बात को लेकर हो रही है कि सरोजिनी कहती है कि भीष्म की शर-शय्या के समय अर्जुन द्वारा बाण से धरती को फोड़कर गंगा की धारा लाए जानेवाली बात गलत है। अर्जुन पाताल से गंगा की धारा कतई नहीं लाए थे।'

सुरबाला ने अपने पति की तरफ तीखी नजरों से देखा और बोली—'अगर अर्जुन गंगा की धारा नहीं लाए थे, तो भीष्म पितामह की प्यास कैसे बुझी थी?

लो अब मैं जो कहती हूं उसे सुनो—भीष्म पितामह ने शर-शय्या पर लेटे-लेटे पानी पीना चाहा। दुर्योधन सोने की झारी में पानी लाया, पर उन्होंने उसे नहीं पिया। यह तो भला झूठ नहीं है। गंगा की जलधारा नहीं आई तो उनकी प्यास बूझी किस चीज से?'

सरोजिनी इसे सुनकर चुप नहीं रह सकी, बोली—'उनकी प्यास किस चीज से बुझी? मैं कहती हूं, झारी के पानी से। उन्होंने वही पानी पिया था जो दुर्योधन झारी में भरकर लाया था।'

इस बार सुरबाला ने बहुत उत्तेजित और नाराज होकर कहा—'तो यह क्यों लिखा हुआ है कि उन्होंने दुर्योधन का दिया हुआ पानी नहीं पिया था और अगर उन्होंने दुर्योधन की झारी का पानी ही पिया था तो अर्जुन को इतनी तकलीफ उठाकर बाण से धरती को बेधकर गंगाजल लाने की क्या जरूरत थी? दीदी, तुम्हीं बताओ, यह बात तो भला हरगिज गलत नहीं हो सकती है,' इतना कहकर उसने अपनी दोनों क्रुद्ध हालांकि करुण आंखों से निवेदन किया।

पल-भर में उपेन्द्र के ठहाके से कमरा गूंज उठा। सरोजिनी भी खिलखिलाकर हंस उठी।

उपेन्द्र ने कहा—'लीजिए भाभी, ज़वाब दीजिए। गंगा की जलधारा अगर नहीं आई तो भीष्म पितामह की प्यास बुझी किस चीज से? और जब उनकी प्यास बुझी तब यह कैसे कहा जा सकता है कि गंगा की जलधारा नहीं आई थी?' यह कहकर वे और एक बार ठठाकर हंस पड़े।

लेकिन आश्चर्य है! किरणमयी इस हंसी में भाग न ले सकी। वह आश्चर्य से सुरबाला के चेहरे की ओर देखती रही। क्षण-भर बाद एकाएक बड़े आवेग के साथ उसको अपनी छाती से लगाकर चुपके-चुपके बोली—'यह गलत बात नहीं है बहन, इस कथा में कहीं भी जरा-सा भी झूठ नहीं है। गंगा की जलधारा आई थी। जरूर आई थी। तुमने जो समझा है, जो पढ़ा है, वह सब सही है। सचमुच सभी इसे पहचान नहीं सकते, दीदी, इसीलिए वे ठट्ठा-मसखरी करते हैं,' कहते-कहते उसकी दोनों आंखों में आंसू भर आए।

सरोजिनी और उपेन्द्र दोनों विस्मय से हक्काबक्का होकर उसके मुंह की तरफ निहारते रहे। किरणमयी ने उधर जरा भी ध्यान नहीं दिया। उसे जैसे सीने से लगाए हुए थी, वैसे ही उसे सीने से लगाए रखकर उसने अपनी आंखें पोंछी और धीरे-धीरे बोली—'बहन, जिन लोगों ने बहुत-से धर्मग्रंथ पढ़े हैं, वे लोग जानते हैं कि आज तुमने जिस तरह से फैसला कर दिया, इससे ज्यादा फैसला कोई धर्मग्रंथ, कोई पंडित किसी दिन नहीं कर सके हैं—उन सभी को इसी तरह से अपने-अपने

मन की बातें कहनी पड़ी हैं। यह कथा जो जानता है उसकी मजाल नहीं कि वह आज तुम्हारे मुंह की कही बातें सुनकर हंसे। इतना कहकर उसने सुरबाला को छोड़ दिया और सरोजिनी की तरफ मुड़कर निहारती हुई बोली—'बहन, तुम शायद मेरी हरकत देखकर आश्चर्यचकित हो गई हो। यह आश्चर्यचकित होने की ही बात है।' यह कहकर वह जरा मुस्कुराई।

लेकिन सबसे ज्यादा हक्काबक्का हुए थे खुद उपेन्द्र। वास्तव में किरणमयी में हुए इस अजीब बदलाव का कारण वे बिलकुल ही समझ नहीं सके थे। जिसने सिर्फ कुछ ही देर पहले साफ-साफ यह कहा था कि बुद्धि और अभिज्ञता को छोड़ दूसरे किसी तरह के तराजू को वह स्वीकार नहीं करती और जो चीज बुद्धि और अभिज्ञता के परे है उसे अन्दर ले आने की कोई जरूरत वह महसूस नहीं करती, वही सुरबाला की इस अत्यंत सरल और बचकानी हरकत से कैसे विचलित हो गई? उसे सीने से लगाकर उसने जो बातें अभी-अभी कहीं, वे तो मन रखने के लिए कही हुई बातें नहीं हैं। इसके अलावा वह यह निश्चित रूप से जानती है कि जो कुछ उसने कहा है, उसका सही मतलब समझने का सामर्थ्य सुरबाला में नहीं है। सबसे अधिक आश्चर्यजनक है उसके अचानक निकले आंसू। आखिर वे आए कैसे? इसके सिवा और एक बात है। वह यह कि उपेन्द्र निःसंदेह यह जानते थे कि ऐसे तीक्ष्णबुद्धि वाले नर-नारियां आवेग प्रकट करना हरगिज नहीं चाहते हैं। और अगर किसी तरह उन लोगों का आवेग प्रकट हो जाए, तो भी उन लोगों की लाज की सीमा नहीं रहती है। लेकिन जरा भी लाज उसने अपने व्यवहार से महसूस की है—इसका चिह्न तो पूरे तौर पर अपरिचित सरोजिनी को भी नजर नहीं आया।

शाम हो गई। किरणमयी सबसे विदा ले धीरे-धीरे गाड़ी पर आ बैठी।

दिवाकर घर में नहीं था। घूमने के लिए बाहर निकला था इसलिए हिचकिचाते हुए उपेन्द्र को ही गाड़ी के अन्दर जाकर बैठना पड़ा। लेकिन किरणमयी ने मानो उसे देखा ही नहीं हो, कुछ इस तरह से गाड़ी में एक कोने में सिर टेककर चुपचाप बैठी रही।

कुछ वक्त गुजर गया। ऐसे चुपचाप बैठा रहना भी अच्छी बात नहीं है। इसके अलावा उपेन्द्र निश्चित रूप से यह समझ रहे थे कि किरणमयी कुछ सोच रही है। लेकिन वह क्या सोच रही है—इसी को परखने के लिए वे बोले—'आप उसे देख आईं न? ऐसी बुद्धिमती के साथ मुझे जिन्दगी गुजारनी पड़ती है। वैसे भी उसे संभाल पाना मुश्किल है, ऊपर से आज आप उसे मजाक-मजाक में सर्टिफिकेट दे आईं। अब तो वह पहुंच के बाहर हो जाएगी।'

किरणमयी ने उनकी बातों का कोई जवाब नहीं दिया। थोड़ी देर इन्तजार करके उपेन्द्र मुस्कुराते हुए बोले–'लेकिन सिर्फ इतना ही नहीं भाभी, वह इतनी बड़ी बेवकूफ है कि जीवन में वह कभी झूठ नहीं बोल सकती है।'

किरणमयी पहले की ही तरह चुप रही।

उपेन्द्र बोले–'जानती हैं, वह क्यों झूठ नहीं बोलती है? क्योंकि एक तो चौंतीस कोटि देवी-देवता उसे चारों ओर से घेर कर पहरा दिया करते हैं, दूसरा यह कि उसमें इतनी योग्यता नहीं है कि जो कुछ नहीं हुआ, उसे अपनी बुद्धि का इस्तेमाल करके गढ़कर बोल सके।'

किरणमयी रुआंसी होकर संक्षेप में बोली–'यह तो अच्छी बात है।'

उपेन्द्र बोले–'पर मुझे तो ऐसा नहीं लगता भाभी कि यह अच्छी बात है। दुनियादारी चलाने में थोड़ा-बहुत झूठ का सहारा लेना ही पड़ता है। पर ऐसा झूठ बोलना चाहिए जिससे किसी का कोई नुकसान न हो। बल्कि एक अशांत, एक लफड़े से छुटकारा मिल जाए। ऐसा झूठ बोलने में बुराई क्या है? बल्कि मैं तो कहता हूं कि इसमें अच्छाई ही है।'

'अगर झूठ बोलना अच्छी बात है, तो तुम उसे झूठ बोलना सिखा क्यों नहीं देते?'

'वह सीखेगी कैसे भाभी? महाभारत में यह लिखा हुआ है कि एक छोटा-सा झूठ बोलने के चलते युधिष्ठिर को क्या-क्या मुसीबतें झेलनी पड़ी थी। देवी-देवता मुंह बाए उसकी तरफ निहारते हुए बैठे हुए हैं, ऐसे में जान-बूझकर झूठ बोलने से बोलनेवाले पर तो मुसीबतों का पहाड़ ही टूट पड़ेगा। वे लोग उसे खींचकर दनदनाते हुए नरक में डाल देंगे।' उपेन्द्र जरा रुके, फिर बोले–'यह एक अजीब बात है कि वह आंखें मूंदकर देवी-देवताओं का चेहरा साफ-साफ देख सकती है। कोई ढाल-तलवार लिये, कोई शंख, चक्र, गदा, पद्म लिये, तो कोई हाथ में बांसुरी लिये ऐसे प्रत्यक्ष उसके सामने आ खड़े होते हैं कि सुनकर मेरा बदन तक सिहर उठता है। किसी दूसरे के मुंह से ऐसी बातें सुनता, तो मैं उसे झूठी और मनगढ़ंत कहानी कहकर हंसकर उड़ा देता, लेकिन उसके बारे में तो ऐसा कलंक मैं अपनी जबान पर लाऊं, इसकी गुंजाइश नहीं है। इतना कहकर श्रद्धा, प्रेम, गर्व और द्रवित चित्त से संदेह और मजाक के स्वर में उपेन्द्र बोले–'इसे देख-सुनकर उसे आदमी न कहकर एक जानवर कहा जा सकता है। उनकी बुद्धि की बलिहारी है जिन्होंने छुटपन में इसका नाम पशुराज रखा था। ...अरे यह क्या भाभी?'

ज्योंही गाड़ी मोड़ पर मुड़ी, त्योंही रास्ते की गैस की चमकीली रोशनी किरणमयी के मुंह पर आ पड़ी और उस रोशनी में उपेन्द्र ने बेहद चौंककर देखा, उसके पूरे मुंह पर आंसुओं की धारा बह रही है।

उपेन्द्र शर्म के मारे चुपचाप सिर झुकाए बैठे रहे। बिना जाने जहां वे आनन्द और माधुर्य में मग्न होकर स्नेह और सम्मान से मजाक पर मजाक किए चले जा रहे थे, वहीं कोई दूसरा ठीक उन्हीं के मुंह के सामने बैठकर क्या जाने किस चीज की वेदना से रो-रोकर अपना कलेजा फाड़ रहा था।

जब दोनों पथुरियाघाट के मकान पर आ पहुंचे तब रात का एक पहर बीच चुका था। लगभग पूरे रास्ते भर किरणमयी चुप थी। लेकिन मकान के अन्दर कदम रखते ही बेहद पछतावे-भरे स्वर में बोल उठी—'आह, मेरी जली किस्मत! मैं सिर्फ तुम्हें चक्कर लगवाती रही। लेकिन इतनी देर तक तुम्हें एक बूंद पानी भी पीने को नहीं मिला, उपीन। यह इस अभागिन को नजर नहीं आया। तुम मुंह-हाथ धोओगे?... खैर, रहने दो। तुम मेरे साथ रसोईघर में चलो, दो-चार पूड़ियां तल देने में दस मिनट से ज्यादा नहीं लगेगा।' फिर उसने दाई से कहा—'तू पहले लकड़ी का चूल्हा जला दे, उसके बाद घर जाना। जा, जा, मेरी बहना। चट से चूल्हा जला दे।'

दाई किवाड़ खोल देने के लिए आई थी और उसने सोचा था कि किवाड़ खोल देने के बाद वह यों ही घर चली जाएगी। लेकिन मालकिन का कहा मानने के लिए उसे फिर ऊपर जाना पड़ा। सदर दरवाजा बंद करके वह तेज कदमों से ऊपर चली गई।

पूड़ियां तलने की बात सुनकर उपेन्द्र बिलकुल हड़बड़ा उठे। उन्होंने किरणमयी की बात का कड़ा प्रतिवाद करते हुए कहा—'मैं आपको ऐसा हरगिज नहीं करने दूंगा। आज आप बहुत थक गई हैं। मैं वापस जा रहा हूं। वहीं खा लूंगा। मेरे लिए आप तकलीफ मत उठाइए।'

'तुम्हारे लिए तकलीफ क्यों न उठाऊंगी?'

उपेन्द्र ने कहा—'नहीं, नहीं, मैं ऐसा करने ही नहीं दूंगा आपको। हरगिज नहीं करने दूंगा।'

किरणमयी मुस्कुराई। मुस्कुराती हुई बोली—'तुम यश के भूखे हो। इतना यश इकट्ठा करके कहां रखोगे, बताओ तो?'

किरणमयी ने सहसा ऐसी बात क्यों कही—यह न समझ पाने की वजह से उपेन्द्र कुछ विस्मित हुए।

किरणमयी ने कहा—'हां, सच कहती हूं, तुम चाहते हो कि जैसा निःस्वार्थ और निर्लिप्त परोपकार तुम करते हो, वैसा कोई दूसरा कहीं भी न कर सके—न स्वर्ग लोक में न मर्त्यलोक में। हम लोगों के लिए तुमने जो कुछ किया है उपीन, उसके बदले में, मैं अगर अपने खून से तुम्हारे पांव धो दूं, तो भी कम है और

इसमें तुम्हारी मनाही शोभा नहीं देती। फिर मैं तुम्हारे नाश्ते के लिए दो-चार पूड़ियां तल देना चाहती हूं तो तुम टांग अड़ाते हो। छिः, छिः, तुम हमें क्या समझते हो, बताओ तो? क्या हम आदमी नहीं हैं या हमारे बदन में आदमी का खून नहीं बहता है?'

उपेन्द्र ने अत्यंत लज्जित और संकुचित होकर कहा—'ऐसी कोई बात सोचकर मैंने आपत्ति नहीं की है भाभी! मैं तो सिर्फ...'

'सिर्फ क्या उपीन? तो क्या घर लौटने की जल्दी में तुम्हें इस बात का भी होश नहीं रहा कि तुम क्या कह रहे हो, क्या नहीं कह रहे हो?'

उपेन्द्र की जान में जान आई। मजाक फिर पटरी पर लौट आया, यह समझकर वे खुश होकर मुस्कुराते हुए बोले—'इस बात के लिए मैं बदनाम हूं ही भाभी। इसे मैं अस्वीकार नहीं कर सकता। लेकिन अभी जो मैंने मना किया, वह उस वजह से नहीं। मैं सही कहता हूं, मैंने सोचा था कि आज आप बहुत थक गई हैं।'

'मैं थक गई हूं? भले ही मैं थक गई होऊं,' पर इससे क्या?' इतना कहकर किरणमयी फिर से तनिक मुस्कुराई। उसके बाद सहसा गंभीर होकर बोली—'हाय रे! आज अगर मेरा सतीश रहता! वह होता, तो मुझे अपनी बात अपने मुंह से और नहीं कहनी पड़ती। वह जोर-शोर से भाषण देना शुरू कर देता। नहीं उपीन, मेरी अपनी तो वैसी थकान-वकान के बहाने आराम करने की स्थिति नहीं है। इसके अलावा इस बात के लिए बंगालियों के घर की किसी महिला को बदनाम नहीं किया जाना चाहिए। बंगालियों के घर की महिला जब यह सुनती है कि कोई मर्द भूखा है—वह चाहे सगा हो या गैर, तो वह मरते-मरते भी एक बार उठकर खड़ी हो जाती है—यह जानते हो?'

उपेन्द्र ने इस बार मुस्कुराते हुए कहा—'जानता हूं, भाभी! खूब अच्छी तरह जानता हूं। मैं यह स्वीकार करता हूं कि मुझसे गलती हो गई, माफ करो! भूख भी लगी है, चलिए, क्या खिलाएंगी?'

'आओ,' कहकर किरणमयी राह दिखाती हुई रसोईघर की ओर चली। सास के कमरे के सामने पहुंचकर उसने दरवाजे को धकेलकर झांककर देखा, वे गहरी नींद में सो रही थीं।

रसोईघर में आकर उसने उपेन्द्र को उसी तरह पीढ़ी पर बिठाया जिस तरह वह सतीश को बिठाती थी।

दाई चूल्हा जलाकर दूसरी चीजों को लाने के लिए बाहर निकल गई। किरणमयी अपने इस नए मेहमान की तरफ निहारकर बोली—'अच्छा उपीन,

इसलिए कि मुझे तकलीफ होगी, तुमने बिना खाए चले जाने की जो बात कहीं थी, वही बात तुमने अगर और कहीं किसी दूसरे से कही होती, तो आज तुम्हें क्या सजा भुगतनी पड़ती, जानते हो?'

उपेन्द्र ने कहा—'जानता हूं, लेकिन यहां तो इस बात का डर नहीं था भाभी कि मुझे सजा मिलेगी।'

दाई मैदे की थाली रखकर चली गई। किरणमयी ने उसे अपने सामने खींच लिया और मुंह नीचा किए मृदु स्वर में बोली—'कुछ कहा नहीं जा सकता उपीन, नसीब में सजा लिखी हो, तो उसे भुगतना ही पड़ता है। क्योंकि पहले से इसका अता-पता नहीं मिलता कि किस वजह से कौन-सी घटना कहां से आकर घट जाएगी। भाग्य का लिखा क्या टाला जा सकता है? भाग्य का लिखा टाला नहीं जा सकता, उपीन। वह अपने आप आकर गर्दन पर सवार हो जाता है।'

किरणमयी का मजाक ठीक-ठीक उपेन्द्र की समझ में नहीं आया। वे सिर्फ बोले—'यह सही बात है।'

किरणमयी भी उस वक्त और कुछ नहीं बोली। उसने एक बार सिर्फ उपेन्द्र के मुंह की तरफ देखा और नजरें झुकाकर मैदा सानने लगी। लगा, वह जैसे चुपके-चुपके हंस रही हो।

कुछ देर तक चुपचाप काम करते-करते अचानक एक समय बिना नजरें उठाए ही बोली—'अच्छा, अब तो यह बताओ कि इतना तामझाम करके अपनी बहू को दिखाने के लिए मुझे वहां ले जाने का क्या मतलब था।'

उपेन्द्र जरा चौंक करके बोले—'मैंने तो कोई तामझाम नहीं किया था भाभी।'

किरणमयी ने कहा—'तो शायद कहने में मुझसे भूल हुई है। अच्छा, तो मैं पूछती हूं कि इतनी तरह के छल-कपट करके तुम मुझे वहां क्यों ले गए?'

उपेन्द्र ने कहा—'भला मैंने कौन-सा छल-कपट किया?'

किरणमयी ने कहा—'यही कि तुमने घुमा-फिराकर तरह-तरह की बातें कीं, जैसे कि मेरी पत्नी बेवकूफ है, नासमझ है। लेकिन यह झूठमूठ में तू-तू, मैं-मैं करने से क्या फायदा, उपीन! अगर तुम यह जानते हो कि तुम्हारी बहू बेवकूफ है, तो तुमने मेरे भी कितने रूप देखे हैं। तुम क्या यह समझते हो कि तुम इतनी आसानी से मुझे फुसला लोगे?'

'नहीं, मैं ऐसा नहीं समझता।'

किरणमयी ने मुंह ऊपर उठाकर देखा। क्योंकि उपेन्द्र जितना छोटा जवाब देना चाहते थे, उतना छोटा जवाब वे नहीं दे सकते थे। न चाहते हुए भी उनकी आवाज गंभीर होकर बाहर निकल आई थी। लेकिन किरणमयी ने यह नहीं जानने

दिया कि उसने उस पर ध्यान दिया था या नहीं। पहले की ही तरह वह सहज मजाक के स्वर में बोली–'तो?'

अपनी आवाज की गंभीरता का अनुभव करके उपेन्द्र मन-ही-मन शर्मिंदा हो गए थे। उस मौके पर उन्होंने भी अपने आपको संभाल लिया। हंसकर बोले–'भाभी, आपको चकमा देना क्या इतना आसान है? छल-कपट किए बिना तो आप वहां नहीं जातीं। मैं कितनी बड़ी नामसझ के साथ जिंदगी गुजार रहा हूं, यह तो आप नहीं देख पातीं।'

किरणमयी ने कहा–'यह देखने से मुझे क्या फायदा?'

उपेन्द्र ने कहा–'फायदा आपको नहीं, मुझे हुआ। सभी अपना दुखड़ा सुनाकर दुख कम करना चाहते हैं। यही मनुष्य का स्वभाव है। इसीलिए छल-कपट करके अगर कुछ तकलीफ दी हो, तो ऐसा मैंने आपकी कृपा पाने के लिए ही किया है। इसके पीछे और कोई कारण नहीं है।'

किरणमयी कुछ देर तक चुप रही। उसके बाद बात की, लेकिन उसने मुंह उठाकर देखा नहीं। बोली–'अब मुझसे बर्दाश्त नहीं होता उपीन। इस झूठी तारीफ का दौर इस बार बंद करो न! अपनी इस नासमझ को नासमझ मानकर तुम अगर कुछ कम प्यार करते, तो भी और कुछ देर तक मैं तुम्हारी झूठी तारीफ सुन सकती थी। हो सकता है, थोड़ी-सी कृपा भी तुम्हें मिलती, लेकिन सतीश से मैंने सब सुना है। अच्छी बात है, उसे ही खूब प्यार करो। लेकिन यों ढिंढोरा पीटते फिरना चाहिए कि तुम अपनी पत्नी को प्यार करते हो? तुम्हें क्या जरा झिझक तक नहीं होती?'

उसकी बात सुनकर उपेन्द्र यह तय नहीं कर सके कि वे क्या कहें और क्या नहीं। यह कैसा ढंग है कहने का! यह कैसी आवाज है! मजाक तो यह हरगिज नहीं है। लेकिन यह क्या है? व्यंग्य है? ईर्ष्या है? विद्वेष है? यह विधवा महिला इस रात इस निर्जन कमरे के अंदर आज उसके सामने किस चीज का आभास व्यक्त करने का प्रयास कर बैठी?

अब दोनों में से किसी की भी जबान पर बात नहीं थी। कुछ देर तक दोनों चुपचाप मुंह नीचा किए बैठे रहे।

दाई दरवाजे के बाहर से एक बार खांसी। उसके बाद जरा-सा मुंह बढ़ाकर बोली–'अब तो मैं रुक नहीं सकती बहू! सदर दरवाजा बिना बंद किए भी तो मैं जा नहीं सकती।'

किरणमयी ने मुंह उठाकर कहा–'तुझे जाना है? तो उपीन, तुम जरा बैठो, मैं सदर दरवाजा बंद करके आती हूं।' यह कहकर ज्योंही वह चली गई त्यों ही

इस कमरे के अन्दर अकेले बैठे उपेन्द्र का अंतःकरण एक ऐसी अचिंतनीय वितृष्णा से भर उठा जिसका अनुभव उन्होंने जीवन में कभी नहीं किया था। उनका उन्मुक्त चरित्र हमेशा स्फटिक की भांति साफ-सुथरा रहा है। कहीं भी कभी भी कोई धब्बा नहीं लगा है। किसी दिन भी तनिक कलंक की छाया भी नहीं पड़ी है। लेकिन आज इस निर्जन कमरे के अंदर वही निर्मल चरित्र मानो मलिन हो उठा।

27

दाई को भेजकर किरणमयी जब अपनी जगह पर आकर बैठी तब उपेन्द्र गर्दन उठाकर उसे देख तक नहीं सके। किरणमयी से यह बात छिपी नहीं रही। लेकिन वह भी बिना कुछ बोले अपना काम करती रही।

इसी तरह जब दसेक मिनट बीत गए तब किरणमयी धीरे-धीरे बोली—'अच्छा, उपीन, बताओ तो सही कि अगर कोई आड़ से हम लोगों को इसी तरह चुपचाप बैठे रहते देखे तो वह क्या समझेगा?' यह कहकर वह मुंह दबाकर मुस्कुराई।

उपेन्द्र ने इस हंसी को अपनी आंखों से देखे बिना ही हृदय में अनुभव किया। बोले—'हो सकता है, वह इसे अच्छा न समझे।'

'तो?'

'तो क्या करूं भाभी, कोई भी बात मुझे ढूंढ़े नहीं मिल रही है।'

किरणमयी ने हंसते हुए कहा—'तुम्हें कोई बात ढूंढ़े नहीं मिलती। अच्छा तो मैं ढूंढ़कर निकाल देती हूं। लेकिन बीच में एक जानकारी दे रखती हूं। वह यह कि खाना बनाने से लेकर तुम्हें खिला-पिलाकर भेजने तक में मुझे आधे घंटे से ज्यादा नहीं लगेगा। इतनी देर तक तुम प्रसन्न मुंह से बात करो, मन भारी किए बैठे मत रहो।'

उपेन्द्र जोर लगाकर हंसे और बोले—'अच्छा, कहिए।'

किरणमयी फिर मुंह दबाकर मुस्कुराई। बोली—'खैर न सही। अपनी भाभी की इज्जत रखने के लिए जरा हंसे तो। जब से मैंने तुम्हें देखा है, तब से लेकर अब तक मुझे प्रायः एक बात याद आती है उपीन। लेकिन सुनने के बाद उसे उल्टा समझकर कहीं तुम गुस्सा तो नहीं न करोगे?'

'नहीं, गुस्सा नहीं करूंगा। आखिर मैं किस बात के लिए गुस्सा करूंगा?'

'क्या तुम जानते हो उपीन कि अच्छी-अच्छी कविताओं में, वे चाहे हमारे देश की हों या विदेश की—यह लिखा हुआ है कि पहली ही नजर में गहरा प्यार हो जाता है। क्या तुम इसे संभव मानते हो?'

पलक झपकते ही उपेन्द्र का मुंह शर्म के मारे लाल हो उठा। बोले—'अच्छी-बुरी किसी कविता के बारे में मेरी कोई खास जानकारी नहीं है भाभी। यह सब मैं नहीं जानता।'

किरणमयी बोली—'यह क्या कह रहे हो उपीन? तुम इतने पढ़े-लिखे हो। इतनी डिग्रियां हासिल की हैं तुमने। कितने रुपए कमाते हो और कविताओं के बारे में कुछ भी नहीं जानते हो? शकुंतला, रोमियो-जूलियट—ये दोनों किताबें क्या तुम्हें नहीं पढ़नी पड़ी थी?'

उपेन्द्र ने कहा—'लेकिन डिग्रियां हासिल करने में यह तय नहीं करना पड़ा था कि क्या संभव है और क्या असंभव। किताबों में लिखी बातों को याद करके परीक्षा में लिख आया था। आपकी तरह किसी परीक्षक ने कभी यह प्रश्न नहीं किया था कि यह संभव है या असंभव। आप मुझे माफ करें भाभी। इन विषयों के बारे में मैं आपके साथ चर्चा नहीं कर सकूंगा।'

किरणमयी ने खिन्न होकर एक लम्बी सांस ली और बोली—'इसीलिए तो मैंने तुमसे पूछा था कि मेरी बातें सुनकर तुम कहीं गुस्सा तो नहीं न करोगे।'

'लेकिन मैंने तो गुस्सा नहीं किया है।'

'अगर तुमने गुस्सा नहीं किया है, तो यह अच्छी बात है।' यह कहकर किरणमयी ने जलते चूल्हे पर घी की कड़ाही चढ़ा दी।

किरणमयी ने तीन-चार पूड़ियां छान लीं और सहसा बोलीं—'मैंने जो बात तुमसे जाननी चाही थी, उसके बारे में तुमने चर्चा ही नहीं करनी चाही। मेरी किस्मत! लेकिन मैं और एक बात तुमसे पूछती हूं उपीन, वह यह कि प्रेम को लोग अंधा क्यों कहते हैं?'

उपेन्द्र ने कहा—'शायद आंखें रहने पर भी आदमी जिस रास्ते नहीं जाता है, उसी रास्ते यह उसे ले जाता है।'

किरणमयी ने उत्सुक होकर प्रश्न किया—'तो क्या प्रेम आदमी को उस रास्ते ले जाता है जिस रास्ते वह जाना नहीं चाहता? क्या यह कहना सही है कि प्रेम अंधा होता है?'

'हां, यह कहना बिलकुल सही है कि प्रेम अंधा होता है। बहुतों की ढेर सारी अभिज्ञताओं से ही तो यह कहावत चल पड़ी है।'

किरणमयी ने कहा–'अच्छी बात है। अगर ऐसी बात है, तो अंधा जब गड्ढे में गिरता है, तो लोग भागते हुए आते हैं और उसे गड्ढे से निकाल देते हैं। उसके लिए दुख प्रकट करते हैं। जिससे जितना बन पड़ता है, उसके मुताबिक उसकी मदद करता है, लेकिन प्यार में अंधा होकर जब कोई गड्ढे में गिरता है तब तो कोई उसे बचाने के लिए भागा नहीं आता है, बल्कि और भी उसका हाथ-पांव तोड़ देता है और उसी गड्ढे में मिट्टी डाल देता है। जिस सच्चाई का आदमी खुद प्रचार किया करता है, जरूरत के वक्त वह उस सच्चाई की कोई मर्यादा नहीं रखता है। मेरी बात तुम्हारी समझ में आ रही है उपीन?'

उपेन्द्र ने गर्दन हिलाकर कहा–'हां, समझ में आ रही है।'

किरणमयी ने कहा–'मेरी बात तुम्हारी समझ में आएगी, इसीलिए तो मैं तुमसे पूछ रही हूं। लेकिन तब देखो, दूसरों के मामले में आदमी बहुत-सी चीजों को जानकर भी उन्हें भूलना चाहता है। अंधे को वही सजा देता है जो आंखवाले को देता है और ऐसा कर अपने आपको बहादुर समझता है। दूसरे के बारे में फैसला करते वक्त उसे यह बात याद नहीं रहती है कि जब वह अंधा हो जाएगा तब खुद उसके भी गड्ढे में गिरने की संभावना उस अंधे से जरा भी कम नहीं रहेगी।'

उपेन्द्र ने कुछ अप्रसन्न विस्मय के साथ कहा–'ऐसा नहीं भी हो सकता है, लेकिन मुझे यह सोचते नहीं बनता भाभी कि आप इन सब बातों की चर्चा क्यों कर रही हैं। ये चाहे सच हों या झूठ, इन बातों के फैसले का आपके जीवन के साथ कोई सम्बन्ध नहीं है।'

किरणमयी ने उपेन्द्र की अप्रसन्नता की ओर ध्यान दिया। फिर भी हंसी, बोली–-अंधा सोच-विचार करके गड्ढे में नहीं गिरता उपीन, बल्कि गड्ढे में गिरने के बाद सोच-विचार करता है। तुम्हें यह कैसे मालूम हुआ कि मैं गड्ढे में नहीं गिरी हूं या गिरने के लिए गड्ढे की ओर आगे नहीं बढ़ती जा रही हूं।'

उपेन्द्र ने कहा–'लेकिन आप तो अन्धी नहीं हैं। मैं तो आपकी दो बड़ी-बड़ी आंखें देख पाया हूं, भाभी।'

किरणमयी बोली–'यही तो मुश्किल है उपीन, अंधे दो तरह के होते हैं। एक वे, जो आंखें मूंदकर चलते हैं। उनके बारे में तो कुछ नहीं सोचना पड़ता है। वे लोग पहचाने जा सकते हैं और दूसरे वे जो आंखें खोलकर तो चलते हैं, पर देख नहीं पाते। उन्हीं लोगों को लेकर ही सारा गोलमाल है। वे लोग खुद भी धोखा खाते हैं और दूसरों को भी नहीं बख्शते।'

उपेन्द्र संकुचित होकर बैठे रहे। उनसे उत्तर पाए बिना किरणमयी ने सहसा अत्यंत उत्सुक होकर प्रश्न किया—'क्या मैं तुमसे यह पूछ सकती हूं उपीन कि तुमने मेरी दो बड़ी-बड़ी आंखें कब देखी थीं?'

उपेन्द्र बोले—'आपके पति के गुजर जाने के बाद ही मैंने आपकी वे आंखें देखी थीं। उस दिन जिसने आपको देखा है, उससे आपको समझने में गलती नहीं होगी। क्यों आप अपने आपको अंधी मानकर डर रही हैं, यह तो आप ही जानें, लेकिन जानता हूं कि यह सच नहीं है। उस दिन आपकी आंखों में जो ज्योति मुझे दिखाई पड़ी थी, उसे मैं पक्के तौर पर जानता हूं कि चाहे जितना घना अंधेरा आपके चारों ओर क्यों न घिर जाए, वह आपको भटका नहीं सकेगा। आप ठीक अपनी राह चली जा सकेंगी।'

किरणमयी ने कुछ देर तक चुप रहकर कहा—'इतनी देर बाद तुम्हारी बात शायद मेरी समझ में आई है उपीन! उस दिन मैं जिस तरह बेहोश होकर उनके पैरों पर गिर पड़ी थी शायद उसे ही देखकर तुम्हारे मन में यह धारणा पैदा हुई है।'

उपेन्द्र ने सिर हिलाकर कहा—'हो सकता है, आपकी बात सही हो। लेकिन उस दिन की घटना को देखकर जो कुछ मैंने समझा है, उसमें कहीं कोई गलती नहीं है भाभी।'

उपेन्द्र की बात सुनकर किरणमयी तनिक मुस्कुराई। उसके बाद निःसंकोच होकर अत्यंत सहज स्वर में बोली—'मुझे तो लगता है कि तुमसे समझने में गलती हुई है। मैं तो अपने पति को प्यार नहीं करती थी।'

उपेन्द्र अवाक् होकर निहारते रहे।

किरणमयी कहने लगी—'सचमुच ही मैंने उन्हें किसी दिन प्यार नहीं किया था। सिर्फ यही नहीं कि मैंने उन्हें प्यार नहीं किया था, बल्कि उन्होंने भी मुझे कभी प्यार नहीं किया था। तो क्या उस दिन की वह घटना मेरा दिखावा था? नहीं, वह दिखावा नहीं था उपीन, हकीकत थी। सचमुच ही मैं उस दिन बेहोश हो गई थी...' इतना कहकर उसने उपेन्द्र के स्तंभित मुंह को देखा, तो वह जरा ठिठक गई। लेकिन दूसरे ही पल उसने अपने उस भाव को जबरन दूर किया और बोली—'नहीं, डरने से मेरा काम नहीं चलेगा। आज मुझे अपनी सारी बातें तुम्हें बतानी ही पड़ेंगी।'

उपेन्द्र ने बड़ी मुश्किल से मुंह उठाया और बोले—'क्यों नहीं चलेगा आपका काम? पर मैं आपकी बात सुनना नहीं चाहता, तब भी आप अपनी बात मुझे क्यों सुनाना चाहती हैं?'

किरणमयी ने कहा—'इसका कारण यह है कि तुम मेरे गुरु हो। तुम्हारे आगे सब कुछ स्वीकार किए बिना मुझे हरगिज शांति नहीं मिलेगी।'

उपेन्द्र स्थिर होकर निहारते रहे। किरणमयी दृढ़ हालांकि मृदु स्वर में कहने लगी—'मुझमें जो गहरी सूझ-बूझ तुमने देखी थी उपीन, वह नजरों की गलती नहीं थी, सच्चाई थी लेकिन वह बड़ी अस्थायी थी। अपने पति को मैंने किसी दिन प्यार नहीं किया था, मगर तन-मन से उन्हें प्यार करने की कोशिश करना मैंने शुरू किया था। लेकिन वे जिंदा नहीं रहे, मेरी भी वह कोशिश स्थायी नहीं हुई। किताबों में ऐसी बातें पढ़कर कभी मैं सोचती, ये झूठी बातें हैं या कभी सोचती, ये कवि की कल्पना है या कभी सोचती, हो सकता है, मुझमें प्यार करने की शक्ति नहीं हो, इसीलिए मुझे ऐसा लगता है। मुझे आज भी यह नहीं मालूम उपीन कि मुझमें प्यार करने की शक्ति है या नहीं। लेकिन प्यार करने की चाह मुझमें कितनी है, इसका पता मुझे पहली बार तब चला जब मैंने तुम्हें देखा। इसीलिए तुम्हीं मेरे गुरु हो।' कुछ देर वह रुकी, फिर कुछ बातें उसने मानो अपने आप से कहीं—दो दिनों बाद तुम लोग चले जाओगे। फिर जब मुलाकात होगी, हो सकता है तब मेरे मन की हालत अपनी बात कहने लायक न रहे। हो सकता है, तब अपनी बात कहने के चलते मैं शर्म से मर जाऊं। नहीं, उपीन, मैं ऐसा नहीं होने दूंगी। मैं आज अपनी सारी बातें तुम्हें सुना दूंगी तब जाकर मुझे छुटकारा मिलेगा।'

उपेन्द्र कातर होकर बोले—'मैं देख पा रहा हूं, भाभी कि आज विभिन्न कारणों से आपका मन अत्यंत उत्तेजित हो गया है। ऐसी हालत में क्या कहना चाहिए और क्या नहीं कहना चाहिए, यह समझे बिना...नहीं, नहीं, भाभी, मेरा कहा मानिए, किसी दूसरे दिन आकर मैं आपकी सारी बातें सुन जाऊंगा मगर आज नहीं।'

किरणमयी बोली—'ठीक इसी वजह से तो मैं आज ही अपनी सारी बातें तुम्हें सुनाना चाहती हूं, उपीन। दूसरे दिन जब तुम सुनना चाहोगे तब शर्म आकर अड़चन डाल देगी। दुनियादारी की अच्छे-बुरे की समझदारी मुंह बंद कर देगी। आज मेरी दुराव-छिपाव करके, समझ-बूझकर गढ़-गढ़कर कहने की न तो मंशा ही है, न प्रकृत्ति ही। आज ही तो सब कुछ बताने का दिन है। इसके बाद, हो सकता है, इस जीवन में तुम मेरा मुंह फिर न देखो। तब भी मैं यह प्रार्थना करती हूं कि और भी कुछ देर तक मेरी यह नासमझी, मेरे मन का यह पागलपन रहे उपीन, ताकि मैं अपनी सारी बातें खोलकर तुमसे कह सकूं।'

उसके मुंह की ओर देखकर उपेन्द्र का निर्मल, शुद्ध हृदय अज्ञात भय से त्रस्त हो उठा। अन्तिम बार के लिए बाधा देकर वे बोले—'भाभी, हर आदमी की गुप्त

बातें रहती हैं। उन्हें किसी को खोलकर बताने की जरूरत नहीं, बल्कि उन्हें प्रकट करने से ही ज्यादा अमंगल होता है—सिर्फ मेरा, तुम्हारा नहीं, और भी दस आदमियों का अमंगल होता है।'

किरणमयी ने कोई उत्तर नहीं दिया। पूड़ियां तलना खत्म हो चुका था। किरणमयी ने खाने की चीजें एक थाली में करीने से रखकर उपेन्द्र के सामने रख दी और बोली—'तुम खाओ, मैं अपनी बात खत्म कर लूं।'

'आप अपनी बात मत कहिए भाभी।'

किरणमयी ने कहा—'मैं हाथ जोड़कर विनती करती हूं, उपीन, अब मुझे अपनी बात कहने से मत रोको। तुम्हारा जी चाहे, तो मेरी सास के साथ मेरी भी जिम्मेदारी लेना और अगर मन न करे तो मत लेना, मैं खुद अपनी राह ढूंढ़ लूंगी। मैंने बहुतों को धोखा दिया है, मगर मैं तुम्हें धोखा नहीं दे सकूंगी।'

'तो कहिए!' यह कहकर उपेन्द्र ने पूड़ी का एक टुकड़ा अपने मुंह में डाल लिया।

किरणमयी ने कहा—'तुमको मैंने बता दिया है उपीन, अपने पति को मैंने कभी प्यार नहीं किया था, उनका प्यार मुझे मिला भी नहीं। इसके लिए हमें कोई खेद नहीं था। घर में थे मेरे पति और मेरी सास। एक थे दार्शनिक, वे मुझे जी-जान से पढ़ाने में ही खुश रहा करते थे और एक थीं घोर स्वार्थी—वे जी-जान से मुझे मेहनत करवाने में ही खुश थीं। इसी तरह दिन बीत रहे थे और शायद बीत भी जाते लेकिन एकाएक सब उलट-पलट गया। पति बीमार पड़ गए। उनसे मैंने अनेक किताबें पढ़ी थीं। नाटक-उपन्यास भी मैंने कम नहीं पढ़े थे, लेकिन हम दोनों ही पढ़-पढ़कर सिर्फ हंसते रहते थे। प्यार का नामो-निशान तक हमारे घर में नहीं था। जैसे कोई आदमी जन्म से बहरा और अंधा होता है, वैसे ही मेरे पति भी जन्म से नीरस थे। लेकिन तब तक मैं यह नहीं जान सकी थी कि मेरे अंदर कितना रस था। लेकिन अचानक एक दिन मुझे इसका पता चला कि प्यार करने और प्यार पाने की प्यास मुझमें भी किसी दूसरी लड़की से कम नहीं है।' इसी बीच किरणमयी ने देखा कि उपेन्द्र थाली को परे हटा रहे हैं, तो वह बोली—'थाली क्यों हटा रहे हो, खाना तो थाली में पड़ा हुआ है। खा लो उसे।'

उपेन्द्र के मुंह पर उदासी छाई हुई थी। बोले—'न जाने क्यों और खाने को जी नहीं करता, भाभी।'

किरणमयी ने कुछ देर तक चुप रहकर न जाने क्या सोच लिया और बोली—'मुझे पता है उपीन, अब थोड़ी ही देर बाद पूड़ी-सब्जी तुम्हें बेस्वाद लगने

लगेगी। लेकिन मैं जो बात कहनेवाली हूं, उसे कहने में तो अभी देर है। एक पूड़ी तो तुम खा सकते थे।'

उपेन्द्र और भी उदास हो गए।

किरणमयी उनकी तरफ निहारती हुई कहने लगी—'अगर मैं यह कहूं कि मेरा दाहिना हाथ कट जाने से मुझे जितना दुख होता उससे भी अधिक दुख मुझे तुम्हारे न खाने से हो रहा है, तो तुम इसे विश्वास नहीं कर सकोगे। लेकिन तुम विश्वास करो या न करो, पर मैं तो यह जानती हूं कि यह सच है। तब भी बिना कहे रह जाने की गुंजाइश नहीं है उपीन—मुझे अपनी बात कहनी ही पड़ेगी।'

'अच्छी बात है, कहिए।'

'तो सुनो, मेरे पति की बीमारी में मेरे जेवरों को छोड़ जितनी सारी जमा पूंजी थी, उनमें से एक-एक करके सब के सब खर्च हो गए। तब आए अभी-अभी बने एक डॉक्टर—अच्छा, उपीन, डॉक्टर अनंग को तो तुम लोगों ने देखा था न?'

उपेन्द्र ने कहा—'हां!'

किरणमयी खेद प्रकट करते हुए जरा मुस्कुराई, बोली—'वे ही। हाय रे फूटा नसीब! इस कमरे में पति मौत के मुंह में थे और मैं उस कमरे में गई उनके साथ प्यार का स्वाद चखने।'

उपेन्द्र गर्दन झुकाए चुपचाप बैठे रहे।

किरणमयी ने बात कहनी चाही, मगर न जाने किसने उसके गले को धर दबोचा और उसकी आवाज बंद कर दी। थोड़ी देर तक उसने बोलने की बड़ी कोशिश की। और फिर सूखे स्वर में बोल उठी—'सुनते ही तुम्हारी गर्दन झुक गई उपीन, तब भी तो तुम उस डॉक्टर अनंग को नहीं पहचानते हो। पहचानते तो समझ सकते थे कि कितने बरसों के भयंकर सूखे की तपिश मेरे इस कलेजे के बीचोबीच जमी हुई थी। इसीलिए ऐसा असंभव संभव हो सका था। जानते हो उपीन, मेरी प्यास उस प्यासे की प्यास-जैसी थी जो अपनी प्यास बुझाने के लिए मोरी का गाढ़ा काला पानी तक चुल्लू में लेकर पी जाता है। लेकिन मुझे इसकी जानकारी मिली उस पानी को पी लेने के बाद। उसके बाद दिन गुजरते रहे और जी मिचलाता रहा...' कहते-कहते उसका बदन सिर से लेकर पैर तक बार-बार सिहर उठा। एक घोर बदबूदार जहरीली डकार जैसे उसके गले तक आकर भर उठी। किरणमयी ने कुछ देर तक स्थिर रहकर अपने आपको संभाल लिया और फिर बोली—'मगर मैं मतली नहीं कर सकी उपीन, मेरी सास ने मेरा मुंह दबा दिया। तब अनंग गृहस्थी का आधा खर्च चला रहा था।'

उपेन्द्र पहले की ही तरह पत्थर के बुत की नाईं बने बैठे रहे। किरणमयी ने उनके बेजबान झुके हुए मुंह की तरफ तिरछी नजरों से देखा और बोली—'उसके बाद आसक्ति-विरक्ति और तृष्णा-वितृष्णा के अविराम संघर्ष से जितना जहर दिन-रात निकलने लगा, उपीन, उतना जहर समुद्र-मंथन के समय मंदार की रगड़ खाकर वासुकी ने भी शायद अपने उतने बड़े मुंह से नहीं उगला होगा। मुझे लगता है, इस घर की हर ईंट-लकड़ी, खिड़की-दरवाजा और धरन-बड़ेरी तक जहर से नीली हो गई है।'

वह थोड़ी देर रुकी और बोली—'मैं यह नहीं जानती थी कि कितने दिनों में कैसे इसका अन्त होगा। मैंने सोचा था इसके बारे में, लेकिन मुझे इसका अता-पता नहीं सूझा था, लेकिन पता नहीं कौन-सा अमृत तुम अपने हाथ में लेकर आए उपीन कि पता नहीं, कहां गई जहर की जलन और पता नहीं, कहां रही विद्वेष-वितृष्णा। पलक झपकते यह सब ऐसा तुच्छ हो गया कि अनंग को निकाल बाहर करने में मुझे एक मिनट भी नहीं लगा। जैसे तुम्हीं ने आकर मेरे कानों में उपाय बता दिया था। जेवरों के प्रति औरतों का कितना मोह होता है! मेरे बड़े दुख के जेवर थे, जैसे वे मेरी छाती की पसलियां थे। जहां तुम अभी सिर झुकाए बैठे हुए हो, ठीक वहीं उन पसलियों को मैंने उसके पैरों पर उड़ेल दिया था। जैसे तुम्हीं ने मुझे यह मंत्र सिखा दिया कि मेरे प्रति उसकी आसक्ति चाहे जितनी भी अधिक क्यों न हो, इतने बड़े जेवर हाथ में पाएगा तो वह फिर कभी अपना मुंह नहीं दिखाएगा। जीवन भर के लिए मुझे छुटकारा देकर वह चला जाएगा। उफ, कितना डर, कितनी फिक्र थी मुझे कि कहीं इस बुरी घड़ी के चलते एक दिन मेरे ये जेवर बर्बाद न हो जाएं। सो वे बर्बाद हो गए। मैं उन्हें पकड़कर रख तो नहीं सकी। लेकिन ओह, कितनी तृप्ति मिली, कितना अजीब आनंद मिला उपीन! एक ऐसी अंधेरी शाम में इन जेवरों के लोभ से जब वह अपने गंदे बंधन से मेरे अंग-अंग को मुक्त करके चोरों की तरह चुपचाप चला गया, तब मुझे लगा कि मैं जी उठी! मैं जी उठी।'

उपेन्द्र को याद आया, उनके और सतीश के बीच से होकर एक दिन सवेरे चोरों की तरह डॉक्टर अनंग हट गया था। लेकिन बिना कुछ बोले वे चुप रहे।

किरणमयी कहने लगी—'क्या तुम्हें याद आता है उपीन, उस रात का मेरा उग्र रूप? उस दिन मैंने कितना कुछ किया था, मैंने तुम लोगों की बातचीत की कनसुइयां ली थी। नीचे जाकर अपनी आंखें लाल-लाल करके मैंने तुम लोगों को कितना डर दिखाया था। उसके बाद तुम लोग चले गए। अपने जहर की कितनी

तपिश थी। लेकिन उसके बदले में मुझे जो दो चीजें मिलीं उपीन, वे मेरे लिए स्वर्ग हैं। वे मेरे लिए अमृत हैं। श्रीरामचन्द्र के चरण-स्पर्श से पत्थर की अहल्या बदलकर जैसे मानवी हो गई थी, मैं भी मानो वैसे ही बदल गई। मैं यह नहीं जानती, मानवी के रूप में बदल जाने के बाद अहल्या को क्या मिला था, लेकिन मुझे जो कुछ मिला, उसकी कोई बराबरी नहीं है। मेरा कोई भाई नहीं था, सो सगे भाई के रूप में मिला सतीश और मिले तुम–छिः, उदास मत होओ उपीन, मर्दों को क्या इतनी शर्म शोभा देती है?'

उपेन्द्र ने जबरन सिर ताना और दृढ़ स्वर में बोले–'जिस चीज से शर्म आती है, वह मर्द और औरत दोनों के लिए एक-सी है भाभी।' मैं ये सब बातें सुनना नहीं चाहता–या तो आप चुप हो जाइए, या मैं इसी समय उठकर चला जाऊंगा।'

किरणमयी ने कहा–'बरबस चले जाओगे क्या?'

उपेन्द्र ने कहा–'हां।'

किरणमयी ने कहा–'तब तो मैं भी तुम्हें बरबस पकड़ रखने की कोशिश करूंगी। लेकिन यह मैं कह सकती हूं उपीन, कि इस जोर-आजमाइश में मुझे फायदा छोड़ नुकसान नहीं होगा।'

इस उत्तर के बाद उपेन्द्र गर्दन झुकाए बैठे रहे। किरणमयी फिर से मुस्कुराई और बोली–'डरो मत जी, डरो मत, तुम नहीं चाहोगे, तो जबर्दस्ती मैं तुम्हारे बदन को हाथ लगाऊंगी, इतना पागलपन अभी तक मुझ पर सवार नहीं हुआ है। जी चाहे तो तुम जा सकते हो, मैं तुम्हें रोकूंगी नहीं।'

उपेन्द्र मुंह नीचा किए स्तब्ध होकर बैठे रहे। इन दोनों नर-नारियों का गुप्त सम्बन्ध अब तक उतना ही छिपा था, जितना बादलों में चांद छिपा होता है, और जैसे चांद के बादलों में छिपा होने के बावजूद फीकी चांदनी में चारों ओर सब कुछ साफ-साफ नजर आता है, वैसे ही उपेन्द्र को इस सम्बन्ध का आभास था। लेकिन जैसे हवा के झोंके से बादलों के छंट जाने के बाद जहां तक नजर जाती है, वहां तक खुला आसमान दिखाई पड़ता है, वैसे ही किरणमयी की बातों से उपेन्द्र को इस रिश्ते का अहसास हुआ। और जब उन्हें इसका अहसास हुआ तो वे भागने की कोशिश कर रहे थे, लेकिन सारी कोशिश बेकार हो गई।

किरणमयी ने धीरे-धीरे कहा–'खैर! मैं तुम्हें यह बताकर जी उठी कि मैं तुम्हें प्यार करती हूं। अब तुम्हारी जो मर्जी हो, करो, मुझे कुछ भी नहीं कहना है। लेकिन तुम यह मत सोचना उपीन कि मैंने झूठी आशा में गलती से तुम्हें यह बात

बताई। मैं तुम्हें पहचानती हूं। मैं जानती हूं कि यह बेकार है। बिलकुल बेकार है। मैं यह जानती हूं कि तुम रक्षक बनकर आए थे, तुम भक्षक बन नहीं सकोगे, हरगिज नहीं बन सकोगे।'

इतनी देर बात उपेन्द्र ने बात की। उन्होंने मृदु स्वर में प्रश्न किया—'अगर आपको इतना विश्वास मुझ पर है, तो आपने मुझे यह क्यों बताया?'

किरणमयी ने कहा—'इसके दो कारण हैं। पहला यह कि तुम्हें नहीं बताती, तो मैं पागल हो जाती और दूसरा यह कि तुम्हें सारी बातें बताए बिना तुम्हारी शरण में रहना मेरे लिए असंभव था। तब मुझे सिर्फ यह लगता कि सुरबाला ही मुझे रोटी-कपड़ा दे रही है। लेकिन अब अगर सब कुछ जानने के बाद भी तुम मेरी जिम्मेदारी लेते हो, तो लगेगा कि मैं सिर्फ तुम्हारी ही दी हुई रोटी खा रही हूं और तुम्हारा ही दिया हुआ कपड़ा पहन रही हूं। किसी और का दिया न खा रही हूं, न पहन रही हूं। अच्छा, सुरबाला को मेरी बात बताओगे न?'

उपेन्द्र ने कहा—'नहीं।'

किरणमयी ने प्रश्न किया—'क्यों नहीं बताओगे उसे? क्या सिर्फ इसलिए कि वह सुनेगी तो दुख पाएगी?'

उपेन्द्र ने कहा—'नहीं, भाभी, वह दुख नहीं पाएगी। वह बड़ी बेवकूफ है। भले घर की लड़की अपने पति के अलावा किसी दूसरे मर्द को किसी भी हालत में प्यार नहीं कर सकती है। यह बात लाखों बार कहने पर भी उसके दिमाग में नहीं घुसेगी। लेकिन अब आप कहें, तो मैं चला जाऊं?'

उपेन्द्र की बातों ने किरणमयी को तीक्ष्ण आघात पहुंचाया, मगर वह सहज स्वर में बोली—'अब जाने को कहने के सिवा दूसरा चारा नहीं है। कहना ही पड़ेगा। लेकिन जरा और थोड़ी देर बैठो। मैंने तुम्हें सिर्फ इतना ही कहा है कि मैंने तुम्हें प्यार किया था। मगर तुम्हें तो आज यह भी जानना चाहिए कि मैंने तुम्हें भुलाना भी चाहा था। लेकिन इस काम में मेरा गुरु कौन है, जानते हो, उपीन? वही सबसे बड़ी बेवकूफ लड़की, जो छोटी बहू बनकर तुम्हारे घर में आई हुई है।'

उपेन्द्र के चेहरे पर विस्मय की थोड़ी-सी झलक देखकर किरणमयी बोली—'हां, वही, वही सुरबाला मेरी गुरु है। तुम लोग जिसकी पशुराज कहकर खिल्ली उड़ाते हो, वही सुरबाला। तुमने उसे जो कुछ सिखाया उसने उसे ही भुला देना चाहा। वह मेरी प्रणम्य है।'

उपेन्द्र चुपचाप बैठे रहे।

किरणमयी कहने लगी—मैं तुम्हें बार-बार कहती हूं उपीन कि इसका सारा नतीजा जानकर ही मैंने आज अपनी लाज-शरम के सारे कूड़े-करकट को तुम्हारे पैरों पर निछावर कर दिया। मैं यह जानती हूं कि तुम्हारे लिए है सुरबाला और है तुम्हारी निष्ठुर, कठोर पवित्रता। तुम्हारी पवित्रता स्फटिक की भांति स्वच्छ और वज्र की नाईं मजबूत है। यह मेरी मजाल नहीं कि मैं उस पर कोई धब्बा लगा सकूं। लेकिन जानते हो उपीन, आदमी का ऐसा बुरा स्वभाव है कि जो उसके लिए अराध्य है, उसी के प्रति उसे सबसे अधिक लोभ होता है। भगवान मिल नहीं सकते हैं—इसीलिए आदमी ऐसे अपना सब कुछ निछावर करके उन्हें पाना चाहता है। इसीलिए मुझे लगता है कि अगर तुम मेरे लिए इतनी बड़ी अप्राप्य वस्तु नहीं होते, तो शायद मैं तुम्हें इतना प्यार नहीं करती। लेकिन खैर, छोड़ो इन बातों को।'

कुछ देर तक चुप रहकर अचानक एक लम्बी सांस लेकर किरणमयी ने कहा—'जैसे द्रोण एकलव्य के गुरु थे वैसे ही सुरबाला मेरी गुरु हैं। लेकिन वह कैसे मेरी गुरु बनी, यही बताकर मैं तुम्हें आज छुट्टी दे दूंगी। जहां तुम खाने बैठे हो अभी वहीं एक दिन रात को सतीश भी खाने बैठा था। किस वजह से, यह याद नहीं है। तुम लोगों की चर्चा छिड़ गई। जानते हो न, मेरा वह भाई तुम लोगों की चर्चा में बिलकुल मशगूल हो उठा था। तब उसे संभालना ही मुश्किल थी। खुद मेरी भी लगभग वैसी ही हालत थी, जैसी उसकी थी। तब अभी-अभी प्यार की प्याला भर शराब पीकर तुम्हारे नशे में मेरे हाथ-पांव सुन्न हो गए थे। मेरी दोनों आंखों में खुमारी छा रही थी। ऐसे समय सतीश ने कितनी नजीर, कितनी मिसाल देकर बताया कि तुम अपनी सुरबाला को कितना प्यार करते हो। उसे खसरा होने पर तुमने खाना-पीना और सोना तक छोड़ दिया था। तुम्हारे जरा-सा सिर-दर्द के लिए चिंतित होकर उसने तुम्हारे सिरहाने बैठकर तुम्हें पंखा झलते हुए सारी रात बिता दी थी। ऐसी ही कितने दिन-रात की कितनी छोटी-मोटी कहानियां उसने सुनाई थीं। ये सब तो उसकी सुनी-सुनाई बातें थीं। हो सकता है, उनमें से या तो कोई झूठी थी या बढ़ा-चढ़ाकर कहीं हुई, लेकिन उससे हम दोनों में से किसी का कोई नुकसान नहीं हुआ। तुम पति-पत्नी के बीच बहती बढ़ती प्रेम की गंगा की गहराई में हम दोनों भाई-बहन जैसे देखते-देखते डूब गए। उसके बाद बहुत रात गए सतीश अपने डेरे चला गया। लेकिन मैं उसी रसोईघर में बैठी रही। मुझे नहीं पता कि मैं कितनी देर तक बैठी रही। जब बाहर निकली तो देखती हूं कि सामने ही शुक्रतारा उगा हुआ है। अचानक लगा कि सुरबाला का मुंह जैसे ऐसा ही है। ऐसा ही मधुर, ऐसी ही चमकीला। शायद ठीक इसी

ढंग का उसका मुंह है, जिस पर से नजरें हटाई नहीं जा सकती हैं। मैंने मन-ही-मन उससे कहा, मैंने तो तुम्हें नहीं देखा है कि तुम कैसी हो, लेकिन तुम चाहे जैसी भी हो, आज से तुम हुईं मेरी गुरु। तुम्हीं से मैंने पति-प्रेम की सीख ली। प्यार का स्वाद मैं चख चुकी हूं। अब मैं इसे छोड़ नहीं सकूंगी। प्यार मुझे चाहिए ही चाहिए। प्यार मुझे करना ही पड़ेगा। तब दूसरे को प्यार करके इसे क्यों गंवा दूं? आज भी तो मेरे पति जिंदा हैं, अभी तक तो मैं विधवा नहीं हुई हूं। तो फिर मैं ऐसी गलती क्यों करूं? तुम्हारी तरह आज से मैं भी अपने पति को ही प्यार करूंगी, किसी दूसरे को नहीं। ज्योंही मैंने यह कहा त्योंही मेरे मन ने जैसे अपनी सारी शक्तियों को इकट्ठा करके हामी भरी और कहा—यह सच है कि तुम्हें यह आशा नहीं है कि तुम्हारे पति तुम्हें प्यार करेंगे, लेकिन तब भी तुम्हें उन्हें ही प्यार करना पड़ेगा। लेकिन मेरा ऐसा फूटा नसीब उपीन कि वे जिंदा नहीं रहे। मेरी मन की मन में ही रही। मेरी सारी आशाओं पर पानी फिर गया। इसीलिए जिस दिन वे स्वर्ग सिधारे उस दिन तुम्हें मेरा जो चेहरा दिखाई पड़ा था, उसमें रत्ती भर भी दिखावा नहीं था...' यह कहते-कहते उसकी आवाज करुण और पुरनम होती जा रही थी, इस पर उपेन्द्र ने ध्यान दिया, लेकिन उसने कोई बात नहीं की।

खुद किरणमयी भी कुछ देर तक चुप रही और बोली—'उपीन, जो बेवकूफ हैं, जो दकियानूस हैं, वे तो इसे नहीं समझ सकते। मगर तुम तो यह जानते हो कि दुनिया में हर चीज का एक प्राकृतिक नियम है। इस नियम को ठुकराकर पति-पत्नी में से कोई भी मधुर मिलन का आनंद नहीं प्राप्त कर सकता। ब्याह का मंत्र यह तो बता सकता है कि पति-पत्नी का एक-दूसरे के प्रति क्या कर्तव्य है। एक-दूसरे के प्रति श्रद्धा और विश्वास रखने की भावना दे सकता है, पत्नी को सती होने की भावना भी दे सकता है, लेकिन मधुर मिलन का आनंद देने की शक्ति तो उसमें नहीं है। यह शक्ति है सिर्फ उस प्रकृति के हाथ में। जब प्राकृतिक नियम के पालन करने का समय था, सामर्थ्य था, तब तो हम दोनों ने ही उसे पैरों तले रौंद दिया था, उस नियम का कोई सम्मान ही हमने नहीं किया था। आज इस बुरी घड़ी में जब पति मरणासन्न थे, तब जरूरत महसूस करके उनके पास जाती तो जाती कैसे? तब भी मैंने आस नहीं छोड़ी उपीन। आशा थी, तब शायद एक रास्ता खुला हुआ था और वह था उनकी सेवा करना। मैंने सोचा था कि मैं जीवन भर उनकी सेवा करूंगी और हो सकता है, एक दिन उन्हें पाऊं। लेकिन इतना-सा भी मौका मुझे नहीं मिला, वे चल बसे।'

उपेन्द्र ने विस्मय से मुंह उठाकर देखा, किरणमयी की दोनों आंखों में आंसू भर आए हैं। बोले—'मैंने तो सुना है कि आपने उनकी जैसी सेवा की थी वैसी सेवा कोई दूसरा आदमी नहीं कर सकता। उस दृष्टि से एक पत्नी के रूप में अपने पति की सेवा करने में आपने कोई कोताही नहीं बरती थी।'

किरणमयी बोली—'हो सकता है, उनकी सेवा करने में मुझसे कोई कोताही नहीं हुई हो, ऐसी बात नहीं है उपीन कि कोई दूसरा आदमी ऐसी सेवा नहीं कर सकता है। आखिर मैं ही कैसे ऐसी सेवा कर सकी? ऐसी सेवा हर पत्नी कर सकती है, लेकिन मैंने तो उनकी सेवा अपना कर्त्तव्य मानकर नहीं किया था। मेरे लिए सारे रास्ते बन्द थे। इसलिए मैंने अपनी सेवा के माध्यम से उन्हें पाना चाहा था। इसीलिए जितना मुझसे बन पड़ा था, मैंने उनकी सेवा की थी। मैंने उनकी उपेक्षा नहीं की थी। मैंने सोचा था कि अगर मैं एक बार उन्हें अपने कलेजे के अन्दर पाऊंगी, तो जितने दिन जिंदा रहूंगी, चाहे जहां भी रहूंगी, जिस हाल में भी रहूंगी, शरीफों की तरह जिंदगी गुजार दूंगी। मगर मेरी तमाम कोशिशें बेकार हो गईं। उन्हें मैंने पाना तो शुरू किया था, लेकिन पाया नहीं। पहले से ही तुम मेरे कलेजे में समाए हुए रहे। मैं वहां से तुम्हें हरगिज हटा नहीं सकी। अपने पति को मैंने अपने कलेजे के अन्दर नहीं पाया।'

उपेन्द्र उठ खड़े हुए, बोले—'बहुत रात हो गई भाभी, मैं जाता हूं।'

किरणमयी भी उठ खड़ी हुई, बोली—'चलो, चलो, तुमको दरवाजे तक पहुंचाकर सदर दरवाजा बंद कर आऊं। कल तुमसे भेंट होगी न?'

'नहीं, कल मैं घर जाऊंगा।'

'तो फिर कब भेंट होगी?'

'कभी न कभी तो होगी ही। अच्छा, नमस्कार भाभी।'

'नमस्कार उपीन! क्या दिवाकर को यहां भेजोगे?'

'जरूर भेजूंगा भाभी। उसके मां-बाप नहीं हैं। मैं ही अब तक उसकी देखभाल करता रहा हूं। अब जब आप उसकी देख-भाल की जिम्मेदारी लेना चाहती हैं तो मैंने आज से उसकी देख-भाल की जिम्मेदारी आपको सौंप दी।'

किरणमयी की आंखों में आंसू आने आने को थे। बोली—'इतनी बातें सुनने के बाद भी मुझ पर विश्वास करके तुम इतनी बड़ी जिम्मेदारी मुझे कैसे सौंपोगे उपीन? मैं तो यह जानती हूं कि तुम दिवाकर को कितना प्यार करते हो।'

उपेन्द्र दरवाजे के बाहर आ गए थे। बोले—'इसीलिए तो मैंने उसे आपको सौंप दिया, भाभी। मैं जिसे प्यार करता हूं उसका अमंगल आपसे कभी नहीं होगा, इसका भरोसा मुझे है।' इतना कहकर वे तेज कदमों से आगे बढ़ गए।

किरणमयी ने अंधेरी गली के अन्दर मुंह बढ़ाकर ऊंची आवाज में पूछा—'और एक बात तुम मुझे बताते जाओ, वह यह कि क्या सतीश कलकत्ता में नहीं है।'

उपेन्द्र ने दूर से ही जवाब दिया—'नहीं।'

किरणमयी ने फिर से प्रश्न किया—'जब वह मुझे बिना कुछ बताए चला गया है, तब तो वह बहुत ही दुख पाकर गया होगा उपीन। तो क्या तुमने उसे इस घर में घुसने से मना कर दिया था?'

उपेन्द्र बोले—'मन तो किया था कि मैं उसे यहां आने से मना कर दूं, मगर नहीं किया था।'

किरणमयी ने पूछा—'अगर उसे यहां आने से मना करने का तुम्हारा मन किया था, तो तुमने उसे मना क्यों नहीं कर दिया?'

उपेन्द्र चुप रहे। बिना उत्तर पाए किरणमयी बोली—'क्या मैं यह भी नहीं जान सकती कि तुम्हारा मन ऐसा क्यों किया था?'

उपेन्द्र ने कहा—'हो सकता है, मुझसे गलती हो गई हो। खैर, वह कहां है, इसका पता लगाकर उसे आपके पास आने के लिए लिख दूंगा। न आने का कारण उसी से पूछिएगा।' यह कहकर उपेन्द्र दूसरे प्रश्न की प्रतीक्षा किए बिना तेज कदमों से अंधेरी गली को पार कर गए।

28

संताल परगने के अंदर से होकर वैद्यनाथ धाम से दुमका जानेवाली सड़क के किनारे एक बाग-बगीचेवाला बंगला था। वह बंगला वैद्यनाथ धाम से लगभग दो कोस की दूरी पर था। कलकत्ता से आकर सतीश ने ढूंढ़-ढांढ़कर इसी मकान को किराए पर लिया था और इसी में रह रहा था। अपने आप से समझौता कर लेने के लिए वह इस सुनसान जगह पर छिप-छिपाकर रहने आया था। इसीलिए जब उसने देखा कि इसके अगल-बगल गांव नहीं है, सामने की सड़क पर भी लोग बहुत कम आते-जाते हैं, तब उसने बड़ी खुशी से कहा था—'बस, मुझे ऐसी ही जगह चाहिए थी। ऐसे ही निर्जन सन्नाटे की मुझे जरूरत थी।' कलकत्ता से वह अपयश और दुख का जो बोझ ढोते हुए लाया था, यहां एकांत में बैठकर उसमें से एक-एक का हिसाब-किताब करना उसका अन्दरूनी मतलब था। इसी

बियाबान में बैठकर वह तीन कठिन काम करना चाहता था—पहला, सावित्री से बेइंतहा नफरत करना, दूसरा, पथुरियाघाट की भाभी को भूलना और तीसरा, उपीन भैया से सारा नाता तोड़ लेना। उसके साथ दो आदमी थे—एक बिहारी और दूसरा स्थानीय ब्राह्मण रसोइया। बिहारी का काम था अपने मालिक की टहल-टकोरी करने के बाद बचे-खुचे समय में रसोइये के साथ बतकही करके उसे बेवकूफ और अनाड़ी साबित करना और रसोइये का काम था बिहारी को यह कहकर चोर सिद्ध करना कि सौदा-सुलुफ की खरीदारी में वह पैसा बचाता है। अतएव दोनों नौकरों के दिन तो ऐसे कलह में बीतने लगे, लेकिन मालिक पल-पल दार्शनिक चिंतन-मनन में डूबा रहा। दुनिया में औरत और दौलत ही सारी मुसीबतों की जड़ है। वैराग्य सबसे बड़ी चीज है। पंछियों की चहचहाहट ही सबसे मधुर संगीत है। वन-जंगल और पहाड़-पर्वत ही सौंदर्य का विशुद्ध उदाहरण है। इस सच्चाई को पूरे तौर पर समझना ही फिलहाल उसके लिए साधना की चीज है। इसलिए सतीश बरामदे में एक टूटी-फूटी आरामकुर्सी पर बैठकर सारा दिन पेड़ों की डालों पर बैठे पछियों की चहक कान खड़ा किए सुनने लगा। वह सोचने लगा कि महुए के पेड़ों से होकर गुजरती हवा की सनसनाहट में कौन-सी रागिनी है, आसमान में बादलों के टुकड़ों को देखकर वह गद्‌गद होकर मन-ही-मन उसकी तारीफ करने लगा और दूर पहाड़ पर बांस के सूखे पत्तों में जब आग लगती तो वह सारी रात जागकर उसे निहारता रहता।

उसने मछली-मांस खाना छोड़कर निरामिष भोजन करना शुरू कर दिया था और पता नहीं कहां से सफेद पत्थर का एक लोढ़ा लाकर उसने दिन में उसकी पूजा तथा शाम को उसकी आरती उतारना शुरू किया था।

हालांकि ऐसी नई जीवन प्रणाली की जानकारी उसे कभी नहीं थी। इसके पहले हमेशा उसे पंछियों की चहक से सितार की झंकार अधिक मधुर लगती थी। उसने सपनों में भी कभी इसकी कल्पना नहीं की थी कि हवा में राग-रागिनियों का अस्तित्व है और आसमान में छाई घटाओं ने कभी उसे विचलित नहीं किया था। वास्तव में प्रकृति का चाहे जितना भी शोभा-सौंदर्य क्यों न हो, इसकी जानकारी लेने की फुरसत सतीश को कभी नहीं थी। जहां गाना-बजाना, थियेटर-कंसर्ट होता, जहां फुटबॉल-क्रिकेट का खेल होता। सतीश वहीं दिन बिताया करता था। मार-पीट करना, महफिल में स्टेज बनाना, मुर्दा जलाना, दूसरे की बुरी घड़ी में रुपया जुगाड़ करना था उसका काम।

पक्षियों के गीत में मधुरता है या नहीं, कोयल पंचम स्वर में कूकती है या नहीं, नदी के पानी की कलकल ध्वनि क्या संदेश देती है, औरत और दौलत

दुनिया की कितनी मुसीबतों की जड़ है—ये सब सूक्ष्म सिद्धांत कभी उसके दिमाग में नहीं घुसते थे और इसके लिए उसे दुख प्रकट करते किसी ने नहीं देखा था। वह सीधा-सादा आदमी है, दुनियादारी को वह सीधे ढंग से निपटा सकता है। वह जिसे प्यार करता है, बिना किसी भेद-भाव के उसे प्यार करता है और ऐसा करने में अगर उसे नुकसान उठाना पड़े, तो वह क्या करेगा, यह वह सोच नहीं सकता है। दुनिया में उसने दो आदमियों को सबसे अधिक प्यार किया था—एक सावित्री को और दूसरे, अपने उपीन भैया को। सावित्री उसे चकमा देकर लम्पट, धोखेबाज विपिन के साथ पता नहीं कहां चली गई और उपीन भैया बिना कोई प्रश्न किए ही एक अंधेरी रात में उसे छोड़ गए। खड़ा होने की उसके लिए सिर्फ एक जगह थी और वह था किरणमयी का घर। लेकिन जब उसने उस घर का दरवाजा भी बंद देखा, तो दोबारा वहां जाने का उसे साहस नहीं हुआ। इसीलिए इस सुनसान जगह में आकर उसने गगन-पवन, पेड़-पौधों और जानवर-परिंदों के साथ जबरन एक नया रिश्ता जोड़ लिया था और वैरागियों का-सा जीवन जीने लगा था। लेकिन हमेशा यार-दोस्तों के साथ हंसी-खुशी और मौज-मस्ती में दिन बितानेवाले का यह नया रूप देखकर बूढ़े बिहारी की आंखों में जब-तब पानी भर आने लगा।

किसी दिन बिहारी आकर कहता—'बाबू, दो बंगाली सामनेवाले रास्ते से होकर शायद त्रिकुट देखने जा रहे हैं।'

बिहारी की बात खत्म भी न होती कि सतीश—'कहां हैं वे लोग' कहकर चट से उछलकर उठ बैठ जाता।

बिहारी कहता—'उन लोगों को बुलाकर एक बार उनसे बात-वात करते...'

सतीश कहता—'किसलिए।' उसके बाद एक जरा सूखा ठहाका लगाकर कहता—'मुझे अब किसी से बात-वात करने की जरूरत नहीं। किसी से बात करना अच्छा ही नहीं लगता है। तू नहीं जानता है बिहारी कि जंगल के पंछी आजकल मुझे गीत सुनाते हैं, पेड़-पौधे मुझसे बात करते हैं, सनसनाती हवा मेरे कानों में दुनिया भर की कितनी कहानियां कह जाती हैं, अब क्या फालतू लोगों के साथ ठट्ठा-मसखरी करके अपना समय बर्बाद करने को जी चाहेगा, रे? अगर कहा जाए तो ये पंछी, ये पेड़-पौधे, ये हवाएं ही मेरे सच्चे दोस्त हैं—तूने समझा नहीं बिहारी?'

बिहारी बिना कोई जवाब दिए उदास मुंह से लौट जाता, लेकिन मालिक की वह दर्द-भरी आवाज बहुत देर तक उसके कानों में गूंजती रहती।

बिहारी में एक खासियत यह थी, वह यह कि वह जबान देकर जबान बदल नहीं सकता है। बहुतेरे बड़े आदमी तो लोभ को नहीं सम्हाल सकते, पर गरीब बिहारी लोभ सम्हाल सकता था। वह मन-ही-मन एक तरह से समझता था कि सावित्री उस रात को कोई चाल चलकर गई थी। बिहारी को इसमें सन्देह नहीं था कि वह सतीश की सबसे अधिक भलाई चाहती है और जान से बढ़कर उसे प्यार करती है। लेकिन लगातार सोचते रहने के बावजूद वह इस बात का फैसला नहीं कर सकता था कि जो दोष उसने नहीं किया था, उसे कबूल करके और जो पाप उसने कभी नहीं किया था, उसे अपने मत्थे मढ़कर उसने अपने मालिक को क्यों इतना दुख दिया था। तब भी सावित्री पर बिहारी की असीम श्रद्धा थी। वह उसे बेटी कहता था और उसे शाप-भ्रष्ट देवी समझता था। इसीलिए जब उसे अपनी समझ से इस बात का ठौर-ठिकाना नहीं मिलता था तो वह यह कहकर अपने मन को दिलासा देता था कि अंत में कुछ अच्छा ही होगा और इस अच्छे की आशा से ही वह उस सम्बन्ध में बिलकुल चुप हो गया था। पर अपने मालिक का मुंह देखकर बीच-बीच में जब उसके मन में सावित्री सम्बन्धी सही बात बता देने के लिए बहुत अधिक आवेग आता तब वह अपने आपको यह कहकर रोकता कि आखिर वह बाबू को अपनी सावित्री बेटी से अधिक तो प्यार नहीं करता है, खुद वही जब बाबू को यह दुख दे गई तब वह इसमें अड़ंगा क्यों डाले? बिना समझे तो वह उसे अपने सिर की कसम देकर उसके बारे में कुछ कहने से मना करके नहीं गई है।

इसी तरह से इन लोगों के एकांतवास के दिन बीतते जा रहे थे और शायद और भी कुछ दिन बीत सकते थे मगर अचानक एक अड़चन आ गई।

आंधी-पानी के दिन थे। यद्यपि सारा दिन आंधी-पानी का कोई निशान नहीं था, लेकिन लगभग तीसरे पहर बीस मिनट के अंदर ही आसमान में जोरों का तूफान उठा। थोड़ी ही देर बाद सतीश घोड़े की टाप सुनकर चौंक उठा और गर्दन ऊंची करके देखा, पीठ पर काठी समेत एक बढ़िया घोड़ा तूफान के साथ तेज गति से दौड़ता हुआ चला जा रहा है। सतीश ने पुकारकर कहा—'बिहारी, तू जानता है रे, किसका घोड़ा दौड़ता हुआ जा रहा है?'

बिहारी कमरे के अन्दर बत्ती साफ करते-करते बोला—'शायद किसी बाबू-वाबू का होगा।'

सतीश ने प्रश्न किया—'इधर बाबू-वाबू भला कौन है रे?'

बिहारी बोला—'भले ही इधर कोई बाबू-वाबू न रहता हो, पर देवधर से प्रायः ही सैलानी गाड़ी से त्रिकुट, तपोवन देखने आया करते हैं। उन्हीं में से किसी का होगा। तूफान के डर से उसने दौड़ लगाई होगी।'

'तब तो उसे बड़ी मुश्किल होगी जिसका यह घोड़ा है।' इतना कहकर सतीश फिर से अपनी आरामकुर्सी पर लेट गया।

लेकिन यह बात वह अपने मन से निकाल नहीं सका। उसे लगने लगा, वह चाहे कोई भी हो, अगर उसके साथ औरत होगी, तो मुसीबत तो आसान नहीं है। इस जगह में गाड़ी-छकड़ा तो दूर, एक आदमी की मदद तक मिलना कठिन है। इसके अलावा अब शाम होने में भी देर नहीं है। शायद बारिश भी होगी। सतीश बैठा नहीं रह सका। उसने बरामदे के कोने से एक लाठी ले ली और बाहर निकल पड़ा। रास्ते पर आया तो उसने देखा, कंकड़ तूफान की गति से छर्रे की तरह बदन में बिंध रहे हैं, और उड़ते धूल-बालू के चलते समूचे रास्ते पर अंधेरा छा गया है। जिधर से तूफान आ रहा था उधर से उस अंधेरे में अचानक शोर-गुल तिरता हुआ आ रहा था। छुट्टी मिलने पर गैरबंगाली दरवानों का दल होली के दिन रास्ते पर जैसा शोरगुल करता है, वैसा ही था यह शोरगुल। बात क्या है, यह जानने के लिए सतीश उसी धूल-धकड़ में थोड़ी दूर आगे बढ़ा, तो उसे दिखाई पड़ा—रास्ते पर एक टमटम है और आठ-दस लोग उसे घेरकर खुशी से शोर मचा रहे हैं। किसी के सिर टोपी थी, तो किसी के सिर पर पगड़ी—सभी गैर-बंगाली पोशाक बहने हुए थे।

यह जानने के लिए कि ये लोग किस बात की खुशियां मना रहे हैं, सतीश और भी कई कदम आगे बढ़ आया तो उसे दिखाई पड़ा, एक औरत टमटम का एक हत्था पकड़े, सिर झुकाए शर्मिंदा होकर खड़ी है और उसी के प्रति ये लोग जिन शब्दों का इस्तेमाल कर रहे हैं, उन शब्दों का इस्तेमाल इन गैर-बंगालियों की जबान के अलावा दुनिया की और किसी जात के लोगों की जबान नहीं कर सकती। पहले पहल सतीश को लगा कि ये लोग इस औरत को लेकर इधर कहीं मौज-मस्ती करने आए थे और अब घोड़े के भाग जाने की वजह से एक-दूसरे ढंग से मौज-मस्ती कर रहे हैं। एक बार तो उसने सोचा कि वह लौट जाए, मगर पता नहीं क्यों, आज वह अपना कौतूहल हरगिज नहीं दबा सका। ठीक ऐसे समय तब उसके अचरज का ठिकाना नहीं रहा जब उसकी नजर उस औरत के पहरावे पर पड़ी। शाम और धूल-धकड़ की वजह से छाए अंधेरे में भी उसे लगा कि उसके साड़ी पहनने का ढंग बंगाली औरतों के साड़ी पहनने के ढंग जैसा है। पांवों में जूतियां हैं, वे लखनौवा ढंग की नहीं हैं। अंग्रेज औरतें जैसी जूतियां पहनती हैं, वैसी हैं।

अचानक उस औरत ने ऊंची आवाज में पुकारकर कहा—'आप मुझे बचाइए...!'

यह सुनते ही सतीश का वैराग्य का नशा एक पल में उतर गया। वह यह सिद्धांत भूल गया कि औरत और दौलत बहुत गयी-गुजरी चीज है। बाघ की तरह छलांग लगाकर बिलकुल उस औरत के पास आ खड़ा हो गया।

बोला—'क्या हुआ है?'

अब तक उस अकेली औरत ने बहुत जुल्म बर्दाश्त किया था, अब की बार वह मुंह ढंककर बैठ गई और रो पड़ी।

सतीश ने उकताकर प्रश्न किया—'बात क्या है, क्या हुआ है?'

'ये लोग मुझे बहुत अपमानित कर रहे हैं।'

'ये लोग तुम्हें अपमानित कर रहे हैं! पर ये लोग हैं कौन?'

'मैं नहीं जानती।'

'तुम नहीं जानतीं?' सतीश ने एक साथ प्रश्नों की झड़ी-सी लगा दी—'तुम कौन हो? कहां से यहां आईं? तुम्हारे साथ के आदमी कहां हैं? गाड़ी किसकी है?'

उस औरत ने आंखें पोंछी और रुआंसी होकर बोली—'मेरा साईस घोड़ा पकड़ने गया है। मेरे साथ और कोई नहीं है। मैं त्रिकुट देखने आई थी—मैं प्रायः त्रिकुट देखने आती हूं। वहीं से ये लोग मुझे तंग करते आ रहे हैं।'

सतीश ने गुस्सा होकर कहा—'ठीक किया है इन लोगों ने। आप क्या मेमसाहब हैं, जो टमटम पर सवार होकर इतनी दूर आई हैं। आप क्या अंग्रेज की लड़की हैं कि जहां मर्जी अकेली जाएंगी तो भी कोई डर नहीं? यह क्या आपके मां-बाप नहीं जानते कि हमारे देश के लोग मौका मिलते ही अपने देश की असहाय औरतों को अपमानित करते हैं? उन पर जुल्म करते हैं?' इतना कहकर उन गैर-बंगालियों में से जो बड़ा था, उसकी तरफ त्योरियां चढ़ाकर देखते हुए कहा—'तुम लोग खड़े क्यों हो?'

वह बोला—'हमारी मर्जी।'

उन लोगों की आंखों की ओर देखने से ही यह समझ में आ जाता है कि उन लोगों ने या तो भांग या गांजे या इन दोनों का सेवन किया है।

सतीश ने हाथ उठाकर सीधे रास्ता दिखा दिया और संक्षेप में कहा—'चले जाओ।'

जवाब में उस आदमी ने मुंह चिढ़ाते हुए कहा—'अरे, चले जाओ रे...'

उसकी बात के जवाब में सतीश ने उसके गाल पर एक ऐसा तमाचा कसकर जड़ दिया कि उसे उस 'रे' शब्द को बस और जरा-सा लम्बा खींचने का मौका मिला। उसके बाद वह बेहोश होकर चक्कर खाकर रास्ते पर लेट गया और उसी पल उसकी बगल में खड़ा एक बेचारा किस्म का दुबला-पतला छोकरा बिना कोई

दोष किए, सतीश के बाएं हाथ का तमाचा खाकर पहले तो साईस के बैठने की जगह के पास गिरा और उसके बाद पहिए के करीब आकर आंखें मींचकर बैठ गया। बाकी कई आदमी या तो नशे के असर से या तमाचे की बदौलत हक्काबक्का होकर खड़े रहे। सतीश ने सामनेवाले आदमी को बुलाते हुए कहा—'अब तुम आ जाओ।'

सतीश की बात के जवाब में वह बिजली की गति से भागता हुआ सबसे पीछे जाकर खड़ा हो गया।

सतीश ने तब उस औरत से कहा—'उठिए।'

वह औरत चुपचाप उठकर खड़ी हो गई। सतीश ने कहा—'पानी आनेवाला है, इसलिए आइए मेरे साथ।'

वह औरत डरते-डरते बोली—'क्या मैं टाउन तक पैदल चल सकूंगी?'

सतीश बोला—'आपको टाउन नहीं, मेरे डेरे जाना है। मेरा डेरा उस बगीचे के अन्दर है। पानी आ रहा है। अब खड़ी होकर सोचने से कोई फायदा नहीं। अगर आप नहीं जाएंगी तो आप यहीं खड़े-खड़े भींगती रहिए, मैं तो चला।'

वह औरत बोली—'चलिए न, आपके साथ जाना है, तो भला उसमें क्या सोचना है!'

बूंदा-बांदी शुरू हो गई थी। तूफान की रफ्तार कम हुई थी, तो भी तूफान रुका नहीं। कुछ देर तक दोनों चुपचाप चलते रहे और जब दोनों बगीचे के गेट के सामने आए तो सतीश रुका और बोला—'मगर मेरे डेरे पर कोई औरत नहीं है। मैं अकेला रहता हूं।'

उस औरत ने पूछा—'तो फिर आपके लिए खाना-वाना कौन बनाता है और चौका-बरतन कौन करता है? क्या आप खुद ही सारा काम करते है?'

'नहीं, मैं कुछ नहीं करता। खाना बनाने और चौका-बर्तन करने के लिए नौकर हैं। लेकिन वे लोग भी औरत नहीं हैं।'

'कोई औरत नहीं है तो न सही, मगर आप रुक क्यों गए? चलते-चलते कहिए न!'

सतीश ने संकुचित होकर कहा—'मैं यह आपसे इसलिए कह रहा हूं कि आपको अन्दर ले जाने के पहले मुझे आपको यह बता देना चाहिए कि मेरे यहां कोई औरत नहीं है।'

वह औरत बोली—'अगर बताना ही था, तो आपने मुझे यह सब वहीं क्यों नहीं बता दिया? लेकिन मैं अब खड़ी नहीं रह सकती। मेरे हाथ-पांव कांप रहे हैं। इसके अलावा मुझे जोरों से प्यास भी लगी है।'

'आइए-आइए', कहकर सतीश शर्मिंदा होकर अंधेरे बगीचे के बीच रास्ता दिखाता हुआ आगे बढ़ गया। मन-ही-मन यह अनुभव करके कि इन तमाम अप्रिय घटनाओं के बाद वह औरत कितनी थक गई होगी, सतीश शरमा गया।

थोड़ी ही देर बाद वह धीरे-धीरे बोला—'लगता है, मैंने आपकी आवाज कहीं सुनी है।'

उस औरत ने उसकी बात का कोई जवाब नहीं दिया। लेकिन उसकी समझ में यह आ गया कि अंधेरे में उसका मुंह सतीश को दिखाई नहीं पड़ा था। बरामदे में पहुंची तो वह सतीश की टूटी-फूटी आरामकुर्सी पर जाकर बैठी और बोली—'साथ में बिहारी है न?' इतना कहकर उसने ऊंची आवाज में पुकारा—'बिहारी, मेरे लिए एक गिलास पानी ले आ तो।

बिहारी दूसरी तरफ के कमरे में था। पुकार सुनी, तो वह पानी लेकर आ पहुंचा।

बरामदे में दीवारगीर पर एक लैम्प टिमटिमा रहा था। उसकी मद्धिम रोशनी में बिहारी ने उस औरत को देखते ही पहचान लिया और भौंचक्का होकर बोला—'दीदी, आप यहां?'

'वह बहुत लम्बी कहानी है,' यह कहकर खुद उस औरत ने उठकर बिहारी के हाथ से पानी का गिलास ले लिया और एक दम में सारा पानी पीकर गिलास बिहारी के हाथ में दे दिया और बोली—'भैया को खबर देनी होगी बिहारी, मैं पता बता दूंगी तो क्या तुम मकान को ढूंढ़कर निकाल सकोगे?'

बिहारी ने गर्दन हिलाकर कहा—'नहीं दीदी, मैं तो इस शहर का बाट-घाट नहीं पहचानता। इसके अलावा मैं बूढ़ा हूं। इस आंधी-पानी और अंधेरे में मैं राह भी नहीं चल सकूंगा।'

'तब क्या होगा बिहारी? घोड़ा अगर अस्तबल में जा पहुंचा तो भैया बड़े परेशान होंगे। किसी तरीके से उन्हें यह बताना ही पड़ेगा कि वे डरें नहीं, मैं सही-सलामत हूं।'

बिहारी ने सोचकर कहा—'हां, हमारा रसोइया भी यहीं का रहनेवाला है। उसे यहां का बाट-घाट मालूम है। ज्योतिष साहब का डेरा कहां है, यह बता देने से वह जरूर वहां पहुंच जाएगा। मैं जाकर उसे बुलाता हूं।' यह कहकर वह रसोईघर चला गया।

सतीश ने उसे पहचाना, बोला—'अपने भैया को आप एक चिट्ठी लिख दीजिए।'

वह औरत बोली—'चिट्ठी तो लिखनी ही होगी।'

सतीश ने कहा—'जरा यह भी लिख दीजिएगा कि बहन को मेम साहब बना देने का आज क्या नतीजा निकला था। वे साहब ठहरे, सुनेंगे तो हो सकता है, वे खुश हों।'

ताना सुनकर सरोजिनी गुस्सा हुई। यह सच है कि आज का उसका बर्ताव संयोगवश बहुत बुरा हो गया था और इसके लिए खुद उसे भी कम पछतावा नहीं हुआ है, लेकिन इसीलिए दूसरा कोई बार-बार मेम साहब के साथ उसकी तुलना करके उसकी खिल्ली उड़ाए, यह बर्दाश्त नहीं किया जा सकता है। उसने कड़वे स्वर में जवाब दिया—'तो भैया को आप ही लिख दीजिए कि उनकी बहन को आपने अकेले किस मुसीबत से बचाया है।'

उसकी झुंझलाहट के कारण को सतीश ने समझा। लेकिन यह साहबी तौर-तरीका उसे बिलकुल नहीं सुहाता था। बोला—'हां, मुझे लिखना ही चाहिए। मेरे लिखने से अगर कहीं आप लोगों के समाज को जरा होश आए।'

सरोजिनी बोली—'हमारे समाज के प्रति आपके मन में बहुत नफरत है, है न? आपकी धारणा यही है कि हम आदमी नहीं हैं।'

सतीश ने कहा—'मेरी धारणा चाहे जो भी हो, पर आप लोगों की निजी धारणा यह है कि आप लोगों के अलावा बंगाल में और कोई आदमी नहीं है, यही न?'

सरोजिनी बोली—'हम लोगों में से जिन लोगों की ऐसी धारणा है, कम-से-कम मैं उन लोगों को दोष नहीं देती।'

सतीश बोला—'यह मैं जानता हूं। इसीलिए आज आपकी सजा और भी अधिक होनी चाहिए थी। अगर मैंने वहां आपको पहचान लिया होता, तो मैं चुपचाप चला आता—आप से बात भी न करता।'

सरोजिनी ने कहा—'जरा सुनूं तो सही कि मुझे और भी अधिक क्या सजा मिलनी चाहिए थी? अपमान और अत्याचार—यही न?'

सतीश ने कहा—'हां, यही।'

सरोजिनी बोली—'तो इतनी देर बाद बात मेरी समझ में आई है कि आप यह क्यों कह रहे थे कि असहाय औरतों को अपमानित करना ही आप लोगों के देश के लोगों का स्वभाव है। तो आप मुझे अपने घर लाकर और अधिक अपमानित करना चाहते थे? पर अब चूंकि मैं परिचित निकल गई, इसलिए आप हिचकिचा रहे हैं। और इसीलिए आपको गुस्सा आया है।'

सरोजिनी की तीखी बातों से सतीश गुस्सा होकर भी हंस पड़ा। बोला—'बिलकुल यही बात है। आपको अपमानित न कर पाने की वजह से ही

मुझे गुस्सा आया है। हमारी बंगला भाषा में कृतज्ञता नामक एक शब्द है। आप साहब-मेमों के शब्द-कोश में यह शब्द, हो सकता है, लिखा न हो।'

सरोजिनी के होंठों पर एक दबी हुई हंसी की शोभा बादलों में छिपी बिजली की तरह कौंध गई। तब भी उसने गुस्सा-भरे स्वर में ही जवाब दिया। लेकिन वह आवाज इतनी ज्यादा बनावटी थी कि बड़े से बड़े लापरवाह श्रोता के कानों को भी इसका अहसास होगा। सरोजिनी बोली–'नहीं, साहब-मेमों के शब्द-कोश में यह शब्द नहीं है। ये साहब-मेम जितने कृतघ्न हैं, उतने ही पाखंडी हैं। आपका उन लोगों के दल में शामिल हुए बिना उनलोगों के उद्धार का उपाय नहीं है। आप उन लोगों के दल में शामिल होंगे?'

उसकी बात के जवाब में सतीश भी हंसी दबाकर कुछ कहना चाह रहा था कि ऐसे समय बिहारी हनुमान पांड़े को साथ लिए आ गया। सरोजिनी ने हाथ का बैग खोलकर पांच रुपए निवाले और उसे कुर्सी के हत्थे पर रख दिया। बोली–'यह बख्शीश तुम्हें मिलेगी–पांड़ेजी–अगर तुम अभी शहर जाकर एक चिट्ठी दे आओगे तो,' यह कहकर उसने नाम और पता बता दिया।

पांड़ेजी ने अपनी एक महीने की तनख्वाह की आधी रकम की ओर ललचाई नजरों से देखा और पल-भर में राजी होकर चिट्ठी लेने के लिए हाथ बढ़ाया।

सरोजिनी ने उसके फैलाए हुए हाथ पर रुपए रख दिए और चिट्ठी लिखने के लिए कमरे के अंदर चली गई। लिखने की मेज सामने ही थी। थोड़ी देर बाद उसने चिट्ठी लाकर पांड़ेजी के हाथ में दी।

पांड़ेजी ने सावधानी से चिट्ठी को मिर्जई की जेब में रखा, बाएं हाथ में लालटेन और दाहिने हाथ में लम्बी लाठी ली और उसी मूसलाधार वर्षा में पलक झपकते गायब हो गया।

बिहारी ने संकुचित भाव से कहा–'बाबू, महाराज तो न मालूम कब लौटेगा, खाना क्या बनेगा?'

सतीश ने सरोजिनी के मुंह की ओर देखकर बात को दबाने के लिए टालमटोल करते हुए कहा–'यह बाद में देखा जाएगा।'

सतीश की बात से बिहारी की चिंता जरा भी कम नहीं हुई। बोला–'क्या देखा जाएगा! बाद में मेरे पल्ले तो कुछ नहीं पड़ेगा।'

सतीश ने नाराज होकर कहा–'तुझे इतनी फिक्र करने की जरूरत नहीं बिहारी। तू जा न यहां से। उसके बारे में क्या करना है, यह मैं तय कर लूंगा। इसके अलावा आज मुझे भूख भी नहीं है।'

पर बिहारी टस-से-मस न हुआ; क्योंकि उसने सतीश की बातों पर जरा भी विश्वास नहीं किया। एक तो सतीश को आम लोगों से ज्यादा भूख लगती है, दूसरे, इतने दिनों की नौकरी में उसने एक दिन भी सतीश को भूखा रहते नहीं देखा है। बोला—'ऐसा कैसे हो सकता है, बाबू?'

सतीश ने उसे झिड़कते हुए कहा—'यही तो तुझमें बुराई है बिहारी, तू हर बात में बहस करता है। मैं कहता हूं, मैं उसके बारे में तय कर लूंगा। तू जाएगा सो तो नहीं, यहां खड़े-खड़े लगातार जबान लड़ा रहा है।'

बिहारी दुखी मन से चला जा रहा था, सरोजिनी ने उसे वापस बुलाकर कहा—'आज मेरे ही चलते तुम लोगों पर इतनी मुसीबत आई, बिहारी। क्या खाना बनाने का कुछ भी इंतजाम नहीं हुआ है?'

बिहारी बोला—'खाना बनाने का सारा इंतजाम है, दीदी। मगर खाना बनाएगा कौन? यह नहीं मालूम कि महाराज के वापस आने में कितनी देर होगी।' इतना कहकर बिहारी रूठकर चला गया।

सरोजिनी बोली—'मैं मेम साहब हूं या जो भी हूं। तब भी आप और मैं दोनों तो एक ही जात के हैं, तो क्या मेम साहब के हाथ का बना खाना खाने से किसी की जात चली जाएगी?'

प्रश्न सुनकर सतीश हंसा और बोला—'मैं यह तो नहीं बता सकता कि मेमसाहब के हाथ का बना खाना खाने से किसी की जात चली जाएगी या नहीं, लेकिन असली बात यह है कि मेमसाहब के हाथ का बना खाना गले के नीचे उतरेगा या नहीं।'

'ओ हो, ऐसी बात है! मेम साहब के हाथ का बना खाना खाएंगे, तो आप उसे भूल नहीं सकेंगे।' इतना कहकर सरोजिनी अपनी हंसी और इत्र की महक से समूची जगह को मानो आलोड़ित करती हुई तेजी से उठकर कमरे के अंदर चली गई।

पांच-छह मिनट बाद जब वह निकलकर बाहर आई तब उसकी ओर देखकर सतीश कुछ देर के लिए मुग्ध हो गया।

नंगे पांव—न जूतियां, न मोजे, रेशम के ब्लाउज और साड़ी की जगह सिर्फ शेमिज पर सतीश की एक मामूली-सी लाल किनारीवाली धोती पहने—यह रूप देखकर सतीश की दोनों आंखें जुड़ा गईं। वह गद्‌गद होकर बोल पड़ा—क्या गजब की फब रही हैं आप! मानो लक्ष्मी हों।'

सतीश की बात सुनकर सरोजिनी की नस-नस में आनंद की बाढ़-सी उमड़ आई। लेकिन शर्म के मारे सिर झुकाकर बोली—'धत्, मैं कह देती हूं कि ठट्‌ठा कीजिएगा तो मैं खाना नहीं बनाऊंगी। तब भूखा रहना पड़ेगा।'

लेकिन इस शर्म को उसने तुरत दबा डाला। क्योंकि वह यह जानती थी कि शर्म को बढ़ावा देने पर वह और बढ़ जाती है। इसीलिए उसने सिर उठाया और मुस्कुराती हुई बोली—'तारीफ बाद में कीजिएगा। अभी बिहारी से कह दीजिए कि वह मुझे रसोईघर दिखा दे।'

29

खाना बनाना और खाना-पीना खत्म हो गया तो दोनों बरामदे में दो अलग-अलग कुर्सियों पर आमने-सामने बैठे थे।

सरोजिनी ने कहा—'एक बात हम लोगों में से किसी को भी याद नहीं रही कि हम महाराज से कह देते कि अगर तुम भैया के घर का पता न लगा सको, तो एक गाड़ी बुलाकर अपने साथ लेते आना। अब अगर वह न भैया के घर का पता ही लगा सके, न गाड़ी ही लाए, तो क्या होगा सतीश बाबू?'

सतीश बोला—'यह बात याद रहती और उससे कह भी देते, तो कोई खास फायदा नहीं होता, क्योंकि इतनी रात गए इतनी दूर कोई गाड़ीवाला शायद नहीं आना चाहता। अब आपको या तो रात को यहीं रहना पड़ेगा या पैदल चलकर अपने भैया के घर जाना पड़ेगा। इसके अलावा तीसरा कोई रास्ता नहीं है।'

'मैं पैदल चल सकती हूं, लेकिन आपके अलावा किसी और के साथ नहीं।'

'इसका मतलब? आप मेरे साथ जाएंगी, तो क्या कोई मुसीबत नहीं आएगी?'

'हां, आ सकती है। लेकिन वैसी हालत में सारी जिम्मेदारी आपकी होगी। जवाब आपको देना होगा, मुझे नहीं।'

सतीश ने कहा—'मुझे क्यों जवाब देना होगा? मेरा कसूर?'

'भले ही किसी दूसरे को जवाब न दें, लेकिन अपने आपको तो जवाब देना पड़ेगा।' इतना कहकर अचानक सरोजिनी स्तब्ध होकर रुक गई।

सतीश ने फिर उसकी बात का प्रतिवाद नहीं किया। मगर उसने साफ-साफ यह अनुभव किया कि दोनों की पल-भर की चुप्पी के बीच से होकर शर्म की बयार का एक झकोरा बह गया।

'कोई आ रहा है न?' यह कह सरोजिनी कुर्सी छोड़कर उठ गई और कुछ देर तक बरामदे की रेलिंग के सहारे अंधेरे बगीचे की ओर देखती हुई खड़ी रही।

थोड़ी ही देर बाद जब 'कोई नहीं है' कहकर वह अपने जगह पर लौट आई और अपने कपड़े-लत्ते को और एक बार अच्छी तरह से संभालकर बैठी तब सतीश कुछ भी नहीं बोल सका।

इसके बाद दोनों ही चुपचाप बैठे रहे। तब बाहर तूफान तो रुक गया था, तो भी बारिश नहीं रुकी थी। सिर के ऊपर अंधेरा आसमान था और महुए के जंगलों के बीच अंधेरा दस गुना ज्यादा गहरा हो गया था। उस सुनसान में कम रौशन बरामदे में ये दोनों आमने-सामने बैठकर भी शब्दों के अभाव में जब चुप रहे तब और एक अनजान देवता छिपकर जरूर ही अपना मुंह दबाकर हंसने लगे और उस दबी हंसी की चमक काले बादलों की ओट में रह-रहकर कौंधने लगी।

सतीश को कुछ समय पहले एक रात को इसका परिचय मिला था कि बाहरी प्रकृति अपने गगन-पवन, अंधेरे-उजाले की लीला से आदमी के मनोभाव और चित्तवृत्ति को कैसे खींच ले सकती है। उस दिन बिहारी के मुंह से विपिन के साथ सावित्री के घर छोड़कर चले जाने की खबर पाने के बाद अपने सारे भविष्य को दुख के सागर में डूबता सोचकर वह जब सुध-बुध खोकर अकेले भागता हुआ जाकर किले के पासवाले मैदान के बीच लेट गया था तब ऐसे ही काले आसमान ने अपने ठंडे हाथ से सतीश की सारी जलन को मिटा दिया था। और उस सावित्री को माफ करने की नसीहत दी थी। दोबारा, आज की यह उद्दाम चंचल बाहरी प्रकृति अपनी सारी सजीवता के स्पर्श से सतीश के निराश और दुखी चित्त को फिर एक और रास्ते पर तेज गति से धकेलने लगी।

सरोजिनी ने एकाएक प्रश्न किया—'आपके इस वनवास का क्या मतलब है?'

सतीश बोला—'कोई न कोई मतलब जो जरूर ही है।'

'सो वह तो है ही। लेकिन बिना किसी को बताए क्यों भाग आए?'

'लेकिन यह खबर किसने दी कि मैं भाग आया हूं?'

सरोजिनी ने जरा मुस्कुराकर कहा—'यह खबर खुद मैंने ही ढूंढ़ निकाली है। आप जिस दिन सवेरे चले आए, उस दिन मैं खुद आपके डेरे पर गई थी।'

सतीश ने अचरज में पड़कर कहा—'समझ गया। उपीन भैया शायद मुझे ढूंढ़ने के लिए गए थे और आप उनके साथ थीं। वे आएंगे, यह मैं जानता था। लेकिन मुझे वहां न देखकर उन्होंने क्या कहा?'

सरोजिनी ने कहा—'उन्होंने जरूर कुछ कहा था, लेकिन मैंने सुना नहीं था। क्योंकि वे खुद वहां नहीं गए थे, मेरे हाथों उन्होंने चिट्ठी भिजवा दी थी।'

सतीश ने पूछा—'उसके बाद?'

सरोजिनी ने कहा—'मैं गई तो सुना कि आप सवेरे की गाड़ी से चले गए हैं। पता नहीं क्या मन में आया कि मैंने महाराज से कहकर दरवाजा खुलवाया और समूचे डेरे को घूम-घूमकर देखा। बाहर के बरामदे में एक साड़ी सूख रही थी, मैंने पूछा, तो सुना कि यह साड़ी माई जी की है। वे बीमार हैं और आप उन्हें लेकर पश्चिम को चले गए हैं। अच्छा, वे कौन हैं? कहां, इस डेरे में तो मैं उन्हें नहीं देख रही हूं?'

सतीश का चेहरा पीला पड़ गया। कुछ देर तक स्थिर रहकर बोला—'महाराज ने कहा कि मैं उन्हें साथ लेकर पश्चिम को चला गया हूं? बदमाश! झूठा! उपीन भैया ने उसके कहे पर विश्वास कर लिया?'

सतीश के मुंह का भाव और आवाज सुनकर सरोजिनी ठक-सी रह गई। 'उपीन बाबू तो वहां नहीं थे। और विश्वास करने में भला बुराई क्या है? यह माई जी आपकी कौन हैं सतीश बाबू?'

सतीश ने रूखा होकर कहा—'मेरी कौन होगी? कोई नहीं। हमारे पहलेवाले डेरे में दाई का काम करती थी। शैतान, बदमाश औरत। बुढ़ापे में बीमारी से मर रही थी, इसीलिए आई थी कुछ भीख मांगने। और उसने कहा कि मैं उसे साथ लेकर पश्चिम को चला गया हूं! हरामजादा, लुच्चा, मेरे सामने यह बात कहता, तो मैं उसका...।'

सरोजिनी के आश्चर्य की सीमा नहीं रही। वह कुछ देर तक निहारकर मृदु स्वर में बोली—'वे दाई हैं। मगर इस बात से आप इतने उत्तेजित क्यों हो रहे हैं?'

सतीश ने कहा—'बेकार का कलंक लगाने से कौन उत्तेजित नहीं होगा, कहिए तो?'

'वे उस रात को बेहोश हो गई थीं।'

सतीश ने ठीक उतने ही उत्तेजित स्वर में कहा—'अगर वह बेहोश हो गई थी, तो यह कौन-सी बड़ी बात है? उसके बेहोश हो जाने में क्या मेरा कोई हाथ था? उसके बारे में इतने सम्मान के साथ बातें क्यों कह रही हैं? घर की नौकर-नौकरानियों को क्या आप लोग 'आप' और 'जी' कहकर संबोधित करते हैं?'

सरोजिनी ने इसका उत्तर नहीं दिया, वह चुपचाप बैठी रही।

इतनी देर तक उसके हृदय के अंदर आनंद का जो चांद उगा था, पता नहीं कहां से काली घटा ने आकर उसे ढंक दिया। एक बार उसके मन में यह प्रश्न उठा—क्यों उस रात को उपेन्द्र सपत्नीक उसके डेरे पर आकर तुरन्त चले गए थे?

लेकिन उसने प्रश्न नहीं किया। मन-ही-मन उसने एक ढंग से यह समझता था कि इसमें ऐसी कोई बात है जिसे न खुद उपेन्द्र ही प्रकट कर सका था और न सतीश ही प्रकट कर सकेगा।

लेकिन यह क्षुब्ध चुप्पी जैसे उन दोनों को ही दुखी करने लगी। और चुप न रह सकने के कारण सरोजिनी ने धीरे-धीरे पूछा—'एक बात मैं आपसे पूछ सकती हूं?'

सतीश ने जरा अभिमान के स्वर में कहा—'कौन-सी बात?'

'आपने इतने दिन हम लोगों के इतने करीब रहकर भी कभी मिलने क्यों नहीं आए?'

सतीश के पास इस प्रश्न का उत्तर नहीं था। उसने कहा—'तरह-तरह के कारणों से समय नहीं मिला था।'

'वे कौन-से कारण थे? क्या पढ़ाई-लिखाई के कारण आप हम लोगों से मिलने नहीं आए थे?'

'नहीं, पढ़ाई-लिखाई तो मैं कहने भर के लिए करता हूं। उसकी वजह से मुझे कभी कहीं भी जाने में कोई अड़चन नहीं होती।'

'तो फिर?'

सतीश ने जरा मुस्कुराने की कोशिश करते हुए कहा—'देखिए, मैं आपको सही बात बता सकता हूं। ऐसी बात नहीं कि आप लोगों की याद कभी मुझे नहीं आई थी, लेकिन बात क्या है, जानती हैं? हमारे समाज ने हमें जैसा सिखाया है, उसके मुताबिक आप लोगों के बीच जाने में पता नहीं कैसी एक झिझक-सी होती है। शायद इसी झिझक की वजह से मैं आप लोगों से मिलने नहीं जा सका था।

सरोजिनी बोली—'शायद! आप लोगों के समाज ने आप लोगों को क्या सिखाया है, क्या मैं यह जरा सुन सकती हूं? उपीन बाबू और आपके समाज में शायद कोई खास मेल नहीं है, क्योंकि उन्हें तो हम लोगों से मिलने-जुलने में कोई हिचकिचाहट नहीं होती।'

जब से सतीश के डेरे की उस अनजान औरत की चर्चा छिड़ी थी—तब से लेकर अब तक उसके मन में एक आग सुलग रही थी। इस बेसिर-पैर की चर्चा से ईर्ष्या की वह आग और भी जरा ज्यादा भड़क उठी। वह सतीश को छुपाकर न प्यार करती तो इसकी सारी आंखमिचौली, हो सकता है, उससे छुपी ही रहती। लेकिन प्रेम की अन्तर्दृष्टि को इतनी आसानी से ठगा नहीं जा सका। बात को ठीक से बिना जाने कैसे उसके हृदय ने असली बात समझ ली? सतीश ने दुख-भरे विस्मय के साथ सरोजिनी की ओर निहारा। उसकी आवाज में झगड़े का जो दबा

हुआ स्वर था, उसने सतीश के कानों में तीक्ष्ण भाव से गूंजकर उसे सावित्री की याद दिला दी। लेकिन इसी बीच सरोजिनी भी उसे प्यार कर सकती है—ऐसी संभावना सतीश के मन में सपने में भी पैदा नहीं हुई। इसलिए अपने इस गरमागरम सवाल-जवाब की सही वजह उसे सच्चाई की रोशनी में दिखाई नहीं पड़ी। इसे पढ़ी-लिखी औरत का निरा घमंड मानकर खुद वह भी मन-ही-मन आग-बबूला हो उठा और उसने उसी ढंग से जवाब भी दिया। बोला—'उपीन भैया के समाज ने उन्हें क्या सिखाया है, यह तो आपको अच्छी तरह मालूम है। लेकिन तब भी वे, हो सकता है, आप लोगों के साथ मिल-जुल सकते हों। मगर कोई दूसरा आप लोगों से न मिल-जुल सके, तो उसे जवाब देना पड़ेगा, इसका कोई मतलब नहीं है। जो भी हो, आप मुझे माफ कीजिएगा, इन सारी चर्चाओं में मुझे कोई सार्थकता नहीं दिखाई पड़ती।'

सरोजिनी स्तब्ध हो गई और सतीश भी चुप रहा।

एक गाड़ी आकर फाटक के सामने खड़ी हो गई और ज्योतिष बाबू जोर-जोर से सतीश का नाम लेकर पुकारते-पुकारते बत्ती और आदमियों के साथ बगीचे में आ गए।

बाकायदा धन्यवाद, न्योता आदि देने का काम पूरा करके ज्योतिष जब सरोजिनी को लेकर जाने को तैयार हुए तब सतीश ने सरोजिनी से प्रश्न किया—'एक जानकारी मैं आपसे नहीं ले सका हूं। वह यह कि हारान बाबू नामक उपीन भैया के एक दोस्त थे, उनके बारे में आप कुछ बता सकेंगी?'

ज्योतिष ने आश्चर्य में पड़कर उसकी बात का जवाब दिया—'वाह,' आपने सुना नहीं है! वे तो नहीं रहे।'

यह सुनकर सतीश थोड़ी देर तक चुपचाप खड़ा रहा, फिर बोला—'उनकी मां, उनकी पत्नी, वे लोग कहां हैं, आप जानते हैं?'

सरोजिनी ने इसका उत्तर दिया। बोली—'वे लोग तो अपने ही मकान में हैं। तय हुआ है कि दिवाकर बाबू उनके मकान में रहकर कॉलेज में पढ़ेंगे—वे उन लोगों की देख-भाल करेंगे।'

ज्योतिष ने अचानक अपनी बहन से प्रश्न किया—'हारान बाबू की पत्नी हम लोगों के घर एक दिन आई थीं न?'

सरोजिनी ने कहा—'हां, वे बहुत देर तक हमारे यहां थीं, ढेर सारी बातें की थीं उन्होंने।'

उसके अपने बारे में क्या बातें हुई थीं, पति के शोक से भाभी की क्या दशा हुई थी, आदि जानने के लिए सतीश ने सरोजिनी के मुंह की ओर एक उत्सुक

दृष्टि डाली क्योंकि उसके विषय में कड़ी चर्चा हुई होगी, इसमें उसे सन्देह नहीं था। लेकिन उस धुंधली रोशनी में या तो सरोजिनी उसके चेहरे का भाव न समझ सकी या समझकर भी सतीश के कौतूहल को दूर करने की जरूरत नहीं समझी। उसने अपने बड़े भाई को आगे बढ़ने के वास्ते जरा-सा धकेलते हुए मृदु स्वर में कहा—'अब देर मत करो भैया, चलो...!'

'हां, बहन, चलें!' कहकर वे सतीश को नमस्कार करके बोले—'एक बार आपको धन्यवाद दे लूं, बहुत-बहुत धन्यवाद आपको सतीश बाबू! कल या परसों इस गरीब के यहां पधारिए।'

सतीश ने प्रतिनमस्कार करके बुदबुदाकर जो कुछ कहा, वह समझ में नहीं आया। सरोजिनी लौटकर खड़ी हो गई और सतीश को एक छोटा-सा नमस्कार करके चली गई।

उस सीढ़ी पर खड़े सतीश की आंखों से इस बार आंसू बहने लगे। यह वह निःसंदिग्ध रूप से निश्चित नहीं कर सका कि आखिर उसकी आंखों से आंसू क्यों बहने लगे। मगर न जाने कैसी एक अनिश्चित अनुभूति उसे बार-बार यह बताने लगी कि उसकी सावित्री, उसकी भाभी, उसके उपीन भैया—सभी ने एक ही समय उसे छोड़ दिया है। इस सुनसान घर को छोड़ उसके जाने के लिए दूसरी जगह नहीं है।

30

दो महीने पहले हारान की मृत्यु के समय दिवाकर सिर्फ दो-चार दिनों के लिए कलकत्ता में रहकर लौट जाने को लाचार हुआ था। यह तय होने के बाद कि दिवाकर किरणमयी के संरक्षण में रहकर कलकत्ता के कॉलेज में बी.ए. पढ़ेगा, वह किताब-बहियों और कपड़े-लत्तों से भरा अपना नया खरीदा ट्रंक लेकर एक दिन शाम के वक्त हारान बाबू के पथुरियाघाट वाले मकान में आ पहुंचा।

किरणमयी ने उसे अपने कमसिन छोटे भाई की भांति स्नेह के साथ स्वीकार किया।

ननिहाल में सुरबाला को छोड़कर दिवाकर की हिफाजत करनेवाला कोई नहीं था। फिर उस हिफाजत के एवज में महेश्वरी की तीखी नजर शनि की नजर की नाईं उसका लहू चूस लेती थी। मगर यहां ऐसी कोई बात ही नहीं थी।

किरणमयी की शरण में भी दिवाकर अपने व्यक्तित्व का विकास ठीक वैसे ही करने लगा जैसे गमले का पौधा धरती में रोपे जाने के बाद मिट्टी का रस पाकर अपनी पतली जड़ों का विस्तार करता है।

महानगरी के विशाल और विचित्र माहौल में पड़कर देखते-देखते उसकी छोटी-सी आशा तथा दकियानूसी भावी जीवन का दायरा बढ़ गया था। उसने अपने आपको बड़ा महसूस किया। बी.ए. में फेल होने के बाद उसने पढ़ना-लिखना छोड़ दिया था। हालांकि नई शुरुआत करने में अभी भी देर थी, सो इस मधुर फुरसत के वक्त वह यहां-वहां घूम-घूमकर ज्ञान हासिल करने लगा।

थिएटर देखकर आया, तो उसने सपना देखा। चिड़ियाघर देखकर वह भौंचक्का रह गया। जादूघर देखकर वह स्तंभिक हो गया। शिवपुर की कृषि वाटिका देखकर उसने निबंध लिखा। महलों-जैसी इमारतों को मुंह बाये निहारता रहा। अंत में एक दिन जब गाड़ी के नीचे आ जाने से पैर में मोच आई, तो घर लौट आया।

चोट बहुत मामूली थी। किरणमयी चटपट हल्दी-चूना गरम कर लाई और लेप लगाते-लगाते मुंह दबाकर मुस्कुराती हुई बोली—'किस गाड़ी के नीचे आ गए थे, दिवाकर—घोड़ागाड़ी या बैलगाड़ी?'

दिवाकर ने मुंह लाल करके कहा—'घोड़ागाड़ी।'

किरणमयी बोली—'खैर, गनीमत है। कहीं बैलगाड़ी के नीचे आ जाते, तो जुर्माना देने के लिए लंगड़ाते-लंगड़ाते थाना जाना पड़ता।'

दिवाकर शर्मिंदा होकर बोला—'ज्यादा चोट नहीं लगी है। कल सवेरे तक दर्द नहीं रहेगा।'

किरणमयी बोली—'सो तो नहीं रहेगा। मगर अब ज्यादा दूर मत जाना। सुना है, कुछ ऐसे लड़के कलकत्ता आए हुए हैं जो राह चलते लड़के को उठा ले जाते हैं।'

यों ही दिन कट रहे थे। अघोरमयी विभिन्न तीर्थ-स्थानों का भ्रमण करके एक दिन घर लौट आई थीं। इसके पहले उन्होंने दिवाकर को देखा था, तब बेटे के शोक में उनका मन ऐसा डूबा हुआ था कि उन्हें इसका मुंह नजर ही नहीं आया था। आज इस बिना दाढ़ी-मूंछ के सुगठित सुंदर लड़के की ओर देखते ही उनका मां का मन स्नेह से पिघल गया। बोलीं—दिवू, मैं रिश्ते में तेरी मौसी लगती हूं, तू मुझे मौसी कहकर पुकारना बेटा।'

यह सुनकर कि इसके भी मां-बाप जिंदा नहीं हैं, उनकी दोनों आंखें छलछला उठीं और आंसू की दो बड़ी-बड़ी बूंदों को उन्होंने आंचल के छोर से पोंछ डाला।

बोलीं—भगवान ने मेरे हारान को मुझसे छीनकर भी मुझे जिंदा रखा, अब तुझसे मुझे यही कहना है कि मैं जब तक जिंदा रहूं, तब तक बेटा, तू मुझे छोड़कर कहीं मत जाना। इतना कहकर उन्होंने हाथ से उसके सिर को छूकर अपनी उंगली को चूमा।

उनकी बातों को सुनकर और उनके आंसुओं को देखकर दिवाकर अपने आंसुओं को छिपाकर सामने से हट गया। इसके कुछ ही दिनों के अंदर ही दिवाकर के प्रति उनका संतान-स्नेह जादूगर के जादुई पेड़ की मानिंद डाल-पत्रों से भर गया।

असली बात यह थी कि अपने पुत्र को खोने के बाद अघोरमयी कुछ समय के लिए तीर्थ-भ्रमण करने चली गई थीं। तीर्थ-भ्रमण से घर लौटकर उन्होंने पूरे मन से अपने बेटे की कमी को पूरी करना चाहा। इसी घर में कई महीने पहले जब उनका अपना बेटा चल बसा था तब जिस हृदयविदारक शोक ने उन्हें संबल प्रदान कर किसी तरह जीने की शक्ति दी थी, अभी वही शोक पहले से कम हो जाने की वजह से उनका भूखा मां का मन संतान की कमी से टूटता जा रहा था। संतान न रहने की वजह से खाली पड़े सिंहासन पर उन्होंने दिवाकर को बड़ी धूम-धाम से बिठा लिया।

एक ओर वे थीं और दूसरी ओर थी किरणमयी—इन दोनों के बीच में पड़ने की वजह से इस घर में दिवाकर के लिए हिफाजत और दुलार की अब सीमा नहीं थी।

भूख न हो, तो इसकी वजह बतानी चाहिए, जरा भी दिक्कत हो तो उसके लिए बार-बार जवाब देना चाहिए—स्नेह के इन गूढ़ रहस्यों की जानकारी दिवाकर को अपने बीस बरसों के जीवन में कभी नहीं हुई थी। जीवन में अचानक आए इस बदलाव की वजह से पहले कई दिन उसे हिचकिचाहट महसूस हुई थी। पराये के घर में रहने से जो एक संकोच उसके मन में पैदा हो गया था, वह एकबारगी जानेवाला नहीं था। फिर भी इन दोनों नारियों के अपरिमित स्नेह से उसके मन का यह संकोच कुछ ही दिनों में दूर हो गया। अंत में उसकी बहुत तकलीफों से बनी दुखदायी आदतें अनजान में सूखी त्वचा की भांति देह से कब झड़ गईं, इसको वह जान भी नहीं सका।

इधर देखने की जो सब चीजें थीं, दिवाकर उन्हें देख चुका। दोबारा गाड़ी के नीचे आ जाने की जब संभावना नहीं रही तब उसने सभा-समितियों में शामिल होना शुरू कर दिया और थोड़े ही दिनों में एक मासिक पत्रिका का उत्साही और सम्मानित लेखक बन गया। बचपन से ही उसे संगीत और साहित्य से प्रेम था। वह 'हरे हरे, भारत कहां' आदि तुकबन्दियां कर सकता था। अब वह

दिवाकर वन्द्योपाध्याय के नाम से कहानियां लिखने लगा। कॉलेज के कुछ लड़कों से मिलकर उसने 'चन्द्रोदय' नामक एक मासिक पत्रिका निकाली थी, इसी में दिवाकर मगन हो गया।

अब वह कभी-कभार ही घर से बाहर निकलता था। उसके पास बहुत काम थे। टूटी-फूटी छत के एक सुनसान कोने में कॉपी-पेंसिल लेकर मुंह गंभीर बनाए बैठा रहता था। उसे खाने-पीने की बात याद नहीं रहती थी। बहुत बुलाने पर वह नीचे उतरता था। उसकी इस दिमागी खुराफात को देखकर अघोरमयी डरती हुई कहने लगीं—'यह इस घर का ही दोष है। मेरे हारान ने इसी लिखाई-पढ़ाई के पीछे अपनी जान गंवाई। देखती हूं, इसे भी वही बीमारी लगी है—न भई, यह पराया लड़का है...'

किरणमयी सब कुछ देख रही थी, हंसकर बोली—'ऐसी चिंता मत करो, मां। उसने पढ़ाई-लिखाई में मन लगाया है। पढ़ाई-लिखाई में मन लगाने से उम्र घटती नहीं, बल्कि बढ़ती है।

उसके कुछ ही दिन बाद 'चन्द्रोदय' में 'जहरीली छुरी' नामक एक कहानी छपी। 'सूर्योदय' पत्रिका में उसकी समीक्षा करते हुए लिखा गया कि बंगालियों के गौरव सुप्रसिद्ध नए लेखक दिवाकर वन्द्योपाध्याय द्वारा लिखित उस कहानी में प्रेम का बड़ा सुंदर चित्रण किया गया है।

इसके बाद इस प्रेम के सुन्दर चित्रण में क्या-क्या है और समीक्षक पढ़ते-पढ़ते कैसे अपने आंसुओं को नहीं रोक सके थे और एक और ऐसी कहानी देखने की आशा में वे कैसे उत्सुक हैं—अंत में उन्होंने इसका भी संकेत दिया था।

इस बेशर्म चापलूसी को खरा सच मानकर स्वीकार करने में दिवाकर ने जरा भी आना-कानी नहीं की। इसका कारण यह है कि वह उस बच्चे-जैसा नादान है जो अपनी मां की गोद से अलग होकर खड़ा भी नहीं हुआ है। यह उसकी नौजवानी है। इसी बीच वह अपने दो-चार प्रशंसक यार-दोस्तों की मदद से साहित्य की जड़ाऊ टोपी सिर पर पहन चुका था। 'सूर्योदय' के सम्पादक ने तो उसके गले में एक बिल्लौर की माला पहना दी।

साहित्य के इस अनोखे मुकुट को सिर पर पहनकर दिवाकर एक दिन सवेरे बड़े गर्व के साथ रसोईघर में जा पहुंचा। उसके हाथ में 'सूर्योदय' का वहीं अंक था, जिसमें उसकी कहानी की समीक्षा छपी थी। बोला—'भाभी, काम में बहुत मशगूल हो क्या?'

किरणमयी खाना बना रही थी, बोली—'नहीं तो, रसोई लगभग बन चुकी है। तुम्हारे हाथ में जो पत्रिका है, वह क्या सतीश की है?'

'ओ, यह? यह एक मासिक पत्रिका है—'सूर्योदय' नई-नई निकल रही है। बहुत अच्छी-अच्छी रचनाएं छपती हैं इसमें।'

किरणमयी 'सूर्योदय' के अस्तित्व से भी अवगत नहीं थी। आग्रहपूर्वक बोली—'सचमुच? तब तो मैं इसे एक बार देखूंगी।'

'अभी देखोगी?'

'नहीं, अभी नहीं—मेरे बिस्तर पर रख दो, दोपहर में देखूंगी।'

दोपहर में काम-काज और खाना-पीना खत्म हुआ तो किरणमयी 'सूर्योदय' को खोलकर बैठी। इधर-उधर निहारते-निहारते ठीक जगह पर उसकी नजर पड़ गई। दिवाकर बगलवाले कमरे में ही था। वह उठकर वहां गई और उससे बोली—'कहां दिवाकर, तुम्हारी वह कहानी 'जहरीली छुरी' कहां है? तुमने तो मुझे उसकी समीक्षा दिखाई थी। अब की बार असली चीज निकालो तो।'

दिवाकर लजाकर नम्रता से कहने लगा—'ओ! वह कहानी? वह कोई खास अच्छी कहानी नहीं है भाभी। वह यों ही जल्दबाजी में लिखी हुई कहानी है।'

किरणमयी हंसकर बोली—'जल्दबाजी में ही लिखी हुई सही। तुम मुझे उसे देखने दो।' इतना कहकर उसने खुद ही ढूंढ़-ढांढ़कर 'चन्द्रोदय' पत्रिका का वह अंक, जिसमें उसकी कहानी छपी थी, खींचकर बाहर निकाला और उसे खोलकर वहीं एक कुर्सी पर बैठ गई। वह चुपचाप उसे पढ़ने लगी।

मगर दिवाकर अपनी आशा और आकांक्षा को दबाकर एक किताब के पन्ने झूठमूठ में उलटने लगा। उसकी 'जहरीली छुरी' कहानी की सोलह वर्षीया नायिका बहुत सुंदर है। धनी जमींदार की बेटी होते हुए भी वह संयोगवश एक गरीब खूबसूरत युवक को प्यार कर बैठी। जमींदार को जब इसकी जानकारी मिली, तो उसने नायक विजयेन्द्र कुमार को गांव से निकाल दिया। लेकिन नगेन्द्रनंदिनी को कुछ भी मालूम नहीं था। वह वसंत ऋतु की शाम में मालती-कुंज में बैठकर अपने आप में खोई हुई माला गूंथ रही थी। उधर उसके रूप पर मुग्ध पूनम का चांद पेड़ की ओट से ताक-झांक कर रहा था, लेकिन आसमान में ऊपर जाने का साहस नहीं कर रहा था। यह कल्पना करके कि भोर हो चुकी है, कोयल बीच-बीच में कूक रही थी। मालती-कुंज के ऊपर लुब्ध भंवरे अपने गुंजार से नींद में डूबी मालती की नींद तोड़ रहे थे। ऐसे समय पता नहीं कौन धीरे-धीरे आया था! वह विजयेन्द्र है न? हां, वही तो है। मगर यह कैसा वेश है उसका? गेरुआ पहने, माथे पर भस्म रमाये, गले में रुद्राक्ष की माला! नगेन्द्रनंदिनी के हाथ से मालती की माला गिर गई। विजयेन्द्र करीब आया और गद्‌गद स्वर में बोला—'मैं गांव छोड़कर जा रहा हूं। मैं चला।'

नगेन्द्रनंदिनी के सिर पर जैसे वज्र गिरा। कलेजे में लाखों बिच्छुओं ने डंक मारा। लगा, उसके कलेजे के जैसे सौ टुकड़े हो गए हों। उसकी आंखों की चांदनी भी स्याही-सी लगी और कानों को कोयल की कूक उल्लू की बोली-सी। वह और खड़ी नहीं रह सकी। मूर्च्छित होकर जमीन पर गिर पड़ी।

यहां तक पढ़कर किरणमयी ने सहसा मुंह उठाया। बोली—'दिवाकर, तुम जरूर किसी को प्यार करते हो? है न?'

दिवाकर ने अचरज में पड़कर बोला—'मैं?'

'हां, तुम। गुप्त रूप से जरूर किसी को प्यार करते हो?'

अचानक ऐसा कलंक लगने से दिवाकर लाज के मारे हक्काबक्का हो गया। कुछ देर बाद वह संकुचित तथा व्यस्त होकर प्रतिवाद कर उठा—'मैं, छिः, राम-राम, कतई नहीं, हरगिज नहीं।'

'नहीं! दिवाकर, क्या कभी तुम्हें बिच्छू ने डंक नहीं मारा है?'

'नहीं, कभी नहीं।'

किरणमयी बोली—'अजीब बात है। क्या तुमने कभी किसी को डंक मारते भी नहीं देखा है?'

'नहीं, मैंने कभी किसी को डंक मारते भी नहीं देखा है।'

किरणमयी और अधिक अचरज में पड़कर बोली—'तुम्हें यह भी याद नहीं आ रहा है! कभी तुम्हारे कलेजे के भी सौ टुकड़े हुए हैं? तुमने कभी प्यार नहीं किया है। एक छोटा-सा बिच्छू भी तुमने अपनी आंखों से नहीं देखा है। तुम यह भी नहीं जानते कि वज्रघात का दर्द कैसा होता है? तब भी तुम्हें यह कैसे पता चला कि विरह ऐसा भयानक होता है?'

दिवाकर क्रमशः यह समझ रहा था कि किरणमयी उसे किस ओर धकेल रही थी, वह मुंह लाल कर बोला—'क्या यह नहीं जाना जा सकता है?'

किरणमयी बोली—'यह तो मैं नहीं जानती कि कैसे जाना जा सकता है।' लेकिन यह सही है कि सुनकर या किसी दूसरे की किताब से चुराकर लिखा जा सकता है।'

दिवाकर उत्तेजित हो उठा, बोला—'तो तुम यह कहना चाहती हो कि मैंने यह कहानी कहीं से चुराकर लिखी है?'

किरणमयी मुस्कुराती हुई बोली—'हां, मैं यही कहना चाहती हूं। यह तो सच है कि तुमने कहानी चुराई है। इसके अलावा तुम ऐसे अंधे हो कि तुम्हें यह नहीं पता चला है कि तुमने कहानी चुराई है। गुस्सा मत करो दिवाकर, लेकिन एक बिच्छू और वज्रघात के अलावा तुम्हारे हाथ में और कोई संबल नहीं है; इतनी

थोड़ी-सी पूंजी लेकर तुम समुद्र पार करोगे? उपन्यास लिखना इतना आसान नहीं है। तब तुम अगर छलांग लगाकर समुद्र पार करना चाहते हो, तो इसके लिए भी भगवान का आशीर्वाद चाहिए। ऐसे कोई समुद्र पार नहीं कर सकता।' इतना कहकर वह हंसने लगी।

यह अप्रत्याशित कटु बात सुनकर दिवाकर स्तंभित हो गया। उसे यह सोचते नहीं बना कि उसकी ऐसी छीछालेदर और नीरस व्यंग्य का क्या जवाब दे जिससे वह अब तक सिर्फ अच्छी बातें और चटखारेदार ठिठोलियां सुनता आया है। कुछ देर चुप रहकर वह धीरे-धीरे बोला—'तो क्या इतने लिखनेवालों में से सभी ने प्यार किया है या विरह का दुख सहा है? अगर इस आशा में कि कब विरह का दुख सहने को मिलेगा, बैठे रहना पड़े, तो देखता हूं, साहित्य को लेकर सोच-विचार करना ही छोड़ देना चाहिए।'

उसका जोश देखकर किरणमयी मुस्कुराती हुई बोली—'इसे साहित्य को लेकर सोच-विचार करना कहते हैं? इसे अनाधिकार सोच-विचार करना कहते हैं।' यह कहते-कहते उसके मुंह की मुस्कान अचानक बेहद कठोर हो उठी और अपनी बातें जैसे गोता लगाकर उसके कलेजे को आलोड़ित करके खून से भींगकर भारी और लाल होकर ऊपर आईं। उसने उदास मुंह से कहा—'आज तुम मेरी बात नहीं समझोगे, दिवाकर और आशीर्वाद देती हूं कि तुम्हें कभी यह समझना भी न पड़े। मगर मैं तो उम्र में तुमसे बड़ी हूं। मेरा इतना कहा मानना दिवाकर, जो तुम खुद नहीं समझते, उसे दूसरे को समझाने की झूठी कोशिश मत करना। जिसे तुम नहीं पहचानते, उसका ऐसा-वैसा परिचय दूसरे को मत देना।;

दिवाकर कुछ न बोला।

किरणमयी कुछ देर चुप रही, फिर खंखारकर गले को साफ करके बोली—'यह क्रोध या अभिमान की बात नहीं है दिवाकर, यह भाग्य की बात है, बहुत बड़े दुर्भाग्य की बात है। इस संसार में जिन दो-चार अभागों को इस निगूढ़ रहस्य का परिचय देने का सच्चा अधिकार प्राप्त है, यह भारी जिम्मेदारी उन्हीं के हाथों सौंपकर दूसरे काम में मन लगाओ, तो लाभ भी होगा और हानि भी कम होगी। बेकार छत के कोने में मुंह लटकाकर बैठे-बैठे कल्पना करने से लाभ न होगा, यह मैं तुम्हें निश्चित रूप से बता देती हूं। तुम अपने जैसे अनाड़ी को तांबे पर सोने का मुलम्मा चढ़ा फुसला सकोगे, लेकिन जिस व्यक्ति ने जल-जलकर सोने का रंग पहचाना है, इस दुःख के कारोबार में जिसकी लुटिया डूब चुकी है, उसे तुम कैसे धोखा दोगे दिवाकर?'

दिवाकर ने नरम होकर कहा—'तो क्या कल्पना का कोई अस्तित्व नहीं है?'

किरणमयी बोली—'मैं तो यह नहीं कहती कि कल्पना का कोई अस्तित्व नहीं है। लेकिन कोरी कल्पना यद्यपि आकार दे भी सकती है, पर जान नहीं डाल सकती। वह उड़ान भर सकती है, पर राह नहीं दिखा सकती। जब तक राह देखने की रोशनी का पता तुम्हें नहीं मिलता है तब तक तुम्हारा बिच्छू सिर्फ तुम्हें ही डंक मारेगा; किसी दूसरे के बदन में वह अपना डंक चुभो नहीं सकेगा।'

उसकी आखिरी बात सुनकर दिवाकर मन-ही-मन आग-बबूला हो उठा और मुंह लटकाए बैठा रहा।

यह देखकर किरणमयी फिर से मंद-मंद मुस्कुराई और बोली—'लेकिन मैं यह सोच रही हूं दिवाकर कि तुम्हारे 'चन्द्रोदय' के समीक्षक के अपने आंसू न रोक पाने का कारण क्या है! नगेन्द्रनंदिनी तो अंत में जहर खाकर नहीं न मरी?'

क्रुद्ध दिवाकर ने कोई जवाब नहीं दिया।

किरणमयी ने कहानी के आखिरी हिस्से पर कुछ देर नजर दौड़ाई और बोल उठी—'यह रहा।' इतना कहकर वह जोर-जोर से पढ़ने लगी—'यह किसका शव श्मशान लाया जा रहा है। किस चीज के पीछे ये अनगिनत लोग अपनी छाती पीटने-पीटते आगे बढ़ रहे है? किसके शोक में राजाओं-सा महाप्रतापी जमींदार पागल-जैसा हो रहा है? आह! यह कैसा करुण और हृदयविदारक दृश्य है! विजयेन्द्र धीरे-धीरे उसी ओर आगे बढ़ने लगा। '

किरणमयी और नहीं पढ़ सकी। हंसती हुई 'चन्द्रोदय' की वह प्रति दिवाकर के ऊपर फेंक दी और बोली—'दिन ढल गया, चलूं, तुम्हारे लिए खाना बना दूं। यह कहकर वह हंसते-हंसते चली गई।'

31

पांच-छह दिन बाद दोपहर के वक्त दिवाकर ने किरणमयी के कमरे में घुसकर पता नहीं किस चीज से जरा अचंभे में पड़कर देखा कि वह फर्श पर बैठकर अत्यंत दत्तचित्त होकर हाथ की लिखी मूल संस्कृत रामायण पढ़ रही है। दिवाकर यह तो जानता था कि किरणमयी साधारण गृहस्थ घरों की औरतों से ज्यादा पढ़ी-लिखी है और बंगला-अंग्रेजी दोनों ही भाषाओं को अच्छी तरह जानती है, लेकिन दिवाकर

ने सपने में भी ऐसा नहीं सोचा था कि वह हाथ की लिखी संस्कृत की पांडुलिपि भी पढ़ सकती है। पलक झपकते वह विस्मय और श्रद्धा से झुककर वहीं बैठ गया।

किरणमयी ने हाथ के पन्ने को, जहां से उठाया था, वहीं रख दिया और मुंह उठाकर बोली—'अचानक ऐसे बेवक्त में आए, क्या बात है?'

दिवाकर ने जरा संकुचित होकर कहा—'मैंने यह नहीं सोचा था कि तुम पढ़ रही होगी। मैंने सोचा कि तुम शायद...'

'मैं सो रही हूंगी। तो यह सोचकर कि एकांत है, चलो, उसे जगा दूं। इसीलिए मुझे जगाने आए हो।'

दिवाकर ने शर्म से लाल होकर कहा—'मैं यह कह देता हूं भाभी कि जब-तब तुम ऐसी दिल्लगी करोगी तो मैं घर छोड़कर भाग जाऊंगा।'

किरणमयी ने हंसकर कहा—'भाग जाऊंगा', कहने से ही क्या भागा जा सकता है दिवाकर? भूल-भुलैया से बाहर निकलने की राह मालूम होनी चाहिए। अच्छा, बैठो-बैठो, गुस्सा करके अब उठने की जरूरत नहीं। मैंने सोचा था दिवाकर कि 'जहरीली छुरी' के बाद दरवाजा बंद करके तुम शायद कोई बड़ा-सा हथियार बना रहे हो। इसीलिए मैंने भी तुम्हें नहीं बुलाया था, वरना मुझे भी क्या दोपहर के वक्त रामायण पढ़ना अच्छा लगता है?'

दिवाकर ने पूछा—'रामायण की कथा पर तुम विश्वास करती हो?'

किरणमयी ने कहा—'हां, करती हूं।'

दिवाकर ने बेहद अचरज में पड़कर कहा—'लेकिन वास्तव में इसमें इतने झूठ, इतनी असम्भव बातें, इतने क्षेपक हैं कि उन पर विश्वास नहीं किया जा सकता।'

किरणमयी ने जरा हंसकर पांडुलिपि को हाथ से धकेलकर कहा—'यह रहा मूल ग्रंथ। इसमें से प्रक्षिप्त अंश को निकाल दो तो देखूं?'

दिवाकर ने शर्मिंदा होकर कहा—'मैं कैसे प्रक्षिप्त अंश ढूंढ़ निकालूंगा, भाभी! मैं तो संस्कृत नहीं जानता।'

किरणमयी ने कहा—'तुम नहीं जानते हो, इसीलिए तुम्हारे मुंह से चट-से ऐसी बात निकली। ज्ञान के अभाव में ही अज्ञान आ जाता है। इसी का नतीजा है कि आदमी जो नहीं जानता, उसी को दूसरे को बढ़ा-चढ़ाकर बताना चाहता है। जो नहीं समझता है, उसी को बढ़ा-चढ़ाकर समझाना चाहता है। यह बुरी आदत छोड़ दो तो...'

दिवाकर बेहद संकुचित हो गया। यह बात कहने का उसका कोई खास मकसद नहीं था। उसने सोचा था कि धर्म-ग्रन्थ के प्रति अश्रद्धा और अविश्वास दिखाने से भाभी खुश होगी।

किरणमयी ने जरा मुस्कुराकर कहा—'लिखना कैसा हो रहा है?'

दिवाकर ने कहा—'मैं तो अब लिखता नहीं हूं।'

किरणमयी अत्यन्त विस्मय का भाव दिखाती हुई बोली—'तुम अब नहीं लिखते हो? यह तुम क्या कह रहे हो, दिवाकर? मगर तुमने जो कहानी लिखी थीं वह तो बुरी नहीं थी। तुमने लिखना क्यों छोड़ा, बताओ तो?'

दिवाकर बोला—'तुम मुझे क्यों शर्मिंदा करती हो भाभी? उसके बाद मैंने बहुत सोचकर देखा है, तुम्हारा कहना सही है। मेरी वह रचना, भले ही दूसरे की रचना से चुराई हुई न हो, उसकी नकल तो है ही। यह सच है कि मैं प्यार के बारे में क्या जानता हूं कि उसके बारे में इतनी बातें लिख डालीं। इसीलिए अब मैं और नहीं लिखता, सिर्फ सोचता हूं।'

'तुम सिर्फ सोचते हो? अच्छा, बताओ तो, तुम दिन-रात क्या सोचते हो? मेरे बारे में तो नहीं न सोचते हो?'

दिवाकर ने इस बात पर ध्यान न देकर कहा—'हालांकि मैं देख रहा हूं कि उपन्यास लिखने के झोंक को भी मैं टाल नहीं सकूंगा। आज इसीलिए यही सोचकर मैं यहां आया कि तुमसे कुछ सीखूंगा।'

किरणमयी ने कहा—'मगर मुझसे तुम क्या सीखोगे—प्यार करना?'

दिवाकर ने प्रबल लज्जा को किसी तरह दबाया और गंभीर होकर बोला—'मैं तुमसे सब कुछ सीखूंगा, जरूरत पड़ेगी तो उसे भी सीखूंगा।'

किरणमयी अपने चेहरे पर बनावटी गंभीरता लाई और बोली—'मगर इसमें एक गड़बड़ी है, दिवाकर। मुझे पकड़कर तुम प्यार करना सीखना चाहोगे, तो लोग क्या कहेंगे?'

दिवाकर झट से उठ खड़ा हुआ। बोला—'जाओ, मैं नहीं बात करता। मैं जा रहा हूं। तुम तो सिर्फ दिल्लगी करती हो।'

किरणमयी ने तपाक से उसका हाथ पकड़ लिया और मुंह को दबाकर मुस्कुराती हुई बोली—'तो तुम यही साफ-साफ कहो न कि तुम दिल्लगी नहीं चाहते, सचमुच चाहते हो।'

दिवाकर ने बड़े जोर से अपना हाथ खींच लिया और जल्दी से बाहर निकल गया।

किरणमयी ने मन-ही-मन हंसकर अपनी पांडुलिपि बंद की। उसके बाद उसे जहां से उठाकर लाई थी, वहीं रख दिया और कुछ देर बाद दिवाकर के कमरे में आ घुसी।

दिवाकर मुंह लटकाए खिड़की के बाहर देखता हुआ चुपचाप बैठा था। किरणमयी ने कहा—'गुस्सा करके भाग क्यों आए, बताओ तो?'

दिवाकर ने बिना मुंह घुमाए ही कहा—'यह सब हंसी-मजाक मुझे अच्छा नहीं लगता।'

किरणमयी पल-भर चुप रहकर मीठे स्वर में बोली—'तुम तो मेरे देवर लगते हो दिवाकर! तुम्हारे साथ तो मेरा हंसी-मजाक का नाता है। यह सब किए बिना मैं जिंदा कैसे रहूंगी, बताओ तो भई।'

इस स्नेह भरे कोमल स्वर से दिवाकर का गुस्सा शांत हो गया। आज सहसा पहली बार उसे यह लगा कि सचमुच मेरे शर्मिंदा होने की तो कोई वजह नहीं थी। हम लोगों का नाता तो हंसी-मजाक का नाता है?'

यह बात झूठी भी नहीं कि बंगाली समाज में देवर-भाभी में एक मधुर हंसी-मजाक का सम्बन्ध प्रचलित है और ठीक किस जगह पर जाकर इसकी सीमा-रेखा पहुंच गई है, यह भी बहुतों को नजर में नहीं आता। और नजर आवे, इसकी जरूरत भी नहीं समझते हैं। लेकिन इस निर्दोष हंसी-मजाक की अधिकता से कभी-कभी विष के कितने बीज झड़ पड़ते हैं। अनदेखे-अनजाने, वही बीज अंकुरित होकर विषवृक्ष में बदल जाते हैं, और किसी समय समूचे पारिवारिक बंधन को कलुषित कर देते हैं, इसका हिसाब कितने लोग रखते हैं?

दिवाकर ने मुंह घुमाकर अभिमान के सुर में कहा—'मैंने तुमसे सीखना चाहा, और तुम हो कि तुमने ठट्ठा-मसखरी करके मुझे भगा कर ही दम लिया।'

किरणमयी ने बिस्तर के एक छोर पर बैठकर कहा—'तुमने मुझसे क्या सीखना चाहा था?'

दिवाकर ने कहा—'वही जो मैंने कहा था कि कहानी लिखने की सनक को मैं हरगिज टाल नहीं सकूंगा। इसीलिए मैंने सोचा था कि तुम मुझे कहानी लिखना सिखा दोगी। तुम मुझे बताती जाओगी और मैं लिखता जाऊंगा।'

किरणमयी मुस्कुराती हुई बोली—'वह तो मेरी ही लिखी कहानी मानी जाएगी, दिवाकर।'

'वह तुम्हारी लिखी मानी जाएगी, तो मानी जाएगी, लेकिन मैं तो कहानी लिखना सीख जाऊंगा। सिर्फ कहानी का कथानक जानने से तो कुछ नहीं होता है। उसे जाहिर करने की ताकत भी तो होनी चाहिए।'

'सो तो चाहिए ही। लेकिन क्या जाहिर करोगे, सुनूं तो सही दिवाकर?'

'यही तो तुम मुझे बता दोगी भाभी।'

किरणमयी फिर से मुस्कुराकर बोली—'तब तो तुम किसी दूसरे को पकड़ो दिवाकर। यह काम मेरा नहीं है। पानी की मछली यदि यह समझना चाहे कि

आदमी रेगिस्तान में कैसे प्यासा मरता है, तो दूसरे आदमी की जरूरत है। यह मेरी समझ-बूझ के परे की बात है।'

दिवाकर ने कुछ देर तक चुप रहकर कहा—'यह सच है कि रेगिस्तान के बारे में मैं कुछ नहीं जानता, मगर मैं पानी में रहनेवाला जीव भी नहीं हूं। तुम लोगों की तरह जब मैं जमीन पर रहनेवाला हूं, तब मैं यह भी जानता हूं कि प्यास क्या होती है। तुम मुझे एक बार बताकर देखो न कि मैं समझ सकता हूं या नहीं।'

किरणमयी कुछ नहीं बोली, सिर्फ मुस्कुराती हुई निहारती रही।

दिवाकर मिनट-भर स्थिर रहकर बोला—'तुम इतनी देर तक रामायण पढ़ रही थीं भाभी, मैं उसी रामायण की बात कहता हूं। सीता के रूप की आग में जलकर रावण सपरिवार मर मिटा, नारी का यह रूप क्या चीज है? और अकेला रावण ही नहीं, ऐसे बहुत-से रावणों का वर्णन इतिहास में है। कवि रूप की प्यास का वर्णन करते हैं। तुमने भी ऐसी ही उपमा दी। तुम यह मत सोचना भाभी कि मैं तुमसे बहस कर रहा हूं। मैं जानता हूं कि तुम्हारे पैरों के पास बैठकर बहुत दिनों तक सीख सकता हूं। मैं सिर्फ यह जानना चाहता हूं कि इसे प्यास क्यों कहा जाता है? पानी को देखने से भी कुछ लोगों को प्यास नहीं लगती है तब रूप देखने से ही आदमी को प्यास क्यों लगेगी?'

किरणमयी मुंह उठाकर अचानक हंस पड़ी और बोली—'प्यास लगती है क्या दिवाकर?'

इस हंसी और प्रश्न का सही मतलब न समझ पाने की वजह से दिवाकर कुछ पल के लिए हक्काबक्का हो गया, मगर दूसरे ही पल उसने अपने आपको संभाल लिया और जोर लगाकर बोल उठा—'जरूर लगती है।'

उसका संकुचित साहस पल-पल हंसी-मजाक के भीतर से होकर इस बीच सिर झटककर कितना ऊपर आ गया था, इसे वह खुद भी नहीं जानता था। बोला—'प्यास नहीं लगती तो दुनिया के बड़े-बड़े कवि न शकुंतला ही लिखते, न रोमियो-जूलियट ही। इसीलिए तो मैं यह जानना चाहता हूं भाभी कि नारी का यह रूप दरअसल क्या चीज है और प्यार ही भला उसके साथ ऐसे घनिष्ठ रूप से लिपटा क्यों रहता है?'

किरणमयी ने गम्भीर होकर कहा—'नहीं, तुम्हारी हालत उतनी बुरी नहीं है।'

दिवाकर दुखी होकर बोला—'अगर सभी बातों को तुम सिर्फ हंसकर उड़ा दोगी, तो खैर छोड़ो। मैं अब तुमसे कुछ भी नहीं पूछूंगा।'

उसका मुंह लटका देखकर किरणमयी विषाद का स्वांग रचती हुई बोली—'मैं ठहरी मूर्ख औरत दिवाकर। मैं इन सारी बड़ी-बड़ी बातों के बारे में क्या जानूँगी, बताओ तो—'तुम गुस्सा क्यों कर रहे हो?'

दिवाकर को उस दिन की बात याद आई, जिस दिन वेद के प्रति अवज्ञा-भरी उक्ति सुनकर उसने कानों में उंगलियां डाल ली थीं। उसने कहा–'मैं जानता हूं भाभी, तुम भारी पंडित हो। तुम चाहोगी तो तुम सभी विषय मुझे समझा सकती हो।'

किरणमयी ने कहा–'मैं तुम्हें समझा सकती हूं? अच्छा, तब अगर मैं यह कहूं कि नारी का रूप एक वहम-भर है, तो दरअसल यह कुछ भी नहीं है। मृगमरीचिका की तरह झूठा है, तो तुम उसे विश्वास करोगे?'

दिवाकर ने कहा–'नहीं। इसका कारण यह है कि मरीचिका भी झूठा नहीं है; चाहे वह जो है, है तो। आइने में आदमी की परछाईं पड़ती है। वह परछाईं है, आदमी नहीं है, यह तो सच्चाई है। परछाईं को आदमी मानकर पकड़ने की कोशिश करना गलत है। लेकिन रूप तो वैसी किसी चीज की परछाईं नहीं है। सांप को रस्सी समझकर पकड़ने की कोशिश करना गलत है। मरीचिका को भी पानी मानकर उसे हासिल करने की कोशिश करना गलत है। लेकिन रूप के पीछे तो आदमी निरे रूप की प्यास की वजह से ही भागा जाता है, भाभी।'

किरणमयी ने कहा–'दिवाकर, अभी-अभी तुमने एक उपमा दी थी कि आइने में आदमी की परछाईं दिखती है, आदमी नहीं। जिस दिन तुम यह समझोगे कि रूप आदमी का परछाईं है, आदमी नहीं है, सिर्फ उसी दिन तुम्हें प्यार का पता मिलेगा। मगर छोड़ो इसे। मैं यह पूछती हूं कि आखिर रूप के पीछे ही आदमी क्यों भागा जाता है?'

'यह तो मुझे नहीं मालूम। भ्रमर को भी छोड़कर गोविन्दलाल रोहिणी के पीछे भागा गया था, यह मुझे बहुत अजीब लगता है।'

'लेकिन उसका नतीजा क्या हुआ?'

'नतीजा चाहे जो भी हो भाभी, इसका फैसला करने की जिम्मेदारी आदमी के हाथ में नहीं है। रोहिणी में रूप था, गुण नहीं था। मगर यह नहीं कहा जा सकता कि रोहिणी में रूप के साथ गुण होता तो गोविन्दलाल का क्या होता!'

किरणमयी चुप रही। इस बी.ए. फेल लड़के के प्रति मन-ही-मन उसे श्रद्धा नहीं थी। यह सिर्फ इसलिए नहीं कि वह बी.ए. में फेल हो गया था, वह पास भी करता, तो भी वह सोचती कि ये लोग पढ़ाई याद करके पास कर सकते हैं, और कुछ नहीं कर सकते। लेकिन उसकी ऐसी धारणा नहीं थी कि जरूरत पड़ने पर इन लोगों का शिक्षित मन बहस करने में भी सक्षम है। बोली–'रूप परछाईं नहीं है, यह बात निःसंदिग्ध रूप से मत मान बैठना। चाहे जो भी हो, मैं तुमसे पूछती हूं दिवाकर, ये सारी बातें, जो तुम कह रहे हो, खुद तुम्हारी सोची हुई हैं या किसी की बताई हुई?'

दिवाकर ने मंद-मंद मुस्कुराकर कहा—'नहीं, भाभी, ये सारी बातें खुद मेरी सोची हुई हैं। बचपन से ही भगवान ने मुझे सोचने की सुविधा दी थी।'

किरणमयी ने पल-भर चुप रहकर कहा—'हालांकि इतनी सुविधाओं में भी तुम्हें रूप का सिद्धांत ढूंढ़े नहीं मिला। लेकिन आश्चर्य की बात यह है कि सतीश ने भी मुझसे ठीक यही बात एक दिन पूछी थी, और भी एक व्यक्ति ने पूछा था, और आज तुम भी पूछ रहे हो। मैं सोचती हूं, मेरा रूप देखकर ही क्या तुम लोगों को यह प्रश्न याद आता है?'

दिवाकर अचानक चौंक उठा। मारे शर्म के उसका दिमाग फटने लगा। वह मुंह नीचा करके बोला, 'मैं यह नहीं जानता था, भाभी। तुम मुझे माफ करो।'

किरणमयी मुस्कुराती हुई बोली—'एकाध बार नहीं भई, तुम्हें मैंने सैकड़ों बार माफ किया।' इतना कहकर वह कुछ देर चुप रही और अपने मन में आई एक दुविधा को जोर से धकेलकर बाहर निकाल दिया तथा अपनी अनुपम सुन्दर गर्दन को थोड़ी-सी ऊंची करके न जाने कैसे एक मृदु और करुण सुर में कहने लगी—'दिवाकर, आज तुमने जितनी बातें मुझसे पूछी हैं, उन सब बातों का सही-सही जवाब अगर मैं देना चाहूं तो वे बातें तुम्हें मेरे घमंड-जैसी लगेंगी। इसे तुम्हें भूलना होगा, वरना अपनी गलती से मुझे गलत समझकर तुम सब कुछ गड्डमड्ड कर डालोगे। मेरी बात तुम्हारी समझ में आ रही है दिवाकर?'

दिवाकर ने चुपचाप गर्दन हिलाई।

किरणमयी पल-भर स्थिर रहकर कहने लगी—'मेरे शरीर का यह रूप सिर्फ मर्दों की नजर में नहीं, मेरी अपनी भी नजर में एक अजीब चीज है। इसीलिए इसके बारे में मैंने बहुत सोचा है। मैंने जो सोचा है, हो सकता है, वही ठीक हो। हो सकता है, वह ठीक न हो। मगर वह चाहे जो भी हो, अपने इस सोच के बारे में जब एक और देवर को बताने में मैं नहीं शरमाई थी तब तुम्हें बताने में भी मैं नहीं कतराऊंगी। जब मैं अपने आपको देखती हूं तब मुझे क्या लगता है, जानते हो? लगता है, मां बनने के लिए जो सबसे ज्यादा उपयोगी गुण है, वही है नारी का रूप। इसीलिए सारी दुनिया के साहित्य में नारी के रूप का वर्णन किया गया है।'

दिवाकर निस्तब्ध होकर निहारता रहा। किरणमयी को लगा कि दिवाकर के स्तब्ध चेहरे पर नई जवानी की उभरती भूख-सी छा गई है। इसलिए वह संकोच के साथ पल-भर के लिए रुक गई। पर दूसरे ही पल अपने संकोच को हिम्मत के साथ दूर करके बोली—'वास्तव में दिवाकर, यहीं रूप की एक सीमा-रेखा खींच जाती है। इसीलिए नारी का बाल्य रूप यद्यपि आदमी को आकर्षित करता है, पर

उसे दीवाना नहीं बनाता। सोचकर देखो दिवाकर, यह हालत सिर्फ नारी की ही नहीं होती, पुरुषों की भी होती है। जब तक नारी संतान पैदा कर सकती है तभी तक उसका रूप है। यह संतान पैदा करने की शक्ति ही उसका रूप है, उसका यौवन है। यह संतान पैदा करने की इच्छा ही उसका प्रेम है।'

दिवाकर ने धीरे-धीरे कहा–'लेकिन...'

किरणमयी उसे बीच में ही टोककर बोल उठी–नहीं, इसमें लेकिन के लिए कोई जगह नहीं है। सारी दुनिया में, जिधर तुम्हारी मर्जी हो, नजरें उठाकर देखो, यही सिलसिला जारी है दिवाकर! सृष्टि के सिद्धांत की मूल बातों को अपने सिरजनहार के लिए छोड़ दो। मगर इस सिलसिले की तरफ एक बार नजरें उठाकर देखो। तुम्हें दिखाई पड़ेगा, इसका हर अणु-परमाणु निरंतर अपने आपको नए सिरे से गढ़ना चाहता है। कैसे वह अपने आपको विकसित करेगा, कहां जाने से, किसके साथ घुलने-मिलने से, क्या करने से वह और भी सबल, और भी उन्नत होगा–'इसी के लिए वह अथक कोशिश करता रहता है और छिपे तौर पर अंदर-बाहर प्रकृति में इसीलिए रोज बदलाव हुआ करता है और इसीलिए जब पुरुष को नारी में ऐसा कुछ दिखाई पड़ता है जिसे देखकर उसे यह लगता है कि नारी के साथ मिलने से वह अपने आपको और भी सुंदर, और भी सार्थक बना सकेगा तब वह जाने-अनजाने नारी के पास आने का लोभ हरगिज नहीं रोक सकता है।'

दिवाकर ने धीरे-धीरे कहा–'तब तो चारों ओर ही मार-काट मच जाती!'

किरणमयी बोली–'इस वजह से बीच-बीच में मार-काट मच ही जाती है। आदमी में लोभ को दबाने की शक्ति है, समझने की पाबंदियां हैं, इतनी सारी रोकथाम करनेवाली शक्तियां हैं, इसलिए चारों ओर एक साथ आग नहीं लग सकती है। हालांकि समाज बनाकर रहनेवाले इसी आदमी के लिए ऐसा एक दिन था जब वह अपनी वासना-पूर्ति की इच्छा को सबसे ज्यादा तरजीह देता था। इस सिलसिले में वह कोई पाबंदी नहीं मानता था। रूप पर लट्टू हुए उस आदमी की वासना-पूर्ति की प्रबल इच्छा ही थी–उसका प्रेम। ऐसे ठगे-से रहकर मत देखो दिवाकर, इसी वासना-पूर्ति की इच्छा को शराफत का जामा पहना देने से ही उपन्यास का निखालिस प्यार बन जाता है।'

दिवाकर स्तंभित होकर बोला–'कहां पाशविक वासना-पूर्ति की इच्छा और कहां स्वर्गिक प्रेम का आकर्षण! जिस आदमी के मन में पाशविक वासना भरी हुई है वह शुद्ध, निर्मल और पवित्र प्रेम की मर्यादा को क्या समझेगा? यह चीज उसे कहां मिलेगी? तुम किसके साथ किसकी तुलना कर रही हो भाभी?'

'मैंने किसी के साथ किसी की तुलना नहीं की है, भई। मैं सिर्फ यही कह रही हूं कि दोनों एक ही चीज हैं। दिवाकर, इंजन जो चीज उसे आगे ले जाती है वही चीज उसे पीछे ले जा सकती है। दूसरी कोई चीज ऐसा नहीं कर सकती है। जो प्यार कर सकता है सिर्फ वही सुन्दर-असुन्दर सभी प्यार में अपने आपको डुबो सकता है। दूसरा कोई ऐसा नहीं कर सकता। तुम गोविन्दलाल की बात कह रहे थे उसकी जिस चीज ने भ्रमर को प्यार किया था, ठीक वही चीज उसे रोहिणी की ओर खींच ले गई थी। लेकिन हरलाल ऐसा नहीं कर सका था। उसने दुनियादारी के अच्छे-बुरे, कर्तव्य-अकर्तव्य के बारे में सोच करके आत्मसंयम किया था, मगर गोविन्दलाल आत्मसंयम नहीं कर सका। हालांकि बतौर आदमी हरलाल गोविन्दलाल से अच्छा नहीं था, बल्कि बहुत बुरा था। तब भी उसने जिसे नफरत से छोड़ दिया था, दूसरे ने उसी को सिर पर चढ़ा लिया।'

'यह सिर पर चढ़ा लेना तरह-तरह के कारणों से बेकार और नाकाम भी हो सकता है। मगर सारे दुख, ग्लानि और शर्म के सिवा एक बड़ी सार्थकता का संदेश एक आदमी को दूसरे के पास खींच ले सकता है, ऐसा भी तो कोई जबरन कर नहीं सकता है, भई।'

दिवाकर क्षोभ के साथ बोला—'तुम्हारी सभी बातों को यद्यपि मैं समझ नहीं सका हूं, लेकिन पवित्र प्रेम स्वर्गिक नहीं है, ऐसी अजीब बात मैं हरगिज नहीं मान सकता भाभी।'

किरणमयी ने कहा—'तुम्हारे न मानने पर तो कुछ भी निर्भर नहीं करता दिवाकर! हम लोगों का यह शरीर भी तो बिलकुल नश्वर है, यह बिलकुल ही पार्थिव वस्तु है, लेकिन इसमें तो मैं कोई दुःख का कारण नहीं देखती हूं। शिशु जन्म लेने के बाद जब तक अपने जड़ शरीर में वासना उत्पत्ति की शक्ति का संचय नहीं करता है तब तक प्रेम का सिंहद्वार उसके आगे बंद ही रहता है। वह उस सिंहद्वार को वासना-पूर्ति की इच्छा से लांघ जाता है। उसके पहले वह अपने मां-बाप को, भाई-बहन को प्यार करता है, यार-दोस्तों को भी प्यार करता है लेकिन जब तक उसका पंचभूत का शरीर बड़ा नहीं हो जाता, तब तक तुम्हारे स्वर्गिक जानकारी का अधिकार उसको नहीं मिलता है, तब तक स्वर्गीय आकर्षण उसे तिल भर भी टस से मस नहीं कर सकता। धरती का आकर्षण तो हमेशा से है, लेकिन उस आकर्षण से पेड़ का पका फल ही जमीन पर गिरता है, कच्चा फल नहीं गिरता। उसका छिलका और गूदा धरती के रस से ही पकता है, स्वर्गिक रस से नहीं पकता। सुन्दर फूल, रूप, गंध और मधु से मधुमक्खियों को

खींच लाता है और फल में बदल जाता है। फिर वही फल ठीक समय पर जमीन पर गिरकर अंकुर में बदल जाता है। यही है उसका स्वभाव, यही उसकी वासना है और यही उसका स्वर्गिक प्रेम। दुनिया भर में यह उत्पत्ति और रूप का चलता अटूट खेल स्वर्गिक नहीं है। इसलिए इसमें दुख पाने या शरमाने की कोई भी बात मैं तो नहीं देखती।' थोड़ी देर रुककर किरणमयी बोली—'अगर वास्तव में तुम्हें अंधेरे में भूत के डर से आंखें मूंद करके ही आराम मिलता है, तो मैं तुम्हें आंखें खोलकर देखने के लिए नहीं कहूंगी, मगर वासना-पूर्ति की इच्छा नहीं चाहिए, स्वर्गिक प्रेम का आनन्द चाहिए—'प्रेम का कारोबार इतना आसान नहीं है।'

दिवाकर ने प्रश्न किया—'तब दुनिया में पवित्र प्रेम और घृणित प्रेम—ये दो तरह के प्रेम क्यों हैं?'

किरणमयी हंस पड़ी। बोली—'तुम्हारा यह तर्क तो ठीक सतीश के तर्क जैसा है। इसलिए ये हैं कि दुनिया में इन दोनों को रहना चाहिए। इसीलिए ये हैं कि आदमी में वासना नामक चीज शायद नहीं है। जिसे तुम घृणित प्रेम कहते हो, दरअसल वह नासमझी है यानी जिसे प्यार नहीं करना चाहिए था, उसे ही प्यार करना। अपनी असावधानी के चलते पेड़ से गिरकर अपने हाथ-पांव तोड़ लेने का दोष गुरुत्वाकर्षण को देना और प्रेम को गंदा और घृणित कहना दोनों एक ही बात है। दिवाकर, इसी तरह से दुनिया में एक का गुनाह दूसरे के मत्थे मढ़ दिया जाता है।' इतना कहकर किरणमयी चुप होकर अपने मन के अन्दर गहरे उतरकर न जाने क्या देख आई। दूसरे ही पल बोली—'तुमसे मैंने पहले ही कहा है कि जीव का हर अणु, परमाणु, खून की हर बूंद अपने अच्छे से अच्छे नतीजे के बीच विकसित होने का लोभ हरगिज नहीं रोक सकती है। जिस शरीर में वह पैदा होती है उसी शरीर के अन्दर जब उसके नतीजे की निर्धारित सीमा खत्म हो जाती है तब वही है उसकी यानी जीव की जवानी। तभी वह दूसरे शरीर के मिलन से और ज्यादा सार्थक होने के वास्ते धमनियों में क्रान्ति का जो तांडव नृत्य करता है, उसी को पंडितों के नीतिशास्त्र में पाशविक कहकर घृणित बताया गया है, इसका सही मतलब न समझ पाने की वजह से हक्काबक्का पंडितों का समूह इसे घृणित कहता है। बीभत्स कहता है, और खुद अपनी पीठ थपथपाता है। मगर आज मैं तुमसे निश्चित रूप से यह कह रही हूं, दिवाकर कि इतना बड़ा आकर्षण किसी भी सूरत में ऐसा हीन और घटिया दर्जे का नहीं हो सकता है। यह सच है। धूप की भांति है। ब्रह्मांड के आकर्षण की नाईं सच है। कोई भी प्रेम कभी घृणा की चीज नहीं हो सकता।'

उसकी यह बात सुनकर दिवाकर सचमुच ही विह्वल हो उठा। उसके कलेजे के अन्दर न जाने कैसी सिहरन होने लगी। ऐसी उत्तप्त और तीव्र आवाज तो उसने कभी नहीं सुनी थी, ऐसी उत्तप्त और उग्र चितवन भी उसने कभी नहीं देखी थी।

डरते-डरते उसने पुकारा—'भाभी!'

'क्या है दिवाकर?'

'मुझ-जैसे बेवकूफ को नसीहत देने में शायद तुम्हें धीरज नहीं रहता।'

'यह तुम क्या कह रहे हो दिवाकर! मुझे तो बड़ा अच्छा लग रहा है।'

दिवाकर ने जरा हंसने की कोशिश करके कहा—'तुम्हें अच्छा लगता, तो तुम्हारे मुंह से ऐसी उल्टी-सीधी बात नहीं निकलती। अभी-अभी खुद तुम्हीं ने कहा कि जिसे प्यार नहीं करना चाहिए था, उसी को प्यार करने का दूसरा नाम है घृणित प्रेम। फिर कह रही हो कि इसका सही मतलब न समझ पाने की वजह से ही विद्वानों का समूह इसे बुरा कहता है। तब दोनों में से कौन-सा सही है?'

किरणमयी तुरत बोली—'दोनों ही सही हैं।'

'गोविन्दलाल ने विधवा रोहिणी को प्यार किया था, क्या यह उसने अच्छा काम किया था?'

'प्यार करना क्या कोई काम है कि यह कहा जाए कि यह अच्छा है या बुरा? वह अपनी पत्नी को छोड़कर चला गया था। यह उसने बुरा काम किया था।'

दिवाकर फिर एक बार उत्तेजित हो उठा। बोला—'अपनी पत्नी को छोड़कर चला जाना तो जरूर ही बुरा है। बहुत-बहुत बुरा है। मगर अपनी पत्नी को छोड़कर किसी दूसरी औरत को मन-ही-मन प्यार करना भी क्या एकदम बुरा नहीं है?'

उसकी उत्तेजना पर किरणमयी हंसने लगी। बोली—'दिवाकर, अपने आपको इतना ताकतवर नहीं समझना चाहिए। घमंड जरा कम हो, तो अच्छा है। तुम क्या यह सोचते हो कि चाहे तो आदमी, जो मर्जी, कर सकता है? तुम्हारा क्या यह मानना है कि गोविन्दलाल चाहता तो रोहिणी को प्यार कर सकता था या चाहता तो वह रोहिणी को प्यार नहीं भी कर सकता था?'

'नहीं, नहीं, मेरा यह मानना नहीं है। इच्छा के साथ कोशिश भी होनी चाहिए।'

किरणमयी बोली—'फिर उसके साथ ताकत या कमजोरी होनी चाहिए। सिर्फ कोशिश करने से ही कुछ हासिल नहीं होता है। उस छत के कोने में बैठे-बैठे अगर

तुम्हारे सिर पर पेड़ भी उग जाए, तब भी तुम कालिदास की तरह और एक 'मेघदूत' नहीं लिख सकोगे। मेघ देखकर तुम्हें आंधी-पानी की आशंका होगी, जुकाम होने के डर से तुम व्याकुल हो उठोगे—विरही के दुख के बारे में सोचने का तुम्हें समय नहीं मिलेगा। लाख कोशिश करोगे, तो भी विरही के दुख के बारे में नहीं सोच सकोगे। यही कमजोरी अस्थि-मज्जा में है—इसे दूर नहीं किया जा सकता।' यह कहकर वह चुप हो गई।

दिवाकर ने भी कोई जवाब नहीं दिया। वह सिर झुकाए चुपचाप बैठा रहा। बहुत देर तक सन्नाटा छाया रहा। निस्तब्ध कमरे के कोने से एक बहुत पुरानी धूल पड़ी घड़ी की टिकटिक की आवाज आने लगी।

बहुत देर तक चुप रहकर किरणमयी ने अचानक बड़ी मीठी आवाज में बोली—'मैं तुमसे और भी दो-एक बातें करना चाहती हूं। उस दिन तुम्हारी 'जहरीली छुरी' को लेकर मैंने चाहे जो कुछ भी क्यों न कहा हो दिवाकर, मैंने यह भी देखा था कि तुम्हारे अन्दर एक चीज है जो वास्तव में प्रेमी है, वास्तव में कवि है। इसी चीज को अगर तुम मार डालना न चाहो, तो दूसरे को दोषी बनाने के सुख से तुम्हें अपने आपको वंचित करना ही पड़ेगा। यह बात कभी मत भूलना कि कवि जज नहीं है। नीतिशास्त्र के मत के साथ अगर तुम्हारा मत न भी मिले तो उससे शर्मिंदा मत होना। मैं जानती हूं कि आदमी दूसरे की कमजोरी और गुनाह को एक ही तराजू पर तौलकर सजा देता है। मगर उसके बटखरे को मांगकर लाने से तुम्हारा काम नहीं चलेगा। तुमने बार-बार गोविन्दलाल की चर्चा की थी। गोविन्दलाल कितनी बड़ी ताकत के आगे हारकर अपना सब कुछ छोड़-छाड़कर गया था, यह सवाल उन लोगों के लिए नहीं है जिन्होंने इस दुनिया में निरे अच्छे-बुरे का फैसला करने की जिम्मेदारी ली है। यह सवाल तुम्हारे लिए है। हत्या के जुर्म में जज जब गुनहगार को फांसी की सजा देते हैं तब वे न्यायमूर्ति हैं मगर जब वे गुनहगार के मन की कमजोरी का अहसास करके उसकी सजा कम करते हैं तब वे कवि हैं। दिवाकर, ऐसे ही दुनिया का ताल-मेल बनाए रखना पड़ता है। ऐसे ही दुनिया की भूल-चूक और गुनाह असहनीय नहीं हो पाता है। ऐसी बात नहीं है कि कवि सिर्फ रचना ही करता है, वह रचना की रक्षा भी करता है। जैसे उसका एक काम है जो स्वभावतः ही सुन्दर है, उसे और भी सुन्दर बनाकर प्रकट करना; वैसे ही उसी का दूसरा काम है जो सुन्दर नहीं है, उसे भी असुन्दर के हाथ से बनाकर रखना।'

दिवाकर ने जरा सोचकर कहा—'तो क्या इससे अन्याय को बढ़ावा नहीं मिलेगा?'

किरणमयी ने कहा—'यह तो मैं ठीक-ठीक नहीं जानती। हो सकता है, इससे अन्याय को बढ़ावा मिले। सुनती हूं कि बुरे के प्रति बेहद नफरत पैदा करना भी कवि का काम है। मगर अच्छे के प्रति बेहद लालच पैदा करना क्या उससे बहुत बड़ा काम नहीं है? इसके अलावा पाप को जब तक दुनिया से पूरे तौर पर मिटा नहीं दिया जाएगा तब तक आदमी का हृदय पत्थर में तब्दील नहीं होगा। तब तक इस दुनिया में अन्याय और भूल-चूक रह ही जाएगी और उसे माफ करके बढ़ावा देना भी होगा। पाप को दूर करने की मजाल भी नहीं है और बर्दाश्त करने की ताकत भी चली जाएगी। भला इसमें कौन-सी सहूलियत होगी दिवाकर?

दिवाकर ने जवाब दिया—'सहूलियत ही तो सब कुछ नहीं है। दिक्कतों के बीच भी तो न्याय-धर्म का पालन करना चाहिए। जो शुभ है, जो निर्मल है, जो धूप जैसा है, उसे ही तो सबसे ज्यादा तरजीह देने की जरूरत है।'

किरणमयी ने कहा—'नहीं। पाप अगर आदमी के खून के साथ घुला-मिला न रहता, तो तुम्हारा कहना सही होता। तब दुनिया में एक न्याय को छोड़कर और कुछ भी नहीं रह पाता। दया, माया, क्षमा आदि चित्तवृत्तियों का नाम तक भी किसी को मालूम नहीं रहता। तुम धूप के उजले रंग के साथ न्याय की तुलना कर रहे थे। लेकिन क्या उजला रंग सभी रंगों के मेल से नहीं बनता है? जैसे यह उजला रंग टेढ़े-मेढ़े शीशे के अन्दर से होकर गुजरने पर रंगीन बन जाता है वैसे ही न्याय भी अन्याय, अधर्म, पाप और ताप के टेढ़े-मेढ़े रास्ते से होकर गुजरने के बाद दया, माया और क्षमा के रूप में दिखाई पड़ता है। यह मैं मानती हूं कि अन्याय को माफ करने से अधर्म को बढ़ावा मिलता है। लेकिन यह बात भी स्वीकार किए बिना मैं नहीं रह सकती कि अधर्म भी उसी का एक रूप है। हो सकता है, तर्क करके मैं तुम्हें अपनी बात न समझा सकूं, दिवाकर, मगर जिस प्यार के अन्दर क्षमा पैदा होती है उस प्यार का मर्म अगर कभी समझ सको, तभी तुम समझोगे कि अन्याय, अधर्म और कमजोरी को माफ करके उसे बढ़ावा देना धर्म के ही नियमों का पालन करना है। लेकिन दिन तो बहुत ढल चुका है दिवाकर, क्या आज तुम्हें भूख-प्यास नहीं लगी है?' इतना कहकर वह हड़बड़ाकर कमरे से बाहर निकल गई।

शाम के बाद दिवाकर खाना खाने के लिए बैठा तो धीरे-धीरे बोला—'आज सारा दोपहर का समय मेरा बहुत ही आनंद से बीता। कितनी नई बातें मैंने सीखीं, यह मैं कह नहीं सकता।'

किरणमयी ने मुस्कुराते हुए कहा—'तुमने आज मुझसे बहुत-सी बातें सीखी हैं? तब तो तुम्हें मुझे अपना गुरु मानना चाहिए।'

दिवाकर उत्तेजित होकर बोल उठा—'जरूर, जरूर, लाखों बार मैं तुम्हें अपना गुरु स्वीकार करता हूं! सच कहता हूं भाभी, अगर ऐसे ही मैं हमेशा तुम्हारे पास रह सकूं, तो मुझे और कुछ नहीं चाहिए।'

'यह तुम क्या कह रहे हो! इसी बीच इतना आकर्षण?'

दिवाकर का मन एक-दूसरे भाव में डूब गया था, वह सरल मन से बोला—'अब तो मैं तुम्हें छोड़कर एक दिन भी कहीं नहीं रह सकूंगा भाभी।'

किरणमयी हंस पड़ी और बोली—'चुप, चुप, अगर कोई सुन लेगा तो अचंभे में पड़ जाएगा।'

दिवाकर सचेत होकर बेहद शर्म के मारे बिलकुल लाल हो उठा।

32

बिस्तर बिछाते-बिछाते किरणमयी उसी के एक सिरे पर बैठ गई और उदास करुण स्वर में बोली—'यह क्या तुम्हारी नौकरी या कारोबार है दिवाकर कि इसकी कामयाबी-नाकामयाबी मालिक की मर्जी या दुकान की खरीद-फरोख्त पर निर्भर करेगी? यह तो अपने हृदय का धन है। बाहरी आदमी की क्या मजाल दिवाकर कि इसे नाकामयाब करे।' इतना कहकर वह कुछ देर तक आंखें मूंदी रही।

दिवाकर ने श्रद्धा-भरे मन से उस सुन्दर मुखड़े की ओर देखकर धीरे-धीरे कहा—'अच्छा भाभी, क्या तुम आंखें बंद करने पर अपने पति का मुंह अपने हृदय में देख पाती हो?'

किरणमयी ने आंखें खोल जरा चौंककर कहा—'तुम यह पूछते हो कि मैं अपने पति का मुंह अपने हृदय में देख पाती हूं या नहीं? हुं, मैं अपने पति का मुंह अपने हृदय में देख पाती हूं। भई, जो सही मायने में मेरे पति हैं, वे दिन-रात मेरे यहां रहते हैं।' कहकर उसने उंगली से अपनी छाती दिखाई।

दिवाकर ने उसकी बातों को सरल भाव से स्वीकार किया और नम्रता से कहा—'मगर ऐसे देखने से क्या लाभ? तुम भगवान को नहीं मानतीं, लोक-परलोक को भी स्वीकार नहीं करती हो; फिर मरने के बाद कैसे तुम उनके पास जाओगी?'

किरणमयी ने कहा—'मरने के बाद मैं किसी के भी पास नहीं जाना चाहती दिवाकर।'

'कहीं...किसी के पास नहीं जाना चाहतीं? बिलकुल अकेली रहना चाहती हो?' कहकर दिवाकर मानो हक्काबक्का होकर निहारता रहा।'

लेकिन उसका प्रश्न सुनकर किरणमयी भी कुछ देर के लिए चुप हो गई। लेकिन दूसरे ही पल जबरन हंस उठी और बोली—'मगर दिवाकर, तुम मुझे यह बताओ कि तुम मेरी निजी बातें जब-तब क्यों इतना सुनना चाहते हो?'

'क्या जानूं भाभी, पर तुम्हारी निजी बातें सुनने को मेरा बहुत जी चाहता है।'

किरणमयी ने बिस्तर की चादर बिछाने के बहाने मुंह घुमा लिया और बोली—'मैं एक आदमी के पास जाना चाहती हूं, मगर परलोक में नहीं। इसी लोक में।'

दिवाकर बोला—'लेकिन वे तो परलोक सिधार चुके हैं। अब वे तुम्हें इस लोक में कैसे मिलेंगे?

किरणमयी ने मुस्कुराकर कहा—'पर मेरा वह अभी भी इसी लोक में है। अब तक मैं उसके पास चली भी जाती, सिर्फ...'

'सिर्फ क्या भाभी?'

'सिर्फ यह कि अगर वह मुझे एक बार यह बताता कि वह मुझे चाहता है या नहीं।'

दिवाकर फिर से आश्चर्यचकित होकर बोला—'कौन इस लोक में है? कौन तुम्हें यह बताएगा कि वह तुम्हें चाहता है या नहीं? यह तुम क्या कह रही हो भाभी?'

किरणमयी के मुंह पर पल-भर के लिए एक उदास छाया तिर आई, मगर थोड़ी ही देर में वह उदास छाया हट गई। उसका पूरा मुंह फिर चमक उठा और वह बनावटी गुस्से के सुर में बोली—'तुम तो बड़े शरारती हो दिवाकर। खुद मुंह खोलकर कुछ भी नहीं कहना चाहते हो, सिर्फ मेरे मुंह से सुनना चाहते हो!' जाओ, उसकी जानकारी मैं तुम्हें नहीं दे सकूंगी।' इतना कहकर वह जरा आड़ में अपना मुंह दबा-दबाकर मुस्कुराने लगी।

दिवाकर को उसकी मुस्कान दिखाई पड़ी और एक अनजाने आवेग से उसका दिल तेजी से धड़कने लगा। उसने अपने आपको जरा संभाला और बोला—'भला मेरी कौन-सी बात होगी भाभी, जो मैं मुंह खोलकर तुम्हें बताऊं?'

किरणमयी मुड़कर खड़ी हो गई और बोली—'अब तक मैंने तुम्हें जो इतना सिखाया, वह सब क्या बेकार हो गया? एक बार अपने कलेजे पर हाथ धरकर देखो तो सही कि वहां कोई बात हलचल मचा रही है या नहीं? सच-सच बताओ तो?'

दिवाकर ने मंत्रमुग्ध होकर कहा—'लेकिन कौन-सी बात? क्या सिखाया तुमने मुझे?'

किरणमयी बोली—'तुमने मुझे अचंभे में डाल दिया दिवाकर। क्या तुमने इस उम्र में भी अभिनय करना ही सीखा है? मगर तुम मुंह खोलकर नहीं बताओगे, तो मैं भी बतानेवाली नहीं। इससे मेरा कलेजा फटे या तुम्हारा।' इतना कहकर वह अचानक बिस्तर से नीचे उतरी और दिवाकर की ठोड़ी को हाथ से हिलाकर तेज कदमों से कमरे से बाहर निकल गई।

दिवाकर स्तब्ध होकर बैठा रहा। किरणमयी अब तक उससे कितनी बार कितने ढंग से मजाक किया है। हजारों बहाने से उसने उसे छूआ है, लेकिन आज के इस मजाक और छुअन ने उसके कानों से होकर अन्दर जाकर उसके अंग-अंग में मानो जलती बिजली की लहर बहा दी थी। अपने बदन के खून की हर बूंद में इतनी अजीब तेजी का उसने कभी अनुभव नहीं किया था।

33

बहुत दिनों के बाद आज सवेरे अघोरमयी मुहल्ले की कई बूढ़ी औरतों के साथ माता काली का दर्शन करने के लिए फिर कालीघाट गई थीं। जाते वक्त वे यह कह गई थीं कि माता की आरती हो जाने के बाद रात को वे जरा देरी से घर लौटेंगी।

रात के लगभग आठ बजे थे। दिवाकर अपने बिस्तर पर चुपचाप लेटा हुआ था। उसके सिरहाने एक मिट्टी का दीया टिमटिमा रहा था। इस कम रोशनी में 'दुर्गेशनन्दिनी' नामक जिस किताब को वह पढ़ रहा था, उसे अपने मुंह पर रखकर शायद मन-ही-मन आयेषा के बारे में सोच रहा था, तभी किरणमयी ने कमरे में घुसकर पूछा—'दिवाकर, तुम सो रहे हो क्या?'

दिवाकर ने मुंह पर से किताब हटाए बिना ही कहा—'नहीं, सिर में बहुत दर्द है।'

किरणमयी ने मुस्कुराकर कहा—'तब तो बहुत अच्छा इलाज हो रहा है। सिरहाने जलता दीया रखने से क्या सर-दर्द छूट जाता है दिवाकर?'

दिवाकर बोला—'इस किताब को कल ही लौटाना होगा, इसीलिए इसे खत्म कर रहा हूं।'

किरणमयी बोली—'आंखें मूंदकर आयेषा के बारे में सोचने से किताब खत्म नहीं होगी भई। आंखें खोलकर पढ़ना होगा। तो ऐसा करो, खा-पीकर किताब खत्म करना—अभी चल, खाना ठंडा हो रहा है।'

दिवाकर का उठने का मन नहीं था। वह थके-थके-से अनुनय के स्वर में बोला—'अभी छोड़ो भाभी। मौसी आ जाएं, उसके बाद खाऊंगा।'

किरणमयी ने कहा—'इसका तो कुछ पता नहीं दिवाकर कि वे कितनी देर में लौटेंगी? आज मेरी भी तबीयत अच्छी नहीं है। सोचती हूं, उनका खाना ढंककर उनके कमरे में रख दूंगी और मैं जरा लेटूंगी। उठो, तुम्हें खिला दूं,' यह कहकर वह नजदीक आई और दिवाकर के मुंह पर से किताब उठा ली।

पास ही दिवाकर का लोहे का ट्रंक था। किरणमयी लौट आई और उस पर बैठकर जल्दी मचाती हुई बोली—'उठो न जी।'

'मेरा उठने को जी नहीं चाहता भाभी, बल्कि इससे अच्छा यह है कि तुम एक कहानी कहो, मैं उसे सुनूंगा।'

'सिर्फ कहानी सुनने से पेट नहीं भरता दिवाकर। समय पर खाना भी चाहिए। क्या मैं ठीक कहती हूं न?'

दिवाकर कुछ देर तक चुप रहकर बोला—'अच्छा, भाभी, मेरे नहाने-धोने, खाने-पीने और लेटने-सोने को लेकर तुम इतनी माथापच्ची क्यों करती हो?'

किरणमयी ने मुस्कुराकर कहा—'मैं ऐसा क्यों करती हूं, तुम नहीं जानते?'

'बिना बताए मैं कैसे जानूंगा?'

'यह तो तुम झूठ कहते हो। बिना बताए से भी जाना जा सकता है और तुम इसे अच्छी तरह जानते हो।'

दिवाकर का आंख-मुंह शर्म के मारे लाल हो उठा। वह कुछ देर तक चुपचाप पड़ा रहा और सहसा न जाने कैसे एक उदास, करुण सुर में बोला उठा—'अच्छा, भाभी, तुमसे एक बात पूछूँ?'

'एक क्यों, सैकड़ों बातें पूछो। मगर पहले खा-पीकर मुझे छुट्टी दो। उसके बाद रात-भर तुम्हारी बातों का उत्तर दूंगी। क्यों, राजी हो?' यह कहकर वह मुस्कुराने लगी।'

दिवाकर ने इस मजाक के बदले में जवाब देने की कोशिश कर कृत्रिम सहानुभति के स्वर में कहा—'यह तो अच्छी बात है भाभी। तो क्या तुम सारी रात उस कड़े ट्रंक पर बैठे-बैठे मेरी बातों का जवाब दोगी?'

किरणमयी मुस्कुराई। बोली—'अगर उस कड़े ट्रंक पर बैठने से तुम्हें दुख होगा, तो मैं तुम्हारे नरम बिस्तर पर ही जा बैठूंगी। तब तो तुम्हें दुख नहीं न होगा?'

फिर दिवाकर का चेहरा कानों तक लाल हो गया। लजाकर उसने करवट बदल ली।

किरणमयी उठकर आई और बोली—'लो, उठो, मुझे छुट्टी दो। अब करवट बदलकर लेटने की जरूरत नहीं।'

रसोईघर से दाई की आवाज सुनाई पड़ी—'मुझे यहां सुनाई पड़ रहा है बहू, और तुम्हें नहीं सुनाई पड़ता है? नीचे मां बुला रही हैं।'

किरणमयी लौटकर फिर उसी ट्रंक पर बैठ गई और गुस्सा करके बोली—'तू तो सिर चढ़ गई। मैं तो जाकर दरवाजे खोल दूं और तू जाकर नहीं खोल सकती?'

'मेरा हाथ खाली नहीं था, इसीलिए मैंने तुम्हें दरवाजा खोलने के लिए कहा।' यह कहकर दाई बड़बड़ाते-बड़बड़ाते दनदनाती हुई नीचे उतर गई।

दरवाजा खुला तो अघोरमयी झल्ला उठीं—'तुम लोग बहरे हो गए हो क्या? आधे घंटे से दरवाजा खटखटा रहे थे हम लोग।'

इस बार दाई गरज उठी। बोली—'अन्धी-बहरी न होती तो क्या तुम्हारे घर नौकरी करने आती मांजी? अब किसी आंख-कान वाली को रख लो, मुझे जवाब दे दो। रसोईघर में सदर दरवाजे की खटखटाहट सुनाई नहीं पड़ती है।'

अघोरमयी ने कुछ नरम होकर कहा—'बहू कहां है?'

दाई ने बुदबुदाते हुए झल्लाकर कहा—'सारा दिन देवर के साथ लाड़ लड़ाती रहती है, और क्या करेगी? ज्योंही मैंने उसे दरवाजा खोल देने के लिए कहा था त्योंही वह आंखें लाल करके मुझे डांट उठी। मां! ओ, बड़े बाबू, आप!' इतना कहकर दाई शरमाकर खड़ी हो गई।

अघोरमयी ने मुंह घुमाकर कहा—'उपीन, आ बेटा, ऊपर आ।'

'चलो, मौसी, चलता हूं।' यह कहकर उपेन्द्र अघोरमयी के पीछे-पीछे सीढ़ियां चढ़कर ऊपर आने लगे। मगर सारी बातें उनके कानों में पहुंची थीं।

ऊपर आकर अघोरमयी ने तीखी आवाज से पुकारा—'कहां हो, एक बार बाहर निकलो न बहू! उपीन आया है।'

अंधेरे कमरे में बैठी किरणमयी का कलेजा धक्-से रह गया और बिस्तर पर पड़े दिवाकर का अंग-अंग ढीला और ठंडा हो गया।

अघोरमयी ने फिर से पुकारा—'कहां गई? एक चटाई-वटाई बिछा दो न बहू! उपीन क्या खड़ा ही रहेगा?'

किरणमयी ने बाहर आकर बरामदे में एक चटाई बिछा दी। उसके मुंह से सहसा कोई शब्द न निकला।

उपेन्द्र ने पास आकर प्रणाम किया और पूछा—'अच्छी हैं न भाभी?'

किरणमयी ने अपने आपको संभाल लिया। गर्दन हिलाकर कहा—'हां, अच्छी हूं। तुम कैसे हो उपीन? बहू अच्छी है न? बिना खबर दिए ऐसे अचानक आ गए!'

मगर उसकी आवाज सुनकर उपेन्द्र अचरज में पड़ गए। उसकी आवाज में जैसे कहीं जरा भी रस नहीं था, ऐसी सूखी, ऐसी नीरस आवाज।

उपेन्द्र ने कहा—'मुवक्किल के पैसे से आया हूं भाभी—फिर कल तीसरे पहर, ही लौट जाना होगा। कालीघाट में जरूरी काम निपटाकर निकला, तो देखता हूं—मौसी हैं। तब से लेकर अब तक साथ-साथ घूम रहा हूं। दिवाकर की क्या खबर है, बताइए तो? वह न तो कोई चिट्ठी-पत्री लिखता है, न कोई खबर ही देता है। क्या वह बाहर निकला है?'

किरणमयी ने कहा—'सिर दुख रहा है, इसलिए लेटा हुआ है। क्या मालूम शायद सो गया हो।''

अघोरमयी का मिजाज आज अच्छा नहीं था। एक तो बहू का कसूर उन्हें दिखाई पड़ा था, दूसरे, दिवाकर ने उनकी बात नहीं मानी थी। वे बहू के कसूर को उजागर करने के मौके को कभी हाथ से जाने नहीं देती थीं। उधर दिवाकर के प्रति भी उनका मन खुश नहीं था। सवेरे उन्होंने दिवाकर के साथ कालीघाट जाना चाहा था मगर दिवाकर ने काम का बहाना बनाकर साथ जाने से इनकार कर दिया था। तीखे ढंग से बोलीं—'अभी तो तुम उसी के कमरे से निकलीं और तुम यह भी नहीं जानतीं कि वह सो रहा है या नहीं?'

'हां, मैं नहीं जानती,' कहकर किरणमयी ने सास की ओर एक जहर बुझी नजर डाली।

उपेन्द्र ने जरा ऊंची आवाज में पुकारा—'दिवाकर!'

कोई जवाब नहीं मिला।

उपेन्द्र ने फिर पुकारा—'दिवाकर, क्या तू सो रहा है?'

वह जगा हुआ ही था, इस बुलावे को वह ठुकरा न सका। उसने जवाब दिया और धीरे-धीरे बाहर आकर खड़ा हो गया। उसने उपेन्द्र को प्रणाम किया और धीमे स्वर में बोला—'तुम कब आए छोटे भैया?'

'सवेरे। तेरा सिर दुख रहा है क्या?'

'जरा-जरा, मामूली-सा।'

अघोरमयी ने गुस्सा होकर कहा—'आखिर तुम्हारा सिर क्यों नहीं दुखेगा, बेटा? पहले पहल, जब जी चाहे, तुम जरा घूम-फिर आते थे, पर अब तो घर से बिलकुल बाहर ही नहीं निकलते हो। सवेरे मैंने तुमसे कहा—दिवू, मेरे साथ एक

बार कालीघाट चलो न। तुमने कहा—नहीं, मौसी, मैं नहीं जा सकूंगा। मुझे काम है। मुझे बताओ तो भई कि तुम्हें क्या काम था?'

दिवाकर चुपचाप खड़ा रहा।

उपेन्द्र ने पूछा—'तूने तो चिट्ठी-पत्री लिखना बन्द कर दिया है। किस कॉलेज में नाम लिखाया?'

दिवाकर मृदु स्वर में बोला—'कॉलेज खुलेगा, तो नाम लिखा लूंगा। अभी तक किसी कॉलेज में नाम नहीं लिखाया है।'

यह सुनते ही असहनीय गुस्से से उपेन्द्र की दोनों आंखें आग की मानिंद जल उठीं—'क्या तू यह भी नहीं जानता कि तमाम कॉलेजों के खुले सोलह-सत्रह दिनों से ज्यादा हो चुका है।'

दिवाकर का चेहरा कागज की नाईं सफेद हो गया। वह लकड़ी के बुत की भांति खड़ा रहा।

अघोरमयी अत्यन्त विरक्त होकर कहने लगी—'वह खबर कैसे जानेगा उपीन? वे दोनों रात-दिन क्या मौज-मस्ती और हंसी-दिल्लगी करते हैं, फुसफुसाकर क्या गपशप करते हैं, यह वे ही जानें! मैं बार-बार कहती हूं बहू, वह पराया लड़का है, पढ़ने-लिखने आया है, आठों पहर तुम उसके इर्द-गिर्द क्यों रहती हो? भले ही वह देवर है, पर भाभी को तो जवान लड़के से जरा लाज-शरम करनी चाहिए न! पर उसके कानों पर जूं नहीं रेंगती है। फिर वे उपेन्द्र की ओर निहारकर बोलीं—'तू बैठा हुआ है उपीन, इसीलिए वह कुछ नहीं कर रही है, वरना इतनी देर में आकर वह मेरा झोंटा धर दबोचती—ऐसी है मेरी वह अच्छी-सी बहू। मैं कसम खाकर यह कह सकती हूं उपीन कि सारा कसूर उसी अभागिन का है।'

किरणमयी पास ही खड़ी थी—एक बात का भी उसने जवाब नहीं दिया। वह धीरे-धीरे रसोईघर की ओर चली गई।

अघोरमयी ने पहले की ही तरह क्रुद्ध स्वर में कहा—'अरी, ओ बड़े बाप की बेटी! बेटा मेरा सारा दिन बिना खाए-पिये है। कुछ खाने-पीने का इन्तजाम करो। ऐसे चली जाओगी तो काम नहीं चलेगा।'

किरणमयी मुड़कर खड़ी हो गई और बिलकुल सहज स्वर में बोली—'इसीलिए तो जा रही हूं मां।' उपेन्द्र से कहा—'भाग मत जाना उपीन, कई पूड़ियां तलकर लाने में मुझे दस मिनट से ज्यादा नहीं लगेगा।'

स्तब्ध, मूर्च्छितप्राय दिवाकर से कहा—'दिवाकर चलो, तुम्हें खाना दे दूं। आओ रसोईघर में। मां, मैं दाई को एक बार दुकान भेज दूं, उपीन के लिए कुछ मिठाइयां खरीद लाएगी?'

अघोरमयी या उपेन्द्र कोई भी उसकी बातों का जवाब न दे सका। बहू के इस अपरिमित संयम और असीम अहंकार ने एक ही समय में मानो ऐसी गाज गिरा दी, जो इन दोनों की समझ के परे थी और जिसके चलते ये दोनों कुछ देर के लिए कुछ बोल नहीं सके।

लगभग घंटे-भर बातचीत कर अघोरमयी पूजा-पाठ और जाप पूरा करने के लिए चली गईं। किरणमयी ने पास आकर कहा—'अपने कमरे में तुम्हारे लिए खाना परोस दिया है उपीन, उठो।'

उपेन्द्र चुपचाप उठकर आए और बिछाए हुए आसन पर बैठ गए, तो किरणमयी करीब ही फर्श पर बैठ गई और बोली—'चाहे जो हो, आज इसी से दो कौर खा लो उपीन, ज्यादा कुछ बनाना चाहती, तो बेकार में रात हो जाती।'

उपेन्द्र ने सिर उठाकर देखा—दीये की मद्धिम रोशनी में उसका चेहरा पत्थर-जैसा कठोर दीख रहा था। उपेन्द्र ने खाने की थाली को एक ओर सरका दिया और बोले—'भाभी, खाने के लिए यही काफी है। मगर मैं खाना खाने के लिए नहीं आया हूं—आपसे एकांत में दो बातें कहने आया हूं।'

किरणमयी ने कहा—'यह मेरा अहोभाग्य है; लेकिन तुम खाना क्यों नहीं खाओगे?'

उपेन्द्र कुछ देर तक एकटक देखते रहे। उसका कठोर मुंह और ज्यादा कठोर दिखने लगा। उन्होंने कहा—'आपका छुआ खाना खाने में आज मुझे नफरत महसूस हो रही है।'

किरणमयी चुपचाप गर्दन झुकाए बैठी रही। बहुत देर बाद उसने मुंह उठाया और धीरे-धीरे बोली—'अब तुम्हें खाने की जरूरत नहीं,' यह कहकर वह फिर कुछ देर तक सिर झुकाए रही, उसके बाद मुंह उठाकर जरा मुस्कुराई, बोली—नफरत होनी ही चाहिए। मगर मैंने कभी यह नहीं सोचा था कि तुम्हारे मुंह से ऐसी बात सुनूंगी। वह सिर्फ एक ही आदमी था, जो इस नफरत से थाली सरका दे सकता था—वह है सतीश। तुम नहीं उपीन।'

उपेन्द्र क्रोध, घृणा और विस्मय से चुपचाप निहारते रहे।

किरणमयी वैसे ही शान्त और कठोर भाव से कहने लगी—'तुम्हारा जो गुस्सा है, जो नफरत है, उपीन, वह सब दिवाकर को ही लेकर है न? मगर विधवा के लिए वह जो है, तुम भी तो वही हो। उसके साथ मेरा रिश्ता कितनी दूर तक जा पहुंचा है, यह सिर्फ तुम लोगों का अंदाजा भर है। लेकिन उस दिन जब मैंने अपने मुंह से तुम्हारे प्रति अपने प्यार का इजहार किया था तब तो तुमने मेरी परोसी

हुई खाने की थाली को ऐसे नफरत से नहीं हटाया था। क्या अपनी बारी में कुलटा के हाथ की मिठाई में प्यार का शहद ज्यादा मीठा लगता है उपीन?'

उपेन्द्र अन्दर के उमड़ते गुस्से को जी-जान से रोककर बोले—भाभी, मैं तुम्हें याद दिला रहा हूं कि मेरी सुरबाला आज भी जिंदा है। उसका कहना है कि जिसने मुझे एक बार प्यार किया है उसकी मजाल नहीं कि वह किसी दूसरे को प्यार करे। सिर्फ इसी भरोसे दिवा को आपके हाथों सौंपकर गया था। मैंने सोचा था कि इन सब मामलों में सुरबाला से कभी गलती नहीं होती है।'

उपेन्द्र की बात अभी खत्म भी नहीं हुई थी कि तभी किरणमयी अचानक अपने दोनों हाथों को उठाकर बोली—'रुको, उपीन। तुमने इस बात पर ऐसे निःसंदिग्ध रूप से कैसे विश्वास किया कि उससे गलती हुई है, तुमसे गलती नहीं हुई है?'

उपेन्द्र अचानक उठकर खड़े हो गए और बोले—'रात होती जा रही है, बहस करने का मुझे वक्त नहीं है। मैं आपको पहचानता हूं। मगर एक बात आप निश्चित रूप से जान रखिए कि आप किसी को प्यार नहीं कर सकेंगी—ऐसी मजाल नहीं आपकी। आप सिर्फ सर्वनाश कर सकेंगी—छिः-छिः, और कोई नहीं मिला, तो दिवाकर को...'

नफरत के मारे उनका गला रुंध गया। मगर सामने निहारा, तो देखा—किरणमयी का समूचा चेहरा उदास हो गया है, मानो किसी ने उसकी छाती के बीचोबीच अचानक गोली मारी हो!

दरवाजे के बाहर खड़ी होकर अघोरमयी ने पूछा—'तू खाना खा चुका बेटा उपीन?'

'नहीं मौसी, खाया नहीं, तबीयत ठीक नहीं है।'

'तबीयत ठीक नहीं है? यह क्या कह रहा है तू? तब आज यहीं रह जा, अब मत जाना बेटा।

'नहीं मौसी, मुझे जाना ही होगा,' कहकर उपेन्द्र बाहर निकल आए। दिवाकर के कमरे के सामने आकर आवाज दी—'दिवाकर!'

दिवाकर दीया बुझाकर लेट गया था। उसके अन्तर की बात सिर्फ अन्तर्यामी ही जान रहे थे। उसने धीमी आवाज में जवाब दिया और कांपते पैरों से बाहर आकर खड़ा होगया।

उपेन्द्र ने कहा—'तू अपना बोरिया-बिस्तर बांध ले। तू मेरे साथ चलेगा।'

अघोरमयी विस्मित और व्यस्त होकर बोलीं—'यह तू क्या कह रहा है उपीन? इतनी रात गए वह कहां जाएगा?'

'उसके लिए फिक्र क्यों करती हैं मौसी? वह तो मेरे साथ जाएगा। ले तैयार हो जा जल्दी से–मैं गाड़ी बुला लाता हूं।'

अघोरमयी उपेन्द्र का हाथ पकड़कर विनती करने लगी–'नहीं बेटा, आज अमावस की रात में वह हरगिज नहीं जाएगा। लड़का ठहरा, एक कसूर कर बैठा है–यहां नहीं रखना है, तो मत रखना–'वह कल-परसों जाएगा। मगर आज रात तो मैं उसे हरगिज नहीं जाने दूंगी।'

अड़चन पड़ने की वजह से उपेन्द्र हताश होकर बोले–'मगर उसे यहां एक रात भी रखने को मेरा जी नहीं चाहता मौसी। अच्छा, आज अमावस की रात बीत जाए, लेकिन कल सवेरे उसे जाने से मत रोकिएगा–ऐसा कीजिएगा ताकि वह दिन के दस बजे के अन्दर ज्योतिष के घर जा पहुंचे।' इतना कहकर उन्होंने अघोरमयी को नमस्कार किया और तेज कदमों से नीचे उतर गए।

सदर दरवाजे के करीब अंधेरे में किसी ने उनकी चादर को खींचा। ज्योंही उन्होंने मुंह घुमाया, पलक झपकते किरणमयी ने झुककर अपने दोनों हाथों से उनके पांव पकड़ लिए। बोली–'मेरा कलेजा फटा जा रहा है उपीन। तुमसे जो कुछ कहा गया है, 'वह झूठ है। सब झूठ है। छिः-छिः, तुमने मुझे इतनी गिरी हुई समझा!'

'चुप रहिए! बहुत अभिनय किया है आपने–अब और अभिनय मत कीजिए।' इतना कहकर उपेन्द्र ने असहनीय घृणा से उसका सिर जोर से धकेल दिया, तो किरणमयी ने उनके पांव छोड़ दिए और एक ओर झुक गई।

'झूठी, नापाक नागिन!' यह कहकर उधर नजर डाले बिना उपेन्द्र तेज कदमों से बाहर निकल गए।

किरणमयी बिजली की गति से उठ बैठी। उसने उपेन्द्र से न जाने क्या चिल्लाकर कहना चाहा, मगर गले से आवाज नहीं निकली। सिर्फ खुले दरवाजे के बाहर अंधेरे में निहारती रही और उसकी आंखों से मानो चिनगारियां निकलने लगीं।

बहुत दिन पहले, जिस दिन उपेन्द्र पहली बार मिलकर सतीश के साथ बाहर निकल गए थे, ठीक इसी जगह उसकी दोनों आंखों में जैसी आग की लपलपाती लौ दिखाई पड़ी थीं, वैसी आग की लौ फिर आज अन्तिम विदा के दिन भी उसके प्रति उसकी दोनों आंखें जलने लगीं।'

'अरे, यह तो बहू है! यहां ऐसे क्यों बैठी हो बेटी?'

'क्या तू घर जा रही है मुक्ता?' कहकर किरणमयी जल्दी से उठ खड़ी हुई और उसका हाथ पकड़कर कहा–'एक बार मेरे कमरे में चल, तुझसे दो बातें कह

लूं।' यह कहकर जबरन उसे अपने कमरे में खींच लाई और दीये को उकसाकर संदूक खोला तथा उसमें से चांदी के दो कड़े निकालकर दाई के हाथ में देती हुई बोली—'ले, इन्हें लेने से इनकार मत करना, तुझे लेना ही पड़ेगा। फिर कभी अगर मुलाकात न हो तो...' यह कहकर वह रो पड़ी और उसकी आंखों से आंसुओं की धारा बह चली।

'यह तुम क्या कर रही हो बहू?' यह कहकर दाई विह्वल नजरों से निहारती रही।

किरणमयी आंखें पोंछते-पोंछते बोली—'तेरे सिवा मेरा अपना कोई नहीं है मुक्ता। मुझे बचा, मुझे यहां से छुटकारा दिला। मैं यहां रहूंगी तो मेरा कलेजा फट जाएगा।'

दाई ने चुपचाप किरणमयी को सिर से लेकर पैर तक देखा, बोली—'मैं सब समझती हूं बहू, आखिर मैं भी तो औरत ही हूं। जिस दिन मेरे मर्द ने तालाब के घाट पर रो-रोकर कहा था, मैं चला मुक्ता, हो सकता है, अब मुलाकात न हो, उस दिन मैंने भी तो उसके पैरों पड़कर रो-रोकर कहा था—अजी, मुझे भी अपने साथ ले चलो, मुझे छोड़ जाओगे, तो मेरा कलेजा फट जाएगा। तो क्या छोटे बाबू यहां से चले जा रहे हैं।'

किरणमयी ने कहा—'हां, लेकिन कलकत्ता में अब हम नहीं रहेंगे। पर कहां जाएं, बता तो सही।'

दाई ने जरा भी सोचे-विचारे बिना कहा—'तब तो तुम लोग अराकान चली जाओ बेटी। वहां मजे में रहोगी। मेरी छोटी बहन भी वहीं है—मेरा नाम उसे बताओगी, तो वह तुम लोगों को सिर आंखों पर रखेगी। आज तो मंगलवार है—कल तड़के वहां के लिए जहाज खुलेगा। वहां तुम जाओगी बेटी?'

किरणमयी दाई का हाथ पकड़कर बोली—'हां, मैं वहां जाऊंगी।'

दाई ने भरोसा देते हुए कहा—'तुम लोग तैयार होकर रहना, मैं तड़के गाड़ी लाकर तुम लोगों को लिवा जाऊंगी, परिन्दा तक नहीं जान पाएगा कि तुम लोग कहां गए। जाओ, बेटी जाओ, छोटे बाबू के बिना तुम जी नहीं सकोगी।' कहकर दाई ने इस बार आंचल को अपनी आंखों से लगाया।

'दिवाकर!'

शायद भोर हो चुकी थी। दिवाकर चौंककर उठ बैठा। ठीक सामने किरणमयी खड़ी थी! दिवाकर चौंककर बोला—'भाभी, तुम हो?'

'हां दिवाकर, मैं ही हूं। यह कहकर किरणमयी विह्वल दिवाकर की छाती पर औंधी गिर पड़ी। बोली—'दिवाकर, क्या तुम मुझे छोड़कर चले जाओगे? देखती हूं, तुम कैसे जाओगे।'

किरणमयी की बात के जवाब में दिवाकर एक शब्द भी नहीं बोल सका, सिर्फ उसकी दोनों आंखों में पानी भर आया।

किरणमयी उठ बैठी और आंचल से उसके आंसू पोंछ दिये—'फिर बोली छिः, रोते क्यों हो भई?'

'भाभी, मैं तो लाचार हूं, छोटे भैया ने आज सवेरे मुझे चले जाने को कहा है।'

उपेन्द्र का नाम सुनते ही किरणमयी गुस्से से अन्धी होकर बोली—'कौन होता है वह? क्या वह तुम्हारा मुझसे भी ज्यादा अपना है? तुम्हें न देख पाने पर क्या उसका कलेजा फट जाता है? नहीं दिवाकर, दुनिया में किसी की मजाल नहीं कि कोई अब हम दोनों को एक दूसरे से अलग कर दे। बाहर गाड़ी खड़ी है। चलो, हम लोग चलें।'

'हम लोग कहां जाएंगे भाभी?'

'मैं जहां ले जाऊंगी, तुम वहीं जाओगे दिवाकर।'

'अच्छा, तो चलो,' यह कहकर दिवाकर उठने को तैयार हुआ।

एक बार उसे लगा कि वह शायद जगा हुआ नहीं है, नींद की खुमारी में सपना देख रहा है। मगर दूसरे ही पल वह किरणमयी के पीछे-पीछे चलकर धीरे-धीरे कमरे के बाहर आकर खड़ा हो गया।

34

फतिंगा जैसे छोटे-मोटे कीड़े को खींच लाता है, वैसे ही जोरदार जादुई ताकत से नीम बेहोश, किंकर्तव्यविमूढ़ अभागे दिवाकर को खींचती हुई किरणमयी जहाज घाट पर आ पहुंची और टिकट कटाकर अराकान जानेवाले जहाज पर चढ़ बैठी। इस जहाज में भीड़ न रहने के कारण जहाज के अधिकारियों ने दिवाकर और किरणमयी को पति-पत्नी समझकर एक ही केबिन में जगह दे दी।

किरणमयी को वहीं बिठाकर दिवाकर डेक के एक एकान्त हिस्से में रेलिंग पकड़कर चुपचाप खड़ा रहा। क्रमशः डेक के मुसाफिरों की भीड़ कम हो गई,

कुलियों का शोर-शराबा रुकने को आया। लंगर उठाने की कर्कश आवाज से जैसे जहाज का अगला हिस्सा कांप रहा था, वैसे ही दिवाकर का कलेजा भी कांपने लगा। थोड़ी ही देर में जहाज भगीरथी के बीचोबीच तिरने को आया और अपार समुद्र में चलने के लिए धीरे-धीरे रफ्तार पकड़ने लगा। जब ठीक-ठीक यह समझ में आ गया कि जहाज चल पड़ा है तब दिवाकर की दोनों आंखों में पानी भर आया और उसने अपनी दोनों हथेलियों से जोरों से अपना मुंह दबा करके किसी तरह से उमड़ती रुलाई को रोककर शर्म दूर की। पूरब का आसमान तब उगते सूरज की किरणों से लाल हो गया था और तब उसके उपीन भैया यह मानकर कि दिवाकर आएगा ही, ज्योतिष साहब के घर में बिस्तर से नहीं उठे होंगे। भागने के मकसद से घर से बाहर निकलने तक जो भीषण अव्यक्त ग्लानि दिवाकर के मन के अन्दर इकट्ठी होती जा रही थी, उसका आखिरी हिस्सा कितना गंदा और तकलीफदेह है, वह दृश्य इस बार उसकी नजरों के आगे उभर उठा।

एक शरीफ गृहस्थ बहू को उसके खानदान के बाहर किसी अनजान देश में वह खुद लिये चला जा रहा है, ऐसी असंभव बात को उसके मन के अन्दर तब तक कभी भी सचमुच की जगह नहीं मिली थी। उसकी शिक्षा, संस्कार, चरित्र, स्कूल, कॉलेज, देश, यार-दोस्त और सबसे बढ़कर उसके पिता-समान उपीन भैया। इन सबसे वह कैसे निर्मम भाव से अलग होता चला जा रहा है।

यह उसने तभी निःसन्दिग्ध रूप से समझा जब उसने देखा कि जहाज ने सचमुच ही चलना शुरू किया है। अपने उपीन भैया के लिए वह आज भी बच्चा ही है। खबर सुनकर वही उपीन भैया क्या सोचेंगे? यह सोचते ही उसकी धड़कनें बन्द होने लगीं। वह वहीं अपने दोनों घुटनों के बीच मुंह छुपाकर बैठ गया और एक पल में उसके न थमनेवाले आंसुओं की धारा बहने लगी। ऐसे समय किरणमयी उसकी बगल में आकर खड़ी हो गई और उसके सिर पर हाथ रखकर प्यार-भरी आवाज में बोली–'दिवाकर, एक बार केबिन में चलो।'

बहुत कोशिश से दिवाकर अपने आंसुओं को सुखाकर, मुंह नीचा किए उठकर खड़ा हो गया और धीरे-धीरे किरणमयी के पीछे-पीछे चलकर केबिन के अन्दर जा पहुंचा।

किरणमयी ने दरवाजा बन्द कर दिया और दिवाकर को अपनी बगल में बिठाकर उसके दोनों हाथों को अपने हाथों में लेकर उसके मुंह की तरफ निहारते हुए अत्यन्त करुण स्वर में पूछा–'तुम रो क्यों रहे थे भई?'

यह प्रश्न सुनकर दिवाकर के आंसू फिर बहने लगे।

किरणमयी ने अपने आंचल से उसके आंसुओं को पोंछ दिया और बोली–'सच-सच बताओ तो दिवाकर, तुम मुझे प्यार करते हो या नहीं?'

दिवाकर कुछ भी न कह सका। बिलकुल छोटे बच्चे की भांति व्याकुल होकर रोने लगा।

किरणमयी ने उसके आंसुओं से भीगे मुंह को खींच करके अपनी छाती से लगा उसे दबाए रखा और धीरे-धीरे उसके सिर पर उंगलियां फेरती हुई चुपचाप उसे दिलासा देने लगी।

इस तरह बहुत समय बीत गया। बहुत देर बाद दिवाकर के आंसुओं की धारा अपने आप ही खत्म हो गई, तो वह पूरी तरह चंगा होकर उठ बैठा और बिना कुछ बोले दरवाजा खोलकर बाहर निकल गया। तब जहाज नदी के तट के करीब से होकर टेढ़े-मेढ़े टीलों से बचकर पानी की थाह लेता हुआ धीमी रफ्तार से समुद्र की तरफ चला जा रहा था और मछली मारनेवाली छोटी-बड़ी डोंगियों तथा माल से लदी नावों के बेचारे मुसाफिर बड़े जहाज की बड़ी मर्यादा की रक्षा करते हुए दूरी बनाकर बड़ी सावधानी से अपनी नावों को खेते हुए चले जा रहे थे।

दिवाकर रेलिंग की बगल में एक कुर्सी खींच लाया और फिर से उस पर बैठ गया तथा दूर या पास जल-थल में जो कुछ उसे नजर आने लगा, उसी से मन-ही-मन अत्यन्त दुख के साथ हमेशा-हमेशा के लिए बिदा लेते-लेते मन का असहनीय दुख भगवान को सौंपने लगा।

थोड़ी देर बाद केबिन से बुलावा आया।

किरणमयी बोली–'दिन बहुत चढ़ गया, तुम नहा आओ। तब तक मैं तुम्हारे लिए खाना परोसकर रखती हूं।'

वह खुद अभी-अभी नहा चुकी थी। पीठ पर भीगे बालों को फैलाकर केबिन के फर्श पर बैठकर हांड़ी का मुंह खोलकर वह यह हिसाब लगा रही थी कि क्या और कितना खाना है और वह खाना कब तक चलेगा। रात में उसने दाई से यह सब मंगवा लिया था।

दिवाकर ने जवाब दिया–'तुम खा लो, मुझे जरा भी भूख नहीं है भाभी।'

किरणमयी ने मुंह उठाकर देखा। बोली–'ऐसा नहीं हो सकता है। तुम नहीं खाओगे तो मैं भी नहीं खाऊंगी। अब तुम्हीं मेरे सब कुछ हो, तुम्हें बिना खिलाए मैं हरगिज नहीं खाऊंगी।'

उसकी बात सुनकर दिवाकर मारे शर्म के मर गया और बिना कुछ बोले बाहर चले जाने को तैयार हुआ, तो किरणमयी ने उसे पकड़ लिया और बोली–'यह सप्तरथी का व्यूह है दिवाकर, कहां भाग रहे हो? इसमें घुसने का रास्ता है, मगर इससे बाहर निकलने का रास्ता क्या सभी जानते हैं? अगर यही इरादा था, तो तुमने अपने उपीन भैया से इस व्यूह से निकलने की कला क्यों नहीं सीख ली थी।'

कुछ देर चुप रहकर बोली—'यह मजाक नहीं है दिवाकर। मेरा कहा अनसुना मत करो। नहाकर आओ, कुछ खा लो, उसके बाद बाहर रेलिंग पकड़कर जितनी मर्जी रोओ। मैं नहीं रोकूंगी। लेकिन मैं तुम्हें यह भी कह रखती हूं दिवाकर कि इसके बाद आंसुओं की तुम्हें काफी जरूरत पड़ेगी। जरूरत से पहले इन्हें खर्च कर डालोगे, तो बाद में तुम्हें कहीं पछताना न पड़े।'

दिवाकर ने कोई जवाब नहीं दिया। आनेवाले दिनों के इस निष्ठुरतम परिणाम के संदेश के बारे में उसने सिर झुकाकर सुना और नहाने के वास्ते चुपचाप बाहर निकल गया।

सूने केबिन में किरणमयी भी स्तब्ध होकर बैठी हरी। उसके ताने का भाला न सिर्फ दिवाकर के कलेजे में बिंधा बल्कि हजार गुना बड़ा होकर वह भाला खुद उसके कलेजे में भी वापस आकर बिंधा।

बाहर आकर दिवाकर घूमता हुआ टहलते-टहलते जहाज के उस हिस्से में उतर गया जहां तीसरे दर्जे के मुसाफिर एक-दूसरे से सटकर बैठे हुए थे। वह विभिन्न प्रान्तों के रंग-बिरंगे मुसाफिरों के बीच अपने को भुलाए रखने का तरीका ढूंढ़ता फिरने लगा। इस भारतवर्ष के बीच तरह-तरह की कितनी जातियां हैं, कितनी अजीबोगरीब पोशाक-पहनावे हैं, कितनी अनजानी भाषाएं बोली जा रही हैं, दिवाकर पहली बार यह सब देखकर बेहद अचंभे में पड़ गया। जहाज के खानों में भी लोगों की भीड़ थी और तरह-तरह की भाषाओं के मिलने से जो अनूठे शब्द उभर रहे थे, वे भी बड़े अजीब थे। वह सीढ़ियां उतरकर नीचे आ गया और निर्वाक्-विस्मय से स्तब्ध बना रहा।

महज मामूली-सी जगह पर कब्जा जमाने के लिए मुसाफिरों के बीच इसके पहले जो धक्का-मुक्की, होड़ और शोर-शराबा मचा हुआ था, वह अब रुकने को आया था। मुसाफिरों ने अपनी-अपनी कब्जा जमाए जगह पर बिस्तर बिछाकर उसे सामानों से घेरकर अपने आपको सुरक्षित कर लिया था। अब उन्हें अपने आसपास बैठे लोगों की तरफ ध्यान देने का समय मिला था। हर मुसाफिर एक-दूसरे का संतोषजनक परिचय पाने के लिए उत्सुक था।

ज्योंही दिवाकर की नजर जहाज के एक हिस्से पर पड़ी, त्योंही एक बंगाली उठकर खड़ा हो गया और चिल्लाकर कहा—'बाबू सा'ब, एक बार इधर आइए, इधर आइए।'

उस आदमी की बगल में एक मजबूत कद-काठी वाली औरत बैठी हुई थी। उसने भी अपने पति की बात का समर्थन किया, पत्नी होने के नाते।

दिवाकर बड़े परिश्रम से बहुत से लोगों के गुस्से और झिड़कियां सहता, भीड़ के बीच सावधानी से पैर रखता हुआ, उसके पास जा पहुंचा।

उसके पहुंचते ही उस आदमी ने अपने पास के सन्दूक की ओर इशारा करके उस पर बैठने को कहा—'यह मेरी टीन की पेटी नहीं है, यह असली लोहे का ट्रंक है। आप इस पर आराम से बैठिए। आप लोग किस जात के हैं?

दिवाकर ने कहा—'हम ब्राह्मण हैं।'

उस आदमी ने तुरंत अपने दोनों हाथों को बढ़ाकर दिवाकर के जूतों के ऊपर से धूल ली और उसे अपने होंठों, गले तथा सिर से छुआकर बोला—'मैं सोच रहा था कि सफर के ये कई दिन शायद यों ही गुजारने पड़ेंगे। तो आप लोग किस जगह पर हैं?'

दिवाकर ने उंगली से ऊपर की ओर संकेत कर दिया, तो वह बोला—'तो आप लोग केबिन में हैं?'

दिवाकर ने 'हां' में सिर हिलाया।

सो चाहे जहां भी रहें, शाम को एक बार जरूर पधारिएगा। पर आप लोगों को कहां जाना है—'रंगून?'

दिवाकर ने सिर हिलाकर कहा—'नहीं, अराकान!'

'अराकान में मैं भी रहता हूं। आज बीस वर्षों से मैं वहीं रह रहा हूं। पर वहां तो मैंने आपको कभी नहीं देखा है। क्या पहली बार जा रहे हैं? क्या वहां आपका कोई रिश्तेदार है? खैर, कोई फिक्र मत कीजिएगा। आपके मां-बाप के आशीर्वाद से मैं वहां एक मकान-मालिक हूं। मेरे बहुत सारे कमरे खाली पड़े हुए हैं। तो ऐसा कीजिए कि आप मेरे ही साथ चलिए। बगल में बैठी औरत को दिखाता हुआ बोला—'यह मकान-मालकिन है।'

मकान-मालकिन अब तक टकटकी लगाकर दिवाकर की ओर निहार रही थी। उसने बेहद भारी और मोटी आवाज में पूछा—'क्या आपकी पत्नी आपके साथ है?'

दिवाकर ने मुंह लाल करके गर्दन हिलाकर किसी तरह बता दिया—'हां, पत्नी साथ ही है।'

उस औरत की बातें टेढ़ी-मेढ़ी थीं, माथे पर गोदना गुदा हुआ था, मांग में सिंदूर की चौड़ी रेखा थी, नाक में नथ थी और दोनों कानों में बीस-तीस बालियां थीं। थोड़ा-सा सिर आंचल से ढका हुआ था। वह भी उत्साह के आवेश से नीचे खिसक गई, और बोली—'यह अच्छा ही हुआ कि हम लोगों से आप लोगों की मुलाकात हो गई। अराकान बहुत बुरी जगह है। मगों का देश है। मगर मेरे मकान पर कोई दांत गड़ाए—इसकी गुंजाइश नहीं है। मैं कोई ऐसी-वैसी मकान-मालकिन नहीं। उस देश में ऐसा कोई नहीं है जो कामिनी से न डरता हो। डरने की कोई बात नहीं, आप लोग मेरे ही मकान में रहिएगा। एक कमरे का किराया पांच रुपए

महीना है, पर आप चार ही रुपया महीना दीजिएगा। ऐ मकान-मालिक! तुम्हारे कारखाने में इनको कोई काम मिलेगा?

मकान-मालिक ने जरा आनाकानी करते हुए कहा—'का...म, हां मिलेगा।'

दिवाकर ने प्रश्न किया—'आपका नाम क्या है?'

मेरा नाम हरीश भट्टाचार्य है। नहीं, नहीं, आप मुझे भट्टाचार्य नहीं कहिएगा। मुझे पाप लगेगा। मैं ब्राह्मण नहीं हूं, केवट हूं। जरा-जुरा शास्तर-वास्तर की जानकारी है, इसलिए लोग मुझे आदर से भट्टाचार्य कहकर पुकारते हैं। मैंने कंठी पहनी है, मछली-मांस छोड़ दिया है। अब करने को क्या रहा? बहुत कर चुका हूं। अभी लगभग दो-ढाई हजार रुपए खर्च करके चारों धाम घूम आया। चारेक साल हुए, घर में मां को भी लाया—अब बाकी क्या रहा करने को! इसीलिए मैं बीच-बीच में मकान-मालकिन रो कहा करता हूं—'मकान-मालकिन अराकान में जो कुछ है उसे बेच-बाचकर किसी तीर्थ-स्थान में जाकर रहेंगे।' यह कहकर वह आदमी उदास मुंह से निहारता हुआ चुप्पी साधे रहा।

मकान-मालकिन भी अपनी स्वाभाविक मोटी आवाज में जवाब में बोली—'मैं भी तो यही कहती हूं—कच्ची उम्र में नसीब के फेर से जो कुछ किया है, वह तो कर ही चुकी हूं, वह सब तो अब मेरे बदन पर लिखा हुआ नहीं है—मैं भी कहती हूं, मकान-मालिक, अब यहां नहीं रहता है। अब की बार चलो, चलें कहीं। इतना कहकर वह भी ऊपर की तरफ आंखें उठाए हुए स्तब्ध होकर बैठी रही।'

दिवाकर परिपक्व आदमी नहीं था। इन सब बातों के गूढ़ सिद्धान्त को न समझ पाने की वजह से वह चुपचाप बैठा रहा।

मकान-मालकिन ने बात की। बोली—'ऐ मकान-मालिक, अब तो चिउड़ा भिगो दूं?'

मकान-मालिक का ध्यान टूट गया। धीरे-धीरे उसने कहा—'भिगो दो।'

इस इशारे का मतलब दुनियादारी से अनभिज्ञ दिवाकर की समझ में अब आया।

हरीश से विदा लेकर दिवाकर बिना नहाए, बिना खाए डेक की एक आरामकुर्सी पर सो गया था। वह यह भी नहीं जान सका कि जहाज कब नदी के गंदले पानी को पार कर गया था और कब अथाह काले खारे पानी के बीचोबीच तिरने को आया। जब धीमे शोरगुल से उसकी नींद टूटी, तो उसने सामने देखा, लाल सूरज डूब रहा है। बहुत से लोग बहस-मुबाहिसा करते-करते डूबते सूरज को देख रहे हैं। जिस सूर्यास्त का वर्णन उसने इसके पहले अंग्रेजी और बंगला की ढेर सारी किताबों में बहुतों बार पढ़ा था, यही है वह सूर्यास्त। यही है वह सचमुच का समुद्र। उसने एक बार चारों ओर निहारकर उस अपार समुद्र को देख लिया।

ज्योंही उसने दूसरे पल डूबते सूरज को नमस्कार किया त्योंही उसकी आंखों में पानी भर आया। सूरज डूब गया, वह निहारता रहा। आसमान में धुंधलका छा गया, वह निहारता रहा। शाम का अंधेरा उतरने लगा, वह निहारता रहा। क्रमशः आसमान और पानी गहरा काला हो गया, तब भी दिवाकर आरामकुर्सी पर जस का तस पड़े-पड़े निहारता रहा।

रात की ठंडी हवा सरसराती हुई बहती चली जा रही थी, ऊपर डेक लगभग सुनसान हो गया था। सिर के ऊपर कृष्णपक्ष का गहरा काला आसमान था, नीचे वैसा ही सागर का गहरा काला पानी था, उसी के बीचोबीच दिवाकर अपने मन के गहरे काले दाग को मिटाकर कुछ पलों के लिए राहत महसूस कर रहा था। ऐसे समय अचानक पता नहीं किसके कोमल हाथ की छुअन से उसकी सुध लौटी। उसने मुड़कर देखा, किरणमयी है।

किरणमयी ने कहा–'यह क्या हो रहा है दिवाकर? क्या तुमने आमरण अनशन करने की ठान ली है?'

दिवाकर ने कोई जवाब नहीं दिया, वह चुप रहा।

किरणमयी सिर्फ पल-भर उसके जवाब का इन्तजार करके–'केबिन में चलो' कहकर उसे केबिन के अन्दर खींच लाई और फर्श पर बिछे बिस्तर पर उसे बिठा दिया, बोली–'अगर कुछ भी नहीं समझते हो, तो कम-से-कम यह तो समझ सकते हो कि तुम लाख रोओ-धोओगे तब जहाज तुम्हें देश वापस नहीं ले जा सकेगा। बिना खाए भूख से मर जाओगे, तब भी नहीं, सागर के पानी में कूद पड़ोगे, तब भी नहीं। अराकान तो तुम्हें जाना ही पड़ेगा। तब क्यों झूठमूठ में खुद भूखों मर रहे हो और मुझे भी भूखों मार रहे हो? जो कुछ देती हूं, जितना खा सको, खा लो, उसके बाद जब जहाज अराकान पहुंचेगा, तो जहां मर्जी उतर जाना, जब मर्जी वापस आना, मैं तुम्हारी कसम खाकर कह रही हूं, दिवाकर, मैं तुम्हें रोकूंगी नहीं,' कहते-कहते किरणमयी की आवाज तेज हो गई और भूखी-प्यासी दोनों आंखें आग की तरह जल उठीं।

दिवाकर मुंह उठाकर बेवकूफों की नाईं निहारता रहा। आज इतने दिनों बाद उसे लगा, परदे के पीछे जैसे उसे अचानक हकीकत दिखाई पड़ गई। किरणमयी की दोनों वासना की भूखी सुन्दर आंखों के बीच चाहे और कुछ भी क्यों न हो, उसके लिए उनमें रत्ती भर भी प्यार नहीं था। फिर भी वह कुछ नहीं बोला, चुपचाप नजरें झुकाए, ऊपर उठे दोनों घुटनों के बीच मुंह रखकर पत्थर की मानिन्द बैठा रहा।

दूसरे ही पल किरणमयी उठ गई और एक हांड़ी के अन्दर से कुछ मिठाइयां निकालकर उन्हें एक छोटी-सी तश्तरी में ले आई। उसके बाद उस तश्तरी को

दिवाकर के सामने रख दिया और घुटनों के बल बहुत ऊंची होकर बैठी तथा एक हाथ से जबरन उसका मुंह उठाकर एक-एक करके मिठाइयां उसके मुंह में डालने लगी। जब किरणमयी इस तरह से उसे सारी मिठाइयां खिला चुकी, तो उसने पल-भर कुछ सोच लिया, फिर दूसरे ही पल झुककर उसने दिवाकर के भीगे होंठों को चूम लिया और खिलखिलाकर हंस उठी।

इस जहरीले चुम्बन और इस निष्ठुर खिलखिलाहट को तो दिवाकर ने अपनी पूरी ताकत लगाकर बर्दाश्त कर लिया, मगर जब रात को एक ही बिस्तर पर सोने का इन्तजाम किया जाने लगा तब वह अपने आपको हरगिज और नहीं रोक सका। वह उठकर खड़ा हो गया और बोला—'ऐसा नहीं हो सकता है भाभी। मैं तुम्हारे साथ एक बिस्तर पर हरगिज नहीं सोऊंगा। तुम मुझे बख्श दो। मैं बाहर कहीं भी एक जगह पड़ा रहूंगा, लेकिन तुम्हारा यह हुक्म मानने के लिए मैं हरगिज इस केबिन में रात नहीं बिताऊंगा—हरगिज नहीं, हरगिज नहीं।'

किरणमयी ने पहले तो हंसने की कोशिश की, मगर उसे हंसी नहीं आई। बोली—'क्या नहीं हो सकता, दिवाकर? क्या तुम यहां नहीं सोओगे?'

जैसे तीर लगे बाघिन की आंखें जल उठती हैं वैसे ही किरणमयी की दोनों आंखें जल उठीं। वह दांत भींचकर धीरे-धीरे बोली—'क्या तुम यह सोचते हो कि सारा कसूर मेरे मत्थे मढ़कर तुम ठाठ से शरीफों की तरह देश वापस जाओगे और अपने उपीन भैया के पैर छूकर कसम खाकर उससे कहोगे कि तुम बेकसूर हो और यह सुनकर तुम्हारे उपीन भैया अपना सिर ऊंचा किए चलेंगे? ऐसा नहीं हो सकता है दिवाकर। मेरी सारी बातें तुम नहीं समझोगे, तुम्हें समझने की जरूरत भी नही है—तुम बेकसूर बनो, न बनो, उसके बारे में भी मैं नहीं सोचती, मगर तुम यह निश्चित रूप से जान लो कि जब कसूर के बोझ से मेरा सिर झुक जाएगा तब मैं ऐसा हरगिज नहीं होने दूंगी कि तुम्हारा उपीन भैया अपना सिर ऊंचा करके चल सके।' इतना कहकर वह फिर अपना बिस्तर बिछाने में लग गई और पास ही गद्दीदार बेंच पर दिवाकर सुन्न होकर बैठा रहा।

रात को दोनों एक दूसरे की बगल में सोए। नसीब के फेर से जैसे हरिश्चन्द्र ने अपना सब कुछ दान करके अपने आपको डोम के हाथों सौंप दिया था, वैसे ही नफरत से दिवाकर ने बिस्तर पर अपने आपको किरणमयी को सौंप दिया। मगर उसकी यह नफरत किरणमयी की नजरों से छिपी नहीं रही।

सारी रात पता नहीं कहां से धीमी रुलाई का प्रवाह आकर उसके खुमारी भरे दोनों कानों के अन्दर पहुंचने लगी और उसी रुलाई के बीच-बीच में पता नहीं

किन लोगों की गुस्साई लम्बी सांस रह-रहकर गुजरने लगी। तड़के एक हिचकोला खाकर वह एकबारगी जग गया, तो समझा कि बाहर जोरों से हवा बह रही है और जहाज ने हिलना शुरू किया है। उसने नजरें उठाकर देखा, उसकी छाती पर किरणमयी का बायां हाथ सोये हुए सांप की नाईं पड़ा हुआ है। इस आशंका से कि जागते ही वह कहीं उसे डंस न ले, उसने उठने की हिम्मत नहीं की, फिर आंखें मूंदकर वह पड़ा रहा।

हवा और हिचकोले की रफ्तार क्रमशः बढ़ने लगी और किरणमयी की नींद टूट गई। दिवाकर की छाती पर पड़े हुए अपने ढीले हाथ थोड़ा-सा दबा दिया और धीरे-धीरे पूछा—'बाहर तूफान आया है क्या?'

दिवाकर ने कहा—'हां।'

'अब क्या होगा?'

दिवाकर ने बात नहीं की।

किरणमयी बोली—'तुम शायद भगवान से यही प्रार्थना कर रहे होगे कि जहाज डूब जाए। है न, दिवाकर?'

दिवाकर ने कहा—'नहीं।'

'बस, एक छोटा-सा जवाब—नहीं; तुम आदमी हो या पत्थर, दिवाकर?' यह कहकर वह जोरों से दिवाकर को अपनी छाती के पास खींच लाई और बोली—'अगर जहाज डूबे तो हम लोग इसी तरह एक-दूसरे से लिपटे मरेंगे। हमारी लाशें किनारे लगेंगी, लोग उन्हें देखेंगे, अखबारों में यह खबर और हमारी तसवीर छपेगी, तुम्हारा उपीन भैया यह खबर पढ़ेगा, तसवीर देखेगा—यह कैसा होगा दिवाकर?'

इस काल्पनिक चित्र की घृणित योजना ने दिवाकर को धकेलकर उठा दिया और किरणमयी की बांहों से अपने आपको जबरन छुड़ाकर डगमगाते-डगमगाते वह केबिन से बाहर निकल गया।

35

डेक पर एक कुर्सी पर बैठकर वह टकटकी लगाए देखता रहा। कलेजे के अन्दर कैसी हलचल मचने लगी, इसे अस्पष्ट रूप से अनुभव करने के अलावा इसे बुद्धि

से समझने की शक्ति उसमें नहीं थी। ऊंची उठती लहरें पागलों की तरह जहाज पर टूट पड़ रही थीं और दूसरे ही पल वे बूंदों में बदलकर पता नहीं कहां विलीन होती जा रही थीं, फिर वे लहरें भागती हुई आकर जहाज से टकराती और फिर विलीन हो जाती। इस तरह लहरों के बार-बार जहाज से टकराने और टकराकर लौट जाने का अजीब खेल चल रहा था—दिवाकर सुध-बुध खोकर इस खेल को देखने लगा।

ऊपर पूरब के आसमान में क्षितिज से ऊपर उठते मटमैले बादल पहाड़ की भांति घनीभूत होते जा रहे थे और उन बादलों के पीछे सूरज आसमान में कितना ऊपर आया, इसकी जानकारी नीचे पहुंचाने के लिए किरणों की एक रेखा तक को राह नहीं मिली। दूसरे ही पल खलासी डेक पर व्यस्त होकर आने-जाने लगे और ऊपर कप्तान का घंटा बार-बार बजने लगा। तूफान की रफ्तार क्रमशः बढ़ती चली जा रही है और भविष्य में और भी बढ़ेगी, यह सन्देश आसमान के बादलों और समुद्र की लहरों ने ऊपर जहाज के कप्तान से लेकर नीचे कामिनी मकान-मालकिन तक सभी को साफ शब्दों में सुना दिया। ऐसे समय एक खलासी आकर बोला—'बाबू, बारिश होने में अब देरी नहीं है, आंधी-पानी में बाहर बैठकर क्यों तकलीफ उठाएंगे, केबिन में चले जाइए। देखिए, वहां अब तक, हो सकता है, कुछ हो रहा हो।

दिवाकर ने घबराकर पूछा—'क्या हुआ है वहां?'

खलासी चटगांव का मुसलमान था। शब्दों का कुछ अबूझ-सा उच्चारण करता हुआ वह मुस्कुराकर बोला—'कुछ नहीं हुआ है, मगर जहाज बहुत हिल रहा है, इसीलिए कह रहा हूं बाबू, कि जाकर देखिए कि औरतें क्या कर रही हैं। इतना हिचकोला बर्दाश्त करना बहुत मुश्किल है।'

दिवाकर उठकर खड़ा हुआ, तो समझा कि खलासी का कहना बिलकुल सही है।

लड़खड़ाते दिवाकर को खलासी ने पकड़ लिया और बोला—'चलिए बाबू, मैं आपको आपके केबिन में पहुंचा दूं।'

उसकी मदद से दिवाकर किसी तरह से अपने केबिन के दरवाजे तक आ पहुंचा। वह दरवाजा खोलकर अन्दर गया तो देखा, किरणमयी बिस्तर छोड़कर बगलवाली लोहे की बेंच पर उसी के एक सिरे को पकड़कर औंधी पड़ी हुई है। दिवाकर उसके सिरहाने जाकर बैठा और बोला—'तुम्हें तकलीफ हो रही है भाभी?'

किरणमयी न कुछ बोली, न सिर उठाया, सिर्फ दिवाकर की गोद में अपना दाहिना हाथ रखकर चुप रही। जहाज हिलने-डुलने लगा, बाहर जोरों से बहती

हवा सांय-सांय करके शोर मचा रही थी और ऊंची उठती लहरों के उमड़ते पानी के छींटे बड़ी तेजी से छोटी-सी खिड़की के मोटे शीशे पर पछाड़ खाने लगे।

उसका सिर चकराने लगा और बैठे रहना असम्भव समझकर संकरी-सी बेंच पर ही किरणमयी के सिर के पास अपना सिर रखकर वह मूर्च्छित की नाईं लेट गया।

किरणमयी ने हाथ फेरकर उसके सिर को छूआ और मृदु स्वर में बोली—'लेटे हो, सिर चकरा रहा है क्या?'

दिवाकर ने कहा—'हां।'

किरणमयी ने कुछ देर तक चुप रहकर पूछा—'अच्छा, दिवाकर, तूफान तो क्रमशः बढ़ता ही जा रहा है, तुम्हें ऐसा लगता है क्या कि जहाज डूब जाएगा?'

दिवाकर ने कहा—'नहीं।'

किरणमयी बोली—'कभी हां, तो कभी नहीं, क्या तुम अदालत में गवाही दे रहे हो, दिवाकर?' यह कहकर वह बहुत देर तक चुपचाप पड़ी रही। बहुत देर बाद धीरे-धीरे बोली—'जहाज डूब जाता तो अच्छा होता। अगर नहीं ही डूबे, तो यों हम लोग कितने दिन रहेंगे?'

दिवाकर को जवाब न देते देख किरणमयी ने दिवाकर के सिर को अपने हाथ से हिला दिया और बोली—'सुन रहे हो न?'

'हां, सुन रहा हूं। जितने दिन रह सकेंगे, रहेंगे।'

'उसके बाद?'

'उसके बाद भी समुद्र में पानी रहेगा, फांसी लगाने के लिए रस्सी भी मिल जाएगी। दोनों में से किसी एक को चुन लेना ही पड़ेगा।'

इतनी देर बाद दिवाकर के मुंह से एक बड़ी बात सुनकर किरणमयी बहुत देर तक चुपचाप पड़ी रही, उसके बाद वह सहज आवाज में बोली—'नहीं, ऐसा मत करो, तुम घर लौट जाओ। तुम मर्द हो, जाकर जो हो, कुछ न कुछ कह दोगे, तो बात खत्म हो जाएगी। बहुत संभव है, उसकी जरूरत भी नहीं पड़ेगी—तुम्हारे अपनों में से कोई इसको लेकर चींचपड़ करना नहीं चाहेगा।'

दिवाकर चुप रहा। ऐसे सुझाव को, वह चाहे जितना बड़ा लुभावना क्यों न हो, उसने नहीं माना। बहुत देर तक चुप रहकर बोला—'और तुम क्या करोगी?'

किरणमयी पहले ही की तरह सहज, शान्त स्वर में बोली—'मैं क्या करूंगी? मैं जहां जा रही हूं मुझे वहीं रह जाना पड़ेगा।'

दिवाकर बोला—'तुम वहां कैसे रह जाओगी? कौन है वहां तुम्हारा?'

किरणमयी ने कहा—'वहां मेरा कोई नहीं है।'

'तब?'

'तब भी मुझे वहां रह जाना पड़ेगा।'

दिवाकर उत्कंठा से उठ बैठा, बोला—'जरा साफ-साफ बताओ न भाभी! तुम कह रही हो कि वहां तुम्हारा कोई नहीं है। हालांकि तुम वहां कैसे रह जाओगी? मुझे तो यह सोचते नहीं बनता तो क्या तुम वहां अकेली रहोगी?'

किरणमयी मुस्कुराई। उसकी मुस्कान दिवाकर को दिखाई नहीं पड़ी। दिखाई पड़ती तो, वह समझता। किरणमयी कुछ देर तक चुप रही, फिर बोली—'नहीं दिवाकर, मैं अकेली नहीं रह सकूंगी—मेरी उम्र ऐसी नहीं है। मगर तुमसे इन बातों की चर्चा करने की जरूरत नहीं है।' इतना कहकर उसने दिवाकर का दाहिना हाथ खींचकर अपने मुंह पर रखा और दुख के साथ बोली—'मैंने बेकार में तुम्हें तकलीफ दी। इसके लिए मैं तुमसे माफी चाहती हूं।'

दिवाकर फिर जड़वत् लेट गया। सारी बातें तो उसने निःसन्दिग्ध रूप से नहीं समझीं, लेकिन इतना उसने जरूर समझा कि घर लौटने की अंधेरी राह में पल-भर पहले जो आशा का दीया उसने बेवकूफों की तरह जला लिया था, उसे फिर बुझाने का समय आ गया।'

दीया तो बुझा, मगर उसकी बदबूदार भाप से दिवाकर का कलेजा बिलकुल बोझिल हो गया। रुकती सांस की गहरी पीड़ा से वह उठ बैठा और तीखी आवाज में बोला—'तो क्या अब तक तुम दिल्लगी कर रही थीं, भाभी?'

मुंहचोर और शर्मीले दिवाकर की इस आकस्मिक उग्रता से किरणमयी चौंक उठी। बोली—'मैं किस बात को लेकर दिल्लगी कर रही थी, दिवाकर?'

'मेरे घर वापस जाने की बात को लेकर। ऐसे ताना मारने की क्या कोई जरूरत थी?'

'मैंने कोई हंसी-दिल्लगी नहीं की है।'

'तो क्या यह सच है?'

'हां, यह सच ही तो है, भई।'

'तो क्या यह भी सच है कि तुम अकेली रह जाओगी?'

'हां, यह भी सच है।'

'ओह! तो इसीलिए शायद अराकान जा रही हो। मगर वहां तुम किसके पास किस रूप में रहोगी, जरा यह भी तो सुनूं!'

दिवाकर की बात के जवाब में किरणमयी ने सिर्फ एक लम्बी सांस भर ली। उन लोगों का यह भागना दिवाकर के लिए कैसा भयावह है, इस भागने की शर्म कैसी असहनीय है, उसका मन कितना व्याकुल हो गया है, किरणमयी से कुछ भी अनजान नहीं था। वह दिवाकर को प्यार भी नहीं करती थी, उसको प्यार करना भी असंभव है, फिर भी यह आश्चर्य है कि इसी की पूरी उदासीनता से अब तक किरणमयी मन-ही-मन दुख पा रही थी।

लेकिन जिस पल दिवाकर अपने रूखे स्वर और तीखे प्रश्नों से अपने मन की ईर्ष्या को बिलकुल जगजाहिर कर डाला उसी पल किरणमयी के मन का छिपा दुख खुशी से मचल उठा। इस खुशी का और भी एक बड़ा कारण था, वह यह था कि इसके पहले यह कमअक्ल नौजवान अपनी पहली जवानी की खूबसूरती की प्यास से इस अजीब नारी के अलौकिक रूप की तरफ जब तिल-तिल करके आकर्षित होता जा रहा था तब किरणमयी ने उसे देखकर भी अनदेखा कर दिया था और जानकार भी ध्यान नहीं दिया था। कैसे वह मधुमक्खियों का छत्ता बनता चला जा रहा था, और कहां उसका मधु इकट्ठा हो रहा था, अत्यधिक उपेक्षा से उसने इधर नजर नहीं डाली थी। मगर आज जब ताना खाने के बाद अचानक उसका मधु टपक पड़ा तब इस दूर देश में जो आदमी उसका एकमात्र सहारा है उसी के मधुमक्खियों के छत्ते में जतन से इकट्ठा किए और छिपे मधु के खजाने पर किरणमयी ने अपनी बिलकुल सतर्क दृष्टि टिकाए रखी। वह मुस्कुराकर बोली—'मैं वहां किसके पास किस रूप में रहूंगी, यह जानने से तुम्हें क्या फायदा, दिवाकर? जब तुम्हें लौट जाना है तब इस अनावश्यक कौतूहल की कोई सार्थकता ही नहीं है।'

दिवाकर कुछ देर तक स्थिर होकर लेटा रहा। बाद में बोला—'मैं लौट जाऊंगा ही, यह बात तो मैंने एक बार भी नहीं कहा है। वह तुम्हारे ही मुंह की बात है, मेरे मुंह की नहीं।'

'यह सही है। लेकिन तुम्हारे ही मन की बात मेरे मुंह से बाहर निकल आई है।' इतना कहकर वह तीखे प्रतिवाद की प्रत्याशा करके इन्तजार करती रही। लेकिन दिवाकर ने कोई प्रतिवाद नहीं किया। किरणमयी उसे सोचने का समय देकर धीरज धरे रही।

बहुत समय बीत गया—बाहर आंधी-पानी के अविराम आक्रमण से जहाज आमूलचूल कांपने लगा। खलासियों का धीमा शोरगुल बीच-बीच में जोरदार होने लगा। किरणमयी के धीरज का बांध भी टूटने लगा, मगर उस छोटे-से लकड़ी के केबिन का सन्नाटा पसरा ही रहा।

किरणमयी को जब इस बात का जरा भी सन्देह नहीं रहा कि दिवाकर प्रतिवाद नहीं करेगा, तब उसने लम्बी सांस लेकर धीरे-धीरे कहा—'तो क्या यही तय हुआ कि तुम वापस जाओगे ही?'

दिवाकर ने कहा—'नहीं। मैं वापस नहीं जाऊंगा।'

किरणमयी ने फिर कोई प्रश्न नहीं किया।

36

उसी रात आंधी-पानी कम हो गया। सारा दिन उथल-पुथल मचाकर पागल समुद्र तड़के शान्त होने को आया। मगर आसमान खुश नहीं हुआ। वह मुंह लटकाए रहा।

सवेरे कुछ देर के लिए तो सूरज निकला, मगर सही तौर पर यह समझ में नहीं आया कि उसने इस जहाज के डरे, अधमरे मुसाफिरों को सही दिलासा दिया या आंखें लाल करके गायब हो गया।

ऐसे समय दिवाकर बाहर आया और एक कनवास की आरामकुर्सी पर एक तरफ झुककर लेट गया। क्या पता क्यों, आत्मग्लानि का अंगारा आज उसे अब पहले की तरह जला नहीं रहा था। शर्म का सागर भी आज उतना दुर्गम महसूस नहीं हुआ—न जाने कहां दूर पर पेड़-पौधों से घिरा एक नीले रंग का किनारा धुंधला-धुंधला-सा नजर आने लगा। कलेजे का असहनीय बोझ जब इस तरह से हलका होने को आया था तब दिवाकर स्थिर होकर बैठ गया और एक बार किरणमयी की दलील को अपने इरादे के माकूल ठहराने में लग गया। कल रात किरणमयी ने यह कहकर दलील दी थी कि 'हम लोग सही तौर पर अन्याय तभी करते हैं जब हम लोग किसी को भी उसके वाजिब हक से वंचित करते हैं। इसलिए किसी काम में लगने से पहले यह देखना जरूरी है कि हमने किसी के भी सचमुच के हक पर हाथ डाला है या नहीं। फिर यह जितना बाहर है ठीक उतना ही अन्दर भी है। अपने ऊपर भी अपना एक सही हक है। अपना हक है, इसलिए वह किसी दूसरे के हक से तुच्छ नहीं है। उस हक पर भी बाहर के किसी की भी दखलंदाजी बर्दाश्त करना अपने प्रति अन्याय करना है। मेरा यही कहना है।'

कुछ देर तक स्थिर रहकर उसने और भी कहा था कि 'हम लोग चोरी, डकैती आदि करके जैसे दूसरे के हक पर हाथ डालकर अन्याय करते हैं वैसे ही अन्याय करते हैं शराबी को पैसा देकर, क्योंकि वहां हम उसके अच्छा रहने के हक पर हाथ डालते हैं।'

दिवाकर को चुपचाप सुनता देख किरणमयी ने फिर से कहा था—'यद्यपि सामाजिक आदमी का यह अनधिकार अत्यन्त व्यापक है और कहां इसकी सीमा-रेखा है, कहां कदम रखने से अनधिकार-प्रवेश नहीं होगा, इसको लेकर दुनिया में बहुत द्वन्द्व है, बहुत मतभेद है, तब भी कहीं न कहीं एक सीमा है। इस बारे में किसी को भी संदेह नहीं है। इस सीमा का उल्लंघन करने की ताकत किसी को भी नहीं है, समाज को भी नहीं है। ऐसी बात नहीं है कि समाज इस सीमा का उल्लंघन करके दूसरे को ही बर्बाद करता है, बल्कि अपने आपको भी कमजोर करता है, ध्वस्त करता है। तुम्हें इतना मन भारी किए रहने की जरूरत नहीं होती दिवाकर, अगर तुम एक बार यह सोचकर देखते कि मुझे घर से बाहर लाकर तुमने किसी के भी सचमुच के हक पर कदम रखा है या नहीं। मैं विधवा हूं, मुझ पर किसी का भी कोई कानूनी दावा नहीं है। तुम अविवाहित हो, तुम्हारे हृदय पर भी किसी का अधिकार नहीं है। इसलिए मुझे प्यार करके तुमने कोई अन्याय नहीं किया है। यह समझना तो मुश्किल नहीं है।'

दिवाकर ने हक्काबक्का होकर कहा था—'यह तुम क्या कह रही हो, भाभी? अगर अवैध प्रेम अन्याय नहीं है, तो दुनिया में अन्याय और है कहां?' किरणमयी ने कहा था—'यह अवैध कैसे हुआ? जिसे तुम अवैध समझते हो, वह तुम्हारा संस्कार है, युक्ति नहीं। अच्छा, जरा यह तो बताओ कि तुम अवैध किसे कहते हो?'

दिवाकर ने उत्तेजित होकर जवाब दिया था—'जिसे विवाह के द्वारा पवित्र नहीं किया गया हो, जिसे समाज स्वीकार नहीं करता है, जिसे रिश्तेदार और यार-दोस्त नफरत की निगाह से देखते हैं, वही अवैध है। यह तो सीधी-सी बात है।'

किरणमयी ने मुस्कुराकर जवाब दिया था—'कैसे यह सीधी बात है? जरा सोचकर देखोगे, तो सीधी बात भी तुम्हें ऐसी टेढ़ी लगेगी कि दुनिया की बहुत सारी टेढ़ी-मेढ़ी चीजें भी उससे हार मान जाएं। तुमसे तो मैंने बहुत बार कहा है दिवाकर कि तुम्हारा यह ज्ञान कि क्या पवित्र है और क्या अपवित्र, यह संस्कार है—युक्ति नहीं है। इस दुनिया में स्त्री-पुरुष का अनेक बार ऐसा मिलन हो चुका है जिसे किसी भी सूरत में पवित्र नहीं कहा जा सकता है। मैं मिसाल देकर बात को और बढ़ाना नहीं चाहती दिवाकर। तुम चाहो तो इतिहास-पुराण पढ़कर देखो।

हालांकि उस मिलन को भी समाज ने स्वीकार किया था और अन्त में ब्याह के मन्त्रों से भी उन्हें पवित्र बना लिया गया था। दिवाकर, पथुरियाघाट के हमारे उस मकान की बगल में अगर कण्व मुनि का आश्रम रहता, तो शकुन्तला ने जो कुछ किया-धरा था, उसके चलते न सिर्फ ऋषि-मुनियों की जात-बिरादरी को, बल्कि तमाम पथुरियाघाट के लोगों को जाति से बाहर निकाल दिया जाता। कहां, उस प्रेम-कहानी को पढ़ने में तो किसी सती-साध्वी का मुंह-आंख शर्म के मारे लाल नहीं हो जाता है।

'नहीं, नहीं घबराओ मत दिवाकर, मैं सती-साध्वियों पर कटाक्ष नहीं कर रही हूं या नए और पुराने जमाने को मिला भी नहीं दे रही हूं। नया जमाना नया जमाना ही बना रहे और वे लोग अपनी-अपनी जगह पर अच्छा बनकर ही रहें, मुझे हरगिज कोई आपत्ति नहीं है। मगर यह अजीब बात है कि पुराने जमाने की शकुन्तला को इस जमाने के नर-नारी मन-ही-मन बुरी मानकर उससे नफरत क्यों नहीं कर सकते?'

कुछ देर तक चुप रहकर उसने फिर धीरे-धीरे कहा था—'जानते हो दिवाकर, लोग शकुन्तला से नफरत क्यों नहीं कर सकते हैं, सिर्फ इसलिए कि शकुन्तला ने अपने मिलन के आदर्श को, चाहे उनका मिलन किसी भी तरह से क्यों न हुआ हो, निखलिस रखा था। जिस बन्धन में उन्होंने अपने आपको एक ही पल में हमेशा-हमेशा के लिए बांध डाला था वह बन्धन पक्का नहीं था, इसके बारे में उन्होंने अपने मन में कोई सन्देह, कोई संकोच नहीं रखा था। अगर वे अपने मन में कोई संदेह, कोई संकोच रखतीं, तो कालिदास इतना बड़ा और इतना मधुर काव्य नहीं लिखते; किसी भी आदमी का हृदय वे ऐसे खींच नहीं सकते। जरा सोचकर देखो न कि असली बात कहां है?'

दिवाकर को एक भी बात अच्छी नहीं लगी थी। उसने अधीर होकर कहा था—'आदर्श चाहे जैसा भी क्यों न हो, आजकल का समाज इसे स्वीकार नहीं करेगा। और समाज में जिसे स्वीकृति नहीं मिलेगी, वह वैध हो या अवैध, उससे समाज को चोट ही पहुंचाई जाएगी। समाज में रहकर समाज को चोट पहुंचाना और आत्महत्या करना—दोनों एक ही बात है।'

किरणमयी ने जवाब दिया था—'दिवाकर, समाज को चोट पहुंचाना और समाज के अनुचित कार्यों को चोट पहुंचाना—दोनों एक ही चीज नहीं हैं। तुमसे तो मैंने पहले ही कहा है कि हर चीज का सचमुच का एक हक होता है। जब समाज उद्‌दंड होकर अपनी सचमुच की सीमा को लांघता है तब उसे चोट पहुचानी ही चाहिए। इस चोट से समाज मरता नहीं है, उसे होश आता है, उसका मोह

टूट जाता है। पढ़ने-लिखने या देश के लिए विलायत जाना भी समाज को मंजूर नहीं है। इसको लेकर उसे बार-बार चोट खानी पड़ी है। तब भी उसकी ऐसी कठोर प्रतिज्ञा है कि आज भी वह अपना अहंकार छोड़ नहीं सकता है। क्या तुम समाज के ऐसे विचारों की सराहना करते हो?'

दिवाकर ने कहा था–'नहीं, मैं समाज के ऐसे विचारों की सराहना नहीं करता। इसलिए कि इसे अच्छा समझने की कोई वजह नहीं है।'

किरणमयी ने कहा था–'तुम ठीक कहते हो, मेरा भी यह कहना है। मगर यह साफ और बेलौस जवाब तुम्हें कहां से मिल रहा है? अपनी सूझ-बूझ से तो–समाज से नहीं न?'

दिवाकर ने उत्तेजित होकर जवाब दिया था–'लेकिन सभी अगर हर काम में अपनी-अपनी सूझ-बूझ का इस्तेमाल करने लग जाएं, तब तो समाज का अस्तित्व ही नहीं रहेगा!'

किरणमयी ने कहा था–'मैं तो इतनी देर तक तुम्हें यही बताने की कोशिश कर रही हूं। जैसे हर काम में अपनी अक्ल का इस्तेमाल करने से समाज का अस्तित्व नहीं रहेगा, वैसे ही अगर समाज हरदम और हर काम में अपनी राय थोपेगा, तो आदमी का अस्तित्व नहीं रहेगा। सिर्फ आदमी ही भूल और अन्याय करना जानता है, और क्या समाज भूल और अन्याय करना नहीं जानता है, दिवाकर? आदमी और समाज दोनों की सीमा निर्धारित है–उस सीमा को, चाहे बेवकूफी से, चाहे सनक से, चाहे बेजा जिद से–चाहे जिस तरह से भी क्यों न हो, लांघने से ही अमंगल होता है। उस अमंगल को रोकने की ताकत तुम लोगों के भगवान को भी नहीं है।'

दिवाकर ने इसके जवाब में कुछ नहीं कहा था।

किरणमयी भी कुछ देर तक चुप थी, बाद में उसने कहा था–'हालांकि किसी भी समाज की सीमा हमेशा एक-सी नहीं रहती है, जरूरत के मुताबिक उसे घटाया-बढ़ाया जाता है।'

दिवाकर ने पूछा–'उस सीमा को कौन घटाता-बढ़ाता है?'

किरणमयी ने कहा था–'कोई उसे घटाता-बढ़ाता नहीं। जिस नियम से सारी दुनिया की सीमा घटती-बढ़ती है, उसी नियम से समाज की भी सीमा अपने-आप घटती-बढ़ती है। पर समाज की सीमा घटी-बढ़ी है या नहीं, इसका पता तब चलता है जब कोई उसको चोट पहुंचाता है।'

इतनी देर तक दिवाकर ने किरणमयी की सारी युक्तियों, सारे तर्कों से इस भागने का समर्थन करना चाहा था, तो उसके मन में हिचकिचाहट हुई थी। एक

तो उसे इसमें जरा भी सन्देह नहीं था कि यह बहुत ही गन्दा और निन्दनीय काम है, दूसरे, सारे कसूर को वह नम्रता के साथ कबूल करने के लिए अपने आपको तैयार कर रहा था। जब उसे यह साफ समझ में आया कि यह घमंडी नारी इतने बड़े कसूर को भी कसूर नहीं मानना चाहती है, बल्कि समाज को ही कसूरवार ठहराना चाहती है तब उसके लिए यह असहनीय हो गया था। हालांकि कड़ी बात कहना भी उसके लिए बहुत मुश्किल था इसीलिए उसने सिर्फ जरा-सा ताना देते हुए कहा था—जैसे अब यह देखना है कि हम लोगों की इस करतूत से समाज का घमंड और मोह कितना टूटता है! क्या भाभी, मैं ठीक कह रहा हूं न?'

किरणमयी ने अपनी दोनों कोहनियों के बल ऊंची होकर दिवाकर को निहारते हुए जवाब दिया था—पर हम लोगों ने समाज को चोट कहां पहुंचाई, दिवाकर? डर के मारे भाग जाना और खड़े होकर वार करना—दोनों क्या एक ही चीज हैं कि उससे समाज का घमंड चूर-चूर होगा? हम लोगों की करतूत से तो समाज का घमंड तो और बढ़ ही जाएगा। मगर तुम तो बी.ए. पढ़े हो न?' इतना कहकर उसने अपने बदन की चादर को सिर तक खींच लिया था और लेट गई थी।

बाहर कम होते तूफान की आवाज को भेदता हुआ ऊपर जहाज का घंटा बारह बार बज उठा। डेक की एक कुर्सी पर लम्बी सांस खींचकर दिवाकर चुपचाप बैठा हुआ था। तभी अचानक रुंधी-रुंधी-सी आवाज में पुकार आई—'दिवाकर!'

दिवाकर चौंक उठा, उसने जल्दी से जवाब दिया—'क्या है भाभी?'

किरणमयी ने कहा—'तुम लौट जाओ!'

दिवाकर ने जोर देकर कहा—'मैं हरगिज नहीं लौटूंगा।'

किरणमयी ने कहा—'क्यों नहीं लौटोगे? बिना समझे-बूझे तुमने एक अनुचित काम किया है। जब यह समझ में आ गया, तो भी उसका प्रतिकार नहीं करोगे, पाप का बोझ ढोते फिरोगे मैं तो इसकी जरूरत नहीं समझती, दिवाकर!'

दिवाकर ने कहा—'तुम नहीं समझतीं, पर मैं इसकी जरूरत समझता हूं। इसके अलावा मैं लौट जाऊंगा तो क्या पाप का बोझ उतर जाएगा भाभी?'

किरणमयी ने कहा—'मैं यह नहीं कहती कि तुम आज ही लौट जाओ। मगर दो दिनों बाद जा भी तो सकते हो।'

दिवाकर ने मृदु आवाज में पूछा—'लेकिन मैं जाऊंगा कहां?'

किरणमयी ने कहा—'अपने घर, अपने नाते-रिश्तेदारों के पास। अपने उपीन भैया के पास। सभी तो हैं तुम्हारे।'

दिवाकर कुछ देर चुप रहा, फिर बोला—'जिन्हें तुम मेरे अपने कहती हो, वे मेरे अपने नहीं हैं, यह तुम जानती हो। हां, हैं सिर्फ उपीन भैया। लेकिन क्या तुम उन्हें नहीं पहचान सकी हो? तुम उन्हीं के पास मुझे लौट जाने को कहती हो भाभी?'

दिवाकर कुछ देर चुप रहा। उसके बाद धीरे-धीरे बोला—'मैंने सोचा था कि तुमने उन्हें पहचाना है, लेकिन तुमने उन्हें नहीं पहचाना है। ऐसी भी बात नहीं है कि मैं भी उन्हें पहचानता हूं। हो सकता है, उन्हें अच्छी तरह पहचाना ही नहीं जा सकता हो। लेकिन छुटपन से उन्हीं के हाथों पल-बढ़कर मैं इतना समझ सका हूं कि मेरे लिए आग में कूद पड़ना ज्यादा आसान है बनिस्बत इसकी कि मैं उनके सामने जाकर खड़ा होऊं।'

अचानक किरणमयी चौंक उठी। दिवाकर के मुंह की तरफ निहारकर बोली—'क्यों, क्या वे इतने निष्ठुर हैं? यह समझाकर कहने पर भी कि इसमें तुम्हारा कोई कसूर नहीं है, क्या वे तुम्हें सजा देंगे? ऐसा कभी संभव नहीं हो सकता है दिवाकर!'

किरणमयी के आकस्मिक उत्साह पर दिवाकर ने ध्यान नहीं दिया। दीवार पर जलती बत्ती की ओर निहारता हुआ वह अन्यमनस्क की भांति धीरे-धीरे बोला—'उन्हें कोई बात समझाकर कहने की जरूरत नहीं पड़ती। पता नहीं, कैसे वे सब कुछ जान जाते हैं। अवश्य, मैं तुम्हारी तरह यह नहीं सोच सकता कि इसमें मेरा कोई कसूर नहीं है। लेकिन अगर तुम्हारा ही कहना सही हो; अगर सचमुच ही मैं बेकसूर होऊं, तो जिस दिन मैं उनके सामने जाकर खड़ा होऊंगा, उसी दिन वे सब कुछ जान सकेंगे। मगर मैं उनके सामने जाकर खड़ा नहीं हो सकूंगा। तुम सजा की बात कह रही थीं—पर मैं यह कैसे जानूंगा भाभी कि वे मुझे क्या सजा देंगे? आज तक उन्होंने किसी दिन मुझे सजा नहीं दी है।'

वह और कुछ नहीं बोल सका। अपनी दोनों हथेलियों से दोनों आंखों को दबाए वह चुप हो गया।

किरणमयी ने कोई बात नहीं की। दोनों आंखें फाड़कर वह उसके मुंह की ओर देखती रही। उसके मन की हलचल को सिर्फ उसके अन्तर्यामी ने जाना।

थोड़ी ही देर बाद दिवाकर ने बात की। बेहद दुखी स्वर में कहने लगा—'कल तुमने कहा कि तुम उपीन भैया का सिर झुका दोगी। उस रात तुम लोगों में क्या बात हुई थी, किस गुस्से में तुमने यह बात कही थी, यह अभी भी मुझे सोचते नहीं बनता। तुम्हारी कोई वजह हो, मगर वह वजह चाहे जो भी हो उनका सिर झुका देने का दुख कितना बड़ा है, यह अगर तुम जानतीं तो तुम ऐसी बात अपनी

जबान पर भी नहीं लाती। इसके अलावा वैसे लोगों का भी सिर झुक जाए तो हम लोग अपना सिर किस दिन और किस तरफ निहारकर उठाएंगे? तुम ऐसी कोशिश मत करो। जब तक न वे खुद अपना सर झुकाकर हमारी ओर ताकते हैं तब तक उनका सर झुका देने की ताकत दुनिया में किसी को भी नहीं है भाभी। विश्वास करो, मैं सही कह रहा हूं।'

उतनी रात गए ये दो विपरीत स्वभाव के व्यक्ति उपेन्द्र के प्रति भक्ति, श्रद्धा और प्यार के तट पर आकर सहसा एक-से हो गए। जहां कोई विरोध ही नहीं था, जहां कहने की बनिस्बत सुनने की और समझाने की बनिस्बत समझने की आकांक्षा ही अत्यधिक प्रबल हो उठी।

सोती किरणमयी को इसका पता नहीं चला था कि दिवाकर तड़के कब बिस्तर से उठकर बाहर चला गया था। इसीलिए नींद टूटते ही वह दिवाकर के लिए घबरा उठी। कल रात बातों-बातों में किरणमयी बहुत-सी बातें जान सकी थी। जब से यह अत्यन्त निःसन्दिग्ध रूप से किरणमयी की समझ में आ गया था कि दिवाकर सचमुच कितना असहाय है और अपने उपीन भैया से अलग होना उसके लिए कैसा दुखदायी हादसा है, तब से लेकर अब तक उसके नारी हृदय को राहत नहीं मिल रही थी। इस सरल विनीत, सत्यवादी और सच्चरित्र युवक को उसके जीवन की शुरुआत में ही अकारण पथ-भ्रष्ट कर देने के कसूर ने उसकी नींद में भी उसे बींधा था। इसलिए नींद टूटते ही उसने एक नए स्नेह और दुख के साथ इस बेकसूर अभागे की तरफ पहले मुंह घुमाकर देखा, दिवाकर नहीं था। उसने उठकर बाहर तलाश करके देखा, तो देखने में आया कि दिवाकर वहां भी नहीं था। तब उसने अपने बेयरे को बुलाकर उसकी तलाश करने को कहा, पर उसे भी दिवाकर नहीं मिला।

तब से लेकर अब तक किरणमयी उत्कंठा के साथ इन्तजार कर रही थी। लेकिन आज उत्कंठा के अन्दर बहुत दूर से आई हुई मृदु सुगंध की भांति एक धुंधले- से आनन्द की झलक पाकर उसका हृदय आनन्द से पुलकित होता जा रहा था।

उसी तुच्छ दिवाकर के साथ, जिसे उसने किसी दिन प्यार नहीं किया था, जिसे किसी दिन प्यार नहीं कर सकती, अक्ल के फेर से, घर बसाना पड़ेगा, प्यार करने का अभिनय करना होगा, जहाज पर चढ़ने के बाद से लेकर अब तक यही धिक्कार अन्दर ही अन्दर उसे जैसे पागल बनाता चला जा रहा था।

पर बात यहीं खत्म नहीं होती है। उस दिखावटी प्यार का कशिश तो एक न एक दिन दूर होगा ही, एक दिन ऐसा आएगा जब यह ढोंग हरगिज अच्छा

नहीं लगेगा। डॉक्टर अनंगमोहन ने यह सबक अच्छी तरह सिखाया था। बुरे दिनों में जो जानलेवा नफरत का फंदा उसके गले में कसता चला जाएगा, उसे वह किस हथियार से काटेगी? इस दुश्चिन्तता का अन्त उसे कहीं दिखाई नहीं पड़ता था। मगर कल देर रात उपेन्द्र के राजसिंहासन के पास बैठकर दोनों सुलहनामे पर जब दोनों के दस्तखत हो गए तब नींद टूटने के बाद किरणमयी जैसे एक ओर इस निरीह लड़के के लिए करुणा और दुख से दुखी हो उठी, वैसे ही दूसरी ओर इस अवश्यंभावी घृणा की विभीषिका से मुक्ति पाकर उसने राहत की सांस ली।

कमरे के अन्दर अकेले बैठे-बैठे लम्बी सांस लेकर वह बार-बार यही कहने लगी कि अब मुझे कोई डर नहीं—कोई डर नहीं। जिसे मैं प्यार नहीं कर सकूंगी उसके मन की कालिख को स्नेह से कम-से-कम थोड़ा-बहुत पोंछ दे सकूंगी। फिर भी एक डर उसके मन के अन्दर ताक-झांक करने लगा—पीछे कहीं अपनी काम-वासना को न रोक पाने की वजह से दिवाकर उस काम-वासना की आग में पतंग की तरह जल मरने के लिए एक दिन कमर कस ले तो? यह तो उससे छिपा नहीं था कि उसके रूप के आकर्षण में कितनी प्रबल शक्ति है।

उसे याद आई अपने मृत पति की। नीरस, कठोर मूर्तिमान विद्या का अभिमान। उसे अपने उस पति की याद आई जो दिन-रात अत्यंत सतर्क होकर विज्ञान का मजबूत बाड़ा लगाकर अपनी स्वतंत्रता की रक्षा किया करते थे। उनके पास वह तो एक दिन नहीं जा सकी थी। तब भी तो दिन गुजर रहे थे। पढ़ाई-लिखाई करते, खाना बनाते, सास की डांट खाते, घर की काम-काज करते दिन बीतते थे और रात को वह परलोक और आत्मा के विरुद्ध लड़ाई करती, शिकायत करती, ग्लानि महसूस करती, व्यंग्य करती, कमरे के दीवारों को गंदी, जहरीली करती हुई थक-हारकर किसी एक समय सो जाती थी। फिर सुबह होती, फिर रात आती, ऐसे महीने पर महीने, साल पर साल बीतते चले गए थे। 'भीख दो मां' कहकर भीख मांगने कोई भिखारी घर के दरवाजे पर नहीं आया। 'कैसी हो' कहकर किसी पड़ोसी ने कोई खोज-खबर नहीं ली थी एक दिन के वास्ते भी सूरज की किरणों ने घर के अन्दर रोशनी नहीं डाली थी। एक पल की खातिर भी आसमान की हवा राह भूल घर के अन्दर नहीं आई थी—तब भी तो लम्बे दस साल गुजर गए थे। उसे अपने मां-बाप की याद नहीं आती है। सिर्फ यह याद आती है कि छोटी उम्र में कालना के नजदीक के एक छोटे-से गांव के एक घर से, जो उसके गरीब मामा का घर था, बाहर निकलकर एक दिन बहू के वेश में उस अंधेरे घर में आई थी। पति ने उसे छोटी छात्रा की तरह स्वीकार किया था।

उस दिन से लेकर उनके आखिरी दिन तक उन दोनों के बीच बना गुरु-शिष्य का कठोर रिश्ता उससे नहीं टूटा था। पति ने एक दिन के लिए भी उसे लाड़-प्यार नहीं किया था। उन्होंने मुझसे यह कभी नहीं कहा था कि वे उसे प्यार करते थे या नहीं।

वे उसे बंगला, संस्कृत और अंग्रेजी पढ़ाकर पाठ को जुबानी याद करने को कहते थे, पाठ सुनते भी थे। अगर वह पाठ को जुबानी याद नहीं कर पाती, तो वे उसे डांटते थे। उसे मारने से भी वे बाज नहीं आते थे। जब वह गुस्सा या मान-अभिमान करती, तो वे उसे मनाते नहीं थे। अगर वह रोते-रोते सो जाती, तो कभी वे उसे जगाकर खिलाने के लिए बुलाते नहीं थे—यही तो है उसके बहू-जीवन का इतिहास।

सास का बर्ताव तो और भी कठोर था। वे छोटी से छोटी भूल-चूक के लिए माफ नहीं करती थीं। अघोरमयी ने अपने रसोईघर के कलछी-चिमटा, खुरचनी से लेकर जली हुई लकड़ी तक से उस छोटी-सी बहू को मारा था। एक दिन पता नहीं किस कसूर की सजा के तौर पर उन्होंने उस छोटी-सी बहू के सिर के सारे बाल काट दिए। जब दुख और अभिमान से बहू रसोईघर के एक कोने में अपना मुंह ढंककर फूट-फूटकर रोने लगी तब उसकी पीठ में जलती लकड़ी छुलाकर अघोरमयी ने उसे चुप रहने का हुक्म दिया था। किरणमयी के उस जले जख्म को भरने में एक महीना लग गया था।

अचानक मानो वही जख्म टीस उठा। किरणमयी पल-भर के लिए चंचल हो उठी। फिर स्थिर होकर बैठी।

वह यह याद नहीं कर सकती है कि कब उसने किशोरावस्था को पार कर जवानी की दहलीज पर कदम रखा था। यह याद दिलाने के लिए उसके पास कोई भी निशानी नहीं है। जैसे उषा के बाद सुबह की रोशनी खिल उठती है, वैसे ही किशोरावस्था के बाद उसकी जवानी खिल उठी थी।

जब जवानी में, अनजाने में अहंकार किए बगैर शरीर का रोम-रोम सौन्दर्य से भर जाने लगा तब वह अपने पति के साथ सूक्ष्म सिद्धान्त की चर्चा में मशगूल हो गई। उसे एक बार भी यह सोचकर देखने का मौका नहीं मिला कि क्यों उसका शारीरिक उत्पीड़न खत्म हुआ, क्यों वह गृहिणी, स्वामिनी बन उठी। पति कहा करते थे कि 'सुख ही जीवन का एकमात्र लक्ष्य है और बाकी सब उपलक्ष्य हैं। दया, धर्म, पुण्य—सभी वही उपलक्ष्य हैं। या तो इस लोक में या परलोक में, या तो अपना या पांच लोगों का, या तो स्वदेश का या विदेश का—किस तरीके से सुख में बढ़ोतरी की जा सकती है—यही है जीवों का काम और चाहे जान-बूझकर

हो, चाहे अनजाने में हो—इसी कोशिश में जीवों का सारा जीवन भरा रहता है और यही एकमात्र तराजू है जिस पर रखकर सारे अच्छे-बुरे को तौला जा सकता है। यह अपना है या पराये का, यह मत देखना। किरण, तुम सिर्फ यह समझकर देखने की कोशिश करना कि इससे सुख की मात्रा बढ़ती है या नहीं।'

किरणमयी कहती—'आप जो कहते हैं, मैं वैसा ही करूंगी। मगर मैं यहां कैसे जानूंगी कि मेरे कामों से दुनिया में सुखों में बढ़ोतरी हो रही है? सुख क्या है, इसके बारे में तो सबकी राय एक-सी नहीं है।'

हारान अपनी ज्योतिहीन आंखें पल-भर के लिए कड़ियों, काली, मैली बल्लियों की ओर टिकाकर कहते—'टुकड़ों में देखने पर सुख सबके लिए एक-सा नहीं है, लेकिन सामूहिक रूप से देखने पर सुख सबके लिए एक-सा है। तुम्हें इसी पर फैसला करना होगा।'

किरणमयी के लिए सुख का कोई भी रूप स्पष्ट नहीं था, वह अधीर होकर बोल उठती—'टुकड़ों में, सामूहिक रूप में—वह सब बात की बात है। आदमी ज्यादा से ज्यादा यही समझ सकता है कि उसे किस चीज से सुख मिलता है। सो भी हर वक्त, हर हालत में वह इसे अच्छी तरह नहीं समझ सकता है। जब अपने ही बारे में आदमी सही नहीं है तब सारी दुनिया की जिम्मेदारी अपने हाथ में लेने की हिम्मत जिसे हो, हो, मुझे तो ऐसी हिम्मत नहीं होती। उस पार की जूट मिल में काम करनेवाले, हो सकता है, यह सोचें कि अगर संभव हो तो काशी के सारे मंदिरों को तोड़कर वहां जुट मिल खड़ी कर दी जाए, तो आदमी के सुख में बढ़ोतरी हो लेकिन सभी क्या ऐसा सोचेंगे? आखिर सुख नामक चीज क्या है, जब तक न तुम मुझे यह समझा दोगे तब तक मैं तुम्हारी कोई भी बात नहीं सुनूंगी।' इतना कहकर किरणमयी जाने की तैयारी करती, तो हारान उसका हाथ पकड़कर कहते—'जरा बैठो। इतना पढ़ने-लिखने के बाद भी अगर तुम इतनी-सी बात पर गुस्सा हो जाओगी, तो सब कुछ मिट्टी में मिल जाएगा। देखो किरण, मैं तुमसे सच कहता हूं, मैं यह ठीक-ठीक नहीं जानता कि सुख नामक चीज आखिर है क्या। यह भी मुझे नहीं मालूम कि किसी देश में किसी ने कभी इसे जाना था या नहीं। शायद इसे जाना ही नहीं जा सकता है। हमारे देश में दुख से छुटकारा पाने के तीन तरीके बताए गए हैं, उन तीनों को छोड़ देने के बाद जो चीज मिलती है, वही सुख है—ऐसा भी नहीं कहा जा सकता है।'

जवाब में किरणमयी अत्यन्त अधीर होकर बोल उठी—'जब सुख के बारे में कुछ भी नहीं कहा जा सकता है तब किसी के भी सुख की कल्पना की खिल्ली उड़ाना जैसा असंगत है वैसा ही पागलपन है। आम तौर पर दुनिया में सुख में

बढ़ोतरी करने की कोशिश भी। अच्छे-बुरे को तौलने के पहले ही तुम्हारे तराजू की डंडी सही होनी चाहिए। उसे तुम किस आदर्श से सही ठहराओगे, मुझे यही सोचते नहीं बनता।'

हारान पल-भर चुप रहकर हताश होकर कहते—'किरण, मैं जानता हूं, तुम्हारे मन का झुकाव किस ओर है। लेकिन जब तक तुम परलोक, आत्मा, ईश्वर आदि की कल्पना-रूपी कूड़े-करकट को अपने मन के अन्दर से बुहारकर बाहर निकाल नहीं फैकोगी तब तक तुम्हारा सन्देह रह ही जाएगा। सुख ही जीवन का आखिरी मकसद है और सुखी होना ही जीवन की चरम सार्थकता है, इसे तुम समझ करके भी नहीं समझोगी। सिर्फ यही लगता रहेगा कि कौन जाने, हो सकता है, और भी कुछ हो! हालांकि यह और भी कुछ क्या है, इसका पता तुम्हें कभी ढूंढ़े भी नहीं मिलेगा। यह तुम्हें परेशान किए रखेगा, हालांकि कोई उपाय नहीं बताएगा। यह तुम्हारी इच्छाओं को जगा देगा। यह तुम्हें रास्ते की कहानी ही सुनाएगा, मगर यह तुम्हें कभी रास्ता नहीं दिखा सकेगा।'

इस तरह किरणमयी शिक्षा और संस्कार के बीच पली-पढ़ी थी। आज उसे सारी बातें एक-एक करके याद आने लगीं।

इस तरह से जब उसकी विचारों की धारा मौजूदा दुख को पार कर बहुत दूर बीते दिनों के दुख के अपार, अथाह सागर में डुबकियां लगा रही थी तब एक समय पता नहीं कहां से दिवाकर सूखे और उदास मुंह से केबिन के अन्दर आया। ज्योंही किरणमयी ने उसे देखा त्योंही उसके दुख की खुमारी एक पल में दूर हो गई। उसके चेहरे पर स्नेहभरी मुस्कान खिल उठी, पर वह फटकार-भरे स्वर में बोली—'बात क्या है बताओ तो, दिवाकर? यह क्या करते फिर रहे हो?' खाओ-पियोगे नहीं क्या? अच्छे लड़के हो तुम तो।

उसकी आवाज सुनकर दिवाकर इतने दिनों बाद एकबारगी चौंक गया। उसे लगा कि भाभी की ऐसी आवाज सुने सैकड़ों, हजारों साल बीत गए हैं। उस स्वर में विद्वेष और व्यंग्य का दुख नहीं था। वह वास्तव में स्नेह से भरा कोमल स्वर था। आदमी के कान इसे पहचानने में गलती नहीं करते। न जाने कैसे वे इसे पहचान लेते हैं! दिवाकर अभिभूत हो चुप रहा।

किरणमयी ने मंद-मंद मुस्कुराकर कहा—'सवेरे से लेकर अब तक तुम कहां थे, बताओ तो?'

दिवाकर ने धीरे-धीरे-से कहा—'नीचे।'

'नीचे थे? इतनी देर तक नीचे क्यों बैठे थे? क्या तुम्हें एक बार ऊपर आकर कुछ खा-पी लेने की भी फुरसत नहीं मिली थी?'

जवाब में दिवाकर सिर्फ टकटकी लगाकर देखता रहा। उसके मुंह से एक शब्द भी नहीं निकला।

किरणमयी ने फिर से पूछा—'क्या कर रहे थे नीचे?'

उसके चेहरे पर बड़ी बहन की निर्मल स्नेह-भरी मुस्कान थी। उसकी आवाज में वही प्यार था जिसे पहली बार कलकता आने के बाद उसी से पाकर दिवाकर कृतार्थ हो गया था। आनन्द से उसकी आंखों में पानी आने को हुआ, पर उसे किसी तरह रोककर उसने कह डाला—'भाभी, नीचे एक बंगाली है, जो अपनी पत्नी के साथ अराकान जा रहा है—उन लोगों का वहां अपना मकान तक है...।

किरणमयी ने उत्सुक होकर कहा—'क्या कह रहे हो दिवाकर?'

दिवाकर ने कहा—'सचमुच भाभी, भले आदमी हैं वे लोग...।'

दिवाकर की बात पूरी भी नहीं हुई थी कि किरणामयी बोल उठी—'तब तो हम लोग उन्हीं लोगों के घर जाकर ठहर सकते हैं। उस बंगाली की पत्नी से मेरी दोस्ती करा दे सकते हो?'

दिवाकर ने खुश होकर कहा—'हां, बिलकुल करा दे सकता हूं। मकान-मालकिन कह रही थी कि वह एक बार तुमसे...'

किरणमयी ने आश्चर्यचकित होकर पूछा—'भला यह मकान-मालकिन कौन है, दिवाकर?'

दिवाकर ने कामिनी का संक्षिप्त परिचय देकर कहा—'हरीश बाबू अपनी पत्नी को इसी नाम से पुकारते हैं क्योंकि वहां उन लोगों का एक मकान है न!'

उसकी बात सुनकर किरणमयी चुप रही। क्योंकि कलकत्ता की दाइयों के मुंह से जिन घरवालियों के लिए इस मकान-मालकिन शब्द का इस्तेमाल होते उसने इसके पहले सुना था, उनमें से कोई भी शरीफ औरत नहीं थी। इसीलिए जब दिवाकर उसे यहां लिवा लाने के लिए तैयार हुआ तब किरणमयी ने जरा मुस्कुराकर स्निग्ध स्वर में कहा—'वह अच्छी औरत है न दिवाकर?'

दिवाकर तुरत गर्दन हिलाकर आवेग के साथ बोल उठा—'वे लोग गजब के आदमी हैं भाभी। एक बार जान-पहचान होने पर...'

किरणमयी बोली—'आज छोड़ दो दिवाकर, फिर किसी दिन...'

दिवाकर सिर हिलाकर बोल उठा—'नहीं भाभी, मैं तुम्हारे पांव पड़ता हूं, वह इसी वक्त यहां आना चाहती है। जब हमें उन लोगों के घर जाकर ठहरना ही पड़ेगा तब उसे बुला लाने जाऊं, भाभी?' इतना कहकर दिवाकर लगभग अधीर होकर उठकर खड़ा हो गया तो तुरत उसके मुंह, आंख और आवाज के अन्दर

से होकर छोटे भाई की स्नेह-भरी जिद उसकी गलती को मानो गरम बर्छी-जैसा बनाकर किरणमयी के हृदय में बिंधी। अचानक उसका कलेजा मुंह को आ गया और अपने निकले आंसू को छिपाने के लिए किरणमयी ने मुंह घुमाकर किसी तरह से कहा—'अच्छा, तो जाओ।'

यह सच है कि किसी अनजानी जगह में जाते वक्त राह में किसी साथी का मिलना बड़े सौभाग्य की बात है। अन्त में शायद यही सोचकर उसने दिवाकर का व्यग्र अनुरोध स्वीकार किया था, लेकिन जब वह सचमुच ही उसे बुला लाने के लिए तेज कदमों से बाहर निकल गया तब अपनी उम्र को याद करके किरणमयी अपने मन के अन्दर बड़ी शर्म महसूस करने लगी। आनेवाली बंगाली की लड़की है, उसकी उम्र हो गई है—क्या पता उसकी नजरों को धोखा देना संभव होगा या नहीं। सिर्फ यही सोचकर किरणमयी का हृदय हिचकिचा उठा कि उसकी और दिवाकर की उम्र में जितना अन्तर है उतना अंतर बंगाली-समाज में पति-पत्नी की उम्र में नहीं होता है और उन दोनों की उम्र का यह अंतर उसकी नजरों में खटके बिना नहीं रहेगा।

थोड़ी ही देर बाद वह मकान-मालकिन दिवाकर के पीछे-पीछे आ पहुंची। ज्योंही किरणमयी ने उसकी ओर निगाह डाली त्योंही उसे यह पता चल गया कि यह शरीफ घर की औरत नहीं है। यह कलकत्ता में दाईगीरी करनेवाली औरतों में से एक है। उसके कलेजे के ऊपर से एक बोझ उतर गया। वह मुस्कुराती हुई बोली—'आओ, बैठो।'

किरणमयी का रूप देखकर मकान-मालकिन कुछ देर तक अभिभूत होकर खड़ी रही, बाद में गले में आंचल डालकर फर्श से मत्था टेककर प्रणाम किया और दरवाजे के पास आकर बैठ गई। बोली—'बाबू के मुंह से आपकी बातें सुनकर मकान-मालिक ने कहा—'जा मकान-मालकिन, बराहमन-मां को नमस्कार कर आ। सो मगों के देश में जा तो रही हो बहू, मगर इस मकान-मालकिन के घर में कोई चूं तक करने की गुस्ताखी नहीं कर सकता। अगर कोई ऐसी गुस्ताखी करने की हिमाकत करे, तो मैं उसे झाड़ू मारकर ठंडा कर दूंगी।' इतना कहकर मकान-मालकिन ने झाड़ू की जगह सिर्फ अपना हाथ एक बार ऊंचा करके हिला दिया।

किरणमयी खुश होकर बोली—'अब जान में जान आ गई, भई। नई जगह जाने में कितना डर लग रहा था! हम दोनों कितने चिंतित थे।'

मकान-मालकिन बोली—'इसमें डरने की क्या बात है, बेटी? मैं अराकान की एक मशहूर मकान-मालकिन हूं। मेरा नाम सुनते ही यमराज भी रास्ता छोड़ देता

है। सो चलो भई, मेरे वहां तुम्हें कोई तकलीफ नहीं होगी। किराया पांच रुपए महीना है, पर तुम लोग चार ही रुपए देना। उसके बाद जब बाबू को कोई काम-काज मिल जाएगा तब देखा जाएगा। अब उसके लिए कोई फिक्र मत करो बहू। मेरा मकान-मालिक जाकर जिस साहब को पकड़ेगा, वह क्या भला इनकार करेगा? तुम्हारे मां-बाप के आशीर्वाद से हम लोग कम रोब नहीं रखते।' इतना कहकर कामिनी ने अपने होंठों को फैलाकर अपनी गर्दन को दो बार बाएं-दाएं हिला दिया।

किरणमयी ने एक लम्बी सांस लेकर कहा—'भगवान तुम लोगों का भला करेंगे!'

उसके चेहरे की ओर मकान-मालकिन अचानक एक तीक्ष्ण दृष्टि डालकर बोल उठी—'यह कैसी बात है बहू? तुमने अपने सिर को ऐसे धोया है कि मांग में सिंदूर का जरा भी निशान तक नहीं है। एक बार दो तो अपनी सिंदूर की डिबिया, मैं तुम्हारी मांग भर देती हूं।'

किरणमयी इसके लिए पहले से ही तैयार हो गई थी। उसने अपना बायां हाथ दिखाते हुए कहा—'नहीं, भई, ऐसी बात नहीं है कि सिर धोने की वजह से मेरी मांग का सिंदूर धुल गया है। दरअसल मेरा कतरी-सिंदूर एक साल से माता काली के पैरों में बंधा हुआ है। उस साल बाबू की जान बचने की आशा ही नहीं थी—सिंदूर और कतरी को रेहन रखकर ही मैं उन दोनों को किसी तरह से बनाए रख सकी हूं।' इतना कहकर उसने जरा-सी लम्बी सांस ली और कनखियों से दिवाकर की ओर देखा, उसका चेहरा शर्म के मारे बिलकुल पीला पड़ गया था।

'ओ तो ऐसी बात है!' कहकर मकान-मालकिन भी सहानुभूति प्रकट करती हुई बोली—'पर हमारे अराकान में भी काली-मंदिर है। वहां पहुंचकर काली की पूजा-अर्चना करके कतरी-सिंदूर को रेहन से छुड़ा लेना बहू, वरना आम आदमी तरह-तरह की उल्टी-सीधी बातें सोच भी तो सकते हैं अराकान-जैसी बुरी जगह सारी दुनिया में और कहीं नहीं होगी। वहां लोग जो भी थोड़ा-बहुत एक-दूसरे का अदब करते हैं, नियम-कानून मानकर चलते हैं, वह सिर्फ हमीं लोगों के चलते, वरना...।'

किरणमयी ने मुस्कुराते हुए कहा—'सिर्फ यही बात तो आज दो दिनों से बाबू से हो रही है। वे तुम लोगों की कितनी बड़ाई कर रहे थे, यह भला मैं तुम्हारे मुंह के सामने क्या कहूं! जब से हम लोग जहाज पर चढ़े हैं—तब से लेकर अभी तक हम दोनों डर के मारे मरे जा रहे हैं—क्या होगा? यह भगवान...।'

किरणमयी की बात पूरी भी न होने पाई थी कि 'डरने की क्या बात है बहू!' कह और अभयदान देकर मकान-मालकिन ने अपनी तारीफ की झड़ी लगा दी और देखते-देखते उन दोनों की घर-गृहस्थी की, सुख-दुःख की कहानी ऐसी जमी कि उसे देखकर कोई यह नहीं कह सकता था कि दस मिनट पहले तक इन दोनों की आपस में जरा भी जान-पहचान तक नहीं थी।

दिवाकर जब उस मकान-मालकिन को साथ लेकर आया था, तभी वह करीब ही कुर्सी पर बैठ गया था। उसके बाद फिर वह उस कुर्सी से उठा ही नहीं था। दिवाकर किरणमयी की बातें सुनते-सुनते जैसे एक ढंग से सुध-बुध हारे की नाईं स्तब्ध हो गया था और सोच रहा था कि किरणमयी कैसे निःसंकोच रूप से और कैसे अनायास कितना झूठ बोल सकती है। इतनी देर बाद अचानक उसकी सुध लौटी। ज्योंही उसने उठकर बाहर जाने की तैयार की त्योंही किरणमयी बोल उठी—'सारा दिन तुमने कुछ खाया-पिया नहीं है। अब फिर बाहर क्यों जा रहे हो?'

किरणमयी की बात के जवाब में दिवाकर ने जो कुछ कहा, वह सुनाई तो नहीं पड़ा, मगर समझ में आ गया। किरणमयी व्यस्त होकर बोली—'नहीं, नहीं, ऐसा नहीं हो सकता है। मैं यह अच्छी तरह जानती हूं कि तुम एक बार बाहर जाओगे, तो जल्दी फिर नहीं आओगे।' फिर मकान-मालकिन की तरफ निहारती हुई मुस्कुराकर बोली—'मेरे सास-ससुर नहीं हैं। जब से ब्याह हुआ है, तब से लेकर अब तक हमेशा मुझे यही दुख लगा हुआ है। खिलाने के लिए जैसे मारामारी करनी पड़ती हो। फिर जरा मुस्कुराई और बोली—'मैं ही हूं कि जबरन खिला सकती हूं। मेरी जगह कोई दूसरी लड़की होती तो उसके लिए सिर्फ आंसू और भूख ही संबल होती।'

शर्म से दिवाकर का सिर बिलकुल झुक गया।

'क्या बाबू, विदेश में जाकर ऐसे घर-गिरस्ती चलाओगे? मगर मैं अपने मकान में बहू को हरगिज सताने नहीं दूंगी।' किरणमयी के मुंह की ओर देखकर वह एकाएक पूछ बैठी—'बहू, बाबू शायद उम्र में तुमसे बड़े नहीं हैं, तुम दोनों हमउम्र-से लगते हो, है न?'

किरणमयी ने तुरत गर्दन हिलाकर मुस्कुराते हुए कहा—'कुलीनों का घर ठहरा! यही मेरा सौभाग्य है कि मैं उनसे उम्र में बड़ी नहीं निकली। पर हम दोनों लगभग हमउम्र हैं। उनका जन्म बैशाख महीने में हुआ है और मेरा आषाढ़ में—बस, वे मुझसे दो महीने बड़े हैं, इससे ज्यादा नहीं। बहुतेरे तो मुझे ही उम्र में उनसे बड़ी बताते हैं। हाय राम! यह कितनी शर्म की बात है!' इतना कहकर किरणमयी अपने मुंह को दबा-दबाकर हंसने लगी।

मकान-मालकिन इस हंसी में शामिल नहीं हुई। बल्कि गम्भीर मुंह से बोली—'कुलीनों के घर में शरमाने की कोई बात नहीं है। सुनती हूं, दस बरस के वर के साथ पचास बरस की बूढ़ी का भी ब्याह हो जाता है। खैर, ऐसा होता है, तो हो, मैं उसके बारे में कुछ नहीं कहती। लेकिन जाकर पूजा करके सिन्दूर और कतरी पहनो। नहीं तो ये नंगी कलाइयां, यह सूनी मांग औरतों को शोभा नहीं देती। अच्छा, तो अब मैं चलती हूं। अब तुम लोग खाओ-पियो; मैं फिर शाम के बाद आऊंगी। इतना कहकर मकान-कालकिन ने किरणमयी के पैरों की धूल अपने सिर से लगाई और उठकर खड़ी हो गई।

37

यद्यपि सतीश के एकांतवास की व्यवस्था आज भी पहले जैसी ही है, लेकिन इस बीच उसके वैरागियों का-सा जीवन जीने के ढंग में कितना बदलाव आ गया है, यह उसे नजर आ जाएगा जिसने उसे दो महीने पहले देखा होगा।

जो आदमी अपनी मर्जी से इतनी दूर सुनसान जगह में, जहां न उसका नाते-रिश्तेदार है, न यार-दोस्त, अकेले रहने आया है उसकी अपनी वेश-भूषा के प्रति इस आकस्मिक दिलचस्पी की भला वजह क्या है और भला क्यों उसने पंछियों की चहक के बदले ट्रंक से अपनी गाने की बही बाहर निकाली तथा भला क्यों उसने वायलिन, सितार, बांसुरी आदि साजों को उनकी अनचाही जगह से निकालकर पुराने दिनों की तरह फिर से टेबल पर रख दिया और भला क्यों उसके मुंह-आंख पर छाई उदासी अचानक उड़न-छू हो गई—यह सब सोचने की बात तो है।

वास्तव में दो-तीन महीने पहले सतीश और इस समय के सतीश में इतना अंतर हो गया है कि एकाएक उसको पहचानना भी कठिन हो गया है।

लेकिन इस इतने बड़े अनोखे परिवर्तन का कारण खोलकर न बताने से भी हो सकता है, काम चल सकता था। लेकिन सिर्फ यही डर हो रहा है कि कहीं संताल परगने की असाधारण आबोहवा को अच्छी समझकर कुछ नादान लोग वहां आ न धमकें।

इसलिए इशारे से इतना ही बताना जरूरी है कि यद्यपि किसी भी ओर से विवाह का प्रस्ताव साफ तौर पर अभी तक नहीं रखा गया था, मगर ऐसा

नहीं था कि सतीश और सरोजिनी के मन की बात नाते-रिश्तेदारों को मालूम नहीं थी।

यह एक साल पहले कलकत्ता में ही मालूम हो गया था कि इस बारे में सरोजिनी की मां जगततारिणी का ही आग्रह सबसे ज्यादा है। लेकिन आग्रह और व्याकुलता सबसे अधिक होने की वजह से ही शायद तमाम लोगों में से सिर्फ उन्हीं के मन के अन्दर एक सन्देह था कि क्या पता इतनी पढ़ी-लिखी बेटी अपने पुराने समाज और संस्कार को छोड़-छाड़कर सतीश को स्वीकार करने को राजी होगी या नहीं। हाल में वे अपने मायके शांतिपुर गई थीं जाते वक्त जगततारिणी एक इशारे से यह जाहिर कर गई थी कि वापस आकर वे ही बात पक्की कर लेंगी।

सवेरे सतीश वायलिन पर नया तार चढ़ा रहा था, तभी बिहारी के साथ एक आदमी आया। वह ज्योतिष साहब के घर का कारकुन था। वह भी जगततारिणी के साथ शांतिपुर गया था, फिर उन्हीं के साथ वह लौट आया था।

कारकुन ने नमस्कार करके कहा—'मां जी ने आपको खाने पर बुलाया है।'

यह खबर सुनकर सतीश का कलेजा धक-से कर उठा, बोला—'वे कब वापस आईं?'

कारकुन ने कहा—'आज तीन दिन हुए।'

लगभग छह-सात दिनों से सतीश उधर नहीं गया था। उसका और सरोजिनी का लगाव खुलकर सामने आ जाने के बाद से जब-तब ज्योतिष बाबू के घर घूमने जाने में उसे शर्म आती थी। बोला—'मां से कह दीजिएगा कि मैं दस और ग्यारह के बीच आ जाऊंगा?'

'जी, अच्छा!' कहकर वह आदमी नमस्कार करके चला गया।

सतीश को दावत देने के लिए कारकुन को भेज दिया, तो भी जगततारिणी उसको खिलाने का कोई इन्तजाम किए बिना ही निश्िंचत थीं, क्योंकि उनका मानना था कि सतीश शाम से पहले नहीं आएगा। पर अभी यह खबर सुनकर कि सतीश दोपहर में खाने के लिए आएगा, वे व्यस्त और क्रुद्ध हो उठीं।

आज एकादशी थी। उन्हें अपने लिए खाने-पीने का कोई इन्तजाम करना जरूरी नहीं था और उनके घर खाना बनानेवाली शांतिपुर की विधवा ब्राह्मणी दो दिनों से मलेरिया के बुखार की वजह से खाट से लगी हुई थी।

बहुत ही झुंझलाकर उन्होंने कारकुन से कहा—'तुमने उससे दोपहर में खाने की बात क्यों कही? क्या तुम्हें कोई अक्ल नहीं है?'

कारकुन डरते-डरते बोला—'मैंने उनसे दोपहर में खाने की बात नहीं कही थी। उन्होंने खुद ही यह कहा था।'

तब जगततारिणी ने गुस्सा करके हुक्म दिया—'तब तुम्हीं, जाओ, देखो, कहां, अच्छी मछली-वछली मिलती है, जाकर जल्दी ले आओ।'

आज सवेरे ही जिस लिए उनका मन बिगड़ गया था उसका कारण था। सतीश के पास निमंत्रण भेजने के बाद ही उनको समाचार मिला कि कल रात को सहसा शशांकमोहन फिर आ पहुंचे हैं। इस आदमी को उसके अंग्रेजी चाल-ढाल के कारण वे किसी दिन अच्छी दृष्टि से नहीं देखती थीं और विशेष रूप से जब से उन्होंने यह सुना था कि वह सरोजिनी से विवाह करना चाहता है तभी से वह आदमी उनकी दोनों आंखों का कांटा-सा बन गया था। बीस दिन पहले जब वह किसी काम के बहाने कलकत्ता से यहां आया था तब जगततारिणी ने उससे एक तरह से स्पष्ट रूप से कह दिया था कि उनकी बेटी के साथ उनका विवाह होना असम्भव है। तो भी, यह बेहया, बिना खबर दिए ही फिर आ गया है, सुनकर उनका चित भय से त्रस्त हो उठा था। इसके अलावा यह खबर कुछ पहले ही मिल गई होती तो हो सकता है, वे सतीश को निमंत्रण ही नहीं भेजतीं। क्यों यह खबर ठीक समय पर उनको नहीं दी गई, इसके लिए ज्योतिष से लेकर घर के नौकर तक पर वे बिगड़ उठी थीं।

सरोजिनी बाहरी बैठकखाने से निकलकर किसी तरह मां की दृष्टि से बचकर ऊपर चली जा रही थी—शशांकमोहन के आने की खबर वह भी नहीं जानती थी। लेकिन जगततारिणी ने उसे सिर से पैर तक पल-भर देखा और क्रोध के स्वर में कहा—'घूम आई न? अब जूतियां-मोजे थोड़ी देर के लिए उतार डालो बेटी। सतीश आज यहां खाएगा, मैं खुद खाना नहीं बनाऊंगी तो तुम्हारे इस ईसाई के घर में वह पानी तक न छुएगा। जाओ, घंघरे-वंघरे को उतारकर मेरे रसोईघर में आओ। बूढ़ी मां की जरा सहायता करने से तुम्हारे ईसा मसीह नाराज नहीं होंगे बेटी, आओ!'

यह किसी से छिपा हुआ नहीं था कि मां गुस्सा होने पर कैसा उग्र रूप धारण करती हैं और सच-झूठ का खयाल किए बिना जो मुंह में आता, कह देतीं।

सरोजिनी सकुचाती हुई बोली—'मैं अभी आती हूं मां।'

मगर मां का गुस्सा इससे थोड़ा-सा भी ठंडा नहीं हुआ। बोलीं—'आकर ही क्या तुम मुझे निहाल कर दोगी! सत्रह-अठारह साल की लड़की हो, थोड़ा-सा भात पकाना भी नहीं सीखा। मैं भी गरीब घर की लड़की नहीं थी बेटी, लेकिन तुम्हारी उम्र से घर-गिरस्ती की जिम्मेदारी निभाती आई हूं। आज अगर खाना बनानेवाली काम छोड़ दे तो मुझे तो बिना खाए भूखों मरना पड़ेगा। जिस घर-गिरस्ती में धर्म-कर्म नहीं, उस घर में बच्चों को कोख में पालना ही बेकार है।' इस कड़ी

टिप्पणी को बेहद सख्ती के साथ जाहिर करके जगततारिणी अपना मुंह फुलाकर खुद ही रसोईघर में जा घुसीं। लेकिन उनका अपने लड़के-लड़कियों और अपनी घर-गिरस्ती के आचार-व्यवहार पर क्यों ऐसा भयंकर आक्रोश है यह उनके पहले के इतिहास से बहुत कुछ समझ में आ जाएगा।

जगततारिणी के दिवंगत पति परेशनाथ ने वकालत करके अकूत धन कमा लेने के बावजूद जब अधिक उम्र में और ज्यादा धन कमाने की आशा से बैरिस्टर बनने की ठान ली, तब उनकी पत्नी ने रो-धोकर, भूखी रहकर, सिर पटककर—बहुतेरे ढंग से उन्हें रोकने की कोशिश की, तो भी वे अपनी मंशा पूरी करने में कामयाब नहीं हो सकीं। परेशनाथ ने कोई बात नहीं सुनी और जगततारिणी बारह साल के बेटे ज्योतिष तथा छह साल की बेटी सरोजिनी को गांव के घर में रखकर विलायत चले गए। पहले पहल कई दिन जगततारिणी बिलकुल ही नाउम्मीद हो गईं, मगर बाद में सामान्य होकर मुनीम, गुमास्ते की मदद से जमीन-जायदाद की देख-रेख करने लगीं। लेकिन पति के प्रति उनका मन हमेशा-हमेशा के लिए टूट गया। कुछ दिनों बाद परेशनाथ बैरिस्टर बनकर वापस आए और उम्मीद से ज्यादा धन कमाने लगे, कलकत्ता में नई इमारत बनवाई, नए ढंग से उसकी सजावट शुरू की, बावर्ची-खानसामे रखे। मगर जगततारिणी चुपचाप अलग हट गईं। पति के घरेलू कामों में उन्होंने जरा भी सहयोग नहीं किया। इस तरह पति-पत्नी के बीच दिन पर दिन दूरियां ज्यादा-से-ज्यादा बढ़ने लगीं। बोलचाल तो बन्द ही थी, एक दूसरे की सुध लेना भी लगभग बन्द होने को आया।

एक दिन ज्योतिष ने आकर कहा—'मां, बाबूजी मुझे विलायत भेजना चाहते हैं।'

ऐसी आशंका उन्हें थी ही। उन्होंने अत्यंत कठोर होकर पूछा—'कब?'

ज्योतिष ने कहा—'शायद दो महीने के भीतर ही।'

'अच्छा,' कहकर वे मुंह लटकाकर दूसरी जगह चली गईं।

जिस दिन ज्योतिष को विलायत जाना था उस दिन उन्होंने अपने कमरे का दरवाजा बन्द कर लिया। ज्योतिष बन्द दरवाजे के सामने खड़ा होकर दूर से ही अपनी मां को प्रणाम करके चला गया।

परेशनाथ सरोजिनी को साथ लेकर उसे बम्बई तक छोड़ने गए। जब वे वापस आए तो सुना कि जगततारिणी अपने मायके शांतिपुर चली गई हैं। जब उन्होंने जगततारिणी के मायके जाने की वजह जाननी चाही, तो उन्हें मालूम पड़ा कि उनके चचिया ससुर गोविन्द बाबू इसी बीच अपनी भतीजी से मिलने आए थे,

लेकिन उन्होंने इस घर का खाना नहीं खाया था। इसलिए पत्नी के घर छोड़ने की वजह समझने में उन्हें देर नहीं हुई।

परेशनाथ ने अपनी पत्नी को लिवा लाने के लिए आदमी भेजा, मगर जगततारिणी नहीं आईं। परेशनाथ ने सरोजिनी को बोर्डिंग में दाखिल कर दिया और वकालत लगभग छोड़कर सुनसान घर में अजीबोगरीब करतूत करना शुरू कर दिया।

जगततारिणी को मायके में रहते हुए अपने पति के अद्यःपतन की सारी बातें सुनाई पड़ीं। लेकिन उन्होंने अपने पति को अद्यःपतन से बचाने की जरा भी कोशिश नहीं की। जिस पति ने उन्हें अपने समाज से दूर कर दिया था, उसके प्रति जगततारिणी के अभिमान की सीमा नहीं रही।

ऐसे लम्बे पांच साल बीत गए। ज्योतिष लौट आया, तो अपनी मां को लिवा लाने गया, पर जगततारिणी अडिग रहीं, वे घर नहीं लौटीं। उन्होंने रो-रोकर कहा—'सब कुछ तूने सुना होगा ज्योतिष, अब वैसा ही कर बेटा कि जिससे तुम लोग सुख से रह सको। लेकिन मुझे उस नरक में मत घसीटो, मैं वह सब सहन नहीं कर सकूंगी।'

ज्योतिष बोला—'हम लोग अलग डेरा लेकर रहेंगे मां। तुम्हें उस मकान के पास तक फटकने की जरूरत नहीं। मैं जितना कमाऊंगा उसी से हम लोगों का, दुख-तकलीफ से ही सही, किसी तरह गुजारा हो जाएगा। पर तुम चलो।'

जगततारिणी बड़ी मुश्किल से जाने को राजी हुईं और बेटे को कलकत्ता में अलग डेरा ठीक करने को कहकर जाने की तैयारी करने लगीं।

ज्योतिष यह कहकर कि वह एक सप्ताह के अन्दर ही वापस आकर मां को ले जाएगा, मां से विदा ली और चला गया। लेकिन उतनी देर करने की जरूरत नहीं पड़ी। पांच दिनों बाद ही वह वापस आया, लेकिन उसे नंगे पांव और नंगे बदन में लिपटी एक शाल को देखते ही जगततारिणी चीखकर रो उठीं। जिस दिन ज्योतिष कलकत्ता लौट गया था उसी के तीसरे दिन रात में अचानक दिल का दौरा पड़ने से परेशनाथ चल बसे थे।

बेहद अभिमान से जगततारिणी एक दिन घर छोड़कर चली गई थीं, लम्बे पांच बरस बाद वे फिर रोते-रोते उसी घर में लौट आईं, मगर पति से इस लोक में फिर उनकी मुलाकात नहीं हुई।

वे अपनी बेटी को स्कूल से नाम कटवाकर घर ले आईं और उसे बार-बार सिर से लेकर पैर तक देखकर वे भय और विस्मय से स्तब्ध हो गईं। वे ज्योतिष को आड़ में बुला लाईं और बोलीं—'तू अपनी बहन की शादी कब कराएगा, बता तो?'

ज्योतिष मां के मन का भाव समझकर हंसा और बोला—'उससे भी बहुत बड़ी-बड़ी लड़कियों की शादी होती है मां। तुम बेफिक्र रहो।'

जगततारिणी विस्मय से नजरें उठाकर बोलीं—'मैं कैसे बेफिक्र रहूंगी, रे? तेरे पिता जो कुछ कर गए हैं वह तो मिटेगा नहीं, यह जानती हूं, मगर जीते जी ब्राह्मण की बेटी को किसी मुसलमान या किसी ईसाई के हाथों तो नहीं सौंप दूंगी—भले ही इस वजह से बेटी का ब्याह हो या न हो। मैं तेरे लिए फिक्र नहीं करती, तेरे लिए प्रायश्चित कर लेना ही काफी होगा और प्रायश्चित करने के लिए क्या कुछ करना-धरना होगा, इसकी जानकारी मैं अपने चाचा से लेकर आई हूं। लेकिन लाख प्रायश्चित करके भी तो लड़की की उम्र कम नहीं की जा सकेगी। इसका कोई उपाय हो सकता है।'

ज्योतिष ने कहा—'तुम्हें अपनी बेटी की उम्र कम करने की जरूरत नहीं पड़ेगी मां। मगर दो दिन सब्र करना पड़ेगा। मैं अच्छा ब्राह्मण लड़का ला दूंगा। तुम्हें मुसलमान या ईसाई के घर का चक्कर लगाने की जरूरत नहीं होगी।'

जगततारिणी ने गुस्सा होकर कहा—'तू मुझे सब्र करने को कहता है ज्योतिष!'

ज्योतिष ने जवाब दिया—'इसमें मेरा तो कोई दोष नहीं है मां कि सब्र करने को कहने से कोई पाप लगेगा। दोष तुम्हारा और पिताजी का है। मैं तो विदेश में था।'

जगततारिणी ने मन-ही-मन स्वीकार किया कि ज्योतिष का कहना सही है। लेकिन उन्हें यह सोचते नहीं बना कि अच्छा ब्राह्मण लड़का आखिर कहां और कैसे मिलेगा! बोलीं—'जो अच्छा जान पड़े, कर बेटा। लेकिन मैं पहले से ही यह कह देती हूं कि मैं इस पचड़े में नहीं हूं।' इतना कहकर वे बोझिल मन से काम करने चली गईं।

प्रायश्चित करके ज्योतिष ने पिता का श्राद्ध किया।

इसके थोड़े ही दिन बाद एक वर मिल गया। वह था विलायत से लौटा हुआ एक बंगाली साहब। बैरिस्टरी पास करके वह दो साल पहले देश लौटा था।

शशांकमोहन का रंग तो था देशी, लेकिन मिजाज था विलायती। वे बंगला अशुद्ध बोलते थे और अंग्रेजी गलत बोलते थे। पहले तो वे ज्योतिष के घर कभी-कभी आते थे पर थोड़े ही दिनों बाद वे ज्योतिष के घर जब-तब आ जाने लगे। पहले तो सरोजिनी के प्रति उनके मन का भाव गुप्त था, पर अब जग जाहिर हो गया।

जगततारिणी परदे के पीछे से भावी दामाद को देखकर गुस्से से आग बबूला हो गई थीं और उन्होंने अपना आक्रोश उतारा अपनी बेटी पर। उसे एकान्त में बुलाकर फटकारती हुई बोलीं—'तू बेहया की तरह ऐरे-गैरे के सामने बाहर क्यों निलकती है, बता तो?'

सरोजिनी शर्म के मारे संकुचित होकर चुपचाप खड़ी रही। गुस्सायी जगततारिणी और कुछ बोले बिना तेज कदमों से दूसरी जगह चली गईं। इसके बाद शशांकमोहन बहुत बार-बार आए-गए, लेकिन जिसके लिए वे आए-गए, उसी से मुलाकात नहीं हुई। मां की फटकार को याद करके सरोजिनी अत्यंत सतर्क होकर आड़ में रही। ज्योतिष ने इसे गौर किया, तो एक दिन अपनी बहन से कहा—'आजकल ऐसी भागी-भागी सी क्यों रहती है री?'

सरोजिनी मुंह नीचा किए धीमे स्वर में बोली, 'मां...' और कुछ भी नहीं कहना पड़ा। ज्योतिष चुपचाप चले गए। इस घर में यही एक अक्षर काफी है।

लगभग दो महीने के बाद एक दिन सवेरे उसी वर की तरफ से प्रस्ताव लेकर ज्योतिष अपनी मां के पास गए, तो उन्होंने बाकायदा डांट खाई।

बेटे को चुपचाप रहता देख जगततारिणी थोड़ी-सी नरम होकर बोलीं—'तू भी तो विलायत में था, बेटा। लेकिन तू भी क्या उसके-जैसा हुआ है?'

ज्योतिष ने धीरे-धीरे कहा—'सभी तो एक जैसे नहीं होते मां। कोई-कोई जरा-जुरा बदल भी जाता है, लेकिन इसी वजह से ऐसे लड़के को हाथ से जाने देना अच्छा है? शशांक बैरिस्टर बनकर आया है। इसी बीच उसने जरा शोहरत भी हासिल की है। मुझे तो ऐसा नहीं लगता मां कि शादी होने पर सरोजिनी बुरे हाथ में पड़ेगी। चाल-चलन में जो जरा-सा फर्क आया है अगर उसे तुम माफ कर सको मां, तो भविष्य में शायद अच्छा ही होगा।'

जगततारिणी बोलीं—पर मेरा कहना है ज्योतिष कि इस शादी का नतीजा कभी अच्छा नहीं होगा। इसके अलावा विदेश जाकर विदेशी हो जानेवाले पर तो मैं कभी भी विश्वास नहीं करूंगी। और भला यह भी कैसी बात कि जहां गए वहीं के हो गए! हिन्दुस्तान गए, तो हिन्दुस्तानी, काबुल गए, तो काबुली और कटक गए, तो उड़िया—नहीं, नहीं, ज्योतिष, तू उसे चलता कर बेटा। वह आदमी नहीं, बन्दर है। मैं सिर पटककर मर जाऊंगी, तो भी मैं अपनी बेटी का हाथ उस बन्दर के हाथ में नहीं दूंगी।'

जैसे जगततारिणी को किसी के भी बारे में अपनी राय जाहिर करने में देर नहीं लगती थी, वैसे ही उनकी जाहिर की हुई राय में सन्देह और दुविधा का मौका नहीं रहता था। ज्योतिष यह निश्चित समझकर कि जिस कसूर की वजह से

उन्होंने अपने पति तक को छोड़ दिया था, उस कसूर को वे क़िसी भी लालच से माफ नहीं करेंगी, चुपचाप चले गए, लेकिन कुछ ही देर बाद वापस आकर बोले–'मां, मगर एक बात सोचकर देखने की है।'

जगततारिणी ने पूछा–'कौन-सी बात?'

ज्योतिष ने कहा–'सरोजिनी को तुम लोग जो शिक्षा देते आए हो, उसकी वजह से उसकी मर्जी के बिना कोई भी काम नहीं किया जाना चाहिए। अगर उसकी मर्जी के बिना कुछ किया जाता है तो वह सबसे बुरा काम होगा। बचपन से उसकी जिम्मेदारी तुम लोगों ने नहीं ली, उसकी जिम्मेदारी सौंप दी विदेशी मेमों पर। अब बड़ी हो जाने के बाद उसके मन का झुकाव किस ओर रहेगा, यह समझना तो मुश्किल नहीं है मां।'

जगततारिणी चुप रहीं।

इस बात को वे मन-ही-मन अस्वीकार भी नहीं कर सकीं, हालांकि खुलेआम स्वीकार कर पाना भी असंभव था।

कुछ देर तक चुप रहकर बोलीं–'तो अच्छी बात है ज्योतिष, अगर तुम सभी साहब-मेम बन जाना चाहते हो, तो बन जाओ, मगर उसके पहले मुझे काशी भेज दो। अगर मैं इतना कुछ बर्दाश्त कर सकती हूं, तो इसे भी बर्दाश्त करूंगी।'

ज्योतिष ने जल्दी से झुककर मां के पैरों की धूल सर से लगाई और हंसकर कहा–'तब तो मुझे भी काशी जाकर रहना होगा। मैं अपनी मां को छोड़कर कहीं नहीं रहूंगा, यह तो मैंने देश लौटते ही तय कर लिया था।'

जगततारिणी ने मुंह उठाकर निहारा। मन की सारी आग एक पल में बुझकर ठंडी हो गई। कुछ देर तक बड़े स्नेह से बेटे के मुंह को गौर से देखकर उन्होंने लम्बी सांस ली और बोलीं–'अपने काशी के मकान के किरायेदारों को तू चिट्ठी लिखकर कह दे कि वे हमारा मकान खाली कर दें। मैं हमेशा तुम लोगों के साथ रहकर अपनी राय को लेकर तुम लोगों को परेशान करती रहूं, यह न तो उचित ही है और न ही इसकी जरूरत ही है।'

ज्योतिष ने हंसकर कहा–'यही अच्छा है मां, चलो, हम सभी काशी जाकर रहें।'

जिस दिन कलकत्ता के मकान में मां-बेटे में उपर्युक्त बातचीत हुई थी उसके कुछ ही दिन बाद उपेन्द्र सतीश को साथ लेकर ज्योतिष के घर आ पहुंचे थे। इसके बाद की घटना पाठकों से छिपी नहीं है।

जगततारिणी ने सतीश को देखा। उसके गले में मोटा जनेऊ है, वह संध्या-वंदन करता है, वह मुसलमान का छुआ पावरोटी-बिस्कुट नहीं खाता है, वह रूपवान है, निष्ठावान है, इसके पिता के पास बहुत रुपए हैं...' जगततारिणी

बिलकुल मुग्ध हो गईं। इसके बाद क्रमशः जब इशारे-इशारे में उन्होंने यह महसूस किया कि विलायत जाकर उसने कोई डिग्री हासिल नहीं की है, तो भी उसमें इतने सारे कुसंस्कार रहने के बावजूद बेटी के मन में उसके प्रति घृणा का भाव नहीं था, क्या पता, हो सकता है, वह मन-ही-मन... तब से जगततारिणी की नजरों में छाया सन्देह फिर बदल गया और इतने दिनों के जमा दुख को सहज हो जाने का रास्ता मिला। इसे भी उन्होंने अपना सौभाग्य समझा कि सतीश ने उन्हें मां कहकर पुकारा।

लेकिन उसके बाद बहुत दिनों तक सतीश फिर दिखाई न पड़ा। इस बीच का हर दिन जगततारिणी के लिए बड़ा दुखदायी रहा था। फिर भी उन्होंने अपनी ओर से इस बारे में कोई उपाय ढूंढ़ निकालने की कोशिश नहीं की थी। उन्हें इस बात का डर था कि अगर वे इस बारे में कोई कोशिश करेंगी, तो कहीं उन्हें कोई बुरी खबर न सुननी पड़े।

वे मन-ही-मन यह जानती थीं, कि सिर्फ उनकी अपनी बेटी की राय पर ही विवाह का सारा नतीजा निर्भर नहीं करता है, क्योंकि सतीश के बूढ़े पिता अभी तक जिन्दा हैं। क्या पला, वे क्या कहेंगे? इसके अलावा यह भी कोई खास पक्का नहीं था कि सतीश विलायत-पलट घर में विवाह करने से डरकर पीछे नहीं हट जाएगा।

ऐसे बहुत दिन बहुत दुखों और दुश्चिन्ताओं में बिताकर जब उस दिन वैद्यनाथ में अपने घर में उन्हें बैठकर गपशप करता सतीश दिखाई पड़ा तब आनन्द से उनकी आंखों में पानी आ गया। सतीश ने नजदीक आकर उन्हें प्रणाम किया और उनके पैरों की धूल सिर से लगाई।

वह कलकत्ता से भागकर यहां सबसे छिप-छुपाकर अकेले रह रहा था। ज्योतिष ने बातों के सिलसिले में मां को यह सुनाया कि सरोजिनी ने ही उसे ढूंढ़ निकाला है। अपनी बेटी के हादसे का वर्णन सुनकर उन्होंने सतीश के सिर पर हाथ रखकर उसे ढेर सारे आशीर्वाद दिए और इसी सिलसिले में अंग्रेजी सीखकर अंग्रेजों की नकल करनेवालें को अनगिनत गालियां देकर, बोलीं—'बेटा सतीश, तुमने इस लड़की को गुंडों के हाथ से बचाया है, यह हम लोग कभी न भूल पाएं। लेकिन जंगल के बीच अकेले रहने की तुम्हें जरूरत क्या है सतीश? तुम तो इस घर के लड़के हो। जब तक हम लोग यहां है तब तक तुम इसी घर में आकर क्यों नहीं रहते हो?'

सतीश ने हंसकर कहा—'मैं वहां मजे में हूं मां। मुझे वहां कोई तकलीफ नहीं है।'

जगततारिणी ने कहा—'मैं इसलिए नहीं कह रही हूं बेटा कि वहां तुम्हें कोई तकलीफ है। अकेले रहने में बहुत सी मुसीबतें झेलनी पड़ती हैं। इस मकान में बहुत-से कमरे खाली पड़े हुए हैं। तुम यहां चले आओ। जैसा हवा-पानी वहां है वैसा ही हवा-पानी यहां भी है।'

सरोजिनी ने कहा—'तब तो उनकी जात चली जाएगी मां।'

जगततारिणी तब तक अन्दरूनी बात नहीं जानती थीं, वे मन-ही-मन अत्यंत विरक्त होकर बोलीं—'तू तो कामल की लड़की है सरी! क्यों, हम लोग क्या हैं कि हमारे यहां रहने से आदमी की जात चली जाएगी? नहीं बेटा सतीश, तुम उसकी बात पर विश्वास मत करना। और अगर ऐसी ही बात होती, तो उपीन अपनी पत्नी के साथ इतने दिन हमारे घर ठहरे कैसे? कहां, उन लोगों की जात तो नहीं गई? मैं कह देती हूं, तू ऐसे झूठमूठ में उसे डर मत दिखा।'

सरोजिनी मुंह घुमाकर हंसने लगी।

सतीश ने कहा—'नहीं मां, यहां रहने से मेरी जात क्यों जाएगी? मैं तो लगभग रोज ही यहां आता हूं और रात का खाना भी तो मैं इसी घर में खाता हूं।'

सतीश की बात सुनकर जगततारिणी पुलकित मन से कहने लगीं—'तुम ऐसा ही करना बेटा, तुम रोज यहां आना। कम-से-कम तब तक तुम रोज मेरे यहां खाना खाओगे।' इतना कहकर वे तुरत खाने का इंतजाम करने के लिए दूसरी जगह चली गईं, तो सरोजिनी बोली—'आपने तो कहा था कि आप मुझे गाना सिखाएंगे।'

सतीश ने कहा—'मैं तो लगभग रोज यहां आता हूं, आप चाहें तो सीख सकती हैं।'

सरोजिनी ने कहा—'आपके आते ही तो बहुत से लोग आपका गाना सुनने के लिए आ जाते हैं—उन लोगों की मौजूदगी में क्या गाना सीखा जा सकता है?'

सतीश ने हंसकर कहा—'तो 'नो एडमिशन' लिखकर फाटक पर दरबान तैनात क्यों नहीं कर देतीं?'

सरोजिनी ने कहा—'इससे तो अच्छा यही है कि मां जो कहती हैं, वही कीजिए। उस जंगल में अब मत पड़े रहिए!'

लेकिन जंगल में रहने की जरूरत क्यों पड़ी, यह चाहे और जिससे भी कहा जाए, पर सरोजिनी से तो नहीं कहा जा सकता है। सतीश चुप रहा।

सरोजिनी ने फिर से कहा—'अच्छा, भैया ने कहा कि पांच-छह दिन बाद वे कलकत्ता जाएंगे, तब हम लोगों की देख-भाल कौन करेगा?'

सतीश ने पूछा—'वे कितने दिनों के लिए जाएंगे?'

सरोजिनी ने कहा—'कम-से-कम सात-आठ दिन तो उन्हें वहां रहना ही पड़ेगा।'

सतीश ने कहा—'तब तो इसका इन्तजाम वे ही करके जाएंगे। और भला इतना डरना भी किसलिए? आप लोग तो हमारे हिन्दू घर की औरतों की तरह परदे में रहनेवाली नहीं हैं कि घर में कोई मर्द न रहने पर मुश्किल में पड़ जाएंगी, बल्कि आप लोग तो कितने ही मर्दों के...'

सरोजिनी का मुख पल-भर के लिए लाल हो उठा। बोली—'हम लोग क्या करती हैं, जरा सुनूं तो? क्या हम लोग मर्दों के कान काट लेती हैं? या हिन्दू घर की औरत नहीं हैं हम लोग?'

सतीश ने शर्मिन्दा होकर अपनी बात को खत्म करने के लिए ज्योंही मुंह उठाया त्योंही उसे दिखाई पड़ा, सामने शशांकमोहन बैरिस्टर को साथ लेकर ज्योतिष कमरे में घुस रहे हैं। दूसरे दिनों की तरह आज भी वे स्टेशन घूमने गए, तो देखते हैं, बैरिस्टर साहब फर्स्ट-क्लास डिब्बे से उतर रहे हैं।

कमरे में कदम रखते ही शशांकमोहन सरोजिनी की तरफ हाथ बढ़ाते हुए तेजी से आगे बढ़ गए और उससे हाथ मिलाकर हाल-चाल पूछा तथा वे यहां यों आचानक क्यों आए, इसके बारे में बोले—'पता नहीं क्यों अचानक कलकत्ता काट खाने लगा! पता नहीं क्यों, बिना कुछ सोचे-विचारे स्टेशन आकर देवघर का फर्स्ट-क्लास का टिकट कटा लिया। मैं खुद अभी तक इसकी वजह नहीं जानता।' इसके बाद उन्होंने एक कुर्सी अपने करीब खींच ली और उस पर बैठकर बैरिस्टर साहब बेरोक-टोक बकवाद करने लगे।

मगर सरोजिनी के पीले मुंह से दो-एक मामूली शब्दों को छोड़ और कोई भी शब्द नहीं निकला।

दसेक मिनट बाद सतीश को उठकर जाते देख उनका ध्यान उधर गया, तो उन्होंने अपनी गर्दन जरा एक ओर झुकाकर सरोजिनी से कहा—'लगता है, मैंने इन्हें कहीं देखा है।'

सरोजिनी का पीला चेहरा चमक उठा। संक्षेप में उसने कहा—'मैं नहीं बता सकती कि आपने इन्हें कहां देखा है।'

थोड़ी ही देर बाद जगततारिणी ने जब खाना परोसकर सतीश को बुला भेजा तब देखने में आया कि सतीश किसी से भी बिना कुछ कहे चला जा चुका है।

इसके बाद तीन दिनों तक सतीश से फिर भेंट न हो पाने की वजह से जगततारिणी अन्दर ही अन्दर क्रुद्ध और उद्विग्न हो उठीं। उन्होंने बेटे को एकान्त में बुलाकर कड़ाई के साथ यह प्रश्न किया—'यह आदमी और कितने दिन यहां

रहेगा ज्योतिष? बल्कि मेरा कहना है कि तुम लोग उसे साफ-साफ यह बता दो कि अब उसके यहां रहने की कोई जरूरत नहीं है।'

यह तो नहीं बताया जा सकता कि ज्योतिष ने अपनी मां की आज्ञा का पालन किस तरह से किया था, लेकिन जाने से पहले शशांकमोहन यह पक्के तौर पर सुन गए कि जिस उम्मीद से वे यहां आए थे वह उम्मीद अब जरा भी नहीं रही और सतीश ही वह भाग्यशाली वर है, यह भी जानना उनके लिए बाकी नहीं रहा।

शशांकमोहन का चेहरा काला पड़ गया, लेकिन इस चोट को उन्होंने शिष्टभाव से सह लिया। यहां तक कि जाते समय उन्होंने सरोजिनी से मिलने तक की कोशिश नहीं की।

ट्रेन पर बैठकर विदा होने के पहले एकाएक उन्होंने ज्योतिष से पूछा–'सतीश बाबू पता नहीं कहां डॉक्टरी सीखने की कोशिश कर रहे थे। सो, डॉक्टरी सीख चुके वे?'

ज्योतिष ने सिर हिलाकर कहा–'शायद नहीं। होमियोपैथी स्कूल में कुछ दिन पढ़े थे, बस।'

'ओ! होमियोपैथी स्कूल में यह कहकर शशांकमोहन ने दूसरी बात छेड़ी।'

38

अचानक तार से अपने भाई की बीमारी की खबर पाकर जगततारिणी को जल्दबाजी में शांतिपुर जाना पड़ा, इसलिए शादी के बारे में सतीश से चर्चा करने का उन्हें मौका ही नहीं मिला था। मन-ही-मन यह ठानकर कि आज उसे अच्छी तरह खिला-पिलाकर वे शादी की चर्चा छेड़ेंगी, उन्होंने सवेरे उठते ही कारकुन को सतीश को खाने पर बुलाने के लिए भेजा था। इसी बीच यह घटना घट गई जिसके बारे में किसी ने सोचा तक नहीं था। जिसका आना सबसे ज्यादा अप्रिय था, वही शशांकमोहन अचानक सवेरे की ट्रेन से आ धमका है, यह सुनकर जगततारिणी की विरक्ति की और सीमा नहीं रही।

जब आदमी को बेहद प्यारी चीज अचानक मिलते-मिलते रह जाती है, तब उसके सन्देह का कोई हिसाब-किताब नहीं रहता। उन्होंने ठीक ऐसे समय बाहर से सरोजिनी को आते देखा, तो उन्हें लगा कि उनके अंग-अंग में जहर की जलन

दौड़ गई। शशांकमोहन की इस आकस्मिक वापसी में, हो सकता है, इस अभागिन लड़की का भी हाथ हो। अपने बैरिस्टर बेटे पर तो वे कभी पूरा विश्वास नहीं कर सकती थीं। वास्तव में उसे दोष दिया भी नहीं जा सकता है। वे अपने हृदय में इस बात को स्वीकार नहीं कर सकती थीं कि उनके हिन्दू रीति-रिवाज को न माननेवाले लड़के-लड़कियां सतीश के आचार-विचार को प्यार-भरी नजरों से देख सकते हैं।

बेटी को खरी-खोटी सुना, रसोईघर में जाकर दाई को रसोई का सामान ठीक कर रखने के लिए हिदायत देकर वे नहाने चली गईं। मगर घंटे भर बाद वापस आकर बेटी की ओर देख उनकी आंखें जुड़ा गईं।

इसी बीच जल्दी से वह नहा-धोकर रेशमी साड़ी पहन मां के रसोईघर में घुसकर अकुशल हाथों से हंसुली से तरकारी काट रही थी और दाई करीब ही बैठकर उसे बता दे रही थी।

जगततारिणी चुपचाप कुछ देर तक निहारती रहीं और बोलीं—'तुझे देखकर आज मुझे यह पता चला बेटी, कि हिन्दू की लड़की को साड़ी को छोड़ कोई दूसरा पहरावा शोभा नहीं देता है। तेरी ओर निहारकर आज मुझे जितनी खुशी हुई है उतनी खुशी और कभी नहीं हुई थी।'

सरोजिनी शर्म के मारे मुंह नीचा करके काम करने लगी।'

जगततारिणी उसे ताना मारकर कहने लगीं—'मैं सब समझती हूं बेटी, सब समझती हूं। पर वह चाहे जितनी भी डिग्रियां हासिल कर ले, मैं उसे बन्दर के अलावा और कुछ नहीं कहूंगी। मैं तुझे यह सच-सच कह देती हूं बेटी कि वह बेहया, चाहे जिसका भी इशारा पाकर यहां फिर क्यों न आ जाए, मेरे जीते-जी वह नहीं हो सकता है जो वह चाहता है।' थोड़ी देर स्थिर रहकर वे फिर से बोलीं—'ज्योतिष का कहना है कि बचपन से मिल रही शिक्षा के मुताबिक कहीं आदमी के मन का झुकाव होता है। मगर यह सच नहीं है। भला यह किस शास्त्र में लिखा हुआ है कि बेटी, आदमी दिन-रात हैट-कोट पहने नहीं रहेगा तो वह किसी को भायेगा नहीं?'

हैट-कोट की बात किसी शास्त्र में लिखी है या नहीं, सरोजिनी नहीं जानती थी। वह सिर झुकाए चुप रही।

सब सामान इकट्ठा कर जगततारिणी रसोई बनाने बैठीं और फिर रुककर बोलीं—'अगर भगवान मेरे मन की मुराद पूरी करें, तो तू देखना बेटी, इससे तेरा भला ही होगा।'

सरोजिनी मुंह नीचा किए मां के मन की मुराद को साफ-साफ सुनने की प्रत्याशा से कान खड़े किए रही, पर जगततारिणी ने फिर उसे खोलकर नहीं कहा।

वे अपने मन से रसोई बनाने लगीं। सरोजिनी ने यह समझा कि वे चुपचाप मन-ही-मन क्या चर्चा करने लगीं और हैट-कोटधारी के बारे में जिस हास्यास्पद कलंक की बात कहकर इशारे से उन्होंने उसे बींधा, उसका प्रतिवाद करना कठिन नहीं था, लेकिन अत्यधिक अधीर स्वभाव की जगततारिणी को कोई भी बात आखिरकार सुनाई नहीं जा सकती है, यह जानकार ही वह स्तब्ध होकर बैठी रही।

सरोजिनी ने कहा–'सतीश बाबू के आने में अभी देर है मां, अभी दस नहीं बजे हैं।'

जगततारिणी ने हंसकर कहा–'बजने-वजने की बात नहीं है बेटी। मेरी आज एकादशी है, मैं तो मछली छुऊंगी नहीं, सोचती हूं कि क्या तुम्हारा रसोइया मछली बना सकेगा? अच्छा, देख तो एलोकेशी, उस घर की रसोई कहां तक बन चुकी है?'

दाई के बाहर जाते ही सरोजिनी ने लजाते हुए धीरे-धीरे कहा–'तुम बता दोगी, तो क्या मैं मछली नहीं बना सकूंगी?'

जगततारिणी ने आश्चर्य से पूछा–'तू मछली बना सकेगी?'

मैं मछली नहीं बना सकूंगी? तुम सिर्फ बता दो।

दाई ठिठककर खड़ी हो गई। इस आशंका से डर उठी कि ऐसी बड़ी और बढ़िया मछली अनाड़ी के हाथों पड़कर पूरी बर्बाद हो जाएगी। बोली–'ऐसा कैसे हो सकता है मां? क्या बाहर का आदमी खा पाएगा।'

जगततारिणी कुछ देर तक पता नहीं क्या सोचती रहीं, फिर बोली–'हां, ऐसा ही होगा। सतीश मेरे लिए बाहर का आदमी नहीं है, वह मेरे घर का लड़का है। तू मुंह बाए खड़ी मत रह एलोकेशी। उधरवाले चूल्हे को अच्छी तरह लीप-पोतकर मछली को काटकर ले आ। तू भी एक काम कर बेटी। रेशम की साड़ी पहनकर रसोई बनाने में सहूलियत नहीं होगी–अच्छा, रहने दे, ऐसा कर, तू आंचल को अच्छी तरह से अपनी कमर में लपेट ले। फिर हंसकर बोलीं–'आज आमिष खाना बनाने से ही तेरे रसोई बनाने की शुरुआत हो जाए सरो। मैं तुझे आशीर्वाद देती हूं, आज की तरह तू हमेशा अनामिष खाना ही बनाती रह।'

इस आशीर्वाद से सरोजिनी ने अपने मुंह को थोड़ा और भी नीचा किया।

घंटे भर बाद ज्योतिष किसी काम से मां के पास रसोईघर के दरवाजे पर आकर अत्यधिक विस्मय से अवाक् हो गए। गौर से देखकर बोले–'वहां रसोई कौन बनाती है मां? सरो है न?'

जगततारिणी ने जरा मुस्कुराकर कहा–'देख तो सही, तू उसे पहचान सकता है या नहीं?'

'बात तो कुछ ऐसी ही है मां! लेकिन क्या वह सचमुच ही रसोई बना रही है; या तुम्हारे कंधे पर बन्दूक रखकर निशाना साध रही है?'

जगततारिणी ने कहा–'रसोई बनाने का काम क्या हिन्दू की लड़कियों को सिखाना पड़ता है, यह तो हम घुट्टी में ही सीख लेती हैं। लेकिन...।'

'लेकिन क्या मां?'

बेटे को जरा आड़ में ले जाकर जगततारिणी ने कहा–'लेकिन मैं अभी यह सोच रही हूं कि सतीश सुनेगा, तो क्या पता उसके हाथ का बना खाना खाएगा या नहीं।'

ज्योतिष के हंस उठते ही सरोजिनी ने मुंह उठाकर देखा। ज्योतिष ने कहा–'मां, तुम सतीश को एक बहुत बड़े मनु और पराशर किस्म का आदमी समझती हो क्या, बताओ तो?'

जगततारिणी ने कहा–'पर वह तुम लोगों से तो अच्छा है।'

ज्योतिष ने कहा–'भला वह हम लोगों से क्या अच्छा है, जरा यह भी तो सुनूं! यही सरोजिनी जाकर उन लोगों के लिए भात-दाल बना आई थी, इसलिए उस रात उन लोगों को खाना मिला था, नहीं तो भूखों रहना पड़ता उन लोगों को यह जानती हो तुम?'

जगततारिणी पुलकित विस्मय से व्यग्र होकर बोलीं–'यह कब की बात है रे?'

ज्योतिष ने उस रात की सारी घटना विस्तारपूर्वक कह सुनाई।

सुनकर वे आनंद से विह्वल होकर बेटी से बोलीं–'धन्य लड़की है तू बेटी! मैं तब से फिक्र के मारे मरी जा रही हूं और तू है कि चुप्पी साधे हुए है!'

ज्योतिष ने मुस्कुराकर कहा–'भला वह यह कैसे जानेगी मां कि तुम अपने मन में फिक्र करके मरी जा रही हो? लेकिन उस दिन तो मैं उसके हाथ का बना खाना नहीं खा सका था, पर आज उसके हाथ का बना खाना खाकर देखता हूं कि कलमुंही ने घुट्टी में ही कैसा खाना बनाना सीखा है, इतना कहकर वे हंसते-हंसते चले गए।

जगततारिणी ने बेटी के शर्म से झुके हुए मुंह की ओर देखकर बड़े स्नेह से कहा–'इसमें शरमाने की क्या बात है बेटी? लड़कियों के लिए इससे बढ़कर सौभाग्य की और क्या बात हो सकती है कि वे अपनों को अपने हाथों खाना बनाकर खिलाएंगी! मैं तब तक पूजा कर लेती हूं।' यह कहकर वे कुछ देर के लिए बाहर निकल गईं।

उसके बाद सारा दिन बीत गया, मगर सतीश नहीं आया था। न आने का कारण भी वह किसी को बताकर नहीं गया। सारा दिन छटपट करके जगततारिणी ने शाम के बाद ज्योतिष को बुलाकर कहा—'उसे जरूर कुछ न कुछ हुआ होगा, खबर लेने के लिए तूने किसी को एक बार भेज क्यों नहीं दिया?'

ज्योतिष ने लापरवाही के साथ जवाब दिया—'किसे उतनी दूर भेजता मां!'

जगततारिणी ने अचंभे में पड़कर कहा—'क्यों, क्या दरबान एक बार नहीं जा सकता था?'

'इसकी जरूरत क्या है मां?'

'यह तू क्या कह रहा है ज्योतिष? वह बीमार-वीमार पड़ गया या क्या हुआ उसे, एक बार यह खबर लेना भी जरूरी नहीं है?'

'उसकी खबर लेने की जरूरत क्या है? वह न ही हमारा रिश्तेदार है और न ही दोस्त, उसके लिए हम फिक्र करके मरें, मुझे तो नहीं लगता कि इसकी कोई जरूरत है।' यह कहकर ज्योतिष बाहर चले गए।

सतीश के बारे में बेटे के मुंह से ऐसा जवाब सुनकर जगततारिणी हक्काबक्का हो गईं।

इस प्रकार सिर्फ एक पहर के अन्दर सतीश अब उन लोगों के लिए कोई नहीं रहा। उनके मुंह पर बेटे का यह टका-सा जवाब पल-भर के लिए उन्हें बुरे सपने-जैसा लगा। वे यह अच्छी तरह ताड़ भी नहीं सकीं कि वहां खड़े-खड़े उनके भूख से भन्नाये दिमाग के अन्दर से होकर कितना कुछ दौड़कर चला गया।

जगततारिणी धीरे-धीरे ऊपर जाकर अपने बिस्तर पर लेट गईं और सरोजिनी को अपने पास बुलाकर उसके मुंह की तरफ निगाह डाली, तो वे और भी डर गईं। फिर थोड़ी देर चुप रहकर बोलीं—'सरो, तू जानती है कि सतीश क्यों नहीं आया?'

सरोजिनी ने कहा—'नहीं।'

बेटी का यह छोटा-सा जवाब सुनकर जगततारिणी उठ बैठीं और बोलीं—नहीं। अगर तू नहीं जानती है, तो आदमी को भेजकर यह जानकारी लेने में क्या दिक्कत थी? यह भी क्या मुझे ही बताना पड़ेगा?'

सरोजिनी मृदु स्वर में कहा—'भैया ने कहा कि आदमी को भेजने की जरूरत नहीं है।'

'मैं तो यही जानना चाहती हूं कि आदमी को भेजने की जरूरत क्यों नहीं है। तू जा और इसी वक्त दरवान को भेज दे, वह जाकर खबर ले आए।'

'वह तो घर पर नहीं है मां। भैया ने उसे उपीन बाबू को तार करने के लिए भेजा है।'

'उपीन बाबू को! अचानक उसे क्यों तार कर रहा है?'

'मैं सारी बातें नहीं जानती मां। यह तुम भैया से पूछना।' इतना कहकर सरोजिनी मां की एक तरह से उपेक्षा करके ही चली गई।

इसके बाद जगततारिणी को अचानक लगा कि सतीश को जरूर ही इस बीच यहां आने से मना कर दिया गया होगा। पर इसकी वजह क्या है, यह तो कोई भी उनके आगे जाहिर करना नहीं चाहता है, लेकिन इसमें कोई सन्देह नहीं कि वह कोई बहुत बड़ी वजह होगी और इसमें भी उन्हें कोई सन्देह नहीं रहा कि इस बड़ी मुसीबत की जड़ है वह शशांकमोहन और यही साजिश करने के लिए वह फिर यहां आया है। यह सोचकर कि खुद मौजूद रहते हुए भी उनके बेटे-बेटियों ने उनकी अनुमति लिए बिना सतीश को यहां आने से मना किया है, उनका मन क्रोध से भर उठा।

उन्होंने तुरन्त एलोकेशी से ज्योतिष को बुलवाया और उससे पूछा—'तूने सतीश को इस घर में आने से मना किया है?'

ज्योतिष ने आश्चर्यचकित होकर कहा—'नहीं तो। पर यह तुमसे कहा किसने?'

'सतीश के बारे में तूने उपीन को तार भेजा है?'

'हां।'

'क्यों? सतीश ने क्या किया है?'

ज्योतिष जरा चुप रहकर बोले—'उसने जो कुछ किया है अगर वह सही है, तो उससे हम लोगों का कोई सम्बन्ध नहीं।'

'यह खबर तुझे किसने दी? शशांकमोहन ने? शैतान है वह, उसकी बात पर मैं जरा भी विश्वास नहीं करती।'

ज्योतिष ने कहा—'पर मैं करता हूं। लेकिन उसकी कही आधी बात भी सही है तब भी मेरा कहना है मां, कि सतीश के पास फटकने से भी हम लोगों को नफरत होनी चाहिए।'

बेटे की जोशीली आवाज से जगततारिणी नरम होकर बोलीं—'अच्छी बात है, तो मुझे खोलकर ही बता न बेटा कि क्या बात है। सतीश ने न ही कोई चोरी, डाका डाला है और न ही कोई खून-खराबा करके भागकर यहां आया है कि उसके पास फटकने से भी तुम लोगों को नफरत होगी। लड़का ठहरा, मन की भूल से

अगर उसने कुछ ऊंचा-नीचा किया भी हो तो, ऐसा तो कितने ही लोग करते हैं—फिर अपने आपको सुधारने में कितना वक्त लगता है?'

ज्योतिष ने गर्दन हिलाकर कहा—'नहीं मां, उसने जो कसूर किया है उसे माफ नहीं किया जा सकता है। कम-से-कम सरोजिनी तो उस कसूर को माफ नहीं कर सकेगी, यह मैं तुम्हें पक्के तौर पर कहता हूं।'

जगततारिणी जरा सोचकर बोलीं—'पर उसने कौन-सा कसूर किया है, जरा यह भी तो सुनूं?'

'कल सुनना मां। उपीन की चिट्ठी न मिलने तक इस चर्चा से कोई फायदा नहीं होनेवाला। 'इसके पहले कि जगततारिणी दूसरी बात पूछतीं, ज्योतिष कमरे से बाहर हो गए।'

अब तक उत्तेजना के आवेग से जगततारिणी बिस्तर पर उठ बैठी थीं। बेटे के चले जाते ही वे मुर्दे की मानिंद बिस्तर पर लेट गईं, लम्बी सांस लेकर बोलीं—'भगवान! क्या इस कलियुग में तुमने इसकी कोई गुंजाइश नहीं छोड़ी कि किसी पर विश्वास किया जा सके?'

इशारे-इशारे में उन्होंने बहुत-सी बातें समझीं। इसीलिए सिर्फ सतीश के लिए ही नहीं, उन्हें अपने पति की बात याद आ जाने की वजह से भी उनकी दोनों आंखों से आंसुओं की धारा बहने लगी।

रात में उन्होंने एक बार अपनी बेटी को बुलाने के लिए एलोकेशी को भेजा था। पर जब एलोकेशी को सरोजिनी का कोई जवाब नहीं मिला तो उसने वापस आकर उन्हें बताया—'दीदी सो गई हैं।'

एलोकेशी की बात सुनकर उन्होंने अपना सिर पीट लिया यानी कि इतनी बुरी खबर सुनकर भी सोनेवाली लड़की मन-ही-मन सतीश से ज्यादा उस बैरिस्टर को चाहती है, यह सोचकर अपनी बेटी के प्रति उनके क्रोध और घृणा का अंत नहीं रहा।

दूसरे दिन लगभग तीन बजे फाटक के खंभे से साइकिल टिकाकर सतीश बाहरी बैठकखाने में घुसा।

सतीश के सूखे मुंह और बेतरतीब रूखे बालों ने यहां मौजूद सभी का ध्यान खींचा। सरोजिनी ने मुंह उठाकर निहारा, मगर बात नहीं की। ज्योतिष ने पूछा—'क्या आप बीमार हैं, सतीश बाबू?'

सतीश ने जरा मुस्कुराने की कोशिश करके कहा—'नहीं तो।'

पर किसी को भी और कोई बात न करते देख सतीश मन-ही-मन विस्मित हुआ। वह यह सोचते-सोचते आ रहा था कि आज वहां पहुंचते ही आरोपों और शिकायतों का अंत नहीं रहेगा। इसीलिए वह घर के अन्दर की तरफ आगे बढ़ने

की कोशिश करता हुआ खुद ही बोला—कल के कसूर के लिए पहले मैं मां से माफी मांगकर आता हूं। उसके बाद दूसरी बातें होंगी।'

शशांकमोहन अब तक तीखी नजरों से सतीश की ओर देख रहा था, उसी ने बात की। बोला—'मां अभी सो रही हैं, उन्हें जगाकर माफी मांगने की जल्दी क्या है? जरा बैठिए, आपसे कुछ बातें करनी हैं।'

उसके कहने के ढंग से सतीश ने अत्यन्त आश्चर्यचकित होकर कहा—'मुझसे आपको बात करनी है?'

शशांकमोहन ने कहा—'जी हां, और यही तो बदकिस्मती है।' ज्योतिष को दिखाते हुए कहा—'आप जरूर जानते होंगे कि मैं उनका एक जिगरी दोस्त हूं...नहीं, नहीं, ज्योतिष बाबू आप मत उठिए...यह क्या कर रहे हैं...आप ही लोग चले जाएंगे तो काम नहीं चलेगा। मेरी जो शिकायत है, उसे मैं आप लोगों के सामने ही करना चाहता हूं। आप दोनों ही बैठिए,' यह कहकर उसने एक बार सरोजिनी की तरफ कनखियों से देखा, मगर सरोजिनी ऐसे गर्दन झुकाए बैठी रही कि उसे कुछ दिखाई ही नहीं पड़ा।

शशांकमोहन ने सामने की मेज पर हाथ पटकते हुए कहा—'मेरा बचपन से ही यह स्वभाव है कि मैं जिन लोगों को प्यार करता हूं, उन लोगों के हितों को नजरअंदाज नहीं कर सकता। इसीलिए पिछली दफा जब मैंने सतीश बाबू के बारे में सुना, तो मैंने मन-ही-मन कहा कि यह तो अच्छी बात नहीं है। सतीश बाबू यों सबसे दूर छिप-छुपाकर अकेले क्यों रहते हैं, इसकी जानकारी लेनी चाहिए। आप, हो सकता है, गुस्सा करें सतीश बाबू, लेकिन मैं भी तो अपने स्वभाव के चलते लाचार हूं। मैं जानकारी लिए बिना नहीं रह सकता। क्यों ज्योतिष बाबू, आपका क्या कहना है?'

ज्योतिष चुपचाप मुंह नीचा किए बैठे रहे। सतीश चुपचाप निहारता रहा। सभी सुननेवालों की समवेत चुप्पी के बीच शशांकमोहन की उत्तेजना की गति अपने आप ही धीमी होने को आई। वह पहले से ज्यादा संयत स्वर में बोला—'ज्योतिष मेरा जिगरी दोस्त है, इसलिए आपसे कई सवाल करने का मुझे हक है। आप तो यह जानते हैं...'

शशांकमोहन को बीच में ही रोकते हुए सतीश ने गर्दन हिलाकर कहा—'नहीं, मैं आप लोगों की दोस्तों के बारे में कुछ नहीं जानता। लेकिन आपका सवाल क्या है, जरा यह तो सुनूं?'

शशांकमोहन ने एक घूंट निगलकर कहा—'मैं यह जानना चाहता हूं, आप यहां अकेले क्यों हैं?'

सतीश ने कहा–'मेरी मर्जी, आपका दूसरा सवाल?'

शशांकमोहन अचकचाकर ज्योतिष की ओर मुखातिब होकर कहने लगा–'सतीश बाबू के कलकत्ता के डेरे को ढूंढ़ निकालने में हम लोगों को बहुत तकलीफ उठानी पड़ी थी। राखाल बाबू को वे जानते हैं, उन्होंने बताया...'

सतीश की दोनों आंखें जल उठीं, बोला–'जहन्नुम में जाएं राखाल बाबू! आप अपनी बात कहिए।'

अब की बार ज्योतिष ने मुंह उठाकर कहा–'सतीश बाबू, शशांक मेरी ही इच्छा से पूछ रहा है। आप चाहें, तो जवाब नहीं भी दे सकते हैं, मगर उसे आपमानित नहीं कीजिएगा। हम लोगों के साथ आपने जैसा बर्ताव किया है, उसके बाद आपसे कोई सवाल करना ही नहीं चाहिए था, सिर्फ मेरी मां के लिए आपके अपने मुंह से एक बार सुनने की जरूरत है।' अच्छी बात है, लीजिए। मैं ही सवाल करता हूं–सावित्री कौन है? और उसके साथ आपका क्या सम्बन्ध है?'

सतीश कुछ देर तक चुपचाप निहारता रहा, उसके बाद बोला–'सावित्री कौन है? यह तो मैं नहीं जानता ज्योतिष बाबू, लेकिन उसके साथ मेरा क्या सम्बन्ध है, इसका जवाब देना मैं जरूरी नहीं समझता।'

'क्यों?'

क्योंकि मैं बताऊंगा, तो आप लोग समझ नहीं सकेंगे?'

'मगर चाहे जैसे भी हो, हम लोगों के लिए यह समझना बहुत जरूरी है। अच्छी बात है, आप यह बताइए कि आपने उसे कहां लाकर रखा है? आप यह जानकारी देंगे, तो शायद हम लोग समझ सकेंगे।'

सतीश ने ज्योतिष के मुंह पर अपनी जलती नजरें टिकाकर शांत स्वर में कहा–देखिए ज्योतिष बाबू, मैंने कभी अनचाहे आप लोगों के साथ नजदीकियां बढ़ाने की कोशिश नहीं की है, इसलिए मैं यह नहीं सोचता कि सवाल-जवाब के बहाने कुछ अप्रिय तू-तू, मैं-मैं करने की जरूरत है। यह मैं समझ सका हूं कि क्या हुआ है। इसलिए आप लोगों के लिए जितना जानना जरूरी है उतना मैं खुद ही आप लोगों को बता दे रहा हूं। मैं यह नहीं जानता कि सावित्री कहां गई है, क्यों गई, क्या बात है! यह सब पूरा गैरजरूरी है। लेकिन यह बात बहुत सही है कि सावित्री चाहे जो भी हो, अगर वह अपनी मर्जी से मुझे छोड़कर नहीं चली जाती, तो मैं जब तक जिन्दा रहता, मैं उसे अपने सिर आंखों पर रखता। यह बात सिर्फ आप लोगों के सामने ही नहीं, बल्कि सारी दुनिया के सामने भी स्वीकार करने में मैं शर्म महसूस नहीं करता। आशा करता हूं, इसके बाद आप लोगों के लिए अब और कुछ जानने को नहीं रहा, और अगर हो, तो मैं जवाब नहीं दूंगा।'

सतीश का यह साफ और बहुत छोटा-सा जवाब सुनकर सभी एक साथ फटी-फटी आंखों से निहारते हुए पत्थर के बुत की नाईं बैठे रहे। सरोजिनी के मुंह पर ही उसकी यह अमानवीय और हृदयहीन हिमाकत उसकी बेहद बेशर्मी की सारी हदों को लांघ गई। बहुत देर तक स्तम्भित की भांति बैठा रहकर ज्योतिष ने बड़ी कोशिशि से अपने आपको सचेत किया और गर्दन हिलाकर कहा—नहीं, अब आपसे हम लोगों को और कोई भी जानकारी नहीं लेनी है। जितनी जानकारी लेनी थी, वह उपीन के जवाब से पूरी हो गई है। यह देखिए...' कहकर उन्होंने तार उसके आगे फेंक दिया।'

'उपेन्द्र भैया का तार है, कहां है, देखूं?' कहकर सतीश ने व्यग्र हाथों से तार उठा लिया। तार को खोला और धीरे-धीरे उसे पूरा पढ़कर लौटा दिया। 'सच है, उपेन्द्र भैया कभी झूठ नहीं बोलते, सचमुच ही मैं अच्छा आदमी नहीं हूं। वास्तव में ही मेरे साथ किसी को किसी प्रकार का सम्पर्क नहीं रखना चाहिए। शायद खुद मुझे भी इस बात का मन-ही-मन पता चला था, इसीलिए मैं इस जंगल के बीच ऐसे एक दिन भाग आया था, कहते-कहते उसकी आवाज मानो किसी जादू से गद्‌गद होकर बोझिल होने को आया। मगर किसी ने भी कोई बात नहीं की और सतीश खुद भी स्तब्ध होकर बैठा रहा।

दूसरे ही पल एक कलेजा चीर देनेवाली लम्बी सांस के साथ उसे लगा कि एक बड़ी जटिल समस्या का आज बेहद अजीब फैसला हो गया। आज सवेरे जगततारिणी का न्योता मिलने के साथ ही उसके मन में कितने विचार पैदा हो गए थे। यह सच है कि अभी वह यह याद नहीं कर सकता था कि सरोजिनी का हृदय पाने की आकांक्षा अचानक कब पहली बार उसके मन में जाग उठी थी, लेकिन उसके मन के किसी कोने में यह आकांक्षा तो थी ही। नहीं तो ऐसी घटना घटी कैसे? यह अमृत निकाला गया था किस समुद्र को मथकर? जब से उसने सावित्री को खोया था तब से लेकर अब तक उस सच्चाई का सामना किया था कि किसी युवती का मन पाना एक बात है और उस मन के पाने को काम में लाना बिलकुल दूसरी बात है। क्योंकि नर-नारी के मन का मिलन गुप्त रूप से चुपचाप हुआ करता है, बाहरी दुनिया को उसकी भनक तक नहीं मिलती है, लेकिन जिस दिन समाज की सहमति के बिना इस मिलन के लिए और एक भी कदम आगे बढ़ने का उपाय नहीं रहता है, वही दिन सबसे बड़े दुख का दिन होता है। यह मिलन कितना कठिन है, यह रत्न कितना दुर्लभ है, बाहरी दुनिया इसका फैसला नहीं करती है, वह इसका फैसला करना नहीं चाहती है, वह सिर्फ अपने शास्त्र, समाज और रीति-रिवाज को लेकर इसके विरोध में शोर मचाती है। इसमें

रुकावट डालती है और इसे नाकामयाब करती है—सिर्फ यही उसका काम है। सरोजिनी को हो सकता है, वह प्यार करता हो। उधर सरोजिनी भी अगर उसे पाने को उन्मुख हो जाए तो वह उसे लाकर रखेगा कहां? दोनों का समाज अलग-अलग है। कल भी उसने अपने पिता का गम्भीर चिंतित मुंह बार-बार याद आया था, उपीन भैया के घर के सूखे भट्टाचार्य का और भी अधिक सूखा और तीखा स्वर हजारों बार उसके कानों में आकर बिंधा था, मुहल्ले के यार-दोस्त आदि सभी लोगों की तीखी अस्वीकृति ने उसके कलेजे पर बार-बार धक्का मारा था, तब भी इस विरोधी दुनिया के तमाम लोगों के सम्मिलित 'नहीं-नहीं' के स्वर के बीच सिर्फ चुप्पी साधे सरोजिनी का शर्म से झुका मुंह ही उसे सबल रख सका था।

किंतु आज अब उसे कोई भय नहीं है। एक ही दिन में अचिन्तनीय उपायों से सारी उलझनें सुलझ गईं, सब दुश्चिंताएं दूर हो गईं, जान बची।

अपने मन में यह बात सोचकर उसने चौंककर मुंह उठाकर देखा। सभी ठीक पहले की तरह ही चुपचाप मुंह नीचा किए बैठे हुए हैं। सरोजिनी के मुंह की ओर उसने देखा, मगर लगभग कुछ भी दिखाई नहीं पड़ा। तब उसी को सम्बोधित करते हुए उसने कहा—'तुम..., आप मेरे पुराने डेरे पर जिसकी साड़ी सूखते हुए देख आई थीं उसी का नाम है सावित्री। मैंने सोचा था कि मैं खुद ही एक दिन आपको सारी बातें बताऊंगा। मगर किसी दिन वैसा मौका नहीं मिला, मुझे वैसी हिम्मत भी नहीं थी।' इतना कहकर वह उठकर खड़ा हो गया और बोला—'ज्योतिष बाबू, कसूर मेरा है। इसका पता मुझे हर दिन चल रहा था, इसीलिए मेरे मन में शांति नहीं थी।' इतना कहकर वह थोड़ी देर चुप रहा और बोला—'हालांकि मैंने किसी विषय में किसी को धोखा नहीं दिया है। मैं लोगों को धोखा देना जानता भी नहीं। तब भी कहने को भी मुझे कुछ नहीं है।'

ज्योतिष ने मुंह ऊपर उठाकर कुछ कहना चाहा; लेकिन उनके मुंह से कोई आवाज नहीं निकली।

सतीश ने खुद भी शायद एक लम्बी आह को रोक डाला और बोला—'मैं चला पर मेरा एक अनुरोध है, वह यह कि मेरी चर्चा करके आप लोग अपना मन भारी मत कीजिए। मैं अब कभी किसी बहाने आप लोगों के सामने नहीं आऊंगा। मुझे आप लोग भूल जाइएगा।' इतना कहकर वह धीरे-धीरे बाहर निकल गया।

ज्योतिष ने बगल में डरते हुए देखा। सरोजिनी का सिर बिलकुल उसके घुटनों के पास झुक गया है। 'अरे, ओ सरोज...' कहकर उनके चिल्लाते ही सरोजिनी

की ढीली मुट्ठी कुर्सी के हत्थे से खिसक गई और वह नीचे गलीचे पर मूर्च्छित होकर गिर पड़ी।

अभिमान और अपमान के क्रोध से ज्योतिष की अक्ल पर ऐसा परदा पड़ गया था कि उन्हें इसका हिसाब ही याद नहीं था कि सरोजिनी के सामने सतीश का घर छोड़कर चला जाना उसे कितनी चोट पहुंचाएगा।

इसीलिए बहुत टहल-टकोरी के बाद जब सरोजिनी का होश वापस आया और वह कांपते-कांपते डगमगाते-डगमगाते कमरे से निकलकर चली गई तब ज्योतिष के सिर पर एकबारगी गाज टूट पड़ी।

सिर्फ यही नहीं कि वे अपनी बहन को अपनी जान से भी ज्यादा प्यार करते थे, बल्कि अपनी खूबसूरत और पढ़ी-लिखी बहन के तीव्र आत्मगौरव-बोध पर भी उन्हें अपार विश्वास था। लेकिन उन्होंने इस आशंका की कल्पना भी नहीं की थी कि वह अन्दर ही अन्दर इतना प्यार भी कर सकती है कि उसकी शिक्षा-दीक्षा और आत्मगौरव कुछ भी काम नहीं आएगा और सब कुछ जानते हुए भी वह अनुचित कार्य करनेवाले एक चरित्रहीन, लम्पट् के पैरों पर अपना सब कुछ निछावर करके बेहोश होकर सूखे तिनके की भांति फर्श पर गिर पड़ेगी। उसके चेहरे पर गहरे दुख के चित्र का, जिसे उन्होंने अभी-अभी अपनी आंखों से देखा है, निरूपण करने की शक्ति और अभिज्ञता उनमें नहीं थी, फिर भी वे बहुत देर तक जड़वत् बैठे रहे और शशांकमोहन की ओर निहारकर बोले—'आप शायद आज रात की ट्रेन से कलकत्ता लौटेंगे?'

शशांकमोहन ने कहा—'नहीं, वहां मुझे वैसा कोई जरूरी काम नहीं है।'

ज्योतिष और कोई सवाल किए बिना उठकर अन्दर चले गए और अपने कमरे में जाकर दरवाजा बन्द करके लेट गए। उस रात शशांकमोहन को अकेले ही खाना खाना पड़ा, क्योंकि ज्योतिष की कोई आवाज बिलकुल ही नहीं मिली।

जगततारिणी ने एक-एक कर सारी बातें बेटे के मुंह से सुनीं और गहरी लम्बी सांस लेकर बहुत देर तक स्तब्ध बनी रहीं। उसके बाद बोलीं—'यह सब मेरे ही फूटे नसीब का नतीजा है, ज्योतिष।' फिर अपने दिवंगत पति को याद करके वे बोलीं—'खुद मैं सारा जीवन ऐसी ही मुसीबत में पड़कर जल-भुनकर मरी, अब बाकी बचे जीवन में अगर अपने बेटे-बेटियों के लिए न जलना पड़े तो पाप का पूरा प्रायश्चित कैसे होगा? अच्छी बात है बेटा, तुम्हें जो लड़का पसन्द हो, उसी के साथ शादी करा दो, मैं अब कुछ नहीं बोलूंगी।' वे फिर और एक लम्बी सांस लेकर बोलीं—'मन अन्तर्यामी है। इसीलिए अचानक यह सुनकर कि वह आया है, उस दिन मेरा कलेजा दहल गया था ज्योतिष।'

मगर ज्योतिष कुछ नहीं बोले। वे मन-ही-मन यह सोच रहे थे कि बात इतनी आसान नहीं है। इसलिए जो बीत गई सो बात गई, कहकर आंखें मूंदे बैठे रहने से काम नहीं चलेगा। हो सकता है, एक दिन खुद उन्हें ही जाकर इस चरित्रहीन को ही मनाकर वापस लाना पड़े।

कल दिन-भर में एक बार भी उन्होंने सरोजिनी को अपने कमरे से बाहर आते नहीं देखा था, लेकिन आज तीसरे पहर चाय पीने के लिए बाहरवाले कमरे में घुसते ही उन्होंने देखा, सरोजिनी वहां बैठी शशांकमोहन के साथ धीरे-धीरे गपशप कर रही है।

ज्योतिष ने करीब आकर एक कुर्सी खींच ली और उस पर बैठ गए। यद्यपि बहन के उतरे हुए चेहरे को देखकर उन्हें कुछ समझना बाकी नहीं रहा तथापि उनके कलेजे पर से मानो भारी बोझ हट गया।

चाय पीने के बाद भी बहुत देर तक ढेर सारी बातचीत हुई, लेकिन उस दिन की कोई बात किसी ने भी नहीं छेड़ी।

शाम के बाद बहुत खुशमिजाज बहन को चली जाते देख ज्योतिष ने मन-ही-मन कहा—हादसा उतना बड़ा नहीं है जितना बड़ा उन्होंने सोचा था। उन्हें ऐसी आशाा भी हुई कि थोड़े ही समय के अन्दर फिर सब कुछ ठीक-ठाक हो जाएगा।

उस दिन रात को बहुत देर तक दोनों दोस्तों में बातचीत हुई। यहां तक कि ज्योतिष ने इशारे-इशारे में अपनी आशा की बात भी उसे बताई। वास्तव में सरोजिनी अपने पहले प्यार में खाए झटके को संभाल लेने के बाद सतीश के इतने बड़े घृणित आचरण के साथ शशांकमोहन के आचरण की तुलना मन-ही-मन नहीं करेगी, यह एक तरह से दोनों को असंभव-सा महसूस हुआ।

दूसरे दिन दोपहर को खाने-पीने के बाद सरोज़िनी अपने ऊपरवाले सोने के कमरे में खुली खिड़की के सामने एक कुर्सी पर बैठ रास्ते की ओर देख रही थी। अचानक उसे लगा कि थोड़ी दूर पर सामानों से लदी एक बैलगाड़ी के पीछे-पीछे जो दो आदमी छाता ओढ़े हुए चले आ रहे हैं, उनमें से एक बिहारी है। सरोजिनी सावधानी से खिड़की की छड़ों को पकड़कर खड़ी हो गई। गाड़ी धीरे-धीरे उसकी खिड़की के सामने आ पहुंची और एक आदमी ने सिर उठाकर खिड़की की ओर देखा। देखते ही साफ दिखाई पड़ा कि वह बिहारी है। सरोजिनी ने हाथ बढ़ाकर उसे बुलाया, तो बिहारी अपने साथी को आगे बढ़ने के लिए कहकर छाता बन्द करके खिड़की के नीचे आकर खड़ा हो गया।

सरोजिनी ने कहा—'बिहारी घुसते ही, बाईं तरफ सीढ़ी है। ऊपर आओ।'

तब घर के सभी लोग सो रहे थे। बिहारी थोड़ी ही देर में सीढ़ियां चढ़कर सरोजिनी के ऊपरवाले कमरे में घुसा और उसे प्रणाम करके उसके पैरों की धूल अपनी जीभ, गले और माथे से लगाई।

सरोजिनी ने मन-ही-मन उसे आशीर्वाद देकर कहा—'तुम लोगों की गाड़ी तो रात के ग्यारह बजे के बाद है, अभी बहुत समय है। रसोइया भी तो साथ में है, वह कुली से सामान उतरवाकर रखवा लेगा, तुम जरा बैठो।'

बिना पूछे ही सरोजिनी समझ गई थी कि सतीश यहां का डेरा-डंडा उखाड़कर दूसरी जगह चला जा रहा है।

बिहारी ने अपनी चादर के आंचल से माथे की पसीना पोंछा और फर्श पर बैठ गया।

सरोजिनी कुछ देर तक चुप रही, फिर बोली—'बिहारी, तुम तो ब्राह्मण से कभी भी झूठ नहीं बोलते?'

बिहारी ने जबान काटी और बोला—'बाप रे, तब तो भगवान भी मुझे माफ नहीं करेंगे दीदी! सात जन्मों तक काशीवास करने से भी इस पाप से छुटकारा नहीं मिल सकता।'

सरोजिनी ने स्निग्ध दृष्टि से उस देहाती, धर्मभीरु बूढ़े के चेहरे की ओर देखकर स्नेह से मुस्कुराते हुए कहा—'यह तो मैं जानती हूं बिहारी कि तुम कभी झूठ नहीं बोलते। लेकिन तुम किसी से नहीं कहोगे—'अपने मालिक से भी नहीं।'

बिहारी ने कहा—'मुझे किसी से कहने की क्या जरूरत है दीदी?'

सरोजिनी ने थोड़ी देर चुप रह असली बात छेड़ी, पूछा—'अच्छा, बिहारी, वह लड़की कौन है?'

बिहारी ने सरोजिनी के मुंह की ओर देखकर कहा—'तुम मेरी सावित्री बेटी की बात पूछ रही हो दीदी? मैं नहीं जानता दीदी कि मेरी मां सरीखी बेटी किसके शाप से इस धरती पर जनम लेकर इतना दुख पा रही है। आहा, वह मानो लक्ष्मी जैसी है।

बिहारी को सावित्री का नाम तक जबान पर लाने का मौका मिले बहुत दिन हो गए। उसकी आवाज गद्गद और आंखें आंसुओं से धुंधली-सी हो उठीं।

सावित्री का नाम सुनते ही उसके मन में इतना बड़ा बदलाव देख सरोजिनी आश्चर्यचकित हो गई।

बिहारी हाथ से आंखें पोंछकर बोला—'मेरी बेटी सावित्री जिस दिन राखाल बाबू के मेस में नौकरी करने आई, उस दिन मेस के सभी लोग उसे देखकर अवाक्

हो गए। वह मुंह पर मुस्कान चिपकाई रहती थी। राखाल बाबू थे मैनेजर और मैं था नौकर, मगर उसके लिए सभी एक-से थे। एक-सी हिफाजत वह सबकी करती थी। एकादशी के दिन बिना कुछ खाए-पिए वह उपवास करती थी, तब भी कभी मैंने उसके मुंह पर झुंझलाहट नहीं देखी थी, दीदी।'

बिहारी मानो पूरा दिल खोलकर बात कर रहा था। इसीलिए उसकी इस स्वाभाविक श्रद्धापूर्ण भावना से सरोजिनी मुग्ध हो गई और उसकी ईर्ष्या की तपिश भी जैसे आधी ठंडी हो गई। बिहारी कहने लगा—'दीदी, शास्त्र में लिखा हुआ है कि एक बार किसी दोष के चलते लक्ष्मी ने नारायण के आदेश से नौकरानी का काम किया था, सावित्री भी ठीक वैसे ही किसी दोष के चलते नौकरी करने आई और तरह-तरह के दुख झेलकर अंत में चली गई। उसके चले जाने का दिन आज भी मेरे कलेजे के बीच गुंथा हुआ है, दीदी।'

सरोजिनी ने धीरे-धीरे प्रश्न किया—'वे अभी कहां हैं बिहारी?'

बिहारी ने इस प्रश्न का सहसा उत्तर नहीं दिया, उसके मुंह की तरफ निहारता हुआ चुप रहा।

सरोजिनी ने फिर से पूछा—'क्या तुम यह नहीं जानते बिहारी?'

बिहारी ने इस बार गर्दन हिलाकर कहा—'मैं ठीक-ठीक तो नहीं जानता, लेकिन तब भी कुछ जानता हूं, मगर उसी ने मुझे किसी को भी बताने से मना कर दिया है दीदी, मैं तो यह नहीं बताऊंगा।'

सरोजिनी ने पूछा—'उन्होंने तुम्हें किसी को भी यह बताने से मना क्यों कर दिया है?'

बिहारी खुद भी सोचकर यह तय नहीं कर पाता था कि उसने किसी को भी बताने से मना क्यों किया है। उसकी यह मनाही हमेशा मानकर चलना, वह कैसी है—यह न जान पाना, इस जीवन में अब एक बार भी उसे आंखों से न देख पाना, यह सब बिहारी के लिए कितना कठिन है, इसे सिर्फ खुद बिहारी ही जानता था। खासकर जब भी किसी बातचीत में सावित्री के खिलाफ सतीश की तीखी और गंदी बात जाहिर होती तब सारी बातें कह डालने के लिए उसके मन के अन्दर आवेग की आंधी बह जाती, मगर तब भी बिहारी ने सावित्री की कसम को नहीं तोड़ा था। अगर किसी दिन यह असहनीय हुआ था तब भी उसने यही बात याद की थी कि जब सावित्री खुद इतना बड़ा कलंक ढो रही है तब जरूर कोई अन्दरूनी बात होगी, जो उसकी समझ के परे है। सावित्री के प्रति उसके विश्वास और श्रद्धा का अन्त नहीं था। मगर अभी जब सरोजिनी यह बात जानने के लिए अपनी उत्सुकता प्रकट करने लगी तब सारी बातों को बता देने के लिए उसकी भी जान

छटपटा उठी। वह कुछ देर तक चुप रहकर बोला—'मैं तुम्हें बता सकता हूं दीदी, अगर तुम मेरे मालिक को न बताओ तो।'

सरोजिनी मन-ही-मन बड़े अचरज में पड़ी। बिहारी जानता है, हालांकि सतीश नहीं जानता है और खासतौर पर उसे ही बताने की सावित्री की मनाही है—इसकी वजह क्या है, यह उसे सोचते नहीं बना। बोली—'नहीं बिहारी, मैं किसी को नहीं बताऊंगी, तुम कहो।'

बिहारी दो मिनट पूरा निस्तब्ध रहा। शायद सोच करके देखा कि इस झूठ बोलने का पाप उसे लगेगा या नहीं, उसके बाद धीरे-धीरे एक-एक करके सारी बातों का वर्णन करते हुए कहा। सावित्री सतीश को जान से ज्यादा प्यार करती थी, इसी वजह से राखाल बाबू ने ईर्ष्यावश झगड़ा करके बाबू को डेरा छोड़ने के लिए बाध्य कर दिया था, और सतीश बाबू बीच-बीच में शराब भी पिया करते थे,' इत्यादि कोई भी बात उसने नहीं छिपाई।

जब तक बिहारी बोलता रहा तब तक सरोजिनी ने उसकी बातें मन्त्रमुग्ध होकर सुनीं। शायद ऐसे एकाग्रचित्त और मनोयोग से और किसी ने कभी भी किसी की भी बात नहीं सुनी होगी। जिस राखाल बाबू से शशांकमोहन ने खबर ली थी, संयोगवश उस व्यक्ति का भी इतिहास सरोजिनी से अनजाना नहीं रहा।

सावित्री का घर कहां है, या उसके पिता या ससुर के खानदान का परिचय क्या है--इसका पता बिहारी नहीं दे सका, तो भी उसने यह बार-बार कहा कि वह ब्राह्मण की लड़की है, विधवा है, सुन्दर है, पढ़ी-लिखी है—'सिर्फ किस्मत के खेल के चलते वह नौकरानी का काम करने आई थी। आगे बोला—'बाबू उसे इतना प्यार करते थे, मगर तब भी वे सावित्री से वैसे ही डरते थे जैसे बाघ से बकरी, दीदी। शराब पीकर डेरे में घुसने तक की उनमें हिम्मत नहीं थी। विपिन बाबू नाम के बाबू का एक बदमाश दोस्त था, उसके साथ मिलकर वे गाया-बजाया करते थे। वे एक बुरी जगह जाया करते थे, यह बात सावित्री के कानों में पहुंची, तो उनका वहां जाना बिलकुल बन्द हो गया। उनकी ऐसी ताकत नहीं हुई कि वे सावित्री को ठोसा दिखाकर फिर वहां जाएं।' इतना कहकर बिहारी ने गर्व के साथ सरोजिनी के मुंह की तरफ निगाह डाली।

सतीश पर एक दूसरी नारी का इतना बड़ा अधिकार है, यह जानकारी सरोजिनी के कलेजे में भाले की नाईं बिंधी, फिर भी उसने धीरे-धीरे प्रश्न किया—'अच्छा, बिहारी, सतीश बाबू को उनसे इतना डरने की जरूरत क्या थी?'

बिहारी ने जैसा समझा था वैसा ही कहा—'सावित्री बड़ी रौबदार औरत थी, दीदी। सिर्फ मेरे बाबू ही नहीं, बल्कि पूरे डेरे के दूसरे लोग भी उससे मन-ही-मन

डरा करते थे। एक दिन की बात बताता हूं। उस दिन बहुत रात गए बाबू पता नहीं कहां से शराब पीकर और शराब की एक बोतल साथ लिये डेरे लौटे। उन्होंने सोचा था कि इतनी रात गए सावित्री जरूर अपने डेरे चली गई होगी। मैं जगा हुआ था, मैंने दरवाजा खोल दिया। उन्होंने मुझसे पूछा–सावित्री चली गई है न बिहारी? मैंने कहा–नहीं बाबू, आज वह अपने डेरे नहीं गई है, यहीं है। ज्योंहीं उन्होंने यह सुना त्योंही उन्होंने शराब की बोतल रास्ते पर फेंक दी और धीरे-धीरे चोरों की तरह डेरे में घुसे। उनका नशा पलक झपकते ही हवा हो गया। बताओ तो दीदी, सावित्री को छोड़ क्या कोई दूसरा कभी बाबू को डांट-फटकार सकेगा?'

सरोजिनी चुपचाप कुछ देर तक बैठी रही और बोली–-सतीश बाबू क्या अभी भी शराब पीते हैं बिहारी?;

बिहारी ने गर्दन हिलाकर कहा–'लेकिन फिर शराब पीना शुरू करने में कितनी देर लगेगी, दीदी? इसीलिए तो आज दो दिनों से मैं सिर्फ यह सोच रहा हूं कि इस बुरी घड़ी में अगर सावित्री एक बार आ जाती तो अच्छा होता।'

सरोजिनी ने उत्सुक होकर पूछा–'क्यों बिहारी, तुम ऐसा क्यों सोच रहे हो?'

बिहारी बोला–'मैं बराबर यह देखता हूं कि जब भी बाबू का मन भारी होता है, तो वे शराब पीना शुरू कर देते हैं। एक उपीन बाबू से डरते हैं, पर पता नहीं उनके साथ क्या हो गया है। उस रात वे डेरे पर आए, पर अचानक वहां उसे सावित्री दिखाई पड़ी। वे उल्टे पांव लौट गए। उसके बाद दोनों में से कोई किसी का नाम तक नहीं लेते हैं। तब तुम्हीं बताओ दीदी कि सावित्री को छोड़ दूसरा कौन बाबू को संभाल सकता है?' जरा ठहरकर बिहारी फिर कहने लगा–'जब से बीमारी की खबर मिली तब से लेकर ये पाँच-छह दिनों तक बाबू पर क्या बीती है, यह तो मैंने अपनी आंखों से देखा। परसों नींद से उठते ही तार से बीमारी की खबर मिली तो तभी से जो बिस्तर पर मुंह के बल लेटे सो फिर दिन भर उठे ही नहीं, उसके बाद रात की गाड़ी से वे घर चले गए। मुझसे सिर्फ यह कह गए कि बिहारी, तुम लोग सब कुछ ले-देकर घर चले आना।'

सरोजिनी ने व्यग्र होकर पूछा–'कौन बीमार है, बिहारी?'

बिहारी ने अचरज में पड़कर कहा–'जाते वक्त बाबू क्या तुम लोगों को कुछ बताकर नहीं गए हैं, दीदी?'

सरोजिनी ने सिर हिलाकर कहा–'नहीं तो, पर कौन बीमार है?'

बिहारी ने लम्बी सांस लेकर कहा–'तो भूल से वे यों ही सीधे चले गए हैं, इस घर में नहीं घुसे थे। जिस दिन सवेरे तुम्हारे यहां खाने के लिए आनेवाले थे

उसी दिन चिट्ठी आई कि उनके पिताजी बीमार हैं। इसीलिए वे तुम्हारे यहां खाना खाने नहीं आ सके। घर तार करके उन्होंने खुद ही 'पोस्ट ऑफिस' में खड़े-खड़े सारा दिन बिताया। मगर कोई खबर नहीं आई। उसके बाद परसों सवेरे एक बारगी आखिरी खबर आई। और रात की गाड़ी से बाबू घर चले गए।'

सरोजिनी चौंक उठी—'सतीश बाबू के पिता गुजर गए?'

बिहारी ने कहा—'हां, दीदी!'

'उन्हें क्या हुआ था?'

'बहुत उम्र हो गई थी, बीमारी तो बहाना थी—'बस, प्राण-पखेरू उड़ गया।' यह कहकर बिहारी ने अपनी नम आंखें पोंछी और बोला—किसी दूसरी बात का दुख नहीं है, लेकिन दुख सिर्फ इस बात का है कि मेरे सिवा अपना कहने के लिए उनका कोई दूसरा नहीं रहा। इसीलिए इन दो दिनों से मैं यही सोच रहा हूं कि अब वे क्या करेंगे, यह माता दुर्गा ही जानें।' इतना कहकर उसने अपनी दोनों नम आंखों को चादर के एक छोर से एक बार अच्छी तरह से पोंछ लिया।

सरोजिनी की आंखों में भी पानी आने लगा। बोली—'अब सतीश बाबू अच्छे भी बन जा सकते हैं। तुम्हें यह डर क्यों हुआ बिहारी कि सतीश बाबू बुरा ही बनेंगे?'

बिहारी ने अनमना-सा होकर कहा—'क्या मालूम!' इसके बाद मुंह उठाकर बोला—'तुम्हारे मुंह में घी-शक्कर पड़े दीदी। बाबू अच्छा ही बनें। अब बुरी डगर पर उनके कदम न पड़ें। मगर जाते वक्त जब वे गाड़ी पर चढ़े तो बोले—खैर, एक तरह से मैं जी उठा बिहारी, अब दुनिया में किसी के लिए भी मुझे सोच-विचार नहीं करना पड़ेगा—मैं, तुमसे सच कह रहा हूं दीदी कि तभी से जब भी यह याद आता है मेरे कलेजे के अन्दर हाहाकार मच जाता है। अब कितने ही रुपए उनके हाथ में पड़ेंगे, बाबू के यार-दोस्त सारे के सारे अच्छे नहीं हैं—बुरी डगर पर चल पड़ेंगे, तो अब उन्हें कौन रोकेगा? सिर्फ सावित्री ही उन्हें बुरी डगर पर चलने से रोक सकती है।' यह कहकर बिहारी ने और एक बार सरोजिनी के कलेजे में भाला चुभाया और दोनों हाथ जोड़कर सिर से लगाया।

सरोजिनी ने चोट सहकर मृद स्वर में कहा—'तो बिहारी, तुम उन्हें आने के लिए चिट्ठी क्यों नहीं लिख देते?'

बिहारी बोला—'उनका पता तो मुझे मालूम नहीं है। यदि एक बार काशी जा सकता, तो चाहे जैसे भी होता, पता लगाकर उन्हें लौटा लाता; लेकिन मुझे तो ऐसी गुंजाइश नहीं है। बाबू को अकेला छोड़ देना भी मन को बर्दाश्त नहीं होता। इसके सिवा, मैं कभी काशी गया नहीं हूं, उस शहर के बारे में मैं कुछ भी नहीं

जानता।' कहकर उसने निरुपाय की तरह सरोजिनी के मुंह की ओर देखा। यह साफ समझ में आया कि सतीश का यह परम हितैषी बूढ़ा नौकर अपने मालिक के अवश्यंभावी अमंगल की आशंका से व्याकुल होकर उससे आश्वासन पाने की चुपचाप प्रतीक्षा कर रहा है। लेकिन सरोजिनी ने उसे कोई भरोसा नहीं दिया, वह सिर्फ चुपचाप निहारती रही।

'अच्छा, तो अब जाता हूं,' कहकर बिहारी ने उसके पांवों के पास माथा टेककर प्रणाम किया और फिर से उसके पैरों की धूल अपने सिर से लगाकर कमरे से बाहर निकल गया। लेकिन फिर उसी पल वह अचानक लौट आया और हाथ जोड़कर उसके सामने आ खड़ा हो गया।'

'क्या है बिहारी?' सरोजिनी ने पूछा।

'एक बात कहूं दीदी?'

सरोजिनी बड़ी मुश्किल से अपने चेहरे पर जरा-सी उदासी-भरी मुस्कान खींच लाई और बोली—'कौन सी बात?'

बिहारी पहले की ही तरह हाथ जोड़े रहा, करुण स्वर में बोला—'मैं खेतिहर ग्वाला हूं, ऊपर से बूढ़ा, यदि अनजाने में छोटा मुंह बड़ी बातें कह गया हूं, तो तुम मुझे माफ करना।'

सरोजिनी की आंखों में पानी भर आया। लेकिन उसे जी जान से रोककर अपनी गर्दन हिलाई, सिर्फ बोली—'अच्छा।'

उसके मुंह से यह एकमात्र 'अच्छा' शब्द सुनते ही मानो बिहारी की सुध लौट आई। उसने अपने को खेतिहर आदि कहकर अपनी नासमझी का लाखों परिचय दिया, तो भी वह असल में नासमझ नहीं था। इसलिए क्यों सरोजिनी ने सावित्री की बात पूछने के लिए उसे रास्ते से बुलाया था, क्यों उसने इतने ध्यान से उसकी कहानी सुनी थी, यह सारा मामला उसके आगे धूप की तरह साफ हो गया और बिना जाने उसने जो सरोजिनी के मन को इतनी देर तक चोट पहुंचाकर उसे इतना दुख दिया है इसके लिए उसके पछतावे की सीमा नहीं रही।

तब बिहारी अत्यधिक करुण स्वर में बोला—मैं जानता हूं, वे तुम्हारी बात कभी नहीं टाल सकेंगे। चाहोगी तो, तुम भी बाबू का इस बुरी घड़ी में मुसीबत से बचा सकती हो। लेकिन मेरा मन कहता है कि तुमने उन्हें त्याग दिया है बेटी।

बिहारी ने पहली बार सरोजिनी को बेटी कहकर सम्बोधित किया। बेटी कहकर काम बनाने की चाल बिहारी खूब जानता था।

सरोजिनी के आंसू अब रोके नहीं रुके। उसकी दोनों आंखों में उमड़े आंसुओं की बड़ी-बड़ी बूंदें बिहारी के सामने ही टपक पड़ीं। लेकिन सरोजिनी ने अपने आंसू

जल्दी से पोंछ डाले और बोली—'नहीं, बिहारी, मुझसे कुछ नहीं हो सकता। अब मैं उनकी किसी बात में नहीं पड़ूंगी।'

बिहारी ने गर्दन हिलाकर कहा—'मैंने तुम्हें बेटी कहकर पुकारा है, मेरी लाज रखो। उनसे चाहे जो भी ऊंच-नीच हुआ हो, उसके लिए मैं कसूर कबूल करता हूं।' यह कहकर बिहारी ने झुककर सरोजिनी के पैरों की धूल लेकर अपने सिर से लगाई और बोला—'लेकिन तुम तो मेरे बाबू को पहचानती हो। बाबू मुसीबत में पड़कर मरें और तुम इस बुरी घड़ी में अभिमान करके हाथ-पर-हाथ धरे बैठी रहो, उन्हें बचाने के लिए कुछ न करो, ऐसा तो मैं नहीं होने दूंगा बेटी।'

सरोजिनी का सारा अभिमान दूर हो गया और वह सतीश को माफ करने के लिए एक बार तैयार हो गई, मगर तुरत ही बिहारी के मुंह से सुनी सावित्री की सारी बातें याद आ जाने की वजह से उसका पसीजा हुआ मन पलक झपकते कठोर हो गया। उसने गर्दन हिलाकर शान्त, कठोर स्वर में कहा—'नहीं बिहारी, तुम डरो मत। सावित्री आ जाएगी, तो फिर सब ठीक हो जाएगा। लेकिन मुझसे तुम लोगों का कोई फायदा नहीं हो सकता है।

इस कठोर जवाब के लिए बिहारी बिलकुल ही तैयार नहीं था। उसके कालजयी प्यार के आगे यह नीरस आवाज ऐसी कर्कश होकर गूंजी कि वह कुछ देर के लिए विह्वल की भांति सिर्फ चुप रहा। उसके बाद एक शब्द भी बोले बिना और एक बार उसे प्रणाम करके बाहर निकल गया।

39

तपेदिक से पीड़ित अपनी पत्नी को लेकर उपेन्द्र पांच-छह महीने नैनीताल में रहे। उसके बाद पत्नी को साथ लिए उनके बक्सर लौटे सिर्फ कुछ ही दिन हुए हैं। यही सुरबाला की अन्तिम इच्छा थी। उस दिन शाम के बाद दीये की स्निग्ध लौ की तरफ बहुत देर तक वह चुपचाप निहारती रही। उसके बाद मरणासन्न सुरबाला ने पति के हाथ पर धीरे-धीरे अपना दाहिना हाथ रखा और बोली—'तुम्हारी बात पर अब मुझे कभी किसी दिन सन्देह नहीं होता है। आज मुझे एक बात सही-सही बताओगे? बहलाओगे तो नहीं?'

उपेन्द्र अपनी मरणासन्न पत्नी के मुंह पर झुक पड़े और बोले–'कौन-सी बात पशु?'

सुरबाला पल-भर चुप रहकर बोली–'मैं तुम्हें फिर पाऊंगी न?'

उपेन्द्र अपनी पत्नी के कपाल पर से रूखे-सूखे बालों को हटा दिया और शांत, दृढ़ स्वर में बोले–'जरूर पाओगी।'

'अच्छा, कितने दिनों बाद तुम्हें पाऊंगी? मैं तो जल्दी ही चली। तब तक मैं तुम्हारे लिए कहां बैठी रहूंगी?'

'स्वर्ग में रहोगी। वहां से तुम मुझे हमेशा देख सकोगी।'

'लेकिन मैं वहां अकेली कैसे रहूंगी? अच्छा, सभी डॉक्टरों ने जवाब दे दिया है? ऐसी कोई दवा नहीं है जिससे मैं जिन्दा रहूं? मेरे जाने पर हो सकता है, तुम्हें बहुत तकलीफ हो।'

उपेन्द्र किसी भी तरह से आंसू की एक बूंद को संभाल नहीं सके–बूंद टप से सुरबाला के कपाल पर टपक पड़ी।

मन की गहराई से उसकी शिकायत गूंजी–भगवान! मेरे पति के कलेजे में सिर्फ इतना प्यार ही दिया, तुमने लेकिन उसे जरा भी शक्ति नहीं दी कि वह अपनी स्नेहभाजन को एक दिन भी ज्यादा पकड़कर रखे।

सुरबाला अपने दुबले हाथ को उठाकर पति की आंखें पोंछकर बोली–'तुम्हारी रुलाई मैं सहन नहीं कर सकती–मेरी और एक बात मानोगे?'

उपेन्द्र ने गर्दन हिलाकर कहा–'मानूंगा।'

सुरबाला ने कहा–'तब तो मेरी छोटी बहन शची के साथ दिवाकर का ब्याह करा देना। मैंने बहुत दिनों से उसे देखा नहीं है, दो-चार दिनों में उसकी पढ़ाई में ऐसा क्या हर्ज होगा–कलकत्ता से आने के लिए उसे तार कर दो न?

उपेन्द्र के कलेजे में और एक बार भाला बिंधा। वे यह जानते थे कि सुरबाला दिवाकर को कितना प्यार करती थी। फिर भी उसकी अंतिम इच्छा पूरी करने का कोई उपाय नहीं था। दिवाकर की ओछी करतूत को उन्होंने अपनी पत्नी से हमेशा छिपाकर रखा था, आज भी उन्होंने उसे जाहिर नहीं किया। तार करने की बात को वे टाल गए और बोले–'मगर पहले पहल तो तुम नहीं चाहती थीं कि उसके साथ शची की शादी हो, सिर्फ मेरी राय जानने के बाद तुमने मेरी हां में हां मिलाई थी। पर अब मेरी अपनी राय बदल गई है। शची के लिए मैं उससे कहीं ज्यादा अच्छा रिश्ता तय कर दूंगा। लेकिन इस शादी की जरूरत नहीं, सुरो।'

सुरबाला ने कहा–'नहीं, ऐसा नहीं हो सकता है। तुम दिवाकर के ही साथ शची की शादी कराना।'

उपेन्द्र आश्चर्य में पड़कर बोले—'क्यों, बताओ तो?'

सुरबाला ने कहा—'उसका मुंह देखकर तुम किसी दिन फिर हमारे लिए पराये न हो सकोगे, इसके अलावा वह घर में रहेगी तो तुम्हारी भी देखभाल कर सकेगी।'

उपेन्द्र ने अन्यमनस्क की तरह कहा—'अच्छा, अगर यह शादी करना असंभव न हो, तो दिवाकर के ही साथ शची की शादी कराऊंगा।'

इसके तीन दिनों बाद खबर पाकर उपेन्द्र की मनाही के बावजूद महेश्वरी आ गईं। सुरबाला उनकी गोद में सिर रखकर बोली—'मेरे जाने पर उनके ऊपर ध्यान रखना दीदी। मैं तो जानती हूं, वे फिर कभी शादी नहीं करेंगे, लेकिन उन्हें बड़ी तकलीफ होगी। तुम सभी उनको देखना। तुम लोगों से मेरी यही आखिरी विनती है। इतना कहने के बाद उसकी आंखों से आंसू बहने लगे।

महेश्वरी उसकी छाती पर औंधी गिरकर रो उठीं, लेकिन वे एक शब्द भी नहीं बोल सकीं।

इसी तरह और भी तीन-चार दिन बीत गए। उसके बाद एक दिन सवेरे पति की गोद में सिर रखकर, समूचे मुहल्ले को शोक के सागर में डूबो करके वह सती-साध्वी स्वर्ग सिधार गई।

उपेन्द्र शान्त स्थिर भाव से पत्नी का अन्तिम संस्कार पूरा करके महेश्वरी को साथ लेकर अपने घर लौट आए। उपेन्द्र के पिता शिवप्रसाद बाबू बेटे के लिए अत्यन्त उत्कंठित हो गए थे। लेकिन अब लड़के का मुंह देखकर बहुत कुछ आश्वस्त हुए। मन-ही-मन में बोले—नहीं, जितना मैं डर गया था, उतना डरने की बात नहीं है। यहां तक कि उन्होंने निकट भविष्य में और एक सुन्दर बहू घर में लाने की आशा को भी हृदय में स्थान दे रखा था। लेकिन भगवान ने सम्भवतः छिपे रहकर उनके लिए उस दिन लम्बी सांस ले ली।

कुछ ही दिनों के बाद उपेन्द्र को कोर्ट के लिए घर से निकलते देखकर शिवप्रसाद ने अत्यन्त सन्तोष का अनुभव किया, यहां तक कि आनन्द की अधिकता से बेटे को कुछ पलों के लिए अपने पास बुलाकर संसार की नश्वरता के बारे में बहुत-से उपदेश दिए और अन्त में बोले—'उपीन, मैं भला तुम्हें क्या समझाऊंगा बेटा! तुम खुद ही सब कुछ जानते हो, सब कुछ समझते हो। इस संसार में कुछ भी चिरस्थायी नहीं है—आज जो है, कल वह नहीं रहेगा, सब ही माया का खेल है। इस बात को हमेशा याद रखना बेटा, कभी भविष्य को बर्बाद मत करना। जी जान से उन्नति करने का यही समय है। कौन किसका है? शास्त्रों में लिखा है! 'चलांचलमिदम् सर्व कीर्तियस्य स जीवति!' अर्थात् सम्मान हो,

मान-सम्मान सब कुछ रुपया है। रुपया कमाने पर ही सब कुछ निर्भर है। देखो न, सतीश के बाबूजी कितने रुपए रख गए हैं बताओ तो,' यह कहकर गम्भीर भाव से वे सिर हिलाने लगे।

उपेन्द्र मुंह नीचा किए चुपचाप सब सुनकर 'अब चलता हूं,' कहकर कचहरी चले गए।

कचहरी में सतीश के बड़े भाई से भेंट हुई। उन्होंने इस हादसा के लिए बहुत दुख प्रकट किया और अन्त में सतीश की चर्चा छेड़ी। उपेन्द्र की धारणा थी कि सतीश पिता की मृत्यु के बाद से घर पर ही है, लेकिन अब वे सुन पाए कि वह घर पर तो है, लेकिन यहां के घर पर नहीं, गांव के घर पर है।

टुनू बाबू सतीश के सौतले बड़े भाई थे। किसी दिन उन्होंने उसे अच्छी नजर से नहीं देखा था—एक घर में रहते हुए भी उन्होंने कभी उसकी कोई सुध तक लेने की जरूरत महसूस नहीं की थी। वास्तव में यह कहना भी बेजा नहीं होगा कि सतीश के साथ उनका कोई सम्बन्ध नहीं था। पिता की मृत्यु के बाद आधी जमीन-जायदाद का हकदार की वजह से वह अपने सौतेले बड़े भाई को फूटी आंखों नहीं सुहाता था। बोले—'इसी महीने उसने लगभग तीस-चालीस हजार रुपए खर्च करके दो बड़ी-बड़ी डिस्पेंसरियां खोली हैं। सौ रुपए मासिक वेतन पर उसने एक डॉक्टर को रख लिया है। इसके अलावा घर तक को उसने अस्पताल में तब्दील कर डाला है।'

उपेन्द्र ने सहज ढंग से कहा—'हां, बहुत दिनों से ही उसकी ऐसी मंशा थी, सिर्फ रुपए की कमी के चलते शायद वह इतने दिनों तक अपनी मंशा पूरी नहीं कर सका था।'

टुनू बाबू व्यंग्य करते हुए जरा मुस्कुराकर बोले—'यह तो मैं भी महसूस करता हूं उपीन। मगर सिर्फ डिस्पेंसरी खोलने की मंशा ही तो तुम जानते थे, लेकिन उसके भजन-कीर्तन की मंशा को तो तुम भला नहीं जानते थे भाई।'

उपेन्द्र ने आश्चर्य में पड़कर पूछा—'भजन-कीर्तन? क्या मतलब?'

टुनू बाबू बोले—'यही जैसे चक्र, कारण, पंचमाकार इत्यादि। सिर्फफिलानथ्रेपिस्ट नहीं है जी, 'सतीश स्वामी' अभी एक उच्चकोटि के साधक हैं, गेरुआ वस्त्र, बड़ी-बड़ी दाढ़ी-मूंछ, रुद्राक्ष की माला, ललाट पर सिंदूर का टीका—सतत घूमती आंखें। उसका एक हस्ताक्षर करवाने के लिए रामबिहारी को मैंने भेजा था, वह तो डर के मारे दो दिनों तक उसके पास तक नहीं फटक सका था। और इस चिट्ठी को पढ़कर देखो, यह चिट्ठी उसके नौकर बिहारी ने मुझे लिख भेजी है। मैंने अभी तक इसका जवाब नहीं दिया है, इसीलिए मैं इसे जेब में लिए घूम रहा

हूं,' इतना कहकर उन्होंने अपनी जेब से एक पीले रंग का तहाया हुआ कागज निकाला और उसे उपेन्द्र के सामने रख दिया।

निरुपाय बिहारी ने सतीश के बड़े भाई से बचने की तरकीब जानने के लिए यह चिट्ठी भेजी है। बहुत संभव है, उसने गांव के किसी कम पढ़े-लिखे लड़के से यह चिट्ठी लिखवाई है। वह चिट्ठी शुरू से लेकर आखिर तक तो पढ़ी नहीं जा सकी, लेकिन चिट्ठी का जितना-सा अंश पढ़ा जा सका, उसी ने उपेन्द्र को बहुत देर के लिए स्तम्भित कर रखा।

उसका लड़कपन का दोस्त, उसका दाहिना हाथ, उसका छोटा भाई, उस सतीश का आज इतना अधःपतन हो गया है कि वह गांव के अन्दर खुलेआम ऐसी सारी गंदी करतूतें करते फिरने में शर्म तो महसूस नहीं करता है, बल्कि यह सोचता है कि वह धर्म का पालन कर रहा है। महाप्रसाद प्राप्त कर रहा है! हो सकता है, वह कुलटा दाई भी उसके साथ शरीक हो गई हो। इसके अलावा बिहारी की चिट्ठी के भाव से यह भी समझ में आ जाता है कि गांव के कई निकम्मे लोग भी उसके साथी बन गए हैं।

उपेन्द्र अन्यमनस्क होकर उस चिट्ठी को अपनी जेब में डालकर कचहरी से घर लौट आए, टूनू बाबू को चिट्ठी लौटा देने की बात उन्हें याद नहीं रही।

बिहारी चिट्ठी को डाक में डालकर पहले कई दिन खुद टुनू बाबू के आने की प्रत्याशा में उत्सुक बना रहा, बाद में उनकी जवाबी चिट्ठी के लिए अधीर होकर दिन बिताने लगा, मगर दिन पर दिन गुजरते गए, न आए बड़े बाबू और न आया उनका कोई जवाब।

खास तौर पर 'थाको बाबा' के अत्याचार से ही बिहारी परेशान हो उठा था। ये थे तान्त्रिक साधु, सिद्ध पुरुष—सतीश के मन्त्रगुरु हैं। उन्होंने ही सतीश का कान फूंका था। वे आठों पहर शराब और गांजे के नशे में धुत रहने की वजह से दुर्वासा से भी ज्यादा गुस्सैल थे। जबान तो उनकी इतनी खराब थी कि न सिर्फ गुस्साए रहने पर, बल्कि जब वे सामान्य रहते थे तब भी उनकी बातें सुनकर कानों में उंगलियां डालनी पड़ती थीं।

लेकिन शायद यही है तांत्रिक सिद्ध साधुओं का लक्षण। इसके अलावा वे सतीश के गुरु हैं।

बिहारी की भी इनके प्रति कम श्रद्धा-भक्ति नहीं थी। लेकिन पहले ही यह कहा जा चुका है कि जब बिहारी को इसकी भनक मिलती कि किसी खास वजह से सतीश की हानि होनेवाली है, तो वह यह भूल जाता कि उसे क्या करना चाहिए और क्या नहीं करना चाहिए।

गुरु बाबा की गुरुआई में सतीश और उसके दल के निशीथ की एकान्त चक्र साधना और उससे भी अधिक एकांत आनुषंगिक अनुष्ठान आदि को उसने इतने दिनों तक किसी तरह से बर्दाश्त किया था, मगर जिस दिन दिन के वक्त सतीश को बाबा के प्रसाद के तौर पर शराब और गांजा मिला उस दिन बिहारी हरगिज इसे बर्दाश्त नहीं कर सका।

सतीश की गैर मौजूदगी में गुरुबाबा के कमरे में घुसकर उनके पैरों की धूल लेकर अपने माथे से लगाई और हाथ जोड़कर भक्ति-भरे स्वर में कहा—'बाबा, आप दिन के वक्त बाबू को फिर कभी गांजा और शराब नहीं पिलाइएगा।'

आग में घी पड़ा। बाबा एक ही पल में सातवें सुर में चिल्ला उठे—'तू साला इसे शराब कहता है!'

बिहारी ने विनीत स्वर में कहा—'क्या जानूं बाबा, हमारे गांव में तो इसे शराब ही कहा जाता है।'

बाबा ने कहा—'यह शराब है? लेकिन साले, इससे तेरा क्या बनता-बिगड़ता है। तू बोलनेवाला कौन है?'

बिहारी भी अधीर होता जा रहा था, उसने भी दृढ़ स्वर में कहा—'मैं हूं बाबू का नौकर।'

'बड़ा आया है नौकर!' कहकर तुरत बाबाजी ने एक भद्दी गाली दी और दांत भींचकर बोल उठे—'मगर तू यह जानता है कि मैं तेरे बाबू का बाप हूं।'

बिहारी बैठा हुआ था, फटाक से उठकर खड़ा हो गया और चिल्लाकर बोला—'खबरदार! मेरे सामने तुम ये सब बातें मत कहना, यह मैं कह देता हूं।'

थाको बाबा को यों तो दिन-रात प्रायः ही होश नहीं रहता था, बिहारी की फटकार से बिलकुल सुध-बुध खो बैठे। 'तू क्या करेगा रे साला!' कहकर उन्होंने सामने पड़ी खड़ाऊं उठा ली और बिहारी के सिर को निशाना साधकर जोर से उसे फेंका।

बिहारी की नाक से टप-टप करके लहू बहने लगा और एक ही पल में उसके हृदय की पता नहीं कौन-सी एक अनजानी जगह से चालीस साल पहले का गरम लहू एकबारगी उसके दिमाग पर चढ़ गया। उसने कमरे के एक कोने से बाबा के चार हाथ लम्बे लोहे के त्रिशूल को पलक झपकते खींच लिया और उसे बाबा के माथे पर तान दिया।

डर के मारे बाबा ने अपने दोनों हाथों को सामने उठाया और कुत्ते की तरह चिल्ला उठे और उसी अमानवीय चिल्लाहट से खुद बिहारी की भी सुध लौट आई।

उसने हाथ के त्रिशूल को वहीं रख दिया जहां से उसने उसे उठाया था और अपनी नाक का लहू पोंछते-पोंछते वह चला गया।

घंटे भर बाद सतीश ने पूछा–'क्या यह सच है कि बाबा को मारने के लिए तूने उन पर त्रिशूल ताना था?'

बिहारी ने कहा–'हां! यह सच है।'

लेकिन उसने बाबा के खड़ाऊं फेंककर मारने और उसकी नाक से लहू बहने की बात की चर्चा नहीं की।

सतीश पल-भर स्थिर रहकर बोला–'तुझे अब मैं इस घर में न रहने दूंगा। लेकिन मैं तुम्हें जवाब भी नहीं दूंगा। तू दो सौ रुपए लेकर अपने घर चला जा, मैं तेरा वेतन हर महीने तेरे घर भेज दिया करूंगा।'

बिहारी ने मुंह नीचा किए गर्दन हिलाकर कहा–'जैसी आपकी मर्जी।'

न उसने दुख प्रकट किया, न माफी मांगी। दो सौ रुपयों को उसने अपनी चादर के छोर में बांध लिया, अपने मालिक के पैरों की धूल लेकर अपने माथे से लगाई और दिन ढलने के पहले ही गांव छोड़कर चला गया।

सतीश ऊपर के बरामदे से उसकी तरफ तब तक निहारता रहा जब तक वह दिखाई पड़ा। लेकिन जब विधु पाल की दुकान की आड़ में वह ओझल हो गया तब उसने सिर्फ एक लम्बी सांस लेकर कहा–'खैर, तो इतने दिनों बाद बिहारी भी गया।'

इस बार क्वार के पहले सप्ताह ही में दुर्गा-पूजा है। अभी उसमें देर थी, लेकिन इसी बीच सतीश के दोस्तों में यह चर्चा चल पड़ी है कि इस बार दुर्गा-पूजा में क्या-क्या करना चाहिए। महाअष्टमी के लिए अभी से ही तैयारी करनी चाहिए। मगर भादो के बीचोबीच मलेरिया का प्रकोप बहुत बढ़ गया, यहां तक कि दो-चार सन्निपात के रोगियों के वास्ते डॉक्टर की भाग-दौड़ शुरू हो गई।

आज कई दिनों से ही सतीश की तबीयत उतनी अच्छी नहीं चल रही थी। जिस दिन बिहारी चला गया, उसी दिन रात को सतीश ने महसूस किया कि उसे बुखार आ गया है। दूसरे दिन सवेरे उसने यह कहकर उड़ा देना चाहा कि हो सकता है, एकादशी के चलते बुखार आया हो। लेकिन जो हकीकत है, जिसमें वजन है, उसे आसानी से उड़ाया नहीं जा सकता है। सारा दिन उसे यह मानना ही पड़ा कि उसकी तबीयत ठीक नहीं है।

तीन दिनों के बाद पूर्व प्रथानुसार चतुर्दशी की रात को भी धूम-धाम से पूजा की तैयारी हुई थी, लेकिन सतीश ने इस बार खुद उसमें शामिल होने से इनकार कर दिया। तीसरे पहर गुरुबाबा ने आकर कमंडल से थोड़ा-सा जल लेकर सतीश

यमराज का अधिकार नहीं है। इसके अलावा तुम्हीं तो प्रधान हो, तुम नहीं रहोगे, तो सब चौपट हो जाएगा।'

गुरुजी की बात को सतीश ठुकराता नहीं था, इसीलिए न चाहते हुए भी वह राजी हो गया।

वास्तव में बिहारी को भेज देने के बाद उसने मन-ही-मन सारी बातों पर सोच-विचार किया, तो उसे कुछ भी अच्छा नहीं लग रहा था। यद्यपि किसी भी तरह से उसे यह विश्वास नहीं हुआ था कि बिहारी बिलकुल चला गया है और वह फिर नहीं आएगा, तथापि जितनी जल्दी हो, उसे वापस पाने के लिए उसकी जान बेचैन हो उठी थी। इसके अलावा और भी एक फिक्र उसे अन्दर ही अन्दर तकलीफ दे रही थी। वह यह कि क्या पता बिहारी अपने घर गया है या उसके पश्चिम के घर गया है और वहां जाकर सारी बातों का प्रचार करके कोई ओछी हरकत करने की कोशिश में है या और कोई मतलब गांठ रहा है। चाहे जो भी हो, उसे फिर अपनी आंखों से न देखने तक सतीश हरगिज निश्चिन्त नहीं हो पा रहा था।

शाम के पहले ही दुमंजिले कमरे में इकट्ठा होकर सभी ने शराब पी थी। वहीं दो एक प्याली शराब पीने के बाद सतीश की वह बेचैनी दूर हो गई थी। मगर तब भी मन की ग्लानि उसे अन्दर ही अन्दर दुख पहुंचा रही थी। ठीक ऐसे ही समय अचानक बगलवाले कमरे में बिहारी की आवाज सुनाई पड़ी, तो सतीश पुलकित विस्मय से चंचल हो उठा।

उसने जोर से पुकारा–'बिहारी है क्या रे?'

बिहारी ने दरवाजे के पास आकर सम्मान के साथ जवाब दिया–'जी हां, मैं ही हूं।'

गुरु बाबा का चेहरा काला पड़ गया। उन्होंने कहा–'यह उल्लू फिर आ गया बेटा? यह साला उस कमरे में क्यों घुसा है?'

'उसी कमरे में उन लोगों के निशि-चक्र का इन्तजाम किया जा रहा था।

सतीश ने इन सारे सवालों का जवाब दिए बिना बिहारी से पूछा–'तू अपने घर गया था क्या रे?'

बिहारी बोला–'जी नहीं, मैं काशी गया था।'

'तू काशी गया था? क्यों तू काशी गया था?'

'बेटी को लाने।'

सतीश चौंक उठा। सतीश यह जानता था कि बिहारी किसको बेटी कहता है। उसने कहा–'तो क्या वह काशी में रहती है?'

'जी हां!'

'तू उसका पता जानता था?'

बिहारी ने कहा—'नहीं। लेकिन मैं यह जानता था कि वह चाहे जहां भी रहे विश्वनाथ बाबा के मंदिर में उससे एक दिन भेंट होगी ही।'

'तो उससे तेरी भेंट हुई थी?'

'जी हां!' भेंट हुई थी।'

सतीश के कलेजे के अन्दर हलचल मचने लगी। कुछ देर तक स्थिर भाव से उसने अपने आपको संभाल लिया और सूखी आवाज में बोला—'लेकिन मुझे बताए बिना वहां जाकर तूने यह अच्छा काम नहीं किया था। उनलोगों में मान-सम्मान, लाज-शरम नामक कोई चीज नहीं होती—तुझ जैसे अहमक को पाकर अगर वह तेरे साथ चली आती तो तू आज किस मुसीबत में पड़ता, बता तो?'

बिहारी चुपचाप खड़ा रहा।

सतीश तब खुद ही फिर कहने लगा—'मैं तो उसे घर में घुसने ही नहीं देता—दरवान से कहकर फाटक के बाहर से ही उसे भगा देता। उसको लेकर इतनी रात गए तू किस मुश्किल में पड़ जाता, जरा इसे सोचकर देख तो? लोग क्या शौक से तुम लोगों को जाहिल ग्वाला कहते हैं रे? अच्छा, जा, कुछ खा-पी ले। कालीचरण एक बड़े प्याले में दो तो भई।'

आज्ञा मिलते ही कालीचरण ने मूलसाधक के हाथ में एक प्याला 'कारण' दे दिया।

बिहारी ने कोमल स्वर में कहा—'बाबू, वह एक बार आपको बुला रही है।'

सतीश प्याला मुंह में लगाने ही वाला था कि चौंककर बोला—'कौन बुला रहा है मुझे?'

बिहारी बोला—'मेरी बेटी सावित्री।'

सतीश ने हक्काबक्का-सा होकर हाथ के प्याले को पीकदान में औंधा कर दिया और बोला—'क्या वह तेरे साथ आई है? तो यह बात तूने मुझे पहले क्यों नहीं बताई?'

बिहारी ने उसकी बात का जवाब दिए बिना फिर से कहा—'वह इसी वक्त आपको एक बार बुला रही है।'

सतीश ने अपनी आवाज को जरा धीमी करके कहा—'तू जाकर उससे कह दे बिहारी कि बाबू को बुखार आ गया है, इसीलिए बाहर के कई दोस्त उन्हें देखने के लिए आए हुए हैं। जा, तू जाकर कह दे कि मैं आधे घंटे बाद आऊंगा।'

बिहारी ने अपने हाथ की बगलवाले दरवाजे को आंखों के इशारे से दिखाते हुए धीरे-धीरे कहा—'वह यहीं खड़ी है, आप एक बार बाहर आइए।'

सतीश ने चौंककर चुपचाप उंगली के इशारे से कमरे को दिखाते हुए प्रश्न किया—'इसी कमरे में क्या?'

बिहारी ने गर्दन हिलाकर कहा—'हां, यहीं रही।'

सतीश चट-से दो-चार लौंग-इलायची मुंह में डालकर उठा और धीरे-धीरे बाहर आया, तो देखा, उसकी बगलवाले दरवाजे के पीछे ही सावित्री के आंचल का छोर दिखाई पड़ रहा है। इसमें कोई सन्देह नहीं था कि उसने सब कुछ अपने कानों सुना है। उसका जी चाहने लगा कि बेवकूफ बिहारी के दोनों गालों पर कस कर दो थप्पड़ जमा दे।

सावित्री ने झांककर देखा और चुपके-चुपके बोली—'कमरे के अन्दर आओ।'

इस आवाज के सुर में उसके कलेजे के सारे तार मानो बंधे हुए थे। सभी एक साथ झनझना उठे। वह कमरे में घुसा, तो सावित्री बोली—'तुम कह रहे थे कि तुम्हें बुखार आया है।'

सतीश ने सिर हिलाकर कहा—'हां, मुझे बुखार आया है।'

'कहां, देखूं?' कहकर सतीश के पास आकर हाथ बढ़ाकर उसके माथे का ताप अनुभव करके वह चौंक पड़ी। बोली—'हां, सचमुच ही तुम्हें बुखार है। तुम्हारा बदन जल रहा है—आओ, मैं बिस्तर बिछा देती हूं। चलो, कमरे में जाकर लेट जाओगे। बिहारी, तुम आओ, बाबू के कमरे में एक बत्ती जला दोगे।' इतना कहकर सावित्री तिमंजिले की सीढ़ी की तरफ आगे बढ़ गई। घर में घुसते ही उसने बिहारी से यह पूछ लिया था कि सतीश का सोने का कमरा कौन-सा है।

पलंग पर बिस्तर बिछा हुआ ही था, उसने अपने आंचल से सिर्फ एक बार उसे झाड़ दिया, तो सतीश शांत लड़के की भांति आंखें मूंदकर बिस्तर पर लेट गया। सावित्री ने उसके सिरहाने और पैताने की तरफवाली दोनों खिड़कियों को बन्द कर दिया और बिहारी से पूछा—'साधु बाबा किस कमरे में रहते हैं?'

बिहारी ने बगलवाला कमरा दिखा दिया, तो सावित्री ने कहा—'उनकी जो भी चीजें हैं उन सबको नीचे रख आओ बिहारी। बाहर तो ढेर सारे कमरे यों ही पड़े हुए हैं—उनमें से किसी एक कमरे में वे अच्छी तरह रह सकेंगे।' बिहारी चला जा रहा था कि तभी सावित्री ने उसे बुलाकर कह दिया—'यों जो लोग बाबू को देखने आए थे, उनलोगों को भी घर जाने के लिए कह दो। उनसे कहना कि बाबू का बुखार ज्यादा बढ़ गया है, अब वे नीचे नहीं उतर सकेंगे।'

सतीश ने सावित्री की कही बातों में एक शब्द भी नहीं जोड़ा। वह मुंह बन्द किए पड़ा रहा।

बिहारी जब बड़ी बहादुरी के साथ सबको सावित्री की हिदायत सुनाने के लिए चला गया तो सावित्री बोली—'अब तुम उठना मत। मैं खाने-पीने का इन्तजाम करके आती हूं।' इतना कहकर उसने दरवाजा बन्द किया और दबे पांव चली गई। उसे डर था कि साधु बाबा शायद विद्रोह करेंगे। इसीलिए वह छिपकर आकर दरवाजे के पीछे खड़ी थी।

दूसरे ही पल बिहारी दूसरी तरफवाले दरवाजे से घुसा और जोर-जोर से बोला—'मेरी बेटी ने कह दिया, आप लोग घर जाइए। बाबू का बुखार बढ़ गया है, अब आज वे नीचे नहीं आ सकेंगे।' फिर थाको बाबा की ओर मुखातिब होकर बोला—'तुम्हारी चीज-बस्त को महाराज, नीचे निवारण के कमरे की बगलवाले कमरे में रख देने की हिदायत दी गई है। तुम वहीं रहोगे।'

बाबा ने क्रोध नहीं दिखाया। उन्होंने शान्त भाव से पूछा—'यह तेरी बेटी कौन हैं बिहारी?'

बिहारी ने कटु स्वर में जवाब दिया—'यह जानने की तुम्हें क्या जरूरत है? मैं जो कहता हूं, वही करो—नीचे चले जाओ।' फिर उसने मन-ही-मन कहा—वह कौन है, इसका पता तुम्हें चलेगा। फोकट में शराब-गांजा पीने और खड़ाऊं मारने की कसर तुमसे मैं कल निकालूंगा।

सभी ने हक्काबक्का-जैसा एक-दूसरे का मुंह देखते हुए उठने की तैयारी की। कोई भी इसे समझ नहीं सका, मगर हिदायत जब सचमुच की हिदायत और बिना किसी हिचकिचाहट के दी जाती है, वह चाहे जिसके भी मुंह से क्यों न दी गई हो, तो आदमी पता नहीं कैसे यह जरूर महसूस कर सकता है कि इसे ठुकराया नहीं जा सकता है।

बिहारी रसोईघर में आया, तो देखा, सावित्री रसोइये से दूध गरम करवाने की तैयारी कर रही थी। बोला—'रात हो गई, तुम तो अभी तक न नहाई हो न पूजा-पाठ किया है बेटी। गाड़ी में सारा दिन तुमने एक बूंद पानी तक नहीं पिया है—चलो, मैं तुम्हें नहाने की जगह-वगह दिखा दूं, तब तक बाबू का दूध गरम हो जाएगा।' इतना कहकर वह सावित्री को एक तरह से जबरन ले गया।

उसको नहाने भेजकर बिहारी ने सतीश के लिए चिलम चढ़ाई और गुड़गुड़ी हाथ में लिए चुपचाप दरवाजे को धकेलकर सतीश के कमरे में घुसा।

सतीश चुपचाप पड़ा हुआ था। आंखें खोलकर बोला—'कौन! बिहारी है क्या?'

'हां बाबू, मैं आपके लिए चिलम चढ़ाकर लाया हूं।'

'यहां आ! वह कहां है रे?'

बिहारी ने कहा—'अभी तक उसने एक बूंद पानी भी नहीं पिया है। इसीलिए मैंने उसे जबरन नहाने भेज दिया, तब जाकर मैं आपके पास आया हूं बाबू।'

सतीश ने कहा—'यह तूने अच्छा किया है। लेकिन तुझे मैं रोज ढूंढ़ रहा था बिहारी!'

बिहारी घबरा उठा, बोला—'क्यों बाबू, आप मुझे क्यों ढूंढ़ रहे थे? अभी आपकी तबीयत कैसी है?'

सतीश ने सिर हिलाकर कहा—'अच्छी नहीं है बिहारी। इसलिए तो मैं तुझे ढूंढ रहा था। दरवाजे का ब्योड़ा लगाकर तू मेरे पास आकर जरा बैठ।'

बिहारी दरवाजा बन्द करके शंकित मन से अपने मालिक के पैरों के पास आया और फर्श पर उकड़ूं होकर बैठा।

सतीश ने पूछा—'अच्छा, बिहारी, तू मारकेश मानता है?'

बिहारी ने आश्चर्य से कहा—'मारकेश? भला मैं मारकेश नहीं मानूंगा? पंजी-पत्रा का लिखा कभी झूठ हो सकता है बाबू?'

सतीश थोड़ी देर तक चुप रहा, फिर बोला—'इस बार मेरा एक बहुत बड़ा मारकेश है बिहारी।'

बिहारी सिर उठाकर बोला—'नहीं, नहीं, ऐसी बात आप मत कहिए बाबू।'

सतीश ने अपने मन से दो बार सिर हिलाया और बोला—'मुझे पता चल चुका है बिहारी कि यही बुखार मेरा आखिरी बुखार है। मैं इस बार जिंदा नहीं रहूंगा।'

पलक झपकते बिहारी ने अपने मालिक के दोनों पैर धर-दबोचे और बोल उठा—'वैसी बात जबान पर मत लाइए बाबू। आपकी सारी आफत-बलाएं लेकर मैं मरूं, मेरी उम्र लेकर आप जिंदा रहें, बाबू!' आपको कुछ हो गया, तो हम सभी मर जाएंगे, एक आदमी भी जिंदा नहीं रहेगा। कहते-कहते बिहारी दहाड़ मारकर रो उठा।

सतीश ने गम्भीर मुंह से कहा—'मरने-जीने के बारे में तो कुछ नहीं कहा जा सकता है बिहारी, अगर मैं जिंदा न भी रहूं, तो अभी मैं तुझसे जो पूछता हूं, उसे सही-सही बताओगे तो?'

बिहारी ने रोते-रोते कहा—'लीजिए, मैं आपके पांव छूकर कसम खाता हूं, बाबू, मैं एक भी शब्द गलत नहीं बोलूंगा।'

'तू मुझसे कुछ भी नहीं छुपाएगा?'

'नहीं बाबू, मैं आपसे एक शब्द भी नहीं छुपाऊंगा।'

तब सतीश ने कहा—'अच्छा, तू बैठ जा!'

बिहारी ने अपनी आंखें पोछी और जहां वह पहले बैठा हुआ था वहीं वापस आकर बैठ गया।

सतीश ने पूछा—'अच्छा, सावित्री तुझे कहां मिली, बता तो?'

'यह तो मैंने आपसे कहा कि वह मुझे काशी में मिली।'

'क्या वहां विपिन बाबू से तेरी भेंट हुई?'

बिहारी जबान काटकर नफरत के साथ बोल उठा—'राम! राम! वह हरामजादा हम लोगों का कौन लगता है कि उससे भेंट होगी बाबू!'

सतीश ने कहा—'लेकिन तूने तो अपनी आंखों से उसे उसके बिस्तर पर...'

एकाएक बहुत उत्तेजित होकर अपने गालों पर कई चपतें जड़कर कहने लगा—'उसका सजा यही है! यही! यही! तो भी बिना जाने ही मैंने कह दिया था इसीलिए अभी पांच आदमियों के सामने मुंह नहीं दिखा सकता हूं, नहीं तो मेरी यह जबान अब तक सड़कर गिर जाती।'

सतीश अचरज में पड़कर उठ बैठा और बोला—यह तू क्या कह रहा है?

बिहारी शरमा कर तब स्थिर होकर बैठा और एक-एक करके सारी बातें बताना शुरू किया। जरा भी बढ़ा-चढ़ाकर नहीं कहा, जरा भी नहीं छिपाया, खुद अपनी जानी हुई बातें, मोक्षदा और चक्रवर्ती की सुनाई बातें, खुद सावित्री की कही हुई बातें—सारी बातें उसने एक-एक करके कह सुनाईं।

सतीश पत्थर के बुत की मानिंद स्तब्ध होकर बैठा रहा। बिहारी को भी कहने को अब कुछ नहीं रहा।

बहुत देर के बाद सतीश ने एक लम्बी सांस लेकर कहा—'अब तक तूने मुझे ये सब बातें क्यों नहीं बताई थीं, बिहारी?'

बिहारी ने कहा—'बताने के लिए बहुत दिनों से मेरा कलेजा फटा जा रहा था बाबू, मगर मैं हरगिज अपना मुंह नहीं खोल सका।'

'क्यों तुम अपना मुंह नहीं खोल सके, जरा सुनूं तो सही?'

'मेरी सावित्री बेटी ने अपने सिर की कसम देकर मुझे किसी को भी बताने से मना कर दिया था बाबू!'

सतीश फिर कुछ देर चुप रहा और बोला—'यह बात तो समझ में आई बिहारी, मगर उस रात सावित्री ने अपने ही मुंह से यह कहा था कि वह विपिन के अलावा और किसी को नहीं चाहती और उसी के साथ वह चली जा रही है—आखिर ऐसा उसने क्यों कहा था, बताओ तो?'

बिहारी बोला—'यह तो मैं खुद भी नहीं समझ सकता हूं बाबू। तब भी मैं यह निश्चित रूप से जानता हूं कि यह झूठ है। झूठ है। बिलकुल झूठ है। मैं कसम खाकर कहता हूं कि अगर यह झूठ न हो, तो मेरा एक भी लड़का जिंदा न रहे बाबू। उसके जाते समय मैंने उससे रो-रोकर कहा कि इस झूठे कलंक का बोझ तुमने अपने सिर पर क्यों उठा लिया बेटी? तब भी उसने मुझे किसी को बताने का हुक्म नहीं दिया। उसने खुद मुझसे रोते-रोते कहा—तुम्हें मेरे सिर की कसम। बाबू को ये सब बातें मत बताना। वे मुझसे नफरत करें, फिर कभी मेरा मुंह न देखें—मेरे लिए यह भी बहुत अच्छी बात है। तब भी तुम उन्हें यह मत बतलाना कि मैं अपने पांवों पर कुल्हाड़ी मारकर चली गई।' इतना कहकर उस रात के दुख को याद करके बिहारी फूट-फूटकर रो पड़ा।

लेकिन मालिक की आंखों से भी आंसू की धारा बह रही थी, बूढ़े नौकर को यह दिखाई भी नहीं पड़ा।

बहुत देर बाद सतीश ने छिपकर अपने आंसू पोंछ डाले और बोला—'तू यह समझ नहीं सका था बिहारी, लेकिन मैं समझ गया हूं कि किसलिए उसने अपने पांवों पर कुल्हाड़ी मारी थी।'

तभी बाहर से दरवाजे पर दस्तक पड़ी—'अजी, क्या तुम दरवाजा बन्द करके सो गए? ब्योड़ा खोल दो।'

बिहारी ने अपने मालिक के मुंह की तरफ निहारा, मगर मालिक बिना कोई जवाब दिए आंखें मूंदकर चुपचाप लेट गया।

बाहर से फिर से आवाज आई—'दरवाजा खोल दो न! हाथ जला जा रहा है।'

बिहारी ने उठकर दरवाजा खोला और चुपचाप बगल हट गया।

40

गरम दूध भरा एक कटोरा हाथ में लिये सावित्री कमरे में घुसी और जल्दी से उसे बगलवाली तिपाई पर रख दिया। वह झक्क सफेद रेशम की साड़ी पहने हुए थी। अभी-अभी नहाकर आने की वजह से उसके लम्बे भींगे बाल पीठ पर फैलकर नीचे की ओर लटक रहे थे। कई लटें उसके मुंह और गालों पर आ गई थीं। सतीश

ने उसे कनखियों से देखा। अचानक उसे लगा कि सावित्री को आज उसने मानो यहीं पहली बार देखा।

लेकिन वह सतीश की नम पलकों को दीये की इस मद्धिम रोशनी में नहीं देख सकी। जरा-सा हटकर वह करीब आई, तो मुंह को दबाकर मुस्कुराती हुई बोली–'दरवाजा बन्द करके कमरे में बैठकर मालिक और नौकर में क्या सलाह-मशविरा हो रहा था, जरा सुनूं तो! यही न कि इस बेहया आफत को कैसे फाटक के बाहर से ही भगा दिया जाए।'

सतीश ने कोई जवाब नहीं दिया। बात करने से कहीं आवाज के अन्दर की कमजोरी न पकड़ी जाए, इसी डर के मारे वह चुप रहा।

सावित्री बोली–'छुटपन में तुमने 'बिल्ली के गले में घंटी कौन बांधे वाली कहानी पढ़ी होगी न? मैं भी यह देखना चाहती हूं कि इस सिलसिले में बिल्ली के गले में घंटी बांधने के लिए कौन आगे आता है–तुम खुद या तुम्हारा वह साधुजी।'

तब भी सतीश कुछ नहीं बोला–'जैसा चुप था, वैसा ही चुप रहा।'

सावित्री ने एक कुर्सी खींच ली और नजदीक में बैठी। मगर इस बार उसकी मजाक वाली आवाज गम्भीर हुई। बोली–'मजाक छोड़ो, तुम मुझे यह समझा सकते हो कि तुमने उपीन भैया से झगड़ा किया, अंत में सरोजिनी से भी झगड़ा करके तुम चले आए। खैर, मैं यह तो जानती हूं कि झगड़ा तो एक दिन मिट जाएगा। लेकिन आखिर यह हो क्या रहा है? तुमने मेरा बदन छूकर कसम खाई थी कि तुम शराब को हाथ तक नहीं लगाओगे, सो भाड़ में जाए शराब, तुमने तो गांजा पीने की लत लगा ली है। सो भी भला सीधे तरीके से नहीं, बल्कि कुछ गए-गुजरे लड़कों को साथ लेकर गेरुआ कपड़े पहने, तंत्र-मंत्र का ढिंढोरा पीटते हुए सीना ताने खुलेआम गांजा पी रहे हो।'

सावित्री के मुंह से सरोजिनी का नाम सुनकर सतीश का बदन एकदम जल उठा। वह समझ गया कि बिहारी कुछ भी बताने से बाज नहीं आया है। एक बार उसके होंठों पर यह बात आ गई कि 'तुम्हारे ही चलते मेरा सर्वनाश हुआ है–तुम्हीं मेरे लिए शनि हो।' लेकिन उन बातों को उसने दबा दिया, सिर्फ धीर-गंभीर आवाज में संक्षेप में बोला–'सीना ताने शराब और गांजा पीने में क्या बुराई है?'

'तुम यह नहीं जानते कि शराब और गांजा पीने में क्या बुराई है?'

'नहीं, मैं नहीं जानता।'

'अच्छा, अगर तुम यह भी नहीं जानते, तो यह तो जानते हो कि मेरे बदन को छूकर तुमने यह प्रतिज्ञा की थी कि तुम शराब नहीं पियोगे।'

'तुम मेरी कौन हो कि कब की जबरन खिलाई कसम बहुत बड़ी बाधा बन जाएगी?'

सावित्री ने किसी तरह अपनी हंसी को दबाया और सिर हिलाकर बोली—'मैं तुम्हारी कोई नहीं हूं? बिलकुल ही कोई नहीं हूं?'

सतीश ने भी सिर हिलाकर कहा—'हां, तुम मेरी कोई नहीं हो।'

'तो फिर मुंह से लगाए प्याले की शराब पीकदान में उड़ेलकर इलायची चबाते-चबाते क्यों आए थे?

'सो सिर्फ इस डर से कि तुम मुझे डांटोगी।'

सावित्री ने हंसकर कहा—'तब भी तुम यह कहते हो कि सावित्री तुम्हारी कोई नहीं है? अच्छा, अब जरा दूध पीकर सो जाओ।' यह कहकर वह उठकर गई और दूध का कटोरा हाथ में ले लिया, सतीश के सामने आकर खड़ी हो गई।

सतीश ने कोई आपत्ति और नहीं की। वह उठ बैठा और सारा दूध पीकर लेट गया।

सावित्री हाथ में कटोरा लिये लौटी जा रही थी कि सतीश ने बुलाकर पूछा—'तुम पूजा-पाठ कर चुकी हो?'

सावित्री ने मुड़कर कहा—'हां।'

'क्या खाया तुमने?'

'अभी तक तो मैंने कुछ नहीं खाया है, अब जाकर कुछ न कुछ खा लूंगी।'

'तुम सोओगी कहां?'

'देखूं, फाटक के बाहर कहीं थोड़ी-सी जगह-वगह मिलती है या नहीं। वहां जगह नहीं मिलेगी, तो किसी पेड़ के नीचे सो जाऊंगी।' यह कहकर वह खुद ही हंसकर बोली—'अच्छा, ये बातें मुंह से निकालने में तुम्हें क्या जरा भी तकलीफ नहीं होती है? धन्य हो तुम!' इतना कहकर उसने सतीश के कपाल पर आए उसके बालों को अपने हाथ से ऊपर उठा देना चाहा कि तभी उसका हाथ सतीश के ललाट से छू जाने की वजह से वह चौंक उठी।

बिहारी कमरे में घुसते ही बोला—'बेटी तुम्हारा बिस्तर...'

सावित्री हाथ के इशारे से बगलवाले कमरे को दिखाती हुई बोली—'इसी कमरे में मेरा बिस्तर लगेगा। लगता है, बाबू का बुखार कुछ ज्यादा बढ़ गया है। मैं इसी बगलवाले कमरे में सोऊंगी—दोनों कमरों के बीच का दरवाजा खुला रहेगा—तुम्हें भी आज इसी कमरे में फर्श पर ही सोना पड़ेगा।' फिर सतीश से

बोली—'अब रात को जागना नहीं, जरा सोने की कोशिश करो।' इतना कहकर वह दरवाजा बन्द करके चली गई।

थोड़ी देर बाद थोड़ा-सा कुछ खा-पीकर वह वापस आई और बगलवाले कमरे में एक चटाई बिछाकर लेट गई और उसकी दोनों थकी आंखें देखते-देखते गहरी नींद से मुंद गईं।

तड़के सावित्री की नींद टूटी, तो वह हड़बड़ाकर उठकर सतीश के कमरे में आई। वहां आते ही उसने देखा, बिस्तर पर सतीश तकलीफ से छटपटा रहा है। उसने सतीश के कपाल पर हाथ रखकर देखा, बुखार की वजह से कपाल जल रहा है। उसकी ठंडी छुअन से सतीश ने आंखें खोलीं—उसकी आंखें अड़हुल के फूल की तरह लाल थीं।

तेज बुखार देख सावित्री डर के मारे उसी बिस्तर पर धम-से बैठ गई। वह सतीश से कुछ पूछती, इतनी सी भी ताकत उसमें नहीं रही।

सतीश ने उसका हाथ खींच लिया और उसे अपने गरम माथे पर दबाए रखकर बोला—'मुझे कल ही यह पता चल गया था। कल ही मैंने बिहारी से कहा था—यह बुखार मेरा आखिरी बुखार है। इस बार मैं अब जिंदा नहीं रहूंगा।'

तेज बुखार की तकलीफ से उसने ऐसे हांफते-हांफते ये बातें कहीं कि सावित्री से उसे दिलासा देते नहीं बना—उमड़ती रुलाई से उसका अपना ही गला रुंध गया और इस पछतावे से कि वह सारी रात निश्चिंत होकर सोई है, उसका अपना सिर फोड़ डालने को जी चाहने लगा।

सतीश ने कहा—'पर तुम मेरे पास हो, मुझे यही एक भरोसा है।' कहकर उसने करवट बदल ली।

कल रात जिसे उसने अभिमानवश कहा था कि तुम मेरी कौन हो, आज वही उसका सबसे बड़ा सहारा है।

मगर पल-भर के लिए सावित्री में इतना भी सामर्थ्य नहीं रहा कि वह बिहारी को बुलाकर डॉक्टर बुला लाने को कहे। सिर्फ सतीश की एक उघरी बांह पर हाथ रखकर वह पत्थर के बुत की तरह बैठी रही।

थोड़ी ही देर बाद सतीश ने फिर करवट बदली। फिर उसने सावित्री का हाथ खींच लिया और उसे अपनी छाती पर दबाए रखकर बोला—'मैंने भी तो कुछ डॉक्टरी पढ़ी है, मैं यह पक्के तौर पर जानता हूं कि मेरा यह होश, हो सकता है, शाम तक न रहे, लेकिन अभी भी मुझे पूरा होश है, लेकिन अगर मेरा यह होश फिर वापस न आए, तो तुम उपीन भैया से कहना कि उस दराज के अन्दर मेरी

वसीयत है। मैं यह जानता हूं कि वह मेरा मुंह नहीं देखेगा, मगर मैं यह भी जानता हूं कि मेरे मरने के बाद मेरी अंतिम इच्छा को वह ठुकरा नहीं सकेगा। सावित्री, एक तुम्हें छोड़कर कोई दूसरा शायद उससे बढ़कर मेरा अपना नहीं है।'

वसीयत की चर्चा ने सावित्री को आत्म-विस्मृत कर दिया और इतने दिनों के संयम का बांध आज उसके एक पल के आवेश से ही टूट गया; सतीश की छाती पर लोटकर वह बच्चे की भांति रो उठी।

बिहारी लगभग सारी रात जागकर भोर में सो गया था; वह चौंककर उठ बैठा और हक्काबक्का-सा देखता रहा।

तब सतीश ने अपने दोनों हाथों से जबरन सावित्री के मुंह को ऊपर उठाकर थोड़ी देर तक उसे एकटक निहारता रहा, उसके बाद उसने उसके मुंह को नीचा करके उसकी बंद आंखों को बुखार से तपते अपने सूखे होंठों पर रख लिया और चुपचाप स्थिर बना रहा।

उसके मुंह, ठोड़ी और गले को सावित्री की दोनों आंखों के आंसुओं की धारा ने भिंगो दिया और आंसुओं की उस धारा ने उसके प्राणों से भी अधिक प्रिय के बुखार की तपिश को भिंगोकर कितना ठंडा किया, यह भगवान से छिपा तो नहीं रहा, लेकिन दुनिया में इस बूढ़े बिहारी की विस्मयमुग्ध, विह्वल आंखों के अलावा उसका कोई दूसरा गवाह नहीं रहा।

बाहर तब शरत् की स्निग्ध धूप खिलती जा रही थी। सावित्री अपनी भावनाओं को काबू में करके उठ बैठी और आंचल से अपनी आंखों को पोंछकर अपने प्रियतम के मुंह पर से आंसुओं के तमाम दागों को बड़ी सावधानी से पोंछ दिया, फिर उठ आई और कमरे के सारे दरवाजे-खिड़कियों को खोल दिया, तो सुनहली धूप से कमरा भर गया।

बिहारी की आंखों से तब आंसुओं की बूंदें टपक रही थीं। सावित्री ने अपने मुंह के भाव को संभाल लिया और शांत, सहज स्वर में सिर्फ बोली—'डरने की कोई बात नहीं है बिहारी, मेरे रहते उन्हें कुछ नहीं होगा। बाबू अच्छे हो जाएंगे। जब तक मैं बाबू के कपड़े बदलवाकर उनके बिस्तर की चादर बदल देती हूं, तब तक तुम जाकर डॉक्टर को बुला लाओ।' इतना कहकर वह फिर से सतीश के बिस्तर पर जा बैठी।

डिस्पेंसरी का डॉक्टर आया, बारीकी से सतीश की जांच-पड़ताल की और मुंह बिचकाकर बोला—'ओ, यह बात है! लक्षण से तो लगता है कि उन्हें निमोनिया हो गया है, पर डरने की कोई बात नहीं है। बीमारी अभी भी बढ़ नहीं पाई है।

भरोसा और दिलासा देकर डॉक्टर अपने हाथों दवा बनाने के लिए नीचे चला गया।

सतीश बड़ी मुश्किल से जरा मुस्कुराया और सावित्री के मुंह की तरफ निहारता हुआ बोला—'मैं जरा भी नहीं डरता।' इतना कहकर उसने अपने तकिए के नीचे से चाबियों का एक गुच्छा निकाला और उसे दिखाता हुआ बोला—'इसे पहचान सकती हो सावित्री? जिसे तुमने एक दिन अपनी मर्जी से अपने आंचल में बाधा था, उसे आज मैं ही तुम्हारे आंचल में बांध देता हूं।' यह कहकर उसने सावित्री के आंसुओं से भींगे आंचल को खींच लिया और धीरे-धीरे अपनी चाबियों के रिंग को उसमें बांध दिया। फिर राहत की सांस लेकर करवट बदल ली।

सावित्री पर बिहारी को बड़ा भरोसा था। उससे हिम्मत पाकर वह पहले पहल खुश तो हुआ, मगर वह तो बच्चा नहीं था, कई दिनों बाद उसी सावित्री के चेहरे का भाव देखकर वह मन-ही-मन डर गया। वह यह साफ-साफ देख रहा था कि इस असीम कार्य-कुशल, सहिष्णु नारी के शांत चेहरे पर एक पीलेपन की छाया क्रमशः घनीभूत होती जा रही है।

आठ-दस दिन बाद जब एक दिन शाम को सावित्री उसे एकांत में मिली, तो वह सहज स्वर में बोला—'बेटी, इस बूढ़े को बहलाने से क्या होगा? जो तुम्हारे इस कोमल कलेजे को बर्दाश्त होगा, वह क्या इस बूढ़ी हड्डी को बर्दाश्त नहीं होगा बेटी? इससे तो अच्छा यह है कि तुम अपनी सारी बातें मुझे खुलकर बताओ। देखता हूं, अगर मैं कोई उपाय कर सकूं।

सावित्री थोड़ी देर स्थिर रही और बोली—'तुम्हें मैंने अभी तक नहीं बताया है बिहारी, लेकिन मैंने तुम्हारे नाम से उपीन बाबू को आज सवेरे एक चिट्ठी लिख भेजी है। दो दिन इन्तजार करके देखती हूं, अगर वे नहीं आए, तो तुम्हें खुद एक बार उनके पास जाना होगा बिहारी।'

बिहारी उत्कंठित होकर बोला—'मुझे बताए बिना तुमने यह काम क्यों किया?'

'क्यों बिहारी; क्या वे नहीं आएंगे?'

बिहारी ने सिर हिलाकर धीरे-धीरे कहा—'नहीं, वे आ भी सकते हैं, मगर तुमने मुझे एक बार बताया क्यों नहीं बेटी?'

'क्यों बिहारी?'

बिहारी संकोच से चुप रहा। पर बात बताना जरूरी था। लेकिन वह अत्यंत अपमानजनक बात उसके मुंह से नहीं निकली।

सावित्री ने कहा—'पर इस समय उनका आना बेहद जरूरी है बिहारी!'

बिहारी बड़ी मुश्किल से अपने संकोच को दूर करके बोल उठा—'यह तो मैं जानता हूं बेटी, मगर बाबू के पास तुम्हारे न रहने पर दुनिया के तमाम लोग बाबू के बिस्तर को घेरे रहेंगे, तो भी उन्हें बचाया नहीं रखा जा सकेगा, यह बात तुम क्यों नहीं सोचकर देखती हो बेटी?'

सावित्री ने कहा—'मैंने सब सोचकर देखा है बिहारी। मैं घर के किसी कोने में छिपकर रहूंगी और अपना काम करूंगी। लेकिन उपीन बाबू के आए बिना काम नहीं चलेगा बिहारी। इसके अलावा मैं औरत हूं, इस मुसीबत की घड़ी में क्या करना अच्छा है और क्या करना बुरा, इसे मैं भला कितना समझती हूं! नहीं बिहारी, वे आएं।'

बिहारी ने गर्दन हिलाते-हिलाते कहा—'मैं उपीन बाबू की बात नहीं जानता बेटी, मगर मैं बाबू की बात जानता हूं। मैं नासमझ तो हूं लेकिन इन साठ बर्षों से तो इस दुनिया को देख रहा हूं। कितने मर्द ऐसे हैं बेटी, जो तुमसे ज्यादा समझते हैं कि कब क्या करना अच्छा है और क्या करना बुरा। पर वह चाहे जो भी हो, तुम बाबू से दूर चली जाओगी, तो इस बार मैं बाबू को वापस नहीं ला सकूंगा बेटी—यह मैं तुम्हारे पांव की कसम खाकर कह सकता हूं। ऐसा मत करो बेटी, तुम मेरे बाबू को छोड़कर और कहीं भागकर मत रहो।'

पर बात ऐसी नहीं थी कि बिहारी इस बात को जितना जानता था, सावित्री उससे कम जानती थी। लेकिन वह चुप रही। उसे अपनी पहुंच के अंदर न पाने पर सतीश की व्याकुलता कितनी बढ़ेगी, यह तो सतीश ही जाने। लेकिन इस तकलीफदेह बीमारी के वक्त सतीश को अपनी नजरों से ओझल करके सावित्री खुद ही भला कैसे जिन्दा रहेगी? यह उससे छिपा नहीं था कि उपेन्द्र उन लोगों से घृणा करते हैं। वे आएंगे तो उसे छिपना ही पड़ेगा। इसमें उसे जरा भी संदेह नहीं था। इन सब बातों पर उसने मन-ही-मन सोच-विचार करके देखा था, लेकिन जिसके वास्ते उसने अब तक इतना दुख झेला है, उसके वास्ते वह यह दुख भी झेलेगी। यह सोचकर ही उसने सतीश की बीमारी के बारे में सब कुछ खोलकर उपेन्द्र को लिखा था और उनसे अनुरोध किया था कि वे एक बार आएं।

सावित्री ने दृढ़ स्वर में कहा—'नहीं, बिहारी, मैं ऐसा नहीं होने दूंगी। वे परसों तक नहीं आए, तो तुम्हें खुद जाकर उन्हें लाना पड़ेगा।'

बिहारी ने उदास मुंह से कहा—'तुम ऐसा क्यों कह रही हो बेटी? मैं नौकर हूं। मुझे जो करने को कहोगी, वही मुझे करना होगा। मगर मैं भी तो आदमी हूं।

तुम चोरों की तरह छिपकर रहोगी, अगर मैं किस दिन यह बर्दाश्त नहीं कर सका बेटी, तो तुम मुझे गाली मत देना, यह मैं तुम्हें पहले से ही कह देती हूं, यह कहकर खिन्न मन से वह चला गया।

लेकिन सावित्री की चिट्ठी उपेन्द्र को नहीं मिली। पिता और महेश्वरी के बार-बार कहने से एक महीने पहले न चाहते हुए भी वे हवा-पानी बदलने के लिए पुरी जाने को बाध्य हो गए थे। वहां किसी से उनकी जान-पहचान नहीं थी, इसलिए पहली रात उन्हें एक छोटे-से होटल में ठहरना पड़ा था। इच्छा थी, अगले दिन सवेरे एक अच्छी-सी जगह ढूंढ़ लेंगे। होटल के मालिक भुवन मुखर्जी ने उनकी खातिरदारी में कोई कोताही नहीं बरती थी। भुवन मुखर्जी ने उनका बिस्तर अलग कमरे में लगवा दिया। उन्होंने उपेन्द्र को यहां तक भरोसा दिया कि वे जब तक चाहें यहां रहें, तो भी उनकी टहल-टकोरी में कोई कसर नहीं रहेगी।

सवेरे एक अधेड़ औरत कमरे में झाड़ू देने आई, तो उसने उपेन्द्र को बार-बार गौर से देखा; अंत में उसने झाड़ू फेंककर जमीन से मत्था टेककर उन्हें प्रणाम किया और बोली–'आप क्या बीमार थे? बड़े कमजोर दीखते हैं–न पहले जैसा डील-डौल है, न रंग।'

उपेन्द्र ने अचम्भे में पड़कर पूछा–'क्या तुम मुझे पहचानती हो?'

उस औरत ने कहा–'मैं मोक्षदा हूं, बाबू। भला मैं आपको नहीं पहचानूंगी!'

उपेन्द्र को याद आया, यह तो वही मोक्षदा है जो बहुत दिन पहले सतीश के घर में नौकरी करती थी। बोले–'तुम यहां नौकरी करती हो क्या?'

मोक्षदा शरमाती हुई बोली–'नहीं... हां, इसे एक तरह से नौकरी करना ही कहा जा सकता है। मुखर्जी बाबू बोले–अब कलकत्ता में क्यों पड़े रहेंगे, बल्कि चलो, किसी तीर्थ-स्थान में जाकर रहेंगे। और कुछ नहीं तो एक होटल-वोटल खोलकर...'

उपेन्द्र ने उसे बीच में ही टोक दिया और बोले–'पर होटल अच्छा चलता है?'

उनकी विरक्ति मोक्षदा की नजरों से छिपी नहीं रही। बोली–'यों ही चला जा रहा है। पर बाबू, इस उम्र में मुझे भला नौकरी ही क्यों करनी पड़ी! और मुखर्जी बाबू के पास ही भला मुझे क्यों फटकना पड़ता! माना जाए तो, उस लड़की को मैंने ही तो एक तरह से पाल-पोसकर बड़ी किया। वह मुझे मौसी कहकर पुकारती थी। सचमुच की मौसी की तरह ही मैंने उसे अपने सीने से लगा रखा था, उसे कौन नहीं जानता? साबी बोली–मौसी मैं यह सब नहीं करूंगी, मैं नौकरी

करके तुम्हारा और अपना पेट पालूंगी। मैंने इसे मान लिया। बाबू लोगों के मेसवाले डेरे में मैंने उसकी नौकरी लगा दी। बाबू लोग उसे नौकरानी नहीं, मालकिन मानते थे। न वह मेस छोड़कर जाती, न आज मुझे यह सब करना पड़ता। मगर आप चाहे जो भी कहें बाबू, मैं सही बात कहूंगी, अपने छोटे बाबू के चलते ही मुझे आज इतना दुख झेलना पड़ रहा है।'

उपेन्द्र ने उत्सुक होकर प्रश्न किया—'यह छोटा बाबू कौन है? अपना सतीश?'

मोक्षदा ने गर्दन हिलाकर कहा—'हां, पर उस छोकरी ने पता नहीं किन नजरों से छोटे बाबू को देखा कि उनके लिए अपना सब कुछ निछावर कर दिया। पर क्या उसने छोटे बाबू को अपना बदन छूने दिया? नहीं, उसने छोटे बाबू को अपना बदन नहीं छूने दिया। विपिन बाबू लखपति जमींदार थे। रात-दिन मेरे डेरे का चक्कर लगाते-लगाते उन्होंने अपने पांवों के तलवे घिस डाले। सोने-चांदी के जड़ाऊं जेवरों के लिए उन्होंने दस हजार रुपए देने चाहे, मगर लड़की थी कि उसने उसका मुंह तक नहीं देखा। क्या रौब था उस लड़की में! दस हजार रुपयों को ठीकरों की तरह लात मार करके अपने घर-बार, चीज-बस्त तक को छोड़कर जो कपड़े पहने थी, उन्हीं कपड़ों में बाहर निकल गई और चेतला के किसी ब्राह्मण के घर में छह महीने तक नौकरी की। वहां मेहनत करते-करते जब उसकी हड्डी-पसली निकल आई तब उसके मालिक ने उसे अपने घर से निकाल दिया। अंत में वह कहां चली गई!' यह मां दुर्गा ही जानें। पता नहीं वह जिंदा है या मर गई!' इतना कहकर मोक्षदा ने पुरानी बातें याद आ जाने की वजह से नम हुई अपनी आंखों को आंचल से पोंछा।

उपेन्द्र चुपचाप निहारते रहे।

मोक्षदा ने आंखें पोंछकर रुआंसी होकर पूछा—'बाबू, छोटे बाबू अभी कहां हैं। एक बार मुलाकात होती, तो मैं उनसे पूछती कि वे उसके बारे में कुछ जानते हैं या नहीं।'

उपेन्द्र मृदु स्वर में कहा—'सतीश अभी ठीक कहां है, यह मैं भी नहीं जानता। पर सुना है कि वह अपने गांव के घर में है। अच्छा, यह बताओ, सावित्री नामक लड़की कौन है मोक्षदा?'

मोक्षदा एक ही पल में आगबबूला हो उठी और बोली—'आप पूछते हैं, वह कौन है? वह कुलीन ब्राह्मण की बेटी है बाबू।' असली कुलीनों की लड़की है। जब वह नौ साल की थी तभी वह विधवा हो गई थी और अपने ही घर रहती थी, यह मुंहजला मर्द उसे ब्याह करके राजरानी बनाने का झांसा

देकर फुसलाकर उसे घर से भगा लाया था और अंत में उसे दाने-दाने का मोहताज करके भाग गया। मैं ही हूं कि उसका मुंह देखती हूं—वरना वह ब्राह्मण नहीं, चमार है। चमार के हाथ का छुआ पानी पीना चाहिए, पर इसक हाथ का नहीं।'

उपेन्द्र ने कुछ न समझ पाने की वजह से पूछा—'तुम किसकी बात कह रही हो मोक्षदा?'

मोक्षदा उद्धत ढंग से बोली—'मैं इसी मुंहजले भुवन मुखर्जी की बात कह रही हूं। इसके जैसा चमार तीनों लोक में दूसरा कौन है? तू बड़ा बहनोई है और तेरा यह काम?' आयं।

उपेन्द्र ने बेहद अचरज में पड़कर पूछा—'जिनका यह होटल है, तुम उसकी बात कर रही हो?'

मोक्षदा ने कहा—'हां, बाबू, हां, मैं इसी नासपीटे भुक्खड़ मुए की बात कह रही हूं।' इसके बाद वह गैरमौजूद मुखर्जी को सम्बोधित करके कहने लगी—'मगर तू क्या कर सका उसका? तूने उसे दुखों के सागर में डुबो दिया, इसके अलावा क्या तू कभी उसका बदन छू सका? उसे यहां ले आकर रोज आज को कल पर टालता हुआ महीना भर बिताने के बाद जिस दिन तूने उससे ब्याह करने से इनकार कर दिया उसी दिन उसने तेरे मुंह पर लात मारकर तुझे भगा दिया। वह कमसीन, कमअक्ल लड़की थी तब भी क्या तू फिर कभी उसके कमरे के चौखट के पास तक फटक सका? वह तो भला मुकी नहीं थी कि तू दो लाड़-प्यार भरी बातें कहकर फुसला लेता? वह थी सावित्री, दस हजार रुपए के जेवरों को लात मारकर चली जानेवाली!

उपेन्द्र बहुत देर तक चुप रहे, फिर बोले—'तू अपने मुखनी बाबू को एक बार बुला सकती हो? मैं उनसे दो बातें पूछूंगा।'

मोक्षदा ने कहा—'वह मुआ तो अभी बाजार गया हुआ है।' वह जरा रुकी और फिर से बोली—'बीच में एक दिन रास्ते में चक्रवर्ती से मेरी मुलाकात हुई थी। वह कहता था और रोता था—उसे सभी प्यार करते थे—जैसा रूप, वैसा ही गुण और वैसी ही दया-माया थी उसमें।'

उपेन्द्र ने पूछा—'यह चक्रवर्ती कौन है?'

मोक्षदा ने कहा—'वह बाबू लोगों के मेसवाले डेरे में खाना बनाता था, वह सारी बातें जानता था। बिहारी के मुंह से सुनकर उसने सब कुछ मुझे बताया। चेतला के ब्राह्मण के घर काम करते-करते जब वह बीमार हो गई थी तो उसने छुट्टी मांगी—पर, अच्छा बाबू, क्या हर ब्राह्मण इतना निष्ठुर होता है? उसने

आराम से कहा—तुम्हारे लिए दवा खरीदने में सात रुपए खर्च हुए हैं, पहले तुम उन्हें चुकता कर दो, उसके बाद जाओ। उन रुपयों को चुकता करने के लिए सावित्री पैदल चलकर सतीश बाबू के डेरे पर गई थी। पर छोटे बाबू तो खूब ऊंचे मिजाज के हैं न, कोई रुपया-पैसा मांगे, वह चाहे जितना भी क्यों न हो, तो वे कभी देने से इनकार नहीं न करते हैं, लेकिन ऐसा फूटा नसीब सावित्री का कि उसी रात बाबू का कोई मुंहजला दोस्त अपनी पत्नी के साथ आ पहुंचा। दिन भर के बाद नहा करके सावित्री ज्योंही उस कमरे में आई थी, त्योंही वे लोग आ धमके। तू दोस्त है, आया है, तो रात को रह, सो नहीं, गुस्सा कर अपनी पत्नी का हाथ पकड़कर वह उल्टे पांव बाहर निकल गया। छोटे बाबू तो अवाक्। मगर मेरी साबी बड़ी अभिमानी लड़की है। वह क्या ऐसा अपमान सह सकती है? उसने पानी तक नहीं पिया और उसी दम डेरे से निकल गई। फिर तो यह पता नहीं चला कि वह कहां है, कैसी है।'

उपेन्द्र स्तब्ध होकर बैठे रहे। उस रात का वह निष्ठुर दृश्य उनकी आंखों के सामने तिर उठा और बार-बार उन्हें यह लगने लगा कि मोक्षदा की बताई आधी बात भी सही है, तो जिसका नाम लेने से भी वे नफरत करते आ रहे हैं, वह कितनी अजीब नारी है!'

मोक्षदा अपने काम पर चली गई, लेकिन उपेन्द्र वहीं निस्पंद जैसे बैठे रहे। छह महीने पहले वे ऐसी बातों को सुनना भी नहीं चाहते थे। जो बुरा है, जो झूठा है, जो लेशमात्र कलंक से भी कलुषित है, वह हमेशा ही उनके लिए जहर की मानिंद छोड़ देने लायक है। जिसने सतीश को छोड़ दिया है, आज मोक्षदा की बातों से उसी की पलकें बोझिल और नजरें धुंधली-सी होने को आईं। उनका संगमरमर जैसा सफेद हृदय पत्थर-सा ही कठोर था, तब क्यों आज एक अनजान नारी के कलंकित प्रेम की दुख-भरी कहानी ने उसी निष्कलंक सफेदी पर अपनी छाया डाली? इसे सोचकर देखने पर यह मालूम पड़ जाता कि यह कमजोरी उसी पत्थर के नीचे दबी हुई थी—सिर्फ सुरबाला जब उनकी आधी ताकत छीनकर चली गई तब मौका पाकर ही कमजोरी प्रबल झरने की भांति उनके पत्थर के कलेजे को चीरकर बाहर निकल आई है। उपेन्द्र यह जान पाते कि सुरबाला ने उन्हें कितना कमजोर बना दिया है, तो आज वे डर जाते।

लेकिन उस ओर उनका ध्यान न था। वे सिर्फ सूनी नजरों से सामने की तरफ निहारते हुए बैठे रहे और किसी अनजानी सावित्री के प्यार की कहानी उनकी सुरबाला के अन्तिम क्षण की उस अनिर्वचनीय करुण दृष्टि की तरह उनकी आंखों में आंखें डालकर स्थिर बनी रही।

भुवन मुखर्जी की आवाज से उनकी सुध लौटी। भुवन मुखर्जी आवाज देकर कमरे में घुसा और बोला—'बाबू, क्या आपने मुझे बुलाया था?'

उपेन्द्र ने कहा—'बैठो! तुम सावित्री को जानते हो?'

मुखर्जी ने सिर नीचा कर कहा—'जी, मैं उसे जानता हूं।'

'उसके बारे में जो कुछ जानते हो, मुझे बताओगे?'

'हां, बताऊंगा—'यह कहकर उस बेशरम ने जो गुनाह किया था, उससे जुड़ी सारी बातें एक-एक करके कह सुनाईं, अंत में बोला...मैं भी शरीफ का लड़का हूं! बाबू, अगर मैं उसे पहले पहचान सकता, तो इस रास्ते पर कदम रखकर आज मुझे अपने घर से दूर यहां होटल में खाना-वाना बनाने का काम करके दिन नहीं गुजारना पड़ता। मुझे सिर्फ इस बात की राहत है कि उसकी जान में जान रहते कोई उसकी इज्जत नहीं लूट सकेगा।'

उपेन्द्र ने प्रश्न किया—'तुम्हारी इस धारणा से उसे क्या?'

मुखर्जी बोला—'तब भी मैं परलोक में यह जवाब दे सकूंगा कि उसने अपनी इज्जत नहीं गंवाई है।'

उसे जाने को कहकर उपेन्द्र पहले की ही तरह जड़वत् बैठे रहे, सिर्फ उनका मन उन्हें यह कहकर अविराम बींधने लगा कि यह तुमने अच्छा नहीं किया था उपेन्द्र, अच्छा नहीं किया था। जो बेसहारा नारी इतने बड़े लालच को ठुकराकर चली जा सकती है, उसे अपमानित करने का तुम्हें कोई हक नहीं था।

उसी दिन तीसरे पहर को उपेन्द्र भुवन मुखर्जी का होटल छोड़कर कहीं और चले गए।

लेकिन समुद्री जलवायु उन्हें किसी भी सूरत में चंगा नहीं कर सकी। ज्यों-ज्यों दिन चढ़ता जाता था त्यों-त्यों उनकी आंख, मुंह की जलन बढ़ती जाती थी और बुखार भी चढ़ता जाता था। और वे अपने मन के अन्दर यह साफ महसूस किया करते थे कि हर शाम उन्हें उनकी दिवंगत विधवा सुरबाला के पास तिल-तिल करके आगे बढ़ा दिया करती है।

इस तरह समुद्र के किनारे अकेले रहते हुए इहलोक का वक्त जब हर दिन कम होने लगा तब एक दिन सवेरे की डाक से बिहारी की चिट्ठी उनके घर के पते से होते हुए यहां के पते पर आ पहुंची।

जिसकी याद आते ही उनके कलेजे में सुइयां चुभी हैं, अपने उसी पुराने दोस्त को अपमानित कर छोड़ देने का दुख उनके मन में रोज कितना बड़ा होता जा रहा था, यह सिर्फ भगवान ही देख रहे थे। लेकिन आज जब उसी की गम्भीर बीमारी की खबर लेकर बिहारी की चिट्ठी आई, जिसमें उसने लिखा है कि

सतीश का न तो सही ढंग से इलाज हो रहा है और न सेवा-शुश्रूषा, तब बहुत दिनों बाद उपेन्द्र के सूखे होंठों पर मुस्कान दिखाई पड़ी। वह बेचारा यह नहीं जानता कि जिसके दिन अब सिर्फ गिनती के रह गए हैं, उसी के हाथों वह और एक व्यक्ति की सेवा की बड़ी जिम्मेदारी सौंपना चाह रहा है। तब भी उपेन्द्र उसी दिन अपना बोरिया-बिस्तर बांधकर पुरी से चल पड़े।

41

ज्योतिष ने हाईकोर्ट से वापस लौटकर ज्योंही घर में कदम रखा त्यों ही उन्हें दिखाई पड़ा, सामनेवाले बरामदे में शशांक और सरोजिनी दो अलग-अलग आरामकुर्सियों पर आमने-सामने बैठकर गपशप कर रहे हैं।

शशांक उठकर खड़ा हो गया और कैफियत दी—'आज काम-काज जरा जल्दी खत्म हो गया, तो मैंने सोचा कि चाय पीकर यहीं से हम दोनों एक साथ क्लब चलेंगे।'

'अच्छी बात है, अच्छी बात है,' कहकर ज्योतिष अपनी मुस्कान को जरा छिपाकर घर के अंदर चले गए।

सरोजिनी ने अपने बड़े भाई के साथ जाने की तैयारी की, तो ज्योतिष मुड़कर खड़े हो गए और बनावटी फटकार के सुर में बोले—'मेहमान को अकेले छोड़कर—यह तेरी कैसी अक्ल है, बता तो सरो?'

सरोजिनी लाल मुंह किए फिर से आरामकुर्सी पर बैठ गई। बहन की यह शर्म ज्योतिष की आंखों से छिपी नहीं रह सकी।

मां के आदेश के अनुसार कचहरी से लौटकर उन्हें पहले कपड़े बदलकर मुंह-हाथ धोना पड़ता था, तब जाकर नाश्ता करना पड़ता था। मां से उनकी मुलाकात हुई, तो वे बोले—'शशांक आया है, आज नाश्ता बाहर भेज दो मां।'

मां ने कहा—'अच्छा! बाहर सरो है क्या?'

ज्योतिष ने गर्दन हिलाकर जताया—'हां, वह बाहर है। फिर थोड़ी देर चुप रहकर बोले—अच्छा मां, तुम किसी ऐसी आदमी को जानती हो जिसमें कोई दोष नहीं है, सिर्फ गुण ही गुण है!'

ज्योतिष के इस प्रश्न को जगततारिणी ने प्रसन्नता के साथ स्वीकार नहीं किया, बोलीं—'क्यों, जब-तब मुझे ऐसी बात कहता रहता है, ज्योतिष? मैं तो बहुत बार कह चुकी हूं कि अब मुझे कोई आपत्ति नहीं है। तू जिसे अच्छा समझता है, उसी के हाथों सरो को सौंप दे न।'

ज्योतिष बोले—'ऐसा कोई आदमी नहीं है मां, जिसमें कोई दोष न हो। मैंने बहुत तरह से सोचकर देखा है मां, सरोजिनी दुखी नहीं होगी। इसके अलावा वह बड़ी हो चुकी है, उसकी राय जाने बिना कोई काम नहीं किया जा सकता है।' जब ज्योतिष ने इतना कहा, तो दिखाई पड़ा, सरोजिनी आई और धीरे-धीरे अपने बड़े भाई की पीठ से सटकर खड़ी हो गई।

जगततारिणी भंडारघर के दरवाजे के अन्दर से बात कर रही थीं इसलिए उन्हें अपनी बेटी के आने का पता नहीं चला। ज्योतिष की बात के जवाब में वे विरक्ति-भरे स्वर में बोलीं—यह तो मैंने कभी नहीं कहा है ज्योतिष कि उस जवान लड़की की शादी उसकी मर्जी जाने बिना ही करा दी जाए! मेरी मुराद जब तुम दोनों भाई-बहनों ने मिलकर पूरी नहीं होने दी तभी क्या मैंने यह नहीं समझा था कि सरो क्या चाहती है। मैं सब समझती हूं, सब समझकर ही तो मैं अपना मुंह बंद किए हुए हूं। अभी तू झूठमूठ में मुझ पर फब्ती कसता है ज्योतिष।' इतना कहकर वे नाश्ते को करीने से रखने के लिए बैठीं।

संकोच और शर्म से सरोजिनी जमीन में गड़ गई।

मगर सरोजिनी वहां खड़े-खड़े सारी बातें सुनकर शरमा गई है—इसके बारे में जगततारिणी ने कुछ भी नहीं जाना—'जिसे पाकर तेरी बहन खुश हो, तू उसे उसी के हाथ सौंप दे बेटा। मेरी राय अब बार-बार जानने की जरूरत नहीं है। मैंने तुम लोगों को बता दिया कि तुम लोग जो कुछ करोगे, मुझे वह मंजूर होगा।'

अपनी बहन के अत्यधिक संकोच से ज्योतिष खुद भी बहुत संकोच महसूस कर रहे थे, तब भी जबरन जरा मुस्कुराकर बोले—'लेकिन मंजूरी तो खुशी के साथ देनी चाहिए मां।'

जगततारिणी बोली—'मैं अपनी मंजूरी खुशी के साथ ही दे रही हूं बेटा, खुशी के साथ। मुझे अब तंग मत करो तुमलोग।'

ज्योतिष ने कुछ देर तक चुप रहकर सोचकर देखा, अब जब बात यहां तक पहुंच गई है तब मां की विरक्ति के बावजूद आज ही इसका फैसला कर लेना चाहिए, क्योंकि उन लोगों के क्लब और लाइब्रेरी में प्रायः ही इस बात की चर्चा हो रही है। हालांकि यह भी समझ में नहीं आ रहा है कि क्या करना सही होगा। घर में भी यह बात प्रायः ही उठती तो है, मगर यों ही आई-गई हो जाती है, आगे

नहीं बढ़ पाती है। शशांक को भी ऐसी अनिश्चयता के बीच लम्बे अरसे तक नहीं रखा जा सकता है। इसलिए वर-वधू की पक्की इच्छा के प्रति मां की अनिच्छा को ज्योतिष ने सिर झुकाकर स्वीकार किया और कुछ न कुछ अभी तय कर डालने के लिए बोले—'तब मैं यह सोच रहा हूं मां कि परसों रविवार को ही दो-चार यार-दोस्तों के सामने यह बात पक्की हो जाए, तुम क्या कहती हो मां?'

मां ने कहा—'अच्छा ही तो है।'

सरोजिनी धीरे-धीरे अपने कमरे में चली गई।

रविवार को सवेरे से ही ज्योतिष का बैठकखाना यार-दोस्तों से भरता जा रहा था। लड़के-लड़की के विवाह सम्बन्धी बात पक्की हो जाने के बाद दो पहर में यहीं सबको खाना खिलाने का इन्तजाम किया गया था। यही नहीं, फिर आज शशांक की सिर्फ वेश-भूषा में ही एक खास टीम-टाम दीख रही थी, बल्कि उसके मुंह-आंख पर भी आज एक ऐसी चमक निखर आई थी जिसकी वजह से वह सुन्दर दीख रहा था। कई औरतें भी मौजूद थीं। लेकिन अगर कोई मौजूद नहीं था, तो वह थी सिर्फ सरोजिनी। बेयरे से बुलवाने के बाद ज्योतिष खुद जाकर उसके कमरे के दरवाजे पर दस्तक देकर उसे जल्दी आने को कह आए थे। कोई दूसरा दिन होता, तो उसका यह आचरण कसूरवार माना जा सकता था, लेकिन आज उसे माफी पाने की हकदार जानकर सभी मेहमानों ने स्नेह-भरे मजाक से सिर्फ ज्योतिष को ही जल्दी करने को कहा था, बस।

उसके बाद बहुत बुलाने पर दस बजे के लगभग सरोजिनी जब आई तब उसका चेहरा-मोहरा देखकर वहां मौजूद सभी अचरज में पड़ गए। उसका मुंह पीला हो गया था, आंखों के नीचे काला दाग पड़ गया था, मानो वह रात भर जरा भी नहीं सोई थी।

ज्योतिष निर्वाक् होकर सिर्फ अपनी बहन के मुंह की तरफ निहारते हुए बैठे रहे—उसका चेहरा-मोहरा देखकर वे जैसे हक्काबक्का हो गए।

लेकिन वे यह नहीं जानते थे कि पल-भर बाद ही उसकी बनिस्बत सौगुना बड़ा विस्मय उनके भाग्य में बदा था। वही प्रचंड विस्मय मानो उपेन्द्र के अतीत की छाया बनकर सामनेवाले परदे को हटाकर कमरे में घुसा। ज्योतिष चौंक उठे, बोले—'अरे, तुम उपीन हो क्या?'

सरोजिनी ने कहा—'उपीन बाबू!'

वास्तव में दिन का वक्त नहीं होता, तो उन्हें शायद ये लोग पहचान ही नहीं पाते। सहसा अपनी ही आंखों पर मानो अविश्वास होता—मानो यह सोचा नहीं जा सकता हो कि आदमी का बदन ऐसा बदल जा सकता है। उपेन्द्र एक कुर्सी

पर बैठ गए और बोले—'मेरी तबीयत उतनी अच्छी नहीं है—मैं पुरी से आ रहा हूं। पर आज यहां इतनी भीड़भाड़ है, आखिर बात क्या है?'

सरोजिनी उठकर आई और उपेन्द्र के हाथ को अपनी हथेलियों में लिया, फिर उनके मुंह की तरफ निहारती हुई बोली—'आपको कौन-सी बीमारी हुई है उपीन बाबू? इतना कहते ही उसकी दोनों आंखों में आंसू भर आए।

उपेन्द्र ने अपने बदरंग होंठों पर मुस्कान लाकर कहा—'एक बीमारी हो, तो बताऊं बहन।'

उपेन्द्र ने आज सरोजिनी को पहली बार बहन कहा। सरोजिनी ने जल्दी से अपने आंसू पोंछ डाले और बोली—'चलिए, उस कमरे में जाकर बैठें।' इतना कहकर वह उनका हाथ पकड़कर उन्हें खींचती हुई उस भीड़भाड़ वाले कमरे से धीरे-धीरे बाहर निकल गई। और तुरत ही इस कमरे की सारी चहल-पहल जैसे ठप हो गई। जब ज्योतिष ने आकर सरोजिनी से कहा—'तब तक उपीन आराम करे, तुम एक बार उस कमरे में चलो,' तब सरोजिनी ने गर्दन हिलाकर सिर्फ संक्षेप में कहा—'आज रहने दो भैया।'

ज्योतिष हक्काबक्का होकर बोले—'कैसे रहने दूं?'

सरोजिनी ने पहले की ही तरह गर्दन हिलाकर कहा—'नहीं, आज रहने दो।'

जगततारिणी को खबर मिली तो वे कमरे में घुसीं और रुआंसी होकर बोलीं—"तू इतना दुबला कैसे हो गया बेटा? मगर अब तू यहां से कहीं नहीं जाएगा, उपीन। तुझे मेरे पास रहकर डॉक्टर को दिखाना होगा, वरना यह बीमारी नहीं छूटेगी।"

सरोजिनी ने जोर देकर कहा—'हां, उपीन भैया, तुम्हें हम लोगों के पास ही रहना होगा।' उसने भी आज ही पहली बार उपेन्द्र को भैया कहकर पुकारा।

उपेन्द्र इलाज के लिए ही पुरी से चले आए हैं, यह बात पूछे बिना ही सब लोग समझ गए थे।

उपेन्द्र ने हंसकर कहा—'वापस आकर आप लोगों के ही पास रहूंगा, लेकिन आज मुझे एक घंटे के अंदर ही छोड़ देना होगा।'

जगततारिणी ने आश्चर्य के साथ कहा—'आज ही, इसी वक्त? क्यों उपीन?'

उपेन्द्र ने सतीश की गंभीर बीमारी की बात बताई और उसके दातव्य चिकित्सालय आदि के बारे में, जहां तक जानते थे, विस्तार से बता करके अपनी जेब से बिहारी की चिट्ठी निकालकर उसे सरोजिनी के हाथ में देते हुए कहा—'साढ़े ग्यारह बजे ट्रेन है, कुछ-न-कुछ खाकर मुझे उसी ट्रेन से जाना होगा। अगर मैं वापस आ सका, तो आप ही लोगों के यहां रहूंगा।'

जगततारिणी का मां का मन मचल उठा। फिर उनकी आंखों में आंसू दिखाई पड़े। जिस सतीश को वे मन-ही-मन बहुत प्यार करती थीं वही सतीश आज बीमार है। मगर यह सुनकर कि बीमार उपेन्द्र उसकी सेवा करने के लिए चला जा रहा है, उनका कलेजा फटने लगा। वे अपनी आंखें पोंछते-पोंछते उपेन्द्र के खाने का इन्तजाम करने के लिए निकल गईं।

सरोजिनी ने उस चिट्ठी को शुरू से लेकर आखिर तक दो-तीन बार पढ़कर उपेन्द्र को लौटा दिया और कुछ देर तक स्तब्ध भाव से बैठी रही, उसके बाद बोली—'तुम्हारे साथ मैं भी जाऊंगी उपीन भैया।'

'इस वक्त बेकार में स्टेशन जाकर तुम क्या करोगी बहन?'

सरोजिनी ने कहा—'स्टेशन नहीं, मैं सतीश बाबू के घर जाऊंगी। मुझे तुम अपने साथ ले चलो।'

उपेन्द्र ने चौंककर कहा—'तुम पागल हो गई हो क्या? तुम वहां जाओगी कैसे?'

'तुम्हारे साथ।'

उपेन्द्र ने कहा—'छिः! ऐसा कहीं हो सकता है? और फिर ये लोग तुम्हें क्यों जाने देंगे? और तुम्हीं भला वहां क्यों जाओगी?'

सरोजिनी ने जोरों से सिर हिलाकर सिर्फ इतना कहा—'नहीं, मैं जाऊंगी ही।' इतना कहकर वह उठ गई।

ऑफिस में कोच पर बैठे ज्योतिष एकांत में शशांक से बात कर रहे थे, शायद इसी बात की चर्चा हो रही थी कि तभी सरोजिनी धीरे-धीरे जाकर अपने बड़े भाई की पीठ के पास खड़ी हो गई और ज्योंही उनके कंधे पर अपना हाथ रखा त्योंही वे चौंककर मुंह घुमाकर बोले—'क्या बात है री सरो?'

सरोजिनी अपने बड़े भाई के कान के पास अपना मुंह लाकर मृदु स्वर में बोली—'सतीश बाबू बहुत बीमार हैं।'

ज्योतिष ने गर्दन हिलाकर दुःखित होकर कहा—'यही तो मैंने भी सुना। उपीन इसी ग्यारह बजे वाली गाड़ी से जा रहा है क्या?'

सरोजिनी ने कहा—'हां, मैं भी उनके साथ जाऊंगी।'

ज्योतिष ने चौंककर कहा—'तुम जाओगी? कहां जाओगी तुम?'

सरोजिनी ने कहा—'वहां।'

ज्योतिष घूमकर बैठ गए, बोले—'वहां कहां? क्या सतीश के घर?'

सरोजिनी ने कहा—'हां!'

शशांक आश्चर्य से अपनी दोनों आंखें फाड़कर निहारता रहा।

ज्योतिष ने उत्तेजित स्वर में कहा–'तू पागल हो गई है क्या? वह बीमार हैं, तो इससे तेरा क्या? तू क्यों जाएगी उसके घर?'

सरोजिनी शांत, पर दृढ़ स्वर में बोली–'मैं नहीं जाऊंगी, तो कौन जाएगा? नहीं भैया, वे बहुत बीमार हैं। मुझे जाना ही होगा...' आगे वह बोल नहीं सकी। रुलाई से उसका गला रुंध जाने की वजह से अपने बड़े भाई के कंधे पर अपना मुंह छिपाकर वह सिसक-सिसककर रो उठी।

बहुत दिनों से ज्योतिष की आंखों पर पड़े एक काले परदे को मानो प्रचंड बवंडर पलक झपकते फाड़कर उड़ा ले गया। वे कुछ देर तक चुपचाप बैठे रहे, बाद में अपनी बहन के सिर पर अपना हाथ रखा और उसके सिर पर अपना हाथ धीरे-धीरे फेरते-फेरते बोले–'अच्छा, तू जा, साथ में दाई और दरवान भी जाएंगे। वहां जाकर तार करके बताना कि अब उसकी हालत कैसी है, तो मैं कल-परसों डॉक्टर रमणी को साथ लेकर जा पहुंचूंगा।' इतना कहकर उन्होंने उसे जरा सामने खींच लाने की कोशिश की, तो सरोजिनी दोनों हाथों से अपना मुंह ढंककर कमरे से दौड़कर भाग गई।

शशांक बेवकूफों की भांति निहारता रहा, फिर उसी ने प्रश्न किया–'सतीश बाबू बीमार हैं, पर इसके लिए वे वहां क्यों जाएंगी–यह तो मेरी समझ में नहीं आया ज्योतिष बाबू? आखिर बात क्या है, बताइए तो?'

यह बताना मुश्किल है कि शशांक का यह प्रश्न ज्योतिष के कानों में पहुंचा या नहीं। वे सपनों में खोए हुए की तरह बोलते-बोलते बाहर निकल गए–'यह तो मैंने सपने में भी नहीं सोचा था कि वह उसके लिए इतनी व्याकुल होगी। ये लड़कियां कहती कुछ हैं और करती कुछ हैं–यह क्या होनेवाला है।'

स्टेशन में गाड़ी से उतरकर उपेन्द्र ने जिस नौजवान से सतीश के गांव जाने का रास्ता पूछा, वह उसी की डिस्पेंसरी का कंपाउंडर निकला।' वह अपने किसी काम से स्टेशन आया था। जब उसने यह सुना कि उपेन्द्र को सतीश के घर जाना है तो वह बहुत दौड़-धूप करके सरोजिनी के लिए सिर्फ एक पालकी का जुगाड़ कर सका और उपेन्द्र से बोला–'वह रहा महेशपुर, यही से तो दिखाई पड़ रहा है, चलिए न, हम बात करते-करते पैदल चले चलें–जाने में आधा घंटा भी नहीं लगेगा। नहीं तो बैलगाड़ी से जाने में बहुत देर लगेगी।'

उपेन्द्र की हालत पैदल चलने लायक नहीं थी, लेकिन बैलगाड़ी से जाने की बात से डरकर उन्होंने पैदल चलना ही मंजूर किया।

सरोजिनी को पालकी पर बिठाकर और दरवान और दाई को अपने साथ लेकर उपेन्द्र उस नौजवान के साथ महेशपुर के लिए पांव पैदल चल पड़े। उस

नौजवान की उम्र सत्रह-अठारह साल से ज्यादा नहीं थी। पर वह बहुत चालाक और फुर्तीला था। उसका नाम था एककौड़ी। उसे यह भरोसा है कि और सालभर वह किसी तरह से अपनी डिस्पेंसरी के डॉक्टर के साथ घूम सकेगा तो वह भी अलग से प्रैक्टिस कर सकेगा। उसके मुताबिक डॉक्टरी कुछ भी नहीं है, बस तनिक शोहरत होनी चाहिए, वरना जो जिंदा रहनेवाला है, वह जिंदा रहता है और जो मरनेवाला है, वह हरगिज जिंदा नहीं रहता है।

उपेन्द्र ने उसे यह बताकर कि अपनी और उसकी राय में रत्ती भर भी फर्क नहीं है, पूछा—'अच्छा, यह बताइए कि सतीश अभी कैसा है?'

एककौड़ी बोला—'आप सतीश बाबू की बात पूछ रहे हैं? उनके चंगा हुए तो आज बाईस दिन हो गए। जनाब, सारी दवाइयां मैंने उन्हें दी थीं।' यह कहकर उसने खुद ही कई बार अपनी छाती ठोंकी।

उपेन्द्र ने बहुत कुछ निश्चिंत होकर प्रश्न किया—'बीमारी क्या बहुत बढ़ गई थी, एककौड़ी बाबू?'

एककौड़ी बोला—'आप बीमारी बढ़ने की बात पूछते हैं? वे तो मर ही गए थे। मालकिन नहीं आ जातीं तो कोई उन्हें मौत के मुंह से लौटा नहीं सकता था। पर ऐसा होता क्यों नहीं जनाब? थाको बाबा के साथ वे दिन-रात शराब और गांजा पिया करते थे। काली से सिद्धि प्राप्त कर रहे थे न।' खाक प्राप्त कर रहे थे। हम डॉक्टर क्या उन सब बातों पर विश्वास करते हैं जनाब? हम ठहरे साइंटिफिक मैन। लेकिन मालकिन ने आते ही थाको बाबा की बाबागीरी निकाल दी। उस शैतान ने कुछ दिनों तक क्या कम उत्पाद किया। जैसे वही घर का मालिक हो—कभी इसको मारता, तो कभी उसको। एक दिन मामूली-सी बात पर जनाब, उसने मुझे ऐसा कसकर तमाचा जड़ दिया कि क्या कहूं। मैं निहायत शरीफ हूं। मैं किसी के भी साथ झगड़ा-फसाद करना नहीं चाहता, वरना मेरी जगह कोई दूसरा होता तो वह उस शैतान का सर फोड़ देता।' इतना कहकर एककौड़ी ने अपने छाते को हवा में उछाल दिया।

उपेन्द्र ने आश्चर्य में पड़कर कहा—'यह मालकिन कौन हैं?'

एककौड़ी ने कहा—'यह क्या जानूं जनाब? सभी उन्हें मालकिन कहते हैं, सो मैं भी उन्हें मालकिन कहता हूं।'

उपेन्द्र ने कहा—'उन्हें तुमने देखा है?'

एककौड़ी ने कहा—'हां, एक तरह से कहिए तो मैंने उन्हें देखा है।'

उपेन्द्र ने पूछा—'तो तुम बता सकते हो कि उनकी उम्र कितनी होगी?'

एककौड़ी ने जरा सोचा और बोला—'उनकी उम्र शायद चालीस-पचास साल

होगी। नहीं तो बाबू को क्या कोई डांट-फटकार सकता है जनाब? डॉक्टर सा'ब का तो कहना है कि वे नहीं आतीं तो सतीश बाबू चल बसे होते।'

एककौड़ी के साथ उपेन्द्र जब सतीश के घर आ पहुंचे तब दिन ढलने ही वाला था। सरोजिनी पहले ही पहुंच चुकी थी। उसकी पालकी को फाटक के बाहर बरगद के पेड़ के नीचे रखकर दरबान इंतजार कर रहा था। सामने ही दातव्य चिकित्सालय था, वहां लोगों की बहुत भीड़ थी।

एककौड़ी सबको अपने साथ लेकर नीचे के बैठकखाने में आया और वहां सबको बिठाकर वह बिहारी को बुलाने गया। लेकिन बिहारी से उसकी मुलाकात नहीं हुई। डॉक्टर भी बीमारों को देखने के लिए बाहर गया हुआ था। सभी लोग भीड़ लगाकर उसी के लिए इन्तजार कर रहे थे।

उपेन्द्र को इस मालकिन के बारे में बहुत सन्देह था, इसीलिए सरोजिनी को वहीं इन्तजार करने के लिए कहकर वे सीधे सामनेवाली सीढ़ियां चढ़कर ऊपर चले गए।

सतीश बिस्तर पर सो रहा था। उसके सिरहाने बैठकर सावित्री बुखार के कागजों की बड़े ध्यान से जांच-पड़ताल कर रही थी। उधर खुली खिड़की से होकर आती डूबते सूरज की किरणें फर्श पर लाल होकर बिखर गई थीं।

ऐसे समय दरवाजे का भारी परदा हटाने की आवाज सुनकर सावित्री ने मुंह उठाकर देखा, एक अपरिचित आदमी कमरे में घुस आया है।

हड़बड़ा कर सावित्री ने घूंघट काढ़ लिया और उठने की कोशिश की, तो कमरे के अन्दर आए व्यक्ति ने नजदीक आकर कहा–आप उठिए मत, मैं हूं उपेद्र, और आप सावित्री हैं न?'

सावित्री ने गर्दन हिलाकर बताया–'हां।' लेकिन डर, शर्म और संकोच से वह मर-सी गई।

उपेन्द्र ने पूछा–'सतीश सो रहा है? अभी वह कैसा है?'

सावित्री ने पहले की ही तरह सिर हिलाकर बताया–'अभी वे अच्छे हैं।'

उपेन्द्र तब धीरे-धीरे पलंग के एक सिरे पर आकर बैठे। उन्हें क्या करना है, यह उन्होंने पहले ही तय कर लिया था, बोले–'अभी मेरी समझ में यह आ रहा है कि आप ही ने मुझे वह चिट्ठी लिखी थी। मुझे यहां आने को कहकर आपने अपने सुख-दुख और भले-बुरे को कितना तुच्छ बनाया था, आप यह मत सोचिएगा कि मैंने इसे नहीं समझा था। ऐसा ही तो होना चाहिए। यही तो बताता है कि कौन किसका क्या है!'

सावित्री को लगा कि वह शायद सपना देख रही है। शायद यह कोई दूसरा व्यक्ति है। शायद यह सतीश का वह उपीन भैया नहीं है।

उपेन्द्र कुछ देर तक चुपचाप रहे, फिर बोले—'उम्र में मैं तुमसे बड़ा हूं। तुम्हें मैं सावित्री कहकर पुकारूंगा और तुम मुझे भैया कहकर पुकारना। आज से तुम मेरी छोटी बहन हो।'

सावित्री चुपचाप उठकर आई, अपने गले में आंचल डालकर उपेन्द्र के पैरों के पास झुक-झुककर प्रणाम किया और अपने दोनों हाथों को बढ़ाकर उपेन्द्र के जूतों के तस्मों को खोलते-खोलते मुंह नीचा किए प्रश्न किया—'आने में इतनी देर क्यों हुई? चिट्ठी क्या समय पर नहीं मिली थी?'

उपेन्द्र ने सावित्री के काम में कोई बाधा नहीं दी। वे सहज ढंग से बोले—'नहीं, भई, तुम्हारी चिट्ठी मुझे समय पर नहीं मिली थी। परसों पुरी में तुम्हारी चिट्ठी मुझे मिली। मैं सीधे पुरी से आ रहा हूं। लेकिन तुम्हें एक बड़ा कठिन काम करना है बहन।' आगे कहने में उपेन्द्र को हिचकिचाहट हुई।

सावित्री ने दोनों जूतों को एक किनारे हटाकर रखा और मोजे उतारते-उतारते बोली, 'मुझे कौन-सा काम करना है, भैया?'

फिर एक बार उपेन्द्र को हिचकिचाहट हुई। उसके बाद उन्होंने मानो जोर लगाकर अपने अंदर के संकोच को दूर किया और बोले—'लेकिन तुम्हें छोड़ और किसी की मजाल नहीं कि यह काम करे और एक व्यक्ति यह काम कर सकता था और वह थी सुरबाला।' सावित्री को चुपचाप इन्तजार करते देख उपेन्द्र बोले—'तुमने सरोजिनी का नाम सुना है?'

सावित्री ने गर्दन हिलाकर कहा—'हां, मैंने सुना है।'

'तब तुमने शायद सब कुछ सुना होगा?'

सावित्री ने पहले की ही तरह सिर हिलाकर बताया—हां, वह सब कुछ जानती है।

तब उपेन्द्र ने धीरे-धीरे कहा—'सतीश की बीमारी की बात सुनकर वह किसी के भी रोके न रुकी, वह मेरे साथ आई है। वह नीचे के कमरे में इंतजार करती बैठी हुई है। उसके लिए कोई उपाय करो बहन!'

सावित्री झटपट उठकर खड़ी हो गई और बोली—'वे आई हैं! मैं अभी जाकर...लेकिन मैं क्या उनके पास जा सकती हूं भैया?'

इस इशारे को उपेन्द्र ने समझा। अपनी दोनों आंखों को फैलाकर वे खुलकर बोल उठे—'तुम नहीं जा सकतीं?' मेरी बहन क्या दुनिया की किसी लड़की

से उन्नीस है सावित्री कि उसे अपना सर ऊंचा करके कहीं भी खड़ा होने में संकोच होगा? तुम मेरी बहन हो, दुनिया में यह क्या कोई मामूली परिचय है बहन?

सावित्री और बर्दाश्त नहीं कर सकी, पलक झपकते उसने अपना सिर उपेन्द्र के दोनों पैरों पर रख दिया। उन दुबले-पतले पैरों की धूल बार-बार अपने सिर से लगाकर जब वह सीधी होकर उठ खड़ी हुई तब उसके सिर पर घूंघट नहीं था। उसकी दोनों आंखों से आंसू बह रहे थे। उसके उन आंसुओं से भींगे मुंह पर नारी-चरित्र की बहुत बड़ी महिमा को उपेन्द्र टकटकी लगाकर देखने लगे।

अपनी आंखें पोछकर सावित्री जब कमरे से बाहर निकल गई तब उपेन्द्र पीछे से बोले—'जाओ बहन,' जिसे तुम मेरी बहन के रूप में अपना परिचय दोगी, उससे कहना कि हम दोनों भाई-बहनों ने दुनिया में आज तक कभी कोई ओछा काम नहीं किया है।'

सावित्री चली गई तो उन्होंने सोए हुए सतीश पर निगाह डाली और पुकारा—'सते? अरे सतीश?'

नींद टूटी तो सतीश हड़बड़ाकर उठ बैठा और अपनी आंखें मलते हुए निहारता रहा।

'मैं तेरा उपीन भैया हूं—'तू मुझे पहचान नहीं सकता है।'

'उपीन भैया!' सतीश ने विह्वल आंखों से निर्वाक् होकर देखता रहा।

'क्यों रे, अभी तक तू मुझे पहचान नहीं सका है?'

सतीश ने मानो नींद की खुमारी में बात की—जैसे अभी तक उसकी खुमारी दूर नहीं हुई थी—कुछ इस तरह से वह बोला—'हां, मैंने तुम्हें पहचाना। तुम आए हो उपीन भैया?'

'हां भाई, मैं आया हूं।'

'तब तुम अपने दोनों पांवों को एक बार उठाओ न उपीन भैया, बहुत दिनों से मैं तुम्हारे पांवों की धूल अपने सिर से नहीं लगा सका हूं।'

उपेन्द्र ने अपने दोनों हाथों को बढ़ाकर अपने लंगोटिया यार को खींचकर अपने कलेजे से लगाया। कुछ देर तक दोनों जड़वत् कलेजे से लगे रहे। उसके बाद उपेन्द्र ने धीरे-धीरे कहा—'अब और देर मत कर सतीश, जरा जल्दी से चंगा हो जा भाई, मेरे बहुत सारे काम तेरे बिना अटके पड़े हैं।'

'कौन-सा काम उपीन भैया?' इतना कहने के बाद सतीश को कदमों की आहट सुनाई पड़ी, उसने पीछे मुड़कर देखा, तो वह बिलकुल स्तम्भित हो गया। सावित्री का हाथ थामे सरोजिनी आ रही थी।

उसने एक बार उपेन्द्र की तरफ निहारा और फिर एक बार अपनी आंखों को अच्छी तरह मलकर इन दोनों नारियों के मुंह की ओर चुपचाप निहारता रहा। उपेन्द्र और सावित्री दोनों ने इसे समझा कि सतीश अपनी आंखों पर विश्वास करने की हिम्मत नहीं कर रहा है।

सरोजिनी ने सतीश के कंकाल-जैसे पीले मुंह पर अपनी निगाह डाली और तेज कदमों से आगे बढ़कर उसके पैताने औंधी होकर अपनी उमड़ती रुलाई को रोकने लगी। किसी ने भी बात नहीं की; मगर इस रुलाई के अंदर कितना बड़ा दुख और क्षमा-याचना थी, यह समझना किसी के लिए भी बाकी नहीं रहा। सतीश नीरव कठपुतली की मानिंद बैठा रहा, उसके हृदय के एक कोने में अव्यक्त आनन्द जितनी हिलोरें मारने लगा, सरोजिनी का हृदय भी कठिन समस्या के आघात से डरकर उतना ही क्षुब्ध हो उठा। बहुत देर तक किसी के भी मुंह में कोई शब्द नहीं था—शाम के इस धुंधले-से स्तब्ध कमरे के अन्दर सरोजिनी की सिर्फ सिसकियां रह-रहकर सुनाई पड़ने लगीं।

यह चुप्पी टूटी उपेन्द्र की आवाज से। उन्होंने सरोजिनी के सिर पर धीरे-धीरे अपना हाथ रखा और बोले—'कसूर चाहे जिसने भी क्यों न किया हो सतीश, पर मेरी इस बहन को आज तू माफ कर दे। उसके कलेजे के अन्दर बहुत दिनों से जमा ढेर सारे दुखों ने आज तेरी सेवा करने के लिए ही मेरे साथ उसे भेज दिया है। मगर सावित्री, तुम बहन, यों मुंह उदास किए खड़ी रहोगी तो काम नहीं चलेगा। तुम्हें तो अपने इस मरणासन्न बड़े भाई के ढेरों उत्पात और बहुत सारी जिम्मेदारियां संभालनी होंगी बहन। आओ, मेरे पास आकर बैठो।'

सावित्री का नाम सुनकर सरोजिनी लाज, शरम, दुख—सब भूलकर मुंह उठाकर खड़ी हो गई। अब तक उसने यही समझा था कि वह उपेन्द्र की कोई रिश्तेदार है।

सावित्री चुपचाप आई और उपेन्द्र के पांवों के पास फर्श पर बैठ गई। उपेन्द्र ने उसके सिर पर हाथ रखा और बोले—तुम यह मत सोचना बहन कि तुमसे माफी मांगकर मैं तुम्हें अपमानित करूंगा। मगर सतीश, तू मुझे माफ कर। मैंने तुझे जितना अपमानित किया है, तुझे जितना नुकसान पहुंचाया है—सब कुछ आज तू भूल जा भाई।'

सतीश क्या कहता! वह ठगा-सा रहकर टकटकी लगाए निहारता रहा।

उपेन्द्र के बात करने के ढंग से सतीश के कलेजे के अन्दर एक तरह के अनजाने डर से उथल-पुथल मचने लगी। कोई बात उसने जाननी भी चाही, मगर न उसे वह प्रश्न याद आया, न उसके मुंह से कोई शब्द निकला। वह जैसा निहार रहा था, वैसा ही निहारता रहा।

दूसरे ही पल उपेन्द्र सरोजिनी के मुंह की तरफ निहारकर सतीश से बोले—'तू अच्छा हो जा, मैं आशीर्वाद देता हूं, तुम लोग सुखी होओ। मैं अपनी इस बहन को लेकर चला जाऊंगा। इतना कहकर उपेन्द्र ने सावित्री के सर पर धीरे-धीरे उंगली से ठोकर मारकर कहा—तुम्हें छोड़ मेरी जिम्मेदारी लेनेवाला कोई दूसरा नहीं है बहन। और जो बीमारी मुझे है, उसकी वजह से किसी दूसरे को अपने पास बुलाने की हिम्मत भी नहीं होती, होनी भी नहीं चाहिए। मैं अपनी उसी बहन को अपने आपको सौंप दे सकता हूं जो सिर्फ दूसरों के लिए जिंदा रहती है। चलोगी बहन मेरे साथ? सतीश को छोड़ जाने में तुम्हें तकलीफ होगी—सो होने दो। इससे भी कहीं ज्यादा दुख-तकलीफ में पड़े लोगों को भगवान उबार लेते हैं भई।'

सतीश अब तक जिस प्रश्न को भूल बैठा, वही प्रश्न उसके मन के अन्दर बिजली की तरह कौंध उठा। वह सहसा बोल उठा—'उपीन भैया, हमारी पशु भाभी कैसी हैं? मैं यह सुनकर आया था कि वे बीमार हैं।'

उपेन्द्र ने एक पल के लिए अपने होंठों को दांतों से जोरों से दबाए रखा, उसके बाद आदतन ऊपर की तरफ निहारकर बोले—'पशु नहीं रही, वह चल बसी।'

सरोजिनी चिल्ला उठी—'सुरबाला भाभी नहीं रहीं।'

उपेन्द्र ने गर्दन हिलाकर कहा—'नहीं।'

सतीश मोटे तकिये पर उठंग बेहोश व्यक्ति की तरह सूनी नजरों से निहारता हुआ बैठा रहा।

सुरबाला नहीं रही, वह चल बसी—यह संदेश उपेन्द्र के मुंह से बड़ी आसानी से बाहर निकलने को आया, लेकिन यह नहीं रहना और चल बसना—कितना दुखदायी है, इसे सतीश से ज्यादा कौन जानता है। सरोजिनी से ज्यादा इसे किसने देखा है। और सावित्री से ज्यादा इसे किसने सुना है!

सतीश के मुंह की ओर निहारते हुए उपेन्द्र जरा मुस्कुराकर बोले—'सुरबाला को भगवान ने अपने पास बुला लिया है—इसके लिए किससे क्या शिकायत की जाए।' लेकिन काश, ऐसे समय दिवा मेरे पास रहता! उसके मां-बाप नहीं थे—छुटपन से उसे मैंने ही पाल-पोसकर इतना बड़ा किया, वह भी पता नहीं कहां चला गया। क्या पता, मरने के पहले मैं उसे एक बार देख पाऊंगा या नहीं!'

सतीश ने पहले की ही तरह बेहोश हुए जैसा रहते हुए ही पूछा—'दिवाकर को क्या हुआ उपीन भैया?'

उपेन्द्र बोले—'क्या पता, उसे क्या हुआ! कलकत्ता में हारान भैया के घर उसे यह सोचकर रहने दिया कि वहां रहकर वह अपनी पढ़ाई-लिखाई करेगा—यह शर्म की बात किसी से कही भी नहीं जा सकती है, कहने को जी भी नहीं चाहता—घर में आज तक सभी यही जानते हैं कि वह कलकत्ता में पढ़ रहा है, सुरो उसे बहुत प्यार करती थी, उस बेचारी ने मरने से पहले उसे देखना चाहा था, लेकिन मैं उसकी यह मुराद भी पूरी नहीं कर सका। हारान बाबू की पत्नी के साथ वह कहां चला गया—'उसका कोई अता-पता भी नहीं है।'

तीनों ही सुननेवाले एक ही साथ दबी जबान से कुछ कहते हुए चीख उठे, मगर उन तीनों ने क्या कहा, यह साफ नहीं हुआ।

उसके बाद कमरे में चुप्पी छाई रही। मानो समूचे कमरे में सूने मरघट का-सा सन्नाटा छा गया।

कोई भी उपेन्द्र के मुंह की ओर देख भी नहीं सका। लेकिन हरेक को यह लगने लगा कि उन लोगों का अब तक का दुख-कष्ट, मान-अभिमान मानो इस आसमान छूते दुख के आगे बिलकुल तुच्छ हो गया।

सावित्री ने सतीश से सारी बातें सुनी थीं। वह सारी बातें ही जानती थी। वह सोचने लगी, इतने बड़े खालीपन को इस आदमी ने किस चीज से भरा है? जिसके कलेजे के अन्दर इतना बड़ा हाहाकार है, बाहर उसको थोड़ा-सा भी दुख क्यों नहीं है? आखिर इसे क्या मिला है? किसने इसके सुख-दुख को इतना सहज सहने लायक बना दिया है?

उसने उपेन्द्र के पांवों पर धीरे-धीरे हाथ फेरते-फेरते कहा—'भैया ऐसी बीमारी में तुम्हारे लिए पहाड़ की हवा फायदेमंद होगी, है न?'

उपेन्द्र ने उसके माथे पर हाथ रखकर कहा—'हां बहन, डॉक्टरों का भी यही कहना है, लेकिन भगवान के यहां से जिसका बुलावा आता है, उसके लिए कुछ भी करो, उसे कोई फायदा नहीं होता है।'

सावित्री ने कहा—'यह कहने की बात है भैया, लेकिन हम लोग पहाड़ पर ही जाकर रहेंगे।'

उपेन्द्र ने हंसकर कहा—'अच्छा, ऐसा ही होगा।'

दुर्गा-पूजा नजदीक होने को आई और सतीश के पूरी तरह चंगा होने के पहले ही बंगालियों के सबसे बड़े उत्सव के दिन सुखद सपनों की तरह गुजर गए। और भी कुछ दिन यहां रहने की बात थी, लेकिन उपेन्द्र की बीमारी को ध्यान में रखकर सावित्री ने यह तय कर डाला कि त्रयोदशी के दिन रवाना होना है।

उपेन्द्र ने इसमें आपत्ति की, पर सावित्री ने नहीं माना और उसने जिद करके कहा—'ऐसा नहीं हो सकता है भैया। सतीश बाबू अब बीमार नहीं हैं, लेकिन उनका शरीर सबल हो जाने तक इन्तजार करने से तुम मुझे फिर ढूंढ़े नहीं मिलोगे। परसों हम लोगों को यहां से जाना ही होगा। तुम इसमें कोई अडंगा मत डालना भैया।'

उपेन्द्र ने मंद-मंद मुस्कुराकर कहा—'अच्छा, यह देखा जाएगा। लेकिन ऐसा करने से क्या मैं तुम्हें ढूंढ़े मिलूंगा बहन?'

सावित्री बिना तर्क किए काम करने चली गई।

उपेन्द्र के दिन यहां शांति से बीत रहे थे, इसलिए जाने के लिए उन्हें कोई जल्दबानी नहीं थी और उन्होंने शायद यह भी विश्वास नहीं किया कि उनके यहां से जाने का दिन सचमुच ही इतना करीब आ गया है। मगर सतीश का मुंह सूख गया, क्योंकि वह जिद से भली भांति परिचित था। वह यह अच्छी तरह जानता था कि सावित्री की जिद कोई बाधा नहीं मानती है और उसके सम्पर्क में आनेवाले को ही आखिरकार झुकना पड़ता है। इसलिए त्रयोदशी के दिन रवाना होने की बात हरगिज नहीं टलेगी, इसमें उसे जरा भी संदेह नहीं रहा। लेकिन वह कुछ नहीं बोला। अगले दिन भी वह इस बारे में पूरी चुप्पी साधे रहा। उसी के सामने बिहारी ने नम आंखों से सावित्री से जब प्रश्न किया—फिर कब मिलोगी बेटी, तब भी सतीश चुप रहा।

सावित्री ने सतीश के मुंह की ओर कनखियों से देखकर गंभीरता से कहा—'तुम्हारे बाबू का जिस दिन ब्याह होगा बिहारी, उसी दिन फिर भेंट होगी। अवश्य तुम्हारे बाबू अगर कृपा करके बुलावेंगे तब।'

दस दिन पहले सरोजिनी को ले जाने के लिए जब ज्योतिष खुद आए थे, तभी उपेन्द्र की मध्यस्थता में विवाह की बात पक्की हो गई थी।

सतीश ने कोई आपत्ति नहीं की थी। यह तय हो गया था कि उसके पिता की बरसी हो जाने के बाद ही विवाह होगा। सावित्री ने उस बात की ओर इशारा किया और सतीश ने चुपचाप सुना।

जाने के दिन सवेरे उपेन्द्र ने चिंतित होकर पूछा—'तेरी तबीयत क्या अच्छी नहीं है सतीश! कल से क्यों तू बहुत उदास दिखाई पड़ रहा है?'

सतीश ने उदासी भरी आवाज में कहा—'नहीं, मैं तो अच्छा ही हूं।

उपेन्द्र चले गए तो सावित्री कमरे में घुसी। उसकी दोनों आंखें लाल थीं, पलकें आंसुओं से भींगकर बोझिल हो गई थीं, यह देखने से ही मालूम पड़ जाता है। उसने सतीश को बार-बार यह याद दिलाते हुए कि उसने उसके सिर की

कसम खाकर शराब न पीने का वादा किया था, कहा—'अपना वादा निभाओगे तो?'

सतीश ने कहा—'हां, निभाऊंगा।'

'शराब और गांजा को कभी हाथ नहीं लगाओगे।'

'नहीं, उन चीजों को कभी हाथ नहीं लगाऊंगा?'

'मुझसे पूछे बिना तंत्र-मंत्र के चक्कर में नहीं पड़ोगे?'

'नहीं, नहीं पडूंगा।'

'जब तक तुम्हारी तबीयत बिलकुल अच्छी नहीं हो जाएगी, तब तक हर दूसरे दिन तुम मुझे चिट्ठी लिखोगे?'

'हां, लिखूंगा।'

'उसमें कोई भी बात नहीं छिपाओगे?'

'नहीं, नहीं छिपाऊंगा।'

'तो अब मैं चली।' यह कहकर सावित्री ने जल्दी से उसे प्रणाम किया और बाहर निकल गई।

सतीश बिस्तर पर बैठा हुआ था, लेट गया। उसने सावित्री को दरवाजे तक छोड़ने के लिए नीचे आने की कोशिश भी नहीं की।

बाहर दो पालकियां तैयार थीं। पास ही खड़े उपेन्द्र डॉक्टर के साथ धीरे-धीरे बातचीत कर रहे थे। मोटी चादर से अपने समूचे बदन को ढककर सावित्री दबे पांव आई और ज्योंही दूसरी पालकी पर चढ़ने की तैयारी की त्योंही बिहारी भागता हुआ आया और चुपके-चुपके बोला—'एक बार लौट चलो बेटी, बाबू तुम्हें किसी खास काम से बुला रहे हैं।'

सावित्री फिर लौट गई। उपेन्द्र ने बात करते-करते इसे देखा।

सावित्री को ठीक इसी बात का डर था। वह कमरे में घुसी तो देखा, सतीश दूसरी ओर मुंह किए लेटा हुआ है। वह उसके बिस्तर के करीब आई और हंसने का स्वांग रचकर बोली, 'क्या बात है? हमारी ट्रेन फेल करवा दोगे क्या?'

सतीश ने मुंह घुमाया, एकबारगी सावित्री के बदन की चादर को धर-दबोचा और बोला—'बैठो, मैं तुम्हें जाने नहीं दूंगा। यह मेरा गांव है, मेरा घर है, मेरी मर्जी के खिलाफ तुम्हें जबरन यहां से ले जाने का सामर्थ्य दस उपेन्द्र भैया में भी नहीं है।'

सावित्री ठगी-सी रह गई। उसने देखा, सतीश की आंखों में ऐसी क्रूरता है जिसे हरगिज स्वाभाविक नहीं कहा जा सकता है।

सावित्री ने समझा, जबर्दस्ती करने से काम नहीं चलेगा। वह बिस्तर के एक किनारे बैठ गई और स्निग्ध फटकार के स्वर में बोली–'छिः, यह तुम कैसी बात कह रहे हो? वे तो मुझे जबरन नहीं ले गए हैं–न उनकी पत्नी है, न भाई और न तुम, इतनी बड़ी भयंकर बीमारी में उनकी सेवा करनेवाला कोई नहीं है। इसीलिए तो वे मुझे तुमसे मांगकर ले जा रहे हैं। इसे क्या जबरन ले जाना कहते हैं?'

सतीश ने जोर से सिर हिलाकर कहा–'यह झूठी बात है, वे मुझे फुसला रहे हैं। वे अपने दोस्त ज्योतिष बाबू का मुंह देखकर ही सिर्फ तुम्हें मेरे पास से हटा लेना चाहते हैं। इन दो दिनों में मैंने दिन-रात सोचकर देखा है, जो चुपचाप बर्दाश्त करता है सभी उसी पर जुल्म ढाते हैं। सबका अपना-अपना कारण होता है, मैं तुम्हें नहीं जाने दूंगा। खैर, इस बारे में बहस करके मैं अपना दिमाग गरम करना नहीं चाहता। बिहारी से नीचे कहलवा दो कि तुम नहीं जाओगी। बिहारी...'

सावित्री ने जल्दी से अपने हाथ से उसका मुंह धर दबोचा और बोली–'तुम क्या पागल हो गए? अच्छा, मान लेती हूं कि उनकी नीयत अच्छी नहीं है, लेकिन तुम ही भला मुझे लेकर क्या करोगे, जरा सुनूं तो सही।'

सतीश ने पल-भर चुप रहकर कहा–'अगर मैं यह कहूं कि तुमसे ब्याह करूंगा?'

सावित्री ने कहा–'अगर मैं कहूं कि इसके लिए मैं राजी नहीं हूं तो?'

सतीश ने कहा–'तुम्हारे राजी होने न होने से कुछ आता-जाता नहीं है।'

सावित्री डरती हुई मुस्कुराकर बोली–'तो क्या तुम मुझसे जबर्दस्ती ब्याह करोगे?' इतना कहकर उसने अपनी मुस्कुराहट को गंभीरता में तब्दील किया और उसके माथे पर लटकते रूखे बालों को बड़े प्यार से अपने हाथ से धीरे-धीरे ऊपर उठाते-उठाते बोली–'छिः, ऐसा कभी गलती से भी मत सोचना। मैं विधवा हूं, मैं कुलकलंकिनी हूं, मैं समाज से निकाली हुई हूं, मुझसे ब्याह करके तुम्हें कितना बड़ा दुख झेलना पड़ेगा, इसे तुमने समझा तो नहीं है, लेकिन जो जीवन भर शुद्ध रहे हैं, जिन्हें शोक की आग ने जलाकर हीरे की तरह निर्मल बनाया है, उन्होंने इसे समझा है, इसीलिए वे इस अभागिन को पनाह देने के लिए अपने साथ ले जा रहे हैं–उनकी मंगलकामना को आज तुम सनक में आने की वजह से देख नहीं सकोगे, मगर इसी वजह से उन पर झूठा दोष लगाकर गुनहगार बनकर मत रहो।' कहते-कहते उसकी आंखों से आंसू निकल पड़े।'

ये आंसू सतीश को आज शांत नहीं कर सके बल्कि वह और ज्यादा उत्तेजित होकर बोला—'यह सब झूठ है। तुमने ऐसे ही अपने आपको मुझसे दूर रखकर मेरा सर्वनाश किया है। उपीन भैया ने ही तो कहा है—तुम दुनिया में किसी से भी उन्नीस नहीं हो—यही सही बात है।'

सावित्री ने कहा—'नहीं, ऐसी बात नहीं है। भैया अब समाज से परे हैं, इस लोक से परे हैं, उनके अनुसार जो सच है, वहीं, दूसरे के अनुसार, दूसरे की जरूरत के मुताबिक सच नहीं है। तुम कहोगे, सच हो या झूठ, मैं समाज को नहीं चाहता, मैं तुमको चाहता हूं। लेकिन मैं तो ऐसा नहीं कह सकती। यह मैं जानती हूं कि समाज न मुझे चाहता है, न मुझे मानता है लेकिन मैं तो समाज को चाहती हूं, मैं तो उसे मानती हूं। मैं तो जानती हूं कि श्रद्धा के बिना प्यार टिक नहीं सकता है। समाज जिस नारी को उसकी प्रतिष्ठा नहीं देता, किसी भी पति की मजाल नहीं कि वह अपने बल-बूते पर उस नारी की प्रतिष्ठा को बनाए रखे। अजी आसमान से तारे उतार लाने की कोशिश मत करो।'

सतीश ने अपने दोनों हाथों से सावित्री के दोनों हाथों को धर दबोचा और बोला—'सावित्री, इन सब बातों को सुनने का आज न मुझमें धैर्य है, न समझने की शक्ति, आज तुम मुझे छूकर सिर्फ यह साफ-साफ बताओ कि तुम मुझे प्यार करती हो या नहीं।' इतना कहकर वह मानो अपनी सारी इन्द्रियों और समूचे शरीर तक को उन्मुख करके सावित्री के मुंह की तरफ ताकता रहा।

इन दोनों अत्यंत दुखी और व्यग्र आंखों की तरफ निहारकर सावित्री की आंखों से फिर आंसू बहने लगे। बोली—'मैं तुम्हें प्यार करती हूं या नहीं!' मैं तुम्हें प्यार नहीं करती हूं, तो आखिर किस चीज के बूते मैं तुम पर अपना इतना हक जताती हूं? आखिर किस चीज के लिए मुझे इतना सुख है और किस चीज के लिए मुझे इतना बड़ा दुख है? अजी इसीलिए तो मैंने तुम्हें इतना दुख दिया, मगर किसी भी सूरत में मैं तुम्हें अपनी देह नहीं सौंप सकी।' इतना कहकर उसने आंचल से अपनी आंखें पोंछी और बोली—'आज मैं तुमसे कोई बात नहीं छिपाऊंगी। मेरी यह देह आज तक बर्बाद नहीं हुई है, लेकिन तुम्हारे चरणों में सौंपने लायक भी यह नहीं है। यह तो मैं हरगिज नहीं भूल पाऊंगी कि इस देह से मैंने जान-बूझकर बहुतों का दिल बहलाया है। इस देह से चाहे और जिस किसी की सेवा की जा सकती है, पर तुम्हारी पूजा नहीं की जा सकती। आज मैं कैसे तुम्हें यह बात समझाऊं। अगर मैं तुम्हें इतना प्यार नहीं करती तो हो सकता है, ऐसे तुम्हें छोड़कर आज मुझे जाना नहीं पड़ता।' इतना कहकर सावित्री ने बार-बार अपनी आंखें पोंछी।

सतीश स्तब्ध भाव से कुछ देर तक पड़ा रहा फिर एकाएक बोल उठा–'तो मैं अब कुछ नहीं चाहता, लेकिन तुम्हारा मन? इससे तो तुमने कभी किसी को बहलाना नहीं चाहा है। यह तो मेरा है।'

सावित्री ने तुरत कहा–'नहीं, इससे मैंने कभी किसी को बहलाना नहीं चाहा है। यह तुम्हारा ही है। यहां तुम्हीं हमेशा मालिक के रूप में रहोगे।' इतना कहकर उसने अपनी छाती पर हाथ रखा और बोली–'भगवान जानते हैं, मैं जब तक जिन्दा रहूंगी, मैं चाहे जहां और जिस रूप में भी रहूंगी, मेरा यह मन हमेशा तुम्हारा सेवक ही रहेगा।'

सतीश ने झट से उसका हाथ अपने दाहिने हाथ में ले लिया और बोला–'भगवान का नाम लेकर आज तुमने जो स्वीकार किया यही मेरे लिए काफी है। मैं इससे ज्यादा कुछ नहीं चाहता।'

उसके कहने के ढंग से सावित्री मन-ही-मन फिर शंकित हुई।

ऐसे समय बिहारी ने दरवाजे के बाहर से पुकारकर कहा–'बेटी, बाबू ने कहा है, अब देर हो रही है।'

'तुम जाओ, मैं आ रही हूं,' यह कहकर सावित्री ने उठना चाहा, तो सतीश ने उसे जोर से पकड़ रखा और बोला–'मैंने कभी तुमसे कुछ नहीं मांगा है, आज जाते समय तुम मुझे एक भीख देती जाओ।'

'मेरे पास क्या है जो मैं तुम्हें दूंगी? लेकिन तुम्हें क्या चाहिए बताओ?'

सतीश ने कहा–'मैं तुमसे यही भीख मांगता हूं कि अगर कोई कभी हम दोनों के सम्बन्धों के बारे में पूछे, तो कहो कि तुम मेरा मालिकाना स्वीकार करोगी।'

सावित्री ठीक यही आशंका कर रही थी, फिर इस अजीब अनुरोध को सुनकर वह हंसी। बोली, 'क्यों, बताओ तो? गवाहों के बल पर आखिरकार तुम मुझे जबर्दस्ती घर में डालोगे क्या?'

सतीश ने कहा–'तुम्हारे हृदय में रहनेवाले भगवान ही हमारे गवाह हैं–दूसरे गवाह की हमें कोई जरूरत नहीं है। और तुम्हें इस बात का डर है कि बाहर के गवाह के बल पर आखिरकार मैं तुम्हें घर में डालूंगा? अगर मैं अपने बल पर आज ही तुम्हें घर में डालूं, तो मुझे ऐसा करने से कौन रोक सकता है, बताओ तो?'

सावित्री ने अपनी बात दोहराई नहीं।

सतीश ने कहा–'तुम्हारा जहां-तहां अपनी मर्जी के मुताबिक रहना मुझे पसंद नहीं।'

सावित्री का मुंह उत्तरोत्तर पीला पड़ता जा रहा था, लेकिन इस डर से कि कुछ बोलने से ऐसी हालत में सतीश उत्तेजित हो जाएगा, वह चुप रही।

सतीश बोला—'उपीन भैया हैं पत्थर के देवता, अगर वे हाड़-मांस के देवता होते तो मैं तुम्हें कभी भी उनके साथ नहीं भेजता। अच्छा, आज जा रही हो तो जाओ, लेकिन शायद वहां अधिक दिनों तक तुम्हारे रहने से मुझे सुविधा नहीं होगी।'

'जैसी तुम्हारी मर्जी!' कहकर सावित्री प्रणाम करके बाहर निकल गई।

42

शाम को पांच बजे लकड़ी के कारखाने की छुट्टी होने पर दिवाकर अराकान के एक रास्ते से होकर चला जा रहा था। धूल-धक्कड़ और लकड़ी का बुरादा उसके अंग-अंग में लगा हुआ था। गले में चादर नहीं थी। कुरता फटा हुआ और मैला था और उसमें जगह-जगह पर सिलाई की गई थी। धोती का भी वैसा ही हाल था। दाहिने पांव के जूते की एड़ी घिस जाने की वजह से जूता एक ओर झुक गया था, बाएं पांव का अंगूठा जूते के सामने से दिखाई पड़ रहा था—अचानक देखने पर वह जैसे पहचाना ही नहीं जा सकता था—सारा दिन पेट में एक दाना तक नहीं गया था। ऐसी हालत में वह हांफते-हांफते कामिनी मकान-मालकिन के घर आ पहुंचा। किराए पर निचली मंजिल के एक कमरे में वे लोग रहते थे। तंग बरामदे के एक किनारे रसोई बनती थी, बरामदे के दूसरे किनारे लकड़ी, कंडे, पानी की बाल्टी आदि एक-दूसरे के करीब रखे हुए थे।

दिवाकर के कदमों की आहट सुनकर बगल के एक कमरे से मकान-मालकिन बाहर निकली और झुंझलाकर बोली—'तो तुम आए! खैर, यह तो अच्छी बात है। पर यह सब क्या लगा रखा है, तुम लोगों ने भई! न खाना-वाना बनाते हो, न नहाते-धोते हो, सिर्फ रात-दिन झगड़ा और खटपट करते हो, एक-दूसरे पर गुर्राते हो, दांत पीसते हो, यह तो तुम लोगों ने हमारा भट्टा बैठाने का उपाय किया।'

दिवाकर उदास मुंह से सिर नीचा किए रहा। वह दोपहर को भात खाने आया था, पर किरणमयी से झगड़ा करके बिना नहाए, बिना खाए फिर से अपने काम पर लौट गया था। अभी छुट्टी होने के बाद डेरे पर आया था मगर उसकी हालत देखकर भी मकान-मालकिन का गुस्सा ठंडा नहीं हुआ, वह फिर से बोली—'वह

तुम्हारी ब्याही हुई बहू नहीं है, जो तुम उस पर इतना जुल्म ढा रहे हो? जैसे तुम उसे भगाकर लाए थे, वैसे ही उसने भी अपना धर्म निभाया है। खैर, अब तो तुम्हारी भी नौकरी-चाकरी लग गई है। अब तुम परे हट जाओ। अब उसे क्यों दुख देते हो भई? ऐसी जवान लड़की खाने-पीने के बिना सूखकर लकड़ी हो गई।' वह थोड़ी देर चुप रही और बोली—'वरना उसे फिक्र किस बात की? मोड़ पार रहनेवाला आढ़तिया मारवाड़ी रोज मेरे पास अपना आदमी भेजता है। कहता है, मैं उसका अंग-अंग सोने से मढ़ दूंगा। और तुम्हें भी भला लड़कियों की क्या फिक्र भई! चुग्गा डालने से चिड़ियों की क्या कमी! जाओ, अब तुम परे हट जाओ। मेरी बात सुनो, मैं कई दिनों से तुमसे यह कह रही हूं, अब तुम लोगों की आपस में निभेगी नहीं।'

दिवाकर ने उसे जल्दी से रोककर कहा—'रहने दो, रहने दो, मेरे बारे में कहने की जरूरत नहीं। मगर वह भी क्या यही चाहती है? तो तुम्हीं हो उसकी सलाहकार?'

ठीक इसी समय किरणमयी अपने कमरे के अंदर से बाहर निकली। हालात के बदलाव से आदमी की शारीरिक, मानसिक, हर तरह की स्थिति में कितनी जल्दी बदलाव हो जा सकता है, इसे देखने से अवाक् हो जाना पड़ता है।

आज उसकी ओर देखकर सहसा कौन कहेगा कि यह वही सौंदर्य की मूर्ति किरणमयी है?

छह महीने एक दिन वह समाज और धर्म की खिल्ली उड़ाकर, मानवता को पैरों से कुचलकर एक नादान, अदूरदर्शी नौजवान को अपने रूप और प्यार के मोह का जो धोखा देकर उसे हर तरह की सार्थकता से वंचित करके लाई थी, आज उसी धोखे का फंदा किरणमयी के गले में कसकर बैठ गया है।

पाप के साथ विफल खेल खेलना चाहने की वजह से उसी दिवाकर के कलेजे के अंदर से आज वासना का जो राक्षस बाहर निकल आया है, अपना बचाव करने के लिए उसी के साथ दिन-रात लड़ते-लड़ते किरणमयी आज लहू-लुहान हो गई है।

उसके सिर के बाल रूखे और बिखरे हुए, वस्त्र मैला और फटे हुए हैं, चेहरे पर की सूखी भूख मानो हताशा की अंतिम सीमा पर पहुंच चुकी हो। उसके अंग-अंग पर छाई बदसूरती को देख आंखें दुखने लगती हैं। बदहाली का रूप धारण करके वह धीरे-धीरे आई और बरामदे के एक खंभे के सहारे टिककर उन दोनों की तरफ निहारती हुई चुपचाप खड़ी हो गई।

उसको देखते ही भूखा दिवाकर गरज उठा।

बेशर्मी की हद नहीं थी। यह विश्वास करना आसान नहीं है कि वह मुंहचोर दिवाकर, जो कभी बात करने में हिचकिचाता था, आज घर-भर लोगों के सामने ऐसे शब्दों का उच्चारण कर सकता है। लेकिन वास्तव में उसने चिल्लाकर कहा—'क्या भाभी? यह जो कहती है वह सच है क्या? अब मारवाड़ी, मुसलमान, बर्मी, मद्रासी—इन लोगों की जरूरत है क्या? ओ, तो इसीलिए तुम दिन-रात मुझसे झगड़ा करती हो? तो इसीलिए मैं तुम्हारी आंखों का कांटा बन गया हूं।'

किरणमयी पहले पहल कुछ समझ नहीं सकी, वह यों ही सिर्फ निहारती रही। मगर उसकी बात का जवाब दिया मकान-मालकिन ने। वह एक डग आगे आई और हाथ हिलाती हुई मुंह-आंख मटकाकर बोली—'वह ऐसा क्यों नहीं चाहेगी, जरा सुनूं तो? हम लोग भी तो भला गृहस्थ की बहू नहीं हैं जो एक ही आदमी के दांतों पकड़े रहना होगा। हम ठहरे सुख परेवा बेसवा। जहां जिसके पास सुख मिलेगा, सोना-चांदी मिलेगा, हम उसी के पास जाएंगी। इसमें शरमाना या छिपाना काहे के लिए?'

दिवाकर क्रोध से जलकर उसे डांट उठा—'तू चुप रह रंडी कहीं की।' मैं जिससे पूछ रहा हूं, वह कहेगी।'

इस बार मकान-मालकिन भी बारूद की तरह जल उठी, मारने को तैयार होकर बोली—'मेरे घर में खड़ा होकर तू मुझे रंडी कहता है! निकल जा, कहती हूं, मेरे घर से!'

दिवाकर भी क्रुद्ध हो उठा। छह महीने पहले बुरे-से-बुरे स्वप्न में भी शायद यह कल्पना करना उसके लिए संभव नहीं होता कि एक नीची जाति की वेश्या के मुंह से इतना अपमानित होने के बाद भी कमर कसकर तू-तड़ाक करेगा, लेकिन अब वह दिवाकर नहीं था, जो उपेन्द्र और सुरबाला के प्यार और डांट-फटकार से पाला-पोसा गया था। इसीलिए वह भी अपने मुंह-आंख को लाल करके गरज उठा—'क्य तू मुझे अपने घर से निकालेगी? क्या तू मुझसे किराया नहीं लेती?'

मकान-मालकिन दिवाकर की तरह ही गरजकर बोली—'उं! बड़ा आया किराया देनेवाला! धिक्कार है तुझे! फांसी लगाने के लिए तुझे रस्सी नहीं मिलती रे? निकल जा, कहती हूं, नहीं तो झाड़ू मारकर भगाऊंगी!'

'अच्छा, भगाता हूं उसे!' यह कहकर दिवाकर दांत भींचता हुआ पागलों की तरह दौड़कर आया और चुपचाप खड़ी किरणमयी को जोर से धक्का मारा। दिन भर कुछ न खाने-पीने की वजह से थकी-हारी किरणमयी उस धक्के को संभाल नहीं सकी, पहले तो वह रंग की एक खाली बाल्टी पर जा गिरी, फिर वहां से लुढ़कती हुई कंडों की एक टोकरी पर मुंह के बल गिरी।

पागल दिवाकर बोला—'जाओ यहां से। कौन है तुम्हारा मारवाड़ी? भागो यहां से!' इतना कहकर वह कमरे के अन्दर जा घुसा।

मकान-मालकिन जोर से चिल्ला उठी—'कारखाने से अभी-अभी लौटे लोग अपना-अपना मुंह-हाथ धो रहे थे। उसकी चिल्लाहट से चौंककर हाथ का साबुन फेंककर वे लोग भागे आए। मकान-मालकिन जोर से नकियाती हुई शिकायत करने लगी—'उसने बहू को मार डाला! उस अभागे छोकरे को तुम लोग मारते-मारते भगा दो। ताकि वह फिर मेरे घर में घुस न सके।'

मकान-मालकिन के कहने पर उन लोगों ने भीड़ लगाकर कमरे में घुसने की तैयारी की, तो किरणमयी घूंघट काढ़कर उठ बैठी और दृढ़ सवर में बोली—'लड़ाई-झगड़ा किसके घर में नहीं होता है? उसने मुझे मारा है, तो इससे तुम लोगों का क्या? तुम लोग अपने-अपने घर जाओ।' इतना कहकर वह तुरंत उठ पड़ी और अपने कमरे के अन्दर घुसकर ब्योड़ा लगा दिया।

लोग अपनी बहादुरी दिखाने का अवसर खोकर खिन्न मन से लौट गए। मकान-मालकिन बाहर खड़ी होकर अपने गाल पर हाथ रखकर सिर्फ बोली—'अजीब बात है।'

दरवाजा बंद कर किरणमयी ने दियासलाई निकाल, बत्ती जलाई। लकड़ी का कमरा चौड़ा नहीं था, तो भी लम्बा था। एक किनारे रस्सी की बुनी चारपाई पर दिवाकर का बिस्तर बिछा हुआ था, दूसरे किनारे लकड़ी के फर्श पर किरणमयी का बिस्तर समेटकर रखा हुआ था। पैताने कई हांडी-मटके करीने से एक-दूसरे पर रखे हुए थे और उसी कोने में लकड़ी के छींके पर खाना बनाने की हांडी-कड़ाही, तवा आदि रखे हुए थे। ये ही थे उन लोगों की गृहस्थी के सारे सामान।

बत्ती जलाकर किरणमयी दरवाजे के पास फर्श पर स्थिर होकर बैठी। कोई कुछ नहीं बोला। चारपाई पर दिवाकर गर्दन झुकाए चुपचाप बैठा हुआ था। बहुत देर तक दोनों ऐसे ही चुपचाप बैठे रहे। उसके बाद किरणमयी धीरे-धीरे उठकर आई और सामने खड़ी होकर सहज ढंग से बोली—'हांडी में भात है, मैं परोस देती हूं, तुम खा लो।'

दिवाकर ने रुआंसा होकर कहा—'नहीं, मैं नहीं खाऊंगा।'

उसकी आवाज से मालूम हुआ कि वह अब तक चुपचाप रो रहा था।

किरणमयी बोली—'क्यों, क्यों नहीं खाओगे? दिन भर तुमने कुछ खाया नहीं है। आज नहीं तो कल तो खाना ही होगा। खाने और पहनावे से रूठने से किसी का काम नहीं चलता—जाओ, मुंह-हाथ धो आओ और जितना खा सकते हो, खा लो—मैं भात परोस देती हूं।'

दिवाकर जवाब तक नहीं दे सका। शर्म और पछतावे के मारे वह जला जा रहा था। उसने सचमुच ही किरणमयी को प्यार किया था।

जब से वे लोग यहां आए थे तब से लेकर अब तक बाहर का कोई कुछ नहीं जान सका था, तो भी अंदर अत्यंत गुप्त रूप से आसक्ति और विरक्ति का जो निर्मम युद्ध उन दोनों के बीच रोज चल रहा था, उसका सारा आघात दिवाकर ने चुपचाप बर्दाश्त किया था।

कुछ दिनों से उन दोनों के बीच यह भयंकर लड़ाई खुलेआम हो रही थी और दिवाकर बहुत बार उत्तेजित भी हो उठा था, मगर आज के पहले कभी भी उसने अपनी ऐसी सुध-बुध खोकर इतना बड़ा पाशविक आचरण नहीं किया था। वास्तव में किस कारण, किस अत्याचार के फलस्वरूप वह किरणमयी पर हाथ उठा सकता है' और यह सच है कि उसने अभी-अभी सचमुच ही किरणमयी पर हाथ उठाया है, इसे अभी भी वह अपने मन के अंदर अच्छी तरह से स्वीकार नहीं कर पा रहा था। इसीलिए कमरे में घुसकर वह सपनों में खोए हुए की तरह अपने बिस्तर पर आकर बैठा हुआ था। लेकिन जब किरणमयी ने अपनी तमाम लांछनाओं को दूर कर घर के लोगों के आक्रमण और उत्पीड़न से बचाकर कमरे में घुसकर ब्योड़ा लगा दिया, सिर्फ तभी जाकर उसकी चेतना लौट आई।

किरणमयी का कहना अभी खत्म भी नहीं हुआ था कि तभी वह किरणमयी के पैरों पर वैसे ही औंधा गिर पड़ा, जैसे लहरें चट्टान पर पछाड़ खाकर गिरती हैं और उमड़ते आवेग से रो उठा, बोला—'मैं जानवर हूं, मुझे माफ कर दो भाभी!'

किरणमयी कुछ देर तक निर्विकार भाव से स्तब्ध रही, फिर पहले की ही तरह सहज स्वर में बोली—'यह तुम्हारे अकेले का दोष नहीं है, हर आदमी को यह सब काम जानवर बना डालता है। मुझे भी कुछ कम जानवर नहीं बनाया था इसने दिवाकर।'

दिवाकर ने जोर से सिर हिलाकर कहा—'नहीं-नहीं, किसी दूसरे के बारे में मुझे कुछ सुनने की जरूरत नहीं भाभी, लेकिन मेरे आज के अपराध का प्रायश्चित कैसे होगा? मुझे बता दो, मैं अपनी जान की बाजी लगाकर इस अपराध का प्रायश्चित करूंगा।'

किरणमयी ने कहा—'तुमने भला कौन-सा अपराध किया है? तुमने सुना नहीं है कि इसके चलते आदमी आदमी का खून कर डालता है। तुमने तो मुझे सिर्फ धकेल दिया था—और अपराध क्या मैंने नहीं किया है? सब क्या सिर्फ तुम्हारा ही दोष है? मगर खैर, जाने दो इन बातों को। आज सारे गिला-शिकवा खत्म हो चुके हैं। भविष्य में अब न तुम्हें ही इसकी जरूरत पड़ेगी, न मुझे ही। अब जाओ, अपना मुंह-हाथ धोकर आओ और भात खाने बैठो। मैं अब खड़ी नहीं रह पा रही हूं।'

दिवाकर धीरे-धीरे उठ बैठा। किरणमयी की आवाज से उसने समझा था कि अब वह बातचीत करने की भी इच्छुक नहीं है।

दिन भर भूखा रहने के बाद दिवाकर खाना खाकर बाहर हाथ धोने गया। उसके मन की ग्लानि भी कम होने को आ रही थी। हाथ धोकर प्रसन्न मन से कमरे में घुसा, तो तनिक अचंभे में पड़कर उसने देखा कि किरणमयी ने उसके बिस्तर को समेटकर चारपाई से उतारकर नीचे रख दिया है।

उसने पूछा—'तुमने मेरा बिस्तर उतारकर नीचे क्यों रख दिया है?'

किरणमयी ने अविचलित स्वर में कहा—'पहले कहती तो हो सकता है, तुम खाना नहीं खाते, इसीलिए मैंने पहले तुमसे नहीं कहा था। आज से हम लोगों की एक-दूसरे से फिर भेंट-मुलाकात नहीं होगी। रात अभी भी ज्यादा नहीं हुई है, आज भर के लिए तुम काली-मंदिर में जाकर सोओ, कल अपनी सुविधानुसार एक डेरा ढूंढ़ लेना। और अगर यहां न रहना चाहो, तो परसों जानेवाले स्टीमर से अपने घर लौट जाओ, रुपया मैं दूंगी। मोटी बात यह कि तुम्हारी जो मर्जी, करो, पर मेरे साथ तुम्हारा अब कोई सम्बन्ध नहीं रहेगा।'

उसकी बातें खत्म हुई, तो वह सपनों में खोए हुए की भांति बोला—'और तुम क्या करोगी?'

'मेरी बात सुनकर तुम्हें कोई फायदा नहीं होनेवाला, पर अगर यहां रहोगे तो कल-परसों तक तुम सुन पाओगे कि मैंने क्या किया।'

दिवाकर ने कहा—'तब तो मकान-मालकिन का कहना सही है कि वही गंवार मारवाड़ी...'

किरणमयी ने कठोर स्वर में जवाब दिया—'ऐसा हो भी सकता है। मगर और चाहे जो भी हो, तुम्हारे कंधों के सहारे मैं इस बुरे रास्ते पर उतरी थी, इसीलिए उसकी आखिरी सीढ़ी तक तुम्हारे ही सहारे नीचे उतरना होगा, इसका कोई मतलब नहीं। मेरी तबीयत अच्छी नहीं है, मैं अभी लेट जाऊंगी। अब तुम बेकार में देरी मत करो, जाओ। कल सवेरे मैं तुम्हारी चीज-बस्त भेज दूंगी।'

दिवाकर ने व्यग्र होकर कहा—'इतनी जल्दबाजी क्यों करती हो? आज रात भर के लिए भी क्या तुम मुझे यहां नहीं रहने दोगी?'

किरणमयी ने कहा—'नहीं।'

दिवाकर कुछ देर तक स्थिर रहा, फिर बोला—'तो सिर्फ मेरा सर्वनाश करने के लिए ही तुम मुझे इस मुसीबत में खींच लाई थीं? तुमने तो कभी मुझे प्यार भी नहीं किया था।'

किरणमयी बोली—'लेकिन यह सोचकर ही कि तुम्हारा नहीं, किसी दूसरे का मैं सर्वनाश कर रही हूं, मैंने तुम्हारा नुकसान किया है। और मेरा? खैर, छोड़ो मेरी बात। शुरू से लेकर आखिर तक सब कुछ गलत हो गया है। और अपनी इसी गलती के लिए मैं आज तुम्हारे पांव पड़कर तुमसे माफी मांग रही हूं।'

उस निर्विकार पत्थर-मूर्ति के समान चेहरे की तरफ निहारकर दिवाकर ने लम्बी सांस ली और बोला—'मेरा कितना सर्वनाश हुआ, इसके बारे में तुम सोच भी नहीं सकतीं, इसीलिए तुम इतनी आसानी से मुझसे माफी मांग सकीं, लेकिन मेरा जो सर्वनाश हुआ उससे भी कहीं बड़ा आज मेरा प्यार है, इसीलिए अभी भी मैं जिंदा हूं, नहीं तो मेरा कलेजा फट जाता और मैं मर जाता। मगर तुम प्यार नहीं करतीं, हो सकता है, तुम उसे पहचानती भी नहीं हो, तब भी तुम मुझे सचमुच ही छोड़कर उसके पास क्यों जाना चाहती हो? मैंने तो तुम्हारा कोई नुकसान नहीं किया है। लेकिन सचमुच ही क्या तुम उसके पास जाओगी?'

किरणमयी ने गर्दन हिलाकर कहा—'हां, मैं सचमुच ही उसके पास जाऊंगी।' उसके बाद बहुत देर तक वह फर्श की तरफ चुपचाप निहारती रही, फिर मुंह उठाकर बोली—नहीं, आज मैं तुमसे कुछ भी नहीं छिपाऊंगी। मैं न भगवान को मानती हूं, न आत्मा को, न जन्मांतर को। स्वर्ग-नरक वह सब कुछ भी मैं नहीं मानती—वह सब मेरे लिए बेकार है। बिलकुल झूठ है। मैं मानती हूं सिर्फ इहलोक को, देह को। जीवन में सिर्फ एक व्यक्ति के आगे एक दिन मैंने हार मानी थी—वह थी सुरबाला। लेकिन उस बात को रहने दो। मैं सच कह रही हूं दिवाकर, मैं मानती हूं सिर्फ इहलोक और इस सुन्दर देह को। लेकिन ऐसी मेरी फूटी किस्मत कि इसी देह से मैंने अनंग की तरह पतिंगे को भी रिझाना चाहा था।' इतना कहकर एक छोटी-सी सांस लेकर किरणमयी स्तब्ध हो गई।

दो मिनट स्थिर रहकर वह सहसा मानो जाग उठी और बोली—'उसके बाद जिस दिन सचमुच ही मैंने प्यार किया दिवाकर, उसी दिन यह पता चला कि क्यों मेरी समूची देह ने अब तक इसके लिए उन्मुख होकर इन्तजार किया था।'

दिवाकर ने व्यग्र होकर पूछा—'तुमने किसे प्यार किया भाभी?'

किरणमयी तनिक मुस्कुराई, जैसे अपने ही मन में बोलने लगी—'मैंने सोचा था कि मैं जितना प्यार करती हूं उतना प्यार शायद स्वर्ग में भी कोई किसी को नहीं करता होगा। लेकिन मेरा वह गर्व टिका नहीं। उस दिन महाभारत की कहानी के सिलसिले में मैं उस नारी से हारकर आई थी। फिर उसी से मुझे हार माननी पड़ी। प्यार के द्वन्द्व में भी मैं सिर नीचा करके लौट आई। मोह की खुमारी दूर

हुई तो मुझे साफ-साफ दिखाई पड़ा कि मेरी ऐसी मजाल नहीं कि मैं उसे अपने रूप से रिझा सकूं।'

दिवाकर को एक बार लगा कि उसकी आंखों के आगे छाया घोर अंधेरा शायद दूर होने को आ रहा है।

किरणमयी कहने लगी—'उस नारी से एक चीज सीखने का मुझे बड़ा लोभ हुआ था। वह थी कि मैं अपने पति को प्यार करूं। हो सकता है, मैं यह सब सीख भी सकती थी। मगर मेरी ऐसी फूटी किस्मत कि वह रास्ता भी दो दिनों में बंद हो गया। हां, अच्छी बात, तुम क्या पूछ रहे थे दिवाकर, यह कि मैंने तुम्हें क्यों नहीं प्यार किया है? किसने कहा कि मैंने तुम्हें प्यार नहीं किया है? मैंने तुम्हें प्यार किया था। मगर उम्र में मैं तुमसे बड़ी हू, इसीलिए जिस दिन तुम्हारे उपीन भैया मेरे हाथों तुम्हें सौंप गए थे उसी दिन से, मैंने तुम्हें छोटे भाई की तरह प्यार किया था। इसीलिए तो इन छह महीनों में अपने छलावे से मैं लहूलुहान हो गई हूं। यह क्या तुम एक दिन भी नहीं समझ सके हो दिवाकर कि तुम्हारी आंखों की भूख और मुंह के प्रेम-निवेदन से मेरी समूची देह घृणा और लाज से कैसे सिहर उठती है? जाओ, अब तुम यहां से चले जाओ। मेरे लिए पाप-पुण्य, स्वर्ग-नरक कुछ नहीं है। लेकिन मेरी देह पर पड़ती तुम्हारी ललचाई नजर अब मैं बर्दाश्त नहीं कर सकती।'

इतना कहकर वह दिवाकर के बिस्तर को उठा लाई, उसे दिवाकर के सामने फेंक दिया और बोली—'अब तुम पर मुझे विश्वास नहीं होता है। मेरा और भी एक छोटा भाई आज तक जिंदा है। उसी सतीश का मुंह देखकर ही मुझे तुमसे हमेशा अपना बचाव करना पड़ेगा। तुम जाओ!'

दिवाकर ने दुबारा और कुछ बोले बना अपना बिस्तर उठा लिया और बाहर के अंधेरे में निकल गया।

43

सवेरे किरणमयी थकी-हारी देह से काम कर रही थी। कामिनी मकान-मालकिन आकर दरवाजे पर खड़ी हो गई और खूब हंसकर बोली—'चला गया छोकरा? बला टली। कल तो वह मुझे मारने को तैयार हो गया था। अरे, तेरी औकात है औरत रखने की? बकरे से जौ रौंदा जा सकता, तो लोग भला बैल क्यों पालते?'

किरणमयी ने मुंह उठाकर प्रश्न किया—'किसने कहा तुमसे कि वह चला गया है?'

मकान-मालकिन आई और आंखें घुमाकर बोली—'लो, अब नखरे दिखाने की जरूरत नहीं। किसने कहा मुझसे? मैं ठहरी मकान-मालकिन, मुझे भला कौन कहेगा? मैंने अपने कानों से सुना है। नहीं तो क्या इतने दिनों तक मैं यह मकान बचाकर रख सकती थी? पांच बदमाश कब के इस मकान को निगल गए होते, यह जानती हो?'

किरणमयी चुपचाप अपने घर का काम करने लगी। जवाब न पाकर मकान-मालकिन खुद ही कहने लगी—'मैं तो कितने दिनों से कह रही थी बहू, कि भगाओ इस बला को। सो तो नहीं। तुम कहतीं—रहता है, रहे, कहां जाएगा! अरे वह कहां जाएगा, इससे मुझे क्या मतलब? इतना सोचना चाहोगी, तो काम नहीं चलेगा। खाओ, पहनो, इत्र लगाओ, सोने-चांदी के जेवरात पहनो। साथ ही साथ इश्क भी लड़ाओ, पर यह कैसा अनूठा इश्क करती हो बेटी?'

किरणमयी ने सिर्फ एक बार मुंह उठाया और फिर नजरें झुका लीं।

मकान-मालकिन ने समझा कि उसकी दूरदर्शितापूर्ण नसीहतें काम कर रही हैं। वह तेजी के साथ कहने लगी—'और यह क्या तुम्हारा इश्क लड़ाने का वक्त है बेटी? तुम जवान हो, अभी सिर्फ दोनों हाथों से लूटो। उसके बाद दो पैसे हाथ में आ जाएं, तो गांठ की पूरी बनकर ढलती उम्र में इश्क लड़ाओ न, कौन तुम्हें मना करता है? हाथ में पैसा रहने पर क्या छोकरों की कमी होती है? कितने छोकरे चाहिए? तब दोनों पांवों को इकट्ठा करके उठ नहीं सकोगी।'

किरणमयी अनमनी हो गई थी। क्या पता, सारी बातें उसके कानों में पहुंचीं या नहीं। लेकिन वह कुछ नहीं बोली।

मकान-मालकिन के घर का काम तब भी बाकी था। इसीलिए वह और देरी नहीं कर सकी, पर अपनी यह इच्छा जाहिर करके कि वह फिर से दोपहर में आएगी, चली गई।

इस मकान में रहनेवाले प्रायः सभी कारखाने में नौकरी करते हैं। वे सवेरे काम पर जाते हैं, दोपहर में खाना खाने की छुट्टी मिलती है, तो वे घर आते हैं और नहा-धो और खा-पीकर फिर से काम पर चले जाते हैं। दिन ढलने के पहले उन्हें छुट्टी मिलती है।

आज भी सवेरे जब सभी अपने-अपने काम पर चले गए, तो दो-ढाई बजे के बाद मकान-मालकिन आई और फिर से दरवाजे के पास खड़ी हो गई। स्निग्ध स्वर में बोली—'तुम खा-पी चुकीं बहू? क्या खाना बनाया तुमने?'

किरणमयी ने आज चूल्हा तक नहीं जलाया था, फिर भी मकान-मालकिन का प्रश्न सुनकर गर्दन हिलाकर बोली—'हां, मैं खा-पी चुकी हूं। आओ, बैठो।'

मकान-मालकिन दरवाजे के पास बैठ गई। उसने कमरे में घुसते ही समझा था कि किरणमयी का मन अच्छा नहीं था, इसीलिए सहानुभूति के स्वर में बोली—'ऐसा तो होगा ही बेटी, दो दिन मन भारी रहेगा। पालतू पशु-पक्षी जब बिछुड़ते हैं, तब मन कैसा विकल हो जाता है, पर यह तो आदमी है। चाहे जैसे भी हो, पांच-छह महीने उसके साथ घर-गिरस्ती भी तो चलानी पड़ी है। पर ऐसा दो दिनों तक होता है, तीसरे दिन कोई नाम तक नहीं लेता है बहू। मैंने इन आंखों से ऐसा कितना वाकया देखा है।'

किरणमयी जबरन मुस्कुराई और बोली—'हां, तुम्हारा कहना तो सही है।'

मकान-मालकिन ने मुंह-आंख नचाकर तुरत दोहराया—'यह सही नहीं है?' तुम्हीं कहो न बेटी, यह सही नहीं है क्या? जिन्दगी में फिर नया आदमी आता है, नए सिरे से मौज-मस्ती की जाती है, बस। जिन्दगी फिर से पटरी पर चल पड़ती है। क्या मैं ठीक कहती हूं न? ऐसा ही होता है न?'

किरणमयी ने गर्दन हिलाकर हामी तो भरी, मगर इस चाटुकारी से क्रमशः उसका मन पागल होता जा रहा था।

अचानक मकान-मालकिन ने मुंह-आंख सिकोड़ा और अपनी आवाज को धीमी करके बोली—'अच्छी बात याद आई है बहू, उस जाहिल मुए को तो मैंने सवेरे ही खबर भिजवाई थी। मुए से अब देर सही नहीं जाती। उसने कहला भेजा है—लोग-बाग जब अपने-अपने काम पर चले जाएंगे, तो दोपहर में मैं आऊंगा। क्या पता, वह अभी आ धमकेगा क्या...'

किरणमयी ने भयभीत होकर कहा—'यहां क्यों आएगा वह?'

मकान-मालकिन ने यह सोचकर कि यह किरणमयी की मजाक में कही बात है, बनावटी गुस्से के बहाने कहा—'अरी मर जा री छोकरी, वह यहां नहीं आएगा, तो क्या तू वहां जाएगी? तेरी बात सुनने पर तो हंसते-हंसते आंतों में बल पड़ जाता है।' इतना कहकर वह सूखी हंसी की मौज में लुढ़ककर बिलकुल किरणमयी के बदन पर जा गिरी।

किरणमयी कुछ नहीं बोली, सिर्फ जरा-सा हटकर बैठ गई। मकान-मालकिन ने अपनेपन के जोश में आज पहली बार उसे 'तू' कहकर संबोधित किया था।

इस नीच औरत की बहुत करीबी सहेली की तरह कही हुई बात किरणमयी के कानों के अन्दर जाकर बिलकुल तीर की भांति बिंधी। उसके हृदय के अन्दर आज भी जो महिमा बेशर्म व्यक्ति की तरह पड़ी हुई थी, सिर्फ इस एक शब्द की जोरदार लात खाकर उसकी नींद टूट गई और पल-भर में ही भद्र नारी की लुप्त महिमा उसके मन के अन्दर चमक उठी, लेकिन तब भी वह अपने आपको रोककर चुप ही रही।

मकान-मालकिन ने इनमें से किसी भी बात पर ध्यान नहीं दिया। वह अपनी ही झोंक में कहने लगी—'तू देख लेना बहू, अगर छह महीने के अन्दर मैं तेरी किस्मत न बदल दूं, तो कामिनी मकान-मालकिन मेरा नाम नहीं। तू सिर्फ मेरे कहे मुताबिक चलना और मैं कुछ नहीं चाहती।'

किरणमयी को लगा, वह औरत उसके कानों की तमाम शिराओं को मानो जलती हुई संडसी से खींचकर बाहर निकाल रही है। लेकिन मना करने के लिए उसके मुंह से एक शब्द नहीं निकला। वह सिर्फ चुपचाप सुनने लगी।

मकान-मालकिन बोली—'जाहिल मारवाड़ी है, उसके पास दो पैसे हैं। वह सनक में आ गया है, तू उसे दोनों हाथों से दूह ले, उसके बाद उल्लू जाए जहन्नुम में। फिर कितने ऐसे मिल जाएंगे। तू ऐसी बनी हुई है, नहीं तो तेरा रूप क्या कोई मामूली रूप है बहू?'

ऐसे समय बाहरी बरामदे के किनारे से भर्रायी आवाज में पुकार आई—'मकान-मालकिन?'

'आती हूं,' कहकर, मकान-मालकिन ने बाहर जाने की तैयारी की तो किरणमयी ने अपने दोनों हाथों को बढ़ाकर उसके आंचल को जोर से धर दबोचा और बोल उठी—'नहीं, नहीं, उसे यहां हरगिज मत बुलाना। इस कमरे में कोई नहीं घुसेगा।'

मकान-मालकिन ने हक्काबक्का होकर कहा—'क्यों नहीं आएगा, क्या कोई है यहां?'

किरणमयी ने दृढ़ स्वर में कहा—'कोई रहे या न रहे, यहां वह नहीं आएगा, हरगिज नहीं आएगा।'

आगंतुक की पद-चाप क्रमशः निकट आने लगी।

मकान-मालकिन ने अवाक् होकर कहा—'तू तो भला किसी खानदान की बहू नहीं है। लोग-बाग तेरे कमरे में बैठेंगे, इसमें डर किसे है? तू ठहरी बेसवा!

किरणमयी चिल्ला उठी—'क्या हूं मैं? मैं वेश्या हूं?'

उसे लगा, वज्र के छर्रे उसके पैरों के नीचे से ऊपर आकर उसके अंग-अंग को चीरकर शायद बाहर निकल गए।

उसकी लाल आंखें और तीखी आवाज से विस्मित और विरक्त होकर मकान-मालकिन बोली—'तू बेसवा नहीं तो और क्या है, तू ही बता? नखरा देखने से मेरे बदन में आग लग जाती है। अब हम जो हैं, तू भी वही है। वह आ रहा है, ले, उसे कमरे में बिठा।'

उससे मकान-मालकिन पहले ही रुपए ले चुकी थी। और भी कुछ पाने की आशा करती थी। वह दरवाजे के निकट आकर खड़ा हो गया और दांत निकालकर हंसकर बोला—'क्यों मकान-मालकिन, सब ठीक है न?'

मकान-मालकिन ने अपना आंचल खींचकर विनय के साथ कहा—'सब तुम लोगों की मेहरबानी है। जाओ, कमरे में जाकर बैठो! मैं पान लगाकर लाती हूं।' जरा हंसकर बोली—'अब तो यह घर-बार सब तुम्हारा ही है बाबू जी, इसे अच्छी तरह सजाना पड़ेगा, यह कह देती हूं।'

'अच्छा-अच्छा, वह सब हो जाएगा।' यह कहकर वह जरा भी संकोच किये बिना कमरे में घुसा और चारपाई पर बैठना चाहा।

किरणमयी की शिराओं में इस्पात से भी ज्यादा चोट सहने की ताकत थी, इसीलिए वह अब तक बर्दाश्त कर सकी थी, लेकिन वह और बर्दाश्त नहीं कर सकी। उसके रूप-यौवन से अपरिचित यह गैरबंगाली ग्राहक ज्यों ही उसके कमरे में घुसा त्योंही वह बेहोश होकर वैसे ही गिर पड़ी, जैसे हवा के झोंके से केले का पेड़ जमीन पर गिर पड़ता है।

वह चौंककर मुड़ा और इस अचानक मुसीबत को देखकर हक्काबक्का हो गया। मकान-मालकिन की जोरदार चीख से मकान की सभी औरतों की नींद टूट गई, तो वे पल-भर में भागती हुई आ गईं और कोई पानी, तो कोई पंखा लेकर उस अभागिन की टहल-टकोरी करने में व्यस्त हो उठी।

और मकान-मालकिन दरवाजे पर बैठकर ऊंची आवाज में लगातार बोलने लगी। उसने इस धंधे में अपने बाल सफेद तो किए, मगर अभी तक वह इतनी चालाकी और इतना ढोंग नहीं सीख सकी थी, आज तक ग्राहक को देखकर दांती लगाने का हुनर वह नहीं सीख पाई थी।

अचानक इस हादसे के बीच फिर एक नई गड़बड़ी सुनाई पड़ी। यह खबर आई कि कोई नया बाबू सदर दरवाजे पर आया है और दिवाकर और भाभी का नाम लेकर बहुत बड़ा हंगामा मचा दिया है। नौकर से मकान-मालकिन नए आए हुए बाबू के बारे में खास जानकारी ले रही थी कि तभी एक लम्बा डील-डौलवाला आदमी एक वहुत बड़ा चमड़े का बैग आराम से अपने बायें हाथ से उठाए सामने आया और गंभीर आवाज में पुकारा—'भाभी!'

उसके दाएं हाथ की उंगली में पहनी एक बहुत बड़े हीरे की अंगूठी सूरज की किरणों से चमक उठी। मकान-मालकिन सम्मान के साथ खड़ी हो गई और बोली—'आप किसे ढूंढ़ रहे हैं।'

'दिवाकर यहां रहता है?'

मकान-मालकिन ने कहा—'नहीं।'

'और मेरी भाभी—किरणमयी भाभी? वे किस कमरे में रहती हैं?'

मकान-मालकिन के साथ ही और भी दो-चार उत्सुक औरतें अपनी-अपनी गर्दन बढ़ाकर देख रही थीं, उनमें से किसी ने कहा—'वही तो मूर्च्छित होकर पड़ी हुई है जी।'

'वह मूर्च्छित हो गई हैं? कहां, देखूं?' कहकर वह नया-नया आया हुआ आदमी तीन छलांग में भीड़ को धकेलकर कमरे के अंदर जा पहुंचा।

बेहोश किरणमयी तब भी फर्श पर पड़ी हुई थी। उसका अंग-अंग पानी से भींगा हुआ था, आंखें मूंदी हुई थीं, मुंह पीला पड़ गया था, बाल भींगे और बिखरे हुए थे, बदन के कपड़े अस्त-व्यस्त हो गए थे।

वह नया आया हुआ व्यक्ति था सतीश। उसकी नजर पड़ी उस गैरबंगाली पर। अब तक वह नजदीक आ गया था और टकटकी लगाकर किरणमयी को निहार रहा था। सतीश ने विस्मित और बहुत गुस्सा होकर प्रश्न किया—'ऐ, तुम कौन हो?'

उसकी तरफ से मकान-मालकिन ने जवाब दिया—'ओ, वे हमारे मारवाड़ी बाबू हैं जी। वही तो...'

लेकिन मकान-मालकिन उसका परिचय देती, इसके पहले ही सतीश ने उस आदमी को दरवाजा दिखाते हुए कहा—बाहर जाओ।

पैसावाला मारवाड़ी नया प्रेमी था, खासकर इतनी औरतों के सामने वह अपनी शान में बट्टा लगवा भी नहीं सकता है, इसलिए साहस में चूर होकर उसने कहा—'क्यों? मैं बाहर क्यों जाऊंगा?'

अधीर सतीश ने लकड़ी के फर्श पर जोरों से अपना पैर पटका और उसे डांटा—'बाहर जाओ, उल्लू!'

वहां मौजूद सब लोगों के साथ-साथ समूचा मकान तक चौंक उठा और मारवाड़ी दोबारा बिना कुछ बोले बाहर निकल गया।

सतीश ने किरणमयी के अस्त-व्यस्त कपड़ों को ठीक किया, खुद ही एक पंखा लेकर झलने लगा और उन लोगों को घेरकर बैठी तमाम औरतें अजीब शोरगुल करने लगीं। उन लोगों की तरह-तरह की चर्चाओं से सतीश ने थोड़े ही समय में बहुत सारी जानकारियां हासिल कीं। मकान-मालकिन दुख और अत्यंत विस्मय

प्रकट करके बार-बार कहने लगी—'उसने अपने बाप जनम में भी ऐसी अजीब औरत नहीं देखी थी कि बेसवा को बेसवा कहने पर उसकी आंखें उलट जाती हैं और दांती लग जाती है।

बीस मिनट बाद जब किरणमयी को होश आया, तो वह अपना घूंघट हटाकर उठ बैठी। कुछ देर तक वह एकटक निहारती रही और धीमी आवाज में बोली—'सतीश, तुम?'

सतीश ने प्रणाम करके उसके पांवों की धूलि अपने सिर से लगाई और बोला—'हां भाभी, मैं हूं। लेकिन बात क्या है, बताओ तो। ऐसे कपड़े-लत्ते, ऐसा घर-बार, कहां गई तुम्हारी खूबसूरती? कौन कहेगा कि ये ही हैं सतीश की बड़ी बहन? जैसे कहीं की एक अनाथ पगली हो! बहुत हो चुका बचपना, अब कल के जहाज से घर चलो। फिर उन औरतों की तरफ निहारकर बोला—'अब जरूरत नहीं है, अब तुम लोग अपने-अपने घर जाओ।'

किरणमयी निश्चल पत्थर की मूर्ति की तरह मुंह नीचा किए देखती रही। उसके मन की बात भगवान ही जानें। उसके मन की बात उसके मन में ही रही, जरा भी बाहर नहीं निकली।

जब औरतें बाहर निकल गईं तो सतीश बोला—'और वह सुअर कहां है भाभी?'

किरणमयी ने मुंह उठाए बिना ही कहा—'इतने दिनों तक तो वह यहीं था, कल रात को दूसरी जगह चला गया है।'

'क्यों?'

'मैंने उसे चले जाने को कहा था इसलिए।'

'लेकिन बुलाने पर क्या वह एक बार नहीं आएगा?'

'बुलाकर देखती हूं।' यह कहकर बाहर जाकर उसने घर के नौकर को कालीबाड़ी भेज दिया और फिर वापस आकर बैठी। बोली—'यह तो मैंने सपने में भी नहीं सोचा था कि तुम यहां आओगे, सतीश।'

सतीश ने कहा—'खुद मैंने भी तो यह सपने में नहीं सोचा था, भाभी कि मुझे यहां आना पड़ेगा।'

'हां, ऐसी बात तो है,' यह कहकर किरणमयी फिर गर्दन झुकाए बैठी रही।

उसके बाद बहुत-सी बातें जानना जरूरी था। यह समझना मुश्किल नहीं है कि सतीश उसके घर की दाई मुक्ता से पता लगाकर यहां आया है। मगर अचानक इतने दिनों बाद पता लगाकर उन्हें वापस ले जाने के लिए उसके इतनी दूर आने के वास्तविक कारण का अनुमान लगाना सचमुच ही कठिन है।

लेकिन अपने आने का कारण सतीश ने खुद ही क्रमशः जाहिर किया। कहा—'कल जहाज जाएगा, मैं तुम लोगों को लिवा ले जाने के लिए आया हूं, भाभी।'

किरणमयी ने मुंह उठाकर कहा—'तुम्हें उपीन ने भेजा है? अच्छी बात है। तुम दिवाकर को ले जाओ। मैं प्रार्थना करती हूं कि वह जाए।'

सतीश बोला—'मैं सिर्फ दूसरे का हुक्म बजाने के लिए ही इतनी दूर नहीं आया हूं। मेरा अपनी तरफ से भी बड़ा तकाजा है। तुम सोच रही होंगी कि तो फिर इतने समय बाद मैं क्यों आया? वह इसलिए कि मुझे खबर नहीं मिली थी। उसके बाद पिताजी चल बसे, मैं खुद भी जाने-जाने को था। हो सकता है, फिर तुमसे मुलाकात ही नहीं होती।'

किरणमयी ने मुंह उठाकर देखा। उसकी दोनों आंखों से दुनिया भर का सारा प्रेम मानो सतीश के अंग-अंग पर बरस पड़ा। पल-भर के बाद वह करुण आवाज में बोली—'मैं किसके पास जाऊंगी सतीश, मेरा कौन है?'

'तुम मेरे पास जाओगी भाभी।'

'लेकिन मुझे अपने यहां रखना क्या तुम्हारे लिए अच्छा होगा?'

सतीश ने कहा—'क्या तुम्हें याद नहीं है भाभी कि क्या करना अच्छा है और क्या करना बुरा, यह तो उसी दिन हमेशा-हमेशा के लिए तय हो गया था जिस दिन तुमने मुझे अपना छोटा भाई मान लिया था?' अगर तुमने कोई अनुचित काम किया होगा, तो उसका जवाब दोगी तुम, लेकिन मेरा जवाब यह है कि मैं तुम्हारा छोटा भाई हूं, तुम्हारे बारे में फैसला करने का हक मुझे नहीं है।'

सतीश की बातें सुनकर किरणमयी को लगने लगा कि वह कहीं भागकर जाए और एक बार जी-भर रो ले। लेकिन उसने अपने आपको रोककर कहा—'लेकिन सतीश, समाज तो है न...?'

सतीश ने उसे बीच में ही रोककर कहा—'नहीं, नहीं है। जिसके पास रुपया है, जिसके बदन में ताकत है, समाज उसका बाल बांका नहीं कर सकता। और ये दोनों ही चीजें मुझे जरा ज्यादा ही हासिल हो गई हैं भाभी।'

उसके कहने के ढंग से किरणमयी के चेहरे पर मुस्कान आ गई। वह थोड़ी देर तक चुप रही, फिर बोली—'सतीश, रुपए और शारीरिक बल-बूते पर तुम भले ही समाज को न मानो, लेकिन इस पापिनी को उसकी अपनी घृणा के हाथ से तुम कैसे बचाओगे?'

सतीश अधीर होकर बोल उठा—'मैं पढ़ा-लिखा नहीं हूं, मैं जाहिल-गंवार आदमी हूं भाभी, इतने तर्कों का जवाब भी नहीं दे सकता, आदमी में क्या अच्छाई है और क्या बुराई—इसका बारीकी से छान-बीन करके हिसाब लगाना भी मैं नहीं

जानता। और फिर यह क्या सत्ययुग है कि दुनिया भर के सभी लोग उपीन भैया की भांति युधिष्ठिर बनकर बैठे रहेंगे? यह ठहरा कलियुग, अन्याय और अनुचित काम तो लोग करेंगे ही। भला इसका लेखा-जोखा लेकर कौन बैठा हुआ है? मेरा विचार उनके विचार से उल्टा है। इसे तुम अच्छा कहो या बुरा भाभी, मैं यह देखता हूं कि किसने क्या काम किया है। मरणासन्न हारान भैया की जो सेवा तुमने की थी, उसे तो मैंने अपनी आंखों से देखा है। भले ही मेरी जान जाए, तो जाए, पर मैं यह विश्वास नहीं कर सकता कि वही तुम चरित्रहीन हो जाओगी। पर वह चाहे जो भी हो, मैं तुम्हें ले जाऊंगा ही। बीमारी ने मुझे थोड़ा-सा कमजोर तो किया है, पर इस मुहल्ले के लोगों की मजाल नहीं कि वे तुम्हारी मदद करने को आकर तुम्हें मेरे हाथों से छुड़ा लें। तुम चाहे जितनी भी आपत्ति क्यों न करो, कल मैं तुम्हें अपने कंधों पर लेकर जहाज पर चढ़ाऊंगा ही।'

किरणमयी हंस पड़ी। अपराध की सारी कालिमा धुल जाने की वजह से सरल, स्निग्ध हंसी उसके तमाम चेहरे पर चमक उठी। पल-भर के लिए उसे लगा कि जैसे उसने कोई ओछा काम किया ही नहीं था, वह सिर्फ रूठकर दो दिनों के लिए ससुराल से मायके चली आई थी। उसे लगा कि जैसे उसका प्यारा देवर उसे वापस ले जाने के लिए चिरौरी करने के लिए बैठा हुआ हो?

ऐसे समय किवाड़ के बाहर से पुकारता हुआ दिवाकर कमरे में घुसा। बोला–'तुमने मुझे बुलवाया था?' ज्योंही उसने यह कहा, त्योंही उसकी नजर चारपाई पर पड़ी। चारपाई पर नजर पड़ते ही वह इस कदर चौंक उठा जैसे उसने भूत देखा हो!

बाहर की रोशनी से कमरे के अंधेरे में घुसने की वजह से वह सतीश को देख नहीं सका था। और अब जब वह उसे पहचान सका, तो उसका चेहरा बदरंग हो गया।

सतीश ने हंसकर कहा–'मैं उपीन भैया नहीं हूं, मैं सतीश भैया हूं–बुरे कामों का राजा। मुझे देखते ही तुझे सांप क्यों सूंघ गया? बैठ, बैठ। मैं उपीन भैया का परवाना लेकर आया हूं। कल सवेरे साढ़े छह बजे के पहले ही जहाज छूटेगा। याद रखना।'

दिवाकर जहां खड़ा था, वहीं बैठ गया और अपने दोनों घुटनों के बीच सिर रखकर बहुत देर बाद बोला–'मैं नहीं जाऊंगा सतीश भैया।'

सतीश बोला–'तेरा भूत जाएगा। उपीन भैया का हुक्म है–जिंदा या मुर्दा, विद्रोही दिवाकर का सिर चाहिए ही।'

दिवाकर ने कहा–'तो उसका कटा सिर ही ले जाना सतीश भैया। उसे मैं सवेरे छह बजे के अन्दर तुम्हें अनायास दे दूंगा।'

सतीश मुंह से एक आवाज कर बैठा—'अरे बाप रे, लड़के का गुस्सा तो देखो! मगर तू जाएगा क्यों नहीं?'

दिवाकर बोला—'तुम क्या पागल हो गए हो सतीश भैया? दुनिया में क्या कोई ऐसा है जो इतना कुछ करने के बाद उनके पास जाकर अपना सिर ऊंचा किए खड़ा रह सके?'

सतीश बोला—'तो अच्छी बात है। तुम्हें अपना सिर ऊंचा करने में आपत्ति हो, तो तू अपना सिर नीचा किए ही खड़ा हो जाना। मगर जाना तो तुझे होगा ही। अरे तूने भला ऐसा क्या किया है कि तू शर्म के मारे मरा जा रहा है? इस बीच मैंने ऐसी-ऐसी हरकतें कर डाली हैं जिनके बारे में जाकर सुनना। मैंने पंचमकार तक का पालन किया है। भूत-सिद्धि, वैताल-सिद्धि—इन सबका नाम कभी सुना है तूने? ले चल, उपीन भैया अब पहले जैसे उपीन भैया नहीं रहे। हम पांच लोगों ने उन्हें एक तरह से बदल डाला है। भाभी, तुम्हें जो कुछ सहेजना है, सहेज लो। मैं टिकट कटाने चला।'

उसकी अंतिम बात किरणमयी के कानों में खट से गूंजी। उसने पूछा—'बदल डाला है, का क्या मतलब है सतीश?'

सतीश जबरन हंसा और बोला—'जाओगी, तो देख पाओगी, भाभी।'

उसकी सूखी हंसी को देखकर किरणमयी कुछ देर तक चुप रही, फिर बोली—'मगर मैंने तो तुमसे कहा है, सतीश कि मैं नहीं जा सकूंगी।'

दिवाकर ने भी दृढ़ स्वर में कहा—'मैं भी तो हरगिज नहीं जाऊंगा सतीश भैया, तुम झूठ-मूठ में मेरे वास्ते रुपया बर्बाद मत करो।'

सतीश उठने जा रहा था, पर हताश भाव से बैठ गया। उपेन्द्र की बीमारी की बात अब तक उसने छिपा रखी थी, लेकिन अब छिपाए रखना संभव नहीं रहा। उसने कहा—'मैं बड़े गर्व के साथ कह आया हूं कि मैं उन लोगों को लेकर आऊंगा। मेरी बात तुम लोग भले न मानो, लेकिन उन्होंने क्या तुम लोगों के प्रति कोई बहुत बड़ा अपराध किया है कि तुम लोग उन्हें यह दुख दोगे? मैं खाली हाथ लौट जाऊंगा, तो उन्हें कितना दुख होगा, यह तो मैं अपनी आंखों से देख आया हूं। दिवाकर, ऐसा अधर्म मत कर रे! तुझे देखने के लिए ही उनका प्राण अभी तक अटका हुआ है, नहीं तो बहुत पहले ही चला गया होता!'

दोनों सुननेवाले एक ही साथ धीरे से चीख उठे।

सतीश कहने लगा—इसी माघ के अंत में तपेदिक से जब पशु भाभी स्वर्ग सिधार गई, तभी यह समझ में आ गया कि उपीन भैया भी जानेवाले हैं। लेकिन हम में से किसी को इसका पता नहीं चला था कि उन्हें जाने की इतनी जल्दी

थी। वे हमेशा ही कम बात करते थे—लेकिन जब तक स्वर्ग का रथ बिलकुल दरवाजे पर आ नहीं गया तब तक उन्होंने किसी को भी यह जानकारी तक नहीं दी कि वे जाने के लिए एकदम तैयार बैठे हैं। तू डर मत दिवाकर, तू निडर होकर चल। वे अब हमारे पहलेवाले उपीन भैया नहीं हैं। अब वे किसी भी कसूर को कसूर ही नहीं मानते हैं, सिर्फ मुस्कुराते हैं—छिः-छिः, उस धूल-धक्कड़ पर ऐसे मत लेटो भाभी। अच्छा, हम लोग बाहर चले जाते हैं, तुम जरा लेटो—उठना मत।' इतना कहकर सतीश जल्दी से उठकर आया और उसके पांवों को जरा धकेला, तो समझा कि किरणमयी जान-बूझकर फर्श पर नहीं लेटी थी, बल्कि वह बेहोश होकर पड़ी हुई है।

सतीश और दिवाकर दोनों ही एक-दूसरे के मुंह की ओर देखते हुए स्तब्ध खड़े रहे। कुछ देर के बाद सतीश ने धीरे-धीरे कहा—'मुझे इसी बात का डर था दिवाकर। मैं यह जानता था कि यह खबर वे बर्दाश्त नहीं कर सकेंगी।'

दिवाकर ने चौंककर सतीश के मुंह की तरफ निहारा, सतीश अचरज में पड़कर बोला—'इतने दिनों तक इतने करीब रहकर भी क्या तुझे इस बात का पता नहीं चला था दिवा? मुझे डर लगता है, शायद मैं भाभी को मार डालने के लिए ही ले जा रहा हूं। लेकिन तब भी मुझे उन्हें ले जाना ही पड़ेगा। इस दुनिया में दो आदमी हरगिज उस शोक को बर्दाश्त नहीं कर सकेंगे, लेकिन एक तो स्वर्ग सिधार चुकी हैं और दूसरी—'लेकिन तू जा, पानी ले आ दिवाकर, मैं हवा करता हूं...अरे, यह क्या? तू बात क्यों नहीं करता है?'

अचानक दिवाकर सिर से लेकर पांव तक कांप उठा, दूसरे ही पल वह बेहोश किरणमयी के दोनों पैरों पर औंधा गिरा और कहने लगा—'मैंने सब समझा है भाभी, तुम मेरी पूजनीया हो, उम्र में तुम मुझसे बड़ी हो, तो फिर क्यों इतने दिनों तक छिपाकर मुझे नरक में डुबोया। इस महापाप से मुझे कैसे छुटकारा मिलेगा भाभी?'

44

उपेन्द्र ने कहा था—'सावित्री, मेरी कुछ हड्डियों को गंगा में डाल देना बहन! मैं बहुत दुखों में जला हूं, गंगा में हड्डियां पड़ेंगी, तो मैं जरा ठंडा होऊंगा।'

सावित्री को वे आजकल कभी 'तुम', तो कभी 'तू', जब जो मुंह में आता वही कहकर पुकारते थे। कुछ दिन हुए, सावित्री उनकी अंतिम इच्छा पूरी करने और आखिरी इलाज के लिए कलकत्ता के जोड़ासांको में एक मकान किराए पर लेकर उन्हें वहां ले आई थी। आज शाम को थोड़ा-सा पानी बरसा था, तो भी आसमान में बादल छंटे नहीं थे।

उपेन्द्र बहुत देर बाद दोनों थकी आंखों को खोलकर धीरे-धीरे बोले—'सामनेवाली खिड़की को जरा खोल दे बहन। उस बड़े तारे को एक बार देखूं।'

सावित्री उनके माथे पर लटकते रूखे बालों को धीरे-धीरे हटाते-हटाते मृदु स्वर में बोली—'बदन में पनीली हवा लगेगी भैया?'

'लगने दो बहन, अब उससे भला क्या डरना?'

सिर्फ आज ही क्यों, उन्हें उस दिन से डर नहीं था जिस दिन सुरबाला चली गई थी। चूंकि उन्हें डर नहीं था, इस वजह से सावित्री का तो डर दूर नहीं हुआ था। उसे भरोसा था, जब तक सांस तब तक आस। इसीलिए मृत्यु जब उनके सिरहाने की बगल में उनकी बराबरी में बैठ गई थी तब भी वह यह हिम्मत नहीं कर सकती थी कि जल्द पनीली हवा को वह कमरे में घुसने दे। खिड़की न खोलने की मंशा से बोली—'मगर तारा तो दिखाई नहीं पड़ता है भैया। आसमान में तो बादल छाए हुए हैं।'

उपेन्द्र दोनों उदास आंखों को उत्साह के साथ फाड़कर बोले—'बादल छाए हुए हैं? आहा, ये बेमौसम के बादल हैं बहन, खोल दे खिड़की, खोल दे, एक बार इन्हें देख लूं, अब तो मैं इन्हें देख नहीं सकूंगा।'

बाहर नम हवा जोरों से बह रही थी। सावित्री ने उनके माथे और छाती पर हाथ रखकर देखा, बुखार बढ़ रहा है, उसने विनती करके कहा—'पहले तुम अच्छे हो जाओ, फिर तो कितने बादल देखोगे भैया। बाहर आंधी बह रही है, आज मैं खिड़की नहीं खोलूंगी।'

उपेन्द्र ने उसके हाथ को अपनी हथेलियों में लिया और गुस्सा करके बोले—'तू भला चाहती है तो खिड़की खोल दे सावित्री, नहीं तो बरसात के दिनों में जब बादल छाएंगे तब तू रो-रोकर मरेगी, यह मैं कह जाता हूं। मुझे अब बादल देखने का मौका नहीं मिलेगा।'

सावित्री फिर उनकी बातों का प्रतिवाद किए बिना एक बूंद आंसू पोंछकर उठी और जाकर खिड़की खोल दी।

उस खुली खिड़की के बाहर उपेन्द्र टकटकी लगाए देखते रहे। आसमान के किसी एक कोने में पल-पल बिजली कौंध रही थी, उसी की रोशनी में चमकते

सामनेवाले बादलों को निहारते-निहारते ऐसा लगने लगा, जैसे उपेन्द्र की साध अब हरगिज नहीं मिटती हो!

सावित्री खुद भी एक सलाख को पकड़े उसी तरफ निहारती हुई चुपचाप खड़ी थी। उपेन्द्र की नजर अचानक उस पर पड़ी, तो वे मन-ही-मन जरा मुस्कुराए और बोले—'खिड़की बन्द कर दे, और खिड़की बन्द करके मेरे पास आकर बैठो, लेकिन इतनी ममता होना तो अच्छी बात नहीं है बहन। तुम नहीं चाहतीं कि जरा-सी भी हवा मेरे बदन में लगे। लेकिन जब मैं चला जाऊंगा तब तुम क्या करोगी, बताओ तो?'

सावित्री खिड़की बंद करके उनके पास लौट आई और बोली—तुमने तो मुझसे कहा है कि तुम मुझे काम देकर जाओगे। तुम जो काम दे जाओगे, वही काम मैं जिंदगी-भर करूंगी। तुम मेरी नजरों के सामने ही दिन-रात रहोगे।

'मैं जो काम दे जाऊंगा, उसे तुम कर सकोगी?''

सावित्री ने धीरे-धीरे कहा—'मैं वह काम क्यों नहीं कर सकूंगी भैया? तुमने उन्हें जो काम करने को कहा, उसे करने से उन्होंने तो कभी इनकार नहीं किया।'

उपेन्द्र ने मुस्कुराते हुए कहा—'यह वे कौन हैं? सतीश न?'

सावित्री गर्दन नीची करके चुप रही।

उपेन्द्र ने उसके शर्मीले नीरव मुंह की तरफ निहारकर लम्बी सांस ली। बोले—'सतीश मेरे लिए क्या है, दूसरों के लिए यह समझना मुश्किल है। बाहर से जो दिखाई पड़ता है उसके मुताबिक वह मेरा साथी है, मेरा जनम-जनम का दोस्त है, मगर जो सम्बन्ध दिखाई नहीं पड़ता, उसके मुताबिक सतीश मेरा छोटा भाई है, मेरा शिष्य है, मेरा पुराना आज्ञाकारी सेवक है। अगर उस रात तू बहन, अपने बारे में सब कुछ बताकर हम लोगों को वापसे ले जाती, तो मेरा अंतिम जीवन हो सकता है, इतने दुख से नहीं गुजरता। दिवाकर को भी, हो सकता है, मुझे इतना दुख देने का मौका नहीं मिलता।'

सावित्री नम आंखों से बोली—'मैंने तुम लोगों को लौटाना चाहा था भैया। लेकिन उन्होंने मुझे हरगिज जाने नहीं दिया, दरवाजे पर खड़े होकर उन्होंने दोनों हाथों से मेरा रास्ता रोके रखा। बोले—'मैं तुम लोगों के सामने जाऊंगी, तो तुम लोग अपने आपको अपमानित महसूस करोगे।'

'उन्हीं की मर्जी,' कहकर उपेन्द्र ने ऊपर की तरफ निहारकर एक लम्बी सांस ली और चुप रहे।

घर पर उपेन्द्र के गठिया से चारपाई पकड़े पिता—शिवप्रसाद और घर-गिरस्ती को छोड़कर महेश्वरी उपेन्द्र के साथ नहीं आ सकी थीं, लेकिन संझला भाई उनकी

देख-भाल करने के लिए कलकत्ता के डेरे पर था, उसके और एक-दूसरे आदमी के कदमों की आहट सीढ़ियों पर सुनाई पड़ी।

दूसरे ही पल वे वैद्य को अपने साथ लेकर कमरे में घुसे। वैद्य ने उपेन्द्र की नब्ज देखकर बुखार का जायजा लिया और दवा बदलने का सुझाव दिया, तो उपेन्द्र ने हाथ जोड़कर कहा—'अब मुझे माफ कर दीजिए वैद्यजी, और दवा मत दीजिए। आपसे तो कुछ छिपा हुआ नहीं है, तब जाते समय मुझे और दुख क्यों देते हैं?'

बूढ़े चिकित्सक की आंखें नम हो उठीं। बोले—'हम लोग चिकित्सक हैं, अंतिम समय तक निराश नहीं होते बेटा! इसके सिवा भगवान सारी आशाओं को खत्म कर दें, तो भी तकलीफ दूर करने के लिए दवा देनी चाहिए।'

उपेन्द्र उनकी बातों का और प्रतिवाद किए बिना चुप रहे।

तब कुशल चिकित्सक ने दवा बदल दी और यह बताकर कि कौन-सी दवा कब खानी है, चले गए। उन्हें तो थोड़ा-सा भी भरोसा नहीं था, ऊपर से आज वे यह साफ-साफ महसूस कर गए कि बीमार की मौत की घड़ी बहुत तेजी से करीब आती जा रही है।

तीन दिनों बाद सोमवार को सुबह के वक्त सावित्री एक तार हाथ में लिए कमरे में घुसी और बोली—'कल सवेरे वे लोग जहाज पर चढ़ चुके हैं।'

'कौन-कौन आ रहा है, यह नहीं लिखा है सतीश ने? कहां है तार देखूं?'

'नहीं, नाम नहीं है।' कहकर सावित्री ने उपेन्द्र के बढ़ाए हुए हाथ पर तार रख दिया।

उन्होंने तार को उलट-पलटकर देखकर सावित्री को लौटा दिया और सिर्फ एक लंबी सांस ली। इस लम्बी सांस का मतलब सावित्री से छिपा नहीं रहा।

जाते समय सतीश उनसे एकांत में कह गया था कि किरणमयी से मुलाकात होगी, तो चाहे जैसे भी हो, वह उसे वापस लाएगा ही। उसने यह बताने में भी कोई कसर नहीं रखी थी कि उन दोनों के बीच भाई-बहन का रिश्ता है।

सावित्री को बहुत दिनों से इस अजीबोगरीब नारी को एक बार अपनी आंखों से देखने का कौतूहल था। लेकिन उसे इस बात की भी काफी आशंका थी कि भोला-भाला सतीश उसे इस घर में न ले आए। बोली—'वे हर पहलू पर विचार करके काम नहीं करते हैं, मुझे डर लगता है भैया कि वे किरणमयी को कहीं यहीं न ले आएं।'

उपेन्द्र के पीले होंठों पर दुःख की जरा-सी सूखी हंसी दिखाई पड़ी। उन्होंने कहा—'इस घर में वह क्यों आएगी बहन? अगर वह इस देश में लौट भी आए तो उसका कोई दूसरा कारण होगा। लेकिन न तो वह सावित्री है, न नासमझ

और न तेरी तरह यह माननेवाली है कि इहकाल और परकाल दोनों एक ही हैं। वह क्यों शौक से इस भयानक बीमार-खाने में घुसना चाहेगी, बता तो?' कहते-कहते सावित्री की तरफ निहारकर प्रेम, श्रद्धा, करुणा और दुख से उनकी आवाज कांप उठी।

सावित्री ने अपनी नजरें झुका लीं और मुश्किल से अपने आंसुओं को रोका।

उपेन्द्र ने अपने आपको जरा संभाला और फिर से बोले—'हालांकि कितने आश्चर्य की बात है सावित्री, कि एक समय उसने सचमुच ही मुझे प्यार किया था।'

उपेन्द्र की बात सुनकर सावित्री सचमुच ही आश्चर्य में पड़ गई, क्योंकि यह बात उसने सतीश से नहीं सुनी थी। बोली—'उनसे तो मैंने यह सुना था कि उन्होंने अपने पति की बड़ी सेवा की थी—तो क्या यह सच नहीं है भैया?'

उपेन्द्र बोले—'हां, यह भी सच है बहन। वह एक अजीब बात है। मैं अगर तुझे और सुरो को नहीं जानता तो मुझे लगता कि ऐसी सेवा भी शायद कोई दूसरी औरत नहीं कर सकती है, शायद किसी और की मजाल भी नहीं कि वह अपने पति को इतना प्यार भी करे।

सावित्री बोली—'मगर इस चीज में कभी दिखावा नहीं हो सकती है भैया।'

उपेन्द्र ने तुरत हामी भरी और बोले—'नहीं, वह दिखावा नहीं था। उसने तो कभी किसी को यह दिखाना नहीं चाहा था, न किसी के आगे उसने इसे जाहिर ही किया था। उसकी पति-सेवा के गवाह सिर्फ भगवान ही थे, और थे हम दोनों—सतीश और मैं।' दूसरे ही पल उन्हें डॉक्टर अनंगमोहन की बात याद आई। वे जरा स्थिर रहे, फिर बोले—'आज मुझे किसी के प्रति न गुस्सा है, न नफरत, न नाराजगी। आज मुझे बड़े दुख के साथ क्या लग रहा है, तू जानती है बहन—लग रहा है कि वह जीवनभर सिर्फ टटोलती फिरती रही, मगर उसे कभी कुछ नहीं मिला था। मुझे भी उसने कभी प्यार नहीं किया था। अगर उसने मुझे थोड़ा-सा भी प्यार किया होता, तो वह मुझे इतना दुख नहीं देती। यह तो उसे मालूम था कि दिवाकर हमारे लिए क्या था। उसी के हाथों तो मैं उसे सौंप गया था। मैंने सोचा था कि मेरी प्यारी चीज को वह भी प्यार-भरी नजरों से देखेगी। उफ, कितनी बड़ी गलती हो गई थी!

उपेन्द्र कुछ देर तक रुके, फिर बोले—'इसीलिए सोच रहा हूं कि अगर सतीश बिना समझे-बूझे सबको साथ लेकर यहां आ जाए तो?'

सावित्री ने सिर हिलाकर कहा—'नहीं, ऐसा हरगिज नहीं हो सकता है भैया। उनकी बहन कहां रहेगी—इसका इन्तजाम वे ही करें, लेकिन वे यहां नहीं रहेंगी।'

उपेन्द्र कुछ कहना चाह रहे थे, मगर मुंह की बात मुंह में ही रही, क्योंकि तभी अघोरमयी पता नहीं कैसे उपेन्द्र की बीमारी की खबर पाकर नकियाती हुई उनके गुणों का बखान करती हुई रोते-रोते कमरे में घुसीं।

यह बीमारी कितनी बुरी है, इसकी कोई खास जानकारी उन्हें नहीं थी, फिर भी वे यह कहकर विलाप करने लगीं कि जब इस अभागिन के लिए भीख मांगने का रास्ता भी बंद हो चुका है और कुछ हो जाने पर जब बिना खाए भूखों मरना ही बदा है तब उपीन की सारी बलायें लेकर वह मर क्यों नहीं जाती? आदि-आदि।

उपेन्द्र इतने दुख में भी मुस्कुराकर बोले—'तुम्हें खाना क्यों नहीं मिलेगा मौसी?' फिर सावित्री को दिखाते हुए बोले—मैं चला जाऊंगा, तो भी मैं अपनी इस बहन को छोड़ जाऊंगा, तुम लोगों को वह कोई तकलीफ नहीं देगी।'

अघोरमयी ने सावित्री को इससे पहले कभी भी नहीं देखा था। इसलिए कठोर परिश्रम और मानसिक दुःख से मुरझाई हुई इस बिलकुल अपरिचित बहन की ओर देखकर उनके आश्चर्य की सीमा नहीं रही। लेकिन ज्योंही उन्होंने अपना कौतूहल दूर करने की तैयारी की, त्योंही सावित्री काम के बहाने कमरा छोड़कर चली गई।

वृहस्पतिवार को दिन के दस-ग्यारह बजे के करीब सतीश जहाज-घाट पर उतरकर जब किराए की गाड़ी ले रहा था तो देखा—बिहारी खड़ा है।

मालिक दिखाई पड़ा, तो उसने करीब आकर उसे प्रणाम किया। किरणमयी नजदीक ही खड़ी थी। बिहारी को एक बार संदेह हुआ कि हो सकता है, ये वे ही हों। उसने पहले कभी किरणमयी को नहीं देखा था, सिर्फ यह सुना था कि वे बहुत खूबसूरत हैं। हालांकि मैले-कुचैले कपड़े पहने इस मामूली-सी औरत में जब उसे खूबसूरती का कोई खास नामोनिशान नहीं मिला तो उसने यह सोचकर कि यह कोई दूसरी औरत है, धीरे-धीरे कहा—'सावित्री बेटी ने कहा है कि वह बहू अगर आई हो, तो उसे और कहीं रखकर आप दोनों डेरे पर आएंगे, उसे साथ नहीं लाइएगा।'

वैसे ही सतीश भूख-प्यास और थकान से विरक्त था, उस पर जब उसने किरणमयी के मुंह पर बिहारी को यह कहते सुना, तो वह आगबबूला हो गया और बोला—'क्यों नहीं लाऊंगा, जरा सुनूं तो? हम उन्हें पेड़ के नीचे बिठाकर रख दें और हम डेरे पर जाकर ठहरें? तू जा और जाकर उनसे कह दे कि हममें से कोई वहां जाना नहीं चाहता।'

बिहारी का चेहरा फक पड़ गया। तब किरणमयी करीब आई और जरा उदासी-भरी हंसी हंसकर बोली–'वह तो ठीक ही कह रहा है सतीश। इसमें गुस्सा करने की तो कोई बात नहीं है। अभी बाबू कैसे हैं बिहारी?'

बिहारी जवाब देता, इसके पहले ही सतीश और ज्यादा गुस्सा होकर बोला–'किसने तुझे यह कहने के लिए भेजा है–सावित्री ने? देखता हूं, उसकी हिम्मत बहुत बढ़ गई है।'

सावित्री के प्रति कहे ऐसे कड़े शब्दों को सुनकर बिहारी दुखी हो गया और किरणमयी के मुंह की तरफ निहारकर बोला–'आप तो ठीक ही कह रही हैं बहू। और बाबू हैं कि बिना समझे-बूझे ही गुस्सा कर रहे हैं। जिस आदमी को ऐसी बुरी बीमारी हो, उसके यहां क्या कोई जाना चाहता है? उपीन बाबू कल रात सावित्री बेटी को बुलाकर खुद ही बोले–'डरो मत, किरण भाभी जब यह सुनेंगी कि मुझे कौन-सी बीमारी हुई है तब वे इस डेरे में तो क्या, इस मुहल्ले में भी नहीं घुसेंगी। जैसे सावित्री बेटी मरने-जीने की परवाह नहीं करती वैसे तो सभी...'

किरणमयी का उदास चेहरा दुख से बिलकुल बदरंग हो गया। बोली–'यह क्या बाबू ने कहा था बिहारी?'

बिहारी सिर हिलाकर बड़े उत्साह से कुछ कहने की तैयारी की कि तभी सतीश उसे डांट उठा–'तू चुप रह अभागा, गधा कहीं का!'

डांट खाकर बिहारी संकुचित हो गया।

किरणमयी बोली–'उस पर गुस्सा करने से क्या होगा सतीश?' उसके बाद वह बिहारी की तरफ निहारकर बोली–'तुम अपने बाबू से कहना कि बिना उनकी इजाजत के मैं वहां नहीं जाऊंगी।' फिर सतीश से बोली–'सतीश, आज तुम मुझे किसी होटल में ठहरा दो। एक छोटा-सा घर किराए पर नहीं मिल सकता है?'

सतीश ने उत्तेजित भाव से कहा–'कलकत्ता जैसे शहर में मकान की क्या कमी है, भाभी! घंटे भर के अंदर मैं सब कुछ ठीक कर डालूंगा। अरे दिवाकर, जरा कदम बढ़ाए चल!' यह कहकर उसने दिवाकर को बुलाया और किरणमयी को गाड़ी में बिठाकर खुद कोच बक्स पर जा बैठा।

गाड़ी चली गई, तो दुखी और शर्मिंदा बिहारी मुंह लटकाए धीरे-धीरे अपने डेरे की तरफ चल पड़ा।

सहूलियत के मुताबिक सावित्री सवेरे जल्दी गंगा में डुबकियां लगा आती थी, पर सतीश के आने के बाद से वह लगभग रोज गंगा नहाने जाया करती थी।

चारेक दिनों के बाद, एक दिन सवेरे जब वह नहा-धो और पूजा-पाठ कर चुकी, तो देखा, घाट पर शोरगुल मच रहा था। एक बूढ़ा ब्राह्मण नहा-धोकर नामावली ओढ़े मंत्र पाठ करते-करते घर जा रहा था, पता नहीं कहां की एक पगली ने आकर उसका रास्ता रोक रखा था। वह बूढ़ा ब्राह्मण इस डर से परेशान हो गया था कि कहीं वह पगली उसे छुकर उसके गंगा नहाने के पुण्य को मिट्टी में न मिला दे। पगली हठपूर्वक अजीब सवाल कर रही थी—'महाराज, आप यह विश्वास करते हैं कि भगवान हैं? पुकारने पर वे आते हैं? मैं उन्हें क्यों नहीं पुकार सकती? क्यों मुझे यह विश्वास नहीं होता कि भगवान हैं?'

उसकी बात के जवाब में वह ब्राह्मण इस डर से कि वह आकर कहीं उसे छू न दे, संकुचित होकर कह रहा था—'देखेगी तू, बुलाऊं पहरेदार को? कहता हूं, रास्ता छोड़ दे।'

दो-चार अधेड़ औरतें अगल-बगल खड़ी होकर तमाशा देख रही थीं। उनमें से किसी ने कहा—'वह पागल नहीं है, देखती नहीं हो, उसने रात-भर शराब पी है।'

उसकी बात पगली को सुनाई पड़ी, तो उसने व्याकुल होकर कहा—'मैं भले आदमी की लड़की हूं। मैं शराब नहीं पीती, वो रहा, वो रहा मेरा डेरा। मैं हाथ जोड़कर तुम लोगों से सिर्फ यह पूछती हूं कि क्या सचमुच भगवान हैं? तुम लोग क्या उनका चिंतन कर सकती हो? क्या तुम लोगों के मन में उनके प्रति भक्ति है? मेरे मन में उनके प्रति भक्ति क्यों नहीं पैदा होती? मैं तो बरसों से उन्हें कितना पुकार रहीं हूं,' कहते-कहते उसकी दोनों आंखों से टपटप आंसू गिरने लगे।

सावित्री को भी लगा कि वह पागल है, मगर फिर भी इस अपरिचित पगली की अश्रूपूर्ण अद्‌भुत व्याकुल प्रार्थना उसके अपने अत्यंत दुखी हृदय पर मानो हाहाकार करती हुई गिरी और पल-भर में ही उसकी दोनों आंखें आंसुओं से भर गईं। पगली की नजर अचानक उधर पड़ी तो वह उस बूढ़े ब्राह्मण को छोड़ सावित्री के सामने आई और बोली—'तुम भी तो पूजा-पाठ करती हो। तुम मुझे बता दे सकती हो?'

चारों ओर भीड़ इकट्ठा होते देख ज्योंही सावित्री ने खप से उसका हाथ पकड़ा, त्योंही वह चौंककर बोली—'मुझे आपने छुआ?'

सावित्री बोली—'इसमें कोई दोष नहीं है। आप घर चलिए, रास्ते में जाते-जाते मैं आपके सवालों का जवाब दूंगी,' इतना कहकर सावित्री ने अभागिन का हाथ पकड़ा और रास्ते पर निकल पड़ी।

दो-एक बातें करते ही सावित्री ने समझा कि वह पागल नहीं है, लेकिन उसके मन की हालत भी ऐसी नहीं है कि वह किसी तरफ अपना मन लगा सके।

बातों के बीच में ही वह अचानक बोल उठी—'मैंने तो बहुत पाप किया है, इसीलिए मैं दिन-रात भगवान के चरणों में यह विनती करती हूं कि वे उनकी बीमारी मुझे दे दें और उन्हें अच्छा कर दें। अच्छा, बहन, क्या ऐसा हो सकता है? उपवास करके पुकारने पर क्या सचमुच ही उनकी कृपा होती है?' तुम यह जानती हो? इतना कहकर उसने तीखी नजरों से सावित्री के मुंह की तरफ निहारा।

सावित्री को यह सोचते ही नहीं बना कि वह उसकी बातों का क्या जवाब दे। लेकिन ज्यादा देर तक उसे सोचना नहीं पड़ा, क्योंकि दूसरे ही पल उसने सावित्री का हाथ छोड़ दिया और बोली—'जाती हूं, गंगा नहाकर आती हूं। गंगा में नहाने से सारे पाप धुल जाते हैं न?' इतना कहकर वह जवाब के लिए इंतजार किए बिना ही वह जिस रास्ते आई थी, उसी रास्ते तेजी से चली गई।

45

सावित्री की दोनों आंखों से आंसुओं की धारा अविराम बहती जा रही थी। आज उसी की गोद को उपेन्द्र ने अपनी मृत्युशय्या बना डाली है। उपेन्द्र के दुबले-पतले और ठंडे पैरों पर अपना मुंह रखकर दिवाकर सिसकियां भर-भरकर अपने मन के असहनीय दुखों को निछावर करता जा रहा था। उसके पछतावे और दुख को भगवान को छोड़कर और कौन जानेगा! दूसरे कमरे में फर्श पर पड़ी महेश्वरी फूट-फूटकर रो रही थीं। इस हृदय विदारक शोक की घड़ी में सिर्फ सतीश ही अकेले स्थिर होकर बगल में बैठा हुआ था।

आज सवेरे से उपेन्द्र के मुंह से लहू की धारा बह रही थी। लाख कोशिश करके भी उसे रोका नहीं जा सका। सांस लेना क्रमशः दूभर होता जा रहा था। इस तकलीफ को बर्दाश्त करते हुए उपेन्द्र आंखें मूंदे चुपचाप पड़े हुए थे। थोड़ी ही देर बाद उन्होंने आंखें खोलकर सावित्री के मुंह की तरफ निहारा और धीमी आवाज में धीरे-धीरे पूछा—'रात अब और कितनी बाकी है बहन? यह क्या खत्म होनेवाली नहीं है?'

सावित्री ने उनके होंठों पर लगे लहू को पोंछा और झुककर बोली—'रात अब ज्यादा बाकी नहीं है भैया। अभी क्या बहुत तकलीफ हो रही है?'

उपेन्द्र बोले—'नहीं, बहन, उतनी ही तकलीफ हो रही है जितनी ऐसी घड़ी में सबको होती है।'

उपेन्द्र थोड़ी देर स्थिर रहे, फिर पहले की तरह ही बोले—'सतीश, भाभी का क्या कुछ पता नहीं चला?'

आज चार दिनों से किरणमयी बिलकुल ही लापता थी। जिस दिन वे लोग कलकता पहुंचे थे, उसी दिन सतीश ने किराए पर डेरा लेकर नौकरानी रख दी थी और सारा जरूरी इंतजाम करके चला आया था। लेकिन उपेन्द्र की बीमारी बहुत ज्यादा बढ़ जाने की वजह से वह दो-तीन दिन खुद जाकर उसकी खोज-खबर नहीं ले सका। तीन दिनों बाद जाकर उसने देखा कि किरणमयी ने किसी भी चीज को छुआ तक नहीं था। नई हांड़ी खरीदकर उसे वह जहां रख आया था वह वहीं जस की तस पड़ी हुई थी। चूल्हा जलाया ही नहीं गया था, चूल्हा ज्यों का त्यों बेदाग पड़ा हुआ था।

नौकरानी बोली—'किसका काम करूं बाबू? आते ही वह खिड़की की सलाखों को पकड़े रास्ते की तरफ निहारती हुई जो बैठी सो बैठी ही रही, फिर उठी ही नहीं। न नहाई, न पानी तक पिया, बिछा बिस्तर पड़ा ही रहा, एक बार उठकर आई, पर उस पर लेटी नहीं। उसके बाद कल सवेरे से वह दिखाई ही नहीं पड़ती है। चीज-बस्त का क्या करोगे बाबू? जो करना है, करो। मैं इस सूने घर में रखवाली करने के लिए नहीं रहूंगी बाबू।'

यह खबर सुनकर सतीश माथे पर हाथ रख, कुछ देर तक बैठा रहा, फिर नौकरानी के हाथ में पांच रुपए देकर लौट आया। तब से लेकर अब तक लोगों से उसकी तलाश करवाने में उसने कोई कसर नहीं रखी थी, मगर कोई नतीजा नहीं निकला था।

सारी बातें उपेन्द्र के कानों में पहुंची थीं।

सावित्री को बड़े दुख के साथ बीच-बीच में यह लगता था कि उस दिन सवेरे गंगा के घाट पर उसने जिसे देखा था, कहीं वही तो किरणमयी नहीं है? मगर किरणमयी तो बला की खूबसूरत है। उस पगली में रूप तो था, तो भी उसे खूबसूरत नहीं कहा जा सकता है।

'मगर वह क्यों गई, कहां गई, किसलिए गई?'

उपेन्द्र के सवाल के जवाब में सतीश ने सिर्फ गर्दन हिलाकर कहा— 'नहीं।'

फिर उन्होंने कोई सवाल नहीं किया, और झपकियां लेने लगे। इसी तरह से बाकी रात बीत गई।

दिन के दस बजे के बाद फिर एक बार आंखें खोलकर उन्होंने गौर से देखा, अचानक पहचान सके, तो धीमी आवाज में बोल उठे—'वो कौन है? सरोजिनी?'

सरोजिनी फर्श पर घुटने टेक बिस्तर पर मुंह छिपाकर रो उठी।

उपेन्द्र ने धीरे-धीरे अपना दाहिना हाथ उठाकर उसके सिर पर रखा और बोले—'कब आई हो बहन, तुम्हें ही मैं मन-ही-मन ढूंढ़ रहा था, लेकिन हरगिज याद नहीं कर पा रहा था। आज नहीं आतीं तो हो सकता है, अब मुझसे तुम्हारी मुलाकात नहीं होती,' यह कहकर वे फिर कुछ देर तक कुछ सोचने लगे।

साफ-साफ यह समझ में आया कि आज अब सारी बातें याद करने की उनमें शक्ति नहीं थी। अचानक मानो याद आया तो पुकारा—'सतीश, तू कहां है रे?'

दूसरी तरफ वाली खिड़की को पकड़कर सतीश बाहर की ओर निहारता हुआ चुपचाप खड़ा था। वह करीब आकर खड़ा हुआ, तो उपेन्द्र बोले—'तुम लोगों की शादी अपनी आंखों से देख जाने का मुझे मौका नहीं मिला सतीश, मगर मेरी इस प्यारी बहन को तू कभी दुख मत देना। तू अपना दाहिना हाथ एक बार दे तो रे आ, मैं ही तुम लोगों के पहले पुरोहित का काम कर जाऊं।' यह कहकर उन्होंने अपने दुबले-पतले हाथ को ऊपर उठाया।

सरोजिनी का झुके मुंह की तरफ निहारकर सतीश का कलेजा पल-भर के लिए धक-से कर उठा, लेकिन दूसरे ही पल उसने अपने मजबूत दाहिने हाथ से उपेन्द्र के कांपते हाथ को पकड़ लिया।

उपेन्द्र ने मन-ही-मन जगततारिणी की बात याद करके कहा—'सतीश, तू सरोजिनी की मां को तो जानता है। उनसे मैंने जबरन यह वादा किया था कि मैं अपने भाई सतीश को तुम्हें ही सौंपूंगा। देखना रे, मेरे मरने के बाद यह कोई नहीं कह सके कि तूने मेरा कहा नहीं माना।'

सतीश अपने आंसुओं को और नहीं रोक सका, वह रो-रोकर बोला—'नहीं, उपीन भैया, ऐसा कोई नहीं कहेगा कि मैंने तुम्हारा कहा ठुकराया, लेकिन तब भी तो बात छिपाई नहीं जा सकती—मुझे तो सारी बातें खोलकर बताने की जरूरत है। मैं अच्छा नहीं हूं, बहुत सारे दोष हैं मुझमें, ढेरों गुनाहों का गुनहगार हूं मैं, तब भी सरोजिनी मुझे कैसे स्वीकार करेंगी? बल्कि मुझे तुम यह अधिकार देकर जाओ कि किसी के भी डर से, किसी लालच से, किसी कमजोरी से मैं उसे न ठुकराऊं जिसने मुझे प्यार करना सिखाया है। इतना कहकर उसने सावित्री के मुंह की तरफ अपना मुंह उठाया, तो दोनों की आंखें चार हो गईं। मगर तभी दोनों ने अपनी-अपनी नजरें झुका लीं।

उपेन्द्र मुस्कुराए, बोले—'आज भी क्या वे बातें मेरे लिए जानने को बाकी हैं सतीश? मैं सब जानता हूं, सब कुछ जानकर ही मैं तुम लोगों का मिलाप कराकर गया।'

सतीश बोल उठा—'मगर मेरे साथ क्या सरोजिनी सुखी हो सकेंगी?'

उपेन्द्र ने उसकी बात का जवाब ज्योंही देना चाहा, तो सावित्री के मुह की तरफ निहारा त्यों ही सावित्री उमड़ते जोश से बोल उठी—'यह जिम्मेदारी मैंने ली भैया, तुम निश्‍चिंत रहो।'

उपेन्द्र कुछ नहीं बोले, सिर्फ उसके मुंह की ओर एकटक देखते रहे। कुछ देर बाद बोले—'आसक्ति का बंधन अब तुम्हारे लिए नहीं है सावित्री! दुर्भाग्य अगर तुम्हें खानदान से बाहर निकाल लाया है बहन, तो फिर उसके अंदर मत जाना। हमेशा बाहर रहकर ही उसे कलेजे से लगाए रखो, यही मेरा कहना है।'

उपेन्द्र की बात सुनकर सावित्री पत्थर के बुत की भांति नजरें झुकाए बैठी रही। आज सतीश दूसरे का हो गया, उस पर अब उसका जरा भी अधिकार नहीं रहा। उसकी चिंता, उसकी इच्छा, उसका बड़े से बड़ा सुख-दुख, उसकी असहनीय वेदना आज उसी की नजरों के सामने दफन हो गए, लेकिन वह एक छोटी-सी आह तक नहीं भर सकी। दुख से उसका कलेजा फटने लगा। जैसे सब कुछ सहनेवाली धरती अपने अंदर आग को सहती है वैसे ही सावित्री अविचलित मुंह से सब कुछ सहती हुई स्थिर होकर बैठी रही।

उपेन्द्र ने उसके झुके हुए मुंह की तरफ फिर से निगाह डाली और बोले—'मुझे सब पता चल रहा है बहन! अगर तू जिम्मेदारी नहीं निभा सकती, तो क्या मैं तुझे यह जिम्मेदारी देकर जाता री?'

उपेन्द्र की बातों के जवाब में सावित्री ने सिर्फ उनके माथे पर के बालों को सहला दिया।

अचानक सतीश चिल्ला उठा—'आयं यह रही भाभी।'

सावित्री ने चौंककर मुंह उठाया, तो देखा—यह तो वही गंगाघाट वाली पगली है। वह बड़ी सावधानी से दबे पांव कमरे में घुस रही थी। पलक झपकते ही वह कमरा एकबारगी चौंक उठा।

किरणमयी के लंबे, रूखे बाल मुंह, माथे और पीठ पर हर जगह बिखरे हुए थे। साड़ी फटी हुई और मैली-कुचैली थी! सूनी, तीखी नजरें—जैसे कोई पागल शोक का रूप धारण कर सहसा कमरे के बीचोबीच आकर खड़ा हो गया हो!

किरणमयी ने सतीश की तरफ निहारकर फुसफुसाकर कहा—'घर मुझे ढूंढ़े नहीं मिला सतीश। मैंने कितने लोगों से पूछा था, पर खाक, कोई बता ही नहीं सका कि वह घर कहां है। आज मैं काली मंदिर से आ रही थी कि तभी सौभाग्य से रास्ते में बिहारी से मुलाकात हो गई। इसीलिए उसके पीछे-पीछे आ सकी।' फिर उसने उपेन्द्र की तरफ मुड़कर निहारा और पूछा—'आज कैसे हो उपीन?'

उपेन्द्र ने हाथ हिलाकर बताया—'अच्छा नहीं हूं।'

किरणमयी ने बड़े दुख के साथ कहा—'मुझे मौत क्यों नहीं आती?' यह सुनकर कि सुरबाला अब नहीं रही, मैं आठ-आठ आंसू रोई। वही तो मेरी गुरु थी। उसी ने तो मुझे कहा था कि भगवान है। काश, तब उसकी बात पर विश्वास हुआ होता!' सहसा उसकी नजर दिवाकर के पीले चेहरे पर पड़ी, तो वह बोल उठी—'आह, तुम ऐसे सकुचाए हुए क्यों हो दिवाकर? शायद ये लोग तुम्हारी थू-थू कर रहे हैं?' इतना कहकर उसने उपेन्द्र की ओर तीखी नजरें डालीं और बोली—'उसे तुम लोग दुख मत देना उपीन। जिस विश्वास के साथ तुमने उसे मेरे हाथों सौंपा था उस विश्वास को मैंने एक दिन के लिए भी नहीं तोड़ा है। उसे जी-जान से बचाए रखती आई हूं। लेकिन अब मुझे समय नहीं है। अब तुम उसे वापस लो।' 'अचानक शांत होकर स्निग्ध स्वर में किरणमीय बोली—'मेरे आंचल में मां काली का प्रसाद बंधा हुआ है, उपीन। जरा-सा खाओगे? हो सकता है, इसे खाने से तुम अच्छे हो जाओ। सुना है, मां काली का प्रसाद खाकर तुम-जैसे कितने लोग अच्छे हो गए हैं।'

एक दिन जिस किरणमयी की न तो रूप की ही सीमा था, न सूझ-बूझ की ही, वही किरणमयी आज क्या कह रही है, यह वह खुद ही नहीं जानती है।

सतीश और बर्दाश्त न कर पाने की वजह से 'उफ'—कहकर कमरा छोड़कर चला गया और इतने दिनों बाद उपेन्द्र की आंखों से किरणमयी के लिए आंसू निकल पड़े।'

किरणमयी ने झुककर अपने आंचल से उपेन्द्र के आंसू पोंछ दिए और बोली—'आह, रोओ मत उपीन। तुम अच्छे हो जाओगे।'

अब की बार सावित्री की तरफ उसकी निगाह पड़ी। कुछ देर तक उसने उसे गौर से देखा और बोली—'उस दिन गंगा घाट पर तुम्हारे ही साथ मेरी मुलाकात हुई थी न? जरा हटो न भई, तुम्हारी तरह मैं भी जरा उपीन का सिर अपनी गोद में लेकर बैठूं।'

सरोजिनी ने उसका हाथ पकड़कर कहा—'मुझे पहचान सकती हो भाभी?'

किरणमयी अत्यंत सहज स्वर में बोली—'खूब पहचान सकती हूं। तुम तो सरोजिनी हो।'

सरोजिनी बोली—'चलो भाभी, हम लोग उस कमरे में जाकर जरा गपशप करें।' इतना कहकर एक तरह से जबरन ही उसे बगलवाले कमरे में खींच ले गई।

उन लोगों के कमरे से बाहर होते-न-होते उपेन्द्र बेहोश हो गए। शायद उत्तेजना और परिश्रम उनके लिए असहनीय हो गया था। सावित्री जैसे उनका सिर

अपनी गोद में लिये बैठी थी वैसे ही बैठी रही। आज वह पानी पीने तक के लिए भी नहीं उठी।

सारी दुपहरी बीत गई, पर उपेन्द्र बेहोश के बेहोश ही पड़े रहे। लेकिन शाम के बाद बुखार बढ़ने के साथ ही उनका होश फिर लौट आया।

उन्होंने आंखें खोलीं, तो उन्हें सबसे पहले दिखाई पड़ा—सावित्री। वे धीमी आवाज में बोले—'तू बैठी हुई है बहन? तुझे छोड़कर जाने में दुख होता है। आंखें भर आती हैं सावित्री।'

सावित्री रो-रोकर बोली—'तुम मुझे भी अपने साथ ले चलो भैया।'

उपेन्द्र सावित्री की बातों का जवाब दिए बिना सतीश से बोले—'भाभी कहां है रे?'

सतीश बोला—'वे नीचे के कमरे में सो रही हैं। मैं उन पर नजर रखे हुए हूं।'

'जब तक वे सामान्य नहीं हो जाती है तब तक उन पर नजर रखना भाई। मगर तू डर मत सतीश। उनके मन का आघात कितना असहनीय है—यह समझने की शक्ति हम लोगों में नहीं है। लेकिन वह आघात चाहे जितना भी बड़ा क्यों न हो, भाभी को हमेशा भटकाए नहीं रख सकेगा।'

सतीश बोला—'यह मैं जानता हूं उपीन भैया।' सतीश कुछ देर तक चुप रहा, फिर बोला—'अगर तुम मुझ पर विश्वास करके दिवाकर को मेरे हाथों सौंपकर जाओ, तो मैं तुम्हारे दिवाकर की भी जिम्मेदारी लेने को तैयार हूं।'

सतीश की बातों के जवाब में उपेन्द्र सिर्फ जरा मुस्कुराए और करवट बदल ली। बहुत-सी बातों और उत्तेजनाओं ने जीवन-दीप के तेल की आंखिरी बूंद तक को जलाकर खत्म कर दिया। थोड़ी ही देर में देखने में आया, उपेन्द्र के मुंह से लहू निकल रहा है। इसमें सन्देह था कि सांसें चल रही हैं या नहीं। सबने पकड़कर उन्हें नीचे उतार दिया। उपेन्द्र के निष्पाप और विरह-व्याकुल प्राण अपनी सुरबाला के पास जाने के लिए निकल गए।

तब सबके हृदय-विदारक गगनभेदी क्रन्दन से समूचा घर कांप उठा, लेकिन नीचे के कमरे में किरणमयी निश्चिंत होकर सोती रही।

●●●